ENCICLOPEDIA DE LA MITOLOGÍA

Diseño gráfico de la cubierta de Design 3.
Dibujos de archivo DVE.

© Editorial De Vecchi, S. A. 2018
© [2018] Confidential Concepts International Ltd., Ireland
Subsidiary company of Confidential Concepts Inc, USA
ISBN: 978-1-68325-829-2

J. C. ESCOBEDO

ENCICLOPEDIA DE LA
MITOLOGÍA

dve
PUBLISHING

PRÓLOGO

Desde Nietzsche hasta nuestros días, todas las escuelas antropológicas han configurado el estudio del hombre como una agonía constante entre el factor dionisíaco y el factor apolíneo. Es esta una partición que Freud sancionaría psicoanalíticamente y parece que con caracteres definitorios. En esa línea, la mitología sería el evangelio que los primeros redactores de la cultura occidental nos legaron para perpetua memoria.

No obstante, tanta anuencia conformista es sospechosa. Verdad es que el escriba griego y sus colegas romano y egipcio institucionalizaban una trascendencia que emanaba como fuerzas indómitas desde ellos mismos. Verdad es que el principio del placer, los instintos reprimidos por la cultura y la sociedad y el miedo ancestral a la muerte empujaban con insistente firmeza a asirlos en un mundo alejado y próximo a la vez, en un Olimpo cuyos moradores sintieran los mismos impulsos de la carne y la misma ansia de eternidad. Verdad es que la ignorancia decae en el fetichismo politeísta, que diviniza y extrapola los fenómenos cuya causa y alcance desconoce. Todo ello es cierta y absoluta verdad, y ahí está la ingente bibliografía.

La religiosidad se ha producido a lo largo de nuestra historia, ya el hombre de Neandertal, puesto que la arqueología ha descubierto preciosas huellas de su religiosidad, y debía tener una razón fundamentada, que aún no nos ha sido dada a conocer. He buscado más allá de Freud, de Malinowski, de Lévy-Bruhl y de cuantos han seguido su inquietud por explicarnos esa faceta del hombre. No la he encontrado. Todas las explicaciones matizan o acentúan un aspecto verídico del hombre, pero no se enfrentan con esa realidad primigenia y elemental de cómo el hombre, por hombre, se postra ante el más allá.

Por eso, vuelvo a Homero, «Háblame, Musa, de aquel varón de multiforme ingenio que, después de destruir la sacra ciudad de Troya, anduvo peregrinando larguísimo tiempo...», con la misma fe científica que acudo a las clases de genética para entender las leyes de Mendel; porque nada mejor que presentarse ligero de equipaje ante las grandes obras; y la mayor para Occidente ha sido el mito.

El mito está a caballo entre la ignorancia y el refinamiento del saber, el mito de la ciencia filosófica que dice Zubiri leyendo a Aristóteles. E insisto en la conveniencia de adentrarse en las páginas de esta obra con la candidez del niño, con el respeto del sabio y con la sensibilidad del poeta. Recuerdo que en las primeras clases de Epistemología se nos afirmaba que la filosofía tiene por pariente cercano la poesía. Antes no lo entendía, ahora entre las hazañas de estos dioses y héroes lo voy comprendiendo sabrosamente.

Detrás del relato se esconde todo un mundo riquísimo de sugerencias y creación. No se trata ya de ver cómo va el poeta justificando la existencia de las cosas, del mundo, de los epifenómenos en un tramado laborioso y rígido. Mi intención apunta al nudo gordiano de la existencia de la misma mitología. ¿Qué atracciones con ese mundo abigarrado urgían al poeta? Y no sólo a él, al pueblo, a la sociedad de aquende el Po y allende el Nilo, porque el mito ocupa el primer estadio cultural desde la aparición del hombre.

Pero he aquí que el hombre mitifica antes de la palabra. Luego la fe, que me disculpe Pablo de Tarso, ya no es por la palabra. Existe un hontanar de energía intelectual y biológica inédito.

El camino para desentrañarlo es el estudio sintetizador de todas las manifestaciones históricas y actuales del hombre. La incógnita sigue persistiendo mientras nos aferramos a una escuela o a un sistema preconcebido. Volvamos a la historia del hombre, empecemos con él su andadura, abramos el libro de la mitología.

José M.ª Valderas

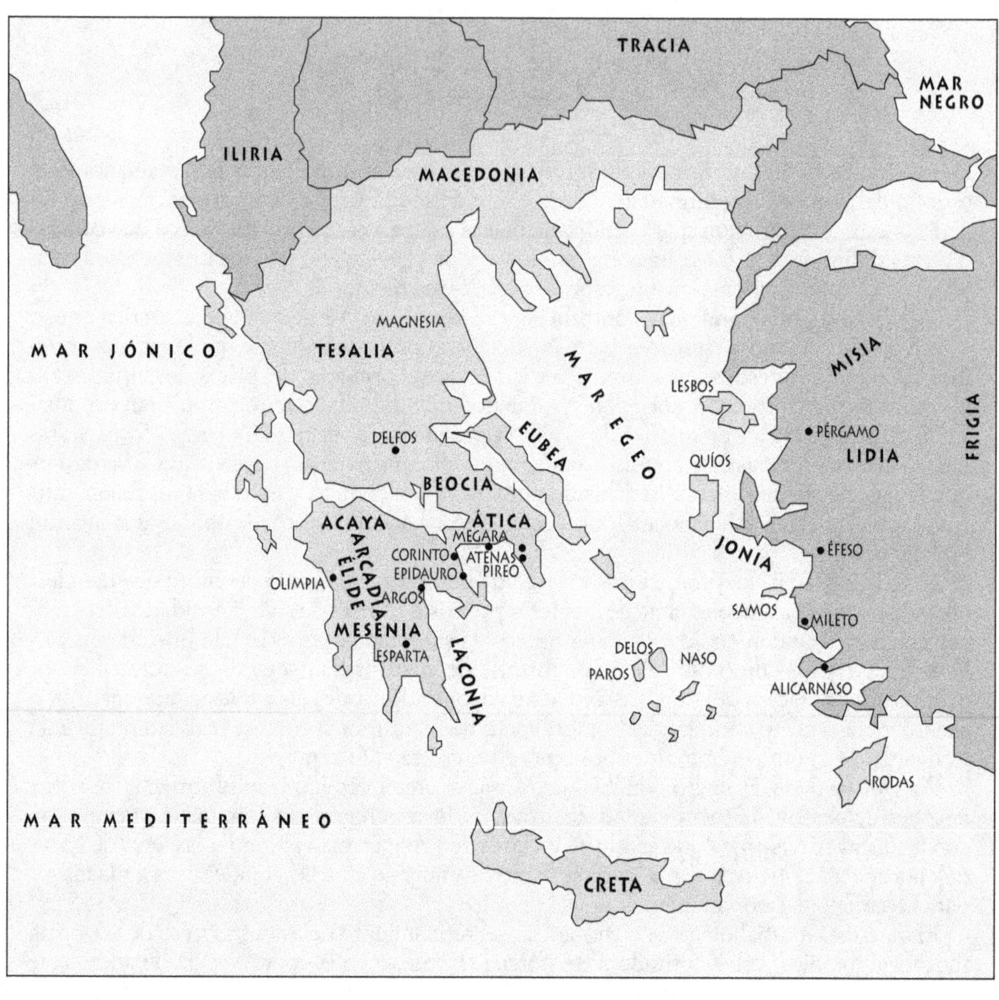
TRACIA
MAR NEGRO
ILIRIA
MACEDONIA
MAR JÓNICO
MAGNESIA
TESALIA
MAR EGEO
MISIA
LESBOS
FRIGIA
PÉRGAMO
DELFOS
EUBEA
QUÍOS
LIDIA
BEOCIA
ACAYA
ÁTICA
MEGARA
JONIA
ÉFESO
ARCADIA
CORINTO
ATENAS
ÉLIDE
EPIDAURO
PIREO
OLIMPIA
ARGOS
SAMOS
MILETO
MESENIA
DELOS
NASO
ESPARTA
LACONIA
PAROS
ALICARNASO
RODAS
MAR MEDITERRÁNEO
CRETA

AAR (AARU)

Nombre de los Campos Elíseos en la mitología egipcia. Circundado por una muralla de hierro, que franqueaban varias puertas, y bordeado por un río, el Aar acogía las almas de los elegidos; estos se dedicaban a trabajos agrícolas y así obtenían magníficas cosechas.

ABEONA

Divinidad romana que protegía al que partía (del latín *abire*, 'partir'). Era venerada junto con Adeona, quien, por su parte, protegían al que llegaba (del latín *adire*, 'llegar, aproximarse').

ACA LARENTIA

Antigua divinidad romana. La leyenda narra que fue una hetaira dada por Hércules como esposa al rico etrusco Tarutius. De él heredó fabulosas riquezas que ella, al morir, legó al pueblo romano. Personificó la Madre Tierra (Gea); a su culto estaban destinadas las *Larentalia*, fiestas que se celebraban el veintitrés de diciembre, día del solsticio de invierno, para desear al suelo, en cuyo seno se encierran las simientes, un tranquilo reposo invernal y un exuberante despertar al llegar el equinoccio de primavera. Sin embargo, algunos autores no admiten que fuese una divinidad, sino sólo un personaje recordado con agradecimiento por los romanos y que las Larentalia habían sido instituidas para honrar a la diosa sabina Larenta. Más tarde, el nombre de Aca Larentia se dio a la esposa del pastor Fáustulo; ella, apodada *Loba*, educó a Rómulo y Remo.

ACASTO

Rey de Yolco, uno de los Argonautas. Inducido por su esposa Astidamía a matar a Peleo, de quien ella se había enamorado sin ser correspondida, abandonó al joven desarmado en el monte Pelión en medio de los feroces Centauros. Pero, Peleo se salvó con la ayuda de Hermes, que le trajo una poderosa espada, y, regresando a Yolco para vengarse, mató a Acasto y a su esposa.

ACIS

Joven pastor de gran belleza, hijo de Fauno y prometido de Galatea, una de las Nereidas. Lo mató por celos el cíclope Polifemo, enamorado de Galatea, el cual arrojó contra él una enorme piedra. La sangre de Acis fue transformada por los dioses, apiadados ante el llanto desesperado de Galatea, en las limpias aguas de un río al que dio nombre.

ACRISIO

Poderoso rey de Argos, padre de Dánae. Habiendo sabido por el oráculo que su hija daría a luz a un nieto que lo destronaría y mataría, encerró a Dánae en una caverna subterránea, para que ningún hombre la pudiese ver ni pedir su mano. A pesar de ello, Zeus penetró en forma de lluvia de oro, naciendo Perseo. La profecía se cumplió. Acrisio cayó involuntariamente en manos de su nieto durante una competición atlética. Al lanzar el disco, este se escapó de la mano de Perseo y golpeó al rey en la cabeza, causándole la muerte.

ACTEÓN

Hijo de Aristeo y de Autónoe, Acteón era el mejor cazador de su tiempo. Educado por el centauro Quirón, recorría con una jauría de cincuenta perros las faldas del monte Citerón, cazando ciervos, gamos y jabalíes. Sin embargo, un triste destino aguardaba al valeroso joven. Un día llegó sin saberlo hasta un valle consagrado a Ártemis. Como era en el mes de agosto, Ártemis se había retirado a un lugar soli-tario para bañarse en la fuente Partenia. Rodeada por las ninfas que la atendían, Ártemis estaba sumergida desnuda en el agua transparente cuando, de pronto, apareció el incauto Acteón. Fue grande el trastorno de las ninfas, que lanzaron gritos de espanto, pero fue terrible sobre todo la ira de la virgen, avergonzada de mostrarse sin ropa ante un hombre y, más aún, ante un mortal. La diosa no pudo fulminar a Acteón con una de sus flechas, pero salpicó al temerario con unas gotas de agua y, al momento, el joven se transformó en un ciervo, aunque conservó la razón humana. Huyó a través de los bosques, pero los perros de su jauría lo descubrieron y, sin reconocer en el animal a su antiguo dueño, lo persiguieron y, al alcanzarlo, lo despedazaron, dejando en el suelo tan sólo despojos ensangrentados. Así se cumplió la venganza de la severa Ártemis. Los restos irreconocibles del cazador transformado en ciervo quedaron insepultos, por lo que el pálido espectro comenzó a vagar por las montañas circundantes, hasta que un día los habitantes del lugar recurrieron al oráculo, que les informó de que debían buscar y enterrar los restos del cazador muerto y erigirle una estatua de bronce, que tenía que estar colocada en lo alto de una roca.

ÁRTEMIS Y ACTEÓN

La leyenda de Acteón no tardó en inspirar a los artistas griegos. Una representación de su aventura fue esculpida sobre las metopas del templo de Hera en Salinunte, también hay representaciones en algunos vasos y en los frescos de Pompeya.

ADMETO

Rey de Feres, en Tesalia. Tomó parte en la expedición de los Argonautas y en la caza del jabalí de Calidón. Se le conocía por su religiosidad, justicia y hospitalidad. Cuando Apolo tuvo que vivir desterrado del Olimpo, por haber matado a los Cíclopes, escogió la corte de Admeto y, durante un año, cuidó los rebaños del rey. Entre el dios y su anfitrión nacieron estrechos lazos de amistad. Apolo hizo que prosperasen el ganado y las propiedades de Admeto y le ayudó a realizar la empresa que Pelias, rey de Yolcos y padre de Alceste, su futura esposa (la más divina de las mujeres, como la llama Homero), le exigía antes de dar su autorización para las nupcias. Tuvo que unir bajo el mismo yugo un jabalí y un león. Habiéndolo logrado, se celebraron las nupcias y, durante el banquete, las Moiras (Parcas), aplacadas por el vino, prometieron a Apolo, que lo solicitaba con insistencia, que conservarían la vida a Admeto, con la condición de que otra persona estuviese dispuesta a descender al Hades en su lugar. Al llegar el momento, ni el padre ni la madre del rey, a pesar de ser ancianos, se ofrecieron a sacrificarse por su hijo, pero Alceste, su fiel esposa, aunque todavía joven y madre amante de dos hijos, no vaciló en hacerlo. Sin embargo, Perséfone, conmovida y admirada ante tanta generosidad, la envió de nuevo junto a su marido. Según otra leyenda, fue Heracles quien, encontrándose en el palacio, luchó furiosamente contra Thanatos (la Muerte), logrando arrebatarle su víctima.

El delicado episodio de Admeto y Alceste sirvió de tema a las tragedias de Eurípides, Racine y Alfieri.

ADONIS

Según una antigua leyenda, nació de los amores incestuosos entre Mirra o Esmirna con su padre, Tías, rey de Siria, o entre Mirra con su padre, Cíniras, rey de Chipre. Según otra leyenda, fue hijo de Fénix y de Alfesibea o del rey Agenor. Era un joven de extraordinaria belleza y la propia Afrodita se enamoró de él. Lo confió a Perséfone para que lo educase, secretamente, entre las sombras de los infiernos, pero la diosa de los muertos no fue insensible al atractivo del adolescente y se enamoró de él, y no quiso devolvérselo a Afrodita. Intervino Zeus, el cual decidió que Adonis viviese una tercera parte del año solo, otra tercera con Afrodita y la restante con Perséfone. Pero Adonis pasó dos terceras partes del año con Afrodita, provocando los celos de Ares, que arrojó contra él, durante una cacería, un jabalí que lo hirió mortalmente. Afrodita lo transformó en anemona. La alegoría del mito es muy clara: Adonis con sus retornos a la tierra representa la naturaleza que florece con el cálido soplo de la primavera y que muere en el invierno. Las fiestas en honor de Adonis se llamaban *Adonías* y se celebraban en primavera.

En el arte, el mito de Adonis fue representado por Miguel Ángel, Tiziano y otros grandes pintores.

ADRASTEA

Hija de Meliso, rey de Creta, fue la ninfa que, con la leche de la cabra Amaltea, en una cueva del monte Ida, en la isla de Creta, alimentó a Zeus niño, cuando la madre de este, Rea Cibeles, se lo confió secretamente igual que a otras ninfas. Así lo salvaría de su padre Crono, que iba a devorarlo.

ADRASTO

Rey de Argos. Formaba parte de la estirpe de Amitaón. Acogió en su ciudad a Tideo, fugitivo de Calidón, y a Polinice, que aspiraba al trono de Tebas. Adrasto les dio, por esposas, a sus hijas Argía y Deípile, y prometió ayudarles a reconquistar los tronos de donde habían sido injustamente arrojados. Por esta razón inició inmediatamente la guerra contra Eteocles, rey de Tebas y hermano de Polinice; esta guerra fue llamada la de *Los siete contra Tebas*, ya que, además de Adrasto, Polinice y Tideo, intervinieron también otros cuatro héroes: Capaneo, descendiente de Preto; Hipomedonte; Parténope, hermano de Adrasto, y Anfiarao. Este sabía que la expedición fracasaría y así lo advirtió a sus compañeros, pero le obligaron a tomar parte en la guerra. Asediando la ciudad, los siete realizaron proezas que, por otra parte, resultaron vanas. El adivino Tiresias había afirmado que los tebanos vencerían si uno de ellos se sacrificaba; se ofreció Meneceo, hijo de Creonte, precipitándose desde lo alto de las murallas. A partir de ese momento, los sitiadores empezaron a debilitarse. Capaneo escaló la muralla, pero un rayo de Zeus lo convirtió inmediatamente en cenizas; Anfiarao huyó y se lo tragó la tierra junto con su carro; Polinice y Eteocles se desafiaron en singular combate, matándose mutuamente, y todos los demás encontraron la muerte, a excepción de Adrasto, que cabalgaba en el caballo alado Arión. Diez años después, unido a los Epígonos, los hijos de los siete reyes, Adrasto reemprendió la guerra contra Tebas y consiguió tomar la ciudad, pero, tras perder a su hijo Egialeo, murió de dolor en Megara. Fue adorado como héroe en Sición, Argos, Megara y Colono.

AELO

Una de las Arpías.

AFAREO

Uno de los héroes más antiguos de las leyendas de las provincias meridionales del Peloponeso. Engendró a Idas y a Linceo, a los que se llamó *Afáridas*. Según algunas opiniones, era hermano de Tindáreo, Leucipo e Icario, e hijo de Perieres.

AFRODITA (VENUS)

El nombre significa «nacida de la espuma», porque, según Hesíodo, nació de la espuma del mar fecundada por Urano. Hija del mar y del cielo, simbolizó el instinto de la fecundidad y de la reproducción. Surgida del mar (y por esto designada con el apelativo de *Anadiomene*, «la surgida») una mañana de primavera en una concha de madreperla, resplandeciente de gracia y de belleza, fue impulsada por Céfiro hacia las costas de la isla de Chipre, donde la hicieron subir a un carro de alabastro conducido por cándidas palomas; acompañada por las Horas y las Gracias, sus fieles siervas, fue llevada al palacio de los Inmortales. Según otra leyenda, Afrodita es una divinidad olímpica, diosa celeste del amor, nacida de Zeus y Dione. Esposa de Hefesto (Vulcano), tuvo amores con Ares (Marte), Hermes (Mercurio) y Dioniso (Baco), así como con los mortales Anquises, Butes y Adonis. De sus amores nacieron muchos hijos, entre ellos: Eros (Amor), Hermafrodito, Príapo, Eneas y Erix. Era especialmente venerada en Chipre y, en general, en los puertos y en las costas como diosa de la navegación. De los lugares donde su culto estaba más difundido derivan sus diversos sobrenombres: *Cipris* (de Chipre), *Pafia* (de Pafos), *Cnidia* (de Cnido), *Citereo* (de Citera) y *Ericina* (del monte Erix, en Sicilia). Según Platón, Afrodita Urania era la diosa del amor ideal y se la representaba armada, mientras que Afrodita Pontia, era la protectora de la navegación y de los navegantes. De esta manera, el reino de la belleza y del amor se extendía por la tierra, el mar y el cielo. Las plantas consagradas a Afrodita eran el mirto, la rosa y el manzano; los animales, la paloma y la liebre, y, como diosa del mar, le correspondía el delfín. Era imaginada como una criatura bellísima, lozana, de rostro delicadísimo y rebosante de gracia, vestida de oro. De su persona emanaba un suave y dulcísimo perfume de ambrosía y, cuando se manifestaba en la plenitud de su belleza, todas las cosas cedían ante tanta gracia y le rendían homenaje. Al principio, fue comparada con la aurora, bella y sonriente, ante la cual la misma naturaleza se inclina, pero luego se la designó como la diosa de la belleza y, por consiguiente, también del amor. Paris, elegido juez para designar a la más bella de las diosas, le otorgó la manzana, símbolo de la hermosura. Ella fue quien ayudó por gratitud a Paris a raptar a Helena, la mortal más hermosa del mundo, que había sido prometida por la diosa al joven troyano. Peleo, enamorado de la ninfa Tetis, le ayudó a conquistarla y a tomarla por esposa. Es cierto que Afrodita no supo frenar sus pasiones ni resistir el impulso amoroso. Por lo tanto, amó a mortales e inmortales e intervino en todas las historias, de hombres y de dioses, en las que se enredaba el amor. Sus servidoras eran las Gracias y las Horas, personificadoras de la gracia y del encanto. Estas atendían a su persona, la vestían y arreglaban; estaban siempre con ella en cualquier lugar y momento. En la iconografía clásica, Afrodita lleva un cinturón que encierra todos los atractivos y seducciones femeninos, a los que nadie, ni aun el más sabio, puede resistir. Obras de Afrodita son la pasión, la fecundación y la propagación de la especie en toda la naturaleza animal y vegetal, la renovación de la vida y el florecimiento de la belleza. Todo es obra suya, porque nada resiste a la fuerza del amor y de la hermosura y todas las cosas nacen por obra del amor. Como la diosa del amor, Afrodita es la protectora de los vínculos conyugales, de la familia, de los nacimientos. Sin embargo, los griegos la imaginaron también como una criatura inconstante y, por lo tanto, relacionada con muchas leyendas en las que castiga cruelmente a quien se niega a someterse a las exigencias de su amor. Es famosísima la leyenda de Dafnis, joven y bellísimo pastor siciliano, semidios de los pastores. Más numerosos que sus amores con los dioses son los amores de Afrodita con hombres. Prefería esbeltos pastores o cazadores que vivían en las montañas y bosques. Una de las más famosas leyendas es la del amor de la diosa por Adonis. Otro gran amor de Afrodita por un mortal fue el que sintió por Anquises, joven príncipe troyano. De estos amores nació Eneas. El culto a Afrodita era común a todos los pueblos helénicos. Chipre sobresalió entre sus adoradores por cuanto se decía que, surgiendo de la espuma del mar, la diosa había llegado a dicha isla. Muchos eran los templos a ella dedicados, esparcidos por las playas, siempre cerca del mar. Ninguna diosa inspiró más a los poetas; ninguna fue representada tantas veces. En Roma, Venus, diosa de la primavera y

CARRO DE AFRODITA, TIRADO POR AMORCILLOS

de la naturaleza en flor, fue pronto identificada con la griega Afrodita y ambos nombres sirvieron para designar a la misma diosa. En Italia, lo mismo que en Grecia, se difundió ampliamente el culto de la diosa del amor y de la belleza. Adquirió mayor importancia, si cabe, en Roma, pues el fundador de la estirpe itálica, Eneas, era considerado hijo de Venus, Afrodita. En Roma surgieron pronto tres templos consagrados a Venus: el de la diosa Murcia, el de la Cloacina y el de la Libitina. La Venus Murcia representaba a la diosa que acaricia y atrae con su belleza al hombre, enamorándolo; pero designaba también a la diosa del mirto, símbolo del amor casto y bello y existía un templo en su honor junto al Circo Máximo, al pie del Aventino, construido por los latinos, establecidos allí bajo Anco Marcio. La Venus Cloacina era la protectora de la alianza pactada entre los romanos y sabinos, después del famosísimo rapto de las sabinas. El tercer templo era el de la Venus Libitina, diosa de los muertos. No debe asombrarse de esto el lector, porque con frecuencia en los mitos de la Antigüedad clásica la vida más exuberante aparece relacionada con la muerte. Los extremos se tocan. En su templo, cuya situación ignoramos, se conservaban todos los instrumentos y adornos necesarios para los ritos fúnebres. Venus

AFRODITA Y ARES

fue objeto de otras formas de culto en Roma y se convirtió en Venus Genetrix en su calidad de primera madre de la estirpe romana, por haber concebido a Eneas, y luego en protectora de toda fecundación. Fue honrada en especial por César y toda su familia, ya que este pretendía que su linaje descendía directamente de Eneas. Después de la victoria de Farsalia dedicó incluso un templo a la Genetrix, un espléndido templo construido con munificencia y elegancia de líneas. Se celebraban muchas fiestas en su honor, sobre todo en abril, mes en el que despertaba la naturaleza y ofrecía sus mejores dones a los hombres, mes fausto para el amor y por ello dedicado a Venus. En las artes figurativas, Afrodita aparece representada aislada en la estatuaria o asociada con otros dioses o mortales, sobre todo en la pintura, en la cerámica y en los relieves. Al presentarla aislada, los artistas griegos la figuraban al principio totalmente vestida, luego parcialmente envuelta en una túnica muy transparente que hacía resaltar las líneas de su cuerpo, y, más tarde, completamente desnuda.

Entre sus célebres representaciones escultóricas, recordaremos la *Afrodita de Cnido*, la *Afrodita de Arlés*, la *Afrodita de Fréjus*, la *Afrodita de Siracusa*, la *Venus Capitolina*, la *Venus de Milo* —la más célebre, descubierta en 1820 y orgullo del Louvre— la *Venus de Médicis*, la *Maliciosa de Cirene*, la *Calipigia* y la *Afrodita de Epidauro*. En un comienzo aparecía la diosa siempre de pie, pero cuando los artistas acariciaron la idea de representarla en el baño, surgieron composiciones diversas, concibiéndose así una figura de Afrodita con un nuevo aspecto iconográfico, destinado pronto a ramificarse, con variados y originales desarrollos. El arte romano siguió la tradición griega: la Venus romana es fiel reproducción de la Afrodita griega. Pasaron muchos siglos, antes de que el mito de esta divinidad volviese al dominio del arte. A partir del

AFRODITA EN LA CONCHA

Renacimiento, son numerosas las obras inspiradas en la diosa y sus amores. Ya no se tratará de estatuas sino sólo de representaciones pictóricas. Destacan: *Venus dominadora del mundo* de Giovanni Bellini, *Nacimiento de Venus* de Botticelli, *Venus* de Giorgione, *El tocador de Venus* de Rubens, *Venus y el Cupido* de Bronzino, *Venus y el Amor* y *Venus y Adonis* de Tiziano, *Baco y Ariadna coronados por Venus* de Tintoretto y *Venus ante el espejo* de Velázquez. La diosa no aparece menos en la literatura. Entre los poetas, le compusieron bellísimos himnos Homero, Lucrecio, Ovidio y el propio Horacio. La celebraron filósofos como Parménides y Empédocles y trágicos como Esquilo y Eurípides.

AGAMEDES Y TROFONIO

Hermanos arquitectos ilustres, al parecer construyeron el templo de Apolo en Delfos, otro dedicado a Poseidón en la Arcadia y la Casa del tesoro del rey Hirieo en Beocia. Una leyenda narra que habiéndoles prometido Apolo una recompensa al terminar el templo, encontraron la muerte. Según otra fuente, habían intentado robar el tesoro de Hirieo; Agamedes cayó en una trampa y Trofonio, para no ser descubierto, deca-

pitó a su hermano, ocultando luego la cabeza. Se les rindió culto en Beocia.

AGAMENÓN

Hijo de Atreo y de Aérope, hermano de Menelao, fue rey de Argos y de Micenas y esposo de Clitemnestra, hija de Tindáreo, rey de Esparta. Había llegado a ser, por sus conquistas, el más poderoso rey de Grecia, cuando tomó el mando de la expedición de los griegos contra Troya. Cuando el adivino Calcante reveló que, si quería obtener un viento favorable para la partida de la flota aquea hacia la expedición de Troya, era necesario aplacar a la diosa Ártemis, Agamenón permitió que fuese sacrificada su hija Ifigenia. La muchacha fue arrancada a la muerte por la propia diosa, que se apoderó de ella cuando el sacerdote estaba a punto de herirla y la sustituyó por una cierva. Después de la caída de Troya, Agamenón regresó a Argos llevando como concubina a Casandra, hija del rey Príamo, pero Clitemnestra, que no le había perdonado por haber consentido el sacrificio de Ifigenia, lo mató con ayuda de su amante Egisto.

Estos episodios pasionales sirvieron de tema a las tragedias de Esquilo, Eurípides, Alfieri y Lemercier. Homero representa a Agamenón de diversas formas; al principio es ambicioso, sacrílego, incluso vulgar, la antítesis del alma generosa de Aquiles. Luego en el canto XI de la *Ilíada* aparece fuerte, valeroso, consciente de su rango y de su valor. Entre las obras de Esquilo, la tragedia *Agamenón* forma parte, con *Las Coéforas* y *Las Euménides*, de la trilogía *La Orestíada*.

AGANIPE

Célebre fuente de Beocia, junto al monte Helicón, consagrada a las Musas. Había brotado como consecuencia de una coz del caballo Pegaso. Infundía inspiración poética a quien bebía de sus aguas.

AGATODEMÓN

Dios bucólico, venerado como protector de la cosecha anual. En Italia era conocido como *Bonus eventus*. Genio o espíritu benéfico, parece ser de origen egipcio. Esta creencia y veneración se difundió por Grecia y Roma y los idolillos (en forma de serpientes aladas y dragones benéficos para la agricultura) se generalizaron. Se le contrapuso el espíritu maligno *Kakodemón*.

AGAVE

Hija de Harmonía y de Cadmo, tras conseguir el fatídico collar de su madre, tuvo la desgracia de matar a su propio hijo Penteo en el furor del delirio báquico, despedazándolo después con la ayuda de sus hijas, instrumentos ciegos del castigo de Dionisos.

AGELO

Pastor a quien el rey Príamo confió a su hijo Paris, recién nacido, para que lo llevase a la cima del monte Ida y allí lo abandonase. Agelo obedeció de mala gana, pero pocos días después, movido por la compasión, volvió a la cima y encontró al niño todavía vivo y, junto a él, a una cierva que lo estaba amamantando. El pastor no quiso ser menos humano que el animal y, tomando consigo al pequeño Paris, lo crió como a un hijo.

AGENOR

Rey fenicio de Tiro. Hijo de Poseidón y de Libia y por línea materna descendiente directo de Zeus. Cuando su hija Europa fue raptada por Zeus con figura de toro, Agenor ordenó a sus tres hijos, Cadmo, Fénix y Cílix que buscasen a su hermana y que no regresasen hasta haberla encontrado. Sin conseguir hallarla, se establecieron en otras regiones a las que dieron nombre. Allí fundaron nuevas ciudades y estirpes.

AGLAYA

Una de las Gracias o Cárites.

ALBÚNEA

Ninfa de las Náyades, diosa de las fuentes sulfurosas junto a Tívoli, dotada de poderes proféticos. Más tarde, la ninfa personificó a una Sibila, habitante de un bosque a orillas del Aniene, siendo designada y consultada como *Sibila Tiburtina*.

ALCATORE

Una de las Miníades.

ALCESTE

Una de las hijas de Pelias y esposa de Admeto. Fue fiel hasta el punto de querer sacrificar su propia vida para salvar la de su marido. Perséfone o Heracles, según dos leyendas diferentes, como recompensa, le devolvieron la vida.

Fábula que inspiró varias tragedias homónimas, desde Eurípides hasta Racine y Alfieri.

ALCÍNOO

Rey de los Feacios, habitantes de la isla de Corcira (actualmente Corfú), a la que Ulises llegó a nado después del naufragio de la balsa en la que había abandonado la isla de Ogigia, donde Calipso lo retuvo prisionero durante siete años. Alcínoo, ante quien su hija, la dulce Nausica, había conducido al extranjero encontrado en la playa, acogió a su huésped con todos los honores; organizó juegos en señal de fiesta y escuchó el largo relato de sus aventuras. Por último, lo hizo transportar por una nave a Ítaca. Albergó también a los Argonautas y luego a Jasón y Medea. Fue un rey muy prudente y un héroe sin vanagloria.

ALCÍONE

Hija de Esteno y de Nicipe, hermana de Euristeo y de Medusa, llamada también Alcíone. Fue una de las ninfas que cuidaron a Zeus durante su infancia.

ALCIONEO

Uno de los Gigantes.

ALCMENA

Hija de Electrión y nieta de Perseo. Según otra leyenda, fue hija de Anfiarao y de Erifila. Se casó con Anfitrión, rey de Tirinto. Zeus, enamorado de ella, aprovechó la ausencia del marido, que había partido para la guerra, y tomando la figura de este, engañó a Alcmena. De la unión, nació Heracles.

ALCMENA COLOCADA EN LA PIRA POR ANFITRIÓN

ALCMEÓN

Hijo de Anfiarao y uno de los Epígonos. Mató a su madre Erifila, la cual había inducido a su padre a participar en la expedición en la que Anfiarao halló la muerte. Se casó con Alfesibea o Arsínoe, a la que repudió luego para casarse con Calírroe, de quien tuvo a Acarnán y Anfótero. Poco después lo mataron sus cuñados.

Se le menciona en la *Divina Comedia* de Dante (Purgatorio, XII, 49-51; Paraíso, IV, 103-105).

ALECTO

Una de las Erinias.

ALECTRIÓN

Nombre del joven que Marte colocó, como guardián, en la puerta de la estancia donde se había escondido con Venus. Sin embargo, Alectrión se durmió y, al salir el sol, Marte fue sorprendido por Vulcano. Como castigo, el dios de la guerra transformó al joven en gallo y le obligó a anunciar, todas las mañanas, con su canto, el nacimiento del día.

ALEXIAR

Hijo de Heracles y de Hebe; el héroe mítico lo engendró cuando fue convertido en inmortal por Zeus y pasó a habitar en el Olimpo.

ALEXICACOS

Alexicacos, («el que aleja los males») es el sobrenombre de Heracles.

ALFEO

Río de la antigua Grecia, en el Peloponeso. La mitología lo relaciona con leyendas y ritos religiosos (véase *Ártemis*, *Aretusa*, *Tetis* y *Océano*) y también con la agricultura. Su nombre significa «productor, alimentador».

ALFESIBEA

Llamada también Arsínoe, fue la primera esposa de Alcmeón, quien fue asesinado por sus dos hermanos Témeno y Axión.

ALTEA

Mujer de Eneo, rey de Calidón en Etolia e hija de Testio, rey de Pleurón. Concibió a Meleagro, rey y héroe de los etolios y protagonista de la caza del jabalí de Calidón. Altea terminó su vida trágicamente, suicidándose a causa del dolor y el remordimiento por haber provocado deliberadamente la muerte de su hijo, cuya vida estaba vinculada a la consumición de un tizón que ella misma arrojó al fuego; al extinguirse este, Meleagro murió.

ALTEMENES

Hijo de Catreo y, por lo tanto, descendiente de Minos. Se estableció en Rodas donde inició el culto a Zeus *Atabyrios*. Según una profecía del oráculo, Altemenes mató a su padre con una flecha, confundiéndole con un enemigo. Cuando se dio cuenta de su error, invocó a los dioses para que en expiación la tierra se abriera bajo sus pies y se lo tragase. Su plegaria fue escuchada.

AMADRÍADAS

Ninfas de los bosques. Vivían en el tronco de los árboles. Su destino estaba vinculado al de la planta que las abrigaba; cuando esta moría, corrían la misma suerte. Entre todas las Ninfas, criaturas inmortales, las Amadríadas eran las únicas destinadas a morir.

AMALTEA

Según la leyenda, fue la cabra que amamantó a Zeus. Uno de los cuernos de Amaltea, quebrado por el lactante, fue recogido por la ninfa Melisa y obtuvo de Zeus la facultad de llenarse de todo cuanto pudiera satisfacer los deseos humanos *(cuerno de la abundancia)*. Se decía que la piel de este animal había servido a Atenea para confeccionar su famoso escudo o égida.

AMATA

Esposa de Latino. El rey de Laurento hubiese otorgado gustoso la mano de su hija Lavinia al héroe troyano Eneas, pero Amata se opuso y con su negativa provocó la guerra entre Turno, poderoso rey de los rótulos, y el propio Eneas, guerra que terminó con la derrota y muerte de Turno.

AMAZONAS

Pueblo de mujeres guerreras, nacidas, según la mitología, de Ares y de una ninfa. Se decía que tenían su reino en Capadocia, junto al río Termodonte, con Temiscira por capital, o bien en Escitia, en la ribera del pantano de Meótida. Su nombre significa «sin mama» y deriva de que solían cortarse el seno derecho para manejar mejor el arco. Se entregaban a ejercicios guerreros. Se gobernaban por sí solas y eran enemigas de los hombres, a los que mataban sin piedad. Fueron derrotadas por Belerofonte. Combatie-ron contra Heracles y Teseo y participaron en la guerra de Troya con su reina Pentesilea, muerta a manos de Aquiles. Otra famosa reina de las Amazonas fue Hipólita.

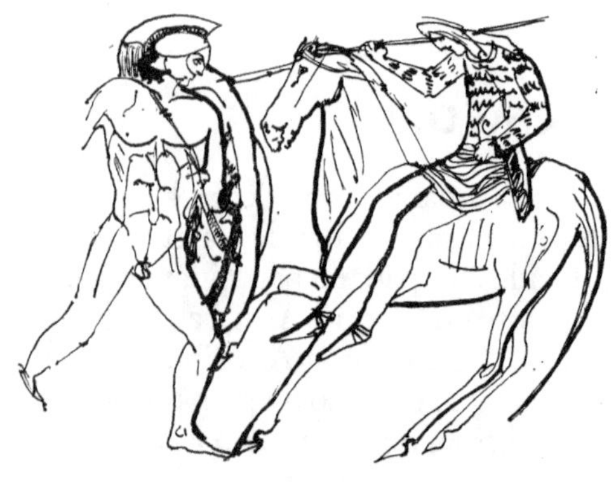

AMAZONOMAQUIA

AMBROSÍA

Mítico alimento de los dioses. Lo traían blancas palomas que iban a buscarlo al jardín de las Hespérides, en el confín de Occidente. La ambrosía hacía que los dioses conservaran la inmortalidad y la juventud.

ÁMICO

Rey de los bébrices. Era conocido en todo el mundo euroasiático por su gran fuerza y por su habilidad como luchador, pero al llegar los Argonautas, Pólux lo desafió y lo mató, después de sostener con él un duro combate.

ÁMICO LUCHADOR

AMITAÓN

Personaje mitológico recordado, sobre todo, por haber engendrado al adivino Melampo y porque de él descienden numerosos personajes importantísimos de las guerras tebanas, como Anfíloco, Anfiarao y Alcmeón, llamados por esta razón Amitaónidas.

AMITAÓNIDAS

Así se designaba a los míticos hijos de Amitaón.

AMÓN

Dios egipcio de Tebas, luego identificado con el dios solar Ra en el binomio Amón-Ra. Los faraones le dedicaron dos templos, uno en Karnak y otro en Luxor. A medida que allí se debilitaba su culto, crecía su devoción en Nubia y en los oasis de Libia, sobre todo en Amonio, ciudad que se hizo famosa por el templo, visitado en el año 322 a. de C. por Alejandro Magno para hacerse proclamar hijo del dios. En algunas representaciones, aparece con cabeza de cordero.

AMOR

Véase *Eros.*

ANAKTES

Nombre con el que se veneraba a los Dioscuros en Atenas. El término significa «dominador, rey».

ANCEO

Hijo de Licurgo. Mítico héroe griego que participó valerosamente en la caza del jabalí de Calidón. Cuando el animal salió de su madriguera, se destacó por su temeridad. Su imprudencia resultó funesta, pues se aproximó demasiado y, cuando estaba a punto de golpearlo con su hacha, cayó despedazado por el monstruoso animal.

ANCILE

Escudo que, según la tradición, cayó del cielo, como regalo del dios Marte a los romanos. De su conservación dependía la vida misma de Roma. El rey Numa Pompilio, para impedir que lo robasen, hizo fundir once escudos idénticos al verdadero, y los colocó junto a este para que nadie pudiese identificarlo. El ancile se guardaba en el templo más importante de los dedicados a

Marte, que se alzaba en Roma junto a la Puerta Capena.

ANDROGEO

Hijo de Minos. Según algunas leyendas, los atenienses y los megarenses lo mataron a traición; según otras, fue enviado contra el terrible toro de Maratón, donde murió. En cualquier caso, su fin provocó la venganza de su padre, el rey cretense, y la guerra contra los atenienses.

ANDRÓMACA

Hija del rey Ectión y esposa de Héctor. Es una de las figuras más delicadas de la *Ilíada,* y la descripción de su encuentro con Héctor (canto VI) es una de las páginas más conocidas del poema, llena de conmovedora poesía. Héctor había vuelto a entrar en la ciudad y antes de regresar a la sangrienta lucha quiso saludar a su esposa y a su hijo Astianacte. Andrómaca, que había llevado luto varias veces porque Aquiles había matado a su padre y a siete hermanos y había destruido Tebas, su ciudad natal, presagia que Héctor sufriría la misma suerte. Sale a buscarlo con su hijo en brazos, en un último intento por retenerle a salvo en la ciudad. Le advierte del triste destino que les tocaría en suerte a ella y al pequeño Astianacte si él faltase. Andrómaca sabe, sin embargo, que todos sus ruegos serán vanos y que Héctor, aunque apenado, volverá al campo de batalla. Esta evidencia imprime a las palabras que le dirige un tono de profundo dolor, de angustia, de miedo y casi de rebelión contra los acontecimientos, que inexorablemente la privan de sus seres más queridos. Después de la muerte de Héctor y de su hijo Astianacte a manos de Pirro, hijo de Aquiles, fue llevada por el mismo Pirro a Grecia como esclava. Se casó después con Heleno, otro hijo de Príamo y con él reinó en Caonia (Epiro), donde, según Virgilio, la encontró Eneas.

Su figura inspiró a Eurípides que escribió las tragedias *Las Troyanas* y *Andrómaca*, a Ennio autor de una obra titulada *Andrómaca* y, entre los modernos, a Racine con la tragedia *Andromaque.*

ANDRÓMEDA

Hija de la ninfa Casiopea y de Cefeo, rey de Etiopía. Casiopea se vanagloria de que su propia belleza y la de su hija aventajan a la de las Nereidas. Estas piden a Poseidón que las vengue. Etiopía es inundada y un enorme y terrible monstruo marino causa estragos entre hombres y animales. Interrogado el oráculo de Amón, este revela que el único medio para aplacar al monstruo es ofrecerle como presa a Andrómeda. La muchacha es, pues, atada a una roca, pero, cuando el monstruo marino está a punto de alcanzarla, aparece Perseo que lo petrifica con la cabeza de Medusa. Como premio obtiene a Andrómeda por esposa. Después de su muerte, Andrómeda fue transportada a la morada de los dioses entre las constelaciones.

ANDRÓMEDA

ANFIARAO

Célebre vidente. Hijo de Linceo e Hipermestra. Fue uno de los siete reyes que asediaron Tebas para devolver el trono a Polinice y derrocar a su hermano Eteocles. Por ser adivino, había previsto que moriría en aquel asedio y por lo tanto se ocultó. Sin embargo, traicionado por Erifila, su mujer, a cambio de un collar, fue obligado a partir y un abismo que se abrió en el suelo durante la batalla se lo tragó con su carro. No obstante, antes de salir había hecho jurar a su hijo Alcmeón que lo vengaría si moría en la guerra. En efecto, a su muerte, Alcmeón mató a su madre Erifila. Anfiarao fue a habitar entre los dioses; tuvo un oráculo en Tebas y otro más famoso en Oropos. En su honor, se celebraban las fiestas *Anfiareas,* juegos gimnásticos y musicales. Acerca de él escribieron Esquilo, Eurípides, Aristófanes y Estacio.

ANFICTIÓN

Rey de Ática, que sucedió en el trono a Cranao. Anfictión era hijo de Deucalión, Erecteo le había quitado el trono.

ANFÍLOCO

Hijo de Anfiarao y de Erifila, perteneciente a la dinastía de los Amitaónidas. Como su hermano Alcmeón, intervino en los episodios de las guerras tebanas de los Siete y de los Epígonos y en el sitio de Troya. Fue uno de los guerreros escogidos para entrar en el célebre caballo de madera. Después de haber fundado la ciudad de Argos, murió en una reyerta con el adivino Mopso.

ANFIÓN

Hijo de Zeus y de Antíope, fue rey de Tebas junto con su hermano Zetos, después de matar a su tío Lico (véase *Antíope*). A diferencia de Zetos, Anfión era de ánimo gentil; dedicado a la poesía y a la música, había recibido de Hermes una lira maravillosa, a la que arrancaba dulcísimos sonidos. Cuando llegaron a ser señores de Tebas, ambos hermanos se dedicaron a la construcción de fortificaciones y de nuevas murallas que debían ceñir la ciudad. Sin embargo, mientras Zetos se fatigaba transportando las piedras, Anfión, con el son de la lira hacía que estas se moviesen por sí solas y se amontonasen para formar las murallas. Anfión se casó con Níobe, hija de Tántalo, y tuvo de ella numerosa prole, siete hijos y siete hijas, que Apolo y Ártemis mataron para vengar a su madre de los insultos que esta había recibido de Níobe. Anfión, anegado en profundo dolor, se suicidó.

ANFITRIÓN

Héroe descendiente de Perseo. Se casó con Alcmena, hija de Electrión y nieta de Perseo. Anfitrión mató al padre de su mujer y tuvo que huir de Tirinto, su ciudad natal, para escapar de la venganza de Esténelo, hermano de Electrión. Halló refugio en Tebas, donde fue bien recibido por el rey Creonte. Desde allí emprendió la guerra contra los Teleboides o Tafios, reos de la muerte de los hermanos de Alcmena. Durante su ausencia, esta recibió la visita de Zeus, que tomó la figura de su marido, y dio a luz a Heracles. Anfitrión murió más tarde en la guerra contra los minios de Orcómeno.

ANFITRITE

Una de las Nereidas, hija de Nereo y de Dóride, esposa de Poseidón. Narra la leyenda que el rey del mar la vio danzar con sus hermanas en la isla de Naxos y se enamoró hasta el punto de raptarla. Según otros, la diosa había huido, se ocultó en el monte Atlante o en alejadas profundidades marinas, pero fue descubierta por el delfín de Poseidón y devuelta al dios. Su culto no se introdujo en Roma, donde la mujer de Neptuno se llamaba Salacia.

ANGERONA

En la mitología romana, divinidad de la discreción y del silencio que deben acompañar a los actos del amor satisfecho. Se representaba, generalmente, como una mujer joven, desnuda y con un dedo en los labios para indicar silencio. Se le dedicaba una fiesta el doce de diciembre de todos los años. Su estatua estaba en el templo de Volupia, divinidad romana con la que a menudo era confundida.

ANICETO

Hijo de Heracles y de Hebe. El héroe legendario lo engendró cuando fue transformado en inmortal, por Zeus, y lo acogido en el Olimpo.

ANNA PERENNA O PERANNA

Divinidad romana, simboliza el año que siempre se renueva. Se la invoca para obtener una larga vida, felicidad y abundantes cosechas. Según la tradición, se identificó a la diosa con la hermana de Dido quien, después de su suicidio, se refugió en Malta, en la corte del rey Bacto, para huir de su hermano Pigmalión. Más tarde se embarcó de nuevo, pero un naufragio la obligó a llegar hasta las costas de Lacio. Allí, acogida cortésmente por Eneas, despertó los celos de su esposa Lavinia. Recibió una advertencia en sueños de Dido (exhortándola a abandonar el palacio de Eneas), y así se arrojó a las aguas del río Numicio que la ocultó entre sus fragosidades. Numicio, divinizado, se convirtió en su esposo.

ANQUÍNOE

Hija del Nilo. Este nombre significa «fuente de agua corriente». Se casó con Belo, rey de Egipto e hijo, a su vez, de Libia y Poseidón, y después dio a luz a Egipto y a Dánao.

ANQUISES

Príncipe de la familia reinante de Troya, hijo de Capis. Fue amado intensamente por Afrodita de la cual tuvo a Eneas, que había de ser después el iniciador de la gloriosa historia de Roma. Se cuenta que lo cegó un relámpago precisamente en el momento en que se jactaba de su unión con la diosa.

En la trágica noche del incendio de Troya, el anciano Anquises fue salvado azarosamente por su hijo, que huyó llevándolo sobre sus hombros. Murió en Drepano (Trapani).

ANTEA

Esposa de Preto, llamada también Estenebea por los trágicos. Sintió un violento amor por el joven Belerofonte, que había sido acogido por Preto en la corte de Tirinto. Por no querer el héroe corintio ceder ante sus seducciones, lo acusó de haber atentado contra su virtud. Preto respetó las leyes de la hospitalidad, pero con el fin de vengarse envió al joven a casa de su suegro Yóbates para que lo mandase matar. Belerofonte, informado de la maquinación infame, quiso vengarse. Volvió a Tirinto, donde fue acogido afectuosamente por Preto, consiguió hacer revivir en el corazón de Antea su antigua pasión y la convenció para que le siguiese a su nuevo reino. Una mañana, huyeron montados en el mítico caballo Pegaso; pero durante el viaje, Belerofonte lanzó el caballo a un galope desenfrenado y, al aproximarse al mar, la mujer cayó de la silla estrellándose contra las rocas.

ANTEO

Hijo de Poseidón y de Gea (la Tierra). Este mítico gigante reinaba en Libia y obligaba a todos los que pasaban por su territorio a luchar contra él. Le bastaba tocar con los pies la tierra, que le había dado el ser, para resultar invulnerable. Durante la empresa de los bueyes de Gerión, Heracles pasó por Libia, y el gigante lo desafió. Para deshacerse de él, lo mantuvo levantado del suelo y lo asfixió con la poderosa fuerza de sus brazos mientras lo mantenía en el aire.

ANTEROS

Hermano de Eros, dios del amor. Era venerado como dios del amor correspondido, como su nombre indica. Otros lo consideran una personificación del dios enemigo del amor.

ANTICLEA

Hija de Autólico, a su vez hijo de Hermes. Poseía naturaleza divina. Se casó con Laertes y dio a luz al héroe griego Ulises. Durante una de las etapas de su largo peregrinar, este llegó hasta las puertas del Hades y tuvo ocasión de ver a varios difuntos conocidos; habló también con su madre, que le dio noticias de Laertes, de Penélope y de Telémaco.

ANTÍGONA

Hija de Edipo y de Yocasta. Delicada jovencita, de ánimo generoso e inclinado a la piedad. Siguió y cuidó a su padre ciego en su peregrinar hasta Colona, donde murió. Después de la muerte de Edipo, sus hijos Eteocles y Polinice se pusieron de acuerdo para reinar por turno durante un año en Tebas, pero uno de ellos no respetó el pacto. Combatieron en duelo y se mataron mutuamente. Cuando su tío Creonte llegó a ser rey de Tebas, ordenó que el cuerpo de Polinice, que había sido el primero en sitiar la ciudad, sirviese de pasto a los perros y a los buitres. Antígona trató de oponerse al impío y, siguiendo sus impulsos compasivos, dio secretamente sepultura al cadáver de su hermano. Condenada, como castigo por su desobediencia, a ser enterrada viva, se ahorcó.

ANTÍLOCO

Guerrero griego, hijo del sabio Néstor y amigo íntimo de Aquiles. Participó valerosamente en diversas empresas durante la guerra de Troya; allí lo mató Memnón, rey de los etíopes; lo enterraron en un túmulo junto a Aquiles y Patroclo.

ANTÍNOO

El principal y el más audaz de los Procios, pretendientes de Penélope durante la ausencia de Ulises de Ítaca. Cuando este hubo superado la prueba impuesta por Penélope —ensartar los doce anillos de las segures plantadas en el suelo en el viejo arco del propio Ulises—, dirigió el arco contra Antínoo atravesándolo y dando así la señal para comenzar la matanza.

ANTÍOPE

1. Véase *Hipólita.*

2. Descendiente de Cadmo e hija del rey de Tebas Nicteo y de Polixo. Famosa por su deslumbradora belleza, impresionó a Zeus. El dios, enamorado de ella, la sedujo tomando la figura de un Sátiro. Tuvieron dos hijos, Anfión y Zeto. Antíope huyó de la cólera de su padre, que había descubierto sus amores furtivos con el rey de los dioses, y encontró asilo junto al rey de Sición, Epopeo, que, aun sabiendo que estaba embarazada, no vaciló en casarse con ella. Estalló una guerra entre Epopeo y Nicteo, en la que ambos murieron. Lico,

hermano de Nicteo, se encargó de devolver a su patria a Antíope, que durante el viaje de regreso dio a luz en el Citerón a los dos gemelos hijos de Zeus. Al llegar a Tebas, Lico se casó con Antíope, a la que, sin embargo, repudió más tarde para casarse con Dirce. Esta la convirtió en su esclava. Cuando pudo huir con la protección de Zeus, Antíope se reunió con sus hijos en el Citerón y, revelada su personalidad, pidió que la vengasen. Tanto se exaltaron que, tras reunir un ejército, conquistaron Tebas, mataron a Lico y, después de atar a Dirce a los cuernos de un toro, la condenaron a un suplicio atroz y mortal. Según otra leyenda, Dirce se encaminó al Citerón para tomar parte en una celebración en honor de Dioniso y allí encontró a la esclava fugitiva. Ordenó que, para castigarla, la atasen a los cuernos de un toro, pero los que debían ejecutar la orden eran precisamente Anfión y Zeto. Reconocieron a su madre y colocaron entre los cuernos del animal a la propia Dirce. Los dioses del Olimpo, sin embargo, indignados ante el bárbaro fin de la mujer, la transformaron en fuente, que brotó en las cercanías de Tebas y llevó su nombre. Dioniso, a quien Dirce había tributado honores especiales, hizo enloquecer a Antíope. Se dice que la mujer, demente y errabunda, recorrió gran parte de Grecia; la locura no amortiguó su belleza, por lo que, cuando llegó a Corinto, el rey Focas, al verla, se enamoró de ella, la convirtió en su esposa y consiguió sanarla de la demencia con que Dioniso la había castigado para vengar la muerte de Dirce.

APIS

Divinidad egipcia, representada en figura de toro completamente negro, consagrado al dios Serapis. En el templo de Menfis se guardaba un toro al que se consideraba como el dios mismo y al que los sacerdotes ofrecían alimentos y bebidas en vasos de oro. Cuando el toro negro moría, todo Egipto vestía de luto, hasta que se conseguía encontrar otro animal idéntico que pudiese ocupar el lugar del dios Apis.

APOLO

Hijo de Zeus y de Leto (Latona), hermano gemelo de Ártemis, nació junto al monte Cinto en la isla de Delos. Se cuenta que Latona, perseguida por los celos de Hera, tuvo que peregrinar durante largo tiempo de un lugar a otro, a fin de encontrar un lugar seguro para dar a luz. Delos había sido, hasta entonces, una enorme roca que flotaba en el Océano. Después del nacimiento de Apolo y de Ártemis, Poseidón le dio estabilidad fijándola con fuertes columnas hincadas en el fondo del mar. Cuando nació el dios, algunos cisnes sagrados dieron siete veces la vuelta a la isla volando, el séptimo día del mes; luego lo condujeron a su país a orillas del Océano, junto a los Hiperbóreos, que vivían en paz y justicia bajo un cielo siempre puro. Con frecuencia Apolo volvía allí para invernar, de lo cual deriva su sobrenombre de *Hiperbóreo*. En el hijo de Zeus, el Cielo, y de Latona, la Noche, los antiguos simbolizaron el milagro deslumbrante de la luz. Al despuntar la aurora, Apolo montaba en su carro tirado por blancos caballos alados e iniciaba su ascensión hacia el centro del cielo y otorgaba a su paso

APOLO Y HERA

APOLO Y HERACLES DISPUTÁNDOSE
EL TRÍPODE

luz y calor a la tierra. Era venerado como Targelo, por los beneficios que producía en la vegetación y como el destructor de los ratones (Esminteo) y de los saltamontes (Parnoplio). Como dios de la luz tuvo que enfrentarse con los monstruos de las tinieblas. Cuando contaba sólo cuatro días de vida, mató en un valle, al pie del Parnaso, a la serpiente Pitón, nacida del limo de la tierra después del diluvio, que Hera había sacado de las tinieblas para que luchase contra él. La serpiente infestaba el lugar sagrado de Delfos, donde debía aparecer el oráculo de Apolo. En conmemoración de esta hazaña, el dios recibió el sobrenombre de *Pitio*, llamándose también *Pitia* a la Sibila, y juegos *Píticos*, los que se celebraban en Delfos para recordar la victoria del hijo de Latona. De la misma manera que conseguía dispersar las tinieblas de la noche, Apolo ahuyentaba la ignorancia con su arte adivinatoria, revelando la voluntad de Zeus; en él se inspiraban la Sibila y los adivinos. Además de Delfos, que fue siempre el lugar más importante, sus oráculos estaban extendidos por muchos países; había uno, por ejemplo, cerca de Colofón, otro junto a Mileto, otros en la región de Troya, en Licia y en diversos lugares del continente helénico. Los antiguos, además de ocuparse del espíritu, se ocuparon también del cuerpo y consideraron a Apolo como progenitor de los médicos y padre de Asclepio (en latín Esculapio). Este aprendió el arte de la medicina del centauro Quirón, a quien su padre lo había confiado después de la muerte de la madre, Corónides. Sin embargo, cuando este quiso sobrepasar los límites de la naturaleza devolviendo la vida a los muertos, se granjeó las iras de Zeus, que con un rayo lo hundió en el Hades. Apolo, para vengar a su hijo, mató con sus flechas a los Cíclopes que habían forjado el rayo de Zeus. Coexisten en Apolo dos aspectos. Es el defensor de la salud y del orden, de las leyes y de la justicia, pero provoca también la muerte, la peste y la ruina. El dios fue castigado dos veces con el exilio entre los mortales. La primera vez cuando conspiró con Poseidón, Hera y Atenea para encadenar a Zeus y dejarlo suspendido en el centro del cielo. La conjura fracasó y, junto con Poseidón, tuvo que ayudar al rey de Troya, Laomedonte, a construir las murallas de la ciudad. Terminado el trabajo, los dos dioses pidieron una recompensa al rey, pero este rehusó amenazándoles con cortarles las orejas y venderles como esclavos si insistían. Más tarde, Apolo se vengó de la ciudad y de la dinastía. En castigo por haber matado a los Cíclopes, Zeus le mandó a trabajar como pastor en casa del buen rey Admeto de Feres, en Tesa-

APOLO ARQUERO

lia. Durante un año, Apolo guardó los rebaños, que prosperaron extraordinariamente en aquel periodo, llevando la abundancia a la casa del rey. Sin embargo, un día, mientras Apolo guardaba los animales como de costumbre, se durmió a causa del bochorno agobiante. Hermes le robó cincuenta hermosas cabezas de ganado. Para aplacar al dios que amenazaba con matarlo, el ladrón le regaló un caparazón de tortuga en el cual estaban colocadas algunas cuerdas tensas, sujetas con clavijas; fue la primera cítara. Apolo no quiso separarse nunca de ella y llenó de armonía el Olimpo y la tierra. Al extenderse sus atributos de sanador de cuerpos y espíritus, Apolo se convirtió en protector de todo cuanto estaba sujeto a las reglas de la proporción y del ritmo en la tierra y tenía el poder de infundir paz y tranquilidad en los ánimos, es decir, la música, la poesía, el canto, el arte de edificar y el de reproducir la figura de los dioses. Dirigió el coro de las Musas y residía con ellas en el Helicón. De ahí su título de *Musageta*. Fue desafiado como músico por Pan, experto en la flauta fabricada con cañas. Midas, rey de Frigia, hizo de juez y entregó el premio al velloso, al de las patas de cabra. En venganza, Apolo hizo que le creciesen orejas de asno. Otra competición tuvo lugar entre el dios y el sátiro Frigio Marsias, hábil flautista. Marsias resultó vencido y Apolo, implacable, atándolo a un árbol, lo desolló vivo. Con esta leyenda de significado mítico y moral se pretendía atestiguar una supremacía de la música griega sobre la asiática, de la noble cítara sobre la flauta silvestre, mientras que se advertía que no se tenía que intentar lo imposible. Numerosas y generalmente infortunadas son las leyendas sobre los amores de Apolo. Se enamoró de la ninfa Dánae, transformada en laurel por la Tierra, cuando el dios estaba a punto de poseerla. Desde entonces, el laurel estuvo consagrado a Apolo y con él se coronaba a

los héroes y poetas. Corónides, que concibió a su hijo Asclepio, lo traicionó con un mortal, atrayéndose la venganza de Apolo y la muerte. Apolo se prendó también de Casandra, hija del rey Príamo y, para seducirla, se ofreció a enseñarle el arte de la adivinación. Casandra aceptó, pero no cumplió lo pactado, por lo cual Apolo la castigó quitándole el don de la persuasión; profetizaba pero nadie la creía; Apolo no amó tan sólo a mujeres, sino también a algunos donceles, entre los cuales los más célebres son Jacinto y Cipariso, cuya muerte, o mejor aún, cuya metamorfosis —el primero se transformó en flor homónima y el segundo en ciprés— lo afligieron profundamente. Apolo era representado como un joven bellísimo, de figura atrayente y armoniosa, de rostro sereno e inspirado. Según sus distintos atributos aparecía sobre el carro solar, con la cítara y el laurel o junto al trípode en el que se apoyaba la Sibila para profetizar. Su culto figuró entre los más difundidos en las diversas regiones de Grecia; en Delfos, en el valle de Tempo, en Creta, en Delos y en las costas de Asia Menor era honrado su nombre. Le estaban dedicados el cisne, la palma y el laurel. Los romanos no tardaron en acoger en el panteón de sus dioses al Apolo griego y lo veneraron con el nombre de *Febo*, una de las mayores divinidades del Olimpo romano, con sus tres atributos de adivino, médico y protector de las Musas. Durante la guerra

APOLO LUCHANDO CONTRA TICIO
EN DEFENSA DE LATONA

APOLO DE BELVEDERE

contra Cartago se instituyeron los juegos *Apolinares*, inspirados en los *Píticos*. Augusto lo veneró de manera especial porque creía que la victoria de Accio debía atribuirse a su intervención y mandó construir un templo en su honor sobre el Palatino.

En las artes figurativas Apolo aparece representado con frecuencia hasta el punto de que su iconografía supera a la de Zeus, su padre. No ha habido pintor, escultor ni artista que no le haya dedicado una parte notable, acaso la mejor, de su talento. Recordaremos las obras más importantes que han llegado hasta nosotros: la *Cabeza de Apolo*, del siglo V, está en el Museo Barroco de Roma; la *Crátera ática con Apolo, Dioniso y Hermes* y *El Apolo de Veyo* del siglo V, en el Museo de Villa Julia de Roma; el *Apolo Citaredo*, bronce del siglo V y el *Apolo de Belvedere* —la más hermosa de las estatuas— ambas en el Museo Vaticano de Roma; el *Apolo Citaredo de Pompeya*, en el Museo Nacional de Nápoles; el *Apolo del frontón* del templo de Zeus, en Olimpia; el *Apolo llamado Pitión*, del siglo V, del Museo Nacional de Atenas; el *Apolo Sauróctono* de Praxíteles; el *Apolo Musegeta* del siglo IV; el *Apolino* de la Galería de los Uffizi de Florencia; el *Apolo de*

Calámide en el Museo Capitolino de Roma. En pintura son conocidos los cuadros: *Apolo y las Musas* de la Galería de Arte Moderno de Milán y *Dafne y Apolo* de la Pinacoteca de Brera en Milán. En general, Apolo ha sido siempre motivo de inspiración para los artistas.

APSIRTO

Hijo de Eetes y hermano de Medea, asesinado por esta, que lo cortó a trozos y lo arrojó al camino para retardar la persecución de su padre mientras huía con Jasón.

AQUELOO

El más importante de los ríos griegos, actualmente llamado Aspropótamo. Nace en Peristeri, cruza, formando un amplio valle, la región del Pindo y desemboca en el golfo de Patrás en el mar Jónico. Hijo de Océano y Tetis, diosa del mar, se le consideraba el rey de los ríos y era bastante venerado. Adopta diversos aspectos: de leopardo, de serpiente y de toro. En su figuración de toro luchó contra Heracles por la posesión de Deyanira, pero fue derrotado.

AQUEO

Hijo de Juto y de Creúsa, sobrino de Héleno, fue el fundador de los aqueos.

AQUERONTE

Nombre antiguo de algunos ríos de Grecia. El más conocido, el actual Mecropótamo del Epiro, tiene un curso salvaje, en parte subterráneo, y forma la mefítica laguna de Aquerusia. Considerado el mayor de los cinco ríos infernales, daba acceso al Hades. Las almas de los muertos, al ser incinerados o inhumados, eran admitidas en la travesía utilizando la barca de Caronte. Aqueronte fue personificado como hijo de Deméter, transformado en río como castigo por haber ofrecido agua a los Titanes cuando escalaron el cielo.

AQUILES

El más célebre de los héroes legendarios de Grecia. Hijo de Peleo, rey de los mirmindones de Tesalia y de Tetis, una de las Nereidas. Su madre, para hacerlo invulnerable, lo sumergió en la Estigia, sujetándolo por el talón, por donde resultó este ser el único punto vulnerable de su cuerpo. Su educación y adiestramiento se los confió al centauro Quirón y a Fénix. Para impedirle participar en la guerra de Troya, donde sabía que estaba destinado a morir, su madre Tetis lo ocultó, disfrazado con vestiduras femeninas, en la corte de Licomedes, rey de Esciro. Descubierto por el astuto Ulises, partió con él en la expedición de Troya en la que pronto se reveló como el más eficaz defensor de los griegos contra los troyanos. Pero su ira era tan implacable como valeroso, insuperable y feroz era en la batalla. Irritado contra Agamenón, que le había obligado a cederle la esclava Briseida, en sustitución de Criseida, que el mismo Agamenón había restituido a su padre, el sacerdote Crises, airadamente se negó a combatir, a pesar de los reveses sufridos por los griegos. Sólo la muerte de su amadísimo Patroclo, a manos de Héctor, despertó de nuevo su furia guerrera y vengadora. Revestido con nuevas armas, resplandecientes y poderosas, que Tetis había encargado expresamente a Hefesto, Aquiles empezó a causar estragos entre los troyanos, luego se enfrentó con Héctor y lo mató. Maltrató repetidas veces el cadáver en presencia de los propios troyanos y de Príamo y Hécuba, padres de Héctor. Su afán de venganza se aplacaría tras las solemnes honras fúnebres tributadas a Patroclo. Posteriormente, demostraría una piedad profunda y pensativa —presagio de su inminente fin— hacia Príamo, el anciano rey, que le suplicaba que le devolviera el cadáver de su hijo. Aquiles, lleno de dignidad, se lo concedió. Lloran juntos, el anciano, de pesar en la muerte de su hijo Héctor; el héroe griego, de dolor pensando en su viejo y lejano padre, a quien no volverá a ver. Aquiles actuó en adelante presintiendo su fin inminente; poco después moriría, efectivamente, en manos de Paris. El hijo de Príamo (precisamente en los instantes que preceden a la ruina de su ciudad, arrasada y devastada por los griegos) lo herirá en el talón con una flecha provocándole la muerte.

AQUILES

AQUILÓN

Viento del nordeste, llamado también *Bóreas* y divinizado, como los otros vientos, por la fantasía de los griegos.

ARACNE

Muchacha lidia. Aprendió de Atenea el arte de tejer y alcanzó tal pericia que se jactó de haber superado a la propia diosa. Esta, celosa de su superioridad, habiéndola oído, la visitó en figura de anciana rugosa y revelando ser la diosa, la desafió a un concurso de destreza. Aracne aceptó. Atenea representó sobre la tela con la aguja y con lanas de colores el esplendor del Olimpo y de los dioses; Aracne, en cambio, representó con riqueza de matices y de tonalidades los amores de los dioses, resultando su obra tan perfecta que la propia Atenea, viéndose igualada, en ímpetu de envidiosa irritación destruyó la tela, rompió el telar y transformó a la muchacha en araña, condenándola por toda la eternidad a tejer finísimas e iridiscentes telas.

ARARACO

Hijo de Tros y de Calírroe, de quien desciende la familia real de los troyanos. Araraco, por su parte, gobernó en Dardania y engendró a Capis cuyo hijo fue Anquises, padre de Eneas. Tuvo dos hermanos: Ilo y Ganimedes, que por su belleza fue arrebatado al Olimpo.

ARCADE

Hijo de Zeus y de la ninfa Calisto. Se le considera el progenitor de los arcadios. La leyenda dice que el joven, valiente cazador, estaba a punto de matar por ignorancia a su madre, transformada en osa por la celosa Hera. Los gemidos de la fiera lo detuvieron; Zeus intervino transformando a Arcade en oso que, junto con su madre, fue trasladado al cielo, donde ocupa un lugar entre las constelaciones (Osa Mayor y Osa Menor).

AREÓPAGO

La colina de Atenas consagrada a Ares, de quien deriva su nombre. Este lugar llegó a ser, tras algunos acontecimientos míticos —el juicio de todos los dioses acerca de Ares y el de los Areopagitas, es decir, los miembros del Areópago, al que fue sometido Orestes después del parricidio—, la sede del más antiguo y del máximo tribunal de Atenas, que juzgaba los delitos de sangre. Más tarde, al parecer a raíz de las reformas de Solón, el celebérrimo legislador ateniense, el Areópago desempeñó las funciones de suprema vigilancia incluso sobre las actividades administrativas y religiosas de la ciudad-estado. Los miembros tenían sus sesiones de noche, al aire libre, y su juicio era inapelable.

ARES (MARTE)

Hijo de Zeus y de Hera. Considerado el dios de la guerra en su aspecto más belicoso, gozaba con la vista de la sangre y de las cruentas matanzas. Tenía una figura gigantesca y una potente voz. Llevaba coraza y yelmo con cimera rojiza; iba armado con una lanza o espada y, a veces, se le veía guiar un carro, cuyas ruedas estaban armadas con hoces cortantes. Le acompañaban dos demonios de rostros lívidos, que le servían de escuderos: Deimos y Fobor (es decir, la personificación del espanto y del temor), que llevaban látigos hechos de serpientes. También iba junto a él su hermana Erix, la Discordia, y Enyo, diosa de las matanzas, que bebía la sangre de los caídos y despedazaba sus miembros. A menudo, los griegos se complacían en representar a Ares vencido, con su fuerza brutal contenida y engañada por el valor más inteligente de Heracles (Hércules) o por la sabiduría de Atenea, que hizo que Diomedes le hiriera ante los muros de Troya. Otra vez, combatió contra Heracles llevando la peor parte. El héroe había matado a su hijo Cicno y Ares intervino para defenderlo, pero fue herido en el muslo y tuvo que retirarse de la lucha. Las leyendas con referencias al dios Ares no son numerosas y su culto no estaba muy difundido en Grecia. Era venerado especialmente en Tebas, donde tuvo un manantial custodiado por un dragón, hijo suyo. Cuando Cadmo llegó a Grecia, procedente de Siria, quiso coger agua de dicha fuente para celebrar un sacrificio, pero el dragón trató de impedírselo.

Cadmo lo mató, pero en expiación tuvo que servir a Ares como esclavo durante siete años. Al fin de este periodo obtuvo como esposa a Harmonía, hija de Ares y de Afrodita. A esta unión se remonta el origen de la familia real tebana. En Atenas existía un lugar que llevaba el nombre del dios: el *Areópago* o colina de Ares. A sus pies corría un manantial, junto al que Ares descubrió un día a un hijo de Poseidón cuando intentaba forzar a Alcipe, la hija que él había tenido con Aglauro. Para defenderla, Ares se precipitó sobre el joven y lo mató. Poseidón lo citó entonces ante un tribunal formado por todos los dioses del Olimpo, que se reunió en la misma colina. Ares fue absuelto. Sin embargo, para recordar el suceso la colina se llamó Areópago. Con respecto a los amores de Ares con Afrodita existen dos versiones. Homero cuenta que, cuando Ares consiguió enamorar a la bella y caprichosa Afrodita, fue sorprendido por el marido de esta, Hefesto, a quien Helios, el sol que todo lo ve, había revelado las relaciones ilícitas. Hefesto capturó en una red de mallas invisibles a los dos amantes, exponiéndolos así a la irrisión de todos los inmortales. Otros, en cambio, refieren que Ares fue el marido legítimo de Afro-

dita y que de ellos nació Harmonía, que como ya hemos dicho fue otorgada por esposa a Cadmo dando origen a los reyes de Tebas. Los hijos de Ares tuvieron defectos peores que los paternos. Además de Cicno, a quien mató Heracles, se decía que Ares fue padre del salvaje rey tracio Diomedes, el que alimentaba a sus caballos con carne humana, y del rey tesaliano Flegias, frustrado incendiario del templo de Apolo. También las Amazonas, por su amor a la guerra y su fiereza, eran consideradas hijas de Ares. El dios itálico identificado con Ares es Marte, que, al parecer, fue en su origen el dios de la vegetación primaveral que vencía la esterilidad del invierno. Sin embargo, en la belicosa Roma pasó a ser el dios de la guerra ante todo, bajo la influencia del Ares griego. Le estaba consagrado el mes de marzo, en el cual se celebraban sus fiestas; a su culto estaban dedicados los sacerdotes Salios y el flamen de Marte. Su importancia se fue haciendo mayor hasta llegar a ser el dios más poderoso después de Zeus. Su calificativo más usado era el de Gradivus («el que se lanza al combate»). Invocado antes de comenzar la batalla, se le consagraba parte del botín, y en caso de derrota, esta se atribuía a su influencia adversa; se trataba entonces de aplacar su supuesta cólera con grandes sacrificios. Como compañeras suyas se citaban algunas divinidades, Metus y Pavor (personificación del miedo y del espanto) que recuerdan a Deimo y Fobos, Honos y Virtud (personificación del honor y del valor), la diosa Victoria (evidentemente signo de la victoria) y Pax (la paz); lo acompañaba también su hermana Belona, diosa de la guerra, equivalente a la diosa griega Enyo. Augusto, después de su victoria sobre los sucesores de César, instituyó el culto a Marte Ultore («vengador»), dedicándole un templo en el Foro. La leyenda lo hace padre de Rómulo y Remo (nacidos de

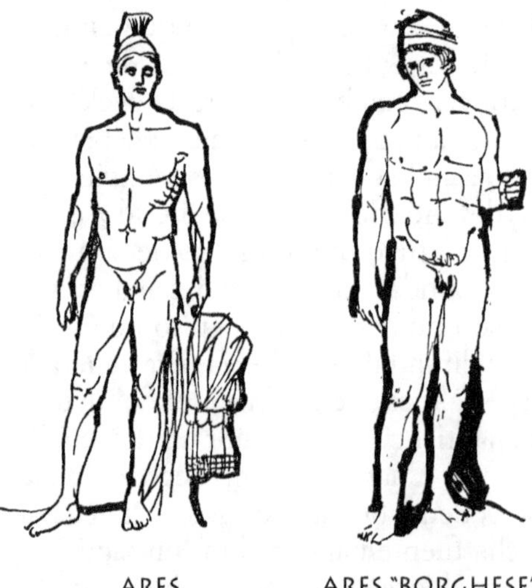

Rea Silvia) y de ahí su apelativo de *Pater*. Le estaba consagrado el campo de Marte, una amplia plaza en la orilla izquierda del Tíber, donde se ejecutaban ejercicios militares. Tenía numerosos templos, el más importante de los cuales se encontraba junto a la Puerta Capena, donde se guardaba el Ancile. Animales a él consagrados eran el lobo, el caballo y el pájaro carpintero. De ordinario se le representaba como un joven hermoso y gallardo, de aspecto enérgico.

ARETUSA

Ninfa transformada por Ártemis en una fuente de la isla de Ortigia, cerca de Siracusa, adonde la siguió Alfeo, dios fluvial. Este, enamorado de ella, tras haber tomado figura humana, volvió a ser río y atravesó el mar, consiguiendo mezclar sus aguas con las del manantial de la ninfa. Este mito predomina en la numismática siciliana de los siglos V y III a. de C.

ARGES

Uno de los Cíclopes. Lo mismo que sus hermanos Brontes y Estéropes, era una evidente divinización de los fenómenos de la electricidad atmosférica. Arges personificaba el rayo.

ARGONAUTAS

El ciclo y la leyenda de los Argonautas se forjaron en torno de la figura de Jasón, héroe tesaliano. Su padre Esón reinaba en Yolco, al pie del monte Pelios. Esón, destronado por su hermanastro Pelias, hijo, según se decía, de Tiro y de Poseidón, tuvo que retirarse al exilio. Jasón, como la mayoría de los héroes legendarios, había sido educado por el centauro Quirón, a quien lo habían confiado a escondidas para salvarlo de Pelias. Al cumplir los veinte años, abandonó la cueva de su maestro y se

presentó, sin darse a conocer, en la corte de Yolco, cuando su tío se disponía a celebrar un sacrificio. Iba vestido de forma un tanto extraña; cubierto con una piel de pantera, sostenía una lanza en cada mano y llevaba descalzo el pie izquierdo, porque había perdido una sandalia por el camino. Al verlo, Pelias se acordó de un oráculo que le había aconsejado guardarse del hombre que se presentase ante él con una sola sandalia. Tras ordenar al viajero que se aproximase, le preguntó cuál creía que debía ser el castigo de quien conspiraba contra su rey. Jasón respondió que había que enviarlo a la conquista del vellocino de oro. Pelias le reveló entonces que con toda probabilidad quien conspiraba contra el rey era él mismo, Jasón, y que ya había sido pronunciada la sentencia. Jasón se vio obligado a obedecer después de obtener de Pelias la promesa de que a su regreso recuperaría el trono arrebatado antes a su padre. Este preciado vellocino de oro, cuya conquista parecía una empresa imposible, había pertenecido a un carnero divino, alado, que Hermes regaló en otro tiempo a Néfele, la primera esposa de Atamante, el rey a quien Zeus encomendara la educación de Dioniso. Cuando Ino, la segunda mujer de Atamante, consiguió con sombrías maquinaciones que los dos hijos de Néfele, Frixo y Hele, fuesen sacrificados para

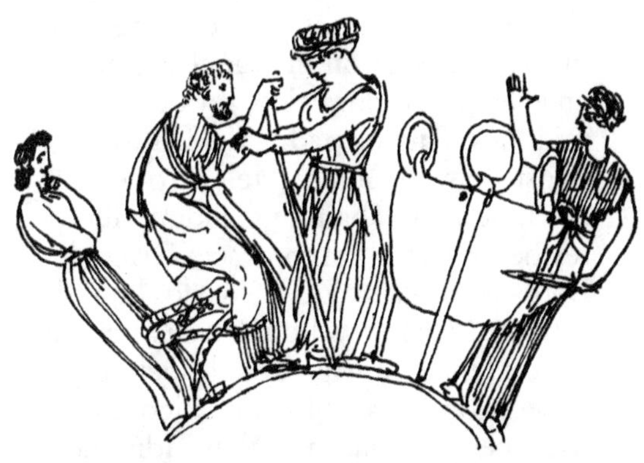

LAS PELÍADAS MATAN A SU PADRE

alejar del país una perniciosa sequía, Néfele regaló a sus hijos el carnero divino y alado que los transportó a través del cielo. Sin embargo, Hele, la niña, cayó de cabeza al mar durante el viaje mientras estaban atravesando el estrecho, que por ella tomó el nombre de Helesponto o mar de Hele. Su hermano Frixo llegó sano y salvo a Cólquida, en la región del Cáucaso, donde sacrificó el carnero a Zeus, colgó el vellón del animal, que era de lana de oro, en un bosque consagrado a Ares y lo mandó custodiar por un terrible dragón siempre alerta. Frixo se casó con Calcíope, hija de Eetes, rey de aquel país, que ordenó guardar celosamente el vellocino de oro. Para realizar su empresa, Jasón comenzó pidiendo ayuda a Argos, el hijo de Frixo, y este, aconsejado por Atenea, construyó la nave a la que dio nombre, dotada de cualidades maravillosas. La proa estaba hecha con un tronco de una encina profética de Dodona; la propia diosa la había cortado concediéndole el don de la palabra, de forma que podía pronunciar profecías. Mientras la construían, Jasón reunió un gran número de compañeros a los que se llamó Argonautas o navegantes de Argos. Entre ellos figuran los principales héroes de la generación que precedió a la guerra de Troya; son los padres de los combatientes aqueos, compañeros de Agamenón, y otros que figuran en el ciclo tebano, como el adivino Anfiarao. Pero los Argonautas más célebres, los que desempeñaron un papel destacado en la empresa son: Peleo, rey de los mirmidones; Tideo, padre de Diomedes; Acasto, rey de Yolco; Meleagro, el que dio muerte al jabalí de Calidón; Teseo, rey de Atenas; el cantor tracio Orfeo; los Boréadas, Calais y Zetes, los dos hijos de Tíndaro; Cástor y Pólux y sus primos Idas y Linceo. Orfeo era el poeta de la expedición y Asclepio el médico, mientras que el adivino oficial era Idmoneo, hijo del argivo Abante. En total, los Ar-

JASÓN Y EL VELLOCINO DE ORO

gonautas eran cincuenta, es decir, tantos como los remos de la nave que los transportaba. El viaje comenzó con favorables auspicios. Los presagios indicaban que todos volverían con vida excepto Idmoneo. La primera etapa fue la isla de Lemnos, que en aquella época estaba habitada sólo por mujeres, las cuales, en virtud de una maldición de Afrodita, habían matado a todos los hombres y estaban preocupadas por la continuidad de la estirpe. Los Argonautas fueron acogidos con hospitalidad y les dieron hijos. Luego se dirigieron hacia el Helesponto. El rey de los dolíones Cízico, los recibió con benevolencia en su país. Sin embargo, la noche siguiente, cuando los Argonautas reanudaron la travesía, vientos contrarios les condujeron de nuevo sin que ellos lo supieran al país de los dolíones, que no les reconocieron y los atacaron, creyéndoles piratas. El rey Cízico acudió al oír el fragor de la batalla y, en la lucha, lo mató Jasón. Al hacerse de día, ambos bandos reconocieron su error. Durante los tres días sucesivos los Argonautas celebraron solemnes funerales por el rey y organizaron juegos fúnebres en su honor. La etapa siguiente los llevó a la costa de Misia. En el país de los hébricos, donde desembarcaron a continuación, Pólux fue desafiado por el rey Ámico y lo venció. Al día siguiente, la nave *Argos* se vio sacudida por una violenta tempestad, y tuvo que atracar en la costa de Tracia, en el reino de Fineo. Este era un adivino ciego al que los dioses habían hecho víctima de una maldición singular; las Arpías saqueaban su mesa y ensuciaban con sus excrementos todo lo que no podían llevarse. Los Argonautas pidieron a Fineo que los informase sobre el éxito de su expedición, pero este exigió a cambio que lo liberasen de las Arpías. Los dos hijos de Bóreas, que eran alados, persiguieron a los monstruos y, cuando los alcanzaron en las islas Estroíades, les hicieron jurar que no volverían a importunar al rey. Fineo reveló a sus liberadores cuanto debían saber acerca del porvenir y los puso en guardia contra los Semiplégades, dos arrecifes que se movían con tanta velocidad, que difícilmente podía pasar entre ellos una nave sin peligro de naufragio. Reemprendiendo su viaje, los Argonautas encontraron efectivamente los arrecifes de los que les había hablado Fineo; para conocer la voluntad de los dioses, enviaron una paloma que voló en línea recta entre los Semiplégades, atravesándolos sin sufrir daño. Alentados los Argonautas intentaron pasar, y lo lograron. Desde aquel día, los Semiplégades quedaron inmóviles, porque según los hados, su movimiento debía terminar cuando una nave consiguiese atravesarlos. De esta manera, los navegantes entraron en el Ponto Euxino. Después de otras etapas llegaron a Cólquida; en la corte de Eetes, Jasón expuso al rey el motivo de su llegada. Eetes no se negó a lo que pedían, pero, antes de cederles el vellocino de oro, exigió que el héroe, solo y sin ayuda, unciese toros de pezuñas de bronce, que lanzaban llamas por las narices. Estos monstruos, regalo de Hefesto, eran de una ferocidad extrema, y así el rey esperaba, evidentemente, que Jasón

sucumbiese. Añadió aún una segunda prueba; dominados los toros, el héroe debía arar un campo y sembrar allí los dientes del dragón de Ares. Jasón, perplejo ante la dificultad de las empresas que le habían propuesto, encontró ayuda en Medea, hija del rey, que sintió una violenta pasión por él. Le regaló un bálsamo mágico que debía esparcir por todo su cuerpo para evitar las quemaduras y ser invulnerable. Ella, que era maga y sacerdotisa de Hécate, le reveló, además, lo que surgiría de los dientes del dragón, una vez sembrados. Así preparado Jasón consiguió domar a los dos toros, arar el campo y sembrar los dientes. De estos, como le había predicho Medea, nació un grupo de guerreros bien armados. Escondiéndose de ellos, Jasón lanzó una piedra en medio del grupo y los guerreros comenzaron a acusarse recíprocamente y se mataron unos a otros. Eetes, entretanto, no había mantenido su promesa y estaba a punto de incendiar la nave de *Argos*, cuando Jasón, con la ayuda de Medea, se apoderó del vellocino y escapó, siempre acompañado por la muchacha, que había tomado consigo a su hermano Apsirto. Eetes, furioso por haber sido burlado, lo empezó a perseguir. Para detenerlo, Medea mató al pequeño Apsirto, dispersando sus miembros por el mar. Eetes se entretuvo recogiéndolos y, cuando terminó, era ya demasiado tarde para alcanzar a los fugitivos. La voz de Argos reveló que Zeus estaba irritado por la muerte de Apsirto y que era necesario que lo purificara la maga Circe, hermana de Eetes y, por consiguiente, tía del asesinado y de Medea. Obedientes, hicieron escala en el país de Circe, cerca de Gaeta, en la costa itálica. Circe los purificó y la nave continuó su camino. Al atravesar el mar de las Sirenas, Orfeo cantó una melodía tan bella que nadie se sintió tentado de escuchar la voz de las encantadoras. Atravesando el estrecho

ARGONAUTAS

de Mesina, la nave se encontró frente a la isla de los Feacios, donde se había detenido un grupo de cólquidos que la perseguía, pero Alcínoo, rey de los feacios, se negó a entregarlos continuando los Argonautas la travesía. Una tempestad los arrastró hasta la ribera de Sirte en la costa de Libia. Para encontrar refugio, transportaron la nave sobre sus hombros hasta el lago Tritón y el dios de dicho lago, Tritón, les mostró un paso a través del cual salieron de nuevo a mar abierto. Desde allí hubiesen querido desembarcar en Creta, pero el gigante Talos, cuyo cuerpo era de bronce, les impidió el acceso a la isla. Sin embargo, gracias a los encantamientos de Medea, el gigante resbaló sobre las rocas, dislocándose el tobillo, su único punto vulnerable, y murió. Los Argonautas acamparon en la orilla, después de haber construido un templo a Atenea. Tras algunos días de navegación, desembarcando una vez en Egina, llegaron finalmente a Yolco con el vellocino de oro. La azarosa empresa había durado casi dos años. Sin embargo, las aventuras de Jasón y Medea estaban lejos de terminar. Pelias no quiso cumplir su promesa de ceder el reino a Jasón. Medea convenció a las hijas de aquel de que podían devolver la juventud a su padre y, para demostrarlo, puso a hervir un viejo carnero, cortado a trozos, en un caldero lleno de hierbas mágicas y salió de allí un cordero jovencísimo. Entonces, las hijas de Pelias no vacilaron; cortaron en pedazos a su padre y lo pusieron a hervir, pero Pelias no revivió. Jasón y Medea tras este delito fueron expulsados de Yolco y se retiraron a Corinto, donde vivieron algún tiempo hasta que el rey del país, Creonte, quiso dar a su hija Creúsa por esposa a Jasón, quien, a su vez, repudió a Medea. Esta envió a su rival, como regalo de bodas, una túnica impregnada en veneno que la mató instantáneamente. Para terminar su venganza contra Jasón, Medea mató ante sus ojos a los dos hijos que había tenido de él, huyendo luego a Atenas en un carro tirado por un dragón alado. Al final de su vida, después de una estancia en Atenas en casa de Egeo, padre de Tesea, volvió a Cólquida, donde restituyó el reino a Eetes, que había sido desposeído por Perseo. Jasón, atormentado por tantas aventuras y desventuras, buscó la muerte bajo la nave *Argos*, con la que se hundió.

ARGOS

1. Hijo de Agenor y de Gea (la Tierra), era un gigante que tenía cien ojos alrededor de la cabeza y que, aun estando profundamente dormido, cerraba tan sólo cincuenta. Fue colocado por la celosa Hera como guardián de Io, la muchacha de quien se había enamorado Zeus y que había transformado en ternera para ocultar a su esposa sus relaciones ilícitas. Argos montaba guardia con tanto celo que Zeus, desesperado, recurrió a la ayuda de Hermes, el cual, disfrazado de pastorcillo, se sentó junto al monstruoso guardián y entonó con su flauta la más bella de sus canciones. Sintiéndose fascinado y lleno de cierta languidez, Argos advirtió que sus ojos se cerraban uno a

uno, faltándole las fuerzas para mantenerlos abiertos. Hermes le cortó la cabeza y liberó a Io. Hera, para honrar la memoria de Argos, colocó sus cien ojos en la cola del pavo real, que, desde entonces se convirtió en su animal preferido y a ella consagrado.

2. Perro fiel de Ulises; animal que envejeció aguardando a su dueño. Fue el primero en reconocerlo al volver a Ítaca y, después de verlo, murió.

3. Hijo de Frixo, místico constructor, dirigido por Atenea, de la nave *Argos*, que condujo a los Argonautas a la conquista del vellocino de oro.

ARIADNA

Hija de Minos, rey de Creta, y de Pasífae. Cuando Teseo llegó a Creta, decidido a liberar la isla del terrible Minotauro, que habitaba en el Laberinto, Ariadna se enamoró de él y le regaló un ovillo de hilo, que extendido a través del intrincado camino, permitió a Teseo, después de matar al monstruo, encontrar el camino de regreso. Ariadna se convirtió en su esposa y partieron juntos, pero un terrible huracán los obligó a hacer escala en la isla de Naxos, donde Ariadna, agotada, pidió descansar. Teseo la dejó dormida en un lugar sombrío y florido y volvió a la nave para reparar los daños sufridos, pero una nueva tempestad rompió las amarras y la embarcación fue arrastrada hasta alta mar. Ariadna, cuando se vio abandonada, se desesperó mucho y se dejó caer, llorando, sobre la hierba. Así la vieron los sátiros del séquito de Dioniso, que se encontraban también en la isla, y se lo contaron a su dios. Este trató de consolarla y al contemplarla se prendió de su belleza, que la hacía parecer una diosa más que una mujer mortal, y le propuso matrimonio. Las nupcias se celebraron entre las danzas y los coros de los Faunos y de las Bacantes. Los esposos montaron en un carro tirado por panteras y triunfalmente se dirigieron al Olimpo. Dioniso regaló a su joven esposa una corona de oro, delicado trabajo de Hefesto, que con el nombre de *Corona de Ariadna* fue colocada entre las constelaciones.

ARIADNA

ARICIA

Sobrina del rey Egeo, fue la única, entre los cincuenta hijos de Palante, que se salvó del exterminio llevado a cabo por Teseo para que su padre pudiese conservar el trono de Atenas. Fue esposa de Hipólito, su primo, cuando este recobró la vida.

ARIÓN

1. Fabuloso caballo surgido de las entrañas de la tierra como consecuencia de un golpe del tridente de Poseidón. Perteneció a Poseidón y a Heracles, así como a otros dioses y héroes. Montado en este caballo alado se salvó Adrasto, único superviviente de la funesta guerra de los *Siete contra Tebas*.

2. Poeta de la antigua Grecia. Su leyenda tiene muchos puntos de contacto con la famosísima de Orfeo y tiende también a demostrar la naturaleza sobrenatural de los poetas. Había nacido en Metimna (Lesbos) y era hijo de Poseidón, dios del mar. Tocando el laúd y cantando, conseguía conmover, no sólo a los hombres, sino también a las plantas

y animales. Un día lo capturaron unos piratas que conocían las riquezas que había acumulado con su arte exquisito. Antes de matarlo, le permitieron tocar por última vez. Los marineros no se conmovieron, pero centenares de delfines se reunieron fascinados en torno al navío de los piratas. Arión se lanzó al mar de un salto, y uno de los delfines lo puso a salvo. Al parecer, perfeccionó el ditirambo y la lírica coral.

ARISTEO

Hijo de Apolo y de la ninfa Cirene, que lo engendró en el lugar en que más tarde se alzó la ciudad que llevaría su nombre. Aristeo fue criado por las Ninfas, que le enseñaron a hacer leche cuajada, a criar abejas y a cultivar el olivo y la viña, oficios que más tarde Aristeo enseñó a los hombres. Se decía que inventó un método para extraer el aceite de los olivos y que fue el primero en mezclar el agua con la miel para obtener el hidromiel. Enseñó también a fabricar con la miel aromas y bálsamos contra las picaduras de insectos venenosos y a embalsamar los cadáveres. Amante de los viajes, Aristeo llegó hasta Tesalia, donde apacentó los rebaños de las Musas. De allí pasó luego a Beocia, donde se casó con Autónoe, una de las hijas de Cadmo, que le dio un hijo llamado Acteón. Después de la muerte de este, devorado por los perros como castigo por haber contemplado a Ártemis mientras se bañaba, Aristeo se dirigió a Arcadia y luego a Ceos, isla del Egeo, donde aconsejó a los habitantes sobre la manera de remediar una carestía que asolaba el país, y por último a Sicilia, Cerdeña y Tracia. Allí se enamoró de la ninfa Eurídice, y la persiguió con sus requerimientos amorosos. Sin embargo, la ninfa, que estaba a punto de casarse con Orfeo, no quería escucharle y un día, cuando intentaba huir del fogoso pretendiente, al atravesar un prado no vio una víbora que la mordió, causándole la muerte. Las compañeras de la ninfa mataron, para vengarse, a todas las abejas de Aristeo, que, aconsejado por Proteo, tuvo que llevar a cabo numerosos y abundantes sacrificios para aplacar el espíritu de Eurídice. Inmoló cuatro toros y cuatro yeguas negras y de las víctimas brotaron enjambres de abejas que le permitieron reconstruir sus colmenas. Un día Aristeo desapareció para reaparecer más tarde, según Heródoto, en Cízico, ocultándose de nuevo. Trescientos años después se supo que vivía en Metaponto, donde indujo a los habitantes a erigirle una estatua junto a la de Apolo. Según Plutarco, Aristeo poseyó el don de recuperar a voluntad su propia alma, que, al abandonar el cuerpo, tomaba la figura de un ciervo. El culto de Aristeo se difundió sobre todo en Sicilia, entre los pastores. Júpiter lo colocó entre las constelaciones, donde constituye el signo de Acuario.

ARPÍAS

Eran hijas, según se decía, de Taumante y Electra o de Tifón y Equidna. Monstruos fabulosos, eran representados como seres alados con rostro de mujer, cuerpo de pájaro, garras en las manos y en los pies y a veces con orejas de oso. Personificaban la rapiña, el hambre y los vientos tempestuosos que todo lo arrastran. Eran generalmente tres: Aelo, Celeno y Ocipete. Se las menciona principalmente en la leyenda de Jasón y los Argonautas, donde aparecen como perseguidoras del adivino ciego Fineo, cuya mesa solían ensuciar y saquear. Dos de los Argonautas, Kaleis y Zetes, las persiguieron hasta las islas Estrofades, donde, según cuenta la *Eneida*, las encontró Eneas.

ARQUÉMORO

Hijo de Licurgo, rey de Tesalia, llamado también Ofeltes, una de las primeras víctimas de la desventurada expedición de los *Siete contra Tebas*. Su institutriz Hipsipila lo había dejado en el suelo para mostrar a los siete héroes una fuente y entonces se le acercó una serpiente que lo estranguló. En su honor, los Siete instituyeron los juegos *Nemeos*, cuya primera representación oficialmente reconocida tuvo lugar, sin embargo, en el 574 a. de C.

ARSÍNOE

1. También llamada Alfesibea. Hija de Leucipo. De su unión con Apolo nació Asclepio.

2. Hermosísima muchacha que no correspondió al amor que le brindó Arceofonte, que se suicidó a consecuencia de su desesperación. En su funeral, Arsíone mostró total indiferencia, por lo que Afrodita la convirtió en una roca.

ARSIPE

Una de las Minias.

ÁRTEMIS (DIANA)

Hija de Zeus y de Latona, era la hermana gemela de Apolo, aunque en realidad era la versión femenina de él. También ella iba armada con un arco y se la veneraba como la divinidad de la caza. Entregada a su pasatiempo preferido, recorría las montañas y los bosques con su séquito de ninfas, todas intrépidas cazadoras como ella, precedida por una jauría de perros ladradores. Después de sus veloces carreras en persecución de algún ciervo o jabalí, al que sus flechas infalibles no dejaban de alcanzar, la diosa solía refrescar su cuerpo sucio de polvo en los arroyos, pero se enojaba terriblemente si alguien osaba espiarla. Acteón, joven cazador que un día la descubrió cuando se disponía a bañarse en compañía de las ninfas, fue transformado en ciervo por esta, y despedazado por sus

perros. Ártemis se mantuvo virgen, habiendo solicitado y obtenido de Zeus que le permitiese continuar sin marido, libre y sin pasiones, para poder vagar a su antojo a través de la naturaleza, practicando la caza. Como diosa de la castidad era la protectora de las muchachas y de los jovencitos. Hipólito le fue particularmente grato por su pureza. Para honrar su pudor se le consagraban praderas que no habían sido tocadas por las hoces, y las flores que las esmaltaban simbolizaban el frescor de la diosa. Así como Apolo tenía el atributo de dios solar, Ártemis fue identificada con la luna y considerándola en este aspecto se la denominaba Hécate. Sus correrías nocturnas simbolizaban el camino de la luna que con sus rayos penetra en la oscuridad de la naturaleza. Cuando dicho astro estaba velado por las nubes resultando casi amenazador, los pastores y viajeros pensaban con estremecimiento en Hécate, que, representando a la luna invisible, figuraba entre las divinidades infernales. Se le atribuían extraordinarios poderes para evocar a los espectros que recorrían los senderos desiertos y por esto le estaban consagradas las encrucijadas. En relación con la importancia de la influencia de la luna sobre la fecundidad de la mujer y de la tierra, se creía que Ártemis presidía la procreación y era la diosa de la maternidad con el título de Ilitía. Se cuenta que este poder se manifestó en el momento mismo de su alumbramiento, cuando habiendo nacido antes que su hermano gemelo Apolo, ayudó a su madre Latona, que había ido a dar a luz a un lugar desierto, en el parto de su otro hijo. En Éfeso, Asia Menor, se consideraba a Ártemis la madre universal, símbolo de la fecundidad de la naturaleza. En el templo de dicha ciudad su imagen se representaba encerrada en una funda adornada con varias cabezas de toros, ciervos y leones, y numerosos senos. La Ártemis helénica aparece generalmente representada como una doncella de aspecto voluntarioso, vestida con una ligera túnica y armada con un arco y una aljaba. Su carácter de diosa lunar estaba indicado por la media luna que adornaba su frente. La cierva o el perro, animales que le estaban consagrados, aparecen representados a menudo junto a ella. El culto de Ártemis era sangriento en la Antigüedad clásica y se le ofrecían sacrificios incluso humanos. La diosa romana Diana tuvo las mismas atribuciones que la Ártemis griega, con la que se le identificó. Como diosa de los nacimientos se le daba el nombre de *Lucina* (y también *Juno Lucina*, por lo que se la confundió con Juno) y su culto tenía lugar principalmente en el Aventino (Diana *Aventina*).

ASCANIO

Hijo de Eneas y de Creúsa, llamado también Ilo. Eneas lo salvó la noche del incendio de Troya, llevándolo consigo junto con el anciano Anquises y los sacros Penates de la patria. Sucedió a su padre en el reino de Lavinia y más tarde fundó Albalonga sobre los montes Albanos, siendo su primer rey. Se le consideraba fundador de la familia Julia *(gens Julia)*.

Se hace derivar de Ascanio la serie de reyes de Albalonga hasta Numitor, cuya hija, Rea Silvia, parió a Rómulo y Remo.

ASCLEPIO (ESCULAPIO)

Dos eran las versiones sobre el nacimiento de Asclepio (o Esculapio, como lo llamaban los romanos). Según una versión de Tesalia, era hijo de Corónides y nieto de Flegias, rey de Beocia. Su madre, tras haber sido seducida y abandonada por Apolo, se dejó persuadir por su padre de que debía casarse con un príncipe de un país vecino, y Apolo, furioso de celos, hirió con sus flechas a Corónides y a su esposo. Compadecido del hijo que esta llevaba en sus entrañas, lo hizo nacer y lo confió a los cuidados de Quirón, uno de los Centauros. Según otra leyenda de origen argónico, que atribuía la paternidad a Asclepio, Corónides dio a luz secretamente a su hijo cerca de Epidauro. El recién nacido fue abandonado en el monte Titón, donde lo amamantó una cabra, y luego fue educado por Quirón. Ambas versiones coinciden en atribuir a este último el mérito de haber enseñado al hijo de Apolo el arte de curar las heridas y las enfermedades, al que lo destinaba la herencia paterna. Sin embargo, Asclepio quiso hacer algo más, pretendió vencer a las leyes de la naturaleza intentando resucitar a un muerto, por lo que provocó las iras de Zeus, que lo mató alcanzándolo con uno de sus rayos. Para vengar a su hijo, Apolo causó estragos con sus fechas entre los Cíclopes, que habían facilitado al rey de los dioses sus rayos, mereciendo como castigo el alejamiento y exilio del Olimpo. Según cierta tradición, Asclepio, después de muerto, recibió honores divinos y fue llevado al cielo, donde pasó a formar parte de la constelación de Sagitario. Durante su vida, participó como médico en la expedición de los Argonautas, y en Epidauro se casó con Epione, que le dio seis hi-

ASCLEPIO

jos: Macaón y Polidario, los dos célebres médicos que intervinieron en la guerra de Troya; Higía, diosa de la salud; Yaso Panaqueia o Panacea, Egle y Aceso, dotados del don de sanar. El culto a Asclepio, iniciado en Tesalia, se difundió pronto por toda Grecia y llegaron a ser sesenta y cuatro los santuarios dedicados al dios. El más célebre era, sin duda, el de Epidauro, con su templo de mármol pentélico, sus inmensos pórticos, donde se colocaban los enfermos en espera de ser admitidos en el lugar sacro, sus manantiales purificadores, un gran edificio para albergar a los visitantes, un estadio, un teatro y unas fiestas fastuosas que se celebraban cada cinco años, nueve días después de los juegos *Istmicos*. En Roma, antes de que se difundiese el culto a Esculapio, se consideraba como la divinidad de la salud y de las curaciones a la diosa Salus y a la diosa Carna o Cardea, que, según se decía, tenía el poder de expulsar a las brujas, nocturnas chupadoras de la sangre de los niños. El culto a Esculapio se introdujo entre los romanos el año 291 a. de C., tras una terrible epidemia de peste que ocasionó numerosas víctimas. Los libros sibilinos revelaron que para hacer cesar la mortandad era preciso introducir en Roma a Asclepio, siendo enviada una embajada a Epidauro. Se decía que el dios siguió espontáneamente a los mensajeros

ÁRBOL GENEALÓGICO DE ASOPO

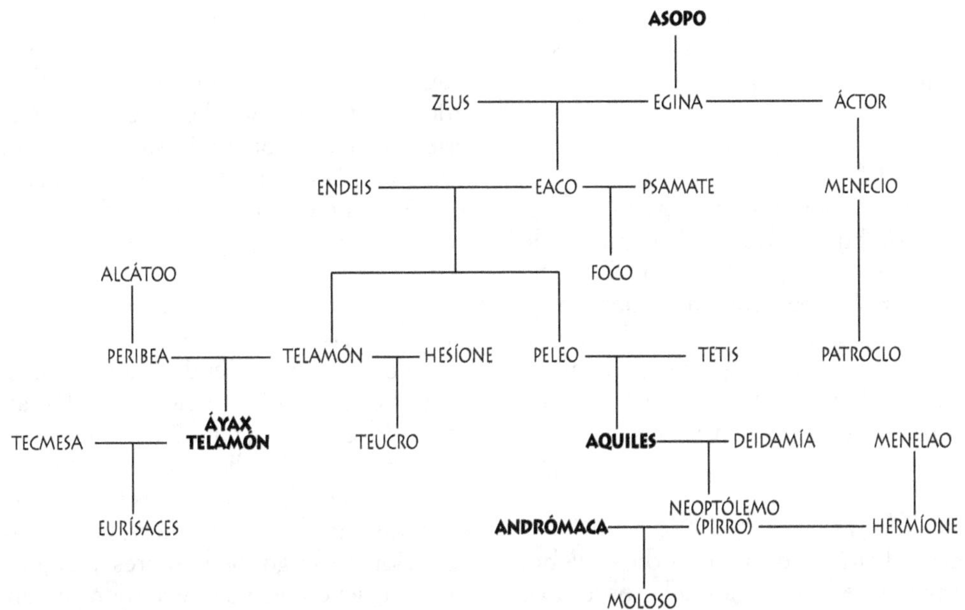

de Roma en forma de serpiente y que, al llegar a Italia, se estableció en la isla Tiberina, en medio del Tíber. La epidemia cesó súbitamente y en acción de gracias se edificó un templo en la isla, que desde entonces quedó consagrada a Esculapio. El culto del dios tuvo una gran difusión entre las gentes itálicas, manteniéndose hasta los últimos tiempos del paganismo y conservándose por algún tiempo durante la era cristiana. Típica representación del dios fue la realizada por Trasímides de Paros, que esculpió una estatua de Asclepio para el templo de Epidauro. La efigie, de oro y marfil, representaba al dios sedente, con una mano apoyada en un báculo, la otra sobre la cabeza de una serpiente y un perro a sus pies. La serpiente y el perro eran los animales símbolo del arte de la adivinación, mientras que el báculo era el emblema del médico. El aspecto del dios era el de un hombre de mediana edad, robusto y barbudo, con la frente coronada por una rama de laurel.

ASFODELO

Prado del reino de los Infiernos, especie de limbo mitológico, donde las almas vegetaban sin experimentar dolores ni alegrías. El nombre deriva de los asfódelos que cubrían el prado.

ASOPO

Dios del río homónimo. Según los autores, sería hijo de Zeus y Eurínome, de Poseidón y Pero o de Océano y Tetis. Se casó con Metope y tuvo dos hijos, Ismeno y Pelagonte, y veinte hijas, algunas de las cuales son: Corcira, Egina, Salamina, Pirene, Cleone, Tebe, Tanagra, Tespia, Asópide, Sinope, Enia y Calcis.

ASTERIA

Hija del titán Ceo y de la diosa Febe, hermana de Leto («la noche oscura»).

Asteria es la divinidad de la noche estrellada. Del titán Perseo engendró a Hécate. Metamorfoseada en codorniz por Zeus, a cuyas instancias amorosas se había resistido, se arrojó al mar, donde se convirtió en la isla Ortiga (del griego *Ortyx*, 'codorniz'), llamada luego Delos.

ASTIANACTE

Hijo de Héctor y de Andrómaca. Después de la rendición de Troya, lo mató Neoptólemo (Pirro), hijo de Aquiles, que lo mandó arrojar desde lo alto de una torre. Su verdadero nombre era Escamandrio y así lo llamaba su padre, pero los troyanos le dieron el sobrenombre de Astianacte («rey de la ciudad»).

ASTIDAMÍA

Esposa de Acasto, rey de Yolco. Cuando Peleo llegó a Yolco para asistir a los juegos fúnebres en honor de Pelias, Astidamía se enamoró perdidamente de él y, rechazada, lo calumnió ante su marido. Este, queriendo vengarse del joven, aprovechó un momento en que se hallaba dormido en el monte Pelión, fatigado por la caza; lo desarmó y lo abandonó en aquel lugar salvaje, seguro de que los Centauros darían buena cuenta de él. Sin embargo, Peleo con la ayuda de los dioses consiguió salvarse y, volviendo a Yolco, mató a Acasto y a Astidamía y, de esta manera, consiguió vengarse de ambos.

ASTREA

Hija de Zeus y de Temis, era la diosa de la justicia, llamada también Dike. Durante la Edad de Oro, habitó en la tierra; fue la última entre los dioses en abandonarla, después de haber cometido el primer delito. Se transformó, entonces, en la constelación de Virgo. Se la representaba como una joven severa que sostiene en una mano una espada y en otra la balanza. Era también una de las Horas.

ATALANTA

1. Cazadora de Arcadia, famosa por su belleza. Hija de Esquineo de Tagea. Famosa por su habilidad en las carreras, prometió casarse con quien la ganase en velocidad. Hipómenes, aconsejado por Afrodita, arrojó ante ella, mientras corría, tres manzanas de oro y consiguió vencerla, porque se entretuvo en recogerlas. Se casó, entonces, con Hipómenes, pero su felicidad fue breve, pues ambos fueron transformados en leones por Afrodita.

2. Hija de Yasio, rey de Arcadia, y de Clímene. Participó en la famosa caza del jabalí de Calidón. Fue la primera en herir al monstruo, y cuando Meleagro, que le había asestado el golpe mortal, recibió los despojos como trofeo, los cedió a Atalanta, conquistado por su gracia. Este hecho suscitó los celos de los otros cazadores, que se los arrebataron; Meleagro, indignado, los mató y por esta causa estalló la guerra entre los calidonios y los pleuroneses.

ATAMANTE

Hijo de Eolo, rey de Orcómeno, ciudad de Beocia, se casó con Néfele, la bella diosa de las nubes, a la que más tarde repudió para casarse con Ino y luego con Temisto, que se suicidó cuando su antecesora, creída muerta por error, volvió a ocupar su puesto en el palacio de Atamante. Culpable de haber secundado las intrigas de esta última, que buscaba matar a los dos hijos de Néfele, fue castigado cruelmente por los dioses, quienes le privaron de razón. En el delirio de la locura mató a su propio hijo Learco, nacido de Ino, intentando asesinar también a esta y a su otro hijo, Melicertes; estos se salvaron arrojándose al mar. Expulsado de Orcómeno por estos delitos, murió en la miseria.

ATENEA PALAS (MINERVA)

Hija de Zeus y de su primera esposa Metis. Cuando Metis esperaba un hijo, Gea y Urano revelaron a Zeus que, si su esposa tenía una hija, esta daría a luz más tarde a un hombre que llegaría a ser el dueño del mundo. Así lo disponían los hados. Zeus, sin vacilar y para salvaguardar su poder, se tragó a Metis. Al llegar el momento del parto, Zeus sintió un fuerte dolor en la cabeza y ordenó a Hefesto que lo golpease con el borde del hacha. De la herida surgió su hija completamente armada, la cual bailó una danza guerrera ante los atónitos dioses. Era la diosa Atenea. Todo esto ocurrió a orillas del lago Tritón, en Libia, y se cuenta que en el momento de nacer la diosa la tierra tembló y se estremeció, y el sol detuvo su curso. Nacida en medio de las luchas de los dioses y con las armas en la mano, a Atenea se la consideró una diosa guerrera y su ciclo relata numerosas aventuras. Desempeñó un papel importante en la lucha contra los Gigantes. Mató al más fuerte y feroz de estos, Paladio y, desollándolo, fabricó un escudo con su piel. De ahí, según algunos, deriva el nombre de la diosa. Se le representaba con el escudo, la lanza y la coraza. Sobre su escudo llevaba la cabeza de Medusa, regalada por Perseo, que transformaba en piedra a todo el que la miraba. Sin embargo, por un curioso contraste, Atenea era también la diosa de la paz. Guiaba los ejércitos

ATENEA

durante el asalto, pero, a diferencia de Ares, que se complacía en las cruentas matanzas, ella inspiraba los movimientos más racionales y las más hábiles estratagemas guerreras. Armó a Heracles, sosteniéndolo en los momentos difíciles y asegurándole la inmortalidad. En tiempo de paz era la protectora de las ciudades y los Estados, y como tal, favorecía la agricultura, las ciencias, las artes y el comercio. Inventó muchos instrumentos útiles, como el arado, el carro y la flauta (que después rechazó porque al tocarla se hinchaban sus mejillas, desfigurando su hermoso rostro) y se la consideraba diosa tutelar de las artes femeninas en general. Era la protectora de tejedoras y bordadoras. Es conocida su rivalidad con la joven Aracne. La benéfica diosa tuvo un culto bastante difundido: se la veneraba en Argos, Corinto, Esparta y Arcadia; también en Beocia, en Tesalia y en la isla de Rodas. Pero la verdadera patria de dicho culto fue Atenas y todo el Ática. Cuando Cécrope fundó en Ática una ciudad había que buscarle un nombre. Poseidón y Atenea rivalizaban por patrocinarla. Todos los dioses actuaron como árbitros y decidieron consagrar Ática y dar a la ciudad el nombre de aquel de los dos que hiciese a la humanidad el regalo más útil.

NACIMIENTO DE ATENEA

Con un golpe de su tridente Poseidón hizo surgir del mar un fogoso caballo, mientras que Atenea, golpeando el suelo con su lanza, hizo brotar un árbol de hojas estrechas y brillantes: el olivo. Gracias a aquel símbolo de la paz venció Atenea y la nueva ciudad llevó su nombre. Los atenienses le dedicaron dos templos: el Erecteón, dedicado a Atenea Políade («protectora de la ciudad»), que se alzaba en el lugar ocupado por el sagrado olivo, regalo de la diosa, y el Partenón, el magnífico templo que Fidias, en la época de Pericles, adornara con maravillosos bajorrelieves. En él se guardaba la estatua de Atenea Parthenos («virgen»), obra del mismo artista, toda de oro y marfil. La diosa aparecía representada con grave aspecto y nobles formas, vistiendo atavíos guerreros. Una rica túnica envolvía su cuerpo; sobre su pecho descansaba la égida, escudo con la cabeza de Medusa, y sobre su cabeza, el yelmo ático, adornado con una testa de esfinge y dos grifos. En su mano derecha, una Victoria. Con la otra mano se apoyaba en un escudo y sostenía la lanza. Fidias esculpió otras dos estatuas, que influyeron de forma decisiva en el arte figurativo posterior referente a la diosa. También estas se alzaban en la Acrópolis. Una, la Atenea Promacos (o Centinela), de bronce, reflejaba el aspecto belicoso de la diosa; la otra, Atenea Leminia, representaba el pensamiento pacífico que ilumina a los

ATENEA   ATENEA

hombres y los guía por los senderos de la civilización. Durante el tercer año de las Olimpíadas tenían lugar las grandes fiestas *Panateneas*, en las que participaba toda Ática. Consistían en juegos gimnásticos y atléticos y en competiciones poéticas y musicales, pero la celebración principal era una gran procesión formada por las elegidas, representantes de todas las tribus áticas, a fin de testimoniar su profunda gratitud a la diosa, dispensadora de todo bien y de toda virtud. Atenea aparecía, pues, como una divinidad protectora de la *polis*, «ciudad propiamente dicha». Se creía que en Atenea residía la auténtica alma de la ciudad, y antiguas leyendas atestiguan las propiedades mágicas de una estatua de la diosa llamada *Paladio*. Se contaba que en su infancia la diosa se educó en la Cirenaica, a orillas del lago Tritonis, donde nació, y que Zeus le dio como compañera de juegos a Palas, la joven hija del dios Tritón, genio del lago. Esta muchacha murió accidentalmente en manos de Atenea. En desagravio, la diosa esculpió una estatua que representaba a Palas, la colocó junto a Zeus, y le rindió honores como a una divinidad. La imagen, llamada *Paladio*, permaneció durante algún tiempo en el Olimpo, pero luego Zeus la envió a la tierra, cerca de la colina de Tróade donde Hilo, antepasado de los troyanos, estaba construyendo la ciudad de Troya, para demostrarle su complacencia. La estatua penetró por sí sola en el templo de Atenea, que todavía no estaba terminado, y ocupó precisamente el lugar que le estaba reservado, convirtiéndose en un simulacro de esta. Considerada una efigie milagrosa, fue objeto de un culto especial y se creía que la ciudad sería invencible mientras conservase el ídolo. En efecto, sólo cuando Ulises y Diomedes consiguieron imponerse por la astucia, fue posible conquistar Troya. Más tarde, tras muchas aventuras, el *Paladio* o una imagen venerada como tal, acabó siendo custodiada en Roma, en la sagrada capilla de las vestales. También allí se creyó que la salvación de la ciudad dependía de dicha estatua. Los romanos identificaron con Palas Atenea la divinidad itálica Minerva, diosa de la sabiduría y de la inteligencia, en la que prevalecía el carácter de diosa de la paz, protectora de las artes y de las ciencias. La Minerva guerrera fue venerada más tarde por influencia de la divinidad griega. Pompeyo y Augusto le dedicaron dos templos después de haber conseguido sendas victorias, una en Oriente y otra en Accio. En honor de Minerva se celebraron en Roma fiestas en marzo y junio, las *Quinquatrus* y se organizaban también juegos de gladiadores. Estaban consagrados a Atenea el olivo, la serpiente, la lechuza y el gallo y sus atributos eran la égida, la lanza y el yelmo.

ATENEA SIN YELMO

ÁTICA

La principal región de la Grecia central, entre Beocia, el mar Egeo y Megárida, montañosa y poco fértil, poblada por habitantes de estirpe jónica, los más inteligentes de los griegos. Su ciudad principal era Atenas, situada en una llanura junto al mar, en torno a un montículo llamado Acrópolis. Fue siempre el centro intelectual de Grecia y en ella nacieron los principales literatos y artistas. Estaba adornada con espléndidos monumentos y templos, obras, principalmente, de Fidias y de sus discípulos. En la Acrópolis se encontraban el Partenón, templo de Atenea; los Propileos, pórticos con una larga escalinata; el Erecteón, santuario de Palas Atenea, y otros muchos.

ATIS

Joven frigio de excepcional belleza. Rea Cibeles, llamada también la Gran Madre, diosa de la tierra y progenitora de todas las cosas, quiso tenerlo consigo. Al principio este correspondió a su amor y le fue fiel; luego, se encaprichó de la hija de Pesinunte y deseó casarse con ella. La diosa se enojó muchísimo, pero dejó que entre los jóvenes se intercambiaran promesas de eterno amor. Durante el banquete nupcial, se introdujo entre los invitados, sembrando el pánico y la locura. Su antiguo enamorado, Atis, huyó enloquecido a las montañas y se suicidó. La diosa, consternada, ordenó que se celebrase cada año una solemne ceremonia fúnebre en su honor, fijando como fecha el equinoccio de primavera.

ATLANTE

Hijo del titán Jápeto y de Clímene, una de las hijas del Océano y Thetis, hermano de Prometeo y Epimeteo. Después de tomar parte en la rebelión de los titanes que intentaron escalar el Olimpo para destronar a Zeus, fue condenado por este a sostener sobre sus espaldas la bóveda celeste. Vivía en el extremo occidental de la tierra, ante el inmenso jardín de las Hespérides. Allí acudió un día Heracles para coger las manzanas de oro que crecían abundantes en el jardín. Este pidió a Atlante que entrase allí para coger los frutos, ofreciéndose a sostener entretanto el gravoso peso del cielo. Atlante accedió, pero de regreso con el preciado botín, se negó a continuar con su fatigosa ocupación. Heracles, entonces, acudió a una estratagema. Le rogó que lo sostuviese el tiempo justo para que le construyese un rodete que aliviara su carga. El ingenuo gigante le ayudó y Heracles quedó libre. Versiones más tardías identificaron a Atlante con un rey africano a quien Perseo transformó en una cadena montañosa.

ATREO

Hijo de Pélope e Hipodamía, hermano de Tiestes y nieto de Tántalo. Al morir su padre fue rey de Pisa en la Élide. Al casarse con Erope, hija de Euristeo, rey de Argos, añadió también dichos dominios a los suyos propios, después de la muerte de este. Instigado por su madre mató, ayudado por su hermano Tiestes, a su hermanastro Crisipo, por lo que ambos fueron expulsados por Pélope. Atreo se refugió en Micenas, donde reinaba su cuñado Esténelo, a quien sucedió en el trono después de la muerte del hijo de este, Euristeo. Tiestes, celoso del poder alcanzado por su hermano, trató de matarlo por medio de Pístenes, hijo de Atreo, al que había educado como si fuese su propio hijo. Atreo mató a Plístenes, sin darse cuenta de su identidad. Tiestes, por su parte, robó a Atreo el vellocino de oro, regalo de Hermes a Pélope, del cual dependían la fortuna y la prosperidad del reino, seduciendo a la bella Erope. Cuando Atreo descubrió el hurto y el adulterio, juró vengarse, pero Tiestes huyó sin haber podido llevarse consigo a sus hijos, sobre los que recayó la cólera de su hermano. Este fingió perdonarle y lo mandó llamar, acogiéndolo de nuevo en su palacio, pero durante el banquete que debía sellar la paz, Atreo mandó servir a Tiestes los miembros de sus hijos cruelmente degollados. Cuando el incauto padre pidió abrazar a sus hijos, Atreo le mostró en un plato las cabezas de estos, sus pies y sus manos. Se dice que el sol, horrorizado ante tanta barbarie, se negó a brillar y dando la vuelta a su carro se volvió hacia Oriente. Un hijo de Tiestes, Egisto, vengó más tarde a su padre, matando al rey Atreo, mientras este ofrecía un sacrificio a Zeus a orillas del mar. Hijos de Atreo fueron Agamenón y Menelao.

ATROPOS

Una de las tres Moiras o Parcas, hijas de la Noche y de Erebo. Inexorable e inflexible, al llegar el momento de la muerte, cortaba el hilo de la vida humana, hilado por sus hermanas. Se la representaba con una balanza, unas tijeras y un reloj de sol; con esto indicaba la hora de la muerte.

AUGIAS

Rey de la Élide, famoso por su gran riqueza y avaricia. Poseía grandes rebaños, siempre descuidados y sucios, pues no quería gastar en mantener limpios los establos. Hércules se presentó un día ante Augias ofreciéndose a limpiar los establos a cambio de una pequeña paga; el rey aceptó, pero, una vez terminado su trabajo, se negó a saldar al héroe lo estipulado. Hércules, entonces, lo mató. La limpieza de los establos de Augias constituyó el sexto trabajo de Hércules.

AURORA

Nombre latino de la divinidad griega Eos.

AUSTRO

Potentísimo viento del Sur, llamado también Noto, portador de lluvias y tempestades que impedían la navegación. A causa de estas características, Austro era mencionado con frecuencia en las plegarias que los navegantes dirigían a los dioses antes de partir.

AUTÓLICO

Hijo de Hermes y experto, por lo tanto, en hurtos. Fue padre de Anticlea, la madre de Ulises. Adiestró a Heracles en la lucha.

AUTÓNOE

Una de las bellas hijas de Harmonía y de Cadmo, un famoso héroe de Tebas. Por culpa del funesto poder del collar materno, tuvo la gran desgracia de ser la madre de Acteón, cuya triste suerte la hizo morir de dolor.

AUXO

Era una de las tres Horas en el culto ateniense, junto con Talos y Carpo. Estas últimas representaban, respectivamente, la floración de la primavera y los frutos del otoño; Auxo, por su parte, simbolizaba el curso del verano.

AVERNO

Nombre con que los antiguos designaban el reino de los Infiernos. La entrada del Averno estaba situada, según los romanos, cerca de un pequeño lago de la Campania, denominado precisamente Averno, del que emanaban vapores sulfurosos. Ese hecho les hizo creer que se trataba realmente de la entrada de la región infernal.

ÁYAX DE OILEO

Héroe griego, hijo de Oileo, rey de Lócrida; era especialmente famoso por su habilidad como arquero y corredor veloz; en dicha especialidad sólo Aquiles podía superarlo. Durante el saqueo de Troya, se atrajo las iras de Atenea por haber ultrajado a Casandra, hija de Príamo, en el mismo templo de la diosa. De regreso, Atenea provocó su naufragio junto al promontorio Cafereo al sur de la isla de Eubea. Al lograr ponerse a salvo sobre un escollo, se jactó de su habilidad a pesar de la ira de los dioses, por lo que la diosa solicitó la intervención de Poseidón, que con un golpe de su tridente partió el escollo quedando el héroe sumergido.

ÁYAX TELAMÓN

Héroe griego, hijo de Telamón, rey de Salamina. Zeus hizo todo su cuerpo invulnerable, excepto una costilla. Gallardo en su persona, robusto y macizo, se reveló como el más fuerte de los héroes griegos de Troya, aunque resultaba algo torpe y tosco frente a la agilidad y la habilidad de Aquiles. Durante la ausencia e

SUICIDIO DE ÁYAX TELAMÓN

inactividad de este, ocupó su sitio y salvó las naves griegas del ataque de Héctor, batiéndose luego en un campo cerrado con el héroe troyano. Muerto Aquiles, luchó con Ulises por la posesión de las armas del héroe difunto. Agamenón se las otorgó a Ulises. Ello le provocó tal dolor que, perdida la razón, se suicidó. Su figura inspiró a Homero, a Sófocles, Alfieri y Fóscolo.

BACANALES

Fiestas orgiásticas nocturnas que se celebraban en Grecia y Roma en honor del dios Baco. Fueron introducidas en Roma a través de la Magna Grecia y de Etruria. Tenían lugar durante tres días al año. Al principio, participaban sólo las mujeres; después, fueron admitidos también los hombres. Las bacanales degeneraron en fiestas orgiásticas en las que predominaba el libertinaje y la ferocidad. Una investigación llevada a cabo por el cónsul Postumio Albino en el año 136 a. de C. terminó con el arresto y proceso de cerca de siete mil adictos a dicho culto; gran parte de ellos, reos de varios delitos, fueron ajusticiados. A consecuencia de esto se suspendieron tales fiestas.

En las Bacanales se inspiraron con frecuencia las artes figurativas; son notables las pinturas de Tiziano, Carracci y Poussin.

BACANTES

El nombre deriva del verbo latino *bacchari*, ('honrar a Baco'). Las Bacantes formaban parte del séquito del dios Baco junto con los Faunos y los Sátiros y lo acompañaron en la conquista de la India. También se las llamó Ménadas, Eviadas o Tíades. Durante las procesiones y los ritos báquicos, danzaban y corrían a su alrededor desgreñadas, vestidas con pieles de cabras o de fieras, con la cabeza coronada de hiedra o de pámpanos, entre el clamor ensordecedor de los tambores y las flautas, agitando en las manos antorchas y tirsos (bastones con pámpanos y hiedra entrelazados).

BACO

Nombre latino del dios griego Dioniso.

BALIO

Caballo de Aquiles (véase *Janto*).

BARBATUS

Una de las numerosas divinidades menores de la mitología romana primitiva. Protegía a los adolescentes, facilitando el crecimiento del vello en sus mejillas. Lo invocaban, pues, al afeitarse por primera vez.

BAUCIS

En los mitos griegos se recuerda a la pareja formada por Filemón y Baucis, fieles esposos frigios que, con el permiso de Zeus, pudieron morir juntos.

BELEROFONTE

Hijo de Glauco, rey de Corinto, descendiente de Eolo y nieto de Sísifo. Su nombre era Hipónoo, pero según cuenta una leyenda posterior, tomó el nombre de Belerofonte después de haber matado involuntariamente en una cacería a su hermano Beleros. Tal vez, ese delito le impulsó a refugiarse en Tirinto, donde el rey Preto lo acogió con benevolencia. La mujer de este, a la que Homero llama Antea y los trágicos Estenebea, se enamoró perdidamente de él, pero Belerofonte no quiso acceder a los requerimientos de Antea, y fue acusado injustamente ante el rey de haber intentado seducirla. Preto creyó la acusación y para vengarse, envió a Belerofonte a la corte de su suegro Yóbates, rey de Licia, con el encargo de entregarle una tablilla sellada, en la que cifradamente pedía al rey licio que diese muerte al portador del mensaje. El incauto Belerofonte obedeció y partió montado en su caballo alado Pegaso, nacido de Poseidón y de la sangre de la Medusa, decapitada por Perseo. Yóbates le tendió una emboscada, pero Belerofonte mató uno tras otro a los sicarios licios que el rey había mandado contra él. Sorprendido de tanto valor y tan invencible heroísmo, Yóbates desistió de sus malévolos intentos y le dio

por esposa a su propia hija, Filónome, designándolo como sucesor suyo en el trono de Licia.

Según Homero, el fin de Belerofonte fue triste y solitario. Enemistado con los dioses, comenzó a andar errante evitando el contacto con los hombres. Para Píndaro, en cambio, se atrajo la ira de Zeus porque, impulsado por un loco orgullo, intentó escalar el Olimpo montado en su caballo Pegaso. El rey de los dioses, siempre vigilante, lo vio ascender por las nubes y le envió un pequeño tábano, que picó a Pegaso en los riñones. El caballo se encabritó y empezó a dar violentas sacudidas, derribando a su jinete. Lisiado y ciego después de la caída, Belerofonte vivió todavía unos años de miseria y de amarga ancianidad. Pegaso, al verse libre, se elevó hasta el cielo, donde quedó inmortalizado en forma de constelación.

BELO

Hijo de Poseidón y de Libia, descendiente, por tanto, de Zeus por línea materna. Reinó en Egipto y tuvo dos hijos de su esposa Anquínoe, una de las hijas del Nilo: Egipto y Dánao.

BELONA

Diosa romana de la guerra, emparentada con Marte, tal vez de origen sabino. Se la llamaba también Duelona. En cumplimiento de un voto hecho por Apio Claudio Ceco en el año 296 a. de C. durante las guerras samnitas, se le dedicó un templo en el Campo de Marte, junto al que el sacerdote, cada vez que se declaraba la guerra, realizaba el rito simbólico de arrojar una lanza ensangrentada en el interior del recinto, que figuraba ser el territorio enemigo. Se consideraba a Belona una divinidad inseparable de Marte y fue identificada con la deidad griega Enyo.

BEOCIA

Una de las regiones más fértiles y ricas de la Grecia antigua. Situada al norte de Ática, en ella nacieron Hesíodo y Píndaro; no obstante, se consideraba a sus habitantes torpes y cortos de ingenio. Se la llamó Beocia en recuerdo del rey Neoto, que reinó en esta región, tras haber heredado el trono de su abuelo materno Eolo. En ella tienen su asiento los montes más célebres de la mitología griega, el Parnaso, el Citerón y el Helicón, y por ella discurren también las aguas de las famosas y míticas fuentes Hipocrene y Aganipe.

BIANTE

La historia reconoce en él a uno de los *Siete Sabios* de la antigua Grecia, nacido en Jonia en el siglo VI a. de C. La mitología lo considera hijo de Amitaón y hermano de Melampo. Se casó con Pero, hija de Neleo, y tuvo tres hijos (Areo, Leodoco y Tálao) que participaron en la expedición de los Argonautas.

BIENAVENTURADOS, ISLA DE LOS

Según Hesíodo, era el lugar donde descansaban en perpetua paz los que durante su vida habían sido gratos a Zeus; al parecer, se encontraba en el confín occidental del mundo conocido.

BITÓN

Hijo de la sacerdotisa Cídipe de Argos. Junto a su hermano Cleobis soportó la fatiga de transportar el carro de su madre durante una procesión en honor de Hera, porque faltaban los bueyes necesarios para arrastrar el vehículo. Cídipe pidió a Hera que recompensase a sus hijos el esfuerzo por rendirle homenaje. Hera hizo que los dos hermanos se durmiesen para no despertar nunca más.

BONA DEA

Divinidad romana, considerada esposa de Fauno. Deidad benévola, dotada del poder de la adivinación, cuya intervención favorable hacía prosperar los frutos de la tierra. Una fiesta especial estaba dedicada a Bona Dea, que tenía un templo en el Aventino, donde se le rendía culto. Durante la noche del tres al cuatro de diciembre, las mujeres —los hombres habían sido terminantemente excluidos— honraban a la diosa en casa del cónsul y del pretor con ritos y sacrificios. Las vestales eran admitidas en dichas ceremonias.

BÓREAS

Viento muy temido y respetado, hijo de Astreo, uno de los Titanes, y de la Aurora. Procedía del Norte y con su soplo podía conmover la superficie de la tierra e impedir la navegación. Una leyenda antigua narra que Bóreas raptó a Oritía, hija de Erecteo, a orillas del Iliso. De su unión nacieron los dos Boréadas, Calais y Zetes, que intervinieron en la historia de los Argonautas.

BRIAREO

Gigante mítico, con cincuenta cabezas y cien manos, hijo de la Tierra y del Cielo. Relegado a los Infiernos, junto con sus dos hermanos Coto y Giges, por su padre, que temía que estos con su fuerza pudiesen arrebatarle el dominio del universo, fue liberado por Zeus, a quien ayudó más tarde eficazmente en la lucha contra los Titanes. Le prestó otro servicio, revelándole que Hera, su esposa, estaba tratando de sublevar a todos los dioses contra él.

Al parecer, simbolizaba la fuerza del mar, por lo que, a veces, se le consideraba también hijo de Poseidón. A los tres hermanos se les llamaba *Hecatonquires* o *Centímanos*.

BRISEIDA

Bellísima joven de Lineo, convertida en esclava por los aqueos durante una de sus expediciones contra las ciudades cercanas a Troya. Fue asignada a Aquiles, pero cuando Agamenón se vio obligado, para aplacar a Apolo, a restituir a su esclava Criseida, este la reclamó para sí. Todo esto fue la causa de que Aquiles se retirase indignado de la guerra, con graves consecuencias para la suerte de los aqueos. Sin embargo, más tarde Briseida fue devuelta a Aquiles.

Además de Homero, también los poetas latinos Ovidio, Propercio, Horacio y Estacio cantaron su belleza.

BRONTES

Uno de los Cíclopes. Personificación del trueno que junto con Estéropes y Arges era una evidente representación de los fenómenos producidos por la electricidad de la atmósfera. En su memoria se llamó *Bronteión* en el teatro griego y latino al mecanismo que imitaba el ruido del trueno.

BUTASTE

Divinidad egipcia, símbolo del fuego. Se la consideraba hija de Isis y Osiris.

BUTES

1. Hijo de Bóreas, fue expulsado de Tracia por su hermano Licurgo, rey de aquella región. Refugiado en Tesalia, durante una fiesta en honor de Dioniso raptó a una muchacha llamada Corónide, a la que obligó a casarse con él. Para castigarlo, el dios le hizo enloquecer, atendiendo los ruegos de Corónide.

2. Héroe que tomó parte en la expedición de los Argonautas. Era sacerdote de Atenea y a él se remonta el origen de la casta sacerdotal llamada precisamente de los *Butadas*.

3. Rey sículo que se unió en matrimonio con Afrodita y tuvo por hijo a Erix.

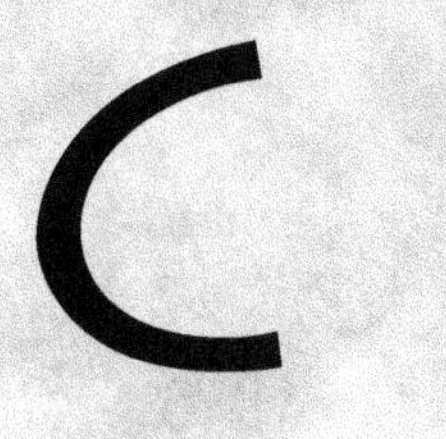

CABIROS

Pequeños geniecillos de la mitología griega, que suelen representarse prestando ayuda a Hefesto. Para algunos, eran sus hijos y poseían su misma habilidad para forjar armas y trabajar todos los metales. Eran también, al parecer, genios marinos, que desencadenaban y calmaban las tempestades. Posiblemente fueron también divinidades de los nacimientos, que contribuyeron al desarrollo del género humano en sus comienzos. En cualquier caso, su culto se remonta a los tiempos más remotos y estaba difundido también por diversos lugares de la Italia meridional. En Samotracia se creía que custodiaban los misterios de la fecundación. Durante sus fiestas, el iniciado se sometía a terribles pruebas, luego se le revestía con vestiduras suntuosas, después se le colocaba sobre un trono con una corona de ramas de olivo en la cabeza y un cinturón de púrpura, mientras se ejecutaban ante él danzas rituales y propiciatorias.

CACA

Antigua divinidad romana del fuego que, como Vesta, tenía un templo en Roma. Con ella está relacionado Caco, considerado también como divinidad del fuego.

CACO

Gigante mítico, considerado hijo de Hefesto, que habitaba en las grutas del Aventino y vivía de la rapiña. Al pasar un día Heracles por aquellos parajes con su rebaño, Caco le robó algunas cabezas de ganado, cuatro toros y cuatro terneras y los ocultó en su propia cueva, arrastrándolos por la cola para que sus huellas indicasen una dirección falsa. Sin embargo, una de las terneras mugió y Heracles se dio cuenta del hurto. Enfurecido, empuñó la clava y penetrando por la fuerza en la guarida del monstruo, lo mató. Virgilio en el libro VIII de la *Eneida* rememora este episodio. En agradecimiento a Zeus que le hizo descubrir el engaño, Heracles levantó un altar en aquel mismo lugar e inmoló dos de los toros recuperados. Los latinos rindieron a Heracles un culto especial por haberles liberado de las rapiñas de Caco. Según algunos, Caco fue considerado como divinidad del fuego, porque vomitaba llamas y humo y está relacionado con Caca. Del nombre de este ladrón mitológico deriva nuestro vocablo *caco*, ('ladrón').

CADMO

Mítico fundador de Tebas, hijo de Agenor, rey de los fenicios, y hermano de Europa; cuando esta fue raptada por Zeus transformado en toro, el padre de Cadmo le encargó que la recuperase, bajo penas de exilio. Al final, desesperando de triunfar por sí solo en la empresa, se decidió a consultar al oráculo de Delfos, que le indujo a suspender la infructuosa búsqueda para seguir, en cambio, a una ternera que tenía como distintivo una mancha en el costado en forma de medio lunar y fundar una ciudad en el lugar donde el animal se detuviese. Encontró a la novilla en Fócide y la siguió hasta Beocia; al fin, esta se dejó caer exhausta al suelo en el lugar donde debía alzarse la ciudad de Tebas. En las cercanías se en-

CADMO MATA AL DRAGÓN

CADMO EN LA FUENTE

contraba una fuente consagrada a Ares y custodiada por un terrible dragón. Cadmo envió a sus compañeros a buscar agua para las libaciones y para ofrecer un sacrificio a Zeus en acción de gracias, pero el dragón los mató. Preocupado por su tardanza, Cadmo fue a ver qué ocurría y después de entablar una furiosa lucha con el guardián de la fuente, consiguió vencerlo y matarlo. Por consejo de Atenea, sembró entonces los dientes del dragón, de los que surgió una multitud de guerreros, que empezaron a luchar entre sí, matándose unos a otros. Quedaron sólo cinco supervivientes: Equión, Udeo, Ctonio, Peloro e Hiperenor, que ayudaron a Cadmo en la fundación de la ciudad, convirtiéndose en fundadores de las más nobles familias tebanas. Estos cinco guerreros fueron llamados, a causa de su nacimiento, Espartoi («los sembrados»). Para purificarse de la muerte del dragón, Cadmo tuvo que servir a Ares como esclavo por espacio de siete años. Al terminar dicho periodo, Ares lo liberó y le dio por esposa a su hija Harmonía, nacida de Afrodita. Tuvieron cuatro hijas, Autónoe, Ino, Sémele y Agavé, y un hijo varón, Polidoro, padre de Lábdaco. Hacia el final de su vida, Cadmo y Harmonía, fatigados a causa de las muchas desgracias acaecidas a su familia, abandonaron Tebas y se retiraron a Iliria, donde Cadmo reinó durante algunos años. Más tarde fueron transformados en serpientes por Zeus y con esta forma se vieron acogidos en los Campos Elíseos. A Cadmo se le atribuye el haber importado el alfabeto de Fenicia a Grecia.

REYES DE TEBAS HASTA LA GUERRA DE TROYA

CADMO
PENTEO
POLIDORO
NICTEO
LÁBDACO
LICO
ANFIÓN Y ZETOS
LAYO
EDIPO
ETEOCLES
CREONTE
LAOMEDONTE
TERSANDRO

CADUCEO

Símbolo que consistía en una varita de laurel o mirto, con alas en la parte superior y con dos serpientes enroscadas. Además de ser el símbolo del Hermes griego —que separó con su bastón a dos serpientes que luchaban entre sí—, de la prosperidad y de la paz, fue la enseña de los heraldos y pregoneros y también el símbolo de la salud.

Todavía en la actualidad, en las farmacias se puede comprobar la vigencia de este emblema.

CALAIS

Boréada, («hijo del viento Bóreas»). Según una tradición, este, uno de los vientos más poderosos y venerados, raptó en cierta correría a Oritía, hija de Erecteo, que quedó embarazada de dos gemelos, Calais y Zetes. Encontramos a

ÁRBOL GENEALÓGICO DE CADMO

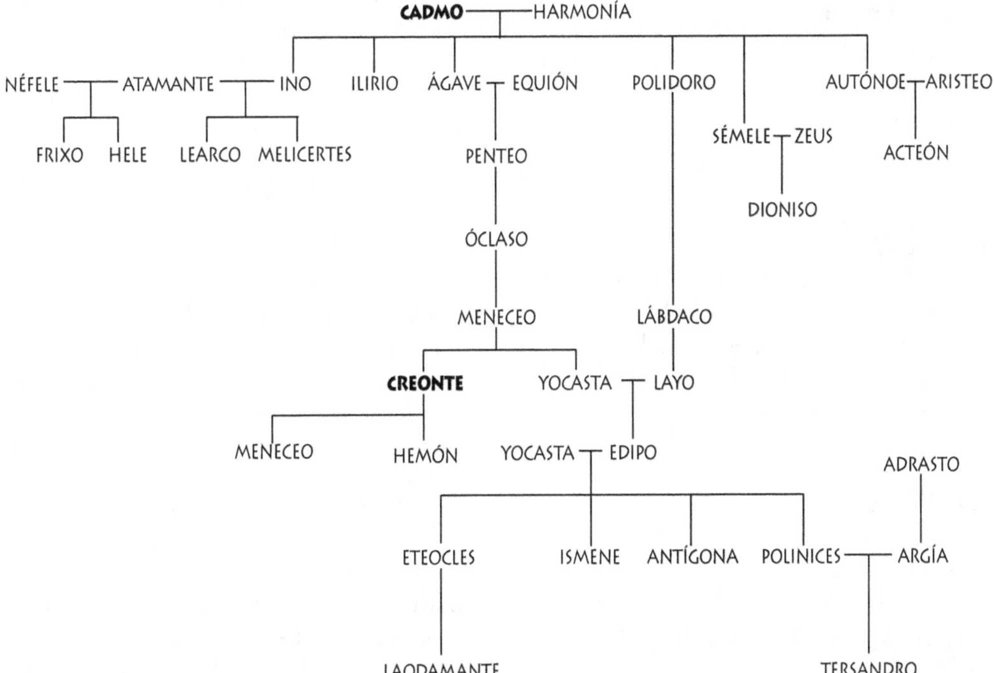

estas dos divinidades menores en la empresa de los Argonautas.

CALCANTE

Célebre adivino y sacerdote, hijo de Testor, que acompañó la expedición griega hacia Troya. Entre sus predicciones más célebres figura la que hizo antes de que zarpasen las naves, pues reveló que los vientos no serían favorables hasta que se sacrificase a Ifigenia, hija de Agamenón. Predijo, además, que el asedio duraría diez años. Interrogado sobre las causas de la terrible epidemia de peste que diezmaba el ejército griego, reveló que se trataba de un castigo de Apolo y que cesaría cuando se restituyese a la esclava Criseida, a Agamenón.

El destino había dispuesto que moriría cuando apareciese un adivino mejor que él. Compitió con Mopso en la interpretación de enigmas y, al verse derrotado, se suicidó a causa del dolor y de la envidia.

CALCÍOPE

Hija de Eetes, rey de la Cólquida, se casó con Frixo, cuando este se retiró a aquel país después de la aventura del vellocino de oro.

CALCO

Rey de los daunos y enamorado de la maga Circe. Esta, cansada de oír los requerimientos amorosos de Calco, y enamorada a su vez de Ulises, transformó al rey en un puerco.

CALIDÓN

Antigua ciudad de Etolia, cerca del río Emeno, frente a la entrada del puerto de Corinto. El nombre de la ciudad va unido a la leyenda de Meleagro y el jabalí de Calidón.

CALIDÓN, JABALÍ DE

Enorme jabalí de ferocidad inaudita, al que la diosa Ártemis envió a devastar los campos y bosques próximos a la ciudad de Calidón, en Etolia, donde reinaba Oineo. El castigo se debía a que un año este se olvidó de ofrecer a la diosa las primicias de la cosecha que le correspondían. La caza del famoso jabalí de Calidón reunió a los más valerosos héroes griegos, entre ellos a Meleagro, que tuvo el honor de matar a la fiera, después de que la bella Atalanta la hubiera herido.

CALÍNICOS

Epíteto de Heracles, «el de la hermosa victoria».

CALÍOPE

Una de las nueve Musas, hija de Zeus y Mnemósine, madre de Orfeo y de las Sirenas. Alentaba la poesía épica y elegíaca. Su nombre significa «la de hermosa voz» y se representaba como una joven coronada de laurel, con una pluma en la mano derecha y un poema en la izquierda.

Se conservan célebres estatuas griegas que representan a Calíope en el Museo Clementino de Roma, así como en Nápoles, Madrid y Berlín.

CALIPSO

Según Hesíodo es una de las Oceánidas, hijas de Océano y de Tetis, y según Homero, una de las Atlántides, es decir, hijas de Atlante. Su figura fascina en el relato de la *Odisea*. Cuando Ulises, empujado por las olas, desembarcó en la isla de Ogigia, donde Calipso habitaba solitaria, esta se enamoró profundamente de él. Quería hacerlo su esposo para tenerlo siempre consigo. Ulises, al principio, cedió a sus seducciones, exhausto por las fatigas de su peregrinar, encontrando consuelo y aliento en la dulce ninfa. Sin embargo, el amor a su querida patria, y el recuerdo de Penélope y de sus amados familiares eran demasiado fuertes y empezó a suspirar de nostalgia. Ni siquiera la promesa de convertirse en inmortal le disuadió de su propósito de regresar a su país. No obstante, su deseo resultó irrealizable durante mucho tiempo y tuvo que permanecer en la isla durante siete largos años. Por último, los dioses se conmovieron ante sus plegarias y súplicas, enviando a Hermes para que ordenase a Calipso dejar partir al héroe; la ninfa se vio obligada a obedecer, aunque atormentada por el dolor. Ulises le dio dos hijos: Nausínoo y Nausítoo.

CALÍRROE

1. Hija de Océano, esposa de Crisaor y madre de Gerión, el famoso monstruo de tres cuerpos, contra quien se enfrentó Heracles durante una de sus legendarias empresas.

2. Hija de Icamandro fue esposa de Tros y, por lo tanto, la fundadora de la estirpe troyana . Dio a luz a Asáraco, Ganimedes e Ilo. Este último fundó la ciudad de Ilión o Troya, inmortalizada por el poeta Homero en su *Ilíada.*

CALISTO

Hija del rey de Arcadia, Licaón, fue una de las ninfas del séquito de Ártemis y la más querida entre las favoritas de la diosa. Zeus, enamorado de ella, para seducirla recurrió a una estratagema; adoptó la figura de la diosa de la caza y se unió a la ninfa, que dio a luz a un hijo, llamado Arcade. Cuando Ártemis se dio cuenta de que Calisto había quebrantado el voto de virginidad, la expulsó. Sin embargo, intervino también la celosa Hera, que transformó a la ninfa en osa. Así comenzó a vagar por los bosques y un día se encontró con su hijo Arcade,

convertido ya en un joven y valiente cazador. Este, por ignorancia, estaba a punto de herir a la madre, quien, al reconocerlo, se había detenido gimiendo; intervino Zeus, que transformó a Arcade en oso y transportó a la madre y al hijo al cielo donde formaron las constelaciones de la Osa Mayor y la Osa menor. Hera, que consideraba fallida su venganza, obtuvo del dios del mar Poseidón que no permitiese a estos astros acostarse en el océano al atardecer, condenándolos a permanecer siempre por encima del horizonte como castigo por su pecado. De esta manera, Hera, la esposa de Zeus, se vengó de la infidelidad de su marido, el padre de los dioses.

CAMENAS

Divinidades de las fuentes, veneradas por los romanos; la más celebrada fue la ninfa Egeria. Poseían el don de profecía y se las suponía amantes del canto. Más tarde fueron identificadas con las ninfas Carméntidas, que formaban el cortejo de Carmenta. Cuando la mitología griega se propagó por Roma, las ninfas Camenas eran parangonadas con las Musas, a pesar de la evidente diferencia entre el canto de los vaticinios y el poético. En honor de Carmenta celebraban las fiestas *Carmentalia*, ofreciéndose en ellas sacrificios incruentos.

CAMILA

Heroína itálica, hija de Metabo y de Casmila. Como reina de los volscios, al morir su padre combatió con los latinos del rey Turno contra Eneas y sus compañeros. Fue valerosísima en el campo de batalla, pero, finalmente, cayó muerta ante el troyano Aruntes. Sin embargo, la ninfa Opis, enviada rápidamente por Ártemis, vengó la muerte de Camila, matando a Aruntes con una flecha. El episodio es mencionado por Virgilio en la *Eneida,* libro XI.

CAMPOS ELÍSEOS

Región ultraterrena pagana, donde habitaban después de la muerte las almas de los bienaventurados y de los justos. Eran imaginados como una gran extensión en la que crecían abundantes asfódelos y otras flores, y reinaba una eterna primavera. Virgilio, en la *Eneida*, describe el Elíseo, otra denominación con que se designaba a los Campos Elíseos, a los que descendió Eneas, acompañado por la Sibila, para encontrar a su padre Anquises.

CAOS

Una de las divinidades más antiguas de la mitología griega. Constituía la fuerza primigenia e indiferenciada de la cual derivan todas las cosas y también todas las divinidades, supremo y primer origen de todo. En él coexistían las dos caras de las tinieblas, la Noche en la tierra y el Erebo en el subsuelo. Se hallaba relacionado con la idea del «vacío», no el negativo de los físicos y de los poetas, sino el que lo es por desorganización y no por falta de energía eterna; vacío precisamente por ser indiferenciado y, por lo tanto, indefinible, e inalcanzable. Según otra fuente, el Caos engendró al Erebo, al Hado y a la Noche, la cual a su vez alumbró el Éter, luz en su estado puro, fuego indestructible. Sin la intervención de Eros, dios del amor, según la concepción mitológico-filosófica griega, la fuerza primigenia del Caos no hubiese podido dar vida a ninguna otra esencia.

CAPANEO

Uno de los siete reyes que asediaron Tebas. Descendía de Preto. Se dice que inventó la escalera con la cual remontó las murallas de Tebas durante el asalto. Mientras realizaba esta hazaña, llevado por su desmesurado orgullo, osó vanagloriarse de poder resistir incluso los rayos de Zeus y de que ningún poder le impediría conquistar la ciudad. Zeus lo fulminó al instante, derribándolo desde lo alto de las murallas. Su esposa Evadne se arrojó a la hoguera donde ardía el cuerpo de su marido. (Véase el episodio en la *Divina Comedia*, Infierno, canto XIV.)

CAPIS

1. Rey de la estirpe de los Dardánidas. Era hijo de Asáraco y, por lo tanto, sobrino de Ilo y Ganimedes; engendró a Anquises, padre de Eneas.

2. En el libro I de la *Eneida* se cita a Capis, compañero de Eneas, del cual tomó nombre la ciudad de Capua.

CARDEA

Diosa de los goznes, protectora de los umbrales, era una virgen poseída más tarde por Jano, el dios de las puertas y de los pasadizos, que le regaló el espino con el cual alejaba de los umbrales las influencias malignas y, en particular, los terribles vampiros que iban a chupar la sangre de los niños.

CARIBDIS

Hija de Poseidón y de la Tierra. Robó los bueyes a Heracles, Zeus la castigó con uno de sus rayos y la transformó en un monstruo. Vivió en una roca de la costa siciliana, junto al estrecho de Mesina. Tres veces al día aspiraba las aguas del mar y otras tantas las expulsaba por su inmensa boca. Enfrente se encontraba otro monstruo marino, Escila, por lo que atravesar el estrecho resultaba muy peligroso y temido por todos los navegantes.

CÁRITES (GRACIAS)

Hijas de Zeus y de Hera. Representaban las cualidades y virtudes que hacen amables a los hombres, así como la belleza

LAS TRES GRACIAS O CÁRITES

existente en la naturaleza y en todas las cosas. Según Hesíodo eran tres y se llamaban Aglaia o Aglae, Enfrosine y Talía. Simbolizaban, respectivamente, el esplendor, la alegría y la prosperidad. En Esparta eran tan sólo dos, Cleta y Faena, y también dos en Atenas, Auxo y Hegemone. Dispensadoras de la belleza que alegra la vida, protegían las artes y, a menudo, se las veneraba junto con Apolo y las Musas, con quienes organizaban danzas y coros. Sin embargo, su misión específica consistía en formar parte del séquito de la diosa de la belleza y del amor, Afrodita. Desde los tiempos más antiguos, la sede principal de su culto fue Orcómeno en Beocia, donde se alzaba un templo a ellas dedicado. Se las veneraba también en Esparta y en Atenas, en la isla de Paros y en otros muchos sitios. Las fiestas celebradas en su honor se llamaban *Caritesias* y se caracterizaban por la costumbre de organizar certámenes poéticos y musicales. Se representaba a las Cárites como jóvenes bellísimas, llenas de encanto y delicadeza, generalmente desnudas y adornadas tan sólo con guirnaldas de flores. Entre los romanos eran veneradas con el nombre de Gracias y conservaban todos los atributos de las divinidades griegas.

CARMENTA

Según la leyenda, esta ninfa, una de las Camenas, fue esposa, hija o madre de Evandro y profetisa de Arcadia. Antigua divinidad de Lacio, que poseía, como sus compañeras, el don de profecía y que, conocedora del pasado y del futuro, fijaba el destino de los recién nacidos. Las madres la invocaban en el momento del parto, llamándola *Antevorta* si el niño nacía por la cabeza, y *Postvorta* cuando lo hacía por los pies. Más tarde se la consideró una doble divinidad y posteriormente triple, confundiéndola con las Parcas. Carmenta tenía en Roma un antiguo altar cerca de la puerta *Carmentalis*, donde ofrecía sacrificios un sacerdote (flamen). Se celebraban también en su honor dos fiestas, llamadas *Carmentalia*, una el once de enero y otra el quince del mismo mes; en ambas se ofrecían sacrificios incruentos. La tradición refiere que estas fiestas se instituyeron porque el Senado prohibió que las matronas fuesen transportadas en coche *(carpentum)* a través de la ciudad y estas se rebelaron, negándose a tener más hijos; las *Carmentalia* conmemoraban precisamente la reconciliación entre el Senado y las matronas romanas.

Se solía representar a Carmenta con el aspecto de una muchacha jovencita con cabellos sueltos rubios y muy rizados, coronada con una rama de habas y llevando en las manos el símbolo de las profetisas.

CARNA

Divinidad romana, protectora de la salud de los hombres. Carna era invocada también por las madres para proteger la salud de sus hijos. Su fiesta, de carácter meramente popular, tenía lugar el primer día de las calendas de junio. En honor de la diosa se comía tocino y habas, de donde deriva el nombre de *Calendas de las habas* o fiestas *Carnarias*.

CARONTE

Hijo de Erebo y de la Noche, vivía en el Hades donde, como barquero infernal, le correspondía la misión de transportar las almas de los difuntos a la otra orilla del Aqueronte. Era el primer demonio y el primer obstáculo con que estas se encontraban. Representado como un anciano con barba blanca, ojos luminosos y penetrantes y aspecto sombrío y amenazador, Caronte no dejaba subir a su barca a las almas de aquellos cuyos cuerpos todavía no habían recibido sepultura o no podían pagar el pasaje, cuyo coste era un óbolo. Esta creencia dio origen a la costumbre de meter en la boca del difunto, antes de quemarlo en la hoguera o de enterrarlo, una moneda destinada a Caronte. Sin embargo, se admitía en la barca a los que llevaban una rama de oro para Perséfone. La llevó consigo Eneas cuando descendió al Infierno para visitar a su padre.

La literatura evoca con frecuencia a Caronte. Virgilio en la *Eneida,* libro VI, nos ofrece una descripción magnífica, en la que se inspira, superándola en vigor, Dante, al presentarnos al «Nocchier de-

CARONTE

lla livida palude» en el canto III del *Infierno.* Caronte es recordado también por el poeta griego Luciano, por los latinos Séneca y Estacio y más tarde por Boccacci, Tassoni, Alfonso de Valdés y Marino.

CARPO

Una de las Horas. Simbolizaba la germinación otoñal.

CASANDRA

Hija de Príamo y de Hécuba, profetisa troyana. Amada por Apolo, a quien no correspondió, se atrajo el resentimiento y la venganza del dios. Para seducirla, este le concedió el don de la profecía, pero

CLITEMNESTRA MATA A CASANDRA

cuando Casandra se negó a unirse con él, hizo que no fuese creída. Así se reían de sus predicciones sobre las terribles desdichas de Troya, y no la tomaron en consideración. Impotente, vio aproximarse la destrucción de su ciudad. En vano intentó por todos los medios que no dejasen penetrar en el interior de las murallas el caballo de madera. De nuevo la hicieron callar. Después de la ocupación de Troya, durante la cual fue forzada por Áyax de Oileo en el templo de Atenea, Agamenón la condujo a Argos como esclava, siendo víctima de la matanza llevada a cabo por Clitemnestra cuando asesinó a su marido.

CASIOPEA

1. Esposa de Cefeo, rey de Etiopía y madre de Andrómeda, la bellísima muchacha salvada por Perseo del terrible monstruo. De ella tomó nombre la constelación boreal.

2. Mujer de Eneo y madre de Tideo.

CASTALIA

Célebre fuente del monte Parnaso entre Beocia y Fócida, consagrada especialmente a Apolo y a las Musas. La fuente se encontraba a poca distancia del celebérrimo santuario de Apolo en Delfos. Antes de consultar al oráculo, la Pitia tenía que llevar a cabo algunas abluciones especiales en la fuente de Castalia a fin de purificarse para poder acercarse al dios e interpretar su voluntad.

CÁSTOR

Uno de los Dioscuros, era hermano de Pólux.

CATARSIS

La catarsis (término griego que significa 'purificación') era una condición indispensable para el vaticinio; en muchos oráculos se preceptuaba que los sacerdotes, antes de entrar en contacto con la divinidad, se lavasen, ayunasen y se untasen con aceites perfumados; se necesitaba, además, una auténtica preparación espiritual para prepararse a recibir el mensaje divino (véase *Oráculo*).

CATREO

Rey de Creta, hijo de Minos y de Pasífae, sucedió a su padre en el trono de la isla. Tuvo tres hijas, una de las cuales, Erope, se casó dos veces, primero con Plístenes y luego con Atreo, con quien tuvo dos hijos: Menelao y Agamenón. Casada con Nauplio, dio a luz a Eaco y Palamedes.

De acuerdo con la sentencia de un oráculo, Catreo murió a manos de su único hijo varón, Altemenes.

CÉCROPE

Primer rey de Ática. Según las más antiguas tradiciones mitológicas, Cécrope, como fundador de la estirpe, nació directamente de la tierra. Con frecuencia se le representaba con figura humana en la parte superior del cuerpo y de serpiente en la parte inferior. Según tradiciones más recientes, llegó procedente de Egipto y concretamente de Sais, una ciudad del actual Sudán. En todo caso, las fuentes concuerdan en considerarle el primer rey, el primer legislador y el primer sacerdote. Se le atribuye la construcción de Atenas, llamada también Cecropia; introdujo los antiquísimos cultos de Zeus *Hypatos* y de Atenea *Políade*. Durante la famosa disputa entre Atenea y Poseidón por la posesión de Ática, se inclinó a favor de la diosa de la sabiduría, contribuyendo a su victoria. Esta leyenda tiene una interpretación naturalística. En Ática la estación más favorable a los cultivos era la seca, que hacía posible cultivar el olivo; Poseidón, dios de los mares, era, en cambio, protector de la estación húmeda, perjudicial para los atenienses, si se prolongaba demasiado. Podemos dar también una interpretación naturalística

REYES DE ÁTICA HASTA LA GUERRA DE TROYA

CÉCROPE
CRANAO
ANFICTIÓN
ERICTONIO
PANDIÓN
ERECTEO
CÉCROPE II
PANDIÓN II
EGEO
TESEO
MENESTEO

al hecho de que Cécrope tuviese tres hijas, Herse, Aglauro y Pándroso, cuyos nombres unidos significan rocío, muy benéfico para la tierra durante la estación seca. Teniendo en cuenta esta interpretación, se comprende que se le atribuyera el cultivo del olivo y la elaboración del aceite.

CÉFALO

Valeroso cazador, Céfalo era hijo de Hermes y muy feliz en su matrimonio con Procris, hija de Erecteo, bastante hábil también en el lanzamiento de la jabalina. Sin embargo, Eos se enamoró de él y trató de infundirle celos. Sugestionado por sus insinuaciones, Céfalo se disfrazó de hombre rico y cortejó a su mujer, que cedió a sus requerimientos sin reconocerlo. Avergonzada, la infeliz Procris huyó a Creta, donde pasó a formar parte del séquito de Ártemis, pero Céfalo, arrepentido de haberle tendido aquel vil engaño, la buscó por los bosques de la isla. Encontró a su esposa sin reconocerla y se enamoró perdidamente; Procris no quería continuar el engaño y le reveló su verdadera identidad, dejándolo confundido y humillado, tal como se había sentido ella anteriormente. Sin embargo, Eros hizo que se reconciliasen; así queda interrumpida la fábula mitológica. Otra versión nos da un desenlace más amargo, según el cual su turbulenta pasión les ocasionó la muerte. La celosa Procris, escondida en un matorral, espiaba a Céfalo mientras cazaba. Cuando este oyó el crujido de las hojas creyó que allí se ocultaba un jabalí o un ciervo y, arrojando con violencia su lanza, mató a su amada. El enamorado no pudo sobrevivir; enloquecido de dolor, anduvo errante por tierras extranjeras, hasta que se arrojó al mar desde el promontorio de Leuca. Según algunos autores, se retiró a una isla que de él tomó el nombre de *Cefalenia* (actualmente Cefalonia).

CEFEO

Rey de Etiopía, estaba casado con Casiopea y tenía una hija muy hermosa llamada Andrómeda, que se salvó cuando estaba a punto de ser sacrificada a Poseidón; luego se casó con ella. Cefeo participó en la expedición de los Argonautas y regresó de ella. Después de su muerte, subió al cielo, transformándose en una constelación, al igual que su esposa Casiopea, su hija Andrómeda y también su yerno Perseo. Como rey de Tegea, ayudó a Heracles en una de sus numerosas guerras. El héroe tuvo amores con su bella hija Auge, que le dio un vástago, Télefo, el cual llegó a ser rey de Misia y luchó contra los griegos en Troya. Herido por la lanza de Aquiles, sanó con el óxido de la misma lanza.

En Astronomía, constelación boreal situada cerca de la Osa Menor, que da nombre a un tipo de estrellas, las llamadas *cefeidas*.

CÉFIRO

Hijo de Eos y de Astreo, era la divinidad del viento de Poniente. Se le veneraba como divinidad benéfica, ya que a su soplo mutaban los meses. Los latinos le llamaban Favonius, porque anunciaba la primavera.

CEFISO

Divinidad fluvial. Es conocido en el mundo mitológico, principalmente, por haber engendrado a Narciso.

CEIX

Hijo de Héspero y de la ninfa Filónide, tuvo por esposa a la bella Alcíone. En un acto de soberbia osó parangonarse a sí mismo con Zeus y a Alcíone con Hera. La venganza de los dioses ofendidos no tardó en llegar; él y su esposa fueron transformados en ruidosas gaviotas.

CELENO

Una de las Arpías.

CÉLEO

Rey de Eleusis en Ática; acogió benévolamente a Deméter, cuando la diosa iba desesperada en busca de su hija Perséfone. Agradecida a Céleo por su hospitalidad, la diosa eligió a Eleusis como sede principal de su culto, escogiendo al propio rey y a sus hijos como sus sacerdotes.

CENEO

Héroe de la tribu salvaje de los Lapitas. Participó en la expedición de los Argonautas, en la caza del jabalí de Calidón y en la lucha entre Lapitas y Centauros. Había nacido hembra y fue transformado en varón por Poseidón, que le hizo invulnerable a los golpes de espada, por lo que los Centauros no consiguieron matarlo. Cuenta la leyenda que, para matarlo, estos tuvieron que enterrarlo bajo un montón de árboles. Quedó transformado en pájaro.

CENTAUROMAQUIA

Véase *Centauros*.

CENTAUROS

Descendientes de Ixión y de Néfele, la nube a la cual Zeus hizo tomar la figura de Hera. De esta unión nació Centauro, el cual uniéndose con algunas yeguas, las tan célebres de Magnesia, engendró a los Centauros, medio hombres y medio caballos. Estos son una transfiguración mítica de los salvajes habitantes de Tesalia, muy expertos en el arte de cabalgar, hasta el punto de que la fantasía popular los imaginó como seres con busto de hombre y cuerpo equino, que hablaban en vez de relinchar y galopaban en vez de caminar. Aunque Homero no los conociese en este aspecto, habló de ellos como de hombres bárbaros y rudos, de tupidas y largas cabelleras. Aproximadamente en la época de Píndaro entraron con su forma peculiar en la tradición legendaria de Tesalia. Eran feroces, aficionados al vino y expertísimos en el uso del arco y de la clava. Habiendo sido invitados a las nupcias de Pirítoo, rey de los lapitas, con Hipodamía, uno de ellos Euribión, embriagado intentó raptar a la novia empleando la violencia. Se desencadenó una lucha furiosa, recordada con el nombre de *Centauromaquia* en la que los Centauros llevaron las de perder. Intervinieron en favor de los Lapitas, Teseo y Néstor, amigos de Pirítoo. Los Centauros tuvieron que huir del lugar donde habitaban, las selvas del Pelión, refugiándose en el monte Pindo. Fueron expulsados definitivamente de Tesalia por Heracles. La Centauromaquia viene a simbolizar la lucha entre la civilización griega y la barbarie que todavía subsistía en algunas poblaciones. En efecto, más tarde los Centauros fueron representados, como Quirón, más amables y pacíficos por haber entrado en contacto con dicha civilización. Se les consideró como Genios y, junto con los Sátiros y los Silenos, for-

CENTAURO

maban el séquito de Dioniso, cuyo carro acompañaban tocando el cuerno o la lira.

La Centauromaquia llegó a ser un motivo escultórico ornamental frecuente en los monumentos griegos. Entre las obras más famosas, figura la del frontón occidental del templo de Zeus en Olimpia, obra al parecer de Alcamene.

CENTÍMANOS

Otro nombre con que se designaba a los Hecatonquiros.

CEO

Divinidad primitiva, nacida de la unión de Urano y de Gea, que representaba el polo celeste.

CERBERO

Hijo de Tifón y de Equidna. Mítico monstruo, perro inmudo rodeado de serpientes, con tres cabezas y tres bocas que emitían continuos y terribles ladridos, aterrorizando y ensordeciendo a las almas de los difuntos. Era, en realidad, el guardián de la entrada de los Infiernos y despedazaba al que intentaba salir. Fue encadenado por Heracles, que lo llevó a la tierra devolviéndolo en seguida a su primitiva procedencia. Orfeo lo amansó con su dulce música, y consiguió así penetrar en los Infiernos y llevarse a Eurídice. Eneas, que también descendió al Hades, después de atravesar la laguna se detuvo ante Cerbero, pero la Sibila aplacó y adormeció al monstruo de las triples fauces dándole a beber un brebaje encantado (Virgilio, *Eneida*, libro VI).

Dante nos presenta a Cerbero como guardián del tercer círculo del Infierno y atormentador de los golosos allí castigados.

CERCIÓN

Véase *Sinis*.

CERES

Véase *Deméter*.

CETO

Divinidad marina, que representa la extensión de las aguas. Esposa de Forcis e hija de Nereo.

CHIPRE

La mayor de las islas del Mediterráneo oriental, de costas altas y escarpadas. Se caracteriza por dos cadenas montañosas, separadas entre sí por la llanura de Mesaria. Fue colonizada por fenicios y griegos. Centro del culto tributado a Afrodita, llamada por lo mismo Ciprina, pasó a ser más tarde provincia romana.

CIBELES

Divinidad frigia, símbolo de la fecundidad de la tierra. Los griegos y los romanos la veneraron como la Gran Madre (véase *Rea Cibeles*).

CÍCLADES

Islas del Egeo. Se llamaban así porque formaban un círculo en torno a la famosa isla de Delos.

CÍCLOPES

Monstruos fabulosos de la mitología griega, cuyo nombre se debe a que tenían un solo ojo, redondo, en medio de la frente. Eran seres gigantescos, hijos de Urano y de Gea o, según otras versiones, de Poseidón y Anfitrite. Hesíodo en su *Teogonía* menciona a tres: Brontes, Estéropes y Arges, personificación de fenómenos atmosféricos como el trueno, el relámpago y el rayo. Otras versiones añaden también a Piracmón. Fabricaban las flechas utilizadas por Zeus para castigar a los mortales o a todo aquel que lo

CÍCLOPES EN LA FRAGUA DE HEFESTO

ofendiese. Zeus recurrió a los Cíclopes por primera vez durante la lucha contra los Titanes. Colocando sobre el yunque brillantes lingotes de cobre ardiente, los gigantes forjaron con terribles y poderosos golpes, para el rey de los dioses, las fulgurantes armas, que debían sembrar la confusión entre sus enemigos, concediéndole la victoria. Como herreros, los Cíclopes eran ayudantes de Hefesto, y su taller se suponía situado generalmente en el Etna, en las islas Lípari o en los Escollos de los Cíclopes, al norte de Catania. Según algunas leyendas los Cíclopes construyeron las colosales murallas de algunas ciudades de la Argólida, llamadas precisamente *murallas ciclópeas* por su grandiosidad. Los mató Apolo, que quería vengar a su hijo Asclepio, porque ellos habían facilitado a Zeus el rayo que le ocasionó la muerte.

Inspiraron a Eurípides un drama satírico titulado precisamente *El Cíclope*. Homero los describe como un pueblo de pastores (véase el episodio de Polifemo en la *Odisea*).

CICNO

1. Hijo de Ares. Heracles, en una de sus últimas empresas, se enfrentó con él en singular combate junto al golfo de Págasos, en Itone, y el héroe no sólo mató a Cicno (transformado más tarde por Ares en cisne), sino que hirió también al dios de la guerra, que había acudido en socorro de su hijo.

2. Un rey de la Tróade, hijo de Poseidón. Se le menciona en el ciclo troyano. Envalentonado por su invulnerabilidad ante las armas de los mortales, se opuso al desembarco de los griegos frente a Troya; mató a más de mil hombres, hasta que él mismo halló la muerte a manos de Aquiles, que lo estranguló con la correa de su yelmo. Poseidón, movido por su amor paternal, se compadeció de aquella triste suerte de su hijo y lo transformó en cisne.

CICONES

Pueblo de Tracia, en el que Ulises desembarcó durante la primera etapa de su largo peregrinar. Eran gentes inciviles, que no quisieron prestar ayuda a Ulises y sus compañeros y lucharon contra ellos, siendo derrotados. La noche que siguió a la batalla, atacaron a los de Ítaca mientras dormían. Mataron a setenta y dos de ellos, y Ulises tuvo que huir de la inhóspita región.

CICREO

Rey de Salamina. Era hijo de Poseidón y acogió a Telamón, hermano de Peleo, que huía de Egina. Le dio por esposa a su hija Glauca y le cedió el reino. De Telamón y Glauca nació el famoso héroe griego Áyax.

CÍDIPE

Muchacha ateniense que, al hallarse un día en el templo de Ártemis, recibió como regalo de su enamorado Aconcio una manzana en la que estaban inscritas las palabras: «Juro que me casaré con Aconcio». Cídipe, al leer la frase en presencia de la diosa, se vio atada por un juramento involuntario. Sin embargo, la muchacha no se preocupó, tiró la manzana y olvidó lo sucedido. Poco después, enfermó, y el oráculo, al ser interrogado, respondió que Ártemis castigaba a Cídipe por no cumplir su juramento. Para sanar, la muchacha tuvo que acceder al matrimonio.

CILICIA

Región de las costas del Asia Menor, la actual Turquía, al occidente de Siria. Su nombre deriva de Cílice, uno de los hermanos de Cadmo que se estableció allí.

CÍNIRAS

Rey de Chipre, hijo de Apolo y de Pafos. En honor de su madre fundó la ciudad de dicho nombre. Una leyenda dice que su hija Mirra se enamoró de él y que de dicha unión nació Adonis. Cíniras, al reconocer el involuntario incesto, desesperado, se suicidó.

CIPARISO

Bellísimo adolescente amado por Apolo. Por error, mató a la cierva del dios, que lo transformó en ciprés.

CIRCE

Hija de Helios y de la ninfa Perseida, hermana de Eetes, rey de Cólquide, era una famosísima maga. Tuvo que abandonar su patria, expulsada por haber envenenado al rey de los sármatas y cometido otros crímenes. Huyó a Italia, donde se estableció en un palacio encantado en la isla de Eea, posiblemente en el actual promontorio Circeo. Allí continuó ejerciendo el arte de la magia. Celosa de Glauco, envenenó las aguas donde solía bañarse Escila, hija de Forco y Poseidón, que se transformó de cintura para abajo en un terrible monstruo. Pico, rey de los latinos, la despreció por su esposa Carmenta y la maga lo transformó en el pájaro llamado *carpintero*. Solía transformar en animales a todos los forasteros que desembarcaban en la isla. Cuando Ulises envió a sus compañeros a explorarla no los vio regresar, ya que Circe los había convertido en puercos. Ulises consiguió escapar del encantamiento por haber ingerido unas hierbas que le hacían invulnerable a cualquier sortilegio y que Hermes le había aconsejado. Después de liberar a todos sus compañeros, Ulises convivió casi un año con la maga, que se había enamorado de él. Leyendas posteriores hacen nacer de esta unión a Telégono, que llegado a la edad madura, fue en busca de su padre. Ulises no lo reconoció y lo rechazó. Telégono, utilizando como arma el espolón de un pez espada, lo mató.

CIRIS

Nombre del pájaro marino en el que fue transformada Escila, hija de Niso, después de haber causado la muerte de su padre.

CITERÓN

Cadena montañosa de Grecia, que se extiende desde Ática hasta Beocia. En la Antigüedad clásica, el Citerón era famoso por el culto a Dioniso y por las fiestas que allí se organizaban.

CÍZICO

Rey de los doliones. Según la leyenda de los Argonautas, este rey concedió benigna hospitalidad a los intrépidos héroes que acababan de atravesar el Helesponto. Sin embargo, cuando salieron de ese país, por la noche fueron empujados de nuevo hacia la costa por vientos contrarios: al desembarcar por segunda vez no fueron reconocidos por los doliones, que los creyeron invasores. Los dos bandos lucharon entre sí y en la encarnizada batalla, ganada por los Argonautas, Jasón mató a Cízico.

CLEITO

Esposa de Cízico, rey de los dioliones. Cuando este, por una trágica fatalidad murió a manos de los Argonautas, enloqueció de dolor y se suicidó. Las ninfas del bosque lloraron tanto, que de sus lágrimas nació un manantial al que se dio el nombre de Cleito.

CLEOBIS

Véase *Bitón*.

CLEOPATRA

1. Esposa de Meleagro, convenció a su marido para que tomase las armas en defensa de su patria amenazada. Cuando este murió, Cleopatra, llena de dolor, se ahorcó. Los dioses la transformaron en una gallina de Guinea.

2. Se llamó también Cleopatra la hija del viento Bóreas y hermana de Calais y Zetes. Se casó con Fineo, rey de Salmideso, en Tracia, que la repudió y encarceló. Sus dos hermanos la liberaron. Sus dos hijos fueron cegados por su propio padre Fineo, que como castigo fue, a su vez, cegado y perseguido por las Arpías.

CLÍMENE

La mitología tradicional menciona a diversas mujeres con el mismo nombre. Una de ellas es la esposa de Helios (el dios Sol) y la madre del infeliz Faetón. Otra, la hija de Catreo y nieta de Minos. Esta se casó con Nauplio y dio a luz a Eaco y Palamedes. Otra Clímene fue hija del Océano y de Tetis, y esposa de Jápeto, uno de los Titanes, del cual tuvo un hijo. Otra versión nos presenta a Clímene como esposa de Prometeo y madre de Heleno y de Deucalión.

CLÍO

Hija de Zeus y Mnemósine. Una de las nueve Musas, la de la Historia.

CLITEMNESTRA

Hija de Tíndaro, rey de Esparta, y de Leda, hermana de Helena y de los Dioscuros, Cástor y Pólux. Se casó con Agamenón, a quien dio tres hijos, Orestes, Electra e Ifigenia. Cuando Agamenón aceptó sacrificar a esta última para que soplasen vientos favorables y la flota aquea pudiese zarpar felizmente en dirección a Troya, Clitemnestra concibió un odio terrible contra él. Siendo amante de Egisto, hijo de Tiestes y primo de Agamenón, con la complicidad de su amante, mató a su marido junto con la esclava Casandra, cuando este regresó terminada la guerra de Troya. Su hijo Orestes, salvado por su hermana Electra de las insidias de Egisto, regresó años después a Micenas con el propósito de vengar a su padre y mató a su madre y a Egisto.

TALTIBIO IMPIDE A CLITEMNESTRA
ACUDIR EN SOCORRO DE EGISTO

CLORIS

Primogénita de las hijas de Níobe, que se salvó de la matanza llevada a cabo por Ártemis por ser ya esposa de Neleo, rey de Pilos. Su verdadero nombre era Hetosea y se la llamó después Cloris, («pálida»), por la palidez de su rostro al conocer el trágico fin de sus hermanas y hermanos. Digna hija de Níobe, fue madre de doce hijos, once de los cuales mató Hércules. Quedó como único superviviente Néstor.

CLOTO

Una de las tres Moiras o Parcas. La más joven de ellas, la que asistía a los nacimientos y sostenía la rueca, de la que sacaba copos de una lana multicolor y desigual, la cual, hilada por Láquesis, su hermana, representaba la variedad y el azar en la vida del hombre.

CÓCALO

Rey de Sicilia. Acogió benévolamente a Dédalo, que había huido del laberinto de Creta volando con unas alas y, más prudente y afortunado que su hijo Ícaro, sobrevivió a la empresa. Sin embargo, Minos no cejó en su propósito de venganza y pidió a Cócalo la restitución del fugitivo, presentándose en persona ante el rey. Este, cumpliendo sus deberes de hospitalidad, lo acogió dignamente, pero luego, de acuerdo con sus propias hijas, lo mató.

COCITO

Uno de los ríos infernales (viene del griego y significa 'el río del llanto') cuyo curso impetuoso transcurría por entre lúgubres y negras rocas. Circundaba el Tártaro y, de acuerdo con su significado etimológico, era el río de los lamentos, formado con las lágrimas de los que recibían su castigo en aquel mismo llanto. Junto con el Aqueronte y el Piriflegethon era uno de los tres ríos infernales que formaban la laguna *Estigia*. (*Odisea*, libro X; *Eneida*, libro VI; *Divina Comedia,* Infierno, XIV.)

CÓLQUIDA

Antigua región situada en la costa sudoriental del Ponto Euxino en el Mar Negro, atravesada por el río Fasi, el actual Rión.

En épocas primitivas fue habitada por varios pueblos bárbaros (abaseas, coraxos, lacios y suanos). Corresponde, aproximadamente, a la actual región de Georgia llamada Mingrelia. Los griegos habían fundado allí varias colonias y, a pesar de la distancia, mantenían un activo intercambio comercial. Precisamente a causa de su situación adquirió un carácter mitológico. Se localizó allí la leyenda de los Argonautas, que fueron a la Cólquida para arrebatar el vellocino de oro al rey Eetes.

CONCORDIA

Diosa romana que personificaba precisamente la concordia, dispensadora de paz y de bienestar. Se la representaba como una matrona que sostenía en una mano una ramita de olivo, y en la otra, el *cuerno de la abundancia*.

CONSO

Divinidad romana, protectora de la agricultura. Le estaban dedicadas las fiestas llamadas *Consualia* que tenían lugar el veintiuno de agosto, después de la cosecha, y el quince de septiembre, al terminar la siembra. Se organizaban carreras ecuestres y por esto, a partir del siglo III a. de C., el dios Conso se identificó con Neptuno, que llevaba el sobrenombre de *Ecuestre* por haber creado el caballo.

CORCIRA O CORFÚ

La más septentrional e importante de las islas Jónicas. Se la llamó antiguamente *Drepane* y también *Asqueria*. En ella reinó Alcínoo, rey de los feacios.

CORE

Otro nombre de Perséfone.

CORESO

Sacerdote de Dioniso, estaba enamorado de la oceánida Calírroe. Al no verse correspondido, pidió al dios que castigase a la ninfa, pero luego, arrepentido, renunció a su venganza y prefirió matarse antes que ver muerta a la mujer amada.

CORIBANTES

Pequeños geniecillos tutelares de la mitología griega, sacerdotes de Cibeles, divinidad de la tierra, venerada especialmente en Frigia y en la isla de Creta, donde los Coribantes pertenecieron también al culto de Zeus. En sus fiestas se tocaban los timbales y las flautas. Se los ha situado siempre en compañía de Curetes.

CORINETES

Otro nombre de Peifetes, hijo de Hefisto. Era una criatura ruda e insensible como su padre. Habitaba en las cercanías de Epidauro y solía agredir y matar a los viandantes con una maza de hierro. Corinetes encontró su justo castigo a manos de Teseo.

CORÓNIDE

Hija del rey de Tesalia, Flegias. Amada por Apolo, estaba embarazada del dios cuando, sin que este lo supiera, se casó con el joven Isquis. Un cuervo reveló a Apolo lo sucedido y el dios, para vengarse, atravesó con sus dardos a Corónide y a Isquis. Ella al morir reveló su maternidad. Apolo, entonces, después de haber castigado al cuervo por su delación transformando en negras sus blancas plumas, extrajo del seno de Corónide al niño que aún no había nacido. Este fue Asclepio, que tuvo por preceptor al centauro Quirón y llegó a ser el dios de la medicina.

COTO

Era uno de los tres Hecatonquiros junto con Briareo y Gies, que simbolizaban las fuerzas perturbadoras de la tierra.

CRANAO

Hijo de Cécrope, a quien sucedió en el trono de Ática. Según una tradición, bajo su reinado tuvo lugar el famoso diluvio de Deucalión. Su sucesor fue probablemente Anfictión, hijo del propio Decaulión.

CREONTE

1. Hijo de Liceto, fue rey de Corinto. En su corte hospedó a Jasón y a Medea, prometiendo al héroe por esposa a su propia hija Creúsa. Esto suscitó los celos de Medea, que envió a la muchacha una túnica y una corona que había impregnado de veneno con sus artes mágicas y le causó la muerte. Creonte, que acudió en auxilio de su hija, murió con esta en el incendio del palacio, provocado por dicha túnica.

2. Hermano de Yocasta, ocupó el trono de Tebas, sucediendo a Layo, y lo recuperó a la muerte de sus sobrinos Eteocles y Polinice. Fue un rey despótico y cruel, que condenó a Antígona a ser enterrada viva, por haber desobedecido sus órdenes al enterrar el cadáver de su hermano Polinice. Teseo lo mató algún tiempo después. Sus hijos fueron Meneceo y Hemón.

CRETA

La mayor de las islas griegas, situada a la entrada meridional del mar Egeo. Junto con las islas de Cerigo, Cerigoto, Caso, Escarpanto y Rodas formaba parte del arqueado puente que unía en otro tiempo Morea con Anatolia. Durante el III y II milenios a. de C. fue sede de una espléndida civilización, cuyos ecos se conservan en las leyendas mitológicas. En ella se crió Zeus, allí reinó Minos, el sabio legislador. A comienzos del I milenio a. de C. fue invadida y dominada por los dorios, que fundaron de cincuenta a cien ciudades independientes, Cnosos, Gortina y Cidonia, entre las más destacadas. Dichas ciudades se confederaron hacia finales del siglo III. En el siglo II los cretenses se entregaron a la piratería, convirtiéndose, de aliados, en enemigos de los romanos. Entre el año 69 y el 67, Q. Metelo, que recibió el sobrenombre de Crético, conquistó, tras una larga y durísima guerra, la isla, que pasó a ser provincia romana.

CRETEO

Hermano de Atamante. Cuando este enloqueció, gobernó a las minias. Se casó con Tiro, que le dio tres hijos, el más famoso de los cuales fue Amitaón.

CREÚSA

1. Llamada también Glauca, era hija de Creonte, rey de Corinto. De ella se enamoró Jasón, cuando fue acogido en Corinto con Medea. Por consentir Creonte las nupcias de Jasón y de Creúsa, Medea, celosa, mató a esta regalándole una diadema y una túnica envenenadas.

2. Mujer de Eneas e hija de Príamo y Hécuba. Cuando el héroe troyano huyó de su ciudad incendiándola llevando consigo a su hijo Ascanio, a su padre Anquises y las sagradas imágenes de los Penates troyanos, Creúsa los siguió durante un largo tiempo, pero murió en esa fatigosa huida. Su sombra se apareció a Eneas, que la buscaba afanosamente, persuadiéndole de que debía proseguir la fuga y asegurándole que se había convertido en una ninfa de la diosa Cibeles.

3. Hija de Erecto y esposa de Juto, fue madre de Aqueo y de Ión, dos de los fundadores del pueblo griego.

CRÍO

Uno de los Titanes. Junto con Temis y Mnemósine era uno de los gigantes que no encarnaban la fuerza física sino la espiritual. Crío simbolizaba precisamente la potencia moral.

CRISAÓN

Hijo de Medusa y de Poseidón. Nació, como su hermano el caballo alado Pegaso, de la sangre de su madre muerta. Uniéndose con Calírroe, engendró a los monstruos Equidna y Gerión, protagonista el último de una de las empresas de Heracles.

CRISEIDA

Hija de Crises y esclava predilecta de Agamenón.

CRISES

Sacerdote de Apolo, padre de Criseida, la muchacha convertida en esclava por los aqueos y asignada a Agamenón. Para recuperarla, el padre se trasladó al campo griego ofreciendo un elevado rescate, pero fue rechazado por Agamenón. Crises acudió entonces a Apolo, quien envió una grave epidemia de peste al campo aqueo, por lo cual Criseida fue restituida. Agamenón pretendió, sin embargo, que a cambio se le entregase a Briseida, la esclava de Aquiles, provocando así la retirada de este último de la lucha.

CRISIPO

Hermanastro de Atreo y Tiestes. Estos eran hijos de Pélope y de Hipodamía, en tanto que Crisipo había nacido de los amores de Pélope con la ninfa Asíoque. Víctimas de la maldición divina que pesaba sobre su familia, Atreo y Tiestes realizaron toda suerte de acciones nefandas. Una de sus primeras desdichadas hazañas fue el asesinato, por instigación de Hipodamía, de su hermanastro Crisipo.

CRONIDA

Un apelativo de Zeus, hijo de Crono (Saturno).

CRONO (SATURNO)

Su origen como divinidad parece remontarse a una época prehelénica. Era hijo de Urano y Gea, es decir, del Cielo y de la Tierra, y el más joven de los Titanes. Se rebeló contra su padre, lo mutiló y destronó para vengar a sus propios hermanos, que Urano ocultaba en el seno de la tierra, temiendo que pudiesen arrebatarle el dominio del mundo. Siendo a su vez rey del Olimpo y habiéndose casado con su hermana Rea, engendró las divinidades mayores. Al temer por el cumplimiento de la profecía de su padre Urano, que le había predicho que uno de sus hijos le arrebataría el poder, acostumbraba a tragárselos. Tal fue la suerte de Hera, Deméter, Hades, Poseidón y Hestia, pero cuando le tocó el turno a Zeus, el más joven, su madre Rea recurrió a una estratagema para sustraerlo a la ferocidad del padre. Le presentó envuelta en pañales una piedra que Crono se tragó sin advertir la diferencia, mientras encomendó a Zeus a la custodia de los Coribantes y de los Curetes. Así se salvó Zeus. Adulto, destronó a su padre, obligándole a restituir los hijos que había devorado, y que, por ser inmortales, seguían con vida. Los romanos identificaron Crono con Saturno, que originariamente era el dios de la siembra, venerado como fundador y protector de la agricultura itálica. Cuando la mitología griega penetró en Roma, surgió la leyenda de que Crono-Saturno, expulsado por Zeus, se ocultó en Lacio, siendo acogido piadosamente por Jano, rey de Itálica, y estableciendo su morada sobre el Capitolino. Allí se edificó un templo en su honor, en cuya cripta se custodiaba el tesoro del Estado (*aerarium*). Se identificó con el reinado de Saturno la Edad de Oro del género humano, ya que se decía que fue el primero en hacer vivir a los hombres de forma sedentaria, gobernándolos con sabiduría. Para conmemorar este periodo feliz, se introdujeron fiestas en honor de Saturno, las *Saturnalia*, que tenían lugar del diecisiete al veintitrés de diciembre. Eran fiestas turbulentas, en las que el pueblo se entregaba a manifestaciones de alegría desenfrenada. Se olvidaban las diferencias sociales, mientras que los tribunales, tiendas y escuelas cerraban en señal de júbilo.

CTÉATO

Uno de los Moliónidas. Su nombre aparece en el ciclo de leyendas referentes a Heracles, concretamente en la hazaña de los establos de Augias. Cuando Augias, de quien eran sobrinos, se negó a dar a Heracles el pago convenido por su trabajo, este envió contra él un ejército. Pero los Moliónidas, Ctéato y Éurito, sorprendieron al ejército en un desfiladero destruyéndolo. Heracles, indignado, mató a los Moliónidas y a Augias.

CTONIO

Héroe griego, cuyo nombre figura en la gesta de Cadmo al fundar la ciudad de Tebas. Cuando este último mató al dragón consagrado a Ares, aconsejado por Atenea sembró los dientes de dicho dragón y vio surgir por encanto una tropa de hombres armados, que comenzaron a luchar entre sí ferozmente. Cinco fueron los supervivientes de aquella épica y extraña lucha: Equión, Udeo, Peloro, Hiperenor y Ctonio. Ayudaron a Cadmo en la edificación de Tebas y fueron también los fundadores de otras tantas familias nobles.

CUADRIGA

Carro tirado por cuatro caballos, usado por Zeus, Poseidón y Plutón.

CUERNO DE LA ABUNDANCIA O CORNUCOPIA

El mítico cuerno de la abundancia es considerado todavía como portador de la fortuna. La leyenda lo describe como un cuerno roto de toro, cuya figura tomó Aqueloo para combatir a Hércules por la posesión de Deyanira. Las Náyades recogieron el cuerno después del combate, llenándolo de flores y frutas, y, desde entonces, quedó convertido en símbolo de la abundancia. Según otra narración, se trata de uno de los cuernos de la cabra Amaltea, recogido por la ninfa Melisa.

La palabra cornucopia deriva del latín *cornu copiae*, literalmente 'cuerno de la abundancia'.

CUPIDO

Nombre que los latinos daban a Eros.

CURETES

Genios tutelares que, según se decía, inventaron el arco, la espada y el yelmo. Pausanias les atribuye la institución de los juegos *Olímpicos*. Posteriormente se convirtieron en sacerdotes de la diosa Cibeles. Durante las fiestas a ella dedicadas, danzaban con frenesí al son de flautas y címbalos, cayendo luego al suelo presas de un delirio profético. Los Curetes, con los Coribantes, desempeñaron un papel importante en la mitología griega, pues fueron ellas quienes salvaron a Zeus de la voracidad de Crono e impidieron a este último oír los vagidos del recién nacido, bailando una salvaje danza guerrera y, al mismo tiempo, lanzando gritos espantosos.

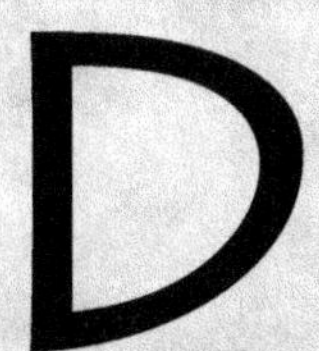

DÁCTILES

Pequeñas divinidades o geniecillos de la mitología griega, habitantes de los montes Ida (el de Creta y el de Frigia); su número variaba desde tres hasta cinco o diez como los dedos de la mano. Se les llamó también *Idei*, por el nombre de la montaña donde residían. Algunas fuentes los hacen hijos de Helios y de Atenea, otras de Crono y de Alcíope o de Zeus y de la ninfa Ida. Muy hábiles, estaban especializados en forjar los metales con el fuego subterráneo. En época más tardía fueron agrupados con los Curetes y los Coribantes.

DAFNE

Ninfa, hija del dios Peneo, del río Ladón o de Amiclas. Era, como Ártemis, amante de la caza y de la soledad y cuando Apolo, enamorado de ella, se le presentó de improviso, rehusó atemorizada sus requerimientos amorosos y huyó. El dios la persiguió y en su afanosa carrera atravesaron valles y bosques, hasta que la joven, a punto de ser alcanzada (su larga cabellera que durante la fuga se había soltado y ondeaba al viento, estaba próxima a ser asida por el dios enamorado), viéndose perdida, se arrojó al suelo e invocó con desespero la ayuda de la Tierra. La diosa, apiadada, transformó su cándido cuerpo en un tronco rugoso, sus brazos en ramas y sus hermosos cabellos en

APOLO Y DAFNE

hojas duras y verdes. Cuando Apolo, finalmente, consiguió abrazarla, se había transformado ya en un árbol, que le estuvo consagrado, ciñendo con esta las sienes de los poetas y de los héroes. Esta leyenda, pintoresca y poética, inspiró a numerosos vates y artistas, que tomaron de ella el tema para sus obras. Se llamaban *Dafneforias* las antiguas fiestas que se celebraban en Beocia en honor de Apolo y que consistían en solemnes procesiones con guirnaldas de laurel y de flores.

DAFNIS

Mítico pastor siciliano. Sus peripecias amorosas fueron el tema preferido de la poesía bucólica, de la que se le consideraba fundador. Hijo de Hermes y discípulo de Pan, era un excelente tañedor de gaita; por su destreza y belleza excepcionales, agradaba sobremanera a todos los dioses y diosas. Según algunos, amó a una muchacha llamada Naide, quien, al verse traicionada, lo cegó. Dafnis entonces se arrojó desde lo alto de una roca pero Hermes lo recogió y lo llevó al cielo. Fue objeto de culto por parte de los pastores. Según otros, Afrodita lo dejó morir de melancolía por haber rechazado a una muchacha que la diosa le había propuesto.

DAMASTES

Gigante que habitaba en las inmediaciones de Eleusis. La mitología tradicional lo presenta como adversario de Teseo. Damastes capturaba a todos los que tenían la desdicha de pasar cerca de su morada y los obligaba a tenderse sobre su lecho. Si el afortunado resultaba ser de estatura demasiado elevada para las dimensiones del lecho, Damastes le cortaba los miembros que sobresalían; si era demasiado bajo lo estiraba hasta hacerle alcanzar las dimensiones deseadas, de donde proviene su apelativo de Procuste («el estirador»). El cruel gigante recibió una justa muerte a manos de Teseo.

DÁNAE

Hija de Acrisio, rey de Argos. Su belleza enamoró a Zeus, pero el padre de ella, a quien el oráculo había predicho la muerte a manos de uno de sus nietos, encerró a su hija en una caverna subterránea. Zeus no se desalentó y penetró en el antro en forma de lluvia de oro. Amó a Dánae y de sus amores nació Perseo. Cuando se enteró Acrisio, para escapar de su destino arrojó al mar una caja en la que estaban encerrados madre e hijo. Pero los dioses no querían la muerte de dos inocentes y estos fueron empujados hacia las islas Cícladas, donde un pescador llamado Dictis los recogió, y condujo ante el rey de la isla, su hermano Polidectes. Este quiso tomar por esposa a Dánae, pero al verse rechazado, la retuvo como esclava. Para librarse de Perseo, cuya venganza temía, lo envió a combatir contra Medusa. Tras esta empresa, el héroe empezó la serie de sus maravillosas aventuras. Más tarde, regresando a Argos con su madre Dánae, tal como el oráculo había predicado, Perseo mató a

DÁNAE CON EL PEQUEÑO PERSEO, ACOGIDA POR EL REY DE SERIFO

su abuelo Acrisio. El mito de Dánae relata que, después de llegar a playas tirrénicas, se casó con Pilumno, tatarabuelo de Turno, rey de los rútulos.

DANAIDAS

Eran las cincuenta hijas de Dánao que se casaron con los cincuenta hijos de Egipto, hermano de su padre. Habían sido obligadas a casarse y, por orden de este último, mataron a sus maridos mientras dormían, la misma noche de bodas. Tan sólo una de ellas, Hipermestra, sinceramente enamorada de su marido Linceo, desobedeció a su padre y le salvó la vida. Linceo, que sucedió a Dánao en el reino de Argos, mató a su vez a su tío y a las cuarenta y nueve danaidas, que fueron condenadas en el Averno a llenar de agua eternamente vasijas sin fondo, para simbolizar la inutilidad de su cruel delito. En cambio, otra leyenda narra que se casaron con jóvenes de Argos y fueron las progenitoras de los Dánaos.

Los episodios de Dánao y de las Danaidas sirvieron de argumento a las tragedias de Esquilo *Las suplicantes* y *Prometeo encadenado*.

DÁNAO

Hijo del rey de Egipto, Belo, y de Anquínoe, fue el fundador de la estirpe de los Dánaos aqueos y tuvo cincuenta hijas, las Danaidas. Con ellas huyó a Argos para salvarlas de las insidias de los cincuenta hijos de Egipto, su hermano, quienes pretendían casarse con ellas. No desistieron y persiguiéndolas llegaron a Argos. Dánao, que allí reinaba, acabó por consentir el matrimonio de sus hijas, a las que ordenó que matasen a sus esposos la noche de bodas. Según una leyenda, a Dánao lo mató su yerno Linceo. Enseñó a los argivos a excavar pozos y en reconocimiento tuvo una estatua en el templo de Apolo Délfico. En memoria suya, primero los argivos, y luego todos los griegos, recibieron el nombre de *dánaos*.

DARDÁNIDAS

Sobrenombre de los troyanos, como descendientes de Dárdano.

DÁRDANO

Hijo de Zeus y de la atlántida Electra, fue el fundador de la dinastía troyana. Emigró de Arcadia a Samotracia y de allí a Frigia y fundó una ciudad que llamó Dardania con autorización del rey Teucro. Se casó primero con Crisa, que le regaló el *Paladio*, luego con Batiea, hija de Teucro, de la que nació Erictonio, padre de Troo y abuelo de Príamo.

DAULIA

Ciudad de la antigua Fócida, en el camino que va de Orcómeno a Delfos. Se afirma que su origen está relacionado con la ninfa Daulía y con el mito de Tereo, Progne y Filomela.

DÉCUMA

Una de las Parcas latinas. Originariamente eran diosas de los nacimientos. Décuma, como su hermana Nona, tomaba el nombre de los últimos meses de la gestación, el noveno o el décimo precisamente.

DÉDALO

Hijo de Mecíón y bisnieto de Erecteo, simboliza en la mitología el genio técnico y artístico. Se le consideró inventor de la escultura por ser el primero que, modelando la piedra, consiguió formar imágenes a semejanza del hombre, así como de muchos instrumentos de trabajo, como la regla y la vela. A pesar de estas cualidades, Dédalo no pudo evitar el pecado de la envidia. Cuando su sobrino Talos, demostrando una agudeza excepcional, inventó la sierra inspirándose en la mandíbula de una serpiente, sintió tanta envidia que lo mató, arrojándolo a traición desde la Acrópolis. El areópago, tribunal de Atenas, no dio por válidas sus disculpas y lo desterró a Creta. Llegó allí con su hijo Ícaro y entró al servicio de Minos, rey de la isla, que le ordenó construir en torno al antro del Minotauro, monstruo de voracidad insaciable, un intrincado palacio con infinitas estancias, con múltiples y tortuosos corredores y atravesado por innumerables callejuelas y patios. Se le llamó *laberinto* porque así denominaban los cretenses en su dialecto el hacha de dos filos de Zeus, símbolo que Dédalo grabó en numerosas partes de su construcción. Cuando Teseo consiguió, con ayuda del hilo de Ariadna, penetrar en el palacio, matar al monstruo y salir de nuevo, muchos creyeron que el héroe había sido ayudado también por Dédalo, deseoso de vengarse de Minos, que le impedía regresar a su patria. El rey de Creta lo hizo encerrar entonces junto con su hijo en la misma construcción con intención de retenerlo prisionero, pero no tuvo en cuenta la capacidad inventiva del ingenioso artífice que, viendo cerrados los caminos marítimos y terrestres, pensó que le quedaban, sin embargo, los del cielo para alcanzar su amada patria. Recogió entonces todas las plumas que pudo y ordenándolas según su longitud de forma decreciente las unió con barro y cera y las modeló con una forma ligeramente curvada. Había fabricado un par de alas que aplicó a sus espaldas y a las de Ícaro. El artificio funcionó y ambos abandonaron Creta volando. Dédalo no dejó de advertir a su hijo que no volase demasiado bajo para que el barro de sus alas no se disolviese con el vapor del agua del mar, ni demasiado alto, pues el calor del sol podía derretir la cera. Ícaro al principio le siguió obediente, imitándolo. Pastores y navegantes los contemplaban maravillados, creyéndolos dioses. Sin embargo, el adolescente se enorgulleció de su nuevo arte y, olvidando toda prudencia y todos los consejos, se elevó cada vez más alto intentando en su presunción alcanzar el sol. Las advertencias de su padre se cumplieron. Ícaro, desprovisto de sus alas, se precipitó al mar, que de él tomó el nombre de Icario, y se ahogó. El pobre Dédalo tuvo que enterrarlo en Cumas, donde consagró a Apolo su par de alas, que se guardaron durante siglos en un templo por él construido y adornado. Desde allí, según se dice, pasó a Sicilia acogido benignamente por el rey Cócalo, donde terminó sus días.

DEIDAMÍA

Hija de Licomedes, rey de Esciro. La muchacha se enamoró de Aquiles cuando este se ocultó en la corte del rey disfrazado de mujer para escapar de la guerra de Troya. Deidamía tuvo un hijo suyo, Pirro, llamado también Neoptólem («nuevo guerrero») porque ocupó el lugar de Aquiles en la guerra de Troya.

DEÍFOBO

Hijo de Príamo y Hécuba, fue uno de los más valerosos guerreros troyanos. Junto con Paris mató a Aquiles y, tras la muer-

DEÍFOBO

te de aquel, se casó con Helena. Lo mató el celoso Menelao.

DEIMO

Demonio del espanto. Junto a Enyo, diosa del exterminio, y Fobo, demonio del temor, era uno de los habituales compañeros de Ares, dios de la guerra.

DELFOS

Antigua ciudad de la Fócida, en el corazón de la Grecia central. Estaba situada en la vertiente sudoeste del Parnaso, a unos seiscientos metros de las aguas del golfo de Corinto, lugar montañoso pero próximo al mar. Su belleza selvática no tardó en impresionar la imaginación de los antiguos, que la escogieron como la sede del más célebre santuario y oráculo de Grecia. A la ciudad de Delfos se podía llegar por dos caminos. Por mar, desde el puerto de Itea hasta el golfo de Corinto y atravesando la Acrópolis de la antigua Krisa, que dominaba la llanura de los Olivos y el lecho de Pleisto; y por tierra, recorriendo la vía que parte de Atenas, atraviesa Beocia, asciende por las faldas del Parnaso y desemboca cerca del santuario de Atenea Pronea, situado al este del de Apolo. El lugar sagrado está formado por una profunda hendidura en la roca, sombreada por un laurel, la planta consagrada a Apolo. Tenía tres fuentes, la más célebre de las cuales era la de Castalia, con un agua fresca y abundante, y la de Casotis, que mediante un sistema de canales llegaba hasta el templo de Apolo. Desde los tiempos más antiguos y antes de que existiesen los olímpicos Apolo y Atenea, Delfos era un lugar de culto donde se alzaban templos y santuarios. En la época micénica se practicaba el culto a la diosa Gea (la Tierra), cuyo recuerdo se mantuvo vivo en la memoria de los griegos. Los dioses del lugar eran recordados en las plegarias de

la sacerdotisa Pitia antes de entrar en el templo de Apolo. Esta saludaba a la Tierra como primera profetisa, luego a Temis y a Febe, que la sucedieron y que precedieron a Apolo en el lugar del oráculo. Esquilo afirma que el paso del culto de la Tierra al de Apolo tuvo lugar pacíficamente y con pleno acuerdo por ambas partes. Entre los nuevos dioses que junto con Apolo se instalaron en Delfos, la Pitia recordaba a *Atenea Promacos*, a las ninfas de la gruta corintia que habitaban en una cueva situada más abajo de Delfos, en la altiplanicie del Parnaso, y que se visita todavía, a Dioniso y por último a Poseidón y Zeus, el dios supremo, padre de Apolo. Eurípides, en cambio —Homero avala su versión—, sostenía que el paso del oráculo, de la Tierra a Apolo, provocó un conflicto, resuelto por Zeus en favor de su hijo. Según esta versión, Apolo, nacido de Delos, se estableció en Delfos tras haber matado al dragón que guardaba al antiguo oráculo de la Tierra. El enorme y feroz animal se llamaba Pitón y de este deriva el epíteto del dios, llamado Pitio, el de la profetisa Pitia y el de los grandes juegos organizados para celebrar la llegada de Apolo y que se llamaban precisamente *Píticos*. Con Apolo se implantó el método de profetizar a través de la exaltación y el delirio, subsistiendo al mismo tiempo los sistemas más antiguos de adivinación inductiva. La sacerdotisa Pitia se sentaba sobre su trípode, el mismo que Apolo consagrara después de su victoria sobre Pitón, que se colocaba sobre un abismo. De él emanaban vapores embriagadores. Como fuera de sí y presa del delirio, esta pronunciaba palabras incongruentes y emitía sonidos, basándose en los cuales los sacerdotes formulaban la respuesta, a menudo ambigua y oscura. Por eso, entre las nuevas divinidades colocadas al lado de Apolo figuraban las ninfas y Dioniso, que eran (por excelencia) las divinidades que inspiraban la locura. La sacerdotisa, al ser presa del delirio profético y sentir que se enturbiaba su razón, parecía más una bacante que un ministro del tranquilo y sereno Apolo. En efecto, parece seguro que la importancia de Dioniso era semejante a la de aquel y, como se creía que este último durante el invierno abandonaba Delfos para invernar entre los Hiperbóreos, los dos cultos se alternaban armónicamente. Las consultas tenían lugar en fechas fijadas de antemano y determinadas por el calendario religioso de las fiestas de Apolo. En la época más antigua de Pitia daba sus respuestas regularmente una vez al año, en el aniversario del nacimiento del dios, el siete del mes Disio, es decir, al comienzo de la primavera, en marzo o abril. Más tarde empezó a profetizar una vez al mes, siempre el día siete, excepto en el invierno. Sin embargo, se podía consultar a la sacerdotisa en ocasiones excepcionales, siempre que no se tratase de los días considerados *nefastos*. Quien deseaba interrogar al oráculo, ya fuese por iniciativa personal o como delegado de una ciudad, debía ante todo pagar una tasa llamada *pélano*, que consistía en una ofrenda en especie, seguida de otra en dinero. El importe variaba, dependiendo de si el oferente iba solo o en representación de una ciudad. Con el *pélamo* se obtenía el derecho a aproximarse al altar donde tenía lugar un sacrificio, cuya víctima era, generalmente, una cabra. Los sacerdotes deducían de los movimientos del animal inmolado si el dios estaba presente y dispuesto a dar sus respuestas. Antiguamente esta comprobación se hacía observando el vuelo de los pájaros. Si el sacrificio había dado un resultado favorable, los consultantes eran admitidos en el templo y se reunían en un modesto zaguán al refugio del sol y de la lluvia. Para las consultas se seguía un orden que concedía la preferencia a los que poseían una especie de tarjeta de prioridad. Si eran muchos los que disfru-

taban de este privilegio, se echaba a suertes, y el mismo procedimiento se utilizaba con los simples peregrinos. Comprobada la presencia de Apolo, los sacerdotes y profetas que habían asistido al sacrificio iban en busca de la Pitia para introducirla en el templo. Según Eurípides, la sacerdotisa era elegida entre todas las mujeres de Delfos de intachable conducta, sin tener en cuenta su edad. Desde el momento en que los sacerdotes la designaban como profetisa se convertía en cierto sentido en la esposa de Apolo y, como tal, debía guardar pureza y castidad, vivía recluida en la casa que le estaba destinada, al parecer en el interior del santuario de Apolo. En la época en que el oráculo gozó de mayor fama llegó a haber tres Pitias a la vez, dos en ejercicio y una de reserva, pero en tiempos de Plutarco bastaba una sola sacerdotisa para cumplir su cometido. Es probable que la Pitia, antes del comienzo de las consultas, se encaminase a la fuente de Castalia para las abluciones y rituales de purificación, antes de acercarse al dios. Al entrar en el templo, acompañada por un cortejo de sacerdotes y adivinas, así como de consultantes, atravesaba el vestíbulo y entraba en la celda donde se alzaba el altar de Poseidón, el asiento de hierro de Píndaro y los trípodes votivos. Arrojaban hojas de laurel en un brasero junto con harina de maíz, a modo de incienso. Luego, el cortejo se dirigía al *sancta sanctorum* del templo, es decir, a las estancias subterráneas donde la Pitia recibía las revelaciones de Apolo. Las respuestas se daban en verso y correspondía a los adivinos que acompañaban a la Pitia redactarlas de dicha forma, interpretando todos los sonidos incoherentes que esta emitía mientras deliraba, sentada en el trípode. Por el tipo de respuestas dadas a las ciudades, de evidente interés político, el templo de Delfos ejerció durante siglos una gran influencia política, favoreciendo a una o a otra de las ciudades que aspiraban a la hegemonía. Al afianzarse el cristianismo, su fama decayó, cerrándose el templo por orden del emperador Teodosio en el año 384 d. de C.

DELOS

La menor de las islas Cícladas, celebérrima porque en ella nacieron Apolo y Ártemis. La leyenda afirma que la isla surgió de entre las aguas a causa de un golpe del tridente de Poseidón y que estuvo flotando en el mar hasta que Apolo la detuvo. En Delos se alzaba un magnífico templo consagrado al dios. Estaba prohibido enterrar a los muertos, los cuales eran trasladados a una de las islas vecinas.

DEMÉTER (CERES)

Hija de Crono y Rea y hermana de Zeus, su nombre significa «madre tierra» y personificaba la fuerza creadora y reproductora de la tierra. Su atributo específico, que la distinguía de Gea, con la cual se la identificó más tarde, era el de diosa de la tierra cultivada y de los cereales, aquella por cuya voluntad el sueño fructificaba. Los mitos que formaban su leyenda se relacionaban con la fertilidad de la tierra y con el trabajo encaminado a obtener de ella los alimentos. Entre las fábulas más antiguas figura la que narra su unión con el héroe inmortal Jasón, de la que nació Plutón («riqueza»); fábula que significa la abundancia de dones que la tierra brinda a los que la cultivan. Según otra leyenda, Deméter fue raptada por Poseidón, dios de las aguas, elemento indispensable para la vegetación, que se casó con ella. Sin embargo, la más importante, sobre todo para comprender el culto de la diosa, es la leyenda referente a su hija, la bellísima Perséfone, fruto de su relación con Zeus. Este prometió a la muchacha por esposa a su her-

DEMÉTER EN SU TRONO

mano Hades, rey de los Infiernos, el cual un día subió a la tierra en un carruaje tirado por sus caballos inmortales y raptó a la hija de Deméter llevándosela consigo al interior de la tierra. La madre no se dio cuenta de lo que ocurría ante la fulminante actuación de Hades, pero oyó los desesperados gritos de Perséfone mientras desaparecía. La llamó, la buscó, pero no obtuvo respuesta. Durante nueve días y nueve noches, penetrando en la oscuridad de las tinieblas con ayuda de antorchas, Deméter erró sin descanso en busca de su hija, hasta que Helios, que todo lo veía, se conmovió ante su dolor de madre y le reveló el paradero de Perséfone, sin ocultarle que el rapto se había producido con el consentimiento tácito de Zeus. Entonces la diosa, airada, abandonó el Olimpo, y encerrándose en su dolor se retiró a vivir a un lugar apartado provocando así la aridez del suelo, que, privado de su presencia, dejó de producir mieses y frutos. El género humano corría peligro de perecer a causa de la universal carestía y en vano Zeus envió a la diosa mensajeros para inducirla a regresar. Deméter no cedió, exigiendo a cambio de su retorno la restitución de Perséfone. Por último Zeus envió a Hermes a los Infiernos para pedir a Hades que restituyese a la joven, que era ya su esposa, pero esta, a quien el marido había dado algunos granos de granada, símbolo del amor, ya no estaba dispuesta a regresar a la tierra. Se llegó entonces a un acuerdo, según el cual Perséfone viviría dos terceras partes del año con su madre y el resto con su esposo, el señor de los Infiernos. Así pues, al comenzar la primavera cada año Perséfone regresaba a la tierra y resplandecía en la plenitud de su juvenil belleza iluminada con la fulgurante luz del Olimpo, mientras que en otoño de nuevo desaparecía en las sombrías entrañas de la tierra. En este mito se descubre claramente el ritmo de la vegetación, obligada en invierno a un triste letargo, interrumpido por el gozoso despertar de la primavera. Existe otra leyenda relacionada con el origen de los misterios de Eleusis, cuya protagonista es Deméter. Durante su angustiosa y desesperada búsqueda de Perséfone, la diosa llegó a Eleusis. Cansada y con la figura de una mísera viejecita, se sentó cerca de una fuente, llamada el *pozo de las vírgenes*, para reposar a la sombra de un verde olivo, hasta que acudieron a buscar agua algunas jóvenes, a las que pidió socorro y hospitalidad. Estas eran las hijas de Céleo, rey de Eleusis, que la llevaron consigo a su palacio, convenciendo a su madre Metania para que la admitiese como nodriza del último hijo del rey, el pequeño Demofonte. Para corresponder a la generosidad y gentileza de quienes la acogieron, Deméter quiso hacer inmortal al niño que le habían confiado. Lo alimentó con ambrosía y por las noches comenzó a purificarlo sosteniéndolo sobre el fuego. En esta actitud la sorprendió un día Metanira que, temiendo por la suerte de su hijo, interrumpió con un grito la obra de la diosa. A causa de esta oposición De-

DEMÉTER

mofonte no obtuvo la inmortalidad, sino únicamente fama eterna por haber recibido los cuidados de una diosa. Así lo explicó Deméter a Céleo y Metanira, a los cuales reveló finalmente su verdadera identidad. Los invitó a construir un templo dedicado a su culto en Eleusis y consagró sacerdotes suyos al propio Céleo y a sus hijos, Triptólemo, Eumolpo y Diocles, iniciándolos en los misterios de su culto. Según otras leyendas, Deméter fue nodriza de Triptólemo, a quien enseñó los secretos del arado y la siembra, encargándole que recorriese el mundo enseñando a los hombres. Con la difusión de la agricultura aumentó también la civilización de los pueblos y Deméter fue honrada, asimismo, como diosa que presidía las disposiciones civiles. Su culto tuvo gran difusión en toda Grecia, pero su centro siguió siendo Eleusis. De esta ciudad, situada en la bahía de Salamina y no lejos de Atenas, tomaron nombre las fiestas solemnísimas celebradas en honor de Deméter, que se llamaron precisamente *Eleusinas*. Se dividían en pequeñas y grandes; las primeras se celebraban a mediados de febrero para recordar el regreso de Perséfone a la tierra, y las segundas, a mediados del mes de septiembre, cuando se suponía que volvía a los Infiernos. Las segundas se prolongaban nueve días, durante los cuales se sucedían diversos ritos y ceremonias que culminaban el quinto día con una gran procesión que iba desde Atenas a Eleusis. Los participantes eran numerosos, todos provistos de antorchas, ya que la procesión salía de Atenas a la hora del crepúsculo. A causa de la relación que Deméter tenía, a través de Perséfone, con el mundo infernal, su culto tuvo siempre, desde los tiempos más antiguos, un aspecto particular de culto secreto, conocido por el nombre de *misterios eleusinos*. En dicho culto podían participar tan sólo los iniciados, tras un periodo de aprendizaje que tenía lugar durante las pequeñas fiestas de *Eleusis*. Se aseguraba a todos los que tomaban parte una suerte mejor en la otra vida, negada a los demás mortales. Entre los seguidores del culto había una jerarquía que culminaba en el *Hierofante* o sacerdote supremo y tenían la obligación, bajo penas severísimas, de mantener ocultos los secretos de la congregación. Otras fiestas en honor de Deméter eran las *Tesmoforias*, en las que se la honraba como diosa del matrimonio legítimo y protectora de las leyes, que se celebraban a principios de noviembre; duraban cinco días y en ellas podían participar tan sólo mujeres casadas. Los romanos identificaron con la griega Deméter a la divinidad itálica *Ceres*, la diosa de hermosa cabellera que protegía los pastos. El culto griego fue adoptado, según la leyenda, por consejo de los libros sibilinos, consultados a causa de una carestía que tuvo lugar tras la expulsión de los Tarquinios. Perséfone, la hija de Deméter, se llamó Proserpina y se creyó que su rapto por parte de Hades tuvo lugar en Sicilia, en las cercanías de Etina. Se edificó un templo, en el que Ceres era venerada junto con Dioniso y su hija, cerca del Circo, y sus guardianes eran los ediles plebeyos, a quienes estaba confiado también el cuidado del abastecimiento. Las fiestas de Ceres, las *Cerealias*, se celebraban del doce al diecinueve de abril y se inauguraban con una solemne y jubilosa procesión en la que todos los participantes iban vestidos de blanco. La recuperación de Proserpina daba lugar a la celebración de otra fiesta en agosto, durante la cual las matronas romanas, vestidas de blanco, ofrecían las primicias de los frutos y de las verduras. Otras ofrendas simbólicas hechas a Ceres eran los panales de miel. Se le sacrificaban el cerdo y el ternero. Generalmente, se la representaba con el aspecto de una augusta matrona, montada en un carro tirado por leones y con una corona de espigas entrelazadas en la cabeza. Sostenía otras espigas en una mano junto con un ramo de amapolas, y en la otra llevaba una antorcha. Se colocaba a su lado una caja cerrada, la llamada *cesta mística*. La estatua más antigua que se conserva es la esculpida por Fidias, colocada en el frontón oriental del Partenón.

DEMOFONTE

Hijo de Teseo y Fedra, tomó parte en la guerra de Troya. A su regreso, naufragó en Tracia y pidió hospitalidad al rey Sidón, comprometiéndose con su hija Filis, con quien, sin embargo, no llegó a casarse. Demofonte mató a Euristeo, el rey que impusiera a Hércules sus doce trabajos.

DEMONIOS

Los griegos llamaban *demonios* y los latinos *genios* a unos seres de naturaleza espiritual, intermediarios entre los humanos y los dioses, que eran responsables del destino de los hombres, de las familias y de las ciudades. Según fuese benéfica o maléfica su influencia se les llamaba *agatodemones* o *cacodemones*, de forma análoga a los ángeles y demonios de la religión cristiana, correspondientes a los dos principios antagónicos del bien y del mal. Todas las personas, lugares y naciones tenían su numen tutelar. Un culto más especial recibía el demonio de la cosecha anual, cuyas celebraciones tenían lugar durante el periodo de la vendimia. En todas las casas se veneraba al genio del cabeza de familia con motivo del aniversario de su nacimiento, con libaciones, fogatas, flores e incienso. Cada ciudad tenía veneración especial por su propio numen titular y en Roma estaba especialmente difundido el culto al genio del pueblo romano. El del emperador era objeto de gran veneración. Se consideraba solemne el juramento hecho en su nombre. El arte a menudo representó con forma concreta a estos seres, recurriendo a la serpiente como símbolo de la fortuna. Los genios personales se solían representar en figura varonil, vistiendo la toga y llevando en una mano el cuerno de la abundancia y una taza, y en la otra una amapola y unas espigas de trigo.

DESPILA

Hija de Adrasto. Su padre la entregó por esposa a Tideo, que se refugió a su lado durante su exilio.

DESTINO

Véase *Hado*.

DEUCALIÓN

1. Hijo de Prometeo y Clímene, fue rey de Ftía en Tesalia y se le consideró el más justo de los hombres. Tuvo por esposa a Pirra, hija de Epimeteo y de Pandora. Mientras reinaban en Tesalia, Zeus decidió castigar a los hombres, que se mostraban orgullosos e insolentes con él desde que poseían el fuego, y envió a la tierra un espantoso diluvio para destruir a la raza humana. Se salvaron tan sólo Deucalión y Pirra, ya que, aconsejados por Prometeo, construyeron una barca en la que se encerraron, navegando durante nueve días y nueve noches. Al descender las aguas, la embarcación se quedó en el monte Parnaso y los dos supervivientes recibieron del oráculo de Temis el consejo de arrojar a sus espaldas «los huesos de la gran madre». Deucalión interpretó acertadamente el vaticinio, comprendiendo que los huesos de la tierra eran las piedras y, así, él y Pirra comenzaron a arrojar piedras tras de sí, que milagrosamente se transformaron en hombres y mujeres y dieron origen a los nuevos pobladores de la tierra. Hijos de Deucalión y Pirra fueron Heleno, progenitor de los helenos, Anfictión y Protogenia.

2. Hijo de Minos y Pasifae, participó en la expedición de los Argonautas y fue el padre de Idomeneo, uno de los héroes que combatieron valerosamente en Troya.

DEYANIRA

Belicosa y bellísima hija de Eneo, rey de Calidón, y hermana de Meleagro, fue esposa de Heracles, que la arrebató tras una furiosa batalla al río Aqueloo, con quien Deyanira estaba prometida, y que combatió en forma de toro, uno de los muchos aspectos que podía tomar. Se celebraron las nupcias y Heracles se llevó a su esposa. Durante el viaje llegaron a un ancho río, cuyas aguas, turbulentas a causa del reciente deshielo, hicieron que los pasajeros se detuvieran indecisos. Les ofreció sus servicios el centauro Neso, que, según dijo, se encargaba del transbordo del río. Deyanira se confió a él, mientras que Heracles atravesaba las aguas a nado. Sin embargo, el Centauro, cuando estaba en el centro de la corriente, intentó raptar a la joven esposa, provocando la ira del marido que lo mató con un dardo. Neso, mientras yacía agonizante en el fango, ideó una terrible venganza. Aconsejó a Deyanira que mojase en su sangre una túnica y que la conservase. Si su esposo demostraba algún día desamor hacia ella, haciendo que se vistiera con aquella túnica conseguiría reconquistarlo. Ocurrió que Heracles tuvo que combatir contra la ciudad de Ecalia en la isla de Eubea, conquistando un riquísimo botín, del que formaba parte Jole, hija del rey de aquella ciudad. Deyanira sintió celos de la muchacha y, temiendo que Heracles tuviese intención de casarse con ella, pensó en poner en práctica el consejo del centauro Neso, enviando a su marido, como regalo, la fatídica túnica. Cuando este se la puso sintió abrasarse sus miembros y sus carnes. El héroe, que había soportado en su vida tantos dolores y fatigas, esta vez fue vencido y cayó exánime. Deyanira, al saber que había causado involuntariamente la muerte de su esposo, llena de dolor se suicidó.

DEYONEO

Padre de Día, esposa del rey Ixión. Este se negó a entregar a su suegro las ofrendas nupciales estipuladas, por lo que Deyoneo robó a su yerno sus caballos para resarcirse de dicha pérdida. Ixión se vengó, haciendo que se precipitara con engaños en una fosa ardiente, donde halló una horrible muerte. Zeus purificó a Ixión y le permitió participar en el banquete de los dioses.

DÍA

1. Esposa del rey Ixión.

2. Hijo de Erebo y de la Noche, a su vez descendientes del Caos, fue identificado con las horas luminosas, que nacen, precisamente, de la oscuridad nocturna.

DIANA

Nombre de los latinos para la diosa griega Ártemis.

DICTIS

Pescador de Serifós. Su figura aparece en la historia de Dánae y, por lo tanto, en el ciclo de aventuras de Perseo. Dictis recogió al jovencísimo Perseo y a su madre Dánae.

DIDO

Hija de Mutón, rey de Tiro, y esposa de Siqueo, su tío. Se la llamó también Elisa y no se sabe con certeza si fue una figura mítica fenicia o un personaje histórico. Cuando el rey Pigmalión, su hermano, mató a Siqueo, Dido huyó de Tiro y se refugió en África. Fundó Byrsa, la roca sobre la cual debía alzarse Cartago. El rey indígena Yarbas la pidió por esposa y sus compañeros le aconsejaron aceptar, pero ella, que quería mantenerse fiel a Siqueo, prefirió quitarse la vida. Una versión latina posterior, que Virgilio inmortalizó en la *Eneida*, nos presenta a Dido como la viuda de Siqueo y reina de Cartago. Se enamoró perdidamente de Eneas cuando este, obligado por una terrible tempestad, desembarcó en las costas de África, cerca de Cartago, donde ella reinaba. El relato que le hizo, durante el banquete, de sus propias aventuras a partir de la desdichada noche en la que Troya quedó destruida, llenó de emoción el corazón de Dido, que, impresionada a primera vista por la belleza del hijo de Afrodita, admiraba ahora su valor y su fuerza, modelo acabado del héroe perfecto. Su amor hacia Eneas le privó del sueño y de la tranquilidad, convirtiéndose en una pasión irrefrenable. Este sentimiento, al que Dido se abandonó sin reparo, revelando toda su humanidad de mujer pero salvando su nobleza y orgullo de reina, provocó una tragedia íntima, precipitada y fatal. Durante una cacería se desencadenó el temporal preparado expresamente por Hera y Afrodita para favorecer los amores entre ambos; Dido y Eneas se refugiaron en una cueva para huir del aguacero y de los rayos y allí se consumó su unión, que debía tener consecuencias trágicas y funestas. La Fama, malvado monstruo insomne, divulgó la noticia a los cuatro vientos, añadiendo detalles de su invención. Yarbas, rey de los gétulos, al que Dido había rechazado, fue informado, acudiendo entonces, a Zeus, su padre, en demanda de justicia, por haber preferido la reina de Cartago a un extranjero. Zeus envió entonces a Hermes a entrevistarse con Eneas para recordarle su misión y ordenarle partir. El héroe obedeció y se dispuso a abandonar África. Se dio cuenta Dido y salió a su encuentro intentando retenerlo con palabras en las que se sucedían febrilmente los razonamientos, el amor y los reproches; pero el sentido del deber era más fuerte en Eneas que cualquier argumento y, aunque con gran pesar, no cedió, desplegando las velas en dirección a Italia. Dido sintió que sin Eneas no podría seguir viviendo y decidió suicidarse. Mandó preparar una hoguera y proclamando odio eterno entre los descendientes de su pueblo y los de Eneas, se atravesó con una espada. No pudieron resistir a la fascinación de dicha leyenda los poetas, dramaturgos, músicos y pintores de todos los tiempos. Algunos se inspiraron en la leyenda griega, pero la mayoría compusieron sus obras artísticas y literarias basándose en el episodio virgiliano, sobre todo teniendo en cuenta el importante significado histórico que le había dado el poeta.

DIESPATER

Nombre de Júpiter entre los romanos, correspondiente al Zeus de los griegos. Este apelativo lo designa como el padre del día.

DILUVIO UNIVERSAL

Véase *Deucalión*.

DINO

Una de las tres Greas.

DIOCLES

Personaje notable de la ciudad de Eleusis. Junto con Céleo, Triptólemo y Eumolpo, fue escogido por la diosa Deméter como sacerdote e iniciado en los misterios de su culto.

DIOMEDES

1. Hijo de Ares y de Cirene, llegó a ser rey de los bistones de Tracia. Había heredado de su padre un carácter extremadamente feroz y cruel. Solía entregar como pasto a sus caballos a todos los extranjeros que llegaban a su país, hasta que Hércules lo mató haciéndole correr la misma suerte, es decir, ser devorado por sus propios caballos. Después, estos fueron atados y entregados a Euristeo.

2. Hijo de Tideo y de Deípile, hija del rey de Argos, Adrasto. Su padre Tideo había participado en la guerra de los Siete contra Tebas al lado de Polinice, y allí encontró la muerte. Diez años más tarde, Diomedes, con los hijos de los otros héroes muertos en Tebas, decidió vengar a su padre y tomó parte en la segunda guerra tebana, llamada guerra de los Epígonos. Obtuvo el señorío de Argos, bajo el dominio supremo de Agamenón que residía en Micenas. Consiguió restituir el trono de Calidón, en Etolia, a su abuelo Oineo, expulsado por los hijos de su hermano Agrio. Diomedes participó entonces en la guerra troyana destacando por su valentía y heroísmo entre los principales héroes griegos. Se distinguía, sobre todo, al lanzar el grito de guerra, que con su potencia provocaba y enardecía el combate, infundiendo terror a sus enemigos e induciéndolos a huir. Palas Atenea lo protegía de modo particular y le ayudó a realizar actos valerosos. Dio prueba de gran nobleza de ánimo cuando

encontrándose ante Glauco, guerrero troyano, e impresionado por su belleza, le preguntó si era un dios, en cuyo caso no combatiría contra él, porque no quería mancharse cometiendo una impiedad. Sin embargo, este lo tranquilizó, diciéndole que era un mortal, y le informó sobre su identidad y sus antepasados. Diomedes descubrió entonces que un antepasado suyo había acogido como huésped a uno de los de su adversario y, en recuerdo del hecho, los deberes de la hospitalidad le impedían considerar a Glauco como enemigo. En señal de amistad los dos héroes se estrecharon la mano e intercambiaron sus armas. Glauco, que llevaba armas de oro del valor de cien bueyes, las entregó a Diomedes, quien le dio a cambio las suyas de bronce, que valían sólo nueve bueyes. Durante la guerra de Troya, Diomedes consiguió incluso herir a Ares y a Afrodita y fue compañero de Ulises en la arriesgadísima empresa del robo del *Paladio*. Al entrar furtivamente en Troya disfrazados de mendigos, los dos héroes penetraron en el templo de Atenea y sustrajeron la imagen protectora, consiguiendo regresar sanos y salvos al ejército griego. Después de la rendición de Troya, Diomedes regresó sin novedad a Argos, pero cuando

DIOMEDES

supo que durante su ausencia su mujer no le había sido fiel, abandonó la patria. Sorprendido por una tempestad, se vio obligado a desembarcar en las costas de Italia, en Puglia, donde tomó parte en varias guerras y conquistó un reino, fundando diversas ciudades como Benevento, Arpi y Brindisi.

DIONE

Hija del Océano y Tetis o de Urano y Gea, fue, según la leyenda más antigua —aceptada por Homero—, esposa de Zeus y, como tal, madre de Afrodita. Era venerada con Zeus en el templo de Dodona, en la acrópolis de Atenas y en otros sitios.

DIONISO (BACO)

Una de las divinidades más complejas de la mitología griega. En su culto se unieron ritos, mitos y leyendas nacidos en todas las regiones de Grecia, Tracia y Asia. Divinidad benéfica para los hombres, considerado dios del vino, de la viticultura y, en un sentido más general, el que suministraba a la naturaleza los humores que hacían madurar los frutos y las mieses. Desde los tiempos más remotos surgieron discusiones acerca del lugar de su nacimiento y muchas ciudades y regiones se disputaban el honor de haber sido su cuna. Se creía, generalmente, que nació en Tebas, hijo de Zeus y de Sémele, una de las hijas de Cadmo, rey de aquella ciudad. Se le reconocía como el *Nacido dos veces*, a causa de la historia de su nacimiento. Sémele, amada por Zeus, despertó los celos de sus hermanas, que insinuaron que su amante era un mortal. Hera, también celosa, aconsejó pérfidamente a Sémele, en cuyo ánimo había surgido la duda, que pidiese a Zeus que se mostrase ante ella en la plenitud de su poder, como rey del Olimpo, para probarle su divinidad. Pero la fatalidad dispuso que, al aparecer el terrible Zeus entre rayos y llamas, su vista abrasase a la pobre Sémele, consumida por aquel fuego divino. Zeus no quiso que el hijo que la mujer llevaba en su seno pereciese y lo tomó consigo, cosiéndolo a uno de sus muslos. Al llegar el momento de su nacimiento, lo soltó, pero no supo cómo criarlo, pues temía los celos de Hera. Lo confió entonces a Hermes, que lo condujo al legendario país de Nisa, donde permaneció protegido por las ninfas locales, hasta que estuvo en condiciones de volver a Grecia. Otra leyenda refiere que la primera nodriza del dios fue una de las hermanas de Sémele, Ino, esposa de Atamas, rey de Orcómeno en Beocia. Zeus le ordenó que vistiese al niño con ropas femeninas para desorientar a Hera que, sin embargo, no se dejó engañar, y descubrió el refugio de Dioniso, asimismo hizo enloquecer a Ino y a Atamante, que se suicidaron. Entonces, Zeus alejó a su hijo de Grecia, confiándolo, por medio de Hermes, a las ninfas de Nisa, moradoras de una gruta cuyas paredes estaban recubiertas de vides y pámpanos. Educado en los bosques en completa libertad y soledad, bajo la complaciente vigilancia de las ninfas, de las Horas y de los Sátiros, que lo alegraban con címbalos y flautas, Dioniso creció feliz y despreocupado. Al llegar a la edad adulta reveló excepcionales dotes de domador y cazador; domesticó dos tigres que desde entonces le seguían dóciles como gatitos. Un día, el dios cogió dos racimos de la pared de la gruta y los exprimió en una copa de oro; al beber el zumo rojizo fue presa de una dulce embriaguez y sintió aumentar su potencia divina. Había descubierto el vino y pensó en hacer partícipes a los mortales de su hallazgo. Decidió correr mundo y enseñar a los hombres el cultivo de la vid, para que pudiesen obtener la dulce y embriagadora bebida. Seguido por un alegre cortejo de Ninfas y Sátiros entregados, al catarlo, a una gozosa euforia, Dioniso se puso en camino. Lo acompañaba, entre otros, Sileno, viejo sátiro hinchado por el vino, prototipo del crapuloso, que montado en un asno del que parecía a punto de caerse por su obesidad y borrachera alegraba el grupo con sus chanzas y su buen humor. En la mano sostenía una copa siempre llena y siempre vacía, mientras que en la cabeza llevaba una corona de hiedra. Dioniso viajaba montado en una pantera, llevando en la mano un tirso, largo bastón coronado por una piña y adornado con guirnaldas de piedra. Entre cantos, risas y danzas, el cortejo llegó hasta remotas regiones, difundiendo por todas partes el cultivo de la vid mientras la leyenda del dios se enriquecía con múltiples y portentosos prodigios. Demostró su poder y el del vino en una aventura con los salteadores tirrenos. Con ocasión de un viaje de la isla de Icaria a la de Naxos, Dioniso, que había tomado la figura de un muchacho de cabellera oscura y rizada, estaba en una playa cuando fue descubierto por los piratas. Estos, sin reconocerlo, lo raptaron. Engañados por el manto de púrpura que llevaba y por su noble aspecto, creyeron haber capturado al hijo de un rey y, esperando un fuerte rescate, lo ataron fuertemente para que no pudiese escapar, pero bastó un gesto del dios para que las cadenas cayesen lejos de sí. Se dio cuenta el timonel de que el prisionero no era

NACIMIENTO DE DIONISO SALIENDO
DE UN MUSLO DE ZEUS

un simple mortal, y aconsejó dejarlo de nuevo en tierra. Sin embargo, el resto de la tripulación no quiso escucharlo y empezaron a verificarse prodigios en toda la nave. En torno al mástil surgieron ramas de hiedra y sarmientos, las velas quedaron recubiertas de racimos, de los que pronto empezó a manar un dulce vino perfumado, mientras un coro de ninfas escondidas entonaba cantos jubilosos. Dioniso se transformó en un león que devoró al capitán de la nave, mientras que de la bodega surgía una osa. Los marineros, atónitos y aterrorizados, intentaron arrojarse al mar, pero fueron transformados en delfines. Sólo se salvó el timonel que había adivinado que era un ser divino. Dioniso se dirigió entonces a Tracia, siendo mal recibido por el rey Licurgo, por lo que se vio obligado a buscar refugio junto a la diosa marina Tetis. Como castigo, Dioniso le dejó ciego y le privó de la razón, por lo que Licurgo, tomando un hacha y creyendo cortar una vid, mató a su propio hijo Driante. Una terrible escasez y una gran sequía asolaron el país, y el oráculo, interrogado, reveló que se trataba de una venganza de Dioniso, que sólo se aplacaría con la muerte del impío que había osado oponerse a la introducción de su culto. Licurgo fue, pues, muerto por sus súbditos. Desde Tracia, Dioniso se encaminó a la India. Su viaje fue una marcha triunfal; todos se le sometían, gracias a los encantos de la nueva bebida. Regresó victorioso a Grecia, se dirigió a Beocia, pero el rey de Tebas, Penteo, no quiso aceptar el culto del dios, porque durante las orgías que seguían a las abundantes libaciones, las mujeres caían en un estado de locura, lanzando enloquecidos aullidos. Fue castigado por el airado Dioniso. Mientras espiaba a las Bacantes que se preparaban para celebrar los ritos del dios en el monte Citerón, su madre, que se encontraba entre ellas, dominada por un sacro furor, lo despedazó, creyéndolo

DIONISO

un jabalí. De esta forma, el culto de Dioniso se difundía cada vez más, venciendo casi todas las resistencias. También las hijas de Preto, rey de Argos, que despreciaron a Dioniso negándose a celebrar sus ritos, sufrieron las iras del dios, que no toleraba obstáculos. Este las transformó en murciélagos que empezaron a revolotear por la campiña, terminando por devorar a sus hijos. Uno de los episodios más famosos de la vida de Dioniso fue su encuentro con Ariadna en la isla de Naxos, donde la joven había sido abandonada por Teseo, tras haberla seguido, abandonando Creta. En medio de una frenética orgía organizada en aquellas playas por el séquito de Dioniso, mientras se difundían por toda la isla el sonido de los tambores y el coro de las Bacantes y el vino generoso corría por doquier, un viento veloz llevó hasta los oídos del dios, que descansaba tendido cómodamente sobre la hierba, el eco de un lamento. En aquel momento llegaron dos sátiros, para anunciarle que habían descubierto en un espeso bosquecillo a una mujer, cuya belleza la hacía semejante a una diosa, que sollozaba abandonada sobre el césped. Dioniso ordenó que fuese conducida hasta su presencia y

DIONISO

quiso que esta, que no era otra que Ariadna, dijese la razón de su tristeza. Mientras cuenta su historia, el dios se siente cautivado por su gracia y su belleza y se conmueve ante su dolor, hasta el punto de proponerle matrimonio. Ariadna acepta y las nupcias fastuosísimas se celebran entre un frenesí de danzas y de coros, mientras los dos esposos ascienden al Olimpo en un carruaje tirado por panteras. Antes de establecerse definitivamente entre los dioses, Dioniso descendió a los infiernos en busca de su madre Sémele, a la que condujo consigo al cielo, asociándola a su gloria. Fue divinizada con el nombre de *Tione*. Al doble aspecto de Dioniso como dios del vino y como inspirador del entusiasmo y de la embriaguez se debía su relación con Deméter y Apolo. Era la réplica masculina de Deméter, diosa de las mieses, y se le llamaba con frecuencia el *Húmedo*, compartiendo con esta el atributo de civilizador y protector de las leyes. Los lazos que le unían con Apolo eran todavía más estrechos. En efecto, el vino excita el ánimo, aleja las preocupaciones y fomenta el canto; Dioniso no tardó en ser considerado compañero de las Musas junto con Apolo. En Delfos, ambos cultos se alternaban; durante el invierno imperaba Dioniso, a quien se le atribuía el arte de la adivinación. La misma Pitia,

al ser presa del furor profético, no difería en nada de una bacante celebrando los ritos de su dios. Como divinidad de la fuerza procreadora de la naturaleza, Dioniso era el protector de esta, que renace y muere, simbolizada en los mitos relativos a sus frecuentes viajes. En los misterios órficos, sus desapariciones y renacimientos adquirieron un significado simbólico. Para los seguidores de dicho culto era el Zagreo («el lacerado»), el primer dios, hijo de Zeus y de Perséfone que, destinado a dominar el mundo, fue despedazado y devorado por los Titanes, instigados por Hera. Sin embargo, su corazón fue engullido por Zeus, que más tarde dio a luz al Dioniso *Tebano*, mientras con sus rayos abrasaba a los Titanes. De las cenizas de estos nacieron los hombres, en cuyo espíritu se manifestaba el conflicto entre el bien, constituido por el elemento dionisíaco, y el mal, representado por el elemento titánico. Antiquísimo y difundido por toda Grecia, las islas y el Asia Menor, el culto de Dioniso contaba con un calendario rico en fiestas de carácter licencioso y orgiástico. Particularmente frenéticas eran las celebraciones que tenían lugar cada dos años, en las que participaban tan sólo mujeres, llamadas Ménades o Tíades, Bacantes, Lenas o Basárides. Formaban una procesión llamada *Tiaso* y avanzaban danzando con movimientos descompasados, mientras el sonido cadencioso y ensordecedor de los tamboriles y de las flautas aumentaba progresivamente su excitación. Entonaban himnos a Dioniso, invocándole con todos sus epítetos, *Bromio, Baco, Yaco, Yobaco* y en su honor se sacrificaban animales. Se devoraban, después, pedazos de carne cruda, con lo que se quería simbolizar la destrucción y paralización producidas en la vida de la naturaleza por el invierno. De carácter más alegre eran las fiestas primaverales introducidas para celebrar el retorno del dios. En Atenas, las celebraciones en su honor se llamaban *Dionisíacas* o *Dionisias* y se dividían en pequeñas y grandes. Las pequeñas tenían lugar a finales de noviembre y consistían en una solemne procesión, durante la cual se sacrificaba un macho cabrío, acompañada de coros y de danzas, diálogos y mascaradas, que dieron origen más tarde a la comedia griega. Característica de estas fiestas era la danza sobre los odres. Las grandes se celebraban en primavera y duraban varios días, durante los cuales tenía lugar una procesión en la que se llevaba en triunfo una estatua de Dioniso desde el Templo Leneo, a él dedicado, hasta otro templo. Banquetes, orgías y representaciones teatrales servían de marco a estos festejos. Otras celebraciones dionisíacas eran las fiestas *Leneas* o *de la prensa*, que tenían lugar siempre en Atenas, durante el mes de enero, y consistían en un gran banquete en la campiña con abundantes libaciones de mosto (y las *Antesterias* entre finales de febrero y comienzos de marzo, que duraban tres días, cada uno de los cuales se caracterizaba por un particular rito simbólico). El primer día se festejaba el nuevo vino que había fermentado en los odres durante el invierno, el segundo se celebraba la fiesta del jarro y el tercero se dedicaba a la fiesta de la olla, porque algunas ollas, que contenían legumbres cocidas, se ofrecían a los difuntos, los cuales, según se creía, regresaban aquel día a la tierra. Equivalente a Dioniso era el dios Baco de los romanos, llamado Liber y Liber Pater. Era el dios del vino y de la vendimia y se le asociaba con Ceres. Sus fiestas, llamadas *Liberalia* y celebradas a finales del mes de marzo y en otoño, eran celebraciones particularmente festivas, en las que se entonaban cantos y se recitaban versos. No eran fiestas desenfrenadas ni se transformaban en orgías, como las dedicadas al Dioniso griego. Sin embargo, cuando la influencia de estas llegó a Roma, se instituyeron otras ceremonias llamadas *Bacanales*, que fueron prohibidas a causa de su carácter licencioso. Eran, en efecto, una especie de carnaval furioso, en el que la plebe, ebria de vino, corría por las calles con el rostro manchado de mosto, lanzando frases humorísticas e injurias. El carnaval de nuestros días es una supervivencia de estas celebraciones en honor de Baco Dioniso. Baco aparece desde tiempos antiquísimos en las artes figurativas y literarias. Se le representaba algunas veces con el aspecto de un joven desnudo, exuberante y de bellísimo aspecto, coronado de pámpanos, y otras como un anciano barbudo de expresión dulce y solemne, envuelto en una túnica. A veces, llevaba sobre sus hombros una piel de cabra o de leopardo. Le estaban consagrados la vid, la hiedra, la higuera, la encina, la pantera, el asno y el delfín. Sus atributos eran la taza y el tirso; su carro, en el que realizó sus frecuentes viajes a través del mundo, iba tirado por linces y tigres y rodeado por un nutrido cortejo de Faunos y Bacantes. A veces, se le representaba llevando al lado una urraca, para simbolizar la charla petulante de los borrachos.

DIONISO EN SU CARRO TIRADO
POR HIPOGRIFOS

DIOSCUROS

Dioscuros («hijos de Zeus») se llamó a los gemelos Cástor y Pólux, hijos de Zeus y Leda, esposa de Tindáreo, por lo que también se llamaron Tindáridas. Eran hermanos de Helena y de Clitemnestra y les unía un gran afecto, hasta el punto de ser inseparables, a pesar de la diferencia de sus atributos. En efecto, Cástor era un habilísimo domador de caballos y de naturaleza mortal (por esto se le suponía hijo de Leda y de Tíndaro); Pólux, a quien se creía el inventor del pugilato, sobresalía en dicho juego y, además, era un excelente jinete. Por otra parte, era inmortal. Juntos organizaron una expedición guerrera para liberar a su hermana Helena, que, cuando sólo tenía quince años, fue raptada por Teseo y retenida prisionera en la ciudad de Afidna. Los Dioscuros, tras un breve asedio, consiguieron liberarla. Luego tomaron parte en la expedición de los Argonautas, donde Pólux tuvo ocasión de demostrar su habilidad como pugilista, derrotando al forzudo Ámico. Combatieron también contra los Afáridas Idas y Linceo, sus primos. Las opiniones sobre la causa de la contienda difieren. Una leyenda narra que los Dioscuros raptaron a las hijas de Leucipo, rey de Mesenia, prometidas por esposas a los hijos de Afareo, que lucharon para vengar la afrenta. Según otras fuentes, la causa fue el reparto de un botín, sobre el cual ambas parejas de hermanos no se ponían de acuerdo. En la lucha, Idas mató a Cástor. Pólux se sintió muy afligido y mató a Linceo. Zeus abrasó a Idas con un rayo. Pólux no se consolaba por la pérdida de su hermano, pero por su naturaleza inmortal no podía seguirlo más allá de la tumba, y obtuvo del rey de los dioses la gracia de pasar un día con Cástor en los Infiernos y alternativamente otro, también con él, en el resplandor del Olimpo. El culto a los Dioscuros se difundió por toda Grecia, con centro en Laconia. Se los consideraba divinidades benéficas, protectoras de los guerreros y los navegantes y, según se creía, aparecían

en los momentos de peligro para ayudarles. Los marineros creían que se encontraban presentes en el fuego de San Telmo, que se encendía en los mástiles de las naves durante los fuertes temporales para anunciar que el mal tiempo estaba a punto de terminar. El significado naturalista del mito de los Dioscuros hizo que se les identificase con los Cabiros, divinidades luminosas que recorrían el cielo a caballo, y más tarde con la constelación de Géminis. Por causa de sus cualidades benéficas, los Dioscuros fueron divinizados y se les erigieron templos. Surgieron muchos en Esparta, donde los gemelos eran considerados un ejemplo para la juventud. Estaba muy difundido su culto en Roma y los romanos atribuían a su intervención la victoria del lago Regio. Pasaron a ser númenes tutelares de la caballería y se les dedicó un templo en el Foro, del que se conservan todavía tres altas y majestuosas columnas, coronadas por un fragmento de cornisa. Se los cita con frecuencia en las obras literarias y Homero les dedicó un himno en el que ponderaba su benevolencia con los navegantes. Se les representaba como a dos jóvenes de agradable aspecto, generalmente desnudos y con un gorro en la cabeza adornado con una estrella.

CÁSTOR Y PÓLUX

DIOSES

En el ámbito de la mitología y en el politeísmo, seres sobrehumanos veneradísimos por los antiguos. Simbolizaban hechos naturales.

DIQUE

Una de las Horas, según la *Teogonía*. Representaba la justicia y, considerada desde este punto de vista, se la llamaba también Astrea.

DIRCE

Esposa de Lico, rey de Iria, ciudad de Beocia. Su historia está estrechamente relacionada con la de la bellísima Antíope, a quien Lico había hecho prisionera por motivos relacionados con el honor familiar. La muchacha sufrió los peores tratos por parte de Dirce, envidiosa de su belleza, pero consiguió un día escapar de su prisión. Dirce, que se había encaminado al monte Citerón, con motivo de una fiesta dionisíaca, encontró por casualidad a su prisionera. Quiso castigarla, ordenando a dos pastores que se encontraban allí, que la atasen a los cuernos de un toro furioso. Sin embargo, la suerte quiso que aquellos dos pastores fuesen los hijos de Antíope, a los que ella tuvo que abandonar siendo todavía lactantes. El anciano pastor que los había educado dijo a los dos jóvenes que la mujer que iban a matar era su propia madre. Para vengarse, Anfión y Zeto, que así se llamaban los hijos, aplicaron a Dirce la cruel tortura que ella pretendía hacer sufrir a su madre; la ataron, pues, a los cuernos del toro, condenándola a una muerte horrible.

DIS

Otro nombre del dios Hades. Servía para designar también el reino de los Infiernos.

DISCORDIA

Nombre latino de la diosa griega Erix.

DODONA

Ciudad de Epiro. El nombre deriva al parecer del mítico Dodón, hijo de Zeus y Europa. Fue una de las primeras ciudades consagradas al culto de Zeus. Cerca de Dodona había un bosque sagrado de antiquísimas encinas, cuyas hojas, agitadas por el viento, indicaban a los intérpretes con su murmullo la voluntad divina. La ciudad de Dodona estaba construida al pie de un elevado monte, el Tomaro, sobre el cual, como ocurría en todas las cimas montañosas de Grecia, se veneraba a Zeus. Dodona fue superada tan sólo por Olimpia en su fama como ciudad dedicada a Zeus.

DOLIQUENUS, JÚPITER

Una de las muchas transformaciones que sufrió la figura del griego Zeus en los distintos pueblos. Júpiter Doliquenus era el dios de la guerra de Dólica, en Siria; se le representaba con aspecto feroz y armado a la romana. Era considerado protector de los soldados del ejército durante el bajo Imperio.

DÓRIDE

Ninfa del Océano, llamada también Oceanía Dóride, que se casó con Nereo y dio luz a las cincuenta Nereidas, entre la que figura Tetis, madre de Aquiles.

DORO

Fundador de los dorios, hijo de Heleno y de la ninfa Orseida.

DRÍADAS

Ninfas de los bosques, que solían yacer bajo las encinas. Eran inmortales y en esto se diferenciaban de las Amadríadas, ninfas que morían junto con los árboles en que habitaban. Solitarias por naturaleza, las Dríadas no formaban parte del cortejo de ninguna divinidad ni participaban en las danzas y cantos de otras deidades silvestres. Una celebérrima Dríada fue Eurídice, esposa de Orfeo, hijo de Eagro y Calíope.

DRIANTE

1. Nombre del padre y del hijo de Licurgo.

2. Uno de los Lapitas, que luchó en la boda de Pirítoo contra los Centauros.

DRÍOPE

Se conoce por dicho nombre a tres personajes de la mitología tradicional.

1. Ninfa, llamada también Penélope. Hermes se enamoró de ella, y de sus amores nació el dios Pan.

2. Uno de los reyes de Tesalia, cuyo hijo Linceo fue castigado por la diosa Deméter por no haber acogido favorablemente a Triptólemo, enviado por ella para difundir la agricultura.

3. Hija de Éurito y hermana de Jole. Se casó con Adremón y tuvo un hijo, pero un día, mientras lo amamantaba, fue transformada en flor de loto.

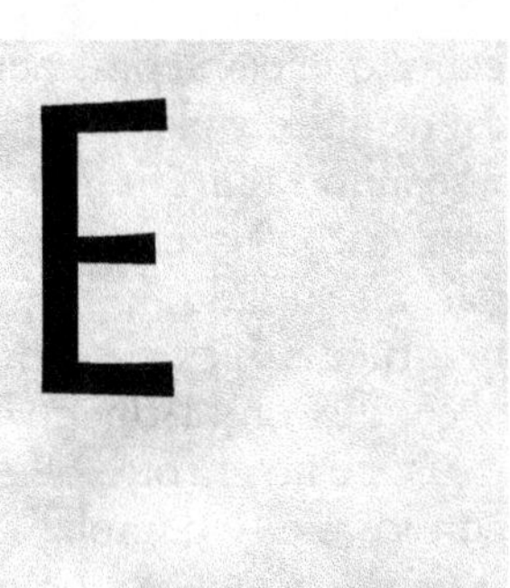

EACO

Hijo de Zeus y Egina, hija a su vez del río Asopo. Se casó con una hija del centauro Quirón y reinó en la isla de Egina. Insigne por su piedad y su justicia, era uno de los predilectos de los dioses. Al ser asolada su isla por una epidemia de peste, en la que todos sus habitantes murieron, Eaco obtuvo de Zeus el poder de repoblarla, transformando a las hormigas en hombres, que por este motivo se llamaron *Mirmidones*. Colaboró con Apolo y Poseidón en la construcción de las murallas de Troya. Fue padre de Peleo y abuelo, por lo tanto, de Aquiles, Telamón y Foco y fundador de los Eácidas. Después de su muerte, teniendo en cuenta su gran justicia, fue llamado a sentarse entre los jueces infernales junto con Radamantis y Minos. Se le rindió culto, entre otros lugares, en Egina. Pasó a la posteridad con fama de ser el hombre más justo y piadoso de su tiempo.

ÉBALO

Antepasado de los Dioscuros. Fue padre de Tíndano, Hipocoonte y Pirene; conocidos también por *ebálidas*.

ECO

Una de las ninfas Oréades, habitantes de los montes, los valles y los barrancos. Era la personificación del eco. Existen diferentes versiones de su leyenda. La más célebre y difundida narra que Eco, quien vivía a orillas del río Cefeso, se enamoró perdidamente de Narciso, el bellísimo hijo de este, que rechazó su amor. La pobre ninfa vagó entonces por valles y bosques, llenándolos a su paso con sus lamentos, hasta consumirse de amor y dolor. Sus huesos se transformaron en rocas. Lo único que se conservó fue su voz, que responde débilmente en los lugares solitarios cuando se la llama. Según otra leyenda, Eco fue condenada por Hera a no poder ser nunca la primera en hablar, limitándose a repetir las últimas palabras de los que la interrogaban. Según una tercera versión, la ninfa fue despedazada por unos pastores incitados por Pan, cuyo amor había sido rechazado, y los pedazos de su cuerpo, esparcidos por todo el mundo, no cesan de lamentarse.

EDAD DE ORO

Nombre que recibe el largo y próspero reinado de Saturno.

EDIPO

Mítico héroe de Tebas, hijo de Layo y Yocasta, de la familia de los Labdácidas. Layo era bisnieto de Cadmo. El oráculo le predijo que un hijo suyo lo mataría, y se casaría con su madre. Cuando Yocasta dio a luz un hijo, Layo se apresuró a llevarlo al monte Citerón para librarse de él, y lo colgó, por los pies, de un árbol. Los lamentos del niño fueron oídos por Forba, un pastor corintio que apacentaba sus rebaños. Él lo liberó y lo llevó ante Polibo, rey de Corinto. Este, que no tenía hijos, pensó adoptar al niño y le impuso el nombre de Edipo, que significa «pies hinchados», pues así tenía sus extremidades por haber estado colgado del árbol. Así, Edipo se educó en la corte de Corinto y creció ignorando la historia de su nacimiento, convencido de que Polibo y su esposa Mérope eran sus padres. Sin embargo, cuando se hizo mayor llegaron a sus oídos rumores que le hicieron dudar de su verdadera identidad, por lo que se encaminó a Delfos para interrogar al oráculo y aclarar el misterio. La Pitia no le reveló el nombre de su padre sino que se limitó a avisarle de que no volviese a su patria, porque mataría a su padre y se casaría con su madre. Edipo decidió entonces abandonar Corinto y se puso en

camino hacia Tebas, pensando escapar así de su terrible destino. Pero durante el camino, en una encrucijada, se encontró con un carro muy veloz que, al pasar a su lado, le hirió en un pie con una rueda. Lleno de furor, Edipo mató al conductor y al dueño que iba en el carro. Este no era otro que Layo, su padre, con lo que se cumplía la primera parte de la predicción. Ignorándolo todo, Edipo prosiguió su camino y en las cercanías de Tebas encontró a la Esfinge, monstruo con rostro de mujer y cuerpo de león, que infestaba la ciudad por mandato de Hera, enojada contra Layo. Estaba sentada sobre las rocas que dominaban el camino de acceso a Tebas, aguardaba a los caminantes que pasaban y les planteaba un enigma. Si los infelices no conseguían descifrarlo, eran arrojados por un barranco que se abría a sus pies. Muchas habían sido sus víctimas y en torno a la cueva del monstruo se veían montones de huesos. Creonte, hermano de Layo, al saber la muerte de este, prometió el trono de Tebas y la mano de la viuda Yocasta a quien consiguiese liberar la ciudad de semejante flagelo. El oráculo había predicho que la Esfinge moriría cuando alguien descifrase el significado de su adivinanza. Edipo asumió la difícil misión y, enfrentándose al monstruo, descifró inme-

EDIPO NIÑO LLEVADO POR EL PASTOR FORBA ANTE EL REY DE CORINTO

EDIPO CON SU VARA ANTE LA ESFINGE

diatamente el enigma. Entonces la Esfinge, dando un tremendo aullido, se precipitó en el barranco donde yacían sus víctimas. Entrando triunfalmente en Tebas, Edipo recibió el premio de su hazaña y se casó con Yocasta, su madre, pasando así a ser rey de la ciudad. También la segunda parte de su terrible predicción del oráculo se cumplía. Ajenos a esta terrible situación, ambos vivieron felices y, según una leyenda, tuvieron cuatro hijos: Eteocles, Polinice, Antígona e Ismene. La ira de los dioses cayó sobre Tebas y una mortal epidemia de peste causó estragos entre sus habitantes, mientras las campiñas se secaban y reinaba una terrible carestía. Edipo, desesperado ante tantos daños, recurrió al oráculo y supo que la culpa era del asesino de Layo. La afanosa búsqueda del culpable condujo a Edipo a un espantoso descubrimiento. Un anciano sirviente le había reconocido y le reveló que era el asesino de Layo, su padre, y esposo de su propia madre. Al saber la noticia, Yocasta se ahorcó colgándose de una viga de su palacio y Edipo se arrancó los ojos. Los tebanos le obligaron a abandonar Tebas y Beocia; sus hijos Eteocles y Polinice le expulsaron cruelmente y el padre los maldijo. Con la compañía de la piadosa y dulce hija Antígona, que lo asistía y confortaba, comenzó a vagar,

anciano y enfermo, en busca de un lugar donde establecerse. Al llegar a Colona, en Ática, los dioses le permitieron encontrar reposo en el bosque de las Euménides, donde murió y fue sepultado.

El mito de Edipo ha sido repetidamente interpretado en la literatura y en las artes. Esquilo le dedicó una trilogía: *Layo*, *Edipo* y *Los siete contra Tebas*. Sófocles escribió *Edipo rey* y *Edipo en Colona*, y Eurípides, *Edipo* y *Las fenicias*. Entre los latinos, Séneca es autor de *Oedipus* y las *Phoenissae*, siguiendo el modelo de Sófocles. Estacio alude a Edipo en *Tebaida*. Entre los modernos, figuran Corneille, Voltaire, Niccolini, Von Hofmannsthal con *Oeudipus und Sphynx* y, entre los contemporáneos, Gide y Cocteau. En la música ha servido también de argumento a las óperas líricas de Sacchini, Purcell, Mussorgsky, Lassen, Mendelssohn, Pizzetti, Leoncavallo, Stravinski, etc. En el arte aparece principalmente en las pinturas de los vasos y en las urnas funerarias. El episodio más reproducido es el de Edipo y la Esfinge. El héroe aparece vistiendo una clámide y armado con una lanza ante el monstruo que formula el enigma. Una urna etrusca representa a Edipo arrancándose los ojos en presencia de sus familiares. Incluso Freud aprovechó el mito de Edipo, incluyéndolo en la terminología psicoanalítica.

EETES

Hijo de Helios y de la ninfa Perseida. Fue rey de la Cólquida y recibió de Frixo, a quien dio por esposa a su hija Calcíope, el encargo de custodiar el vellocino de oro, cuya conquista originó la expedición de los Argonautas. Cuando estos llegaron a su reino, Eetes los acogió con hospitalidad en su prodigioso palacio, cuyas fuentes arrojaban vino, leche y aceite perfumado, pero al saber el motivo de su viaje, se llenó de secreta cólera y decidió matar al héroe Jasón, jefe de los Argonautas. Este entraría en posesión del codiciado vellocino de oro, tan sólo si conseguía superar las pruebas impuestas por Eetes, es decir, debía domar a dos toros de fuerza monstruosa, que arrojaban llamas por las narices y, atándolos al yugo, arar un campo y sembrar allí dientes de dragón. De estos surgiría un ejército de guerreros a los que Jasón tendría que matar, antes de tener libre acceso al bosque sagrado de Ares, donde un terrible dragón guardaba el vellocino de oro. La muerte del guardián era el último obstáculo antes de la victoria. Jasón triunfó en todas estas difíciles pruebas, gracias a la ayuda de Medea, hija de Eetes, profunda conocedora de las artes mágicas. Esta huyó con el héroe cuando él consiguió el vellocino de oro, llevando consigo a su hermano Apsirto. Eetes envió a sus más fieles servidores en su persecución y él mismo corrió tras las huellas de los fugitivos, pero Medea, para ganar tiempo y hacérselo perder a sus perseguidores, mató a Apsirto y partió el cadáver en múltiples pedazos que esparció por el suelo, y así el padre se entretuvo recogiéndolos para darles digna sepultura.

EETIÓN

Rey de Tebas, en Cilicia, y padre de Andrómaca, esposa de Héctor. Aquiles lo mató junto con sus siete hijos y destruyó Tebas.

EFIALTES

1. Uno de los Gigantes.

2. Es uno de los hijos de Aloeo, que tenía la particularidad de aumentar cada año un brazo de ancho y una cabeza de alto. Junto con su hermano Oto, que crecía desmesuradamente como él, encadenó a Ares y lo tuvo encerrado durante trece meses en un gran vaso de bronce, de donde lo sacó Hermes, cuando el dios de la guerra estaba llegando al límite de sus fuerzas. Como castigo, Apolo mató a los dos hermanos.

EGEO

Hijo de Pandión y hermano de Palante, Niso y Lico, con quienes se repartió el reino paterno, Ática, cuando lo reconquistaron, expulsando a los Maciónidas. En el reparto, a Egeo le tocaron Atenas y las tierras circundantes, de donde fue rey. Poco después, se adueñó de la parte oriental de la región, donde reinaba su hermano Lico, que se vio obligado a refugiarse en Asia Menor. Preocupado por la falta de descendencia, Egeo se dirigió al oráculo de Delfos, pero al no conseguir interpretar la respuesta de la Pitia, acudió a Piteo, rey de Trecén, conocido por su sabiduría, para pedirle consejo. Allí conoció a la hija de este, Etra, de quien se enamoró. De sus amores nació Teseo, que Egeo confió a los cuidados del virtuoso Piteo o, según otros, a los del centauro Quirón. Tuvo que regresar a Atenas y, al despedirse de Etra, escondió su espada y sus sandalias bajo un peñasco, situado en un monte cerca de la ciudad, rogando a la mujer que los diese a Teseo cuando este fuese mayor, y que lo enviase a Atenas, donde él lo esperaría y lo reconocería por esos objetos. Cuando Teseo cumplió dieciséis años, su madre le reveló el nombre de su padre y, entregándole las sandalias y la espada, lo envió a Atenas a reunirse con este. Al llegar allí, Teseo encontró a Egeo con Medea, la terrible hechicera quien, después de matar a sus propios hijos, huyó de Corinto y se refugió en Ática. Medea adivinó quién era el recién llegado y, llena de celos, intentó envenenarlo, pero Egeo reconoció a su hijo por las sandalias y la espada y expulsó a la pérfida Medea, compartiendo con Teseo los cuidados del gobierno. Entonces llegó a Atenas, con ocasión de los juegos celebrados en honor de Palas; Androgeo, hijo de Minos, rey de Creta, tanto destacó por su valentía y destreza, que provocó la envidia de Egeo. Androgeo fue enviado a combatir contra el terrible toro de Maratón, sucumbiendo en el desigual combate. Minos, indignado, sitió Atenas para vengar a su hijo y rogó a Zeus que castigase la ciudad con una grave escasez y pestilencia. Atemorizados todos los atenienses, consultaron al oráculo, el cual les manifestó que como expiación debían someterse a las exigencias de Minos. Este se vengó de la manera más terrible, imponiendo a los atenienses el tributo anual de siete muchachos y siete doncellas como pasto para el voraz Minotauro, que habitaba en el Laberinto. Teseo se encargó de matar al monstruo, liberando a los atenienses de su doloroso compromiso, pero al regresar a Atenas con su empresa felizmente terminada, fue causa involuntaria de la muerte de Egeo. Olvidó la promesa hecha a su padre de colocar una vela blanca si la expedición concluía con éxito. Cuando Egeo, que esperaba impaciente desde una colina el regreso de su hijo, vio de lejos la nave que se acercaba con velas negras, creyendo que Teseo había sido víctima del Minotauro, lleno de desesperación, se arrojó al mar, que en memoria suya lleva el nombre de Egeo.

EGERIA

Ninfa latina de las fuentes, la más famosa de las Camenas y célebre por haber sido, según la leyenda, amante del rey Numa Pompilio, a quien, según se dice, inspiró las leyes religiosas. Se afligió tanto por la muerte del rey, que Diana la transformó en una fuente que manaba en el monte de Aricia, cerca del Templo de la diosa. Una gruta con una fuente, situada cerca de la puerta Capena, que todavía existe, fue llamada por los romanos *Gruta de la ninfa Egeria*, y en ella se efectuaban los ritos de dicho culto.

EGESTE

Noble dama troyana, esposa del río Crimiso, que dio a luz a Alcestes, el rey de Sicilia que se mostró muy generoso con Eneas, cuando este desembarcó en su isla, ayudándolo a proseguir su viaje.

EGIALEO

Hijo de Adrasto. Su padre fue el único superviviente de la primera guerra tebana, narrada en los *Siete contra Tebas*. Los descendientes de cuantos participaron en aquella infausta y cruenta lucha provocaron la segunda guerra tebana, llamada también *guerra de los Epígonos*, es decir, de los descendientes. Egialeo participó, pero Laodamante lo mató en la batalla.

ÉGIDA

Piel de cabra escamosa, adornada con serpientes que, según Homero, fabricó Hefesto para que sirviese de escudo y coraza a Zeus. Se la consideraba el escudo de Atenea, quien lo fabricó utilizando la piel de cabra Amaltea; llevaba aplicada en el centro la cabeza de Medusa, regalada por Perseo, que con su ayuda mató a la Gorgona. Era un arma ofensiva y todo el que contemplaba dicha cabeza quedaba transformado en piedra. Según otra leyenda, Égida era un monstruo, hijo de la Tierra, que asolaba Grigia y otras regiones, hasta que Atenea lo mató, utilizando su piel para obtener un escudo. Más tarde la égida pasó a ser un símbolo de poder que figuró en las representaciones de soberanos helénicos y emperadores romanos.

EGINA

Hija del río Asopo y de la ninfa Metope, habitaba en Fliunte, donde Zeus la raptó. Su escondrijo fue revelado al padre de esta por Sísifo, que provocó con ello las iras de Zeus. Dio a luz a Eaco, fundador de los *Eácidas*.

EGIPCÍADAS

Hijos de Egipto.

EGIPTO

Hijo de Anquínoe y Belo, nieto de Poseidón y de Libia y hermano de Dánao. Belo, al morir, dejó a Egipto el reino de Arabia y a Dánao el de Libia, pero los dos hermanos se enemistaron entre sí. Sus litigios tuvieron un trágico epílogo con la matanza de los hijos de Egipto y más tarde con la de las hijas de Dánao. Según la leyenda, Egipto murió abatido de dolor al enterarse de la muerte de sus hijos. Otra leyenda, en cambio, cuenta que el anciano rey murió a manos de su nieta Políxena.

EGISTO

Hijo de Tiestes y Pelopia, era hermano de Tántalo y Plístenes, a los que su tío Atreo hizo matar y servir en la mesa de Tiestes. Para vengarlos, Egisto mató a Atreo mientras ofrecía un sacrificio a la orilla del mar. Luego, junto con Tiestes, expulsó a sus hijos Agamenón y Menelao, pasando a ser rey de Micenas. Agamenón consiguió recuperar el trono paterno; durante la guerra de Troya, Egisto sedujo a su esposa Clitemnestra y, juntos, al regresar el héroe, planearon asesinarlo, perpetrando su crimen en un banquete. Egisto usurpó entonces el reino de Micenas, pero no por mucho tiempo porque Orestes, hijo de Agamenón, para vengar a su padre, lo mató a él y a Clitemnestra.

EGLE

Una de las Helíades, hijas de Helios, hermanas de Faetón, transformadas en chopos por Júpiter. Su nombre significaba «la refulgente».

ELECTRA

1. Hija de Océano y Tetis. Fue esposa de Taumante y madre de Iris y, según una tradición, también de las Arpías. Era la mensajera de los dioses y de las Arpías.

2. Hija de Agamenón y Clitemnestra, era una enérgica y valerosa muchacha. Presenció el asesinato de su padre a manos de Egisto, y desde entonces juró vengarse. Puso a salvo del usurpador a su hermano menor Orestes, haciendo que se refugiase en la Fócida, donde creció en la corte de Etrofio, al lado del hijo de este, Pílades. Al llegar a la edad adulta, Orestes volvió a Micenas, decidido a vengar el injusto asesinato de su padre. Su hermana Electra le ayudó a matar a Egisto y Clitemnestra. Cumplida la venganza, esta se convirtió en esposa de Pílades, inseparable amigo de Orestes. De carácter complejo y apasionado, Electra fue protagonista de las tragedias de Sófocles, Eurípides y Esquilo.

ORESTES RECONOCIDO POR ELECTRA

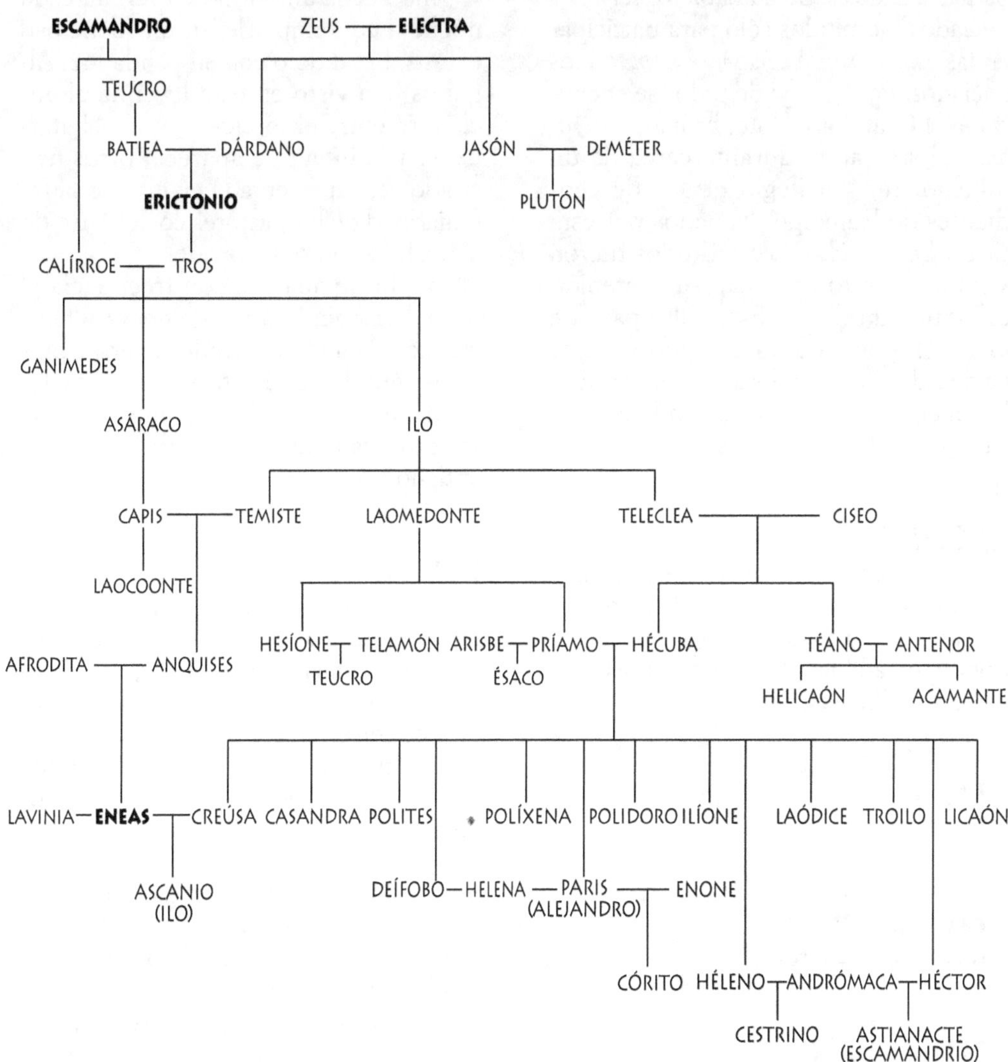

ELECTRIÓN

Hijo de Perseo, padre de Alcmena y antepasado de Heracles. Murió a manos de Anfitrión, su yerno.

ELEUSINOS, MISTERIOS

Relacionados con el culto de Deméter, eran ritos solemnes y misteriosos que se celebraban en honor a la diosa; a menudo se confundían con las fiestas de igual nombre. Los ritos tenían lugar en dos periodos distintos del año; en primavera (las *pequeñas Eleusinas*), que se realizaban anualmente, con una procesión femenina; y en otoño (las *grandes Eleusinas*), celebrado cada cinco años. La celebración de estas últimas se iniciaba en Atenas. De allí partía una gran procesión que, recorriendo la vía Sacra con antorchas, mientras los carros transportaban objetos de culto ocultos a la vista, llegaba hasta Eleusis. Se llamaba *Mistai* a los iniciados (admitidos sólo para participar en las *pequeñas Eleusinas*) y *Epoptai* a los ancianos. Por encima de todos se encontraba el Gran Sacerdote, llamado *Hierofante*. Este cargo, durante cerca de un milenio, fue privilegio de los descendientes de Eumolpo, llamados por esta razón *Eumolpidas*. Los misterios fueron siempre secretos y revelar su contenido constituía un delito. Este culto pasó de Grecia a Roma durante el periodo que va de Adriano a Teodosio, quien los abolió en el 381 a. de C., ordenando la clausura del santuario de Eleusis.

ELEUSIS

Antigua ciudad griega, entre Atenas y Corinto, que fue un centro religioso consagrado al culto de Deméter y Core, donde tenían lugar las fiestas y misterios llamados *Eleusinos*.

ELISA

Otro nombre de Dido.

ENCELADO

Uno de los Gigantes.

ENDIMIÓN

Joven y bellísimo pastor, a quien se creyó hijo de Zeus; fue expulsado del Olimpo por haberse atrevido a enamorarse de Hera, y condenado a dormir un sueño eterno en una gruta del monte Latmos en Caria. No conoció, pues, los dolores ni las alegrías de la vida, ni pudo tampoco morir. Muchos lo consideraron el genio de la noche y del profundo sueño nocturno. Ártemis, con el aspecto de Selene (la Luna), lo descubrió una noche a la luz de sus rayos, mientras realizaba su acostumbrado recorrido. Impresionada por la belleza del durmiente, se enamoró y tomó la costumbre de volver allí cada noche a contemplarlo en un silencioso éxtasis, besándolo con su pálida luz. Algunos han visto en esta leyenda el encuentro entre el sol que se pone al atardecer y la luna que aparece; otros han creído ver representada en el mito la familiaridad de los pastores con el astro de la noche y con su recorrido.

En el arte aparece con frecuencia el mito de Endimión. En Pompeya y Herculano se han encontrado diversas pinturas murales que reproducen esta leyenda. En el museo Capitolino de Roma se conserva también un hermoso relieve antiguo.

ENEAS

Hijo de Anquises y Afrodita, Eneas fue el héroe troyano a quien los hados encomendaron una misión gloriosa, la de fundar una nueva ciudad que llegaría a ser más poderosa que Troya y se convertiría en el centro del mundo: Roma. Aunque carecía de audacia y de firmeza de voluntad, Eneas era muy amado por los dioses por su piedad religiosa, así como por su valor, prudencia y sabiduría, de los que había dado prueba en diversas ocasiones. Durante la noche suprema de Troya, mientras los griegos atacaban a los troyanos dormidos, cometiendo saqueos y matanzas, la sombra del gran Héctor se apareció en los sueños del hijo de Afrodita y le incitó a huir y a buscar otras costas donde fundar una nueva ciudad. Mientras la sombra desaparecía, Eneas se despertó y al oír el rumor de una batalla no lejos de su casa, subió al tejado y vio a Troya en llamas. Al momento, corrió en auxilio de sus ciudadanos, combatiendo con valor, pero al ver perdida toda esperanza de salvación, pensó en poner en práctica el consejo de Héctor. Volvió a su casa para convencer a su padre Anquises de que huyese con él, pero el anciano no quería morir lejos de su patria y no se hubiese dejado persuadir si una estrella, que apareció de improviso en el cielo, no le hubiese hecho comprender que los dioses querían que se pusiese a salvo. Eneas lo cargó sobre sus hombros, confiándole las estatuitas de los Penates; llevando de la mano a su hijo Ascanio y seguido de su esposa Creúsa, hija de Príamo, y de una nutrida multitud que iba en pos de él, atravesó la ciudad entregada a la furia devastadora de los griegos, en dirección al monte Ida. En la confusión, Creúsa se perdió y Eneas, abandonando por un momento el grupo de fugitivos, volvió sobre sus pasos para buscarla afanosamente, pero en vez de su esposa encontró a la sombra de esta que, consolándole en su dolor, le dijo que no se preocupase por ella, pues se había convertido en ninfa de la gran madre Cibeles. Le repitió el mandato y el vaticinio de Héctor y, cuando Eneas intentó en vano abrazarla por tres veces, desapareció. Este, junto con Anquises y Ascanio, continuó su camino en compañía de los otros fugitivos. Llegaron a Antandro, puerto de Frigia, y con los árboles del monte Ida construyeron una flota de veinte naves. Los fugitivos, con lágrimas en los ojos, contemplaron ya

ENEAS

por última vez las ruinas humeantes de lo que había sido la rica y poderosa Troya y, confiando en la protección de los dioses, fueron a enfrentarse con su destino. Llegaron primero a Tracia, pero pronto huyeron de aquella tierra inhóspita, donde Polidoro, hijo de Príamo, había muerto a manos del rey Polimnéstor, como supo más tarde el propio Eneas. Abandonando Tracia, las naves zarparon en dirección a la isla de Delos, donde Eneas se proponía consultar al oráculo. Sin embargo, la respuesta que recibió fue bastante ambigua. «Buscar a la antigua madre» fueron las palabras de la Pitia. Anquises pensó que quería significar Creta, de donde procedía su familia y, siguiendo el consejo, se encaminaron hacia allí; pero la interpretación del anciano estaba equivocada. Apenas los troyanos desembarcaron en la isla, estalló entre ellos una terrible epidemia de peste. Angustiados, se preguntaron en qué podían haber ofendido a los dioses y, mientras su situación se agravaba, los Penates se aparecieron en sueños a Eneas y le manifestaron que no era Creta la tierra donde debían detenerse, sino Italia, país antiguo, poderoso y con fértiles campos. En cuanto amaneció, Eneas reunió a sus compañeros y de nuevo se hizo a la mar; esta vez con dirección a la tierra itálica, en la que, en Corito (Crotona), había nacido Dárdano, fundador de la estirpe troyana. Al llegar a alta mar, se vieron asaltados por una furiosa tempestad, y las naves vagaron durante cuatro días a merced de los elementos desencadenados, hasta que apareció la tierra ante su vista. Al desembarcar, los troyanos se encontraron en la islas Estrofades, patria de las terribles Arpías, monstruos mitad mujeres y mitad aves rapaces. Una de ellas, Celeno, encaramada sobre una roca, pronunció ante los atemorizados navegantes tristes vaticinios sobre dolorosas peripecias, sin excluir una terrible carestía de alimentos que tendrían que superar antes de acabar su misión. Reemprendiendo la travesía, las naves atravesaron el Adriático. Primero hicieron escala en Accio, donde se celebraban los juegos dedicados a Apolo, y luego continuaron hasta Butroto. Allí los navegantes encontraron a otros fugitivos, Heleno y Andrómaca, hermano y mujer respectivamente de Héctor, que ya se habían establecido formando una pequeña ciudad, según el modelo de la destruida Troya. La acogida y la despedida fueron extraordinariamente conmovedoras. Eneas recibió de Heleno valiosos consejos, como el de consultar a la Sibila de Cumas, e instrucciones para dar la vuelta a Sicilia. Al llegar a dicha isla, los troyanos encontraron a un griego que formaba parte del séquito de Ulises, que les relató la desagradable aventura vivida por él y sus compañeros en el antro del cíclope Polifemo. Este apareció mientras los recién llegados escuchaban el terrible relato y su presencia los impulsó a zarpar de nuevo. Sorteando Escila y Caribdis, el grupo llegó a Trapani, donde una desgracia afligió a Eneas. Su anciano padre Anquises murió en aquellas playas y se le tributaron solemnes honras fúnebres. Después tuvieron que reanudar el viaje. Sin embargo, Hera, viendo que Eneas se aproximaba a la meta, sintió reavivarse en su interior el antiguo odio hacia los troyanos, aumentado ahora al saber que estos fundarían una cuidad que ocasionaría la destrucción de Cartago, su predilecta. La reina de los dioses se apresuró a recurrir a Eolo, rey de los vientos, quien para complacerla desencadenó una furiosa tempestad, que dispersó de nuevo las naves por el vasto mar. Eneas, impresionado ante su furia, creyó que había llegado su última hora y lamentó no haber muerto durante la guerra de Troya, ya que hubiese significado para él una gloria mucho mayor dar la vida en defensa de su patria; pero intervino Poseidón, quien con un golpe de su tridente restableció la calma, interrumpida sin esperar órdenes. La pequeña flota, reducida ahora a siete naves, ancló en una playa desconocida. Afrodita, preocupada por la suerte de su hijo, había interpelado entretanto al propio Zeus, quien le aseguró que Eneas llegaría a puerto sano y salvo. La diosa, complacida, se disfrazó de joven cazadora y se presentó ante Eneas, para infundirle valor y anunciarle que también las otras naves habían anclado sanas y salvas en otro lugar de la costa. Le enseñó cómo llegar hasta Cartago, la nueva gran ciudad que se estaba edificando en la costa africana por obra de Dido, la infeliz reina a quien su hermano Pigmalión había expulsado de Tiro, tras matar a su marido Siqueo. Envuelto en una nube que lo hacía invisible, Eneas recorrió toda la ciudad admirando la belleza de las construcciones y se conmovió al ver el altar donde estaban reproducidas las fatídicas jornadas de Troya. También invisible, asistió a la llegada de la bellísima y regia Dido y reconoció entre los extranjeros a algunos de sus compañeros, que creía desaparecidos entre las olas. Era el momento de revelar su presencia, y mientras desaparecía la nube que lo envolvía, el héroe apareció con toda su gallardía y belleza. Su madre, deseosa de que tuviese la mejor acogida, hizo que, en lugar de Ascanio, entrase en la corte Cupido, que se sentó en el regazo de la reina, transformando muy pronto su admiración hacia el extranjero en una profunda y arrebatada pasión, aumentada por su emoción ante el relato de sus peripecias que le hizo Eneas durante el banquete. También este se enamoró de su anfitriona y vivieron días felices. Mientras Eneas se olvidaba así de las disposiciones celestiales, intervino Zeus, que, por medio de Hermes, comunicó al héroe que debía reemprender el camino y llevar a cabo la empresa para la que había sido predestinado por los dioses. Obediente, partió dejando a Dido desconsolada. Esta no pudo soportar el dolor de la separación y se suicidó. Sin embargo, la partida de Eneas estaba decretada por los hados y este no podía evitarla, ya que debía fundar Roma. De nuevo, las naves troyanas surcaron los mares y volvieron a hacer escala en Sicilia para honrar la memoria de Anquises con solemnes juegos funerarios. Durante la travesía entre la isla y el continente italiano, el piloto Palinuro, vencido por el sueño, cayó al mar. El propio Eneas se puso entonces al frente de la flota y finalmente llegó a territorio italiano. La primera etapa fue Cumas, al norte de Nápoles, donde florecía una civilización antiquísima y refinada y donde Eneas quiso consultar a la Sibila para conocer el porvenir. Guiado por esta, visitó el reino de los muertos, donde conoció a los que iban a ser su descendencia, que sería la más gloriosa del mundo gracias a sus empresas. Eneas zarpó de Cumas en dirección a Gaeta, que se llamó así en recuerdo de su nodriza, allí enterrada. Luego, costeando el país de la maga Circe, llegó a Laurento, en Lacio. El largo viaje había tocado su fin, y Eneas y sus compañeros se establecieron a orillas del Tíber. Reinaba entonces en Lacio el sabio rey Latino, que recibió cortésmente a los extranjeros. Este tenía una única hija, Lavinia, a cuya mano aspiraban numerosos pretendientes. Entre estos destacaba Turno, rey de los rútulos. Sin embargo, el rey Latino había sido advertido por algunos presagios de que debía conceder la mano de su hija a un yerno extranjero, destinado a empresas gloriosas, por lo que, cuando Eneas se dirigió a él para proponerle una alianza, aceptó de buen grado, ofreciéndole también a Lavinia por esposa. Sin embargo, Hera no había cesado en su animosidad y, viendo que el destino favorecía a los odiados troyanos, evocó de los infiernos a la furia Alecto y la envió a la reina Amata, esposa de Latino, para que le inspirase odio hacia el recién llegado. Turno, a causa de las intrigas divinas, se sintió inflamado de cólera y, reuniendo tropas en los territorios vecinos, se propuso conducirlos contra Eneas. La guerra era ya inevitable. Sólo Latino, consciente de que los acontecimientos eran voluntad de los hados, trató de oponerse a que se derramase sangre inútilmente, pero no pudo impedirlo. Los troyanos, dado lo exiguo de su número, iban a encontrarse en una situación difícil a pesar de su valor. Pidieron ayuda a Evandro, un fugitivo griego que desde hacía tiempo habitaba en el Palatino. El héroe se dirigió entonces a Etruria en busca de otros aliados y, durante el viaje, su madre Afrodita le regaló unas magníficas armas, que Hefesto había fabricado para él. Entre las armas destaca un gran escudo en el que estaba representada la historia de Roma. Durante la ausencia de Eneas surgieron dificultades en el campamento troyano. Turno, impaciente por combatir, atacó, tratando de incendiar la flota. Los troyanos vieron su campamento cercado en un duro asedio y sin poder hacer nada para advertir al héroe ausente. Euríalo y Niso, amigos inseparables y valerosos, se ofrecieron a atravesar el ejército enemigo para ir al encuentro de Eneas. Acompañados por los fervientes votos de sus compañeros, los dos jóvenes se pusieron en camino de noche, pero al llegar al campamento adversario, no pudieron resistir al deseo de causar estragos ante los hombres ebrios y entregados al sueño. No obstante, estaban a punto de alejarse ilesos, cuando fueron sorprendidos por algunos caballeros. De nada les sirvió huir: Euríalo, escondido en un bosque, fue alcanzado y halló la muerte, y Niso, aunque realizó actos de valor para vengar la muerte de su amigo, también perdió la vida. Eneas regresaba acompañado por gran número de aliados etruscos. El encuentro entre los dos ejércitos fue encarnizado y en ambos bandos se realizaron actos valerosos. Se solicitó una tregua para erigir hogueras y dar sepultura a los caídos. Para evitar nuevas matanzas, se pensó en un duelo entre Turno y Eneas, pero los latinos asaltaron el campamento troyano y se reanudó la lucha. Era inútil oponerse a los hados. Turno y los suyos estaban sufriendo una derrota. En el duelo con Eneas, el rey de los rútulos se llevó la peor parte y murió. Los dioses se abstuvieron de intervenir en la guerra, ya que Júpiter los reunió en el Olimpo, advirtiéndoles de que debían dejar que se cumpliera la voluntad de los hados. Además, se decidió que Eneas no debía ser perseguido por ninguno de ellos, para que finalmente pudiese fundar la gloriosa ciudad. Eneas se casó con Lavinia y, después de la muerte del rey Latino, le sucedió en el gobierno de Lacio, donde fundó una ciudad que, en honor a su esposa, la llamó Lavinio. Su hijo Ascanio, con quien compartió el reino, fundó a su vez la ciudad de Albalonga, de la que nacería Roma tres siglos más tarde. Según la leyenda, Eneas y Ascanio, llamado también Julo, fueron los fundadores de la estirpe romana y de la dinastía imperial Julia.

Virgilio, el poeta de Mantua que vivió bajo el reinado de Augusto, en el momento de máximo esplendor del imperio romano, fue el supremo cantor de Eneas en su poema la *Eneida*, en el que la figura del héroe se utilizó con fines patrióticos. En el mito de Eneas existe una fusión de la mitología con la historia de la civilización latina.

ENEIDA

Poema de Virgilio. La composición de los doce cantos en hexámetros se inició en el año 29 a. de C. y continuó hasta el 19 a. de C., año en que murió el poeta. Los episodios narrados en el poema expresan, de forma mitológica, las aspiraciones e ideales de la Roma imperial. No encontramos aquí gran abundancia de episodios en que intervienen los dioses; estos se limitan a una acción indirecta a favor o en contra de Eneas. Por una parte, la Roma imperial había purificado su religión; por otra, se había vuelto más escéptica con respecto a las intervenciones celestiales en las cosas humanas. De aquí el relato. Eneas, hijo de Afrodita y Anquises, tras escapar de la destrucción de Troya con algunos compañeros, está a punto de desembarcar en Italia cuando Hera, enemiga de los troyanos, provoca una terrible tempestad que arrastra la flota hacia las costas africanas, donde se está edificando Cartago. Afrodita, preocupada por la suerte de su hijo, aparece vestida de cazadora aconsejándole pedir ayuda y hospitalidad a Dido, viuda de Siqueo, quien, para huir de la persecución de su hermano Pigmalión, había abandonado Tiro, su patria, para dirigirse a Libia y fundar una ciudad. Eneas es muy bien acogido por la reina, que se enamora de él, gracias a un engaño de Afrodita, que ha enviado a Cupido para que le lance sus amorosas flechas. Dido ruega al héroe que relate sus aventuras y el joven troyano habla durante una noche entera: cuenta la caída de Troya, la historia del caballo de madera abandonado en la playa y la loca alegría de los troyanos que se creen finalmente libres. En vano Laocoonte trata de poner en guardia a sus compatriotas pero los dioses hacen que varias serpientes marinas lo maten a él y sus hijos. Las palabras de Eneas hacen revivir toda la tragedia troyana y Dido se abrasa de amor por el héroe. El relato se vuelve muy dramático con la aparición de Héctor ensangrentado, que exhorta a Eneas a huir, el ataque a la roca, la muerte de los mejores guerreros, el fin de Príamo y la huida entre las ruinas. Se inicia así el largo peregrinar de Eneas y sus compañeros: intentan primero detenerse en Tracia, pero un horrible prodigio los pone en fuga; van luego a Delos para escuchar al oráculo; después a Accio para celebrar los juegos en honor de Apolo y finalmente a Sicilia, donde encuentran a un compañero de Ulises y ven al horrendo Polifemo. Por último, llegan a Cartago, donde confían en la hospitalidad de la reina. Al finalizar su narración, Dido está locamente enamorada del héroe, y un día durante una cacería, un súbito temporal los obliga a refugiarse en una gruta, donde se consuma su unión. Al parecer, las vicisitudes del héroe han cesado con esta alianza, que es el sello de una futura paz y prosperidad, cuando Hermes, enviado por Zeus, le recuerda su misión gloriosa que culminará con la fundación de Roma. Eneas se dispone a partir. Las súplicas de la desventurada Dido no sirven de nada. Cuando la reina tiene la certeza de haber sido abandonada por su amado, se arroja a una hoguera, a la orilla del mar. Las naves troyanas son arrastradas de nuevo a Sicilia y allí se conmemora el primer aniversario de la muerte de Anquises. Durante los juegos funerarios, las mujeres prenden fuego a las naves, instigadas por Hera, esperando retener a los hombres y hacerles abandonar su peregrinar sin fin. Interviene Zeus, enviando una repentina lluvia, y así se salvan cuatro de las naves. Anquises se aparece en sueños a su hijo, aconsejándole dirigirse a Cumas y descender luego a los Infiernos. Eneas decide partir, pero antes funda una ciudad para los que se quedan allí, erigiendo un templo a Afrodita. Con ayuda de Poseidón, que se muestra propicio, el héroe llega a Cumas y, guiado por la Sibila, desciende a los Infiernos. Allí ve a Dido, que se aleja desdeñosa, a su padre Anquises, que le explica el secreto de las almas y le predice la futura grandeza de su estirpe y la fundación de Roma hasta el advenimiento de Augusto. Alentado por estas halagüeñas predicciones, Eneas reemprende el viaje y, finalmente, desembarca en las tierras de Lacio. El rey Latino acoge benignamente las peticiones de los recién llegados que solicitan una porción de tierra para edificar una nueva ciudad y, de acuerdo con una profecía, ofrece a Eneas la mano de Lavinia. Pero se desencadena la guerra. Turno, rey de los rútulos, está al frente de los latinos, y Eneas guía a los troyanos, ayudados por Evandro, rey arcadio establecido en Lacio. Eneas contempla los lugares que llegarán a ser famosos en la historia y asiste a los juegos en honor de Heracles, que mató en tiempos pasados al feroz gigante Caco. Entretanto, Hefesto, por ruegos de Afrodita, fabrica las maravillosas armas que utilizará el héroe en la batalla, en las que están representados los episodios más rigurosos de la futura historia de Roma. Durante la ausencia de Eneas, Turno intenta atacar las naves troyanas, que son transformadas en ninfas por la diosa Cibeles. Es patético el episodio de Euríalo y Niso, dos amigos íntimos, que son descubiertos por los latinos y mueren juntos para ser fieles a su amistad hasta la muerte. Turno asalta el campamento troyano, pero derrotado, se salva huyendo a nado. Con la llegada de Eneas comienza la auténtica batalla y, por orden de Zeus, los dioses se abstienen de intervenir, dejando a los hombres seguir su propio destino. Eneas causa estragos entre los latinos para vengar la muerte de Palante, hijo de Evandro; se enfrenta con el feroz Mesencio, lo hiere y mata a su hijo Lauso, que lo conmueve con su penosa agonía. Se organizan solemnes funerales en honor de Palante y, mientras Latino reúne el consejo para decidir lo que debe hacerse, Eneas se enfrenta con la virgen Camila, que capitanea a los rútulos. La muerte de la valerosa mujer desmoraliza a estos, que emprenden la huida. La guerra toca a su fin y el duelo entre Eneas y Turno termina con la muerte del último.

ENEO

Rey de Calidón, padre de Meleagro, Tideo y Deyanira. Según una tradición posthomérica, él, viejísimo, fue despojado de su trono por los hijos de su hermano Agrio. Cuando su nieto Diomedes regresó a la patria de Argos le restituyó la legítima soberanía sobre aquellos territorios.

ENÓMAO

Rey de Pisa en Élide. Advertido por un oráculo de que lo mataría su yerno, decidió no conceder a nadie la mano de su hija Hipodamía. Por esto sometía a los pretendientes a una carrera de caballos, en la que él siempre quedaba vencedor por tener corceles invencibles. Los derrotados eran condenados a muerte, pero el joven Pélope, hijo de Tántalo, consiguió derrotar a Enómao, quien fue arrastrado y muerto por sus propios caballos. Finalmente Enómano se casa con la bella Hipodamía.

ENYO

Una de las tres Greas. Se la consideró la diosa de las matanzas. Los romanos identificaron a Enyo con Belona.

EOLO

1. Hijo de Zeus y de Acesta, era el rey de los vientos y residía en la isla Eolia. En una caverna encerraba a los vientos más furiosos y los desencadenaba tan sólo por mandato de Poseidón o de algún otro dios. Cuando Ulises, huyendo de la isla de los Cíclopes, desembarcó en su reino, lo acogió benignamente y, antes de despedirse de él, le regaló un odre donde estaban encerrados los vientos más violentos, que le ayudarían a llegar felizmente a Ítaca. Sin embargo, un día, cuando las costas de la amada isla se perfilaban ya en el horizonte, Ulises cayó vencido por el sueño. Aprovechando la ocasión, sus compañeros, que tenían curiosidad por conocer el valioso contenido del odre, lo abrieron, y así escaparon los vientos impetuosos que empezaron a soplar con toda su fuerza, empujando las naves hacia Lípari. Allí Ulises pidió de nuevo ayuda a Eolo pero en vano, porque el dios lo creyó odiado por los otros dioses.

2. Hijo de Heleno y de la ninfa Orseida. Fue el fundador de la estirpe de los eolios. Tuvo siete hijos, entre los que fueron famosos Atamante y Sísifo, y cinco hijas.

EOS (AURORA)

Hija de Hiperión y Tea y hermana de Selene (la Luna), y de Helios (el Sol). Se la llamaba «la diosa de rosados dedos», por el color con que se teñía el cielo cuando ella aparecía. Simbolizaba la primera luz del amanecer y era una diosa benéfica, dulce y bella. Se decía que cada mañana abandonaba sonriente su lecho de agua en el corazón del Océano, enganchaba sus blancos caballos, Lampo y Raetón, e iniciaba su recorrido, precediendo a poca distancia al carro del Sol, cuyo sendero sembraba de frescas rosas. Su primer marido fue el titán Astreo y de esta unión nacieron los vientos Bóreas, Céfiro, Euro y Noto, símbolo mítico de la ligera brisa que acompaña a la aurora. Se decía también que era hija de Eros y de Astreo, la estrella Lucifer, a la que los griegos llamaron Fósforo («portadora de luz») y que precedía al carro de su madre. Cuando Astreo, junto con todos los otros Titanes, fue desterrado al Hades por haber luchado contra Zeus, Eos se unió con Orión, pero con poca fortuna, porque el joven cayó muerto poco después por las flechas de Artemios. Se casó entonces con Titono, hijo de Leomedonte, rey de los troyanos. Eos obtuvo de los dioses el don de la inmortalidad para Titono, pero olvidó pedir el de la eterna ju-

EOS

ventud, por lo que Titono envejeció, entristeciéndose y siendo transformado, según algunos, en cigarra, capaz tan sólo de dejar oír su voz. Hijo de Titono y de Eos fue Memnón, rey de los etíopes, que participó en la guerra de Troya como aliado de los troyanos. De su madre había heredado un hermoso cutis sonrosado, brillantes ojos y cabellos rubios. Demostró ser también un héroe valeroso y se distinguió en diversas empresas, hasta que la implacable espada de Aquiles lo mató en un reñido duelo. Eos lo lloró desesperadamente y no cesó de lamentarse. Muestra de su dolor inconsolable y de las muchas lágrimas vertidas es el rocío que se extiende cada mañana sobre las plantas y las flores. En honor de Memnón se erigió una colosal estatua a orillas del Nilo, y como la efigie de bronce, a través de una larga hendidura producida al pasar del riguroso frío nocturno al calor diurno, exhalaba un gemido, se supuso que Memnón se lamentaba ante Eos, por su muerte prematura. Esta se enamoró más tarde de Céfalo, nieto de Eolo y conocido por sus dotes de cazador. Céfalo estaba casado con Procris y amaba mucho a su esposa, pero Eos insinuó en su ánimo dudas sobre la fidelidad de ella, provocando la separación de la pareja. Luego hizo que Céfalo, cazando, confundiese a Procris con una fiera y la matase con un dardo. Los mismos

atributos de la griega Eos tenía Aurora, diosa de los latinos, quienes la consideraban también hermana del Sol y esposa de Titono. Sin embargo, más que como Aurora era conocida como Mater Matuta, es decir, «diosa de la mañana», cuya fiesta se celebraba el once de junio en Roma con el nombre de *Festa Matralia*. Se la consideraba también protectora del mar y de los puertos, por lo que Matuta fue confundida a menudo con la diosa Leucótea. Los volscios le erigieron templos en la Campania, así como Servio Tulio en el Foro Boario.

En las representaciones figurativas y descripciones literarias Eos-Aurora aparece como una mujer lozana y muy hermosa, montada en una cuadriga o enjaezando los caballos del Sol; otras veces aparece alada, volando con una vasija en la mano y vertiendo el rocío de la mañana sobre la vegetación.

EPAFOS

Hijo de Zeus e Io, la muchacha a quien el rey de los dioses transformó en novilla para sustraerla a los celos de Hera. Llegó a ser rey de Egipto, casándose con la ninfa Menfis, hija del Nilo, en cuyo honor fundó la ciudad que lleva su nombre y que fue el centro del culto de Isis, el nombre egipcio de Io. Tuvo una hija, llamada Libia, que dio nombre a aquella región del África septentrional.

EPEO

Héroe griego, valeroso en la lucha, que construyó, con ayuda de Atenea, el famoso caballo de madera, al que los troyanos, creyéndole un exvoto dejado por los griegos antes de su partida, introdujeron en la ciudad entre fiestas y júbilo. Sin embargo, en el interior del enorme artefacto de madera estaban escondidos los mejores guerreros aqueos que salieron durante la noche, lanzándose al saqueo y

ULISES Y EPEO

a la destrucción de la ciudad troyana. La leyenda atribuye a Epeo la fundación de la ciudad de Metaponto.

EPÍGONOS, GUERRA DE LOS

Segunda guerra tebana. Todos los héroes de la primera y cruenta guerra tebana habían muerto, excepto Adrasto. Diez años después de que terminara la primera guerra tebana, sus hijos y des-

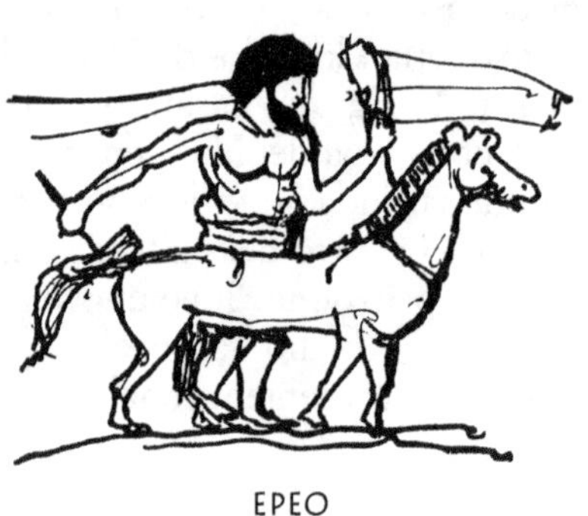

EPEO

cendientes (*epígonos* en griego) decidieron reanudar las antiguas hostilidades. Participaron en esta guerra Egialeo, hijo de Adrasto; Diomedes, hijo de Tideo; Esténelo, hijo de Capaneo; Tersandro, hijo de Polinice; Prómaco, hijo de Partenopeo; Eurialo, hijo de Hipomedonte, y Alcmeón, hijo de Anfiarao.

El jefe de los Epígonos era Laodamante, hijo de Eteocles. Como no combatían en contra de los dioses, como había sido el caso de sus padres, sino que tenían auspicios favorables, la suerte se mostró propicia. Primero Laodamante mató a Egialeo, siendo a su vez eliminado por Alcmeón. Los tebanos no tardaron en darse cuenta de que no podían seguir defendiendo su ciudad y huyeron, refugiándose la mayoría de ellos en Tesalia. La ciudad fue reconquistada y saqueada: una parte del botín, incluyendo a la bella Manto, hija de Tiresias, se envió como sacrificio a Delfos, para atraer los favores de Apolo. Tersandro, el hijo de Polinice, ocupó el trono de Tebas, quien participó luego en la guerra de Troya, donde murió.

EPIMETEO

Hijo del titán Jápeto y de Clímene y hermano de Prometeo y de Atlante. Fue el marido de Pandora, con quien quiso casarse, aunque Prometeo se lo desaconsejara. Esta desobediencia ocasionó a los hombres la difusión de toda suerte de males sobre la tierra, surgidos en tropel de la mítica vasija de Pandora. Hija de Epimeteo y de Pandora fue Pirra, la esposa de Deucalión.

EPOPEO

Hijo de Poseidón y rey de Sición. Acogió a Antíope cuando la muchacha huyó de Tebas, y después se casó con ella. El padre de Epope, Nicteo, la reclamó a su yerno, y este, como no quiso devolvérsela a su padre, le declaró la guerra en la que murió Epopeo.

ÉQUEMO

Hijo del rey Eropo de Arcadia, combatió contra Hilo, hijo de Heracles, que quería apoderarse del Peloponeso. Équemo quedó vencedor de la contienda, e Hilo, cumpliendo lo pactado, renunció por cincuenta años a cualquier pretensión sobre aquella tierra.

EQUIDNA

Hija de Crisaor y de Calírroe, era un monstruo con el rostro de una hermosa muchacha de grandes ojos, pero con el cuerpo de una serpiente. Se casó con Tifón, y fue madre de Cerbero, de Quimera, de Esfinge, de Hidra y de muchos otros monstruos. Argos la mató mientras dormía.

EQUIÓN

Héroe tebano. Cuando Cadmo mató al dragón, que había aniquilado a sus compañeros aconsejado por Atenea, sembró sus dientes en el suelo, y por encanto surgió una tropa de guerreros que empezaron a luchar entre sí ferozmente. Al final, sólo cinco sobrevivieron y uno de ellos fue precisamente Equión. Estos héroes ayudaron a Cadmo en la fundación de la ciudad de Tebas y dieron origen a varias familias nobles.

ERATO

Sexta de las nueve Musas. Era la musa de la poesía amorosa, la geometría y la mímica.

EREBO

Uno de los epítetos con que se designaba al reino de los infiernos, llamado también Hades, Horco, Dis, Tártaro y Averno. El Erebo era la parte considerada como antesala del Infierno y debía su nombre a Erebo, hijo de Caos y de Noche, y padre de Éter y de Día. Erebo fue precipitado a los infiernos por el dios Zeus, como castigo por haber ayudado a los titanes.

ERECTEO

1. Según la mitología griega fue el segundo rey de Atenas e introdujo el culto a Atenea y Poseidón en la ciudad. Hijo de Gea, tenía medio cuerpo de hombre y medio de serpiente. La diosa Atenea lo confió a Cécrope y a sus hijas, encerrado en una caja que les prohibió abrir; pero las muchachas, impulsadas por la curiosidad, desobedecieron. Al ver al monstruo, enloquecieron de terror y se arrojaron al mar. El rey de Tebas, al suceder a Cécrope, introdujo el culto a Atenea y Poseidón para simbolizar la paz entre los dioses, después de su disputa por la posesión de Ática y de Atenas. En su honor erigió sobre la Acrópolis el Erecteón, templo dedicado a ambas divinidades, que tomó su nombre. En él se guardó más tarde el famoso *Paladio*. Tuvo por hijo a Pandión. Inventó el carruaje de cuatro caballos. A su muerte fue llevado al cielo y, con el nombre de Arturo, se convirtió en la estrella piloto del Carro.

2. Otro rey de Atenas, nieto del anterior, por ser hijo de Pandión. Tras matar en una lucha a Eumolpo, hijo de Poseidón, fue condenado por el dios a sacrificar una de sus cuatro hijas. Erecteo intentó escapar del castigo y entonces Poseidón le hizo morir junto con todas ellas, siendo él precipitado y sepultado en

NACIMIENTO DE ERECTEO

el interior de la tierra, que el dios había abierto con un golpe de su tridente.

ERGINO

Rey de Orcómeno, fue uno de los Argonautas, concretamente el piloto de la nave. Cada año el rey Creonte de Tebas le pagaba un tributo de cien bueyes. Un día Heracles encontró a los emisarios de Ergino que iban a reclamar el tributo y, considerando injusta la petición, les cortó la nariz y las orejas, enviándolos de nuevo a su rey. Ergino declaró la guerra a Tebas, pero fue vencido por Creonte con la ayuda del propio Heracles. Para recompensar al héroe, Creonte le dio por esposa a su hija Megara. Ergino fue el padre de los célebres constructores Agamedes y Trofonio.

ERICTONIO

Hijo de Dárdano y Batiea, fue abuelo de Ilo, el fundador de Troya. Era el tercer hijo del rey Tros y, por lo tanto, hermano de Araraco y Ganimedes. Se le consideraba el hombre más rico del mundo.

ERIFILA

Hija de Eurínome y hermana de Adrasto; fue la esposa de Anfiarao. Sobornada por Polinice, que le había regalado el collar de Harmonía (magnífico, pero que ocasionaba desventuras), le reveló el escondite de su marido, quien se vio obligado, así, a participar en la guerra de los *Siete contra Tebas*, donde halló la muerte. A causa de esto cayó a manos de su hijo Alcmeón, enojado por la muerte de su padre Anfiarao, de la que culpó a Erifila.

ERÍGONE

1. Hija de Icario. Desesperada por la muerte de su padre, se ahorcó y fue transformada por los dioses, apiadados de aquel triste fin y de su amor filial, en la constelación de Virgo. El perrito de la muchacha, muerto de dolor a su lado, fue transformado a su vez en la constelación del Can.

2. De los amores de Clitemnestra con Egisto nació Erígone, hermanastra de Electra y de Orestes, de quien la muchacha se enamoró, concibiendo a su hijo Pentilo.

ERILO

Según la mitología, Erilo, hijo de Feronia y rey de Preneste, recibió de su madre tres almas. Según la fábula, Evandro tuvo que matarlo tres veces.

ERINIAS

Divinidades infernales que habitaban en el Erebo, la parte más profunda del mundo de ultratumba pagano. Según algunos, eran hijas de Aquerón y de la Noche y personificaban las nubes portadoras de tormenta. Para Hesíodo, habían nacido de las gotas de sangre de Urano, herido por su hijo Crono. Este primer episodio sangriento en la antiquísima familia de los dioses dio origen a una venganza y a un castigo. Tales fueron los atributos de las Erinias, pues se las consideró desde entonces las vengadoras implacables del orden natural quebrantado, principalmente de los delitos familiares de sangre. Su número varió, quedando luego reducido a tres: Alecto, «la inquieta»; Tisifone, «la vengadora del homicidio», y Megera, «la odiosa». Se las representaba con cabelleras de serpiente, desgreñadas, ojos llameantes y dientes rechinantes, empuñando una antorcha encendida o un puñal. Se decía que no les pasaba inadvertido ningún delito y que, en cuanto alguien se manchaba de sangre, se colocaban a su lado implacables, hasta que

UNA DE LAS ERINIAS

su presencia, obsesiva y terrible, arrastraba al infeliz a la locura o a la muerte. Este concepto de las Erinias fue desarrollado y tratado por los autores, especialmente su actitud con respecto a Orestes, el hijo de Agamenón, quien, según una leyenda, quería justificar la aparición del culto de estas divinidades en Atenas, donde tomaron el nombre de Euménides («benévolas»). Cuando Orestes, para vengar la muerte de su padre, asesinó a Egisto e, impulsado por el deseo de venganza, mató también a su madre Clitemnestra, incurrió en la ira de las Erinias; estas se colocaron a su lado y sin apartarse de él lo hicieron vagar inquieto, por toda la tierra. Al llegar a Delfos, Orestes fue protegido por Apolo, que le ordenó varios ritos expiatorios, enviándolo por último a Atenas para ser juzgado públicamente por el Areópago, presidido por Atenea. El juicio se decidió a favor de Orestes, a pesar de haber habido igualdad en la votación, porque Atenea y Apolo se inclinaron a su favor. Sin embargo, las Erinias, que lo habían seguido, no querían renunciar a su presa y, para vengarse, amenazaron con provocar carestías y desastres en Atenas. Atenea consiguió apaciguarlas prometiéndoles que serían objeto de un culto especial en la ciudad y que se les edificaría un templo. Así fue, y los atenienses las llamaron Euménides, considerándolas las

diosas de la venganza, pero también divinidades benéficas, bien dispuestas hacia los culpables arrepentidos y las personas honradas. Su culto se difundió, aparte de Atenas, por Argos, Sición, Arcadia y Acaya. En Ática se les consagró la colina y el bosque de Colono, el mismo donde murió Edipo, perseguido por las Erinias a causa de la larga serie de delitos que por una fatalidad había cometido. Se les sacrificaban ovejas negras y tenían lugar libaciones sin vino, a base de agua y miel. Los romanos llamaron Furias a las Erinias de la mitología griega y recogieron todas las leyendas, ya que, al parecer, no existían divinidades itálicas equivalentes.

ERIX

Diosa de la discordia, considerada hermana de Ares y compañera inseparable del dios en las batallas. Los latinos la identificaron con su diosa Discordia.

EROPE

Esposa de Atreo y madre de Agamenón y Menelao. Su marido la ahogó en el mar, por haberle traicionado con Tiestes, hermano de Atreo, quien sedujo a Erope movido por el odio que sentía hacia su hermano.

EROS (CUPIDO)

Dios del amor, hijo de Afrodita y de Ares. Afrodita, como diosa de la belleza y del amor, tenía un séquito de divinidades secundarias masculinas y femeninas, que eran las representaciones y personificaciones alegóricas de su poder. Entre las mayores divinidades femeninas recordaremos a las Gracias, las Horas y a Peito, diosa de la persuasión, que, por esta cualidad suya, se asociaba con Hermes, el de la fácil elocuencia. Peito ayudaba a Afrodita a convencer, en asuntos

EROS

amorosos, a los reacios, y su misión específica era hacer que la mujer fuese dócil a la voluntad de su esposo. De las divinidades masculinas dos eran simples genios, Himeros y Pothos, concepciones abstractas del deseo amoroso. Anteros fue considerado, en cambio, hermano de Eros; tuvo su propio mito y se le concibió, a menudo, como la correspondencia al amor y, otras veces, como la venganza de la pasión no correspondida. Como genio del amor recíproco, era hijo de Afrodita, y la fábula cuenta que esta lo dio como hermano y compañero a Eros niño, que se aburría solo y no quería crecer, sintiéndose feliz únicamente en compañía de Anteros. La simbología es clara, dejando aparte el lenguaje mítico. La correspondencia al amor es el necesario complemento de este. Entre los otros genios era bastante importante Himeneo, el dios del matrimonio y de la virilidad. Se le invocaba en el canto nupcial, que tomó su nombre. Himeneo, según se relacionase con el canto nupcial o con el amor, era considerado hijo de Apolo y de una musa o de Afrodita y Dioniso. La leyenda cuenta que era un joven argivo que, habiendo liberado algunas muchachas de los corsarios, fue recompensado por los dioses, pasando a ser uno de ellos. En

Roma, Himeneo equivalía a Talaxio, protector de las bodas, a quien se invocaba al entrar el cortejo nupcial en la casa del esposo. También este había sido antes un mortal que, cuando se efectuó el rapto de las Sabinas, se apoderó de una de singular belleza. Según los estudios más recientes, parece que la palabra Talaxio, igual que Himeneo, tenía un significado fisiológico. Pasemos ahora a la principal divinidad del séquito de Afrodita, que los romanos se apropiaron llamándole Amor o Cupido. Eros, el dios del amor, es un mito de formación reciente; su figura era desconocida para Homero. Nos habla de él por primera vez el poeta de la *Teogonía*, pero como de un dios abstracto, sin mito y sin culto. Se sabe con certeza que existían un mito y un culto a Eros en Beocia, en la ciudad de Tespis, donde su imagen era una piedra tosca; se trata tan sólo de un fetiche. Aparece casi siempre como hijo de Afrodita, mientras que es más incierta su paternidad: unas veces se le consideraba hijo de Ares, otras de Zeus y otras de Hermes. Se dijo también, confundiéndolo con un mito más antiguo, que se le consideraba un dios cosmogó-

EROS CASTIGADO POR AFRODITA

nico que no había tenido padres. La madre de Eros, Afrodita, utilizaba a su hijo para ejercitar su poder universal en el cielo y en la tierra. Su imagen, en la fantasía de los antiguos, era la de un bellísimo muchacho, en los umbrales de la juventud, con alas de oro y armado con un arco y una aljaba, llena de flechas, con las que nunca fallaba el blanco. Todo el que era alcanzado por ellas quedaba preso de la pasión amorosa, aunque se tratase de Zeus o de la propia Afrodita. Además, las flechas de Eros no tenían límites en cuanto a su campo de acción: no sólo podían penetrar en el fondo del mar, sino que llegaban incluso hasta el Averno. La flor consagrada al dios era la rosa. Este fue el concepto popular sobre el que estaba considerado el más joven de los dioses, y los poetas pudieron fantasear a su gusto sobre su figura. Entre otras cosas, en época ya posterior, en Grecia y Roma, lo rodearon de una multitud de seres semejantes, los Amorcillos, compañeros de Eros en sus juegos y travesuras. Según el concepto popular, Eros fue, algo más tarde —cuando su dominio había quedado limitado casi exclusivamente al corazón humano—, no sólo el dios del amor entre los dos sexos, sino también el del afecto y la amistad entre los hombres. Esto explica la costumbre de colocar sus estatuas en los gimnasios, junto con las de Hermes y Heracles, con quienes era venerado. En Atenas se le atribuyó, como consecuencia de la amistad entre Armodio y Aristogitón, la liberación de la tiranía de los Pisistrátidas. Los lacedemonios y cretenses le ofrecían sacrificios antes de una batalla, porque la suerte de esta dependía también del afecto recíproco y de la colaboración entre los combatientes. Le estaba consagrado el ejército supremo de los tebanos. La fábula de sus amores con Psiquis es de formación relativamente reciente. La versión más completa del relato aparece en las *Meta-morfosis* de Apuleyo. Psiquis era la joven y bellísima hija de un rey. Según el relato, su amante divino le había ordenado que no lo mirase, pero ella, aconsejada por sus hermanas, desobedeció, desapareciendo Eros inmediatamente. Psiquis, llena de desesperación, lo buscó por todas partes y, finalmente, tras largas y dolorosas peripecias, pudo reunirse con él para siempre. De su unión nació una hija, la Felicidad o la Delectación. El mito tuvo distintas explicaciones naturalísticas o filosóficas. Estas últimas, en general, se basaban en la etimología de la palabra griega (*psiquis*, 'alma'). Psiquis probablemente simboliza el alma humana, alegrada y atormentada por el amor. También es posible que el mito no fuese más que un cuento. El culto a Eros estuvo muy difundido por toda Grecia, especialmente en Atenas, Esparta y Megara, además de las islas de Creta y de Samos. Su veneración iba casi siempre unida a la de su madre Afrodita. En Tepsis, donde cada cinco años se celebran fiestas en su honor con concursos gimnásticos y musicales, las *Edotias* o *Erotidias*, su culto ocupó pronto el lugar del antiguo dios de la naturaleza.

En un principio, los antiguos representaron a Eros como un jovencito alto y gracioso, tal como lo modeló por primera vez Praxíteles en una estatua famosísima y, luego, como un muchacho casi siempre alado. El arco, la aljaba y las flechas fueron sus atributos más comunes, aunque ninguno de ellos aparece invariablemente; con menos frecuencia se le representaba también con una antorcha encendida.

ESCAMANDRIO
Véase *Astianacte*.

ESCAMANDRO
Véase *Janto*.

ESCILA

1. Hija de Niso, rey de Megara. Enamorada de Minos, quien asediaba Megara. Escila, para favorecer al amado, no dudó en arrancar a Niso, mientras este dormía, un cabello de oro que él guardaba entre su pelo y del cual dependían la duración de su vida y la suerte de su patria. Niso murió y Minos conquistó Megara. Cuando Escila reveló a Minos su amor y su delito, él, horrorizado por el parricidio y la traición, la rechazó. Escila se suicidó y después fue transformada en alondra.

2. Al igual que las Sirenas representaban, en la mitología antigua, los peligros del mar escondidos bajo una superficie tranquila y seductora, así Escila y Caribdis representaban otra vertiente de la misma amenaza. Escila era un monstruo repulsivo, con doce espantosos pies, seis cuellos larguísimos y seis horribles cabezas, otras tantas bocas enormes y ávidas. Cada boca estaba provista de tres hileras de dientes, armas mortales con las que mataba y devoraba a los navegantes. Este monstruo habitaba en una oscurísima gruta que se abría en el mar, bajo un acantilado. Sacaba sus horribles cabezas y ladraba continuamente a los navegantes que tenían la desventura de pasar por aquellos lugares. Enfrente de ella vivía otro monstruo, Caribdis. Agazapado en un acantilado, el monstruo engullía tres veces al día el agua del mar y tres veces al día la escupía. Con el agua del mar tragaba cuanto hallaba a su alrededor, en un radio de muchos kilómetros. Pero la figura de Caribdis no tuvo en la Antigüedad clásica la fascinación que poseyó la de Escila. En comparación con Escila, Caribdis era un monstruo marino inanimado, no personificado. De manera muy distinta ocurría con Escila. Las leyendas se sucedían en torno a ella: un relato la considera como hija de Horco, monstruo marino; ella, por robar algunos bueyes a Heracles, cayó en manos de este. Su padre la hizo resucitar y la puso en el estrecho de Mesina, frente a Caribdis; la leyenda más hermosa es la que la ve como una encantadora ninfa de triste destino. Amada por Glauco, suscitó los celos de Anfítrite. Esta no pudo desviar el amor de Glauco a la joven y la transformó, mediante un encanto de Circe, en aquel monstruo horrendo.

ESCULAPIO

Nombre latino del dios griego Asclepio.

ESFINGE

Hija de Quimera y de Ortro, se la representaba como un monstruo con rostro de mujer y el resto del cuerpo similar al de un león alado. Se narra que la Esfinge había sido mandada a una roca cercana a Tebas al encuentro de la diosa Hera, la cual quería vengarse de una ofensa que le había hecho Layo, rey de Tebas.

La Esfinge proponía a todos los transeúntes la solución de un enigma que le había sido enseñado por las Musas. El enigma era: «¿Cuál es el ser que tiene voz, por la mañana camina con cuatro piernas, a mediodía con dos y por la noche con tres?». Todos cuantos no sabían responder al enigma eran devorados por el monstruo. Durante mucho tiempo los tebanos estuvieron sometidos a esta es-

ESCILA

clavitud, hasta que un día Edipo, hijo de Layo, resolvió el enigma. Edipo respondió así a la pregunta de la Esfinge: «Es el hombre, el ser que durante su infancia camina con las manos y con los pies, en la juventud camina solamente con los pies y en la vejez con la ayuda de un bastón». Tras el encuentro con Edipo, la Esfinge se precipitó por un profundo abismo, quedando el país liberado de tan pesada calamidad. Es probable que la Esfinge de la mitología clásica representara, en forma mítica, los peligros reales que para la ciudad de Tebas y sus alrededores constituían las frecuentes pestes causadas por la presencia de terrenos palúdicos y pútridos. Edipo, el héroe que descifró el enigma, representa al sol que con sus cálidos rayos seca el paludismo y libera desventuras suyas y de la ciudad tebana, y parece querer simbolizar cómo, aquel mismo sol que salva a la ciudad de un peligro es después la causa indirecta y responsable de no menores desgracias.

ESPARTOI

Los guerreros que nacieron de los dientes del dragón sembrados por Cadmo, durante sus aventuras en búsqueda de su hermana Europa. De todos los Espartoi, cuyo nombre significa precisamente «sembrados», tan sólo sobrevivieron cinco, porque los Espartoi, peleándose entre ellos en cuanto nacieron, se dieron muerte unos a otros. Los cinco Espartoi —Ctonio, Equión, Hiperenor, Peloro, Udeo— ayudaron a Cadmo en la fundación de la ciudad de Tebas, siendo después los iniciadores de las más nobles familias tebanas.

ESTÁFILO

Hijo de Dioniso y de Ariadna. Era uno de los Argonautas. Fue famoso por su severidad con sus tres hijas. La mayor de estas tuvo un niño que intentó esconder a su padre; pero este, cuando se enteró, hizo encerrar a la madre y al hijo en una caja y los arrojó al mar. Las otras dos, guardianas de los odres en los que se recogía el vino paterno, un día cayeron dormidas, y durante su sueño los odres fueron volcados por unos bueyes que pasaron por aquel lugar y se derramó el vino. Para no incurrir en la temida ira paterna, las dos jóvenes prefirieron matarse lanzándose por un despeñadero.

ESTENEBEA

Nombre de la diosa Antea, esposa de Preto.

ESTÉNELO

1. Hijo de Perseo y de Andrómeda. Electrión, su hermano, fue asesinado por Anfitrión; Esténelo quiso vengar la muerte de su hermano, por lo que Anfitrión se vio obligado a huir. Esténelo era padre de Euristeo. Meses antes del nacimiento de este, Zeus había predicho que en aquel periodo nacería un Perseides que dominaría a todos los de su estirpe y llenaría a los griegos de estupor por sus empresas. Naturalmente, Zeus pensaba en Heracles, el hijo que su amante Alcmena iba a engendrar en breve. Pero Hera, celosa de Alcmena, como era la diosa protectora del parto, retrasó durante algunos meses el nacimiento de Heracles y anticipó el del hijo de Esténelo, Euristeo. Este era débil e incapaz, pero Zeus se vio obligado a mantener su promesa: el hijo de Esténelo mandó a su gusto a Heracles, haciéndole cumplir sus famosos doce trabajos.

2. Hijo de Capaneo rey de Tebas. Participó en la segunda guerra tebana, llamada de los Epígonos, y en la guerra de Troya. Fue uno de los guerreros griegos que se escondieron dentro del famoso caballo de madera.

ESTENO

Hija de Forcis y de Ceto, era una de las tres Gorgonas. Su nombre significa «la fuerte».

ESTENTOR

Héroe griego que tomó parte en la guerra de Troya. Se hizo famoso porque estaba dotado de una voz tan potente (nosotros decimos *estentórea*) que parecía el retumbar causado por cincuenta personas que hablaban al mismo tiempo.

ESTÉROPES

Uno de los Cíclopes. Junto con sus hermanos Arges y Brontes personificaba los fenómenos eléctricos de la atmósfera. Estéropes simbolizaba el relámpago.

ESTIGE

1. Diosa infernal, hija del Océano y de Tetis, habitaba en la entrada del Hades, sobre una roca apoyada en columnas de plata. Era madre de Niké «la victoria», Cratos «la fuerza», Zelo «la emulación», y Bía «la violencia», todas divinidades que acompañaban a Ares en las batallas.

2. Uno de los cuatro ríos infernales. Llevaba su nombre igual que el de la diosa homónima, porque discurría junto a la roca donde esta tenía su morada. Del Estige se desprendían maléficos efluvios.

ESTINFALOS

Pájaros que poblaban el lago de Estinfalo, en Arcadia. Fueron protagonistas de una de las empresas de Heracles. Sus garras, sus alas y sus picos eran de bronce; las plumas, también metálicas, servían de dardos que eran lanzados por ellos mismos. Heracles, en cuanto llegó a aquella zona, ató unos cuantos, y asustó a otros con un cascabel de bronce que le

había dado Atenea; de este modo, los pájaros no aparecieron más por el lago. Según la leyenda de los Argonautas, se refugiaron en la isla Aricia.

ESTRENIA

Antigua divinidad sabina. Era venerada como diosa de la salud antes de la introducción del culto a Asclepio. En el bosque sagrado cercano al Coliseo había un templo dedicado en su honor.

ESTROFIO

Rey de Fócida, padre de Pílades. A su amparo se refugió, conducido por su hermana Electra, el joven Orestes, después de que Climnestra y Egisto mataran a Agamenón.

ETEOCLES

Hijo de Edipo y Yocasta. Hermano menor de Polinice, había acordado con este que cada uno reinase, alternativamente, durante un año en Tebas. Pero al terminar su periodo de tiempo correspondiente, Eteocles no quiso cumplir su promesa. Polinice pidió entonces ayuda a su suegro Adrastro, rey de Argos, y con las fuerzas de este y las de otros príncipes y héroes griegos, declaró la guerra a Tebas con la célebre expedición llamada de *Los Siete contra Tebas*. Durante la batalla, los dos hermanos que, a causa de la maldición de su padre, se odiaban atrozmente, se enfrentaron en duelo y se mataron el uno al otro, añadiendo un nuevo y terrible episodio a la cadena de hechos sangrientos que pesaban sobre su familia como una maldición divina.

ETNA

Volcán de Sicilia, donde se suponía enclavada la fragua del dios Hefesto. La leyenda cuenta que el monte fue arrojado por Zeus sobre el gigante Encelado, cuyo violento resoplar bajo la masa abrió el cono por donde surgen las erupciones volcánicas. Según otra versión, el monte fue lanzado contra el monstruoso dragón Tifón, que quedó sepultado tras su lucha contra Zeus. El nombre del monte derivaría, al parecer, del de una ninfa, hija de Urano y Gea, que habitaba en su ladera.

ETRA

Hija del rey Piteo de Troiza, fue esposa de Egeo y madre de Teseo. Guardó celosamente el calzado y la espada de su marido, que este había escondido bajo un peñasco cuando tuvo que regresar a Atenas, dejándolo como señal para poder reconocer a su hijo. Etra los entregó a Teseo cuando, con diecisiete años, lo mandó a la ciudad para que se reuniera con su padre.

EUFORBO

Guerrero troyano. Cuando Patroclo se dirigió al campo de batalla con las armas de Aquiles, Euforbo fue el primero que consiguió herirle, pero al tratar de despojar al héroe, muerto por Héctor, de dichas armas, murió a su vez en manos de Menelao.

EUFROSINA

Una de las Gracias.

EUMÉNIDES

Véase *Erinias*.

EUMEO

Porquerizo de la isla de Ítaca, que se mantuvo fiel al recuerdo de Ulises durante los veinte años de ausencia de este. Cuando el héroe desembarcó en Ítaca,

Palas Atenea lo condujo a casa del fiel porquerizo, donde también pudo encontrar a su hijo Telémaco y darse a conocer. Eumeo le resultó útil durante la matanza de los Procios y Ayudó a Ulises y a Telémaco en su venganza.

EUMOLPO

Hijo de Poseidón y de Quirone. Siendo todavía un niño, fue arrojado al mar por su madre. Le salvó su padre y le educó en Etiopía. Allí tuvo un hijo, llamado Ismaro, que se casó con una hija de Tegirio, rey de Tracia. Muertos Tegirio e Ismaro, heredó el trono de Tracia. En la guerra contra los atenienses, acudió en socorro de Eleusis y ganó la guerra, pero cayó en la batalla lo mismo que este. Se le reconoce como fundador de los Eumólpidas, los sacerdotes que presidían el culto en los misterios de Deméter, y como iniciador de los mismos.

EUNOMÍA

Una de las Horas, representante de la legalidad.

EURÍALE

Hija de Foscis y Ceto, era una de las tres Gorgonas. Se llamó también Euríale una reina de las Amazonas.

EURÍALO

1. Joven guerrero troyano, unido a Niso por un profundo afecto y protagonista, junto con este, de uno de los más bellos episodios de la *Eneida*. De temperamento generoso, que su edad juvenil hacía aún más entusiasta, Euríalo secundó inmediatamente a su amigo cuando este le propuso partir como mensajeros en busca de Eneas, que se hallaba en Etruria, para informarle acerca de toda la alarmante situación del campamento troyano

tras el ataque imprevisto y violento de Turno y de los latinos. Después de pedir audiencia al consejo de ancianos, recibieron la aprobación de su proyecto y, acompañados por el afectuoso reconocimiento de sus compañeros, al caer la noche se dispusieron a atravesar el campamento enemigo. La empresa resultaba bastante fácil, porque los guerreros latinos, vencidos por el sueño y por el exceso de vino, yacían dispersos y dormidos. Ambos troyanos, con ímpetu juvenil, causaron grandes estragos y recogieron un rico botín consistente en armas y otros objetos preciosos. Euríalo se dejó tentar por el bellísimo yelmo de Mesapo, con adornos de oro y plata y penachos, y se lo colocó orgullosamente en la cabeza, imprudencia que resultó funesta. Trescientos caballeros de Turno, que llegaron en aquel momento al campamento, descubrieron las dos sombras que trataban de alejarse furtivamente, y lo que atrajo su atención fue el resplandor de la luna sobre el yelmo de Euríalo. Los caballeros se arrojaron en persecución de ambos, que al darles el alto, en vez de detenerse, emprendieron la fuga. Niso, más veloz, corriendo por entre bosques y matorrales, estaba casi a salvo cuando se dio cuenta de que Euríalo no le seguía. Este había sido alcanzado y cercado por sus perseguidores. Vencido por estos, aunque empuñando el arco, trataba de defenderse. Fue derribado por la espada de Volcente, el jefe de los caballeros latinos. Niso, que había vuelto sobre sus pasos, presenció la terrible escena y tanto fue su dolor al ver caer a su amigo que, olvidando toda prudencia e incluso la misión que se había propuesto llevar a cabo, salió de su escondite arrojándose sobre sus enemigos con una furia que su apasionada amistad por Euríalo hacía arrolladora. No se detuvo hasta que con su espada consiguió alcanzar a Volcente y le mató para vengar a su amigo. Luego cayó, atravesado por innumerables heridas, sobre el cuerpo de Euríalo, en un último abrazo fraternal.

2. Héroe argivo, hijo de Hipomedonte. Participó en la expedición de los Argonautas, en la de los Epígonos contra Tebas y en la guerra contra los troyanos.

EURICIÓN

1. Famoso Centauro que, durante las fiestas de la boda de Hipodamía y Pirítoo, rey de los Lapitas, ebrio de vino intentó forzar a la novia. Esto ocasionó una tremenda pelea, que se convirtió, más tarde, en una auténtica guerra. Al final, los Centauros fueron derrotados y tuvieron que abandonar Tesalia. Heracles mató a Euricíón durante su expedición contra el jabalí de Erimanto.

2. Así se llamaba un rey de Tesalia, que acogió benignamente al fugitivo Peleo, dándole por esposa a su hija Antígona y entregándole como dote un tercio de su reino. Desgraciadamente, durante la famosa caza del jabalí de Calidón, en que participaron los más famosos héroes griegos de aquel tiempo, Peleo mató involuntariamente a Euricíón y, desesperado, huyó del lugar.

EURICLEA

Nodriza de Ulises que, según se narra en la *Odisea*, reconoció al héroe cuando este se presentó en la corte de Ítaca, tras una ausencia de diez años, disfrazado con los harapos de un mendigo. Mientras le lavaba los pies, Euriclea descubrió en su pierna una cicatriz, producida por una herida que Ulises se había hecho de niño cazando un jabalí y que ella conocía muy bien, hasta el punto de averiguar la identidad del huésped extranjero.

EURÍDICE

Ninfa dríada, esposa de Orfeo. Fue víctima de un hado cruel que truncó su vi-

HERMES, ORFEO Y EURÍDICE

da de improviso. Mientras un día atravesaba corriendo un prado, una serpiente le mordió en el talón y su venenosa herida le causó la muerte. Orfeo la lloró mucho tiempo y de su lira surgían sonidos tan delicados y semejantes a lamentos, que todo el mundo se conmovió. Deseó descender al Hades para pedir que le devolviesen a su tan amada esposa y, con su música, logró conmover al Dios de los Infiernos y a las propias Erinias, que le concedieron cuanto pedía, con la condición de que no se volviese para mirar a Eurídice antes de llegar al mundo de los vivos. Orfeo lo prometió, pero la tentación pudo más que su promesa y su voluntad. Impaciente por contemplar el rostro de la mujer amada, se volvió a mirarla y esta desapareció para siempre.

EURÍLOCO

Compañero de viaje de Ulises. Cuando los de Ítaca desembarcaron en la isla de Eea, morada de la maga Circe, esta, con sus artes mágicas, transformó a más de la mitad en cerdos. Tan sólo Euríloco consiguió huir de aquella piara y volvió para avisar a Ulises, muriendo más tarde, como todos los restantes compañeros de este, en el mar de Trinacria, tras haber provocado la cólera de los dioses al comer las reses sagradas de Helios.

EURÍPILO

Hijo de Evemón, rey de Tesalia, participó en la guerra de Troya. En el reparto del botín, le tocó una caja que contenía una estatua del dios Dioniso; al abrirla, enloqueció. El oráculo vaticinó que para sanar tendría que dirigirse a Acaya y salvar de la muerte a dos adolescentes destinados al sacrificio. Realizado esto, recobró la razón e introdujo en aquella región el culto de Dioniso, en sustitución de otros ritos cruentos.

EURISTEO

Hijo de Esténelo y bisnieto de Zeus. Debido a una intriga de Hera, enemiga de Heracles, nació dos meses antes, por lo que, según una predicción del propio Zeus, se convirtió en jefe de la familia de los Persidas y en rey de Micenas. Llamó a Heracles a su servicio y lo tuvo como esclavo, a quien impuso los doce trabajos. Después de la muerte del héroe persiguió a sus descendientes.

ÉURITO

Uno de los Moliónidas (véase *Ctéato*).

EURO

Uno de los vientos, hijo de Eos, la Aurora y Astreo. Los latinos lo llamaban también Vulturnus, «viento del este» y soplaba durante el solsticio de invierno. Con este nombre se designó más tarde a un viento del sudeste, cálido y húmedo, el siroco.

EUROPA

Según Homero y otros, hija de Fénix y de Agenor, rey de los fenicios. Era Europa

EUROPA MONTADA EN EL TORO

la bellísima hermana de Cadmo. Como de costumbre, en una ocasión había ido a divertirse con sus esclavas de Tiro a orillas del mar, donde también pacían las reses del rey; un toro blanco, de aspecto dócil y manso, se separó de los demás animales. Era el propio Zeus que, enamorado de la bella Europa, había decidido conquistarla, presentándose con ese aspecto. La muchacha, atraída por aquel animal extraordinariamente bello, se aproximó, adornando con flores multicolores sus bien torneados cuernos. Luego se sentó sobre su lomo y el toro salió corriendo con su presa y se arrojó al mar, nadando hasta la isla de Creta. Allí Europa dio a luz a Radamanto y a Minos y, según algunas leyendas, también a Sarpedón. Abandonada por Zeus en la isla, se casó con el rey de la localidad, Asterio, que adoptó a sus hijos. Este mito parece relacionarse con la divinización legendaria de los astros celestes. Europa sería, al parecer, una divinidad lunar, perseguida por el rey del cielo, con la apariencia de toro. El propio Asterio, en cuyo reino pacían las reses consagradas al dios Sol, parece haber sido Zeus, bajo el atributo del dios de los astros.

EUTERPE

Una de las nueve Musas, que presidía el canto lírico. Se la representaba coronada de flores y tocando la flauta, cuya invención se le atribuía.

EVADNE

Hija del rey Ifis y esposa de Capaneo. Cuando este murió, fulminado por Júpiter, se quemó viva en la hoguera donde ardía el cadáver de su marido.

EVANDRO

Hijo de Hermes y de la ninfa Carmenta. Fue el jefe de un grupo de arcadios, a los que guió desde Grecia a un lugar llamado más tarde Palatino, donde fundó una ciudad con el nombre de Palantium, en recuerdo de su abuelo Palanteo. Enseñó a los habitantes de aquel lugar la música y el alfabeto. Cuando Heracles, de regreso después de haber conquistado los bueyes de Gerión, se detuvo en su reino, lo acogió con benévola hospitalidad, y le tributaron grandes honores cuando el héroe mató al ladrón Caco, que infestaba los alrededores del Aventino. Esta aventura, que dio origen al culto del Dios en Lacio, fue relatada por el propio

LA MUSA EUTERPE

Evandro a Eneas, cuando este acudió a él para pedirle ayuda en la guerra contra los latinos. Entre los hombres que le envió, se encontraba su único y amadísimo hijo Palante, joven hermoso, y lleno de promesas, a quien la espada de Turno derribó en desigual combate. Cuando con un fúnebre cortejo le fue devuelto su hijo ya cadáver, Evandro se arrojó sobre el ataúd y lloró desesperado. Sólo una cosa deseaba, la única que lo retenía apegado a la vida después del descenso al Hades de su joven hijo, que no era sino la muerte de Turno, para que la juventud de Palante quedase vengada. Este fue su mensaje a los troyanos, que habían acompañado el cadáver de Palante, para que lo transmitiesen a Eneas. Los romanos tributaron a Evandro honores divinos.

EVIADES

Nombre dado a las Bacantes, por su costumbre de aclamar a Dioniso (cuyo sobrenombre era *Evio*) gritando: «¡Evoé!».

FABULINUS

Una de las numerosas divinidades de la mitología romana que vigilaban el desarrollo del niño. Fabulinus se encargaba de enseñarle a hablar.

FAETÓN

1. Uno de los caballos que la Aurora enganchaba en su carro (véase *Eos*). Su nombre significaba «el centelleante». El otro caballo era Lampo, «el esplendor».

2. Hijo de Helios y de la ninfa Clímene, era un joven espléndido, orgulloso de tener un padre tan importante e ilustre. Un día, cuando se vanagloriaba ante sus compañeros, uno de ellos puso en duda la veracidad de su origen, y Faetón, ofendido y apenado, corrió a ver a su madre preguntándole cómo podía demostrar su origen divino. Clímene lo envió a Helios y el joven le pidió, con mucha insistencia y muchos ruegos, que le concediese un regalo. Helios accedió de buen grado, pero cuando supo que Faetón quería guiar su carro resplandeciente, arrastrado por fogosos caballos, se resistió. Sin embargo, el joven se mostró muy tenaz, y finalmente logró su deseo, encargándose la Aurora de preparar el carro. Cuando Faetón empuñó las riendas, los corceles se dieron cuenta de que no era su auriga habitual quien dirigía la carrera, sino otro de mano más débil e inexperta. Fogosos como eran, los caballos se lanzaron al galope enloquecidos, dejando su camino acostumbrado y aventurándose por senderos desconocidos. En vano Faetón trató de retenerlos. Subieron primero demasiado alto y luego bajaron excesivamente, hasta casi rozar la tierra por lo que el mar y los ríos se secaron, y la tierra fue abrasada por un terrible incendio. En el cielo quedó una herida en recuerdo de su paso, la Vía Láctea. Intervino entonces Zeus, quien para detener la loca carrera del carro, envió un terrible rayo contra el imprudente

FAETÓN

auriga, que le hizo precipitarse en el río Eridano (el Po). Acudieron a sus orillas su madre y las Helíades, hermanas del infortunado joven, y lloraron tristemente su muerte. Las lágrimas que les brotaban de los ojos parecían gotas de ámbar, pero su llanto fue en vano porque Faetón no podía volver a la vida y Júpiter castigó a las muchachas transformándolas en chopos. También Cicno, rey de los ligures, que era amigo de Faetón y había ido a llorar su muerte, fue castigado por el rey de los dioses, quien lo transformó en cisne. Este mito se inventó para simbolizar la fuerza hostil del Sol durante el periodo de la canícula, cuando el intenso calor parece detener la vida de la tierra, cuyos efectos pueden ser mitigados por Zeus mediante temporales refrescantes.

FAETUSA

Una de las Helíades, hermanas de Faetón. Junto con Lampecia guardaba los rebaños de su padre Helios. Su nombre significaba «la reluciente». Junto con sus hermanas lloró mucho tiempo la muerte de su hermano, y Zeus las convirtió en chopos.

FAMA

En la mitología romana, personificación de la voz pública, hija de la Tierra y mensajera de Júpiter. Habitaba en una casa de bronce en la cima de un monte y des-

de lo alto difundía las noticias. Se la representaba con una trompeta y a veces con dos, una para la verdad y otra para la mentira.

Particularmente famosa e imitada por muchos es la descripción de la Fama hecha por Virgilio en el libro IV de la *Eneida*. Según el poeta latino, la Fama fue la última hija de la Tierra, hermana de Ceo y de Encélado. Tenía los pies y la espalda alados, el aspecto terrible y monstruoso y el cuerpo cubierto de plumas, que ocultaban otros tantos ojos y lenguas siempre en movimiento, mientras que una infinidad de orejas se aguzaban ante el menor susurro. De noche solía vagar, siempre insomne, siempre incansable, como una sombra entre el cielo y la tierra, mientras que de día se subía a las chimeneas de las casas o a las torres de la ciudad para espiar y difundir por todas partes las noticias de voz en voz, tanto las verdaderas como las falsas. Los griegos honraban a esta divinidad con el nombre de Osa. Ovidio la coloca en un palacio que recoge todas las voces y las devuelve ampliadas.

FANTASIO

Hijo del Sueño y de la Noche, hermano de Morfeo. Los sueños que Fantasio enviaba eran siempre falaces.

FAUNO

Divinidad de origen netamente itálico, fue una de las más antiguas y conocidas de Lacio. Era el dios de los rebaños y de los bosques y se le representaba con el cuerpo peludo, y con cuernos, pies y patas de macho cabrío. Su propio nombre, derivado del verbo latino *faveo* ('mostrarse propicio o favorable') indica que se le consideraba una divinidad benéfica, que hacía prosperar los rebaños, las mieses y la vegetación. Le tributaban un culto especial los pastores; estos creían que mantenía a los lobos alejados de su rebaño, invocándolo, por lo tanto, con el nombre de Lupercus. Con el tiempo, su culto a este dios decayó, siendo identificado con Pan, divinidad griega. Se decía que Fauno, lo mismo que aquel, habitaba con preferencia en los bosques y en las grutas escondidas y que permanecía a menudo junto a las fuentes de aguas cristalinas, dedicándose a la caza de los animales y a la persecución de las bellas ninfas. Uno de sus pasatiempos preferidos era asustar a las personas enviándoles pesadillas que turbaban sus sueños, por lo que se le llamaba también *Incubus*. Podía predecir el porvenir mediante signos naturales, como rumores especiales en los bosques y el vuelo de los pájaros o por medio de los sueños. Por causa de este atributo se le llamaba también *Fatuo*. Cerca de la Fuente Alburnea, en un bosque de las cercanías de Tívoli, existía un famoso oráculo de Fauno, de quien habla el propio Virgilio, y afirma que el rey Latino recurrió a él cuando Eneas llegó a Italia. Según una tradición, Fauno era hijo de Pico, nieto de Saturno y padre del propio rey Latino. Su equivalente femenino era su esposa Bona Dea. El centro del culto a Fauno se encontraba en la campiña, donde se celebraban también las fiestas a él dedicadas. Estas eran las *Faunalias*, celebradas el cinco de diciembre, en las que, en medio de la alegría de los participantes, se sacrificaba un cabrito y se hacían abundantes libaciones de leche y vino. El cinco de febrero se celebraba la fiesta de las *Lupercalia*, de tradición antiquísima, cerca del templo de Fauno Lupercus, que se alzaba en una gruta del Palatino. Dicha cueva se llamaba precisamente *Lupercal* y era la misma que Avandro, jefe de la colonia de arcadios, al llegar a Lacio, siendo bien acogido por el entonces rey de la región llamado Fauno, consagró a Pan, divinidad griega de los bosques. El rito de la fiesta de las *Lupercalia* exigía un sacrificio inicial de cabritos, con cuyas pieles se revestían los sacerdotes de Fauno y recorrían las calles de Roma, golpeando a los transeúntes que encontraban a su paso. Dicho acto se consideraba una purificación y atraía la prosperidad y la fortuna. Se decía también que las mujeres estériles golpeadas por tiras de los *Luperci* se volvían fecundas, por lo que ellas mismas se hacían golpear. El día en que se realizaba dicha ceremonia de purificación se llamaba *februatos* ('purgado') y más tarde dio nombre a todo el mes, que se llamó *febrero*. Más tarde se creyó que numerosos faunos habitaban en los bosques y se les confundió con los sátiros, que formaban parte del turbulento cortejo de Baco. Se acentuó el carácter adivinatorio de los faunos y existieron unos versos llamados precisamente *fauni*, en los que se exponían sus profecías. La naturaleza humana y la animal se confundían en los instintos y en el aspecto de los faunos; habitaban en los bosques y tenían el cuerpo cubierto de pelo hirsuto, pequeños cuernos de cabra, nariz chata, orejas puntiagudas y pies de macho cabrío. Eran de temperamento alegre y jocoso y se deleitaban tocando la flauta y la gaita.

FAUNOS

Véase *Fauno*.

FÁUSTULO

Pastor que encontró a Rómulo y a Remo, abandonados cerca del Tíber. Los recogió y los educó en su casa, bajo la vigilancia de su esposa Aca Laurentina.

FAVONIO

Nombre latino del dios griego Céfiro, símbolo del viento de poniente, que aún hoy lleva este nombre. Como indica su nombre (*faveo*, 'favorezco'), Favonio era un viento benigno que anunciaba la primavera y el florecer de los campos. Su representación característica consistía en un niño con alas de mariposa.

FEBE

1. Hija de Urano y de Gea, simboliza todas las cosas puras y radiantes que existen en el mundo. Era madre de la noche estrellada, Asteria, y de la noche oscura, Leto. Febe fue la diosa del oráculo de Delfos, antes de que ocupase su lugar Apolo.

2. Hija de Leucipo, que, junto con su hermana Hileira o Hilaira, fue raptada por los Dioscuros. El rapto fue lo que desencadenó una furiosa contienda entre estos y los hijos de Afareo, Idas y Linceo, porque ambas muchachas habían sido prometidas antes como esposas a los dos Afáridas.

FEBO

Véase *Apolo*.

FEDRA

Hija de Mino y Pasifae, fue la segunda esposa de Teseo. Era, por lo tanto, hermana de Ariadna. Se enamoró, debido a una intriga de Afrodita, de su hijastro Hipólito y, al rechazarle este, lo acusó de haber intentado seducirla. Este último pidió venganza a Poseidón, que provocó la muerte del joven. Cuando Fedra supo el trágico fin de Hipólito, que ella misma había provocado, se ahorcó, llena de desesperación y de vergüenza, después de confesar a Teseo su delito. Fue sepultada en Trecenas, junto a un mirlo, bajo el cual solía pasar muchas horas, tratando de combatir su aburrimiento perforando las hojas con una aguja. Según algunos, sobre estas escribió la perversa acusación contra Hipólito, que había de costarle la vida.

FÉNIX

1. Hijo de Agenor, rey de Tiro y hermanastro de Cadmo y de la bella Europa. Cuando Europa fue raptada por Zeus, su padre envió también a Fénix en busca de su hija; al no encontrarla, este se detuvo, estableciéndose en una región que de él tomó el nombre de Fenicia.

2. Fabuloso y bellísimo pájaro sagrado de los egipcios, llamado también *árabe Fénix*, porque se creía que procedía de Arabia. Esta mítica ave, se destruía a sí misma cada cincuenta años, quemándose por completo, pero resurgía de sus cenizas rejuvenecida y más bella que nunca.

3. Hijo de Amintor, rey de los dolopos. Hospedado por Peleo, rey de Ftía, fue amigo y protector de Aquiles. Lo acompañó a la guerra de Troya, y murió al regresar a su patria.

FERONIA

Divinidad de la antigua mitología romana, procedente de las tradiciones orales de los sabinos. Otros textos la describen como una diosa etrusca, protectora de los libertinos, de los huertos y de los bosques. Pronunciaba sus vaticinios en un templo, al pie del monte Soracte.

FILEMÓN

Fue protagonista, junto con su esposa Baucis, de un mito gentil que Ovidio inmortalizó en su *Metamorfosis*. Eran dos pobres ancianos, unidos por un profundo afecto y fidelidad, que habitaban en Frigia. Ocurrió que Zeus y Hermes visitaron el mundo de incógnito, para darse cuenta de la condición de los hombres, y encontraron en todas partes corrupción y falta de hospitalidad. Incluso los más acaudalados se negaron a acogerlos en sus palacios. Sólo Filemón y Baucis, que habitaban en una modesta casita, los acogieron a ambos con cordialidad y gozosa hospitalidad, tratándoles lo mejor posible y ofreciéndoles lo más escogido. Zeus lo recordó cuando, para castigar a los hombres malvados y corrompidos, envió sobre la tierra un terrible diluvio que todo lo inundó. La casa de Filemón y Baucis se salvó, siendo transformada en templo, mientras que los dos viejecitos obtuvieron la gracia de terminar sus días uno junto a otro. Murieron viejísimos, siendo Baucis transformada en tilo y Filemón en encina.

FILINOE

Hija de Yóbates, rey de Licia y esposa de Belerofonte.

FILIRA

Ninfa del Océano. Se unió a Cronos, dando a luz al centauro Quirón. Impresionada por haber concebido semejante monstruo, pidió a los dioses que le enviasen la muerte. Zeus la transformó en tilo.

FILIS

Hija de Sidón y reina de Tracia. Al morir su padre, hospedó a Demofonte, hijo de Teseo, que regresaba de la guerra troyana. Fueron amantes felices, hasta que él la abandonó para volver a su patria, prometiendo un pronto retorno; pero la espera fue en vano. Finalmente Filis, llena de dolor, se suicidó arrojándose al mar o, según otra leyenda, ahorcándose de un árbol.

FILOCTETES

Hijo de Poías, poseía la aljaba y las flechas de Heracles, que había recibido en herencia de su padre o, según otra versión, del mismo héroe, a cambio del favor que le hizo al prender fuego a la pira donde murió. Filoctetes pasó a ser, en cierto sentido, el sucesor y heredero místico del dios. Más tarde Filoctetes participó en la expedición contra Troya, y Homero lo menciona entre los reyes que se reunieron en Aulide. Se embarcó junto con los Atridas y demás aqueos, pero durante una escala en la isla de Creso, donde querían ofrecer un sacrificio propiciatorio, Filoctetes fue mordido por una serpiente. La herida degeneró en una llaga dolorosísima, que arrancaba al infeliz terribles alaridos de dolor, y esparcía a su alrededor un hedor insoportable. Como resultaba una carga para el ejército, por consejo de Ulises se decidió abandonar al herido y así se hizo. Mientras las naves aqueas continuaban hacia Troya, Filoctetes se quedó solo en la isla de Lemnos. Sin embargo, los aqueos tuvieron que arrepentirse más tarde de su acción. Durante el décimo año de la guerra, Ulises llegó a la conclusión de que Troya no se podía conquistar por la fuerza, sino que se tenía que recurrir a otro medio. Heleno, tras ser interrogado, reveló que una condición indispensable para la caída de la ciudad era que alguien llevase las armas de Aquiles, pero estas estaban en poder de Filoctetes, que se había quedado en Lemnos. Ulises organizó una expedición junto con Diomedes y llegó a la isla, donde consiguió, no sin dificultades, que Filoctetes lo acompañara a Troya. Macaón, el médico del séquito de los aqueos, consiguió curar la herida al héroe, que pudo combatir de nuevo. Filoctetes mató con una de sus flechas a Paris, el principal responsable de aquella lucha de diez años. Después de la caída de Troya, Filoctetes regresó a su patria Tesalia, pero según otra leyenda no llegó hasta allí porque se detuvo en Italia, donde fundó la ciudad de Petilia, en Calabria.

Los principales autores griegos, Esquilo, Sófocles y Eurípides, escribieron tragedias sobre Filoctetes y su altercado con sus compañeros, y trataron el asunto modificándolo según su fantasía. Tan sólo la obra de Sófocles se ha conservado en su totalidad.

FILOMENA

Hija del rey Pandión y hermana de Progne. Ambas hermanas, para vengarse de Tereo —rey de los tracios y esposo de Progne—, que, enamorado de Filomena la había forzado mediante el engaño y la violencia y que después le había cortado la lengua para que no hablase, mataron al hijo de Tereo y Progne, Itis, y se lo dieron de comer al rey. Este, al advertirlo, estaba a punto de matar a las dos mujeres cuando los dioses transformaron a Filomela en ruiseñor, a Progne en golondrina y a él mismo en abubilla.

FILOCTETES

FINEO

1. Hermano de Cefeo, rey de Etiopía, que tenía que casarse con su sobrina, la bella Andrómeda. Cuando Perseo pidió y obtuvo la mano de la joven, quiso vengarse, enfrentándose con el héroe. Naturalmente, Perseo, con ayuda de la cabeza de Medusa, petrificó a Fineo, casándose con Andrómeda.

2. Anciano adivino ciego, que habitaba en Tracia. Había sido rey de Salmideso. Se casó dos veces. Por haber cegado a los hijos de su primera mujer, fue castigado por Zeus, que, a su vez, lo dejó ciego, haciendo que lo persiguiesen las

FINEO LIBERADO

Arpías, que le robaban el alimento o se lo ensuciaban antes de que pudiese comérselo. Cuando los Argonautas llegaron a sus tierras, prometió vaticinar el resultado de la expedición si lo libraban de las Arpías. Estos cumplieron su palabra y el anciano adivino fue liberado finalmente por los Boréadas.

FLEGETONTE

Río infernal (véase *Hades*) que, según los antiguos, dio origen a los fenómenos volcánicos. Tenía olas de fuego y por eso se le llamaba también Pirifegethon. Desembocaba en el Aqueronte, después de circundar el Erebo.

FLEGIAS

Hijo de Ares y de Chrysé, fue rey de los Lapitas y padre de Ixión y de Corónide. Había heredado de su combativo padre un carácter ávido y violento, que le impulsó a mancharse cometida una impiedad. Habiendo Apolo seducido a su hija, Flegias incendió y destruyó el templo del dios en Delfos. Apolo lo mató con sus flechas y lo arrojó al Tártaro, donde fue condenado a permanecer bajo la continua amenaza de una enorme roca, que parecía que se le iba a caer encima de un momento a otro, como castigo por las impiedades cometidas.

FLETIA

Diosa de los partos, hija de Zeus y de Hera. Formaba parte del numeroso cortejo de Afrodita y se la veneraba juntamente con Hera, diosa de la maternidad. Su culto estaba difundido sobre todo en Creta y Delos, pero también en Argos, Esparta y otras ciudades, incluso Roma, donde se identificó a Fletia con Juno Lucina.

Se representaba a esta diosa como a una mujer cubierta completamente con un velo, con una mano extendida como para brindar ayuda y una antorcha en la otra.

FLORA

Diosa itálica, de origen sabino, cuyo culto estuvo muy difundido. Era la diosa de la primavera y de las flores, una divinidad gentil, que protegía la fecundidad y el florecer de la naturaleza. Velaba por las abejas y la agricultura y por la juventud. Era invocada por aquellas esposas que deseaban tener hijos. Se le edificaron dos templos en Roma, uno en el Quirinal y otro en el Circo Máximo, cerca del templo de Ceres. Los ritos eran celebrados por una casta sacerdotal propia de la diosa, y en su honor se organizaban solemnes festejos que duraban del veinte de abril al tres de mayo, los *Floralia* o fiestas de las flores. Todos los umbrales y ventanas de las casas se adornaban con flores en dicha ocasión y el templo de la diosa en el Circo quedaba inundado de plantas floridas. En los alrededores, tenían lugar juegos y danzas de carácter festivo y, a veces, incluso licencioso. A partir del siglo II a. de C., se introdujo la costumbre durante dichos festejos de representar escenas de mimo, espectáculos extraordinariamen-

te cómicos. Los artistas solían representar a la diosa Flora como una mujer lozana, que llevaba en la mano un ramo de flores y en la cabeza una corona de ramas y corolas entrelazadas.

FOBETOR

Hijo del Sueño y de la Noche y hermano de Morfeo y de Fantasio. Representa la personificación de los sueños, especialmente de las pesadillas.

FOBO

Demonio del temor. Según una de las más antiguas tradiciones, era hijo de Afrodita y Ares y acompañaba siempre a su padre en sus cruentas expediciones junto con su hermano Deimo.

FOLO

Centauro, hijo de Sileno. Se le menciona en las aventuras de Heracles, ya que este se detuvo en su casa, donde se le ofreció comida y bebida; pero los otros Centauros no quisieron que Heracles bebiese su vino y se originó una disputa. Involuntariamente Heracles alcanzó con uno de sus dardos envenenados al bueno de Folo, que murió entre atroces espasmos.

FONS O FUNTUS

Dios romano de las fuentes y de los manantiales. Se creía que Fons o Funtus era hijo de Jano y de Iuturna. En su honor se celebraban las fiestas conocidas con el nombre de *Fontinalia*.

FORCIS

Hijo de Nereo, rey del mar, era una divinidad marina que simbolizaba la fuerza perturbadora de las aguas. Forcis era el jefe reconocido de los monstruos marinos y, según se decía, tenía a sus órdenes un ejército entero. Quetó, su compañera, representaba la extensión de las aguas, patria de dichos monstruos. De su unión nacieron seres espantosos como las Gorgonas, las Greas y la serpiente Ladón, que fue colocada como guardiana de las manzanas de las Hespérides. Según algunos, Forcis fue también padre de Toosa, la ninfa símbolo de las olas del mar tempestuoso, la cual, de su unión con Poseidón, concibió a Polifemo.

FORONEO

Héroe mitológico de Argos. Se le creía hijo de Ínaco. Según algunas leyendas, fue uno de los primeros hombres que aparecieron sobre la faz de la tierra. En todo caso se le veneraba como el que difundió el cultivo de la tierra en el país y como fundador del Heraión, el más antiguo templo consagrado a Hera. Tuvo por hermana a Io.

FORQUIDAS

Apelativo con que se designaba a las gorgonas por ser hijas de Forcis.

FORTUNA

Divinidad dispensadora del bien y del mal a ciegas, por lo que se la representaba siempre vendada y con una rueda que simbolizaba las vicisitudes humanas. En Grecia se la llamaba Tyke (Tiqué) y en Roma Fortuna o Fors. El culto a esta divinidad fue introducido, al parecer, por Servio Tulio. Se le erigió un templo en el Campigdoglio. Tuvo santuarios y cultos especiales en Preneste y en Ancio. Fortuna fue madre de la diosa Necesidad, a cuyo poder se sometía incluso Júpiter. En Corinto se le dedicó un templo, al que tenía acceso tan sólo la sacerdotisa.

FÓSFORO

Entre los astros, uno de los más célebres, el planeta Venus, vulgarmente llamado *estrella matutina* y *estrella vespertina*, porque es el primero que aparece en el cielo por la mañana y el último que desaparece por la noche. Era adorado por los griegos con el nombre de Fósforo y por los latinos con el de Lucifer, «astro portador de luz». Como estrella del atardecer se le daba el nombre de Hérpero entre los griegos y el de Véspero entre los romanos. Hijo de Zeus y de Eos o, según otros, de Eos y de Astreo, se decía que Fósforo rivalizaba en belleza con Venus y que, finalmente, a causa de su hermosura había sido llevado al cielo por la propia diosa como guardián del templo. Guiaba a los demás astros y precedía en su carro a Eos, después de haber ayudado a esta y a las Horas a enganchar los caballos de Helios. Al anochecer conservaba intacto el esplendor de su luz y ayudaba a desenganchar los caballos de ese carruaje. Se llamó Hesperia, «país del atardecer», unas veces a España y otras a Italia, porque dichos países estaban situados, con respecto a los griegos, en el lugar donde se ponía el sol.

FRIXO

Hijo de Néfele y Atamante. Se casó en segundas nupcias con Ino, hija de Cadmo y de Harmonía, y concibió un odio profundo hacia sus dos hijastros, Hele y Frixo. Con ayuda de su madre Néfele, ambos pudieron huir, montados sobre la grupa de un carnero, con el vellón de oro, pero Hele murió durante el viaje, mientras que Frixo llegó sano y salvo a la Cólquida, corte del rey Eetes, que lo acogió benignamente. Allí mató al carnero encantado y colgó en un bosque su precioso vellón, poniendo como guardián a un dragón (para conquistar dicho vellón o vellocino, tuvo lugar más tarde la expedición de los Argonautas). Frixo se casó con la hija de Eetes, Calcíope, y más tarde lo mató su suegro.

FTAH

Dios egipcio, símbolo del fuego. Junto con Isis y Osiris formaba una tríada divina. Su culto pasó a Grecia, donde se le identificó con Hefesto.

FURIAS

Nombre que los romanos dieron a las Erinias.

GALATEA

Ninfa marina, hija de Nereo y Doris. Personificaba el mar tranquilo y refulgente y se creía que otorgaba la fecundidad a los rebaños. Se enamoró de ella el cíclope Polifemo, pero la bella ninfa prefirió a Acis, hijo de Fauno. Celoso, Polifemo mató a su rival, aplastándolo con un peñasco. La sangre que manaba bajo la piedra se transformó en agua limpia, naciendo así el río Acis. Según otra leyenda, la ninfa amó a Polifemo, de quien tuvo un hijo, llamado Galas o Galato.

GALAXIA (VÍA LÁCTEA)

Hera, por consejo de Atenea, amamantó en su seno al pequeño Heracles, ya que su madre, Alcmena, lo abandonó en un campo. Sin embargo, el niño, que poseía ya una fuerza prodigiosa, chupó la leche con tal avidez y en tanta cantidad, que no consiguió digerirla del todo y devolvió una parte considerable, que formó una franja luminosa, de una blancura resplandeciente, llamada la Vía Láctea o, según los griegos, Galaxia. Este era el camino a cuyo lado se alzaban las moradas de los dioses y que estos recorrían para llegar hasta donde se encontraba el palacio del rey de los dioses, el gran Zeus.

GANIMEDES

Era el copero de los dioses y prácticamente el equivalente femenino de Hebe. Hijo de Tros, rey de los troyanos, era el más bello de los hombres, por lo que los dioses lo escogieron como copero y, con este fin, lo raptaron, llevándolo al Olimpo. Su padre fue recompensado por Zeus, según las distintas versiones, con bellísimos caballos o con una vid de oro, obra de Hefesto. El mito posterior no atribuye el rapto del bellísimo joven a los dioses en general, sino a Zeus en persona, que envió a su águila o se transformó

GANIMEDES RAPTADO POR EL ÁGUILA

él mismo en dicho animal, para llevárselo al cielo.

Muchos poetas fantasearon sobre el amor de Zeus por Ganimedes, comenzando por Píndaro. En la mitología romana no existe una figura análoga a la de Ganimedes, pero su mito no era desconocido. Lo explica Ovidio en las *Metamorfosis* y aluden a él Virgilio y Horacio. A menudo, la figura de Ganimedes aparece representada en las pinturas de los vasos, desempeñando su oficio de copero divino. Su rapto fue también inmortalizado en grupos escultóricos muy bellos, entre los que podemos destacar el del escultor ático Leocares.

GEA (TELLUS)

Diosa por excelencia de la Tierra, ya que personificaba la Tierra misma, desempeña un papel importantísimo en los mitos cosmológicos y teogónicos. Gea, la divinidad femenina más antigua de toda la mitología griega, hija del Caos y esposa de Urano, conservó su poder, aun cuando los dioses de los primeros tiempos de la historia del mundo fueron sustituidos por los del Olimpo. En los poe-

mas homéricos se la invoca en los juramentos junto con Zeus, Helios, Urano, los ríos y las divinidades infernales y se le sacrificaba un cordero como a los dos primeros. Sus hijos fueron los Titanes, los Cíclopes, los Gigantes y los Hecatonquiros, nacidos de Urano. Es evidente que Homero la considera una persona, pero conviene observar que la personalidad mitológica de Gea no tuvo los rasgos concretos de las demás figuras divinas, aunque algunas representaciones artísticas sí pueden hacer creer lo contrario. Gea, «la del amplio seno, la gigantesca», son epítetos no homéricos, que se refieren directamente a la Tierra, quien fue concebida naturalmente como madre y nodriza universal. Ella produce todas las cosas, las plantas, los animales y los hombres; todo lo nutre y lo hace prosperar y todo vuelve a ella. Gea es, al mismo tiempo, la tumba y la cuna de los seres vivientes. Fue también una divinidad infernal, atributo que se le aplicó en el mito y en el culto, aunque no desde el principio, puesto que no hay rastros del concepto de Gea o de la Tierra, la «gran madre antigua» a la que todos retornamos, en la primitiva religión griega. En esta, en cambio, existe otro concepto, el de Gea como divinidad profética, imaginada como tal porque se creía que los éxtasis y delirios proféticos eran efecto de los vapores que desprende la tierra o porque de las vísceras de esta brotan las aguas que conceden la facultad de vaticinar. Gea formuló varias profecías durante la lucha entre el Olimpo y los Titanes, tanto para unos como a otros y el oráculo de Delfos, antes que a Apolo, estuvo dedicado a Gea, que perdió su atributo de profetisa cuando, con la nueva ordenación del universo bajo el cetro de Zeus, vencedor de los hijos de esta, el propio Zeus, otras divinidades y Apolo asumieron la función de profetas. Los aludidos atributos de Gea, a los cuales, según algunas tradiciones, se añade el de nodriza de los niños y educadora de los jóvenes, los tuvieron, total o parcialmente, otras diosas, principalmente Rea, Deméter y Temis, lo que explica que a veces se la haya confundido o identificado con ellas y en particular con Rea y Deméter. El culto a Gea no estuvo muy extendido, sin duda a causa de las identificaciones ya mencionadas. Tenía un santuario en Delfos, otro en Olimpia y se la veneraba en Dodona junto con Zeus, en Esparta, Atenas y en pocos lugares más. Su culto cedió el sitio al de Deméter, y tan sólo en Atenas se conservó más tiempo, con toda probabilidad porque los atenienses y todos los áticos se consideraban autóctonos, es decir, nacidos del suelo del país donde habitaban y, por lo tanto, hijos directos de Gea, de quien se suponía que eran hijos sus primeros reyes, Cecrops y Erecteo. Entre los romanos, la diosa de la tierra fue Tellus, es decir, la Tierra misma, al principio en oposición al cielo, de donde derivó la costumbre de asociar a Tellus y a Júpiter en las invocaciones, luego como personificación de la Tierra, como madre y nodriza —con mucha frecuencia se le daba el sobrenombre de *Mater*— y por último como tumba común de todas las cosas; en una palabra, coincidió totalmente con Gea. Y así como esta se identificó con Deméter, lo mismo ocurrió con Tellus y Ceres. Tellus era también el globo terráqueo y el principio de la estabilidad del universo, como lo había sido Hestia, otra de las diosas con quien se confundió a Gea. Sin embargo, en el caso de Tellus dicho concepto dio origen a la creencia de que ella mantenía todas las cosas firmes en su sitio, invocándosela, por lo tanto, en los terremotos. Tellus era, como Deméter, una divinidad que presidía las bodas. Tenía un templo en Roma en el barrio de las *Carinae*, en las faldas del Esquilino, edificado por el cónsul P. Sempronio Sofo en el año 268 a. de C., después de una batalla victoriosa, durante la cual la tierra tembló. En honor de Tellus se celebraban el quince de abril las fiestas llamadas *Fordicidia*, durante las cuales se inmolaban vacas preñadas para fecundar la tierra. En otras festividades, como las *Feriae Sementivae*, que se celebraban en el mes de enero y estaban dedicadas a la siembra, se asociaba a Tellus con Ceres.

En las representaciones artísticas Gea aparece como una mujer robusta, que surge del suelo a partir de la cintura o de las rodillas, tanto en el famoso relieve del Pergameion, como en la famosa pintura de un vaso en la que se la ve implorando a los Gigantes que tengan piedad de sus hijos. Se la representó también yacente o sentada, con un cuerno o con frutas en las manos, rodeada de niños o sosteniéndolos en sus brazos y teniendo a su lado terneros o una vaca y un cordero, atributos cuyo significado resulta claro después de lo expuesto anteriormente.

GELANOR

Rey de Argos. Reinaba en dicha ciudad cuando llegó Dánao con sus cincuenta hijas. Reconociéndolo como descendiente de Io, le cedió el trono.

GENIOS

Véase *Demonios*.

GERIÓN

Hijo de Crisaor y Calírroe, era un monstruo gigante con tres cuerpos de cintura para arriba y seis brazos, que habitaba en la isla de Eritreia, situada en los confines de Occidente, donde apacentaba sus rebaños de bueyes rojizos, de los que estaba muy orgulloso. Euristeo encargó a Heracles que se apoderase de los bellísimos animales y el héroe lo consiguió, después de matar al gigante Eurición y al perro *Ortro* que los custodiaban. Luego mató a Gerión en un duelo, después de que este le persiguiera al enterarse del robo. Dante lo colocó en el *Infierno,* canto XVII, como símbolo del fraude.

GÍA

Uno de los Hecatonquiros.

GIGANTES

Seres monstruosos de cuerpo gigantesco que terminaba en forma de dragón, y dotados de extraordinaria fuerza física. Eran hijos de Gea, la Tierra, fecundada con la sangre de Urano, herido por su propio hijo Crono. Según la fantasía popular, su número se eleva a un centenar. Los Gigantes («hijos de la Tierra») eran seres salvajes, que personificaban las fuerzas rebeldes de la naturaleza física y el instinto, y que disputaban el dominio del universo a la inteligencia, a la autoridad razonable y a la ley. Según algunos, colaboraron con Zeus en la lucha contra los Titanes y, según otros, combatieron contra el rey de los dioses para vengar a los Titanes. Dicha lucha se llamó Gigantomaquia, siendo objeto de innumerables representaciones por parte de los artistas de la Antigüedad clásica. Desde el campo Flegreo, en la península de Palene, frente al Olimpo, los Gigantes —entre los que se encontraban Tifeo, Efialte, Encélado, Alcioneo, Porfirión y otros— se alzaron a la conquista del cielo, pasando del monte Osa al Pelión y desde este al elevado Olimpo, con la intención de escalar la morada de los dioses. Estos fueron sorprendidos durante un banquete. Atemorizados, principalmente ante las desmesuradas dimensiones de Tifeo, se vieron obligados a huir a Egipto disfrazados, Zeus en figura de carnero o de águila, Apolo de cuervo, Dioniso de macho cabrío, Ártemis de gata, Hera de ternera, Afrodita de pez, Hermes de ibis, Cibeles de mirlo y Pan mitad de ca-

LA DIOSA GEA IMPLORA PIEDAD
PARA SUS HIJOS, LOS GIGANTES

brito y mitad de pez. Sin embargo, a este primer momento de desorientación, siguió el desquite de las divinidades olímpicas, por medio de la Égida, sobre la cual la terrorífica cabeza de Medusa había sido disimulada con la semblanza de Egle, la bellísima esposa de Pan. Gracias a los rayos, en poder de Zeus, a las proezas de Dioniso, que se transformó cuatro veces en león, y a la intervención de Heracles, los Gigantes fueron vencidos. Algunos de ellos sufrieron la misma suerte que los Titanes y fueron arrojados al Tártaro. Otros fueron sepultados bajo la mole de los montes, lanzando fuego y llamas como, por ejemplo, Tifeo y Encélado, enterrados bajo el Etna, y Mimante, sepultado en Prócida. A partir de aquel momento, se afirmó de forma indiscutible el dominio de Zeus como el rey del universo.

GIGANTOMAQUIA

Véase *Gigantes*.

GLAUCA

1. Hija de Cicreo, rey de Salamina. Cuando Telamón, huyendo de Egina, llegó a Salamina, Cicreo le dio por esposa a su propia hija y al morir le cedió el

reino, pero Glauca falleció poco después. Fue madre del valeroso Áyax Telamón.

2. Otro nombre dado a Creúsa, hija de Creonte.

GLAUCO

1. Divinidad marina. Pescador de Beocia que, al ver cómo los peces capturados por él y llevados a la orilla, se reanimaban y saltaban de nuevo al agua cuando tocaban una hierba que crecía en la playa, lleno de curiosidad quiso probarla. Al hacerlo se sintió transformado y saltó al agua como los peces, siendo acogido por las divinidades marinas. Se decía que tenía el don de la profecía y que era el protector de los marineros y pescadores. Algunos lo suponen también inventor de la nave *Argos*, utilizada por los Argonautas para ir en busca del vellocino de oro, y era, además, el timonel de la nave. Glauco, sin embargo, no fue feliz en sus amores. Ariadna le fue arrebatada por Dioniso, mientras él se quedaba enredado en los intrincados sarmientos de una vid; Escila, la adolescente a la que tanto amó, a causa de los celos de Anfítrite (o tal vez de Circe), fue transformada en un monstruo horrendo.

2. Hijo de Sísifo y padre del héroe corintio Belerofonte. Durante los juegos funerarios que se organizaron en Yolcos en honor de Pelias o, según algunos, durante unos juegos organizados en Potnia, mientras guiaba su carruaje tirado por cuatro magníficos corceles, estos se encolerizaron y no quisieron obedecer al auriga que trataba de refrenar su ardor, siendo Glauco despedazado y muerto. A causa de su relación con Poseidón Hipio, el mito pretendía simbolizar el desenfreno de las olas, que parecen enloquecer con su violencia, sin que el mar consiga imponer el orden y la calma. Glauco pasó a ser más tarde una divinidad venerada en los hipódromos y en el templo de Poseidón y se le invocaba para asustar a los corceles. El Glauco de Potnia, víctima de sus propios caballos, dio tema a una tragedia de Esquilo.

3. Hijo de Tipoloco y nieto de Belerofonte. Luchó a favor de Príamo, rey de Troya, siendo su eficaz aliado en la guerra contra los griegos.

4. Hijo de Minos y Pasifae, murió siendo todavía niño al resbalar con una vasija de miel. Le devolvió la vida el adivino Pólido de Argos o, según otros, el dios Asclepio.

GORGONAS

Hijas de Forcis y Ceto, eran unas hermanas monstruosas, que tenían serpientes en lugar de cabellos y una mirada terrorífica. Eran tres: Medusa, la más conocida, cuyo nombre significaba «la dominante»; Esteno, «la fuerte»; y Euriae, «la errante». Habitaban en el confín occidental del mundo, junto a las orillas del Océano, donde se encontraban las Hespérides y Atlante. Medusa era la única mortal de las tres, la mató Perseo con ayuda de Atenea. El héroe escapó a la persecución de las otras dos Gorgonas, que querían vengar a su hermana, cubriéndose con un yelmo que lo hacía invisible.

GRACIAS

Nombre latino de las Cárites.

GREAS

Hijas de Forcis y de Ceto. Eran tres hermanas de las Gorgonas, llamadas Enyo, Pefredo y Dino. Tenían un solo diente y un solo ojo para las tres y se los turnaban entre ellas. Eran de aspecto monstruoso, en apariencia viejísimas, con cabellos canosos y piel rugosa. Perseo tuvo que recurrir a ellas, que habitaban en el confín occidental, para que le dijesen dónde moraban ciertas ninfas que poseían tres utensilios con los que podría matar a la Gorgona Medusa y cortarle la cabeza. Para obtener tan importante revelación, el héroe les arrancó el ojo y el diente que tenían en común, reteniéndolos hasta averiguar cuanto deseaba.

GRECIA

Llamada *Helias*; *Elida* en griego y *Graecia* en latín, es la parte sur de la península Balcánica. Los griegos (helenos) se dividían en grupos étnicos e históricos: los dorios, eolios, jonios y aqueos. Estos últimos dominaron el Peloponeso en los tiempos más remotos. Su historia es en gran parte tradición mitológica. Su situación política y social nos ha sido dada a conocer por los textos de Homero. En el siglo X a. de C., los dorios invadieron el Peloponeso, derrotando a los aqueos y formando tres estados: la Argólida, la Laconia y Mesenia. El principal estado dórico fue Laconia, que tuvo como capital a Esparta. Al mismo tiempo, los jonios invadieron la isla de Egeo, seguidos por los eolios. El principal estado jónico fue Ática, con su capital en Atenas. Muchos son los lugares relacionados con los mitos griegos mencionados en las páginas de este libro, siendo también múltiples las gestas, guerras, reyes, dioses y héroes. De la mitología, que en Grecia tuvo una importancia no sólo religiosa sino también literaria, artística y filosófica, derivó a menudo una interpretación científica y filosófica del universo.

Junto con los mitos de los dioses y de los héroes, queremos recordar los nombres de los personajes históricos que, tanto o más que estos, han contribuido a hacer de Grecia un celebérrimo centro de avanzada civilización. Entre los filósofos mencionaremos a Tales, Anaxímenes, Anaximandro, Pitágoras, Heráclito, Parménides, Empédocles, Anaxágoras, Demócrito, Sócrates, Platón, Aristóteles y Epicuro; entre los literatos, a Homero, Safo, Alceo y Píndaro, a los trágicos Esquilo, Sófocles y Eurípides, al comediógrafo Aristófanes, al historiador Tucídides y al orador Demóstenes; y entre los artistas a Mirón, Fidias, Praxíteles, Policleto, Apeles, Scopas y Lisipo.

HADAS

Hijas de Atlante y de Etra. Las hadas eran siete estrellas que formaban parte de la constelación de Taurus; ellas presagiaban el mal tiempo y la lluvia. Se llamaban Ambrosía, Corona, Dione, Eudora, Feo, Fesile y Políxena y se decía que en otro tiempo eran las ninfas que criaron a Zeus y a Dioniso cuando estos habitaban la tierra. Lloraron durante mucho tiempo la muerte, a manos de un león, de su hermano Hado; derramaron torrentes de lágrimas sobre su lacerado cuerpo, hasta el punto de que Zeus, compadecido, las transformó en estrellas, dándoles su nombre colectivo, que en griego significa precisamente «portadoras de lluvia». Los latinos las llamaron en cambio Suculae, «cerditas», porque creían ver en la constelación una piara de dichos animales.

HADES (PLUTÓN)

1. Hijo de Crono y Rea Cibeles, hermano de Zeus y de Poseidón. Dios de los Infiernos, que le tocaron en el reparto del mundo después de la lucha contra los Titanes. Volvió a la tierra una sola vez para raptar a Perséfone (Proserpina), que se convirtió en soberana del reino de las almas. Hades era venerado también como dios benéfico que concedía a los hombres las riquezas terrenales, de donde le venía el nombre de Plutón o Dis. Los griegos denominaron también con el nombre de Hades al lugar donde creían que eran acogidas las almas de los difuntos; se le llamaba también Erebo, Tártaro, Horco, Averno y Dis, y lo consideraban dividido en tres zonas: Erebo, Tártaro y Campos Elíseos. El Erebo o Anteinfierno se extendía desde la Estigia hasta el reino de Dis y allí se encontraban el feroz Cerbero como guardián, y Minos como juez. Las almas eran acompañadas hasta las puertas del Erebo, de donde no se podía salir, por Hermes o

HADES

por Thanatos, el genio de la muerte. Si los cuerpos habían recibido sepultura, las pálidas sombras podían avanzar a través del Aqueronte, de las llamas y los maléficos vapores del Flegemonte, de las impetuosas cascadas de Cocitos entre negras rocas y de las marismas de la Estigia hasta las llanuras cubiertas de Asfódelos, de un pálido color violeta donde se alzaba el tribunal de Dis. En presencia de los otros jueces infernales, Radamantis y Eaco, eran minuciosamente juzgadas y, según el juicio que merecían, se dirigían a los Campos Elíseos, el reino de los bienaventurados, o se hundían en el Tártaro, donde eran castigadas las almas malvadas.

HADES Y PERSÉFONE

Hades se representaba en la iconografía con aspecto sombrío y melancólico, con el rostro severo y los ojos tristes, con una tupida barba negra, es decir, con el aspecto apropiado para el reino que gobernaba con leyes inflexibles. Hades era ayudado en su misión por Minos, Radamantis y Eaco, los tres jueces infernales. Estaban consagrados al dios de los infiernos el ciprés y el narciso. Se les sacrificaban ovejas negras. Los romanos lo veneraban con el nombre de Plutón.

2. Lugar donde, según la mitología griega, eran conducidas las almas de los difuntos.

HADO (DESTINO)

Según la etimología latina *fatum*, 'destino', el término designa la suerte de los hombres y de las cosas, sometida a la voluntad irrevocable de la divinidad. Se consideraba al Hado hijo del Caos primitivo, o sea, del amasijo informe de la materia. Era una fuerza ciega y misteriosa que regulaba los acontecimientos humanos y los fenómenos del universo, a la cual nadie podía sustraerse ni resistir, ni siquiera los dioses. En las religiones monoteístas y especialmente en el cristianismo, este concepto de Hado ciego e inexorable no fue aceptado, siendo sustituido por el de la Providencia divina, expresión de la voluntad de Dios que cuida amorosamente a sus hijos, los hombres.

HAMBRE

Divinidad griega y romana, que simbolizaba la carestía y la miseria. Tenía aspecto macilento, mirada sombría y voz chillona y triste.

HARMONÍA

Hija de Zeus y Electra o, según otras leyendas, de Ares y Afrodita. La bellísima

Harmonía se casó con Cadmo, rey de Tebas. Entre los regalos nupciales se encontraba el de Hefesto, que regaló a Harmonía un magnífico collar, el cual, sin embargo, tenía la triste particularidad de traer desgracia a quien lo poseía y este fue el origen de la larga serie de desdichas que cayeron sobre toda la familia de Cadmo. En efecto, los cinco hijos de Harmonía y de Cadmo: Ágave, Autónoe, Ino, Polidoro y Semele sufrieron una suerte trágica. Harmonía y Cadmo, abrumados por el dolor, abandonaron Tebas y vagaron largo tiempo por el mundo en busca de consuelo y olvido. Los dioses, apiadados, los transformaron en serpientes y así fueron admitidos en los Campos Elíseos.

HEBE (JUVENTAS)

Hebe es el símbolo de la juventud perenne. En un verso de la *Odisea* se la considera «hija de Zeus y Hera»; en el Olimpo, escancia el néctar a los dioses, ayuda a su madre a preparar su carruaje y se ocupa de Ares, así nos la presenta el poema. Esta condición de Hebe recuerda la de las muchachas en los tiempos patriarcales de Grecia. También en la *Odisea* se dice que Hebe es la joven esposa de Heracles, que le fue concedida cuando el héroe subió al cielo. Dicha unión recuerda simbólicamente que los dioses, para premiar sus empresas terrestres, concedieron a Heracles la inmortalidad representada por la juventud incorruptible y eterna. Hebe aparece unida en el segundo himno homérico a Apolo Pitio junto con las Gracias y las Horas, Harmonía y Afrodita, lo que significa que la gracia, el encanto y la belleza van siempre unidos a la juventud. En Grecia se veneraba a Hebe con frecuencia junto con Hera y Heracles. También los romanos tuvieron una diosa de la juventud llamada Juventas o Juventus, que en realidad, como diosa que presidía el crecimiento y desarrollo, era la personificación de un atributo peculiar de Júpiter. Hay que tener en cuenta, a propósito de Hebe, la atención que prestaba el pueblo romano a todo fenómeno político: ella era no sólo la personificación de la juventud, sino también una imagen del perenne resurgimiento y renovación del Estado. Prueba de dicho significado político es un culto especial que se le rendía: cuando los jóvenes sustituían la *toga pretexta* por la *toga virilis* en las grandes familias se celebraba una fiesta con auténtico carácter oficial; en dicha ocasión, se encaminaban al Capitolio para rendir tributo a la diosa y le dirigían plegarias especiales lo mismo que a Júpiter. Les estaba consagrada una capilla en el Capitolio en el templo de Júpiter; más tarde tuvo su propio templo cerca del Circo Máximo. Augusto erigió otro templo a esta diosa en el recinto del palacio imperial; en ese templo los hijos de los emperadores y, más tarde, estos en persona recibían el título de *príncipes de la juventud*. Al comienzo de cada año se ofrecían sacrificios a la diosa.

En el arte no existe ninguna representación suya en particular; se conservan tan sólo algunos vasos en los cuales aparece el mito de su matrimonio con Heracles.

HEBE, COPERA DE LOS DIOSES

HÉCATE

Según Hesíodo, era hija del titán Perseo y de Asteria, hermana de Latona. Según otros, era hija de Zeus y Deméter. Su nombre significaba «la de las certeras flechas» y desde el principio se la confundía a menudo con Ártemis. Simbolizaba una cara de la luna, la invisible de la luna nueva, por lo que, al no aparecer en el cielo, no tardó en considerársela una divinidad infernal. Un halo de misterio y superstición rodeaba a Hécate, quien, según se decía, vagaba de noche por las tumbas junto con las almas de los difuntos. Era la diosa de las apariciones nocturnas, de los espectros; cuando se aproximaba, los canes aullaban lúgubremente. Protegía a las brujas que salían de noche para buscar las hierbas para sus brebajes. Su culto estaba muy difundido, porque todos querían tener propicia a la misteriosa diosa. Le estaban consagradas las encrucijadas, donde se erigían templetes en su honor, junto a los cuales se sacrificaban perros en sufragio de los difuntos, a los treinta días de su fallecimiento. Como diosa de las encrucijadas se daba a Hécate el nombre de *Trivia*. Ante las casas se alzaban pilastras que sostenían su efigie, lo cual se suponía que servía para alejar las calamidades. El último día del mes se adornaban dichas estatuitas con flores y junto a ellas se depositaban alimentos para los pobres, costumbre denominada las *cenas de Hécate*. También ante las puertas de la ciudad y a lo largo de los caminos se descubrían signos de su culto. Los órficos contribuyeron a modificar el concepto que se tenía de Hécate, considerándola una diosa, cuyo poder se extendía a los tres reinos de la naturaleza —el cielo, la tierra y el mar— y, como tal, se la confundió a menudo con Deméter, Perséfone y Cibeles. Se le dedicaron templos en Egina y en Argos y fueron principalmente famosos los de Lagina y Estratonicea, en Asia Menor. No obstante, generalmente su culto se asociaba con el de otras divinidades, como Apolo, Ártemis, etc. En Atenas se la consideraba guardiana de la entrada de la acrópolis y su culto iba unido al de Hermes y también al de las Gracias. El culto de Hécate estuvo muy difundido entre los romanos, que lo relacionaron con toda clase de supersticiones.

En el arte aparece representada como un ser con un solo cuerpo, pero con tres cabezas; con esto se quería simbolizar las tres fases de la luna: llena, media y nueva. Es típica la estatuilla conservada en el museo Capitolino. La obra de bronce representa tres mujeres unidas por los hombros. La figura del centro lleva una diadema en la cabeza de la que surgen siete rayos, un cuchillo en la mano derecha y una cola de serpiente en la izquierda. La figura de la izquierda se caracteriza por una media luna que adorna su frente, mientras sostiene en la mano dos antorchas. La de la derecha presenta los atributos de Hécate como guardiana de los Infiernos, llevando en la mano una llave y una soga, mientras que un disco corona su frente, simbolizando la luna nueva. Formaban parte del culto de Hécate los sacrificios de ovejas negras, propios de las divinidades infernales, y las libaciones de leche y miel.

HECATONQUIROS

Hijos del Cielo y la Tierra, eran tres gigantes monstruosos con cincuenta cabezas y cien brazos. Representaban las fuerzas perturbadoras de la naturaleza, el terremoto y las gigantescas olas que rugen en el mar tempestuoso. Su padre Urano los relegó al Tártaro, porque temía su fuerza desmesurada, con la que hubiesen podido arrebatarle el dominio del universo. Los liberó Zeus, utilizándolos para combatir contra los Titanes, al mando de Crono. Cuando estos, derrotados, fueron precipitados en el Tártaro, los Hecatonquiros se convirtieron en sus guardianes. Se llamaban Briareo, Cocto y Gía y se les conoce también con el sobrenombre de *Centímanos* (de *centum* y *manus*, 'cien manos'), según se use la terminología griega o los vocablos latinos correspondientes.

HÉCTOR

Hijo primogénito de Príamo, rey de Troya, y de Hécuba. Fue el más valeroso defensor troyano durante la guerra contra los griegos. Valiente, noble y generoso, poseía todas las cualidades de un gran héroe, así como la fuerza y capacidad de auténtico jefe. Intrépido y fuerte como Aquiles, difería de este por su mayor equilibrio y su profunda serenidad. De estirpe regia como Agamenón, demostraba mayor humanidad y generosidad con respecto a su ejército, recibiendo a cambio gran devoción y respeto. Entregado en cuerpo y alma a la defensa de su patria, demostró la lealtad suprema, sacrificando a este ideal sus más caros afectos conscientemente y con un profundo sentido del deber. La delicadísima escena de la despedida de su esposa Andrómaca y de su hijo Astianacte es una de las páginas inmortales de la *Ilíada*. Durante la ausencia de Aquiles del campo Aqueo, guió con decisión y firmeza a su ejército en el ataque, realizando empresas de gran valor y llegando a prender fuego a algunas naves griegas. En un terrible combate, venció y mató a Patroclo, provocando el regreso del Pélida, decidido a vengar la muerte de su amigo. La furia del gran Aquiles y la voluntad adversa de los Hados vencieron al generoso Héctor, quien, luchando en singular combate con el héroe griego, fue vencido y murió. Su cadáver, despojado de sus poderosas armas, fue atado por los pies al carro del vencedor y arrastrado tres veces por el polvo del campo de batalla. El dolor y la consternación reinaron en el campo troyano tras la muerte de Héctor. Su padre,

HÉCTOR

Príamo, que desde lo alto de la muralla de Troya, impotente y desgarrado por el dolor, había presenciado la destrucción del cadáver de su hijo, desafiando todos los peligros pidió a Aquiles el cuerpo de su hijo. Al ver sus blancas sienes y su dolor, este se compadeció, mandó lavar el cadáver de su mayor enemigo y lo entregó al anciano. Los solemnes funerales de Héctor, entre los lamentos y el llanto de todos los troyanos, conscientes de que su triste sino era ya irrevocable, cierran el poema de la *Ilíada*. La sombra del gran Héctor se apareció más tarde a Eneas durante la noche de la rendición de Troya, para incitarle a huir con los sagrados Penates, a quienes debía buscar una nueva patria.

HÉCUBA

Hija del rey tracio Dimante, fue esposa de Príamo, rey de Troya, a quien dio muchos hijos (según Homero, cincuenta varones y cincuenta hembras). Entre estos los más famosos fueron Héctor, Paris, Creúsa, mujer de Eneas, Laodice, Políxena, Casandra, Deífobo, Heleno, Troilo, etc. Con ayuda de sus damas, Hécuba cegó al rey tracio Polimnéstor, que había matado a su hijo Polidoro, despojándole después de sus armas. Su fin es narrado de diversas formas por las distintas fuentes. Según algunos, en expiación de su delito fue transformada en perra y murió arrojándose al mar. De acuerdo con otra versión, Ulises se la llevó como esclava. Virgilio, en cambio, la supone víctima de la destrucción de Troya, según el relato de Eneas en que este narra que a la reina la mataron junto con Príamo ante el altar de los dioses.

HEFESTO (VULCANO)

Hefesto fue en Grecia la personificación mítica del fuego. En la poesía su nombre era sinónimo de dicho elemento, como ocurría en Roma con el de Vulcano. Los hombres vieron por primera vez el fuego en el cielo en forma de rayo y, por lo tanto, es natural la concepción griega de Hefesto como hijo de Zeus y de Hera, y el significado naturalista del mito que narra su caída desde el Olimpo a la tierra no ofrece dudas: se trata de la caída del rayo. Sobre dicho mito existen dos versiones que se remontan a una fecha anterior a la poesía homérica. En una de ellas, tal vez la más antigua, se narra que Hera, deseosa de ocultar la deformidad de Hefesto, que había nacido cojo, lo arrojó del cielo. En otra, se dice que Zeus, enojado con Hefesto porque en una discusión se había atrevido a apoyar a su madre, lo agarró por un pie y lo arrojó de las moradas celestes. La primera versión continúa narrando que Hefesto, habiendo caído al mar, fue recogido por Tetis, una de las Nereidas, y por Eurinome, ninfa oceánica, permaneciendo con ellas nueve años, durante los cuales, escondido en una gruta que se abría bajo el nivel de las aguas del mar, fabricó para sus salvadoras muchos y hermosos objetos artísticos de metal: broches, pendientes y collares. Según otra versión, cayó en la isla de Lemnos, donde lo recogieron

HEFESTO

los sintios. Más tarde se creyó que Hefesto no era cojo de nacimiento, sino a causa de su caída en la isla de Lemnos. Ambas leyendas nos lo presentan como artífice y personificación del fuego de los volcanes. Lemnos es, en efecto, una tierra volcánica, lo cual demuestra que los antiguos relacionaban dicho fuego con el que cae del cielo en forma de rayo. También la deformidad física de Hefesto puede interpretarse como una representación antropomórfica de un fenómeno natural: probablemente se quiere aludir al movimiento oscilante de la llama al agitarse. Hefesto consiguió su vuelta al Olimpo después de haber regalado un trono de oro a su madre que, al sentarse, quedó encadenada. A pesar de sus esfuerzos, los dioses no conseguían liberarla; entonces Zeus mandó llamar a Hefesto, que no quiso obedecer hasta que Dioniso en persona fue en su busca. No es fácil dar una explicación de los diversos episodios de este mito, pero es muy probable que la relación entre Hefesto y Dioniso no se deba a la comprobación de que los terrenos de naturaleza volcánica, tanto en Grecia como en la Italia Meridional y en Sicilia, resultan muy favorables para las vides. Aunque feo y deforme, Hefesto, según la leyenda, tuvo por esposa a Aglae, la personificación de la gracia, la cual, en una leyenda posterior, fue sustituida por Afrodita, diosa de la belleza. Con ello se simboliza que todas las obras del dios se caracterizaban por su belleza y por su gracia. Según la leyenda más antigua, Hefesto tuvo su primera fragua en el Olimpo. Estaba provista de veinte fuelles y en ella el dios fabricó palacios de bronce para sí y para los otros dioses, el cetro y la égida de Zeus, la red maravillosa en la que aprisionó a Ares y Afrodita, trípodes que se movían solos y otros objetos aún más admirables, dos figuras de oro de esclavas dotadas de voz y de movimiento, en las cuales se apoyaba al caminar, así como cetros, escudos y corazas para príncipes y héroes. Una tradición de época posterior nos narra, en cambio, que la fragua de Hefesto se encontraba en Lemnos, en el monte Mosiclo. Esta última leyenda se debe a que los sintios, los míticos habitantes de la isla, se consideraban los más antiguos forjadores de metal. En Lemnos el dios tuvo por hijos a los Cabiros, divinidades antiquísimas que no eran de origen griego y que en la mitología de dicho país fueron primero demonios benévolos de la tierra y de la vendimia y, luego, relacionados con Hefesto genios del fuego subterráneo, habilísimos en la forma del metal. También se consideraba a los telquinos, habitantes de Rodas, otra isla volcánica, antiquísimos forjadores de los metales. Cuando los griegos empeza-

ron a fundar sus colonias en Sicilia, tuvieron que atribuir a Hefesto otra fragua, situada bajo el Etna, donde tenía como compañeros de trabajo a los Cíclopes, que ya habían colaborado con él en el Olimpo. Las islas Líparas, también volcánicas, fueron sede de otro taller del dios, en el que colaboraban asimismo los Cíclopes. Naturalmente, estuvieron consagradas a Hefesto, dios del fuego e inventor de la metalurgia y las artes del metal, colocadas bajo su protección. Los artífices de dicha especialidad, los herreros en particular, y todos los que utilizaban el fuego como elemento indispensable para su trabajo lo reconocieron como patrono. Atenea, diosa de las artes, estuvo relacionada con el mito de Hefesto; su nacimiento se atribuía a la intervención de este último. Hesíodo narra que Hefesto fue considerado también el creador de la primera mujer. Por orden de Zeus modeló con arcilla una fémina, que fue Pandora, y con un soplo le infundió vida. Los griegos consideraban al alma humana una chispa de fuego celeste. El culto de Hefesto no estuvo muy difundido en la antigua Grecia, a pesar de significar una fuerza tan vital para el hombre. El centro de su culto era la isla de Lemnos. Al pie del monte Mosiclo se alzaba un templo en el lugar donde, según la leyenda, cayó Hefesto, al ser arrojado del cielo. En Lemnos se renovaba anualmente el fuego con llamas más puras, que una nave sagrada traía de Delos, centro del culto de Apolo. El fuego de Delos se consideraba solar y, por tanto, celestial. Otros centros de culto fueron los lugares en que la leyenda situaba otras fraguas del dios. En las fiestas en su honor, las *Hefaistas*, las *Apaturias* y las *Calceia*, eran frecuentes las carreras de antorchas, en las que resultaba vencedor el que llegaba a la meta con la antorcha todavía encendida.

Los romanos atribuyeron las mismas características de Hefesto a Vulcano,

HEFESTO EN LA GIGANTOMAQUIA

dios del fuego, llamado también Mulciber («fundidor»). Vulcano aparece en Italia con el doble aspecto de dios benéfico y dios destructor. Entre las leyendas itálicas recordaremos la de Servio Tulio, considerado hijo de Vulcano; la llama que apareció en torno a la frente del futuro rey, cuando era niño, procedía del dios. Como divinidad benéfica, Vulcano tenía por esposa a Maya, a la que el sacerdote sacrificaba una cerda, todos los años, el primero de mayo. Vulcano, además de los atributos de su equivalente griego, poseía algunos propios. Era el dios de los incendios, que podía provocar y extinguir. Como tal iba unido a Stata Mater, la diosa que detenía el fuego y, junto con esta, protegía las casas. Como todos los dioses y como la Vesta del hogar doméstico, Vulcano tenía en Roma un significado político. El principal lugar que le estaba consagrado era el Vulcanale, o *area vulcani*, una plataforma sobre el *Comitium* donde se celebraban las asambleas del pueblo. El Vulcanale donde se reunían los patricios y el senado era el hogar sagrado del propio *Comitium*, es decir, una morada pública o del Estado. Precisamente en este lugar, según la leyenda, se efectuaron las negociaciones entre Rómulo y Tacio, rey de los sabinos, y siguió siendo en los tiempos históricos escenario de las reconciliaciones políticas. Vulcano tenía un solo templo en Roma, que se levantaba en el campo de Marte, además de numerosas capillitas junto con Stata Mater. La principal fiesta en honor de Vulcano, la *Vulcanalia*, se celebraba el veintitrés de agosto con juegos públicos en el circo Flaminio. Tenía lugar otra el veintitrés de mayo, durante la cual se ofrecían al dios las trompetas e instrumentos de metal, lo más refulgentes posible, para cuya construcción había sido necesario el uso del fuego.

Las representaciones artísticas no pusieron casi nunca de relieve la deformidad física de Hefesto, sino que lo presentaron como un hombre robusto y barbudo. En sus funciones de herrero aparece con una túnica y un gorro, y lleva en la mano el martillo y las tenazas, instrumentos fundamentales de su oficio.

HELE

Hija de Néfele y Atamante. Su padre se casó en segundas nupcias con Ino, que concibió un odio profundo hacia sus dos hijastros Hele y Frixo. Para escapar a su persecución, ambos huyeron montados en el carnero del vellocino de oro, pero durante el viaje Hele cayó, ahogándose en el mar, que, en recuerdo de ella, tomó el nombre de Helesponto, zona que se corresponde con el actual estrecho de los Dardanelos, que une el mediterráneo con el mar de Mármara y el Bósforo.

HELENA

Según algunos, entre los que figura Homero, era hija de Zeus y de Leda, y según otros, de Tíndaro, rey de Esparta, y Leda. Hermana de Clitemnestra y de los Dioscuros, Cástor y Pólux. Fue raptada por Teseo cuando sólo tenía quince años y retenida prisionera en la ciudad de Afridna, de donde la liberaron sus hermanos. Se casó con Menelao, hijo de Atreo, que sucedió a Tíndaro en el reino de Esparta. A su corte llegó un día Paris, el bellísimo y gallardo hijo de Príamo, rey de Troya, a quien el esplendor y el fausto oriental de su indumentaria y de su séquito hacían todavía más fascinador. Afrodita, protectora de Paris —al cual había prometido un premio cuando este, en el monte Ida, le otorgó la manzana de oro, designándola como la más hermosa frente a Hera y Atenea—, inspiró a Helena un ardiente amor hacia el extranjero. Paris, a su vez, no permaneció insensible ante los encantos de la mujer de su anfitrión, a quien se consideraba la más bella entre las bellas, y durante una ausencia de Menelao de Esparta, huyó con ella conduciéndola a Troya. Grande fue la indignación de los griegos, que solicitaron la restitución de Helena. La negativa de los troyanos originó la famosa guerra que duró diez años. Después de la muerte de Paris, Helena se casó con el hermano de este, Deífobo, en cuya casa fue encontrada la noche de la rendición de Troya. Al parecer, ella misma entregó a su marido troyano a manos de Menelao, que lo mató. Helena volvió entonces a Esparta con su legítimo esposo. Una versión posterior, recogida por Eurípides y que dio tema a una de sus tragedias, titulada precisamente *Helena*, contaba que Paris no raptó a la propia Helena, sino a una imitación de esta; la auténtica mujer de carne y hueso permaneció durante todo el periodo de la guerra de Troya junto a Proteo, el sapientísimo rey de Egipto. Allí la encontró Menelao después de muchas pesquisas y volvió con ella a Esparta. De nuevo en su patria, Helena vivió tranquila los últimos años de su vida, siendo feliz como madre de Hermione, a quien se disputaban Pirro, hijo de Aquiles, y Orentes, hijo de Agamenón. Otras leyendas, en cambio, atribuían a Helena un fin mucho más dramático. Muerto

HELENA Y PRÍAMO

Menelao, fue expulsada de Esparta y obligada a refugiarse en Rodas. Allí Polixa, viuda de Tlepólemo, que había perdido la vida en la guerra de Troya a manos de Sarpedonte, la hizo ahorcar para vengarse.

El mito de Helena ha inspirado siempre a los poetas de todos los tiempos. La mujer bellísima, objeto de una dura contienda entre los pueblos y causa de una guerra larga y cruenta, se consideró el símbolo del eterno femenino.

HELENO

1. Hijo de Príamo, rey de Troya, y de Hécuba. Cuando la ciudad fue conquistada por los griegos, estos se repartieron a los hijos de los jefes troyano y heleno; tocó en suerte a Neptólemo (o Pirro), el hijo de Aquiles. Entre ambos nació una buena amistad y, al morir Neptólemo, Heleno obtuvo una parte de su reino y se casó con Andrómaca, la viuda de Héctor.

2. Héroe mítico fundador de la estirpe helénica. Hijo de Deucalión y Pirra, fue el primer mortal nacido después del diluvio. De la ninfa Orseida tuvo tres hijos: Eolo, que dio nombre a los eolios; Doro, de quien lo tomaron los dorios; y Juto, humanización tardía de Apolo, cuyos dos hijos —Ión y Aqueo— lo dieron a su vez respectivamente a los jonios y a los aqueos. Estos grupos étnicos constituyeron la población de Grecia después de la época homérica, durante la cual se consideraba como Elida tan sólo la región de Ftía. En efecto, la religión, los dialectos, las costumbres, etc., fueron los elementos comunes que determinaron el concepto de unidad nacional de Grecia, es decir, de los helenos. Por esto Heleno fue su fundador.

HELÍADES

Tres ninfas, hijas de Helios y de Clímene, hija del Océano. Se llamaban Egle, «la refulgente»; Faetusa, «la reluciente», y Lampecia, «la brillante». Afligidas por la muerte de su hermano Faetón, fulminado por Zeus y arrojado al río Eridano (el actual Po) por haber guiado imprudentemente el carro de Helios, lo lloraron mucho tiempo. Zeus las castigó por aquel llanto inútil, que no servía para resucitar a su hermano, y las transformó a las tres en chopos. Sus lágrimas se trocaron en ámbar.

HELICÓN

Monte de Beocia en la Grecia central, conocido por las célebres fuentes Agánipe e Hipocrene y por ser considerado sede de las Musas.

HELIOS

El Sol, hijo de Hiperión y de Tea y hermano de Selene (la Luna) y de Eos (la Aurora), todos ellos astros de la luz. Se casó con Perseida y de ella tuvo a Eetes, que llegó a ser rey de Cólquida y guardián del vellocino de oro, y a la maga Circe. Los antiguos se imaginaban a Helios como un joven de figura arrogante y robusto, cuyos ojos eran particularmente brillantes y con una cabellera de rizos de oro. También de oro era el yelmo que llevaba en la cabeza. La misión de Helios era transmitir la luz del día y el calor a los dioses y a los hombres. Por la mañana abandonaba el país de los etíopes, al oriente del Océano, y comenzaba a recorrer la bóveda celeste. Eos, la Aurora diosa del amanecer, le abría las puertas de su palacio y una luz rosada se difundía entonces por Oriente, mientras las estrellas huían del cielo y corrían a refugiarse en el seno de la noche. Helios ordenaba a las Horas, sus esclavas, que uniesen sus cuatro fogosos corceles al carro esplendente con ejes y timón de oro y los radios de las ruedas de plata. Este era el vehículo utilizado por Helios

HELIOS MONTADO EN SU CUADRIGA

para su viaje cotidiano, que terminaba al atardecer con su regreso al océano, cerca de la región donde, según la fantasía, se alzaba un magnífico palacio rodeado de bellísimos jardines, denominados de las *Hespérides*. Más tarde, para explicar la salida de Helios a la mañana siguiente por Oriente, los antiguos se imaginaron que atravesaba el océano durante la noche a bordo de un bajel todo de oro, que Hefesto había fabricado expresamente para él. De sus amores con Clímene, hija del Océano, nació Faetón, el imprudente hijo del Sol, que un día pidió a su padre que le dejase guiar su carro de fuego. El inexperto joven se aproximó demasiado a la tierra, provocando inmensos desastres, por lo que fue fulminado por Zeus. A Helios se le atribuía el principio de toda sabiduría, porque se creía que con su luz y sus viajes cotidianos en torno a la tierra penetraba incluso en los lugares más ocultos, por eso no se le podía encubrir nada de cuanto ocurría. El culto a Helios estaba muy difundido por todas partes, especialmente en Corinto y sus colonias, en Sición, en Argos, en Arcadia, en el monte Taigeto, entre Laconia y Mesenia, y en la Élide. El centro era, sin embargo, la isla de Rodas, donde se celebraba cada año una solemnísima fiesta en honor de Helios, en el curso de la cual se organizaban importantes juegos gimnásticos y competiciones musicales. Dicha fiesta era la mayor festividad religiosa de la isla. Relacionado con el culto del Sol estaba el de los rebaños, que, según se creía, le estaban consagrados. Se decía que ellos tenían en Trinacria siete rebaños de bueyes y otras tantas camadas de ovejas escogidas, bajo la custodia de las ninfas Faetusa y Lampecia, hijas suyas y de Neera. Estos rebaños simbolizaban los días de la semana y cada uno de ellos constaba de cincuenta cabezas de ganado; este número no se modificaba nunca porque se trataba de las semanas del año que, según el calendario de los antiguos, eran precisamente cincuenta. Otros animales consagrados a Helios eran los caballos y el gallo.

Antiquísimo fue también entre los romanos el origen del culto al Sol, que estos tomaron de los sabinos. En el templo de Quirino, donde tenía su sede el culto a dicha divinidad, en el 293 a. de C. se colocó el primer reloj de sol. En Roma se creía también que el Sol sabía todas las cosas, por lo que se le llamó Sol Index, es decir, «Sol revelador». Por ser auriga en su carro de fuego, estuvieron consagradas al Sol las carreras ecuestres y se le edificó un templo en el Circo. Todas las leyendas referentes al Helios griego fueron recogidas en los mitos romanos y enriquecieron el ciclo del Sol. A partir del siglo V a. de C. Helios-Sol fue confundido con Febo-Apolo.

LOS REBAÑOS DE HELIOS

Helios aparece citado y descrito con frecuencia por varios autores, entre ellos Eurípides y Ovidio. En la escultura sirvió con frecuencia de tema a los bajorrelieves que adornaban los templos, como los del frontón oriental del Partenón. En Rodas, centro del culto al Dios, las estatuas que lo representaban eran particularmente numerosas. Fue célebre el *Coloso de Rodas*, una de las siete maravillas del mundo, estatua gigantesca del dios Sol, obra de Cares de Lindo, discípulo de Lisipo, erigida en el 291 a. de C. y destruida unos sesenta años después por un terremoto.

HEMÓN

Hijo de Creonte, rey de Tebas. Se había enamorado de Antígona. Cuando su padre la condenó a muerte por haber dado sepultura a sus dos hermanos Eteocles y Polinice, Hemón, al saber que la muchacha se había suicidado, enloqueció de dolor, y se privó violentamente de su vida junto al cadáver de Antígona.

HERA (JUNO)

Hija de Crono y de Rea Cibeles, fue considerada hermana mayor y esposa de Zeus y, por lo tanto, reina del cielo, pero no dominó como este los fenómenos atmosféricos. En ella se veía, más que la divinidad femenina del cielo, así como Zeus era la masculina, el elemento femenino en la vida del universo. El rasgo fundamental de su naturaleza lo constituye su matrimonio con Zeus, que simboliza la unión del cielo con la tierra, considerada la causa primera de la fecundidad del suelo. En efecto, dichas nupcias se renuevan cada primavera, cuando la vida del mundo renace. Podemos, sin duda, deducir que significó la fuerza generativa de la naturaleza. Desempeñó la función que, en tiempos más antiguos, se atribuían a Gea y a Rea, las antiguas divinidades titánicas, reemplazadas por las olímpicas. El mito de las sagradas nupcias entre Zeus y Hera se remonta indudablemente a una época muy remota. La celebración mítica del sacro connubio constituía la parte principal de las ceremonias rituales en honor de Hera, lo cual atestiguó el significado alegórico del mito y el auténtico carácter del origen de la diosa. En la *Ilíada* ocupa un papel importante la figura de Hera, y sus epítetos más frecuentes son «Hera, la de los blancos brazos, la de los ojos bovinos», cuyo significado sigue siendo dudoso. Durante el sitio de Troya, Hera protegió a los griegos. La vemos siempre movida por un odio inextinguible contra sus adversarios. La leyenda afirma que la causa de dicho odio se remonta al juicio de Paris, el cual debía decidir sobre la más bella. Escogió a Afrodita, prefiriéndola a Hera. Sin embargo, las características de esta son esencialmente argivas, por lo que no hay que sorprenderse de que defendiese apasionadamente a los griegos en la guerra. En la *Ilíada*, Hera aparece representada como la diosa principal, celosa de la importancia de su rango como esposa del rey de los dioses. Precisamente a esta ambición se deben sus frecuentes litigios con Zeus, en los que, por otra parte, lleva siempre las de perder. Las interpretaciones de este hecho son fundamentalmente dos. Algunos creen que dichos litigios eran una representación simbólica de los bruscos cambios atmosféricos; otros creen, en cambio, que eran simplemente el resultado del antropomorfismo de los ritos griegos. Por ello, la vida de la pareja divina refleja fielmente las vicisitudes de las parejas humanas. Como diosa de la fuerza generativa de la naturaleza, Hera fue la protectora del matrimonio y del parto; Ilitía, la divinidad que presidía este último, era hija suya. Hera santificó los vínculos conyugales, concedió fecundidad a las esposas y veló por la familia, dándole

HERA

fuerza y belleza. La granada, símbolo del amor conyugal y de la fecundidad, es la planta que le estuvo consagrada; el cuclillo, pregonero del buen tiempo y de las vivificantes lluvias primaverales, y el pavo real son los animales a ella dedicados. Se cuenta que una vez, Zeus, para congraciarse con su esposa, se transformó en cuclillo. El lugar más antiguo del culto a Hera fue Argos, pero su culto se difundió muy pronto por Micenas y Esparta, según atestigua Homero, que afirma que las tres ciudades fueron muy amadas por la diosa. Al extenderse la civilización argiva o dórica, su culto cobró nuevo auge. Su templo más famoso se alzaba cerca de Argos y por ella tomó el nombre de Hereo. Allí, cada cinco años, se celebraban grandiosas fiestas en su honor, llamadas *Hereas*, en las cuales participaban las jóvenes. La diosa fue particularmente venerada por las mujeres, debido al carácter de sus atribuciones. En dicho templo estuvo colocada la más famosa estatua de la diosa, colosal escultura de oro y marfil, obra de Policleto. La belleza de esa estatua podía parangonarse con la del Zeus olímpico de Fidias.

Hera fue llamada por los romanos Juno, que, prácticamente, es una versión femenina del nombre de Júpiter (Jovis). También en Roma se consideró a Juno al mismo tiempo hermana y esposa de Júpiter, reina del cielo y protectora del matrimonio y de los partos, siendo en general la protectora de las mujeres, a las que asistía en las diversas situaciones y momentos de su vida. Los epítetos que se le aplicaban nos indican con claridad cuáles fueron sus atribuciones: *Vorginalis* y *Matronalis*, diosa de las vírgenes y de las mujeres casadas; *Iugalis* y *Domiduca*, diosa de las bodas, que conducía a la recién casada a su nuevo hogar; *Lucina*, diosa de los partos; y *Pronuva*, que presidía los esponsales; este último apelativo, sin embargo, no era propio del culto sino una invención poética. El primero de marzo, en Roma, las mujeres casadas celebraban una gran fiesta en honor de Juno. Dicha fiesta era denominada la *Matronalia*, y consistía en una solemne procesión al templo de Juno Lucina en el Esquilino, donde se le ofrecían ramos de flores. La leyenda afirma que la institución de esta fiesta se debe a Rómulo. Lo mismo que Júpiter, Juno tuvo en Roma un significado político. Fue la protectora del Estado romano. Recuérdense sus apelativos de *Regina* y *Capitolina*; este último se debía a su templo en el Capitolio, que compartía con Júpiter. Fue también la protectora de la guerra, como atestigua una estatua conocida con el nombre de *Juno de Lanuvio*, que la representa armada con lanza y escudo.

Sus estatuas la presentan con una severa belleza matronil. Los artistas tenían siempre presente su condición de esposa de Júpiter y sus atribuciones, por esa razón le dieron un aspecto sumamente majestuoso.

HERACLES (HÉRCULES)

Las aventuras y las empresas de Heracles forman un ciclo complejo en el que se superponen elementos muy diversos, que tienen su origen en relatos populares y mitos de evidente carácter religioso. Fue, en realidad, el héroe de la estirpe dórica, lo cual no significa, sin embargo, que su leyenda fuese exclusivamente de dicho pueblo, sino que se relaciona con la tradición aquea y micénica advirtiéndose también algunas influencias llegadas de Oriente. Por su ascendencia, Heracles era argivo y pertenecía a la familia de los Perseidas (cuyo fundador fue Perseo), al igual que su madre, Alcmena, y su padre mortal, Anfitrión, ambos oriundos de Tirinto. Tras matar Anfitrión a Electrión, para evitar la venganza del hermano de este, llamado Esténelo, huyó de Tirinto, y fue acogido por Creonte, rey de Tebas. Mientras Anfitrión estaba ausente de la ciudad luchando contra los Teleboides, Zeus lo sustituyó al lado de Alcmena y, durante una noche que duró el triple de lo normal, el rey de los dioses engendró un hijo. A su regreso, Anfitrión engendró otro hijo con Alcmena. Ambos niños nacieron a la vez, Heracles, hijo de Zeus, e Ificles, hijo de Anfitrión. Hera, celosa, juró odio al hijo de la amante mortal de su esposo. Zeus, feliz, pensando en el hijo que iba a nacer, afirmó poco antes del nacimiento de Heracles, que el niño que iba a ver la luz del día sería el más fuerte de los Perseidas y el dominador de su estirpe, así como rey de Argos. Hera, cuya atribución era proteger los partos, hizo que el nacimiento de Heracles se retrasara, anticipando en cambio el de su primo Euristeo, hijo de Esténelo. Ocurrió,

HERACLES NIÑO CON LA SERPIENTE

pues, que Euristeo nació al cabo de siete meses, mientras que Heracles permaneció en el seno de su madre durante diez. Sin embargo, el decreto de Zeus era inmutable, por lo que Euristeo, aunque vil y cobarde, pasó a ser el jefe de su estirpe, convirtiéndose Heracles en su esclavo. Hera, no contenta con esto, cuando el niño cumplió ocho meses, trató de matarlo, introduciendo en su habitación dos enormes serpientes que debían asfixiarlo, pero Heracles, aunque envuelto en pañales, poseía una fuerza excepcional y, levantándose de la cuna, despedazó a las dos serpientes con sus manos.

Fue educado en Tebas según la tradición educativa helenística. Tuvo excelentes maestros, pero demostró enseguida poseer una gran disposición para la lucha y para la guerra, siendo, por el contrario, torpe e indócil cuando se trataba de aprender las bellas artes. Mientras que con aprovechamiento le enseñaba Éurito a manejar el arco, Autólico a adiestrarse en la lucha, el centauro Quirón en la astronomía y la medicina, Cástor a manejar las armas, y el propio Anfitrión a guiar con pericia los caballos, Lino trató inútilmente de inculcarle algunos aspectos de música. En un acceso de ira, Heracles lo mató golpeándolo con el instrumento musical que estaba usando. Como castigo por su indisciplina, Anfitrión lo mandó al monte Citerón, para que se ocupase de los rebaños hasta los dieciocho años. Allí el adolescente realizó su primera hazaña, matando a un león. Dicha misión le fue encomendada por el rey Tespis y, durante el tiempo que duró la caza, Heracles se hospedó en el palacio de este. Tespis, que tenía cincuenta hijas, hizo que cada noche durmiese una de ellas con el héroe. Heracles se unió a todas ellas, pero, durante el día, la caza lo fatigaba de tal manera que no se daba cuenta de que cada noche la muchacha era diferente. De esta manera le nacieron cincuenta hijos, los Tespiadas, que más tarde colonizaron Cerdeña. Mientras regresaba de la caza del león de Citerón, Heracles tropezó con los mensajeros de Ergino, rey de los minios de Orcómeno, que se dirigían a Tebas para recibir el tributo anual de cien bueyes. Heracles, sin vacilar, les cortó la nariz y las orejas, enviándolos, así mutilados, a Orcómeno. Estalló una guerra en la que el héroe quedó vencedor y consiguió no sólo liberar a Tebas del tributo, sino también imponer uno doble a los vencidos minios. Creonte, rey de Tebas, para demostrar su gratitud al héroe, le dio por esposa a su hija Megara, mientras los dioses lo felicitaban regalándole magníficas armas nuevas. Euristeo, rey de Tirinto y Micenas, reclamó por entonces sus servicios y lo llamó a su lado para encomendarle doce empresas, y tras superarlas conseguiría la inmortalidad. Aconsejado por el oráculo de Delfos, Heracles tuvo que obedecer, pero esto le hizo montar en cólera hasta el punto de enloquecer y matar a los tres hijos que había tenido con Megara y a los dos de Ificles. Al volver en sí, se horrorizó de lo que había hecho y, sin más vacilaciones, se encaminó al encuentro de Euristeo, renunciando a Megara. He aquí *los doce trabajos de Heracles*, que el héroe realizó al servicio de Euristeo.

HERACLES OFRECIENDO A EURISTEO
EL JABALÍ DE ERIMANTO

1. *El león de Nemea*. Este animal feroz, que en la región de Nemea realizaba toda suerte de tropelías y daños, era un monstruo, hijo de Tifón y Equidna, cuya piel resultaba invulnerable. No era posible matarlo con las armas, por lo que Heracles lo empujó hacia su madriguera y lo ahogó con la fuerza de sus brazos. Luego lo descuartizó, revistiéndose con su piel, que, desde entonces, se convirtió en su indumentaria habitual, mientras que la cabeza le sirvió de yelmo. Euristeo, al ver estos despojos, se sintió tan atemorizado que, desde aquel momento, prohibió a Heracles la entrada en la ciudad, conminándole para que en el futuro dejase el botín fuera de las murallas.

2. *La Hidra de Lerna*. También este monstruo era hijo de Tifón y de Equidna. Era una enorme serpiente con nueve cabezas. Una de estas era inmortal. Los alrededores de Lerna eran el escenario de sus fechorías y mataba con extrema crueldad a hombres y animales. Heracles la hizo salir primero de su madriguera, arrojándole dardos y, luego, con temerario valor, se enfrentó a ella y empezó a cortar las monstruosas cabezas con la espada, pero grande fue su asombro al advertir que, por cada cabeza que le cortaba, le crecían otras dos. Para impedir este fenómeno pidió ayuda a su sobrino Yolao, hijo de Ificles, y juntos encendieron una gran hoguera en el bosque cercano, sacando los troncos encendidos, con los cuales Heracles quemó las carnes de la Hidra, y así las cabezas cesaron de reaparecer. Sobre la que era inmortal dejó caer un peñasco, y la aplastó. Mojó la punta de sus dardos en la sangre venenosa de la Hidra y estos, desde entonces, produjeron heridas incurables. Durante esta empresa, el gran héroe mató también a un enorme cangrejo, que había surgido de la tierra, enviado por Hera contra él.

3. *El jabalí de Erimanto*. Euristeo ordenó a Heracles conducir ante él a este gigantesco animal, que infestaba los campos cercanos al monte Erimanto, donde tenía su guarida, en los confines de la Acaya con Élide y Arcadia. Heracles lo persiguió mucho tiempo procurando fatigarlo y, al llegar finalmente a la cima del monte cubierta de nieve, consiguió apoderarse de él y llevárselo consigo. Cuando Euristeo vio el animal, se aterrorizó tanto que fue a esconderse en un tonel. Esta empresa de Heracles tiene relación con una de sus aventuras secundarias. Se cuenta que, tras haber recibido hospitalidad en casa del centauro Folo, durante su viaje en busca del jabalí, Heracles se sirvió durante la comida del mismo vino bebido por los Centauros. Estos lo atacaron para castigarlo, pero quedó vencedor y mató a algunos, entre ellos a Eurición, obligando a los demás a huir hasta Malea, donde habitaba el centauro Quirón, uno de sus maestros. Este fue alcanzado involuntariamente por uno de los dardos del héroe, que le produjo una herida incurable.

4. *La cierva de Cerinea*. Era un animal famoso por su velocidad. Tenía los cuernos de oro y los pies de cobre. Había sido, en otro tiempo, consagrada a Ártemis por la ninfa Taigeto. Habitaba en el monte Cerinea, entre la Arcadia y la Acaya. Heracles persiguió al animal durante un año sin alcanzarlo. Este, en su incesante huida, llegó hasta el país de los Hiperbóreos, donde se encontraba el último confín de las tierras conocidas. Cuando no pudo avanzar más, la cierva se vio obligada a desandar el camino, se encontró con Heracles, que velozmente le cerró el paso y la hirió ligeramente con un dardo muy cerca del río Ladone, en la Arcadia, consiguiendo de esa forma capturarla.

5. *Los pájaros de Estinfalia*. En torno al lago de Estinfalia, en la Arcadia, existía un tupido bosque lleno de pájaros horrendos, que se alimentaban de carne humana. Constituían un azote para las campiñas vecinas y Euristeo ordenó a

Heracles que los matase. Estos pájaros tenían alas, pico y zarpas de cobre y utilizaban sus plumas puntiagudas como flechas, con las que mataban a hombres y animales. Para hacerlos salir de la espesura del bosque, Heracles recurrió a una estratagema que le había aconsejado Atenea. Provocó un gran estrépito con unos cascabeles de bronce desde la cima de un monte cercano y, cuando apareció el enjambre de animales atemorizados, los exterminó con sus dardos, uno tras otro.

6. *La limpieza de los establos de Augias*. En Élide vivía el rey Augias, que poseía una inmensa cantidad de ganados, pero era muy negligente y avaro, por lo cual en sus establos se amontonaba el estiércol y nadie se cuidaba de limpiarlos. Euristeo encomendó dicha empresa a Heracles, que debía limpiar todos los establos en un solo día. La empresa pareció tan irrealizable al propio Augias, que le prometió un tercio de su rebaño si triunfaba en su intento. El héroe recurrió a una estratagema, desvió el curso del río Alfeo e hizo pasar sus aguas por los establos, que quedaron limpios en poco tiempo, con gran alegría de Augias. Este, sin embargo, cuando llegó el momento de cumplir su promesa, sabiendo que había sido Euristeo quien había ordenado el trabajo, se negó a entregar el ganado. Heracles envió soldados armados a Élide, pero fueron derrotados por los Moliónidas, Euritas y Creato. Este hecho enfureció al héroe, que quiso vengarse personalmente. Consiguió matar a Augias y a sus hijos.

7. *El toro de Creta*. El animal, un enorme toro negro, surgido de las aguas por voluntad de Poseidón, llegó a la corte de Minos, el cual hubiese debido sacrificarlo al dios del mar, que lo había enviado, pero al no cumplir el rey su promesa, el dios hizo que el toro se encolerizase y empezase a recorrer la isla, sembrando el terror y la muerte entre sus habitantes. Heracles, encargado de apresarlo, lo

capturó vivo de regreso a Grecia y, después de haber atravesado el mar con dicha carga sobre sus hombros, lo entregó a Euristeo. Este lo ofrendó a Hera, que no lo aceptó, por lo que el animal fue dejado en libertad, pasando a Ática. Teseo lo capturó y lo mató.

8. *El cinturón de Hipólita*. La hija de Euristeo, Admeta, deseaba poseer el cinturón de Hipólita, reina de las Amazonas, que esta había recibido de Ares. Las Amazonas eran un pueblo de mujeres guerreras, que vivían en el interior de Asia, descendientes de Ares. Heracles se encargó de satisfacer el capricho de la hija de Euristeo. Se dirigió a Temiscira, donde se encontraba la corte de Hipólita, y consiguió que la reina accediese a regalarle su cinturón. Sin embargo, la malévola Hera, disfrazada de Amazona, provocó el rumor de que se intentaba raptar a Hipólita, lo cual originó una lucha entre Heracles y las mujeres guerreras, en la que el héroe mató a Hipólita. De esta forma, se adueñó del codiciado cinturón. Durante el viaje de regreso, liberó a la bella Hesíone.

9. *Los bueyes de Gerión*. El noveno trabajo de Heracles consistió en apoderarse de los bueyes de Gerión, monstruo con tres cuerpos de cintura para arriba, hijo de Crisaor y Calírroe y descendiente de la Gorgona Medusa. Poseía un abundante y bien cebado ganado de bueyes rojizos, custodiado por el pastor Euri-

HERACLES CONDUCIENDO UN BUEY
AL SACRIFICIO

ción y por el perro bicéfalo Ortro, en la isla Eritrea, situada en los confines de Occidente. El héroe se encaminó a través de Libia y se encontró con el gigante Anteo. Se dice que al atravesar el estrecho de Gibraltar, erigió de una costa a otra las dos columnas llamadas *columnas de Hércules*, que indicaban el lugar más allá del cual era temerario aventurarse. Se le planteaba la dificultad de atravesar el Océano, por lo que pidió a Helios que le dejase utilizar la barca en forma de taza que utilizaba por la noche para llegar al país de los etíopes. El dios, que admiraba la osadía del héroe, aceptó de buen grado y así llegó Heracles a la isla de Eritrea y, después de matar a Eurición y a Ortro, logró apoderarse de la manada. Gerión, avisado de que alguien le robaba, persiguió al ladrón, pero, entablada la lucha, fue derrotado y muerto. Heracles efectuó el viaje de regreso a través de Iberia, las Galias e Italia y, al atravesar el país de los ligures, fue atacado por unos bandoleros. Para ayudarlo, Zeus hizo llover piedras del cielo. Al llegar a las orillas del Tíber, el lugar donde un día debía alzarse Roma, el ladrón Caco, que vivía en una cueva del Aventino, robó al héroe algunas cabezas de ganado, pero al advertirlo, este lo castigó con la muerte. Por último, consiguió entregar el ganado a Euristeo, que lo sacrificó ante Hera Argiva.

10. *Los caballos de Diomedes*. El cruel Diomedes, hijo del feroz Ares y rey de Tracia, solía alimentar a sus caballos con carne humana. Tan bárbara costumbre provocó la indignación de Euristeo, que ordenó a Heracles acabar con ella. El héroe venció al rey de Tracia y, despedazándolo, arrojó sus restos en los pesebres de los caballos para que los devorasen. Luego ató los fogosos corceles con una larga cuerda y los condujo al galope ante Euristeo, quien los dejó en libertad.

11. *Las manzanas del jardín de las Hespérides*. Cuando Hera se casó con Zeus, la Tierra le regaló unas manzanas de oro maravillosas que la reina de los dioses mandó guardar en un jardín situado en un valle de África, en Mauritania, custodiado por las Hespérides, hijas de Atlante y de Hespérida, ayudadas por el dragón Ladón. Al ser plantadas las manzanas, produjeron árboles cuyos frutos reproducían los originales. Euristeo se encaprichó de dichas manzanas y Heracles, para complacerle, se puso en camino hacia el país de las Hespérides, cuya ubicación ignoraba, lo que le obligó a numerosos vagabundeos. Llegó primero a Iliria para interrogar a las ninfas del río Eridano sobre el camino que debía seguir y estas le aconsejaron que acudiese al dios marino Nereo, el único que podía facilitarle la información que necesitaba. Sin embargo, este no estaba dispuesto a complacer al héroe, que tuvo que obligarlo por la fuerza; finalmente el dios cedió, revelándole que las indicaciones precisas se las daría Prometeo, quien habitaba en el Cáucaso. En su viaje, Heracles atravesó Egipto, donde encontró al cruel rey Busiris que capturaba a los extranjeros y los sacrificaba a Zeus. También el héroe tenía que sufrir la misma suerte, pero con una sacudida de sus brazos despedazó las cadenas y se abalanzó sobre Busiris, a quien mató junto con sus hijos. Pasó luego a la Arabia y, utilizando de nuevo la barca de Helios, llegó al Cáucaso. Aprovechó para liberar a Prometeo de su suplicio, matando al águila que le roía el hígado. En agradecimiento, Prometeo le indicó el camino que conducía a las Hespérides y le reveló que Atlante, padre de estas, tendría que recoger las manzanas de oro. Atravesando Escitia, Heracles llegó finalmente al país de los Hiperbóreos donde el gigante Atlante cumplía su condena sosteniendo sobre sus hombros la bóveda celeste, como castigo por haberse revelado contra Zeus. Heracles se ofreció a ocupar su lu-

gar durante el tiempo que él tardase en cruzar el jardín y apoderarse de los preciosos frutos. Atlante consintió, pero al regresar con el botín se negó a ocupar de nuevo su puesto. Fingiendo resignarse, Heracles le rogó que sostuviese sólo por un momento el voluminoso peso y el ingenuo Atlante aceptó de buen grado, pero apenas tuvo en la mano la bóveda celeste, Heracles se alejó, dejándolo solo y llevándose consigo las manzanas de oro. Según otra versión, el propio Heracles penetró en el jardín para coger los frutos, matando al monstruo Ladón, que los custodiaba. Cuando Euristeo tuvo las manzanas de oro, no supo qué hacer con ellas y las devolvió al héroe, que a su vez las entregó a Atenea y, por medio de la diosa, volvieron al jardín de las Hespérides.

12. *La captura de Cerbero*. Este fue el último trabajo a que se sometió Heracles para complacer a Euristeo. Recibió la orden de bajar a los Infiernos y capturar al can Cerbero, un monstruo con tres cabezas que guardaba la puerta que conducía al mundo de ultratumba. Heracles, iniciado en los misterios Eleusinos, descendió a la región subterránea a través de la puerta del Hades que, según se decía, se encontraba en el cabo Tenaro. Por orden de Zeus, le guió Hermes. En cuanto entró, vio a Teseo y Pirítoo atados como castigo por haber intentado raptar a Perséfone. Teseo fue liberado por Heracles, y estaba a punto de desatar también a Pirítoo cuando un terrible temblor de tierra le advirtió de que si lo hacía se enemistaría con el rey de los Infiernos. Mientras caminaba, se encontró con muchos héroes difuntos, entre ellos a Meleagro, el luchador de Calidón, que acababa de morir y que le encomendó a su hermana Deyanira. Heracles le prometió casarse con ella al volver al mundo de los vivos. Habiéndole informado Hades del lugar donde se encontraba Cerbero, obtuvo el permiso de capturarlo, con la condición de dominarlo sin la ayuda de las armas. El héroe lo apresó por la garganta y lo condujo ante Euristeo, pero este, al ver al animal, quedó tan aterrorizado que ordenó a Heracles que se lo llevase. Este lo devolvió al Hades, de donde lo había sacado.

Con este último trabajo, Heracles había cumplido su servicio a las órdenes de Euristeo, quedando por fin libre de su servidumbre. Continuó luchando, sin embargo, y sus expediciones se sucedieron sin descanso. Abandonando Argos, regresó a Tebas y se dirigió después a Ecalia, lugar cuya ubicación es discutida, donde el rey Éurito había desafiado a los pretendientes de su hija Yole a una competición de tiro con arco, siendo los adversarios él mismo junto con sus hijos; el vencedor se casaría con la muchacha. Heracles, que figuraba entre los aspirantes a su mano, aceptó el desafío y venció, pero Éurito, recordando que aquel había matado a los hijos que tuvo con Megara, su anterior esposa, y que fue esclavo de Euristeo, no quiso cumplir su promesa. Heracles prometió vengarse y, al encontrar a Ífito, hijo de Euristeo, lo mandó arrojar desde las murallas de Tirinto, causándole la muerte. Según otra leyenda, Ífito era amigo íntimo de Heracles, que lo mató en un arrebato de locura. El héroe debía, no obstante, expiar la sangre derramada, pero el oráculo de Delfos, a quien acudió en demanda de consejo, se negó a darle una respuesta. Entregado a uno de sus terribles arrebatos de cólera, Heracles estaba a punto de entablar un duelo con el propio Apolo, que bajó a su templo para impedir que el héroe cometiese actos de violencia. Zeus interrumpió con uno de sus llameantes rayos la impía lucha. Como castigo, el héroe tuvo que vivir en la esclavitud durantes tres años, pasando dicho periodo en casa de Onfale, reina de Lidia y viuda de Tmolo. Influido por la relajación de costumbres de la corte oriental, Hera-

HERACLES, DEYANIRA Y NESO

cles vistió ropas de mujer e hiló a los pies de la taimada reina a la que había permitido revestirse con la piel del león de Nemea. Él llevaba la clava, que ella apenas podía sostener. Algunas empresas realizadas durante este periodo demuestran, sin embargo, que su virilidad no había disminuido. Capturó y ató fuertemente cerca de Éfeso a algunos espíritus astutos y malignos que tenían la costumbre de molestar a los caminantes con bromas y burlas nada agradables. Se les llamaba Cercopes. También molestaba a los pacíficos viandantes Sileo, obligándoles a trabajar en sus viñedos. Heracles lo mató. Al terminar el periodo de esclavitud junto a Onfale, pensó en vengarse del rey de Troya Laomedon que no había cumplido su promesa. Se unió con los héroes griegos Peleo, Telamón y Oicles y juntos conquistaron la ciudad, matando a Laomedon y todos sus hijos, excepto a Podarque. Una hija del rey, Hesione, fue dada por esposa a Telamón, y Heracles le concedió la gracia de salvar a uno de los prisioneros. Escogió a su hermano Podarque, al que desde entonces llamó Príamo («rescatado») y que pasó a ser el jefe de los Dardánidas. Heracles se dirigió luego contra Neleo, rey de Pilos, que se había negado a purificar al héroe después de la muerte de Ífito. Dicha guerra, en la que intervinieron los dioses del

Olimpo y en la que se dice que el propio Ares fue herido por Heracles, terminó con la destrucción a manos de este de la estirpe de Neleo. Sobrevivió sólo Néstor, que continuó noblemente la dinastía. Heracles fue luego protagonista de una expedición contra Hipocoonte, el rey de Esparta y hermanastro de Tíndaro, a quien había usurpado el trono. Heracles lo venció devolviendo el reino a su legítimo soberano. Le ayudó en esta empresa Cefeo, rey de Tegea, cuya hija Auge, uniéndose con Heracles, concibió a Télefo, futuro rey de Nisia. Entretanto llegó para Heracles el momento de cumplir la palabra dada a Meleagro, a quien había encontrado cuando descendió al Hades. Se dirigió, pues, a Etolia, para casarse con la bella Deyanira, a cuya mano aspiraban numerosos pretendientes. Al aparecer Heracles, todos se retiraron, excepto Aqueloo, un río que poseía el poder de adoptar formas distintas y que emitía por la boca un poderoso chorro de agua, pero, a pesar de que en la lucha contra Heracles tomaba a cada momento una figura distinta, fue vencido por el héroe, que le arrancó un cuerno —ya que había adoptado forma de toro—, el cual, lleno de flores y de frutas, se convirtió en el símbolo de la abundancia. Deyanira, casada con Heracles, partió con él y poco después concibió a su hijo Hilo. Durante un viaje que emprendieron hacia Traquinia, donde residía Ceice, amigo de Heracles, tuvieron que atravesar un río de aguas turbulentas. El centauro Neso se ofreció a transportar a la joven sobre su lomo, pero enamorado de ella, intentó huir raptándola. Sin embargo, fue alcanzado por una de las terribles flechas de Heracles, que producían heridas incurables, y cayó agonizante en la playa. No obstante, tuvo tiempo de tramar una terrible venganza. Aconsejó a Deyanira que empapase una túnica en su sangre y que la guardase, pues poseía el mágico poder de devolver el amor de una persona. Si alguna vez Heracles se cansaba de ella, podría reconquistarlo haciendo que se pusiera la túnica. Así lo hizo Deyanira. Tras esta interrupción, llegaron felizmente a Traquinia, donde Heracles tuvo ocasión de participar en la lucha contra los Lapitas, batiéndose a duelo con Cicno, hijo de Ares, a quien mató. Además, consiguió herir al dios de la guerra, que se encontraba al lado de su hijo, para aconsejarle y ayudarle. Entre las últimas expediciones de Heracles figura la guerra contra Éurito, rey de Ecalia, que había ofendido anteriormente al héroe al negarle la mano de su hija Yole. Heracles venció y la ciudad cayó en su poder; la hija del rey formaba parte del botín. Cuando Deyanira supo que otra mujer se encontraba al lado de su esposo sintió celos y, pensando que quería casarse con ella, puso en práctica el consejo que el centauro Neso le dio al morir. Mandó, pues, a Heracles, la fatídica túnica como regalo. Este se la puso incautamente, pero en cuanto esta tocó su carne, fue como si le prendiesen fuego. Era la venganza de Neso.

Enfurecido por sus horribles sufrimientos, Heracles apresó al mensajero que le había traído el engañoso regalo, arrojándolo al mar, donde se transformó en una pequeña isla, llamada, en recuerdo de él, Licas. Cuando Deyanira supo lo que ocurría, llena de dolor por haber sido la causa, se suicidó. El héroe, viendo que todo estaba perdido, dio a Yole por esposa a su propio hijo Hilo y, subiendo al monte Eta, ordenó encender una hoguera. Así pensaba poner fin a sus sufrimientos y a su vida, pero nadie quería prender fuego a la pira. Finalmente, pasó por allí Poias, padre de Filoctetes, que accedió al deseo del héroe, recibiendo, a cambio de sus servicios, el arco y la aljaba como recompensa. Mientras las llamas se alzaban hasta el cielo, se oyó un fuerte retumbar de truenos y, sobre una nube, apareció un carro guiado por Palas, que recogió al héroe, llevándolo triunfalmente a la gloria del Olimpo. Después de reconciliarse con Hera, Heracles recibió el don de la inmortalidad, se casó con Hebe y tuvo con ella dos hijos, Alexiar y Aniceto. En este grandioso epílogo de una vida heroica, se pretende ver simbolizado el ocaso majestuoso del sol, envuelto en nubes, a través de las cuales su luz se filtra con el humo. La Antigüedad clásica personificó en Heracles su culto a la fuerza física, a la audacia y al valor y, a pesar de que le atribuyó algunos defectos, lo consideró como fuerza benéfica, que luchaba contra todos los obstáculos, para liberar a la humanidad de la injusticia y de la violencia. Era lógico que se le considerase protector de los gimnasios y modelo de atletas y guerreros. Por su ardor en el combate y por su obstinada lucha contra el mal, se le invocaba en los momentos difíciles, y se le veneraba como Soter («salvador») y Alexiscacos («el que aleja los males»). Se dice que la primera ciudad que veneró a Heracles como dios fue Maratón y que, cada cuatro años, se organizaban competiciones importantes, cuyos vencedores recibían como premio tazas de plata. Otras fiestas, llamadas

HERACLES FATIGADO DESPUÉS DE SUS TRABAJOS

Heraclias, se celebraban en ciudades donde se alzaban templos dedicados al dios, como Atenas, Sición, Tebas, Lindo, etc. Los romanos llamaron a Heracles *el héroe de los doce trabajos* y el ciclo de sus leyendas tuvo gran difusión también entre los pueblos itálicos, que lo ampliaron con fábulas locales. Es típica la referente a Caco, ya narrada en las páginas precedentes, y a este episodio se hace remontar la introducción del culto al dios en Italia. En efecto, Heracles, después de matar al ladrón, en agradecimiento a su padre Júpiter, que le permitió descubrir el engaño, erigió un altar en el Aventino, mientras el rey Evandro, que había albergado al héroe, organizaba una fiesta con los suyos por haber sido liberados del saqueador. En el Foro Boario se edificó en honor a Heracles el *Ara Máxima* y un templo, erigiéndose otro más tarde, al pie del Aventino. Cada año el pretor, en representación de todos los romanos, ofrecía a Heracles, en un día señalado, un ternero y una novilla. Era costumbre ofrecer también al dios un diezmo de las ganancias, en acción de gracias. También en Roma se consideraba a Heracles el protector de los ejercicios físicos y de las palestras y se le invocaba en las dificultades. Los hombres, además, solían hacer sus juramentos en nombre de Heracles.

Se le cita frecuentemente en las obras literarias de la Antigüedad clásica. En las artes figurativas aparece como un hombre de cuerpo excepcionalmente vigoroso con fuertes músculos. Es famosa la estatua de bronce de Lisipo, erigida en Taranto, que presentaba al héroe en actitud pensativa, sentado y con la cabeza apoyada en la mano izquierda. Otra grandiosa representación del mismo artista reproducía los doce trabajos; la obra fue llevada más tarde a Roma. Son también muy famosas las estatuas de Heracles Farnesio y el llamado *Torso de Belvedere*. Los atributos del héroe eran la clava y la piel del león de Nemea.

HERACLIDAS

Es el patronímico de los hijos y descendientes de Heracles, cuya tercera generación consiguió conquistar todo el Peloponeso. Fueron los fundadores de las dinastías reales dóricas.

HÉRCULES

Nombre latino de Heracles.

HERMAFRODITO

Hijo de Hermes y de Afrodita, educado por las ninfas en el monte Ida. Reunía en sí los dos sexos. Esta anormalidad se debía a que la ninfa Salmacis se enamoró de él, sin ser correspondida. La muchacha pidió a los dioses abrazar al joven tan fuertemente que nadie los pudiese separar, quedando así unida a él para siempre. Fue escuchada y, desde entonces, ambos cuerpos formaron uno sólo.

HERMES (MERCURIO)

Hijo de Zeus, tuvo como principal atribución ser mensajero de los dioses. Sobre el primitivo significado naturalístico de Hermes nada se puede decir con certeza, pero es muy probable que fuese una personificación del viento. El mito del nacimiento de Hermes, que se remonta a tradiciones antiquísimas, está detalladamente descrito en el tercer himno homérico. En la época prehelénica ya se conocían su habilidad y su astucia para atender rápidamente a todas las necesidades. La leyenda narra que Hermes, nacido en una gruta del monte Cilene, en la Arcadia, de la ninfa Maya, amante de Zeus, pocas horas después de su nacimiento escapó de la cuna. Encontrando una tortuga, la llevó consigo a la cueva y con el caparazón construyó una lira que inmediatamente aprendió a tocar y con la que se acompaña en el canto. Al anochecer se encontró muy lejos de su tierra natal, en la Pieria, donde se hallaban los establos de los dioses. Allí agarró por la cola a cincuenta novillas y las arrastró consigo escondiéndolas en una caverna de la Élide, cerca del río Alfeo, después volvió a su gruta de origen. Allí se acostó de nuevo en la cuna. Apolo, guardián del ganado divino, lo encontró allí y le obligó a restituir los animales, pero Hermes fingió no saber nada e incluso cuando fue conducido ante la presencia de Zeus en el Olimpo, continuó negando su culpabilidad. Zeus descubrió la verdad y convenció a su hijo menor para que acompañase al mayor a la cueva donde había escondido las reses. Hermes obedeció a su padre y, con el fin de que su hermano lo perdonase, tocó la lira, y para complacerle se la regaló, recibiendo a cambio una vara de oro y las mencionadas novillas. Esta fábula se explica fácilmente aceptando la hipótesis de que Hermes era la personificación del viento. El grave sonido del instrumento musical inventado por el dios es un símbolo del murmullo del viento. Por otra parte, en muchas otras mitologías, las divinidades del viento son presentadas como amantes de la música. Las novillas empujadas por él pueden ser las nubes, símbolo muy frecuente en otras mitologías. Existen otras explicaciones de los mitos de Hermes, pero todas discutibles; por lo tanto, conviene pasar a las atribuciones seguras del dios que, como veremos, son semejantes a las de Apolo, con quien el propio mito lo relaciona desde su nacimiento. Como hemos dicho, ya en Homero, Hermes aparece, en primer lugar, como mensajero o pregonero de los dioses y de Zeus en particular. En la *Odisea*, lo vemos a menudo desempeñando este cargo que, en la *Ilíada*, es referido por Iris. Por consiguiente, los pregoneros se pusieron desde el principio bajo la protección de Hermes y, al desempeñar tareas sacerdotales en los sacrificios, el propio dios los

presidía. Se le atribuyó también la función de guiar a los vivos y a los muertos. En efecto, en la *Ilíada*, lo vemos acompañar al anciano rey Príamo al campamento aqueo para pedir a Aquiles el cadáver de Héctor. Lo encontramos de nuevo en la *Odisea*, desempeñando la misma función, cuando conduce las almas de los Procios al mundo de ultratumba. Suyo fue el poder de evocar a los difuntos, acompañándolos con su vara mágica o caduceo, que sería el distintivo del heraldo o pregonero. Al principio, el caduceo consistía en una simple varita, más tarde transformada en un bastón alado con dos serpientes a su alrededor. Hermes *Psicopompo* fue concebido también como portador del sueño y causa de tal menester; los lechos tomaron de él el nombre de *herminos* y a menudo estaban adornados con su imagen. Se le dedicaban plegarias y libaciones, al anochecer, antes de acostarse. Su oficio de mensajero se debió a que era fuerte y ágil. Era, asimismo, el dios de la gimnasia, que presidía los ejercicios de los jóvenes en los gimnasios y palestras. Corría del Olimpo a la tierra veloz como el viento, y por ello fue representado con calzado y casco alados. Mensajero de la voluntad divina, se encargaba de persuadir a quien le escuchaba, siendo elocuentísi-

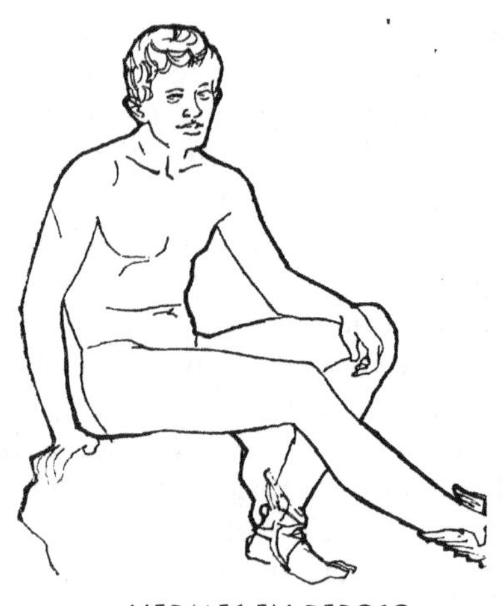

HERMES EN REPOSO

mo y, por consiguiente, el dios de la palabra, jefe de las Gracias que embellecen el discurso. Por esta razón, se le ofrecía en los sacrificios la lengua de las víctimas. Reputado como inventor del lenguaje, todos los dones intelectuales se colocaban bajo su protección, viéndose más tarde en él al descubridor y maestro de todas las artes y de todas las ciencias. A causa de su función de mensajero de los dioses, Hermes era también guardián y protector de los caminos. Todos le estaban consagrados y especialmente las encrucijadas, donde se erigían las Hermes, pequeñas pilastras coronadas por una o varias cabezas del dios, que servían para indicar la dirección de las sendas. Era el protector de los viajeros y, principalmente, de los que viajaban con fines comerciales. Muy pronto, por su astucia y amabilidad, se le consideró también el dios del comercio, que proporciona ganancias lícitas e ilícitas a los hombres. Hermes fue también el dios de los ladrones, de los mentirosos y de los engañadores o, mejor dicho, todos estos se colocaron bajo su protección. Su condición de dios pastor se puede atribuir a la leyenda de su infancia, cuando robó las terneras divinas (es evidente que esta leyenda puede ser una de las razones de que fuera el *dios de los ladrones*), aunque esto pueda relacionarse con la creencia de los antiguos de que el viento influía en la vida del ganado. Además, vela por los pastores, protegiendo, incrementando y haciendo prosperar su rebaño y fertilizando los pastos. El cordero fue el símbolo de Hermes en su función de dios pastor. En época posterior se le representó con un cordero sobre los hombros, de donde deriva, sin solución de continuidad, la leyenda del Buen Pastor de la tradición cristiana. A este símbolo se debe una última e importantísima función. Puesto que el cordero fecunda el ganado, Hermes era también el dios de la fecundación. Como tal, estaba rela-

cionado con el culto a Dioniso. La Arcadia es el lugar más antiguo donde aparece el culto a Hermes y continuó siendo la región donde más se veneró al dios. Naturalmente, allí fue adorado como protector del pastoreo. No es una casualidad que dicho culto se difundiese sobre todo por las regiones de Grecia en las que aquel predominaba. En las ciudades de la costa mediterránea, activas y comerciales, recibió grandes honores, como dios protector. El día cuatro de cada mes, que se consideraba el de su nacimiento, se le hacían ofrendas de miel, higos secos y hogazas. En Roma se le llamó Mercurio, pero no tuvo la variedad de atribuciones que caracterizaban al dios griego. Incluso el nombre (derivado de *mercari*, 'comercial') lo define específicamente como dios del comercio. El inicio de su culto coincide con la introducción de las actividades comerciales en Roma por influencia de las griegas. En el prólogo de *Anfitrión* de Plauto, Mercurio aparece exclusivamente como el dios supremo del comercio. Más tarde, los poetas y, particularmente, Horacio y Ovidio, le atribuyeron todas las cualidades del dios griego. Como es natural, Mercurio era venerado sobre todo por los comerciantes, que, en recuerdo de su madre Maya, celebraban una fiesta el día de los idus de mayo. Dicho día, a raíz de la carestía del año 495 a. de C., se le consagró el primer templo en Roma.

Los artistas más antiguos representaban a Hermes como un hombre en la plenitud de su madurez, con barba y cabellera suelta. A partir del siglo V a. de C., en cambio, aparece como un joven rebosante de vida, de miembros robustos y rostro imberbe e inteligente. Así es el Hermes de Praxíteles, que sostiene en un brazo al pequeño Dioniso; y el de Lisipo, que se ata una sandalia. En los dibujos que aparecen en las vasijas, vemos a Hermes pregonero de los dioses, y con los signos distintivos de su oficio.

HERMÍONE

Hija de Menelao y Helena y esposa de Pirro, hijo de Aquiles. Cuando Pirro, al volver de la guerra de Troya, se llevó como esclava a Andrómaca, viuda de Héctor, Hermíone fue repudiada y acudió a Orestes, hijo de Agamenón, para pedir venganza. El joven, cuya enamorada le había sido arrebatada, urdió una conjura contra Pirro y este cayó asesinado en Delfos. Orestes, entonces, se casó con Hermíone.

HERO

Sacerdotisa de Afrodita, que habitaba en Sesto, a orillas del Helesponto. Se enamoró de Leandro, que moraba a su vez en Abidos, en la orilla opuesta, y que cada noche atravesaba a nado el estrecho, para reunirse con ella. Habiéndose ahogado este durante una borrasca, Hero, abrumada por el dolor, se arrojó al mar y murió.

HESÍODO

Citamos a Hesíodo, poeta griego, nacido en Ascra, en Beocia, en el siglo VIII a. de C., porque con frecuencia apelamos al testimonio de su famosa obra la *Teogonía*, poema épico mitológico, en el que explica con orden y claridad, la genealogía de los dioses y el origen del mundo.

HESÍONE

Hija de Laomedonte, rey de Troya, y hermana de Príamo. Por no haber pagado su padre lo estipulado a Apolo y Poseidón, a cambio de su ayuda en la construcción de las murallas de Troya, como castigo fue obligado a dejar que su hija Hesíone cayera en manos de un monstruo marino. Mientras la muchacha estaba encadenada sobre una roca, Hércules, que regresaba de uno de sus trabajos (la conquista del cinturón de Hipólita), la vio y la liberó, matando al monstruo. Hesíone salvó a su hermano Podarge, llamado después Príamo, de la venganza a que condenó Hércules a su padre, Laomedonte, y a sus hermanos. Se casó con Telamón, y dio a luz a Teucro.

HESPÉRIDES

Ninfas consideradas hijas de Atlante y Hespéride, refulgente estrella del atardecer. Eran tres o cuatro: Egle, Esperetusa, Aretusa y Medusa, pero hay discrepancias, tanto en su número como en sus nombres. Personifican las olas del Océano. Se decía que habitaban en los

HESPÉRIDE

confines de Occidente, en un jardín llamado precisamente Jardín de las Hespérides, donde custodiaban un árbol con manzanas de oro, regalado por la Tierra a Hera, con motivo de sus nupcias con Zeus. La conquista de las manzanas de las Hespérides fue una de las empresas impuestas por Euristeo a Heracles, realizada por este con ayuda de Atlante o, según otra versión, por sí solo, matando al dragón Ladón.

HÉSPERO

Véase *Fósforo*.

HESTIA (VESTA)

Es la diosa del hogar. Su figura se define bastante más tarde que la de los otros dioses. En los poemas homéricos no aparece, lo que atestigua que es de concesión posterior. La palabra *hestia* para Homero designa únicamente 'hogar', que ya se veneraba, y no a la diosa, que la personificará más tarde. El desarrollo tardío de la figura de Hestia justifica el hecho de que, en torno a ella, a diferencia de los demás dioses principales del Olimpo, se haya formado un solo mito, dejando aparte la fábula de su nacimiento. En la *Teogonía*, donde Hestia aparece por primera vez con carácter antropomorfo, está representada como la hija mayor de Crono y Rea. Más tarde, aunque quedando inalterada su genealogía, se afirmó que era la hija menor. En el cuarto himno homérico se cuenta que Apolo y Poseidón aspiraron a casarse con ella, pero rechazó a ambos, jurando solamente que quería permanecer virgen. En la leyenda, la virginidad de Hestia alude a la pureza del fuego. Se convirtió en la diosa del fuego sagrado, es decir, del que servía para los sacrificios religiosos a los dioses y, más tarde, del hogar que se alzaba en medio de la casa, siendo considerado siempre como el centro de la vida familiar. Todo cuanto ocurría en la familia se colocaba bajo la protección directa de la diosa, así como toda la casa. Los nacimientos, las muertes, las bodas, la partida y la llegada de los familiares, la entrada de los huéspedes, de los mendigos y de los esclavos se relacionaban con dicha protección. Se le confiaban igualmente la prosperidad de la familia y la concordia doméstica y, puesto que los juramentos en nombre de Zeus se hacían sobre el fuego del hogar, ella compartía con el padre de los dioses el patrocinio de los juramentos. En el hogar se ofrecían sacrificios a Hestia como divinidad que lo presidía, se le dedicaban ofrendas y libaciones sagradas, al principio y al final del banquete de los holocaustos. Su culto iba a menudo unido al de Hermes, a quien se atribuía la institución de los sacrificios. También el Estado, unión de muchas familias, estaba encomendado a la protección de Hestia. En el llamado *pritaneo*, que era la sede del gobierno, estas tenían su hogar común. En el centro del *pritaneo* la diosa disponía de un altar, en el cual se conservaba siempre el fuego encendido en su honor. El encargo de mantenerlo encendido correspondía únicamente a mujeres solteras o viudas y a los *pritani*, los miembros del gobierno, que hacían diariamente libaciones en honor de Hestia y en días señalados le ofrecían banquetes en holocausto, como hacían en privado los cabezas de familia, en su propia casa. En este lugar se recibía y se hospedaba a los mensajeros y embajadores y allí buscaban refugio los fugitivos y perseguidos. De esto derivó su misión de protectora de los asilos. Los emigrantes, antes de partir, tomaban una parte del fuego sagrado del *pritaneo* y se lo llevaban consigo a su nueva residencia, donde solían también mantener vivo, sobre el altar del Estado, el fuego de Hestia. De esta manera se simbolizaba la unión y continuidad entre la colonia y la madre patria. Así como en la familia la diosa representaba la concordia doméstica, por ser patrona del Estado entre los ciudadanos simbolizaba la armonía y también la morada y religión comunes. Su influencia era tan grande que las mayores agrupaciones nacionales griegas, sobre todo las de carácter religioso, tenían a menudo un santuario común, que era el hogar de Hestia; y toda la nación tuvo uno en Delfos, concretamente en el templo de Apolo, donde se alzaba el altar de la diosa con un fuego que ardía perennemente. Delfos se consideraba el centro de Grecia y del mundo. Este era, pues, el hogar común y el fuego de Hestia por excelencia, y cada vez que se apagaba el de otros santuarios se acudía allí para volver a encender con el fuego sagrado el que se había extinguido. En épocas posteriores, algunas escuelas filosóficas tendieron a considerar a Hestia como el fuego central del universo, confundiéndola con otras divinidades como Cibeles, Deméter o Gea. Una falsa etimología de su nombre condujo a pensar que Hestia simbolizaba la tierra inmóvil en el centro del universo. A pesar de ser una de las deidades que aparecieron posteriormente, su culto estaba muy difundido por todas las localidades de Grecia. No poseía auténticos templos, o mejor dicho, tenía poquísimos, pero en cada casa y ciudad contaba con un altar especial; además, se la veneraba en los santuarios dedicados a otras divinidades. No por ello ocupaba un lugar secundario, sino que, por el contrario, se le tributaban los principales honores, siendo la primera en ser invocada. Se le sacrificaban terneras y se le ofrecían las primeras mieses y las primicias de los frutos, junto con libaciones de agua, vino y aceite.

Al culto y a la figura de la griega Hestia corresponde totalmente la diosa romana Vesta, diosa del hogar doméstico y del fuego sagrado, adorada en todas las casas junto con los Lares y los Penates. Sin embargo, como ocurría siempre, el aspecto político de la divinidad superaba en Roma al privado. El culto a Vesta como diosa del hogar del Estado —*Vesta publica populi Romani Quiritium*— y por lo tanto protectora de este, tenía mucha mayor importancia que el de Hestia entre los griegos. Así como los griegos mantenían encendido en sus casas el fuego sagrado, los reyes romanos tenían cerca de su morada el templo de Vesta, que servía de hogar a la mansión real. Cuando la monarquía fue sustituida por la república, la casa contigua al templo de Vesta se convirtió en la morada del *rex sacrificulus*, que luego pasó a ser el Pontífice Máximo, a quien estaba confiada la custodia del fuego sagrado. Tenía que vigilar también a las vestales, las sacerdotisas de Vesta, que primero eran cuatro y luego pasaron a ser seis. Su misión era la de mantener vivo sobre el altar de la diosa el fuego, que se renovaba con un rito que desconocemos en las calendas de marzo de cada año. Si se apagaba el fuego sagrado, se consideraba presagio de calamidades para el Estado, y la sacerdotisa culpable de la negligencia era cruelmente azotada por el Pontífice Máximo en persona mientras se encendía de nuevo el fuego, por medio de espejos ustorios o frotando un trozo de madera. Las vestales gozaban de gran prestigio en Roma. Eran acogidas por el Pontífice Máximo cuando tenían de seis a diez años, y debían servir a la diosa hasta los treinta, tiempo en el que estaban obligadas a conservar su pureza y castidad. El castigo para la que quebrantaba el voto era terrible. La castigada era enterrada viva en el *campus sceleratus*. La leyenda cuenta que Rómulo era hijo de una vestal, pero parece bastante probable que el culto a la diosa no se extendiese en Roma hasta más tarde, probablemente instituido por Numa. Este erigió en Roma el primer templo dedicado a la diosa. Formaba parte de una serie de edificios destinados al culto de Vesta, que constituía una especie de distrito sagrado al pie del Palatino, al este del Foro. El templo fue destruido y reedificado varias veces (son todavía visibles los restos de la última construcción). Al principio, era un simple altar para el fuego sagrado, cubierto con un techo de forma circular, al igual que los pritaneos griegos. El propio fuego era una imagen de la diosa, de la que no existía ninguna estatua en el templo (más tarde se colocó una en el vestíbulo). Según la leyenda, Lavinio fue el lugar donde se inició el culto a Vesta, puesto que Eneas llevó allí el fuego sagrado y los Penates de Troya. En dicho lugar se edificó un templo al que acudían todos los cónsules romanos al tomar posesión de su cargo para ofrecer un sacrificio. El nueve de junio de cada año se celebraba en Roma la fiesta de la diosa, llamada *Vestalia*, nacida con un carácter de extrema simplicidad y que siempre conservó. La dueña de la casa, a quien estaba confiado el culto de Vesta, colocaba sobre el hogar los alimentos para la diosa. En cambio, eran conducidos a su santuario asnos, que habían trabajado en los molinos, adornándolos con guirnaldas y colgando panes de su cuerpo, lo cual significaba que Vesta proveía el sustento cotidiano de la familia. En dicho día se le ofrecían los alimentos consagrados de ordinario a los Lares y a los Penates y las matronas se le acercaban con los pies descalzos. Estaban consagrados a la diosa el pan, la sal, las legumbres y el pescado.

Como ya hemos indicado, Hestia tuvo muy pocos templos dedicados a ella y se la representó muy rara vez. En las pocas estatuas existentes aparece como una mujer madura, de aspecto digno y serio, completamente vestida. Sus signos distintivos eran el cetro, la taza de los sacrificios y la antorcha, que eran atributos comunes de varias divinidades femeninas. Suyo particular era, en cambio, el *simpulum*, una pequeña jícara de largo mango, utilizada en los sacrificios para contener el vino.

HIALEMO

Era hijo de Dioniso y de Afrodita y hermano de Himeneo. Se le suponía el inventor del canto triste y plañidero, que de él tomó el nombre de *lialemo*.

HIARBAS O IARBAS

Hijo de Júpiter Amón y rey de Libia. Cuando Dido después de la muerte de su esposo Siqueo se refugió en Libia huyendo de la ciudad de Tiro, en Fenicia, Hiarbas pidió su mano. La mujer se negó y se quitó la vida; así permaneció fiel a la memoria de su marido.

HIDRA

Monstruo en forma de serpiente con nueve cabezas, de las cuales una era inmortal. Hijo de Tifón y Equidna, el monstruo asolaba las regiones próximas a Lerna. Su captura constituyó el segundo trabajo de Heracles.

HIGÍA

Diosa que personifica la buena salud. Había nacido, según algunas versiones poéticas, en Titania, cerca de Sición, de la unión entre Asclepio y Lampecia, hija de Apolo y de Clímene. A pesar de ser ilegítima del dios de las curaciones, era la más venerada y a la que con más frecuencia se rendía culto junto con su padre. Adorada primero en Atenas, su culto se difundió por Epidauro, y después por todo el mundo griego. Se decía que aconsejaba a los mortales en la elección de los buenos alimentos y de los remedios eficaces, previniendo de esta forma las enfermedades y evitando la intervención de su padre como médico.

Se la representa generalmente de pie, coronada con una rama de laurel, vestida con una túnica ligera, con una serpiente a sus pies o sobre su seno y sosteniendo en la mano una copa que tenía ungüentos medicinales.

HILAIRA

Hija de Leucipo, rey de Mesenia. Prometida, igual que su hermana Febe, como esposa de los Afáridas, los Dioscuros la raptaron. Tal pretexto desencadenó la guerra entre Dioscuros y Afáridas.

HILAS

Hijo de Teodomante, rey de Misia. Gozó de la amistad de Heracles. Durante la expedición de los Argonautas, mientras iba a buscar agua a la fuente para preparar la comida de Heracles, fue raptado a causa de su belleza por las Náyades. Heracles, con un inmenso dolor, lo buscó en vano.

HILIO

Uno de los héroes que participaron en la famosa caza del jabalí de Calidón. Hilio fue uno de los primeros que, al salir la fiera de su madriguera, se adelantó con arrojo, pero, al igual que Anceo, fue atrozmente despedazado por el monstruoso animal.

HILO

Hijo de Heracles y Deyanira. Cuando el héroe se sintió próximo a morir, le ordenó casarse con la bella Yole, cuya mano le había sido negada por Éurito, su padre. Es célebre la lucha entre Hilo y Équemo.

HIMENEO

Hijo de Dioniso y Afrodita, era el dios que presidía el matrimonio legítimo. Dicho atributo derivaba de la leyenda, según la cual, enamorado de una hermosa muchacha se disfrazó de mujer para poder acercarse a ella durante una fiesta en la que participaba con otras amigas, cerca de la fuente de Calírroe, a la orilla del mar; de improviso, un grupo de piratas surgió y raptó a las muchachas, Himeneo incluido. Este consiguió salvarlas matando a los piratas durante el sueño y, como premio, logró casarse con su amada. Su matrimonio fue tan feliz, que desde entonces se le consideró el dios tutelar del legítimo matrimonio. Se introdujo la costumbre de ir a buscar agua a la fuente de Calírroe para utilizarla en las ceremonias nupciales. La leyenda de Himeneo nació en Argos, ciudad que llegaría a ser el centro de su culto. Era el dios invocado en las ceremonias nupciales y en los cortejos báquicos, con un estribillo que repetía: «¡Himene, Himeneo, Io! ¡Io, Himeneo, Himene!»

En las representaciones pictóricas y en los bajorrelieves, sobre todo en los sarcófagos, era tallado como un hermoso joven, de cuerpo afeminado, con larga y rizada cabellera adornada de flores, llevando en la mano derecha la antorcha nupcial, y en la izquierda un velo amarillo, que recordaba el de la novia, y una flauta; recuérdese que el amor se entrelazaba con la muerte. Sus atributos eran la rosa, la mejorana y el nogal.

HÍMERO

Dios del deseo amoroso. Acompañaba siempre a Eros, divinidad del amor.

HIPERBÓREOS

Mítico pueblo de las regiones septentrionales del mundo. Al parecer, tenían el privilegio de ser siempre jóvenes y felices. Fueron los predilectos de Apolo, para quien enviaban ofrendas a Delfos.

HIPERENOR

Uno de los Espartoi (los cinco guerreros supervivientes entre los nacidos de los dientes del dragón, sembrados por Cadmo); fue el que ayudó a Cadmo a fundar la ciudad de Tebas, dando origen a una de las más nobles familias de la ciudad.

HIPERIÓN

Titán, hijo de Urano y de Gea. Personificaba la luz. De su unión con Tea engendró a Helios (el Sol), a Selene (la Luna) y a Eos (la Aurora). A veces se le daba a Helios el nombre de Hiperión.

HIPERMESTRA

Hija primogénita de Dánao, fue la única que salvó a su marido, Linceo, de la matanza ordenada por su padre, el cual, exasperado, intentó sacrificarla. Los argivos lograron salvarla.

HIPNOS

Divinidad griega símbolo del sueño. Era hijo de la Noche, hermano gemelo de la Muerte (Thánatos), padre de los sueños y amigo íntimo de Apolo y de las Musas. A diferencia de su hermano gemelo, Hipnos era de índole bondadosa y amigo de los hombres. Según Hesíodo, Hipnos y Thánatos son dos divinidades tenebrosas, que nunca ven el sol. Sin embargo, el primero revolotea por la tierra y por el mar, con el corazón lleno de afecto hacia los simples mortales y reside en el reino de los Infiernos. Homero supone que habitaba en la isla de Lemnos. Ovidio nos hace una magnífica descripción de su palacio, situado en una región de Asia: es una caverna con recónditos escondrijos, excavada en la montaña, lejos de los rayos del sol; emanan de la tierra vapores tenebrosos ante la entrada, y una ola procedente del Leteo, el río del olvido, invita al reposo con su murmullo siempre igual; no hay puertas ni guardianes y el dios reposa tendido en un lecho de ébano. En torno a él se encuentran sus hijos, los Sueños, numerosos como las hojas en los bosques y los granos de arena de las playas. La divinidad del Sueño interviene en la *Ilíada* y en la *Eneida*. En la primera duerme a Zeus, a petición de Hera; en la segunda, arrebata el control de su nave al piloto Palinuro, golpeando sus sienes con una rama mojada en el agua del río Leteo.

La estatuaria griega esculpe el Sueño como un joven agraciado y robusto, de tez oscura y con dos alitas en las sienes. El arte romano lo figura como un niño que tiene en la mano un cuerno invertido, de donde mana el agua del olvido.

HIPOCOONTE

Hermanastro de Tindáreo, el cual, según la leyenda, fundó el más antiguo Estado de Laconia, de donde le expulsó el mismo Hipocoonte. Algunos años más tarde, con la ayuda de Heracles, pudo recobrar el reino, matando a Hipocoonte y sus hijos.

HIPOCRENE

Célebre fuente de Beocia, cerca del monte Helicón, consagrada a las Musas. Brotó a causa de una coz del caballo Pegaso. Infundía inspiración poética a quien bebía de sus aguas.

HIPODAMÍA

1. Hija de Enómao, rey de Pisa, en Élide. Prometió a su hija por esposa a quien le venciese en una carrera de carros, pero el derrotado era condenado a muerte. El héroe frigio Pélope, hijo de Tántalo,

quiso desafiarlo, enamorado de los encantos de Hipodamía. Consiguió caballos alados y sobornó al cochero del rey para que el coche de este volcase. Enómao fue derrotado y Pélope obtuvo la mano de Hipodamía y el trono de Élide.

2. Hija de Adrasto, rey de Argos. El centauro Eurición intentó raptarla mientras se celebraban las nupcias de la muchacha con Pirítoo, rey de los Lapitas; pero Teseo, que asistía al banquete, la salvó. Este hecho provocó una prolongada lucha entre los Centauros y los Lapitas.

HIPÓLITA

Hija de Ares, llamada también Antíope, fue la valerosa reina de las Amazonas, que lucharon contra Belerofonte, Teseo y Heracles. Fue esposa de Teseo, de quien concibió a su hijo Hipólito. Heracles la mató para arrebatarle su cinturón, regalo de su padre Ares. El héroe había recibido el encargo de conseguir el cinturón para regalárselo a la hija de Euristeo, que lo deseaba. Esta empresa constituyó el octavo trabajo de Heracles.

HIPÓLITO

Hijo de Teseo y de Hipólita, reina de las Amazonas; el joven príncipe fue educado en Trecén bajo la mirada vigilante y amorosa de su abuelo Piteo. Era un adolescente bellísimo y casto, que sólo se interesaba por el estudio de las artes y los placeres de la caza; honraba pues a Ártemis, despreciando, en cambio, a Afrodita. Se atrajo el rencor de la diosa del Amor, que pensó vengarse inspirando una pasión violenta e incestuosa a la madrastra del joven, Fedra, hija de Minos y de Pasifae y segunda esposa de Teseo. Fedra se encaminó a Trecén con el pretexto de edificar un templo a Afrodita y, encontrándose con Hipólito, le descubrió su amor; el joven rechazó con frialdad e indignación sus insinuaciones, por lo que la mujer, herida en su amor propio y furiosa por su fracaso, acusó pérfidamente a Hipólito ante Teseo, diciendo que había intentado seducirla. Su esposo creyó en sus palabras, encargando a Poseidón que castigase a su hijo. Un día, mientras el joven correteaba con sus corceles a la orilla del mar, un toro enfurecido surgió de las aguas, se abalanzó sobre el coche y asustó a los caballos, que se encabritaron y emprendieron una enloquecida carrera, arrastrando consigo al infeliz Hipólito, que encontró la muerte. Según algunos, el joven fue llevado al cielo, donde formó la constelación del Auriga. Según otros, Ártemis, que sentía predilección por él, pidió a Asclepio que lo sanase y le devolviese la vida. Hipólito, revivido y surgido de los Infiernos, envuelto en una nube enviada por Ártemis, fue identificado por los romanos con Virbio (*virbis*, 'dos veces hombre') y venerado en Aricia junto con Diana. Hipólito recibió también los honores del culto en Atenas y en Epidauro, pero sobre todo en Trecén, donde, por consejo de Diomedes, sus habitantes le edificaron un templo y un altar. Eurípides lo escogió como protagonista de una tragedia que lleva su nombre.

HIPOMEDONTE

Hermano de Adrasto, con quien participó en la primera guerra tebana, donde murió. Su hijo Euríade tomó parte en la guerra de los Epígonos.

HIPÓMENES

Hijo de Megareo y de Mérope. Se enamoró de Atalanta. Cuando supo que esta aceptaría por esposo sólo al que la venciera en una carrera, dejó caer algunas manzanas de oro durante la competición. Atalanta perdió tiempo recogiéndolas; fue derrotada en la carrera y tuvo que casarse con Hipómenes.

HIPSÍPILA

Hija de Toante, rey de Lemnos. Cuando las lemníadas olvidaron a Afrodita, esta, como castigo, hizo que sus cuerpos oliesen tan mal que los hombres se abstuviesen de tener el menor contacto con ellas. Las mujeres, irritadas por la ofensa, decidieron matar a todos los hombres. Tan sólo Hipsípila consiguió salvar a su padre, refugiándolo en Quíos. Al saberlo las lemníadas también ella huyó para escapar de su cólera. Cayó en poder de los piratas y fue vendida a Licurgo, rey de Tesalia, que la escogió como nodriza para su hijo Ofeltes. Tras la muerte trágica del niño, Hipsípila pudo escapar de la cólera de Licurgo gracias a la intervención de Adrasto. Después, encontró a sus hijos (Euneo y Toante), nacidos hacía veinte años de su unión con Jasón, y se reunió con ellos.

HOMERO

Personaje legendario al que se le atribuyen los grandes poemas *La Ilíada* y *La Odisea*. Los antiguos poseían noticias inciertas acerca de su existencia, y a pesar de haberse escrito una especie de poema sobre su vida, *El Certamen de Homero y de Hesíodo*, no sabían ni cuándo había nacido ni dónde había vivido. Siete ciudades, la mayoría en la Jonia, se vanaglorian de haber sido su cuna, pero con certeza todavía no se sabe. La tradición más conocida, y también la más probable, dice que nació en Esmirna; después se marchó a la isla de Quíos, donde transcurrió la mayor parte de su vida activa. En esta ciudad encontramos una escuela poética llamada *los descendientes de Homero*. La imagen que los antiguos tenían de él, y que iría pasando a la tradición literaria y artística, es la de un viejo ciego, muy pobre y errante que iba de pueblo en pueblo cantando sus poemas para ganar pan y alojamiento. En realidad, se trata de una imagen ideal inspirada en las figuras de los rapsodas errantes, los cuales eran personajes intermedios entre los juglares y los poetas en el sentido contemporáneo del término. A estas inexactitudes biográficas tienen que añadirse, además, los problemas de atribución de la *Ilíada* y de la *Odisea*. En efecto, en la Antigüedad clásica no se sabía a quién debían atribuirse las dos obras, si ambas a Homero, si sola una, o si por añadidura hubiera compuesto otros poemas épicos como la *Tebaida*, los *Epígonos*, las *Ciprias*, etc. De ello se deriva la llamada *cuestión homérica*, todavía no resuelta, aunque se halle en nuestros días en manos de investigadores competentes que la estudian con especial precisión. Vale la pena profundizar en esta cuestión puesto que los poemas homéricos son una de las principales fuentes que nos permiten reconstruir la mitología griega y romana. Antiguamente, tal como hemos dicho, se atribuyeron a Homero todas las obras del ciclo épico, pero hacia el siglo IV, en los comienzos del periodo alejandrino, la obra homérica queda reducida a la *Ilíada* y a la *Odisea*. Hubo autores griegos que negaron incluso la atribución a Homero de la *Odisea*, y otros creyeron reconocer en los dos poemas partes atribuibles al poeta y otras apócrifas, o bien fruto de trabajos posteriores. Hoy en día la cuestión homérica se ha complicado todavía más porque se pone en discusión incluso la existencia histórica del poeta. Tal tesis fue sostenida por Vico, y sobre todo por Wolf. Los románticos aceptaron estas teorías porque, en correspondencia con su concepción, reconocieron en el poeta griego el símbolo de la poesía, pero prefirieron atribuir la obra a una especie de fantasía colectiva. La crítica más reciente cree en la fundamental unidad de los poemas, según estudios estilísticos, técnicos y de inspiración, que excluirían la posibilidad de autores diferentes. Parece obvio que las fuentes sean diversas, que el poeta haya recogido tradiciones antecedentes y sugerencias populares, pero la que, según la más reciente crítica, se manifiesta indiscutible es la unidad formal de los poemas, que aparecen fuertemente enlazados. La *Ilíada* es reconocida como una obra segura de Homero, mientras que la *Odisea* postula una paternidad probable. Volviendo al relato, hay que hacer algunas observaciones. La materia de los poemas se refiere a la guerra de Troya y a hechos relacionados con la misma; leyendas que gustaban especialmente a los colonos eólicos y jónicos de Asia Menor, y que expresaban su orgullo nacional. Materia heroica, pues, aunque articulada de manera diferente. En la *Ilíada* encontramos un tema brillante, guerrero, una galería de héroes maravillosos que chocan y miden recíprocamente la propia fuerza, física y moral. En la *Odisea*, en cambio, encontramos momentos más arcádicos, reflejos de la vida familiar, aventuras de viajes, escenas de intimidad amorosa... Se nota una época más reciente, y la misma estructura del poema refleja los primeros intentos de los griegos de dirigirse a Occidente, intentos que condujeron a la fundación de colonias en Sicilia y en la Magna Grecia. El gran valor de los poemas, no sólo desde el punto de vista cultural y de la información sobre mitos, usos y costumbres de la Antigüedad griega, consiste en la poesía que encierra. Homero apareció siempre como el símbolo de la misma. Los antiguos le consideraban como un semidios. Él supo enhebrar una materia compleja y difícil, hacerse dueño de un mundo de héroes y de dioses con la serenidad del genio que contempla con visión diáfana todo cuanto es humano, o que, no pareciendo humano, se humaniza precisamente a través del poeta. Homero fue la fuente, no sólo poética, sino también científica y filosófica de la conciencia griega, base de toda la civilización occidental.

HONOS

Divinidad de la mitología latina, que, según algunas tradiciones, acompañaba a Marte en el campo de batalla. Personificó también el concepto del honor.

HORAS

Divinidades que custodiaban las puertas del cielo. Hijas de Zeus y de Temis. Ya en la *Ilíada* son las que custodian las puertas del cielo y abren y cierran la espesa nube que impide a los hombres ver a los dioses. De la puerta del cielo, según creencias de los griegos, salían las Estaciones del año y todos los fenómenos meteorológicos; se comprende, pues, que las Horas se hayan imaginado en un principio como divinidades que presidían a las Estaciones, pero sin personificarlas. Su número no era determinado. Simbolizaban los hermosos días de la primavera, en los que se despierta la vida de la naturaleza, y los del otoño, con abundancia de frutos. En primavera, las Horas juegan, cantan y danzan con las Musas, las Cárites y con Afrodita, de quien son esclavas. Su poder se fue extendiendo de la naturaleza a la vida humana: las Horas que hacen florecer las plantas llevan también a buen fin las obras de los mortales. También eran consideradas nodrizas de la juventud vigorosa. Habían sido, según el mito, nodrizas y gobernantes de Hermes y Dioniso; se imaginó, también, que Hera durante su juventud había estado confiada a sus cuidados. Del significado naturalístico de las Horas se desprendió directamente su significado moral: los bellos días de la primavera y del otoño vuelven regular y periódicamente; este regreso despertó la idea del orden que reina en la naturaleza así como las leyes que la gobiernan. De este modo, las Horas se transformaron en las hijas de Temis y de Zeus, la suprema divinidad, y ellas mismas personificaron el ordenado sucederse de las Estaciones. Se aclara más el significado de las Horas cuando se recuerda que los nombres que estas tenían antiguamente en Atenas, cuyo número se reducía a tan sólo dos, eran los de Thalo, «el florecimiento juvenil», y Carpo, «la fructificación otoñal»; más tarde se añadió una tercera, Auxo, «la frondosidad estival». El nombre que se les da en la *Teogonía* pone en mayor evidencia su significado moral. En dicha obra las Horas son tres, y se llaman Eunomía, que significa exactamente «los buenos usos», es decir, la legalidad; Dique, «la justicia»; e Irene, «la paz». Recuérdese, además, que Píndaro las llama «las tres hermanas base firme de los Estados y dispensadoras de riquezas a los hombres». Esta última ma condición era propia de Irene, ya que la paz es fuente y condición de todo bienestar: a ella se le atribuyó posteriormente el hijo Plutos, que personificaba a la riqueza. Las Horas eran tres, al igual que las Cárites y las Moiras, lo cual se corresponde con el número de las estaciones del año tal como se contaban en Grecia: primavera, final de verano u otoño e invierno. Sólo más tarde, cuando el año se dividió en cuatro estaciones, las Horas se transformaron también en cuatro. Las Horas no aparecen en la mitología romana; sólo Irene, con el nombre de Pax, obtiene veneración en Roma; Augusto le erigió en el campo Marcio un gran altar, el Ara Pacis Augustae, que ha sido reconstruido en Roma con los fragmentos existentes en diferentes museos. Bajo el dominio de los Flavios se levantó un magnífico templo para agradecerle la paz que en aquel periodo gozaba el Imperio. Los centros griegos del culto de las Horas fueron Atenas, Corinto, Argos y Olimpia; a veces se las adoraba por separado, y otras compartían su culto otras divinidades.

El arte las representó como jovencitas encantadoras, con flores y frutas, y muchas veces acompañadas de animales. Posteriormente se las representó con los signos característicos de las diferentes estaciones. Aparecían siempre totalmente vestidas. Irene quedó inmortalizada por el escultor Cefisodoto formando parte de un grupo escultórico famoso, junto con su hijo Plutos y la cornucopia. A Pax, en Roma, se la representó con el cuerno de la abundancia. Otros signos suyos que la distinguían eran la rama del olivo, el caduceo y las espigas sobre la cabeza y en las manos.

HORUS

Dios egipcio, hijo de Isis y Osiris. Para vengar la muerte de su padre, combatió con Seth, hermano de Osiris, logrando vencerle. Horus simbolizaba el Sol. Cuando su culto fue conocido por los griegos, lo identificaron con Apolo.

ICARIO

1. Noble ciudadano ateniense que acogió en su casa con grandes honores a Dioniso. Este, agradecido, para recompensarlo por su generosa hospitalidad, le enseñó a cultivar la vid y a obtener el preciado vino. Icario, orgulloso, quiso hacer partícipes a sus conciudadanos de dicho regalo y, cuando tuvo preparado y a punto el primer odre de vino, lo repartió entre todos sus amigos para que lo probasen. Sin embargo, como ignoraban los efectos de la nueva y exquisita bebida, todos bebieron en exceso; pero al sentirse dominados por la embriaguez y comenzar a desvariar, creyéndose envenenados, mataron a Icario, dejándolo insepulto en un bosque. La sombra del pobre difunto se apareció después a su hija Erígone pidiendo sepultura.

2. Uno de los más antiguos héroes mitológicos de la Grecia meridional. Según algunas tradiciones, fue el padre de Penélope.

ÍCARO

1. Hijo de Dédalo y Náucrate, esclava de Minos, rey de Creta. Se escapó con su padre del Laberinto, volando con unas alas hechas por su progenitor. Al planear demasiado cerca del sol, desobedeciendo los consejos de su padre, la cera con que estaban pegadas sus alas se derritió y cayó al mar, que de él tomó el nombre de *Icario*.

2. Rey de Caria. Tuvo por concubina a Teonos, hermana de Calcante.

IDA

Monte que se alzaba en el centro de la isla de Creta. Según la leyenda, en él había nacido el Dios Zeus. Existía en el Asia Menor otro monte con el mismo nombre, a cuyos pies se erguía la ciudad de Troya. Dicho monte era gobernado por Eneas.

IDAS

Uno de los hijos de Afareo. Junto a los más valerosos guerreros de su tiempo participó en la famosa cacería del jabalí de Calidón. Se le atribuyen aventuras con Apolo y con los Dioscuros. Se cuenta que Apolo se enamoró de Marpisa, pero Idas, desafiando la ira del dios, se la llevó consigo. Apolo lo siguió y, al darle alcance, lo desafió en duelo; finalmente el combate no tuvo lugar por intervención de Zeus, quien decretó que la propia Marpisa debía escoger entre ambos. En esta ocasión, Idas fue preferido a Apolo, quien, muy a pesar suyo, tuvo que acatar la voluntad de Zeus. Tras diversas empresas, Idas luchó, junto con su hermano Linceo, contra los Dioscuros. El combate parecía decidirse en favor de Idas, ya que mató a Cástor, uno de los dos gemelos; entonces intervino Zeus, celoso de aquellos ultrajes a los dioses, y lo fulminó. La causa del litigio fue el reparto de un rebaño o, según otra versión, el rapto de las dos hijas de Leucipo, Febe e Hilaria.

IDOMENEO

Rey de Creta, nieto de Minos. Participó en la guerra de Troya pero al volver de esta le sorprendió una furiosa tempestad. Para salvarse a sí mismo, y a sus naves, prometió a Poseidón el sacrificio de la primera persona o animal que encontrase al llegar a tierra. El destino quiso que se tratase de su propio hijo y, para cumplir su promesa, lo mató.

IFIANASA

1. Nombre de una de las hijas de Preto, quienes, según la leyenda, se vanagloriaron de su belleza hasta el punto de no respetar a los dioses. Estos las castigaron enviándoles una repugnante enfermedad, que casi las hizo enloquecer, huyendo medio desnudas por los bosques y selvas. Melampo, famoso adivino y conocedor de varios medicamentos, consiguió sanarlas y, como recompensa, logró casarse con Ifianasa, de la que tuvo un hijo.

2. Homero designa con dicho nombre a Ifigenia, hija de Agamenón.

IFICLES

Hermanastro de Heracles. Hijo de Anfitrión y Alcmena; Heracles, por su parte, nació de los amores de esta con Zeus. Ificles participó gloriosamente en la cacería del jabalí de Calidón.

IFIGENIA

Nombre de una hija de Agamenón y Clitemnestra. Estaba destinada al sacrificio de Ártemis en Aulide, pero, en el momento en que su padre ya iba a matarla, la diosa la reemplazó por una cierva y la nombró sacerdotisa de su templo de Táuride. Entre las excusas alegadas por Clitemnestra para justificar su adulterio con Egisto y el asesinato de su marido figura su indignación y su dolor ante el sacrificio de su hija, al que Agamenón no opuso reparo con tal de ser jefe del ejército griego. Había persuadido a su mujer para que acompañase a la joven desde Argos hasta Aulide, haciéndole creer que había sido solicitada su mano por Aquiles. Este, por su parte, era completamente ajeno a las manipulaciones de Agamenón y, cuando supo el uso indebido que se había hecho de su nombre, se indignó. Ifigenia reaparece en la leyenda cuando Orestes, después de vengar a su padre matando a Clitemnestra y a Egisto, para purificarse del matricidio, se dirigió al templo de Ártemis en Táuride, donde su hermana era sacerdotisa. La joven estaba a punto de sacrificarlo junto con su inseparable amigo Pílades, cuando lo reconoció. Entonces, en vez de sacrificar a su hermano, le ayudó a sacar del templo la imagen de la diosa, única condición, según el oráculo de Delfos, para hacer cesar la persecución de las Furias. Ifigenia huyó con Orestes y, según una tradición, se casó felizmente con el amigo de este, Pílades.

ÍFITO

Hijo de Éurito. Lo mató Heracles para vengarse de su padre, pues no había cumplido la promesa de conceder la mano de su hija Yole a quien lo venciese en una competición de tiro con arco. Heracles obtuvo la victoria, por lo que su resentimiento estaba justificado.

ILÍADA

Poema épico, formado por 15.693 versos (34 cantos) y que narra los episodios del décimo año de la guerra de Troya. Actualmente no existen dudas sobre su atribución al poeta Homero. He aquí el argumento del poema: desde hace diez años los griegos tienen sitiada Troya. Apolo les envía una epidemia de peste, porque Agamenón ha ofendido a su sacerdote Crises, negándose a restituir a su hija. Aquel, para complacer al dios, está dispuesto a renunciar a su esclava, con la condición de que Aquiles le ceda a Briseida. El invencible hijo de Tetis tiene que ceder, pero se retira del combate. Su madre, a quien invoca, corre al Olimpo y obtiene de Zeus la promesa de que Troya no será conquistada mientras Aquiles esté ausente del campo de batalla. A partir de este momento, la situación de los aqueos se agrava. La escena siguiente se desarrolla sobre las murallas de Troya, donde los ancianos admiran la belleza de Helena:

Vergonzoso no es para los guerreros aqueos y troyanos
que por esta mujer sufran tantas fatigas,
tanto su aspecto se asemeja al de las diosas inmortales.
Pero aun siendo tan hermosa, que regrese a las naves
sin dejarnos a nosotros y a nuestros hijos
un recuerdo de llanto.

Príamo se aproxima a Helena, que le muestra a los jefes aqueos en formación de batalla ante las murallas de Troya. Mientras tanto, en el campamento tiene lugar un singular combate que debe decidir el desenlace de la guerra. Los dos pretendientes de Helena, su legítimo marido Menelao, rey de Esparta, y su raptor, el troyano Paris, se están batiendo. Paris está a punto de sucumbir, pero Afrodita acude en su ayuda y lo salva del golpe mortal. Menelao es declarado vencedor, pero la tregua es quebrantada por una flecha del troyano Pandáreo, impulsado por Atenea a romper el pacto. La lucha se encarniza ferozmente; en ella destaca Diomedes, que realiza notables actos de valor. Héctor, viendo el resultado incierto, regresa a la ciudad y ruega a su madre que ofrezca un sacrificio a la diosa Atenea. Antes de salir fuera del recinto amurallado, Héctor saluda a su querida esposa Andrómaca y a su hijito Astianacte. Con estos dolorosos lamentos, Andrómaca trata de alejarlo de la lucha:

Desdichado de ti, cuya furia será tu ruina y el niño
no te mueve a piedad ni yo tampoco desgraciada, que
                [presto
seré tu viuda, ya que muy pronto los aqueos
te matarán, cayendo sobre ti todos a una. Y entonces
cuando esté sin ti, mejor será que descienda a la tumba,
ya que ningún consuelo, si un triste destino te acecha,
me quedará, sino sólo el dolor...
Héctor, ya que tú para mí eres un padre, una tierna
                [madre,
un hermano y un apuesto esposo. Te lo imploro,
apiádate. Quédate con nosotros en la torre,
no dejes huérfano al niño, ni viuda a mí, tu compañera.

Héctor, amante esposo, buen guerrero y valeroso troyano, no puede complacerla. Volviendo al campo de batalla, sostiene un largo combate con Áyax, uno de los más fuertes entre los héroes griegos, interrumpido por las tinieblas de la noche, sin que ninguno de los dos logre vencer. Durante los días sucesivos se va cumpliendo la promesa de Zeus, siendo expulsados los griegos. Ni los ruegos del

ÁYAX LLEVANDO SOBRE LOS HOMBROS
EL CADÁVER DE AQUILES

anciano Fénix ni los astutos discursos de
Ulises consiguen que Aquiles vuelva
atrás en su decisión; el orgulloso héroe
no puede olvidar la ofensa inferida a su
honor, aunque esté en juego el desenlace
de la guerra. Durante la noche, Ulises y
Diomedes, llenos de audacia, penetran
en el campamento troyano, causando
graves estragos; a la mañana siguiente, la
batalla se reanuda aún más encarnizada
y, uno tras otro, todos los héroes griegos
tienen que replegarse con sus hombres
hacia las naves, siendo el último en hacerlo el valeroso Áyax.

Al igual que al león rojizo, fuerza del establo de los
                    [bueyes
lo arrojan con furia las gentes del campo y los canes,
sin permitirle hacer presa en el rebaño de bueyes y,
quedándose toda la noche velando, ávido de carne,
aquel se lanza, pero nada consigue;
arrojan contra él las manos intrépidas haces
de leña ardiente, que, a pesar de su ferocidad, él teme;
luego se retira muy lejos al anochecer y la tristeza le
                    [invade...

Héctor, arrojando un peñasco inmenso, derriba una de las puertas de la muralla, construida por los griegos para defender sus naves, y los troyanos se
precipitan hacia ella. Guiados por Apolo, cuyo solo aspecto infunde pavor a los
griegos, los troyanos logran incendiar
una sola nave. Aquiles permite a Patro-

clo ponerse al mando de sus súbditos,
los mirmidones, y confundiéndolo con
Aquiles, sus enemigos se desorientan y
huyen. Patroclo llevó a cabo una matanza, pero muere por intervención divina:
el propio Apolo lo despoja de la coraza
de Aquiles que lo hacía invulnerable.
Euforbo, guerrero troyano, lo hiere y Héctor lo mata. En torno a su cuerpo y sus
armas se desencadena una violenta batalla. Antíloco, mientras tanto, comunica
la triste noticia a Aquiles, que casi enlo-
quece de dolor por la muerte de su fiel
amigo y, mientras su madre acude a Hefesto para obtener nuevas armas, este sale de su tienda lanzando terribles alaridos y luego avanza contra las tropas
troyanas, atemorizándolas. Al recibir sus
nuevas armas, se lanza a la batalla, en la
que intervienen todos los dioses desen-
cadenando terribles fuerzas naturales.
Todos los troyanos se refugian tras las
murallas excepto Héctor, que espera a
Aquiles para su último y decisivo combate, pero, al verlo avanzar, le asusta su
arrojo y huye. Se persiguen dando por
tres veces la vuelta a las murallas, hasta
que, por último, Héctor se decide a
combatir, sucumbiendo en la lucha.
Aquiles lo despoja de su armadura y de
sus ropas, lo ata a su carro y lo arrastra
hasta su campamento. Desde las murallas de Troya, el padre y la madre con-

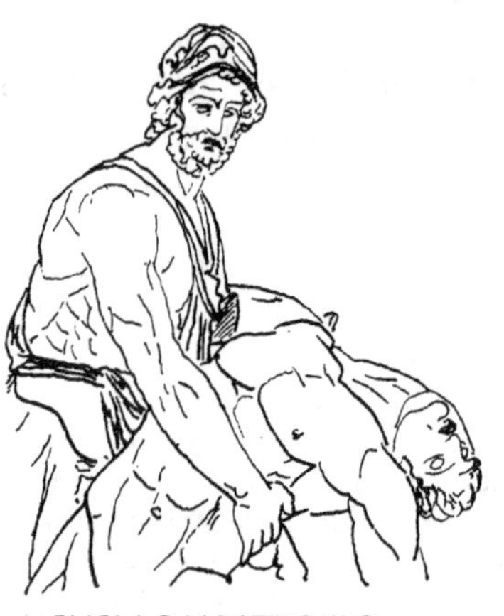

MENELAO Y PATROCLO

templan el horrendo espectáculo. Patroclo ha sido vengado, pero no se ha aplacado la ira de Pélida, quien permanece bastante rato en vela llorando. Por fin se adormece, y en sueños se le aparece su difunto amigo que le pide una digna sepultura. Se rompen las hostilidades y se organizan fuegos funerarios en honor de Patroclo, en los que participan todos los guerreros griegos. Los dioses se apiadan y permiten que el cuerpo de Héctor reciba también digna sepultura. Apolo lo protegió mientras Aquiles lo arrastraba en torno a la tumba de su amigo y Hermes conduce al anciano Príamo a la tienda de Pélida, ofreciéndole regalos a cambio del cadáver. Tan sólo las lágrimas del viejo consiguen apagar la ira de Pélida, que no puede contener las lágrimas cuando el anciano le besa la mano. Al amanecer, Príamo puede regresar a la ciudad con el cuerpo de su amado hijo, y entre el llanto de las mujeres se le tributan los debidos honores funerarios.

ILÍONE

Hija de Príamo y de Hécuba. Se casó con Polimnéstor, rey de Tracia, quien decidió eliminar a Polidoro, hermano de su esposa. Polidoro había llegado hasta él con abundantes riquezas, que quería dejar a salvo durante la guerra de Troya. Ilíone, enterada de los designios de su marido, colocó en el sitio de su hermano a su propio hijo Deífilo, a quien mató su propio padre, confundiéndole con su cuñado; más tarde acabó con este también. Ilíone, para vengar el doble asesinato, cegó y mató a su marido. Según otra versión, fue Hécuba quien cegó a Polimnéstor para vengar a su hijo.

ILO

Hijo de Tros y de Calírroe. Se estableció en el valle de Escamandro, río de Asia Menor, y allí fundó la ciudad que en recuerdo de él se llamó Ilión o Troya y que aventajó en importancia a Dardania, fundada por Dárdano. Deseando saber si los dioses eran propicios a la nueva fortaleza, pidió a Zeus que se lo indicase mediante algún signo, y fue complacido. Al día siguiente de su petición, encontró frente a su tienda una estatuilla, el *Paladio*, que mientras permaneciese en la ciudad le aseguraría prosperidad y fortuna. Después de la muerte de Ilo, le sucedió en el trono de Troya Laomedonte, de la estirpe de los Dardánidas, quien fue degollado al no cumplir la promesa hecha a Heracles de regalarle los caballos de Zeus a cambio de su ayuda.

ÍNACO

El más antiguo rey de Argos, era hijo de Océano y Tetis. Cambió el curso del río Anfíloco, que tomó su nombre. Sustituyó en Argos el culto a Poseidón por el de Hera. De sus nupcias con la oceánida Melia tuvo dos hijos, Iro y Foroneo.

INDIGETES, DIOSES

En Roma eran los héroes divinizados después de su muerte. Se consideraban divinidades menores y protegían tan sólo los lugares donde habían sido divinizados. Tales fueron Eneas, Fauno, Rómulo y Vesta.

INO

Hija de Cadmo y Harmonía. Antes de ser una divinidad marina, Ino, que después de la muerte de su hermana Semele fulminada por Zeus había sido nodriza de Dioniso, con lo que provocó la ira y la venganza de Hera, se casó con Atamas o Atamante, rey de Orcómeno, en Beocia. Atamante estuvo casado en primeras nupcias con Néfele, que le dio dos hijos, Frixo y Hele. De su matrimonio con Ino nacieron dos hijos más,

Learco y Melicertes. Sin embargo, Hera intervino y sembró la discordia entre los esposos. Ino aspiró a ver en el trono a sus hijos, en lugar del legítimo heredero Frixo. Una gran escasez y sequía asoló la región e Ino hizo que el oráculo dijese a Atamante que para alejar la calamidad era necesario el sacrificio de Frixo; este consiguió evitar su cruel fin huyendo a tiempo con su hermana Hele. Atamante descubrió las intrigas de su esposa y se indignó hasta el punto de arrojar contra una pared al pequeño Learco, causándole la muerte, y persiguió a Ino hasta el mar, al que ella se arrojó junto con su otro hijo, Melicertes. Panope, una de las Nereidas, acogió entre las olas a ambos y, con la ayuda de sus hermanas, los condujo a Italia a través de pasadizos submarinos. Gracias a los ruegos de Afrodita, enemiga de Hera y que guardaba gratitud a Ino por haber alimentado a Dioniso, Poseidón acogió a la mujer y su hijo entre las divinidades de su imperio, llamando a una Leucótea y al otro Palemón. Al transformarse en Leucótea, Ino se convirtió en una divinidad dulce y benévola que protegía a los navegantes, acudiendo en su ayuda cuando les sorprendía la tempestad. En esta actitud nos la presenta Homero, que narra cómo aconsejó a Ulises a que abandonase su peligrosa almadía y llegase a nado hasta la tierra de los feacios. Palemón Melicertes desempeñó, más o menos, el mismo papel que su madre, pero, según otra leyenda, su destino fue diverso. No lo recogió Panope sino que se ahogó, pero fue recogido por un delfín. Este, colocándolo sobre su lomo, lo llevó hasta el istmo de Corinto, donde Sísifo, hermano de Atamante, le tributó solemnes honras fúnebres, instituyendo en su honor los juegos *Ístmicos*. Leucótea y Palemón estuvieron unidos en el culto con Poseidón. Se les honró, sobre todo, en los puertos de todo el Mediterráneo, no sólo de Grecia. En Corinto se les erigió un templo circular, surgiendo otros en Megara, Atenas, Queronea, Epidauro, Rodas y Samos. Se llamó también Leucótea a una ciudad de Egipto. Los ritos de este culto eran bastante crueles. Por ejemplo, en Querones ningún esclavo podía entrar en el templo de la diosa sin ser duramente apaleado; la explicación de este sistema era que Atamante antepuso a Ino una esclava de la Etolia, que fue su amante. En Corinto, para entrar en el templo de Palemón, había que descender por una negra escalera y, en su interior, todo el que hubiese jurado en falso era castigado cruelmente como perjuro. Ino-Leucótea y Melicertes-Palemón se representaban entre las aguas. Palemón iba montado en un delfín y Leucótea en un caballito de mar o en un tritón. Así aparecen numerosas veces en la iconografía clásica.

IO

Hija de Ínaco, rey de Argos, y sacerdotisa de Hera. Fue una muchacha bellísima, de quien se enamoró Zeus provocando los celos de Hera. Esta, según algunos, transformó a Io en novilla, confiándola al cuidado de Argos; según otros, el propio Zeus realizó la transformación para librarla de la venganza de su celosa esposa. Grande fue el sufrimiento de Io, quien, conservando su inteligencia, se veía obligada a vivir como

HERMES LIBERANDO A IO

un animal. Finalmente, Zeus, compadecido de su situación, envió al fiel Hermes para que la librase de la custodia de Argos, el monstruo de cien ojos. Hermes, adormeciendo al guardián mediante una estratagema, le cortó la cabeza, pero intervino de nuevo Hera, haciendo que la novilla fuese picada por un tábano, obligando al pobre animal a huir lleno de dolor. Tras un largo peregrinar, Io llegó a Egipto, donde recobró su figura humana. Allí dio a luz a Epafos, futuro rey de Egipto, y se le tributaron honores divinos con el nombre de Isis. El mito tiene un significado naturalístico, pues lo representa la Luna, vigilada por centenares de ojos de las estrellas y obligada a huir de un país a otro perseguida siempre por el astro más importante del cielo, el Sol.

IÓN

Hijo de Apolo y Creúsa. Fue abandonado por su madre y recogido por Hermes, quien lo condujo al santuario de Delfos y lo encomendó al servicio del templo. Un día llegó Creúsa, que estaba casada con Juto pero de quien no tenía hijos, pidió y obtuvo del oráculo adoptar a la primera persona que encontrase. Halló a Ion, quien, sin ser reconocido por su propia madre, fue adoptado por Creúsa y Juto. Ión se casó más tarde con Elice y fue el fundador de los jonios.

IRENE

Una de las Horas, hija de Zeus y Temis. Simboliza la paz.

IRIS

Mensajera de los dioses. Se la consideraba hija de Taumante, dios marino, y de Electra, la resplandeciente ninfa oceánica. Esta genealogía marina se explica teniendo en cuenta que los griegos le atri-

IRIS AGREDIDA POR LOS SILENOS

IRIS ASALTADA POR LOS CENTAUROS

buían un origen marítimo a muchos fenómenos celestes. Iris fue considerada la personificación del arco iris, que aparece después del temporal. Es también la diosa de la tempestad, lo que puede explicar que sus mensajes se refieran en general a la guerra.

En la *Ilíada* la encontramos a menudo como mensajera de los dioses; en la *Odisea,* en cambio, nunca desempeña este papel, confiado, por el contrario, a Hermes. Según algunos poetas posteriores, la diferencia entre ambos consiste en que Iris es la enviada y esclava de Hera. En la *Ilíada*, utilizan sus servicios tan sólo Zeus y Hera, pasando Iris, por orden suya, de un extremo al otro del mundo, de lo alto del Olimpo a los más profundos abismos del mar o del oscuro Averno. La *Iris romana* equivale por completo a la griega.

No existen estatuas de la diosa y tan sólo se han conservado algunas pinturas sobre vasijas, en las que aparece como una joven alada que sostiene un vaso lleno de agua, empleada, según se decía, para alimentar a las nubes. Ovidio la llama, en efecto, «la que alimenta con agua a las nubes». Lleva el caduceo como Hermes; por lo demás, su figura es bastante similar a la de Niké.

ISIS

Al igual que Cibeles, Dioniso, Adonis, Mitra y muchos otros, Isis fue una de las divinidades orientales cuyo culto se introdujo en Grecia e Italia cuando los soldados griegos y romanos entraron en contacto con otras civilizaciones y religiones. Isis era una antiquísima divinidad egipcia y formaba junto con Osiris, considerado unas veces su hermano y otras su esposo, y con Horus, su hijo, una especie de tríada mítica. Hija de la Tierra, los griegos la identificaron con Rea y, al venerarla por haber enseñado a los pueblos el uso del trigo y de la cebada, fue confundida con Deméter-Ceres. Otros pormenores de su culto la asemejaban a Hera, así como sus atributos referentes al reino de los muertos recordaban a Perséfone. He aquí su leyenda: Osiris fue bárbaramente asesinado por su hermano Seth, siendo su cadáver encerrado en un sarcófago y arrojado al Nilo. Isis, tras largos viajes, encontró a su marido en Biblos, pero Seth se ensañó con el cuerpo del difunto cortándolo en pedazos y dispersándolo por todo Egipto. Isis los recogió piadosamente y consagró al culto las partes que faltaban, al no haber conseguido encontrarlas. Este es el origen del símbolo del falo que indica la divinidad fecundante, célebre en todas las ceremonias religiosas de Egipto. Osiris personificaba el día luminoso; Seth, las tinieblas oscuras, e Isis, la naturaleza poderosa y fecunda que recoge los elementos de los seres vivos dispersados por la muerte y calentándolos en su seno forma nuevos seres. El culto a la diosa se difundió por todo el mundo grecorromano al terminar la época del paganismo. Identificándola con Io, los griegos pudieron armonizar su mitología con el culto a la divinidad egipcia. Se creía que Io fue amada por Zeus y transformada en novilla para escapar de los celos de Hera y que, por obra de la celosa reina de los dioses, fue picada por un tábano y corrió de un país a otro hasta llegar a Egipto, donde dio a luz a Epafos, el futuro rey de la región. Los elementos más dispares se añadieron a la leyenda de la diosa egipcia. Fue venerada como diosa de la navegación y de los viajes, en recuerdo de su peregrinar por el mundo en busca de Osiris. Se le edificaron templos como a una nueva Deméter y, más tarde, se la consideró la diosa de los muertos. Una de las más curiosas particularidades de este culto tan difundido era la ceremonia anual del *descenso de Isis*. Apuleyo nos ha descrito cómo se celebraba esta fiesta en su tiempo en casi todos los puertos del Mediterráneo. El principal objeto de la ceremonia era la consagración a Isis de una pequeña embarcación, pintada según el estilo egipcio y conducida por la noche a la orilla del mar a la luz de muchas antorchas, que se lanzaban luego a las olas cargadas de dones y perfumes. Dicha fiesta era muy popular en Asia Menor, Grecia, España, en las Galias e incluso en Alemania, donde Tácito observa ritos relacionados con los de la diosa egipcia.

ISMENE

Hija de Edipo y Yocasta. Cuando su hermana Antígona fue condenada a muerte por haber intentado enterrar a su hermano Polinice, Ismene se declaró cómplice de esta y quiso sufrir la misma suerte.

ÍTACA

Una de las más pequeñas islas Jónicas. Fértil y rica, sus habitantes se dedicaban, principalmente, a la navegación y al comercio de vino y aceitunas. Era famosa en la Antigüedad clásica por ser la patria y el reino de Ulises.

IXIÓN

Hijo de Flegias, rey de los Lapitas. Se casó con Día, hija de Deyoneo. Después de la boda se negó a entregar a su suegro los dones prometidos a cambio de la mano de su hija. Deyoneo se vengó robándole sus caballos, e Ixión, sin demostrar abiertamente su ira, lo invitó a comer, haciéndolo caer, mediante una trampa, en una fosa en la que ardía un terrible fuego que abrasó vivo al infeliz. Todos sintieron horror hacia Ixión después de este espantoso delito. Únicamente Zeus se apiadó y, lleno de misericordia, no sólo lo purificó de su culpa, sino que lo admitió en la mesa de los dioses. No por esto Ixión demostró agradecimiento, sino que, enamorado de Hera, se atrevió a hacerle proposiciones amorosas. La reina de los dioses advirtió a Zeus, quien hizo que una nube tomase la forma de su esposa. Ixión se unió a este fantasma, creyendo haber conquistado a la bellísima Hera, y de esta unión monstruosa nació Centau-

SUPLICIO DE IXIÓN

ro, que, uniéndose a su vez con las yeguas de Magnesia, dio origen a la estirpe de los Centauros. Zeus tampoco esta vez se ensañó con el traidor Ixión, sino que, creyendo que había enloquecido al alimentarse con el néctar, se limitó a expulsarlo del Olimpo. Ixión, al volver a habitar entre los mortales, se jactó de haber deshonrado al rey de los dioses, quien lo arrojó al Tártaro con uno de sus rayos implacables y ordenó a Hermes que lo atase a una rueda de fuego, que debía girar sin descanso durante toda la eternidad.

JACINTO

Hijo de Amiclas, rey de Esparta. Joven muy bello, de quien se enamoraron el viento Céfiro y el dios Apolo. Estos y Jacinto pasaban horas jugando a orillas del Eurotas, ejercitándose en juegos gimnásticos y atléticos. Un día, Céfiro, celoso, desvió con su soplo la trayectoria del disco lanzado por Apolo; el disco, formando una elegante parábola, cayó sobre la cabeza de Jacinto y lo mató. Grande fue el dolor de Apolo, que quiso enterrar personalmente a su amigo y otorgarle la inmortalidad. Sobre la tumba de Jacinto no tardó en florecer una flor maravillosa de acentuado perfume surgida de la tierra empapada con su sangre, y el fenómeno se repitió cada primavera. Con este delicado mito, los antiguos quisieron simbolizar alegóricamente la fuerza, a menudo nociva, que el ardiente disco del sol estival ejerce sobre la naturaleza y sobre la vegetación. Apolo, dios solar, mató involuntariamente a Jacinto, pero la vida no se extinguió, sino que continuaba en el interior de la tierra, como pretende simbolizar el florecimiento de la planta, que tomó el nombre de Jacinto, nombre que ha sido adoptado por la Botánica para designar a esta flor tan conocida.

JANO

Sin equivalente en la mitología griega, Jano fue una divinidad de origen netamente romano. Al principio, se le consideraba la versión masculina de Diana, la Luna, siendo, por lo tanto, una divinidad solar, pero cuando el culto al dios Sol se difundió con la influencia del dios griego Helios, los atributos de Jano quedaron limitados, aunque su importancia no disminuyó. Como la luz del Sol señalaba el principio y el fin de la jornada, Jano pasó a simbolizar el comienzo y el término de todas las cosas, el que presidía las entradas y salidas. Se le llamó, por consiguiente, Putucius y Clusius, derivados de los verbos latinos *abrir* y *cerrar*. Le estuvieron consagrados los personajes y las puertas, llamadas *ianua* en honor suyo, de la misma manera que se daba el nombre de *iani* a los arcos que formaban la bóveda, que recordaba el cielo. Puesto que todas las puertas y pasajes permitían avanzar en direcciones opuestas, surgió la imagen del dios representado con dos caras, es decir, se generalizó la costumbre de representarlo como *bifronte*. Jano dio nombre también al primer mes del año *ianuarius* ('enero') y el noveno día del mismo mes le estaba dedicado, celebrándose fiestas en su honor, llamadas *Agonalias*. En dicha ocasión, los umbrales de las casas se adornaban fastuosamente con coronas de flores y ramas de laurel y la gente solía visitarse mutuamente con felicitaciones y regalos. También los otros meses del año tenían un día dedicado a Jano, con sacrificios en su honor y ofrendas de hogares, vino e incienso. La primera hora del día le estaba también consagrada y se le invocaba para obtener una jornada favorable. Antes de iniciar cualquier actividad, como un viaje, un negocio o un sacrificio, se imploraba su protección y, siendo el pueblo romano un pueblo esencialmente guerrero, las ceremonias propiciatorias eran muy solemnes cuando se trataba de alguna expedición militar. En dicha ocasión, el jefe que debía dirigir el ejército se encomendaba a la protección del dios, ofreciendo abundantes sacrificios. Juntamente con estos, tenía lugar la ceremonia de apertura de la puerta de un arco situado en la parte nordeste del Foro Romano, sobre la cual estaba colocada una imagen bifronte del dios, con una cara mirando hacia el este y otra hacia el oeste. Dicha puerta permanecía abierta mientras duraba la guerra, para simbolizar que la protección y la benevolencia de Jano acompañaban al ejército. Su culto estaba muy difundido entre todas las clases sociales. Se le consideraba protector de los manantiales, de los ríos y de las fuentes y padre de Fontus y del dios Tiberino. Una leyenda relata que, una vez, Jano hizo brotar repentinamente del suelo una fuente de aguas sulfurosas, para impedir a los sabinos penetrar en Roma cuando después del rapto de sus mujeres declararon la guerra a los romanos. Según una tradición, Jano fue el primer rey de Lacio, con morada en el Janículo, y hospedó al fugitivo Saturno que, a cambio de este favor, le concedió el don de la sabiduría y de la clarividencia. Para corroborar dicha tesis, se alzaba un templo sobre esa colina, cuya construcción, notable por la belleza de sus líneas, se remontaba a tiempos lejanos. Más tarde, hubo muchos santuarios dedicados al culto del dios, porque le estaban consagrados todas las puertas y los arcos, sobre los cuales se colocaba su imagen. Muy conocido es el arco de Jano con sus cuatro fuentes que se conserva todavía en Roma.

Como ya se ha dicho, se representaba al dios con dos caras, ambas con frecuencia barbudas y, alguna vez, una con barba y otra sin ella. Sus atributos eran la llave y el bastón.

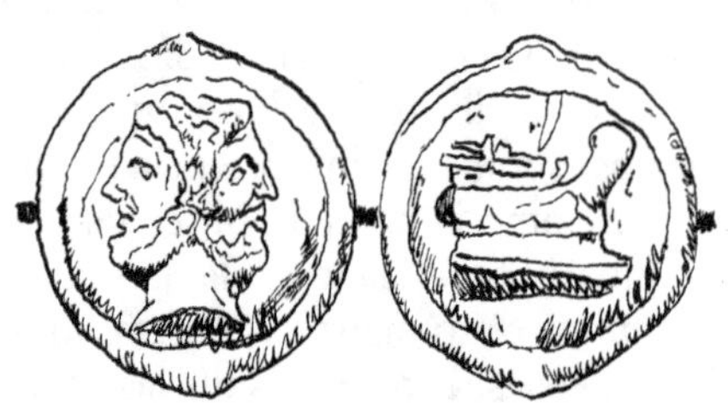

JANO BIFRONTE EN UNA
MONEDA ROMANA

JANTO

1. Río de Tróade que, con el río Simoenta, tuvo gran importancia en la guerra de Troya. Según el mito, Heracles, hallándose en la llanura troyana sin agua, excavó la tierra con las manos; de ella brotó un río, llamado Escamandro

(«excavado por el hombre»). Parece que sus aguas tornaban rubios los cabellos de quienes se bañaban en ellas; por ello recibió el nombre de *Janto* («rubio»). Otra leyenda lo designa primero como Janto y luego como Escamandro, después de que se ahogara en él el joven Escamandro, hijo de Coribo. Janto y Simoenta, desbordándose, se opusieron al desembarco de los griegos. El primero, durante el curso de una violenta batalla, desafiado por Aquiles, reaccionó impetuosamente y hubiera derrotado al Pélida de no provocar Hefesto un violento incendio que hizo hervir las aguas del río. La paz volvió después de que Janto consiguió de Hera la promesa de que Hefesto apagara el fuego.

2. Hijo de Céfiro y de la arpía Podarge. Formaba, junto con su hermano Balio, la pareja de magníficos caballos de Aquiles. Poseidón se los regaló a Peleo el día de sus esponsales con Tetis. Ambos inmortales, Janto poseía, además, el don de la palabra. Increpado por Aquiles por no haber salvado la vida de Patroclo, Janto respondió que la muerte de aquel héroe estaba decidida por el destino y que pronto llegaría para Aquiles la suprema hora de la verdad.

3. Mítico rey de Beocia, muerto en duelo por su rival Melanto.

JÁPETO

Uno de los Titanes, hijo del Cielo y de la Tierra y padre de Prometeo, Epimeteo y Atlante. Se le suponía fundador de la raza helénica y de todo el género humano.

JASÓN

1. Héroe griego, hijo de Isón, rey de Yolcos. Sus aventuras están relacionadas con la expedición de los Argonautas, ya que fue su mítico jefe.

2. Hijo de Asclepio, dios de la salud, y de Epione. Personificó la enfermedad.

JUEGOS

Competiciones gimnásticas, que constituyeron los espectáculos públicos más famosos entre los griegos y los romanos. Instituidos para honrar a alguna divinidad, tenían un carácter esencialmente religioso. En efecto, antes de comenzar los juegos propiamente dichos, se hacían ofrendas a los dioses mediante sacrificios o procesiones. Los juegos consistían en competiciones de carruajes, luchas, lanzamiento de disco y jabalina, concursos musicales, etc. Entre los juegos griegos más importantes recordemos los celebérrimos *Olímpicos,* en honor de Zeus y, según se decía, instituidos por Heracles. Tenían lugar cada cuatro años durante el solsticio de verano en Olimpia y duraban cinco días. Los juegos *Ístmicos,* cuya institución se atribuía a Teseo, eran los más importantes después de los Olímpicos. Tenían lugar cada dos años, en verano, en el istmo de Corinto, para honrar a Poseidón, aunque originalmente se instituyeron en honor de Melicertes. Los juegos *Nemeos* se celebraban en el famoso valle de Nemea, en la Argólida, cada tres años, en honor de Zeus, y se suponían instituidos por los Argonautas para recordar la muerte de Onfale; según otros, instituidos por Heracles para celebrar su victoria sobre el león de Nemea. Los juegos *Píticos,* en honor de Apolo Pitio, para conmemorar el triunfo del dios sobre la serpiente Pitón; se organizaban cerca de Delfos, cada tres años. En cuanto a los juegos romanos (*ludi,* en latín), tuvieron un carácter más combativo que religioso, aunque se celebrase siempre en honor de alguna divinidad. Los más importantes eran los juegos *Capitolinos,* dedicados a Júpiter y que tenían lugar en primavera; los *Apolinares* en honor a Apolo, en verano; los *Augustales* en honor a Augusto; los *Seculares,* solemnes festejos organizados cada cien años, y los *Magnos,* celebrados en el Circo Máximo. Los vencedores de los juegos recibían como premio una corona de laurel.

JULO

Hijo de Eneas y Creúsa. Llamado primeramente Ilio (Ilus), por el nombre de su patria Ilión (Troya), luego Ascanio y por último Julo. Se escapó tras la destrucción de Troya y acompañó a su padre en el largo viaje desde su país hasta las riberas del Tíber. Fundó la ciudad de Albalonga, de la que se coronó primer rey. La tradición lo considera el fundador de la familia Julia (*Gens Iulia*), dinastía que debía afianzar más tarde el grandioso destino de Roma.

JUNO

Nombre latino de la diosa griega Hera.

JÚPITER

Versión latina del dios griego Zeus.

JUTO

Orseida. Obligado por sus hermanos a emigrar a Tesalia, estableció su morada en Ática. Tuvo de Creúsa, hija de Erecteo, dos hijos, Ión y Aqueo, los cuales llegaron a ser los fundadores respectivamente de los jonios y de los aqueos.

JUTURNA

Ninfa de las fuentes y, especialmente, de una situada cerca de Lavinio, célebre por el frescor de sus aguas. Juturna, según una leyenda latina, rechazó los requerimientos amorosos de Júpiter, enamorado de su belleza severa y glacial. Virgilio menciona a esta ninfa en la *Eneida*, considerándola hermana de Turno. Fue venerada como diosa de los manantiales saltarines y de la salud, y se le erigió un templo llamado del *Agua virgen* en el Campo de Marte, cerca del acueducto. Esta diosa tenía su fiesta particular celebrada el once de enero. Más tarde, dio nombre a una fuente que manaba al pie del Palatino y que por sus aguas fresquísimas recordaba las de Livinio.

JUVENTAS O JUVENTUS

Véase *Hebe*.

JYSTOS

Era la pista, generalmente cubierta, en la que se entrenaban los atletas griegos. Más tarde pasó a indicar todo el complejo de los edificios del gimnasio, comprendida la palestra.

LÁBDACO

Fundador de una familia que desempeñó un destacado papel en el ciclo de leyendas tebanas, la de los Labdácidas. Lábdaco fue rey de Beocia, padre de Layo y abuelo de Edipo.

LABERINTO

Grandiosa construcción, erigida en Creta por el artífice griego Dédalo, por orden del rey de la isla de Minos, donde estaba encerrado el Minotauro. Obra arquitectónica muy intrincada, formada por innumerables corredores, estancias, pasadizos y patios que se sucedían sin orden ni concierto, en los que resultaba dificilísimo orientarse e imposible encontrar la salida. Tan sólo Teseo, que había acudido a matar al Minotauro, consiguió volver a ver la luz del sol, gracias a un ovillo de hilo que Ariadna, hija del rey Minos y enamorada de él, le había dado aconsejándole desenrollarlo al entrar, asegurándose así el regreso.

LADÓN

Dragón que custodiaba las manzanas de las Hespérides. Según una tradición, había nacido de la unión de Forcis y Ceto, monstruosas fuerzas del mal. Heracles, para conseguir estas manzanas, regalo de bodas que Hera había recibido de Gea al casarse con Zeus, estranguló al dragón, apoderándose del valioso botín. Según una leyenda posterior, fue Atlante quien penetró en el Jardín y entregó los frutos a Heracles.

LAERTES

Rey de Ítaca, esposo de Anticlea y padre del famoso héroe Ulises. A las órdenes de Jasón participó en la conquista del vellocino de oro y después acompañó a Meleagro en la caza del jabalí de Calidón. Renunció al trono en favor de su hijo y, durante la ausencia de este en la guerra de Troya, gobernó el reino, esperando pacientemente el regreso de Ulises.

LAGNIDE

Padre de Marsias, uno de los Silenos más famosos. Junto con su hijo, se le consideraba inventor de los sones de la flauta, arte en el que fueron superados, sin embargo, por la mayor perfección de Orfeo.

LAMIA

Hija de Poseidón. Tuvo con Zeus numerosos hijos, pero los celos de Hera acabaron con ellos. La infeliz madre enloqueció de dolor y, en tal estado de enajenación, se dedicó a buscar niños por todas partes para devorarlos, siendo considerada una bruja maléfica y peligrosa. De su nombre derivó el de las Lamias, espíritus malignos considerados por los antiguos como perseguidoras de los niños, a los que chupaban la sangre y devoraban su carne.

LAMPECIA

Una de las Helíades, hermanas de Faetón. Guardaba, junto con su hermana Faetusa, los rebaños de Helios en la isla de Trinacria (Sicilia). Su nombre significa «la resplandeciente».

LAMPO

Uno de los caballos alados de la diosa Eos. Cada mañana arrastraba su carro luminoso por el cielo precediendo al ardiente carro del Sol, cuyo sendero sembraba Eos de rosas frescas.

LAOCOONTE

Sacerdote de Apolo en Troya, mencionado por Virgilio en la *Eneida,* libro II.

Cuando los troyanos, convencidos por las palabras de Sinón y creyendo realmente que el gigantesco caballo de madera abandonado por los griegos en la orilla era un exvoto para expiar el sacrílego robo del *Paladio*, se apresuraron a introducirlo en Troya, Laocoonte, advertido por un funesto presagio y una repentina intuición, adivinó la trampa en aquel artefacto de madera y desaconsejó infructuosamente introducirlo en la ciudad. Viendo lo inútil de su intento, se dispuso a celebrar un sacrificio en honor a Poseidón, en acción de gracias por la partida de los griegos (estos habían simulado partir, alejando las naves de la playa y escondiéndolas tras la cercana isla de Ténedo). Laocoonte estaba a punto de ejecutar el acostumbrado rito de la muerte de la víctima cuando se oyó un gran chapoteo y el mar se agitó con una sacudida. De sus aguas espumosas surgieron dos gigantescas y monstruosas serpientes, arrojando llamas por sus fauces; las serpientes llegaron a la playa y al momento apresaron con sus anillos al infeliz sacerdote de Apolo y a sus dos hijos, allí presentes. Laocoonte trató de liberarlos a ellos y a sí mismo de aquel abrazo mortal, pero perecieron estrangulados. Después de que las dos serpientes abandonaran a sus víctimas, se arras-

LAOCOONTE

traron al templo de Atenea, ciñéndose al pie de la imagen de la diosa. Este acontecimiento, que no era sino una argucia de Atenea, fue interpretado por los troyanos como castigo de Laocoonte, quien se había opuesto a la entrada del caballo de Troya. Terminaron así sus vacilaciones y el caballo fue introducido en la ciudad.

Escribieron sobre dicho mito Virgilio, Quinto Escurmíneo y Sófocles, autor de *Laocoonte*. El arte lo ha inmortalizado con el maravilloso grupo escultórico que Agesandro, Polidoro y Atenodoro ejecutaron durante el periodo alejandrino, una copia del cual, probablemente del siglo II o I a. de C., fue encontrada en 1509 en Roma, en el Esquilino, y actualmente se conserva en el museo Capitolino.

LAODAMANTE

Hijo de Eteocles y, por lo tanto, nieto de Edipo. Capitaneó la segunda guerra contra Tebas. Cayó en combate, después de matar a su compañero Egialeo.

LAODAMÍA

1. Hija de Belerofonte. Se unió con Zeus y dio a luz a Sarpedón. Murió tras ser alcanzada por una flecha de Ártemis.

2. Hija de Acasto y esposa de Protesilao, el primer guerrero griego muerto ante las murallas de Troya. Al saberlo Laodamía, rogó con tanto dolor a los dioses que le devolvieran a su marido que estos, apiadados, permitieron a Protesilao volver a la vida durante tres horas. Transcurrido el tiempo, Laodamía murió de pena y descendió al Hades con su marido.

LAÓDICE

1. Hija de Príamo y de Hécuba. Se enamoró de Acamante, hijo de Teseo, con quien tuvo un hijo llamado Munito o Munico. Muerto este por la mordedura de una serpiente, Laódice falleció de dolor.

2. Otro nombre dado a Electra, hija de Agamenón y Clitemnestra y hermana de Orestes.

LAOMEDONTE

Rey de Troya, de la estirpe de los Dardánidas y sucesor de Ilio. Habiéndose enemistado con Apolo y Poseidón, quienes no habían recibido la recompensa prometida a cambio de su ayuda en la reconstrucción de Troya, enviaron como castigo un monstruo marino, que estaba a punto de apoderarse de su hija Hesíone cuando Heracles acudió en su ayuda. Laomedonte prometió a cambio de la muerte del monstruo los caballos que le había regalado Zeus cuando el rapto de Ganimedes. Sin embargo, tampoco esta vez cumplió su palabra, por lo que Heracles le amenazó con declararle la guerra. En efecto, organizó una expedición contra él junto con otros héroes griegos, como Telamón y Peleo. La ciudad fue arrasada y Laomedonte degollado junto con todos sus hijos, aunque la bella Hesíone, entregada por esposa a Telamón, pidió que se dejase con vida a uno de sus hermanos. Fue complacida y se salvó el jovencísimo Podarge, que se llamó desde aquel día Príamo, «el rescatado».

LAOMEDONTE

LAPITAS

Pueblo de Tesalia que inspiró una de las más antiguas leyendas mitológicas. El mismo Homero habla de ellos, poniendo en boca del anciano Néstor el relato de

CENTAURO Y LAPITAS

que en su juventud participó en la terrible lucha contra los Centauros. Los lapitas habitaban en la vertiente meridional del Olimpo y eran famosos, incluso en aquel incivilizado periodo, por sus leyes y la armonía que reinaba entre ellos. Los Centauros eran mucho más salvajes, a pesar de que todavía no se había forjado la leyenda que los creía medio hombres y medio caballos; eran descritos cual mozancones de larga cabellera, violentos y rudos. La lucha entre una y otra sociedad tomó el carácter de un combate entre la naciente civilización griega y la fuerza bárbara precedente. El motivo de las hostilidades surgió durante un banquete que Pirítoo, rey de los Lapitas, había organizado para celebrar sus nupcias con Hipodamía; al banquete habían sido invitados Teseo, amigo muy querido de Pirítoo, y algunos de los principales Centauros. Uno de estos, Euritión, en estado de ebriedad intentó violentar a la novia, lo cual provocó una riña que degeneró en una larga guerra. Por último, los Centauros, derrotados, tuvieron que refugiarse en Occidente, concretamente en el monte Pindo.

LÁQUESIS

Era una de las tres Parcas o Moiras, que presidían la vida y el destino del hombre. Tenía por misión hacer girar el huso e hilar la lana, que su hermana Cloto sacaba de una rueca, y luego devanar el tenue hilo de la suerte de los seres, mezclando el funesto color negro con el alegre oro, en espera de que Atropos lo cortase con sus afiladas tijeras.

LARES

Eran, con los Penates, divinidades romanas tutelares de la casa y de la familia. Según se creía, influían en la prosperidad y buena ventura del lugar donde se les honraba y defendían su seguridad. Originariamente, cada familia tenía un *lar familiaris*, pero más tarde fueron dos. Todos los acontecimientos tristes o alegres que ocurrían en la casa, el comienzo de la edad viril, la partida para un viaje o la llegada de alguien, se colocaban bajo la protección de los lares con sacrificios, ofrendas e invocaciones. Formaba parte del rito a los Lares el incienso y adornar con flores sus imágenes colocando sobre la mesa platos especiales para simbolizar su participación en la vida familiar. Eran representados en figuras de jóvenes danzarines que sostenían en la mano un plato para los sacrificios. Vestían una corta túnica ceñida a la cintura y adornada con franjas de púrpura. Tales estatuillas se encontraban en todas las casas, donde eran custodiadas cuidadosamente en un tabernáculo especial llamado *Larario* y colocado generalmente sobre el hogar, centro de la vida doméstica, situado en el atrio. Al principio, los Lares eran sólo protectores de los campos y se les ofrecían sacrificios en altares levantados en encrucijadas, llamados *compita*, de donde deriva el nombre de *Compitali*, denominándose también *fiestas compitales* las celebradas en su honor. De estos proceden los *Lares viarii*, protectores de los caminos, y los *Lares praescites*, defensores del Estado, que se representaban cubiertos con piel de cabra y acompañados de un perro. Existían también los *Lares permarini* protectores de los mares, a quienes se erigió un templo en el Campo de Marte a raíz de una victoria naval, cuya celebración particular tenía lugar el veintidós de diciembre. Y, por último, los *Lares militares*, protectores de los campos de batalla. Con el transcurso del tiempo, ciertos personajes notables de la vida pública y privada fueron reconocidos como Lares. Dicho honor correspondió a Rómulo y Remo, reputados como Lares de la patria, y a Augusto que, incluso mientras vivía, recibió honores de dios tutelar de Roma.

LARVAS

Véase *Lemures*.

LATINO

Hijo de Fauno y de la ninfa Marica, en cuya genealogía figuran los más insignes dioses de la antigua religión de los romanos. Reinaba en Lacio cuando Eneas llegó; en Laurento, la capital de Lacio, se encontraba su palacio, donde vivía con su esposa y su única hija, Lavinia. Extraños prodigios, ocurridos algún tiempo antes de la llegada del héroe troyano, impulsaron a Latino a consultar el oráculo de Fauno, su padre, situado en la fuente Albunea, en los bosques de Tívoli. Se le revelaron los grandes acontecimientos que iban a ocurrir en Lacio: desde lejanos países llegaría un extranjero que se casaría con Lavinia. Por lo tanto, cuando los mensajeros de Eneas llegaron a palacio y pidieron hospitalidad para su jefe, que tantas peripecias había sufrido, Latino, recordando los presagios, los acogió con cortés hospitalidad. Cuando, a causa de las intrigas de Hera, resultó inevitable la lucha entre latinos y troyanos, el rey hizo todo lo posible para evitar un inútil derramamiento de sangre que no podría impedir que se cumpliese la voluntad de los hados. Se negó a abrir las puertas del templo de Jano, siendo la propia reina de los dioses quien realizó el gesto que iniciaba las hostilidades entre ambos ejércitos. Latino no cejó en sus intentos de paz y, con prudentes y afectuosas palabras, trató de disuadir a Turno de su enfrentamiento con Eneas, sabiendo que, no por falta de valor, sino por voluntad de los dioses, sería vencido. Terminada la guerra, Eneas se casó con Lavinia y, al morir Latino, le sucedió en el trono de Lacio. En recuerdo de Latino, los aborígenes que habitaban en la región itálica se llamaron latinos.

LATONA O LETO

Hija del titán Ceo. Se unió con Zeus, dando a luz a Apolo y a Ártemis. Especialmente dramáticas fueron las circunstancias de sus hijos divinos. Perseguida por los celos de Hera, Latona, llamada Leto por los griegos, vagó errante de un país a otro buscando un lugar seguro para dar a luz. Su recorrido fue largo y arriesgado, llegando finalmente a Delos, un peñasco que flotaba en el océano y que desde aquel momento fue fijado en el fondo del mar por el dios Poseidón. En la nueva isla, junto al monte Cinto, sin ayuda de nadie, la desdichada Latona dio a luz a los dos gemelos Apolo y Ártemis. Diosa benigna y dulce, su culto iba siempre unido al de sus hijos. Se la veneraba de manera especial en Tebas: las mujeres tebanas le ofrecían abundantes sacrificios y ricas ofrendas. Este hecho enojó a Níobe, esposa del rey de la ciudad, Anfión. Níobe había dado a luz siete hijos y otras tantas hijas y se creía más merecedora de los honores divinos que Latona. Esta, ofendida por la insolente mujer, pidió venganza a Apolo y a Ártemis, quienes empuñaron sus arcos y mataron uno tras otro a todos los hijos de Níobe. Otra leyenda referente a Latona era la de Ticio, gigante considerado hijo de Zeus: Ticio intentó raptar a la diosa en el camino de Peto, pero fue arrojado en el Tártaro por las flechas de Apolo y condenado a que un buitre le despedazase eternamente el hígado.

LAVINIA

Hija de Latino, rey de Lacio, y de la reina Amata. Había sido prometida por esposa a Turno, rey de los rútulos, favorito de su padre. Latino fue advertido por algunos prodigios y por el oráculo de que su hija se casaría con un héroe de nobilísimo linaje, procedente de un país lejano y destinado por los hados a dar origen a una estirpe que dominaría el mundo. Cuando Eneas llegó a Italia, el anciano rey no tardó en reconocer al yerno anunciado y, de buen grado, le concedió la mano de Lavinia. Sin embargo, el matrimonio no se celebró hasta que Eneas venció en duelo a Turno. En honor de Lavinia, Eneas fundó la ciudad de Lavinio, primer núcleo del futuro imperio romano.

LAYO

Hijo de Lábdaco y bisnieto de Cadmo, rey de Tebas. El oráculo le había aconsejado no engendrar ningún hijo, pues de hacerlo, moriría a sus manos y se casaría con su madre. Cuando su esposa Yocasta dio a luz un hijo, pensó en eliminarlo para evitar aquella triste fatalidad, pero un pastor corintio encontró en el monte Citerón al niño abandonado y lo educó con esmero; le puso por nombre Edipo, es decir, «el de los pies hinchados». Edipo creció convencido de que el bondadoso pastor y su mujer eran sus verdaderos padres, pero algunas frases de sus compañeros le hicieron dudar y acudió al oráculo de Delfos para interrogar a la divinidad acerca de su propio destino. El oráculo le respondió que no volviese a su patria, pues mataría a su verdadero padre y se casaría con su madre. Entonces,

el joven, creyendo que su patria era Corinto, se encaminó hacia Tebas, donde residían sus padres. Por el camino tropezó con el carruaje de Layo, con quien tuvo una discusión. Acalorándose ambos, Edipo mató a Layo, sin haber reconocido en él a su padre.

LEANDRO

Fue protagonista, junto con Hero, de una delicada y romántica historia de amor. Leandro era un joven de Abidos, enamorado de Hero, sacerdotisa de Afrodita, quien vivía en Sesto. El mar separaba a los dos jóvenes, pero no era suficiente para mantener a Leandro alejado de la muchacha. Cada noche Hero le iluminaba el camino con una antorcha desde una torre de la orilla y el joven se arrojaba al mar y, con vigorosas brazadas, atravesaba el estrecho y se reunía con su amada para conversar con ella. Cierta noche, una furiosa tempestad agitaba el mar; no obstante, Hero, puntual a su cita, se había colocado en la torre con la antorcha luminosa, mientras Leandro, por su parte, no vaciló en arrojarse entre las olas amenazadoras y rugientes. Una fuerte ráfaga de viento apagó la pequeña llama y, sumido en la oscuridad más absoluta, el joven se desorientó. Extenuado, el mar le venció y se ahogó. Su cuerpo, arrastrado por la corriente hasta Sesto, fue descubierto por Hero, quien no había cesado de esperar. Al contemplar el cuerpo inerte de Leandro, se arrojó al mar para compartir la misma suerte.

LEARCO

Hijo de Ino y del rey Atamante. Atamante tuvo de su anterior esposa Néfele dos hijos, Frixo y Helle, a los que Ino odiaba. Cuando estos huyeron, Atamante enloqueció y estrelló a Learco contra una roca.

LEDA

Hija de Testio, rey de Etolia, era la esposa legítima de Tindáreo, rey de Esparta, aunque amada por Zeus, quien acudía a sus citas amorosas en figura de cándido cisne. Leda tuvo cuatro hijos: Helena y Clitemnestra, esposas respectivamente de Menelao y Agamenón, y Cástor y Pólux, los Dioscuros. Mucho se ha discutido sobre cuáles de estos hijos eran descendientes del rey de los dioses y cuáles de Tindáreo. Según Homero, sólo Helena era de estirpe divina; según otras tradiciones, lo eran únicamente los dos gemelos; más tarde se dijo que Cástor era mortal e hijo de Tindáreo, y Pólux hijo de Zeus, en cambio, otras leyendas afirman que Helena y los gemelos habían sido concebidos por Leda de su amante divino.

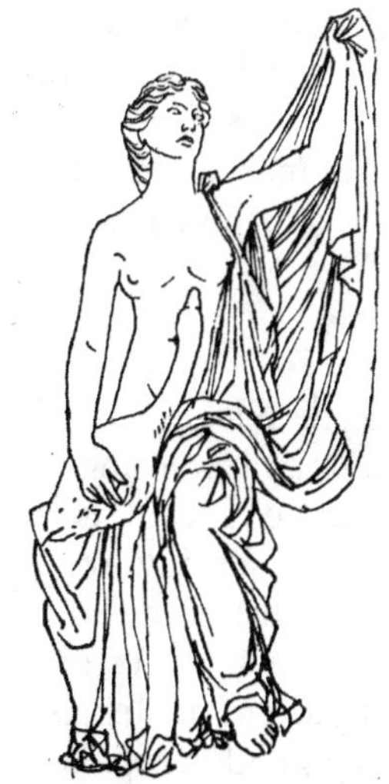

LEDA CON EL CISNE

LEMURES

Los romanos llamaban Lemures o Larvas a las almas de los difuntos que durante su vida habían sido malvados o culpables de algunas fechorías, así como a los espíritus que perdían su condición de Manes, es decir, de seres benévolos y protectores, convirtiéndose en perseguidores de los vivos por una ofensa de estos. Para congraciarse con los Lemures, se celebraban ritos expiatorios especiales durante el mes de mayo. Con tal ocasión, el cabeza de familia se levantaba en plena noche, se lavaba tres veces las manos, daba vueltas por la casa chasqueando los dedos y dejaba caer tras de sí nueve veces habas negras, a la vez que decía «Manes exire paterni» ('salid, espíritus paternos'). Se suponía que así los espíritus se detenían para recoger dichas habas. Entonces, el cabeza de familia pronunciaba otra fórmula mágica, con la cual se les invitaba a salir de la casa. Los Lemures a veces aparecían incluso de día. Se creía que eran almas de difuntos insepultos, que iban errantes pidiendo sepultura.

LESBOS

Patria de famosos poetas y literatos como Teofrasto, Alfeo y Safo.

LESTRIGONES

Pueblo de gigantes que practicaban el canibalismo. Vivían en un país donde las noches se confundían, por su claridad, con el día y donde se podía trabajar durante las veinticuatro horas. Algunos los localizaron en Sicilia. En su isla naufragó Ulises con toda su flota, cuando la tripulación abrió el odre que contenía los vientos regalados por Eolo. Muchas de las naves fueron destruidas por los escollos o a mano de los Lestrígones, quienes devoraron también a la tripulación. Finalmente, Ulises consiguió huir en la única embarcación indemne.

LETEO

Río del Hades, cuyo nombre, como el de otros ríos infernales, deriva de algunas corrientes fluviales. Separaba el resto de los Infiernos de los Campos Elíseos. Las almas de los bienaventurados, allí destinadas, se sumergían en sus aguas para beber de ellas el olvido de los dolores humanos y llegar purificadas a su eterna morada.

LETO

Nombre griego de la diosa romana llamada Latona.

LEUCIPO

1. Hijo de Enómao. Se enamoró de la ninfa Dafne y trató de acecharla, provocando el enojo de los compañeros de esta, que lo mataron.

2. Hermano de Tindáreo, rey de Mesenia y de Afareo. Sus dos hijas, Hilaira y Febe, fueron raptadas por los Dioscuros.

LEUCÓTEA

Con este nombre Ino fue transformada en divinidad marina.

LÍBERO Y LÍBERA

Divinidades itálicas de la fecundación. Líbera careció de importancia. Líbero, en cambio, procede de Júpiter Libertas, atributo de dicha divinidad. La tradición aplica también dichos epítetos a la tríada formada por Deméter, Dioniso y Core, con la cual se identifican Ceres, Líber y Líbera. El segundo fue, pues, como Dioniso y Baco, el dios de la vid. En su honor se celebraban las fiestas *Liberalia*.

LIBIA

Hija de Epafos, esposa de Poseidón y madre de Agenor y Belo. Fundadora de la familia de las Danaidas.

LICAÓN

1. Hijo de Pelasgo y rey de los arcadios. Fue padre de cincuenta hijos, famosos por su perversidad. Sus hijos eran tan bárbaros y crueles que osaron invitar a Zeus a su mesa, ofreciéndole como alimento el cuerpo de un niño. El dios se enojó de tal manera ante tan indigna acción que mató a Licaón, transformándolo en lobo igual que a sus hijos. Sólo se salvó el más joven, Nictimo, gracias a la intervención de Gea.

2. Hijo de Príamo, rey de Troya, y de Hécuba. Pereció en el campo de batalla a manos de Aquiles.

3. Padre de Pándaro, quien fue un valeroso arquero troyano.

LICAS

Mensajero de Deyanira. Entregó a Heracles la blanca túnica, mojada en la sangre de Neso, que causó la muerte del héroe. Se cuenta que este, viendo el fin que le aguardaba, se enfureció hasta el punto de apresar al inocente Licas y arrojarlo al mar, donde, por arte de magia, se transformó en escollo.

LICO

Hermano de Nicteo y rey de Tebas. Nicteo tenía una hija de singular belleza, llamada Antíope, la cual, imprudentemente, concedió sus favores a Zeus; para escapar del castigo de su padre cuando tuvo la certeza de estar embarazada, huyó del palacio de Tebas, refugiándose en Sición y siendo acogida benévolamente por el rey Epopeo, quien se casó con ella. Entonces, Nicteo le declaró la guerra para obligarle a restituir a su hija. Fracasó en su intento y, al morir, encargó esta misión a su hermano Lico, su sucesor en el trono, quien venció y mató a Epopeo, llevándose consigo a la bella Antíope. Esta, mientras era conducida lejos de Sición, dio a luz a dos gemelos en el monte Citerón, que fueron abandonados a merced de los lobos. Sin embargo, un pastor compasivo los crió. Mientras tanto, Lico y su esposa Dirce hacían sufrir toda suerte de malos tratos y humillaciones a la bella Antíope, que un día consiguió huir. Casualmente encontró a sus dos hijos ya mayores. Les contó las desventuras sufridas y rogó que la vengasen. En efecto, los dos animosos jóvenes emprendieron una guerra contra Tebas, la conquistaron y mataron a Lico, atando a Dirce a los cuernos de un toro furioso y condenándola así a una muerte horrible.

LICOMEDES

Rey de la isla de Esciro, cuyo nombre va unido a la trágica muerte del héroe ateniense Teseo. Este se había refugiado junto a él, ya viejo y desesperado a causa de las terribles desventuras sufridas. Licomedes lo acogió en su casa e influido por algunos enemigos del héroe, le quitó la vida y lo mandó arrojar desde lo alto de una roca al mar Egeo. También en el Palacio de Licomedes se ocultó Aquiles, disfrazado de mujer, para librarse de la guerra de Troya.

LICURGO

Rey de Tracia, hijo de Driante. Se opuso al culto de Dioniso expulsando del bosque de Nisa a las sacerdotisas del dios, incluso el propio Dioniso tuvo que huir, refugiándose en el mar. La venganza de los dioses cayó sobre Licurgo, que fue cegado por Zeus. Además, se le acortó la vida; Homero cuenta que llegó a enloquecer y que mató a su hijo con una azada, al confundirlo con un sarmiento. Por último, fue despedazado por unos caballos salvajes, enviados por Dioniso contra él. Podemos intentar interpretar de forma naturalística esta primitiva fábula mitológica: Licurgo simboliza la salvaje región de Tracia, que se opone a los esfuerzos del hombre por propagar la vid, pero que finalmente tiene que ceder ante la laboriosidad de este y el calor de la naturaleza.

LINCEO

1. Hijo del rey Egipto. Fue el único de los cincuenta Egipcíadas que sobrevivió a la matanza ordenada por Dánao a sus propias hijas, las Danaidas; lo salvó su esposa Hipermestra. Al parecer mató a Dánao, aunque lo cierto es que le sucedió en el trono. Linceo gobernó dignamente durante muchos años, fundando las carreras ecuestres en honor de Hera y promulgando muchas y sabias leyes en su ciudad. Se le considera también el fundador de la estirpe argiva, a la que pertenecieron Heracles, Perseo y otros héroes de la mitología griega.

2. Hijo de Afareo, rey de Mesenia. Este y su hermano Idas estaban prometidos con Febe e Hilaira, hijas de Leucipo, pero la víspera de sus bodas ambas jóvenes fueron raptadas por Cástor y Pólux. Esto provocó una sangrienta pelea, que terminó con la muerte de ambos Afáridas, Linceo a manos de Pólux, e Idas, fulminado por Zeus. Se dice que Linceo tenía la vista tan penetrante que atravesaba las paredes.

LINO

1. Célebre músico, hijo de Apolo y de la ninfa Urania o Terpsícore. Modificó la lira que le había regalado su padre, sustituyendo las cuerdas de fibra vegetal por otras de tripa, y obtuvo así un sonido más dulce. Apolo, envidioso, lo mató en un arrebato de ira. Otra leyenda considera a Lino la personificación mítica de un antiguo canto popular, en el que se describía con una cantinela triste y lenta la muerte de la naturaleza al comenzar el invierno. Dicho canto, precisamente llamado *lino*, estaba difundido especialmente en Argos, Tebas y la isla Eubea.

2. Hijo de Apolo y de la princesa Psamate. Esta abandonó al niño recién nacido en un bosque y el pequeño fue devorado por los perros. El padre de ella, indignado, condenó a muerte a su hija, instituyendo en honor de su nieto unas

fiestas que se celebraban anualmente, durante las cuales se entonaba un canto fúnebre, que comenzaba con las palabras: «¡Ay, linón, ay, linón!».

LOCRIOS

Pueblo griego que participó en la guerra de Troya capitaneado por su rey Áyax el menor, llamado precisamente Locrense o Oilese por ser hijo de Oileo.

LOTÓFAGOS

El término significa 'devoradores de loto'. Antiguo pueblo legendario que, según algunos escritores griegos y latinos, habitaba en las costas de Libia. El loto era un dulce fruto que provocaba el olvido a quien lo comía. Según narra Homero, Ulises fue arrastrado por una tempestad al país de los lotófagos y envió para explorar a tres de sus compañeros, que no regresaron. Estos habían probado el loto ofrecido por los lotófagos y, experimentando una dulce sensación, se olvidaron de todo. A duras penas consiguió Ulises arrastrarlos de nuevo hacia las naves.

LUCIFER

Nombre latino de la estrella de la mañana o planeta Venus, llamado por los griegos Fósforo.

LUNA

Diosa de la mitología itálica. Equivalía a la griega Selene y su culto estaba muy difundido, sobre todo, entre los etruscos y los sabinos. Como indica el poeta latino Ovidio en sus *Fastos*, se la honraba el último día del mes de marzo. Tenía un templo en el Palatino y otro, fundado por Servio Tulio, en el Aventino.

MACAÓN

Hijo de Asclepio y discípulo del centauro Quirón. Heredó de su padre la facultad de curar. Participó en la guerra de Troya con treinta naves, siguiendo al ejército griego y llegando a ser, junto con su hermano Polidario, el médico oficial. Fue herido por Paris y salvado por Néstor. Pereció a manos de Eurípilo.

MAGNA MÁTER

Gran Madre llamaron los romanos a la diosa griega Rea Cibeles.

MAGOS

Miembros de la casta sacerdotal, entre los medos, persas y caldeos. Eran depositarios de todo el saber teológico y científico, dedicándose principalmente a la astrología y la magia.

MAIRA

1. Ninfa compañera de Ártemis. La diosa la mató con una de sus flechas cuando supo que era madre de un niño.

2. El nombre del pequeño perro de Erígone, que murió de dolor junto a la joven, siendo llevado con ella al cielo y transformándose en la constelación del Can.

MANES

Los Manes eran las almas de los difuntos para los romanos. Creían que estas no abandonaban del todo el cuerpo ni el lugar donde habían vivido, sino que permanecían allí después de la muerte en forma de benévolos espíritus familiares. Este es el significado de su nombre, que explica el culto que se les tributaba. A los nueve días de la muerte de un miembro de la familia se ofrecía un sacrificio, para tener propicio el espíritu del difunto y para que se convirtiese en un espíritu benigno, ofreciéndole platos especiales.

Dicho día señalaba el fin del gran luto. En el umbral de la tumba se colocaban vasos con violetas, rosas, anémonas y ramas de mirto, y también se ofrecían alimentos, como leche, miel, pan mojado, vino, huevos, habas, lentejas y sal. Los Manes eran también honrados públicamente durante las fiestas *Perentalia*, celebradas a finales de febrero. Las *Perentalia* duraban seis días, durante los cuales se suspendían todas las negociaciones y asuntos, se cerraban los templos y se apagaban las lámparas votivas, colocadas junto a los altares. En dicha ocasión se renovaban las ofrendas de alimentos en las tumbas. Otra fiesta de los Manes, según se decía instituida por Eneas para honrar la memoria de su padre Anquises, tenía lugar durante el mes diciembre y cayó en desuso, renovándose a raíz de una violenta epidemia de peste, que se interpretó como un castigo de los Manes enojados. Más tarde, los escritores aplicaron el nombre de Manes a las almas de los fallecidos de muerte violenta y destinados a vagar por las orillas de los ríos infernales. Por último, el término Manes fue usado poéticamente para designar la mirada de las almas de los difuntos.

MANTO

1. Hija del adivino Tiresias. Estaba dotada de la facultad de predecir el porvenir. Cuando Tebas fue destruida, formó parte del botín de guerra, siendo enviada a Delfos y consagrada allí como sacerdotisa de Apolo. Por orden del dios, se encaminó a Asia Menor, donde fundó el oráculo de Claro, cerca de Colofón. Se casó con Racio de Creta y concibió a Mopso, fundador del oráculo de Mallo en Cilicia. Murió en Claro, consumida por el llanto vertido a causa de las desventuras de Tebas, su patria. La leyenda asegura que sus lágrimas formaron un lago, cuyas limpias aguas conferían el don de profecía a quien las bebía.

2. Con este nombre existió también una profetisa itálica casada con Tiberino, rey de Albalonga, y madre de Octo, quien, en honor a su madre, fundó una ciudad a la que dio el nombre de Mantua.

MARÓN

Sacerdote de Apolo que, en Ismara, regaló a Ulises un vino mágico. Este lo dio a beber al cíclope Polifemo, consiguiendo así que se durmiera.

MARSIAS

Hijo de Iágnide. Según se dice, inventó la armonía frigia, componiendo himnos en honor de Cibeles y Dioniso; se le consideró, también, el inventor de la flauta. Según la leyenda, encontró el instrumento en el suelo, donde Atenea lo había arrojado, porque al tocarlo se le hinchaban las mejillas, desfigurando su rostro. Dicho episodio fue representado por el célebre escultor Mirón. Marsias es conocido, sobre todo, por el desafío que, orgulloso y seguro de su habilidad con la flauta, lanzó a Apolo Citaredo. Las condiciones de la competición eran que el vencedor podría hacer con su adversario lo que quisiese. Venció Apolo quien, para vengarse del descaro de Marsias, lo ató a un árbol y lo desolló. Se dice que, más tarde, pasado su arrebato de ira, el dios

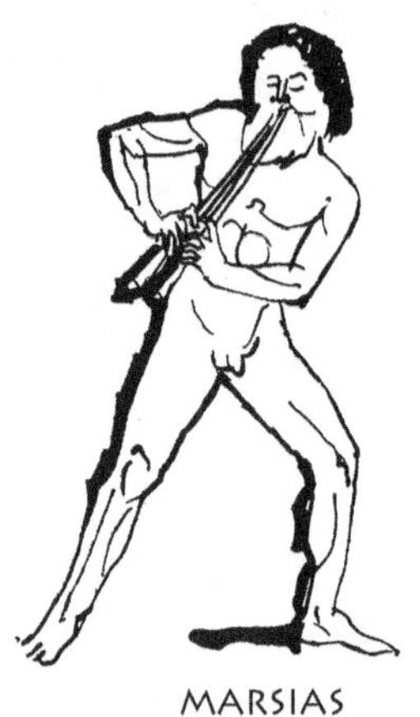

MARSIAS

se avergonzó de su crueldad y, rompiendo las cuerdas de su lira, las depositó junto con la flauta de Marsias en una cueva consagrada a Dioniso. Según otros, Apolo, arrepentido, transformó a su rival en un río de Frigia, que tomó su nombre. Entre los muchos discípulos atribuidos a Marsias, el más famosos fue Olimpo.

El episodio del desafío entre Marsias y Apolo ha sido representado por muchos artistas. Marsias fue considerado más tarde un símbolo de la libertad e independencia de las ciudades libres, que le dedicaron culto y templos. En el Foro Romano los oradores solían coronar la estatua de Marsias cuando ganaban alguna causa.

MARTE
Nombre latino del dios griego Ares.

MATER MATUTA
Divinidad de la mitología paleo-itálica primitiva. Símbolo de la luz matutina, de donde deriva su nombre. En Roma, se celebraban en su honor las fiestas *Metralia* durante el mes de junio. Luego se la identificó con la diosa griega Eos, la Aurora.

MAYA
Una de las Pléyades, amada por Zeus, de quien concibió a Hermes.

MECIÓN
Héroe ático, hijo de Erecteo. Expulsó del trono de Atenas con ayuda de sus hijos a su hermano Pandión, pero algunos años más tarde, los Pandiónidas, Egeo, Palante Niso y Lico, reconquistaron el reino y se lo repartieron.

MEDEA
Hija de Eetes, rey de Cólquida y de Isia. Era famosa por su conocimiento de las artes mágicas. Se enamoró del héroe Jasón y le ayudó eficazmente en la conquista del vellocino de oro, acompañándole en su huida de Cólquida, durante la cual mató a su hermano Apsirto para retardar la persecución de su padre. En Yolco, se casó con Jasón y logró rejuvenecer al padre de este, Eson. Mediante un engaño, Medea hizo morir a Pelias, quien había usurpado el reino que correspondía a Jasón, a manos de sus propias hijas. Huyendo de nuevo se refugió con su marido en Corinto. Allí, para vengarse de la infidelidad de este, mató a los dos hijos nacidos de su matrimonio y, mediante una de sus hechicerías, también a la joven Creúsa, hija del rey de Corinto, con quien Jasón iba a casarse. Tuvo que abandonar el país y, en un carro tirado por dragones alados, llegó a Tebas, refugiándose junto al rey Egeo. Con este tuvo un hijo, Medo, a quien indujo a matar al hermano de Eetes porque había usurpado el trono de Cólquida. Tras haber intentado matar a Teseo, hijo de Egeo, fue expulsada de Ática. Con su hijo Medo regresó a Cólquida y no se tienen más noticias de ella.

Las trágicas y sombrías aventuras de Medea, sobre las cuales existen múltiples versiones, fueron el tema de muchas pinturas antiguas y de las tragedias de

MEDEA

Eurípides, Séneca, Dolce, Corneille y Niccoline.

MEDO

Heraldo de los Procios, pretendientes a la mano de Penélope durante la larga ausencia de Ulises. Medo y el aedo Femio lograron salvarse de la matanza de Ulises y Telémaco, tragedia que Homero nos describe con gran vigor en *La Odisea*, donde narra las aventuras de Ulises.

MEDUSA

Hija de Forcis y Ceto, era una de las tres Gorgonas, la más famosa y terrible. Monstruo espantoso, tenía serpientes sibilantes en lugar de cabellos, y en la boca, afilados dientes de jabalí. Lanzaba continuamente alaridos y rugidos estremecedores, y sus ojos vidriosos, inyectados en sangre, tenían el poder de convertir en piedra a quien se atreviera a contemplar tan terrible ser. Utilizando un par de alas doradas, que agitaba siniestramente, iba de un lugar a otro, principalmente de noche, buscando presas con sus manos provistas de garras ganchudas y frías. Perseo recibió el encargo de matar a Medusa, quien era mortal a diferencia de sus hermanas. Con ayuda de Atenea, que sostenía un espejo con mango de marfil para impedir que quedase petrificado, el héroe sorprendió a la Gorgona durante el sueño, y de un certero golpe de su espada le cortó la cabeza. Ocurrió entonces un prodigio. De la sangre que manaba copiosamente del tronco del monstruo muerto, nació Crisaón y saltó con un fiero relincho el caballo alado Pegaso, el mismo que ayudaría más tarde al héroe corinto Belerofonte a matar a la Quimera. La cabeza de Medusa, que no había perdido su poder de petrificar a quienes la contemplaban, sirvió a Perseo para vengarse de su enemigo Polidectes y pa-

MEDUSA

ra realizar otras empresas. Volviendo a Argos, entregó su trofeo a Atenea, que lo colocó sobre la égida, utilizándolo para aterrorizar a sus enemigos.

MEGAPENTES

Hijo de Preto y rey de Tirinto. Petro no se sentía bien en Tirinto, por lo que la cedió a Perseo a cambio de la ciudad de Argos. Megapentes mató luego a Perseo porque había petrificado a Preto, su padre.

MEGARA

Hija de Creonte, rey de Tebas. Su padre fue ayudado por Heracles en la expulsión de los minios de Ergino, su ciudad, y quiso recompensarlo dándole a su hija por esposa. Años más tarde, Heracles, antes de casarse con Deyanira, cedió a Megara a su fiel sobrino Yolao. Los hijos de Megara y de Heracles murieron a manos de este último en un acceso de furor.

MEGERA

Una de las Erinias.

MELAMPO

Uno de los más famosos adivinos de la mitología griega. La leyenda de Melampo forma parte del ciclo de tradiciones de Tesalia. Era hijo de Amitaón y hermano de Biante, dotado también de facultades adivinatorias. Melampo tuvo el poder de entender el lenguaje de los animales, por haber criado amorosamente a algunas serpientes que le lamieron las orejas. Ayudó a su hermano Biante, obteniendo los bueyes de Ificles, que eran el precio exigido para su matrimonio con Pero, hija de Neleo. En Argos, logró curar a las hijas de Preto, obteniendo a cambio una parte del reino y la mano de Ifiansa, y dando origen, así, a la dinastía de los Amitaónidas, a la que pertenecieron Adrasto, Anfiarao, Alcmeón y Antíloco, de gran importancia en la guerra de Tebas.

MELANIPO

1. Tebano que hirió mortalmente a Tideo. Anfiarao acudió al instante, cortándole la cabeza y arrojándola en los brazos del moribundo Tideo, quien, haciendo que todo Atenas se estremeciese de horror, le sorbió los sesos a través de la frente.

2. Joven de Patras recordado por haber seducido, cerca del altar de Ártemis Triclaria, a la sacerdotisa Cometo. El oráculo, al ser consultado, decretó que no sólo ambos debían ser sacrificados en holocausto, sino que, a partir de entonces, cada año, el más apuesto joven y la más hermosa muchacha tendrían que sufrir la misma suerte.

MELANTO

Hijo de Neleo, padre de Crodo, rey de Mesene, de donde fue expulsado por los Heráclidas. Conquistó el reino de Ática, tras vencer en una lucha a Xanto, rey de Beocia; y se casó con su hija, Oenoe.

MELEAGRO

Hijo de Oineo, soberano de Calidón, en Etolia, y de Altea. Nació con un trágico destino. Poco después de su nacimiento el oráculo reveló a su madre que su hijo viviría tan sólo el tiempo que tardase un tizón del hogar en consumirse. Altea, entonces, retiró del fuego el trozo de madera, apagándolo y guardándolo celosamente en un cofre. El episodio central de la leyenda de Meleagro es la caza del jabalí de Calidón. Oineo, durante una fiesta en la que ofreció sacrificios a los dioses, olvidó las ofrendas a Ártemis que, para vengarse, envió a las campiñas de Calidón un jabalí enorme y feroz, que comenzó a devastar las viñas, los campos y las cosechas. El rey llamó entonces, para librar al país de tal desgracia, a todos los jóvenes y valerosos príncipes de los reinos vecinos, capitaneados por Meleagro, quien ya había dado pruebas de gran valor al acompañar a Leodace en la expedición de los Argonautas. Cástor, Pólux, Teseo, Pirítoo, Telamón, Peleo y muchos otros participaron en la caza del jabalí. Entre todos los cazadores se distinguía por su belleza y valor la virgen Atalanta, hija del rey de Arcadia. Una de las flechas lanzadas por Atalanta fue la primera en alcanzar al animal. Durante la cacería, muchos de los valerosos héroes perdieron la vida, hasta que Meleagro consiguió matar al jabalí. Sus despojos, su ca-

MELEAGRO

beza y su piel correspondían al matador, pero este, que se había enamorado de la bella Atalanta, se los regaló, despertando la envidia de los demás, especialmente la de sus tíos maternos, que ambicionaban dichos trofeos. Estos tramaron insidias contra Atalanta y le arrebataron el botín, provocando una furiosa disputa, durante la cual Meleagro les mató. Este doble delito originó una guerra entre los calidonios, que tenían por jefe a Meleagro, y los pleuroneses, capitaneados por los amigos y aliados de los desaparecidos. Meleagro, a pesar del número inferior de sus hombres, consiguió triunfar al principio, pero al enterarse de que Altea, su madre, desesperada por la muerte de sus hermanos, lo había maldecido encomendándolo a las Furias, abandonó la lucha. Desde aquel momento, los calidonios llevaron las de perder y suplicaron repetidamente a Meleagro que volviese al combate, pero este se resistía y sólo su esposa Cleopatra consiguió persuadirle. De nuevo en el campo de batalla, el valeroso héroe condujo a los suyos a la victoria y a la derrota total de sus enemigos. Sin embargo, Altea, llena de furor y deseos de venganza, que acallaban en ella todo sentimien-

to materno, arrojó al fuego el tizón fatal del que dependía la vida de su hijo. A medida que el trozo de madera se consumía en la llama, también Meleagro se debilitaba, como devorado por un fuego interior; cuando el tizón se extinguió con su último resplandor, también el héroe exhaló el último suspiro. Cleopatra no sobrevivió a su marido, vencida por el dolor; la propia Altea, arrepentida de su crimen, se ahorcó desesperada.

La caza del jabalí de Calidón, en la que al lado de Meleagro y Atalanta figuraban muchos héroes famosos, fue representada por diversos escultores y pintores. Una reproducción del episodio se podía admirar en el frontón oriental del templo de Atenea Alea en la Arcadia, obra del gran Scopas. Otros bajorrelieves aparecen en muchos sarcófagos conservados en los museos de Roma, Pisa y Londres y, por último, en los frescos de Pompeya. Una de las más célebres estatuas del Vaticano, obra también de Scopas, muestra a Meleagro durante la caza, seguido de un perro, llevando en la mano derecha una espada y observando la cabeza de un jabalí, depositada en cima del tronco de un árbol.

MELEAGRO

MELÍADES

Ninfas protectoras del fresno. Nacidas de la sangre de Urano, eran hermanas de las Erinias y de los Gigantes. Con la madera del fresno se fabricaban las lanzas o, mejor dicho, el palo de estas sobre el que se colocaba una punta afilada de metal. Como estas armas se usaban en las batallas violentas y sangrientas, las Melíades eran el símbolo de la sangre vertida en el combate o de forma violenta, como en los homicidios, suicidios, sacrificios cruentos, etc.

MELICERTES

Hijo de Atamante e Ino. Precipitado por su madre en una caldera de agua o en el mar, se transformó en un dios marino y se fusionó, por sincretismo, con Palemón.

MELISA
Ninfa, hermana de Adrastea, que recogió el cuerno de la cabra Amaltea, nodriza de Zeus, que este había roto involuntariamente. Melisa llenó el cuerno con flores y frutas y Zeus le prometió que dicho objeto sería desde entonces el símbolo o cuerno de la abundancia y que de él surgiría todo cuanto su poseedor desease. Según algunas tradiciones, debe atribuirse a la ninfa Melisa el descubrimiento de las abejas y la elaboración de la miel.

MELPÓMENE
Una de las nueve Musas, concretamente la de la tragedia. Vestía una amplia túnica y coturnos. Llevaba un puñal en una mano y una corona o una máscara trágica en la otra. Primero fue la musa del canto (Melpómene significa «cantante») y sólo más tarde se convirtió en la musa trágica.

MEMNÓN
Hijo de Titono y Eos. Fue rey de los etíopes y participó en favor de los troyanos en la guerra de Troya. Mató a Antíoco, y Aquiles lo mató a él. Al penetrar en Egipto, el mito de Memnón se relacionó con una de las colosales estatuas del rey Amenofis en las cercanías de Tebas, llamada *Colosos de Memnón*. Una de ellas, a través de una hendidura producida al pasar del frío de la noche al calor del día, al caer sobre ella el sol de Levante originaba un extraño fenómeno acústico. Se dijo que era el lamento de Memnón, que saludaba a su madre Eos cada mañana al aparecer esta en el horizonte.

MÉNADES
Otro nombre con el que se designaba a las Acantes para indicar el estado de excitación en que se encontraban durante la celebración de los ritos del dios. Ménades significaba, en realidad, «furiosas».

MENALIPO
Nombre con el que, por metátesis, Dante mencionaba a Melanipo.

MENDES
Divinidad egipcia, representada generalmente con figura de cabra. Al pasar su culto a Grecia, Mendes fue identificado con el dios Pan, ya que tenía sus mismos atributos.

MENECEO
Hijo de Creonte, noble tebano. Durante la primera guerra de Tebas o de las Siete, el adivino Tiresias predijo que la ciudad no sería conquistada si un tebano se sacrificaba por su patria. El joven Meneceo tuvo el valor de arrojarse desde las murallas de Tebas, cumpliéndose la profecía; los Siete, tras muchas tentativas infructuosas, tuvieron que desistir de su empresa.

COMBATE ENTRE AQUILES Y MEMNÓN

MENELAO
Hijo de Atreo y hermano de Agamenón. Jefe supremo de los griegos, cuyo papel en la leyenda no fue demasiado brillante. Se casó con Helena, la más hermosa

de las griegas y que fue la causa de la guerra de Troya. Menelao era el rey de Esparta y a su corte llegó un día Paris, a quien se le tributaron grandes honores. Sin embargo, Menelao tuvo que ausentarse para dirigirse a Creta y asistir a las ceremonias fúnebres en honor de Catreo. Cuando regresó a Esparta, Helena había huido con Paris. Grande fue su ira, y su orgullo ultrajado reclamó venganza. Con ayuda de Agamenón, Menelao reunió a todos los príncipes griegos, para que le ayudasen a vengar la afrenta. Así se formó un gran ejército en el que figuraban los principales héroes de la Elida. En Aulide, cuando una imprevista calma impidió zarpar a las naves aqueas, fue Menelao quien forzó a Agamenón a aceptar el sacrificio de Ifigenia. Durante la guerra de Troya no dio especiales pruebas de valor, a pesar de vencer en un duelo a Paris, que debió su salvación a la intervención de Afrodita. Después de la caída de Troya, se negó a ofrecer a los dioses el prometido sacrificio de cien bueyes, despertando sus iras, por lo que tardó ocho años en regresar a Esparta. No intervino en la justa venganza de su sobrino Orestes, que vengó la muerte de Agamenón. No obstante, se le veneró junto a Helena en Esparta, donde se edificó un templo que llevaba su nombre, el Menelaion, y luego en la Arcadia, Egipto y Cirenaica.

MENESTEO

Cuando Teseo volvió a la tierra tras haber estado prisionero en el Hades, encontró en el trono de Atenas a Menesteo, hijo de Peteo, que aprovechó su ausencia para hacerse proclamar rey. Menesteo pereció en la guerra de Troya.

MENIPE

Hija de Orión y hermana de Metíoque. Famosa por su habilidad en el arte de tejer. Habiendo caído sobre Beocia una grave pestilencia, Menipe se ofreció voluntariamente a sacrificarse para aplacar a los dioses. Así, Metíoque y sus dos hermanas murieron juntas, quitándose ellas mismas la vida. Perséfone, conmovida ante tanto valor y abnegación, transformó a las muchachas en cometas.

MENTOR

Simpática figura de sabio educador. Era un fidelísimo amigo de Ulises, a quien el héroe confió la custodia de su propia casa, en Ítaca, durante su ausencia. Atenea solía reemplazarle tomando su figura, al lado de Telémaco, durante la búsqueda de su padre.

MERCURIO

Nombre latino de la divinidad griega Hermes.

MÉROPE

1. Hija del rey de Arcadia Cipselo y esposa de Cresofante, rey de Mesene. Cuando su marido y sus hijos perecieron en un combate, consiguió salvar al pequeño Epito enviándolo ocultamente a Etolia. Años después, este regresó a Mesene con un nombre falso, jactándose ante su madre de haber matado a Epito para asegurarse de que esta le seguía queriendo. Mérope, para vengarse, trató de matar durante el sueño al presunto asesino de su hijo, el cual se dio a conocer, reuniéndose definitivamente con ella.

2. Hija de Atlante. Se casó con Sísifo de quien concibió a Glauco. Más tarde se convirtió en una estrella de la constelación de las Pléyades.

METÍOQUE

Hermana de Menipe.

METIS

Oceánica diosa de la sensatez. Zeus, que no rehuía los amores adulterinos, tuvo relaciones con ella, pero, temiendo que, según una profecía, le naciese un hijo que le quitase el dominio del universo, se la tragó. De la cabeza de Zeus surgió entonces Palas Atenea.

MICENAS

Antiquísima ciudad de Argólida, reino del héroe Agamenón, donde se desarrolló la tragedia de Egisto y Clitemnestra. De ella tomó nombre la civilización llamada micénica, precisamente porque Micenas fue su centro principal.

MIDAS

Hijo de Cibeles y Gordio, se le consideraba el mítico fundador del reino de Frigia. Un día pasó por aquella región el cortejo de Dioniso, que había abandonado Frigia, donde las Bacantes asesinaron y despedazaron a Orfeo. En el séquito del dios, entre otros sátiros figuraba el anciano Sileno; ebrio como siempre, pero más bebido que de costumbre, se separó de sus compañeros y fue hallado por unos campesinos, los cuales, al verlo cubierto de guirnaldas de flores, decidieron conducirlo ante el rey Midas. Este, que había sido iniciado en los misterios dionisíacos por Orfeo y Eumolpo, conocía ya a Sileno y se alegró de recibirlo en su corte. Lo retuvo durante diez días y diez noches, que transcurrieron entre alegres festines con abundantes libaciones. Cuando Midas acompañó a su huésped al lado de Dioniso, este, muy contento por encontrar de nuevo a su anciano compañero y educador, dijo al rey que le pidiese lo que quisiera y que se lo concedería. Midas, aunque era ya muy rico gracias a su madre, pidió que cuanto tocase se transformase en oro, y fue complacido. Dudando de que el milagro pudiese realizarse, quiso probar su nuevo poder. Arrancó una rama verde de un árbol y al instante se transformó en oro; recogió un guijarro y este también se convirtió en el precioso metal; tocó con la mano un terrón y se trocó en un lingote; cogió una manzana y de nuevo se repitió el milagro; incluso el agua con que se lavaba las manos, se transformaba en lluvia preciosa. Sin embargo, al sentarse a la mesa tuvo una desagradable sorpresa: todos los alimentos y bebidas que tocaba se transformaban en oro, sin que él pudiese ingerirlos. Condenado a morir de hambre y de sed, Midas maldijo su petición, rogando a Dioniso que le librase del encantamiento. El dios consintió y aconsejó al rey sumergirse en las fuentes del Pactolo. Así lo hizo, perdiendo su poder de convertirlo todo en oro, pero transmitiéndolo al río que, desde entonces, tuvo arenas auríferas. Reacio desde entonces a las riquezas, Midas se aficionó a frecuentar la soledad de los bosques y de las montañas, trabando conocimiento y amistad con Pan. Un día, mientras este dios de la naturaleza tocaba una melodía dulcísima con su gaita en la cima del monte Tmolo, osó hablar mal del arte de Apolo como tañedor de lira y desafió al dios a una competición musical. Fue testigo el mismo monte Tmolo, que concedió la victoria a Apolo, pero Midas, que no tenía muy buen oído para la música, protestó por la decisión del monte, considerándola una injusticia. Apolo, ofendido, pensó vengarse del incauto y lo castigó alargándole las orejas hasta hacerlas semejantes a las de un asno. El infeliz Midas, avergonzado de esta deformidad, trató de ocultarla cubriéndose la cabeza con un birrete purpúreo, pero el barbero que se cuidaba de arreglarle el pelo descubrió su secreto y, al no resistir la tentación de revelarlo, se dirigió a un lugar solitario y, después de excavar un agujero en el suelo, lo enterró. Viéndose al fin libre de su secreto, tapó el agujero y se alejó, pero precisamente en aquel lugar crecían cañas, las cuales, cuando el viento hizo ondear sus tallos, con su murmullo revelaron al mundo que el rey Midas tenía las orejas de asno.

MINERVA
Nombre latino de la diosa griega Atenea.

MINÍADES
Hijas del rey Minias de Orcómeno, llamadas Alcatoe, Leucipe y Arsipe. Después de negarse a participar en una fiesta en honor a Dioniso, sufrieron un ataque de furor y locura. Leucipe mató a su propio hijo Ipaso. Hermes las transformó respectivamente en murciélago, lechuza y búho.

MINOS
Hijo de Zeus y de Europa. Minos, en tiempos antiguos, mucho antes de la guerra de Troya, reinó en Creta, donde fundó un inmenso imperio marítimo, que se extendía a muchas islas del Egeo, hasta Ática. Se casó con Parsífae, hija de Helios, y de ella tuvo a Catreo, Deucalión, Glauco y Androgeo, así como algunas hijas, entre las que destacaron Ariadna y Fedra. Fue un rey muy sabio que impuso un código a los cretenses. Se decía que para dar más valor a sus leyes se retiraba cada nueve años a una cueva donde, según aseguraba, el propio Zeus se las dictaba con gran secreto. Para reinar en Creta, Minos expulsó a su hermano Radamantis y, a fin de confirmar la legitimidad de sus derechos al trono, pidió a Poseidón que le enviase un toro para que él se lo sacrificase. Así ocurrió, y de las aguas del mar surgió un animal magnífico, fuerte y de piel completamente bronca para confirmar que Minos tenía derecho a reinar en la isla. Sin embargo, al llegar el momento de cumplir su promesa, el rey de Creta, considerando que aquel toro era demasiado hermoso para sacrificarlo, pensó en sustituirlo por otro de menos valor. Para vengarse, el dios del mar hizo que Parsífae concibiese un hijo con cabeza de toro que fue llamado Minotauro. Avergonzado de él, Minos mandó llamar a Dédalo, famoso arquitecto, y le hizo construir el Laberinto, donde encerró al Minotauro. Minos solía entregarle como pasto a los condenados a muerte y esclavos, especialmente jóvenes y muchachas. También los atenienses se vieron sometidos a este doloroso tributo de vidas humanas (véase *Egeo*), del cual los libró Teseo con ayuda de la hija de Minos, Ariadna. En el intento de vengarse de Dédalo, que lo había engañado, y consiguiendo escapar del Laberinto donde este lo mandó encerrar, Minos se dirigió a Sicilia, ya que el artista se había refugiado allí, junto al rey Cócalo. Este se negó a entregar el fugitivo al soberano de Creta y, no contento con esto e instigado por sus hijas, lo mandó matar. Según una conocida leyenda de formación más tardía, Minos, tras su muerte, se convirtió en juez supremo del Hades. Allí eran conducidas todas las almas de los difuntos, a las cuales asignaba un lugar en el Averno, según sus méritos y culpas, ayudado por Eaco y Radamantis.

MINOS OFRECIENDO DONES A POSEIDÓN

MINOS Y SU ESTIRPE

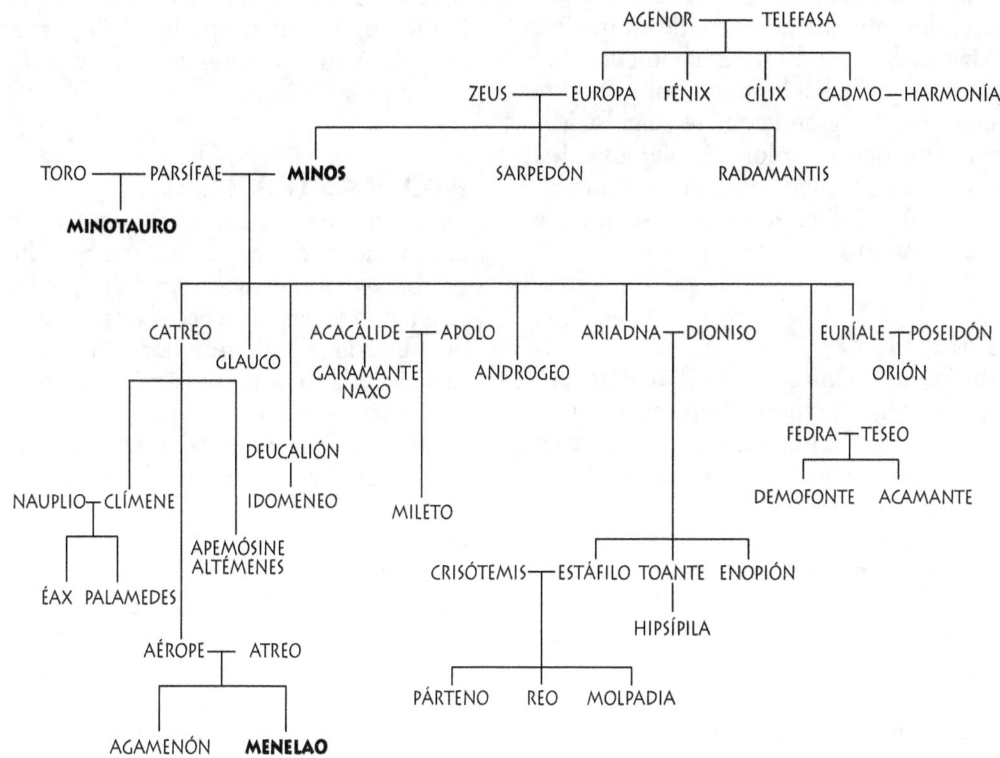

MINOTAURO

Monstruo con cuerpo humano y cabeza de toro. Nacido de la unión de Parsífae, esposa de Minos, con un toro. Fue encerrado en el Laberinto, donde se alimentó con carne humana hasta que murió a manos de Teseo.

TESEO Y EL MINOTAURO

MIRMIDONES

Pueblo griego que participó en la guerra de Troya, primero al mando de Aquiles y luego de su joven hijo Neoptólemo. La leyenda cuenta que este pueblo era escaso porque la isla de Egina, donde vivía, había sido asolada por la peste. Sin embargo, su rey Eaco era grato con los dioses y consiguió de Zeus que un enjambre de hormigas fuese transformado en hombres, de donde deriva el nombre de Mirmidones («hormiga»).

MIRRA

Hija de Cíniras, rey de Chipre. Fue una muchacha bellísima que, a causa de una venganza de Afrodita, por haberse considerado más bella que esta, concibió una morbosa pasión hacia su padre. Ayudada por una esclava, Mirra consiguió introducirse disfrazada en el lecho de su padre, durante una ausencia de su madre. Más tarde, cuando Cínaras descubrió el incesto que había llevado a cabo, su disgusto fue tan grande que se suicidó. Mirra, entonces, imploró la piedad a los dioses y consiguió ser transformada en árbol. A los diez meses este se abrió y surgió Adonis.

MIRTILO
Auriga de Enómao, rey de Pisa. Este último tenía la costumbre de prometer la mano de su bella hija Hipodamía a quien consiguiera vencerle en una carrera de carros. El joven Pélope aceptó el difícil desafío y, para lograr el esperado triunfo, sobornó a Mirtilo haciendo que sustituyese los radios de una rueda del carro de Enómao por trozos de cera. El carruaje, evidentemente, se rompió, Enómao murió y quedó vencedor de la carrera Pélope. Mirtilo murió más tarde a manos de Pélope al haber intentado raptar a Hipodamía; según una leyenda más conocida, fue arrojado al mar por Pélope para no concederle el premio prometido a cambio de su ayuda. Mirtilo, al morir, maldijo al asesino y a toda su descendencia, maldición cuyas trágicas consecuencias recayeron sobre la dinastía de los Pelópidas.

MISENO
Hijo de Eolo. Famoso trompetero que primero estuvo al servicio de Héctor y luego al de Eneas, a quien acompañó a través de los mares hacia el Tirreno. Tuvo la osadía de desafiar a Tritón tocando la trompeta; el dios, irritado, lo arrojó al mar, donde se ahogó. Los compañeros de Eneas lo enterraron en un promontorio, que cierra el golfo de Nápoles, y que en recuerdo de él se llamó Cabo de Miseno.

MNEMÓSINE
Hija de Urano y Gea. Mnemósine era reconocida como la diosa protectora de la memoria. Según una leyenda posterior, Zeus tuvo amores con ella engendrando a las Musas.

MOIRAS (PARCAS)
Diosas misteriosas del destino que rigen el hado de los dioses y de los hombres. La palabra *moira* (en griego, 'parte') significa ya en los poemas homéricos la parte de vida asignada al hombre y, por lo tanto, su destino, fijado, según los griegos y muchos otros pueblos antiguos, desde su nacimiento. Al principio, se trataba sólo de un concepto abstracto que llevaba implícitos el de la vida y el de la muerte. Dicho concepto lo expresaba Homero con el vocablo *moira*, que se personificó más tarde en una divinidad, sobre cuyo poder los griegos no tuvieron nunca una idea clara. En efecto, unas veces creían que dicha divinidad dependía de Zeus y de los otros dioses mayores, y otras la imaginaban como una fuerza tenebrosa e incomprensible, a la que el propio Zeus, lo mismo que todos los hombres y dioses, estaba sometido. En los poemas homéricos la idea de *moira* se va transformando gradualmente, pasando de una pura abstracción a una auténtica personificación como figura mitológica. Como idea abstracta es una sola, pero como figura mitológica es multiforme y de número indeterminado, se trata de las Moiras. Es posible también descubrir en los propios poemas cómo los griegos concebían originariamente la función de las Moiras, hilanderas del hilo que regula la vida de cada mortal. Homero las llama «hilanderas» y en otro lugar alude a los dioses que hilan, o sea, fijan y determinan el destino de los hombres, concretamente en el poema de Ulises. En la *Teogonía* de Hesíodo, las Moiras se llaman «hijas de la noche» para indicar su carácter misterioso; según otra tradición, nacie-

ron *de Zeus y Temis*. Son tres, número sagrado. Sus nombres son Cloto (la hilandera), imagen del desarrollo de la vida en sus diversas fases, desde el nacimiento hasta la muerte; Láquesis (la casualidad), la que da a cada uno lo que le toca en suerte, y Atropos (la inmutable), la inflexibilidad de las circunstancias y, por lo tanto, la inevitabilidad de la muerte en el momento fijado, así como la del nacimiento. Las Moiras, a causa de estas funciones, estaban relacionadas también con Ilitía y con las Erinias, las diosas implacables de la venganza. Eran hermanas de estas últimas, por ser hijas de la noche, y de las Queres, diosas de la muerte violenta. Luego se las relacionó con Zeus y más tarde con Apolo. Con Zeus, como dios supremo de la naturaleza y de la vida, fueron consideradas simples ejecutoras de su voluntad, siendo evidente, en este caso, su carácter de diosas subordinadas; con Apolo, como dios de la muerte. Ambos dioses recibieron, en efecto, el apelativo de *jefes de las Moiras*. El culto a estas no estuvo muy extendido, a pesar de la creencia de los griegos en su poder, probablemente porque su personalidad de diosas no estaba bien definida. Tenían pequeños templos en Corinto, Esparta, Tebas y Olimpia, y casi siempre sin imágenes, debido a que su fisonomía era bastante misteriosa e indeterminada. El papel que corresponde a cada uno en la vida estaba personificado por una divinidad semejante a las Moiras: Aisa. También Aisa estaba concebida como la hilandera de la madeja de la vida humana al nacer, pero fue siempre una personificación abstracta.

También para los romanos no fue sino una simple abstracción, más bien un puro término poético y filosófico, el fatum (vocablo que deriva del verbo *fari*, 'hablar'), es decir, la palabra de los dioses, de Júpiter, la voluntad del destino irrevocable y, en algunos casos, la muerte. El nombre y el concepto de las Hadas de las creencias populares deriva del plural de *fatum*, es decir, *fata*, que indicaba entre otras cosas la suerte particular del hombre. La palabra *fata* fue luego sinónimo de Parcas, divinidades del destino, al igual que las Moiras. Al parecer, al principio hubo una sola Parca, de la misma manera que había una sola Moira. Cuando los romanos conocieron la mitología griega, triplicaron su número, identificando a las Parcas con las tres Moiras y atribuyéndoles su mismo oficio. Dicho concepto se limitaba, sin embargo, al terreno literario, porque en la tradición popular las Parcas no eran divinidades del destino sino del nacimiento (la palabra *parca* deriva, en efecto, de *parto*).

Los poetas imaginaron a las Parcas como ancianas de aspecto desagradable. Por el contrario, en las artes figurativas aparecen como jóvenes con aspecto severo y completamente vestidas. A Cloto se la solía representar con una rueca y enrollando el hilo de la vida; a Láquesis hilando y sosteniendo en la mano un huso; y a Atropos con unas tijeras y cortando el hilo de la vida, o con otros atributos que simbolizaban la inevitabilidad de la muerte.

MOPSO

Hijo de Apolo y Manto; nieto del célebre adivino Tiresias y también del famoso profeta. En un bosque consagrado a Apolo, Mopso compitió con Calcante en la interpretación de algunos enigmas y quedó vencedor. Calcante, afligido, se suicidó. Más tarde, Mopso luchó contra Anfíloco, hijo de Anfiarao, con el cual había fundado anteriormente la ciudad de Mallo en Cilicia, estableciendo allí un oráculo. Durante la contienda, ambos se mataron mutuamente.

MORFEO

Hijo del Sueño y de la Noche y hermano de Fantasio y Fobetor. De los tres hermanos, Morfeo era la personificación más importante del sueño. Contrariamente a los sueños provocados por las otras dos divinidades, los producidos por Morfeo correspondían siempre a la verdad.

MORTA

Una de las Parcas latinas. Originariamente, en la mitología itálica las Parcas eran dos, Nona y Décuma; luego se añadió Morta que, como su nombre indica, era la diosa de la muerte y, de esta manera, las Parcas se identificaron por completo con las Moiras griegas.

MUERTE

Véase *Thanatos*.

MUSAS

Probablemente, al principio existió una sola musa, diosa del canto y personificación de las actividades espirituales en general. Pronto se presumió la existencia de muchas, sin precisar su número. El propio Homero tampoco tiene noción del número de las musas. En un pasaje de la *Odisea* aparecen nueve, pero se cree que fue interpolado en el poema posteriormente. El poeta, a veces, alude a una musa y otras a más de una. Son hijas de Zeus y viven con él en el Olimpo, alegrando con sus cantos, bajo la dirección de Apolo, los banquetes de los dioses. Lo mismo que su padre, son omniscientes. La tradición referente a su número y a sus nombres es constante a partir de la *Teogonía*. Son nueve, hijas de Zeus y de Mnemósine, una de las diosas del ciclo titánico, personificación de la memoria. La leyenda cuenta que Zeus, ante los ruegos de los dioses olímpicos para que diese vida a divinidades capaces de perpetuar con su canto el recuerdo de la gran victoria sobre los Titanes,

se unió con Mnemósine, y de la unión nacieron las Musas. Al principio, el carácter de las nueve hermanas era el de divinidades de las fuentes y de los manantiales. Según los griegos, las Musas preferían como morada terrenal las silenciosas y sombreadas cercanías de los frescos arroyos murmurantes, música dulce y eterna de la naturaleza. No carece de fundamento la suposición de que a esto se debe precisamente el concepto más moderno de las Musas. En Homero son, sin duda, diosas del canto que inspiran e inflaman al poeta. Sin embargo, así como ayudan a los que modestamente se lo piden, no perdonan a los presuntuosos que se jactan de poderlas superar. No sólo privaron de la voz y de la memoria al cantor Tracio Tamiri, que tuvo tal osadía, sino que, además, lo dejaron ciego. En la *Teogonía*, aunque presentadas con un significado general, están relacionadas con la danza, como lo prueba el nombre de una de ellas, Terpsícore. Como es sabido, el canto y la música, la poesía y la danza formaban una sola cosa en Grecia. La especialización de las Musas, según la cual corresponde una rama particular de las artes y de las ciencias para cada una, es invención de épocas posteriores. En los poetas griegos, a excepción de Calíope, ninguna tiene atributos propios. Calíope sobresale entre las otras y es casi su directora. Los nombres de las nueve Musas de la *Teogonía* expresan conceptos relacionados con su naturaleza de divinidades benéficas, alegres y amantes del canto, con el que hacen agradable su propia vida y la de los demás. Sus nombres son los siguientes, pero sus funciones y signos distintivos no eran constantes ni en la literatura ni en las artes figurativas: Clío (la que anuncia la gloria, es decir, las empresas gloriosas del pasado), musa de la Historia, se la representa con un rollo de papel y una pluma; Euterpe (la que alegra), musa del canto lírico y de la música propiamente áulica, se la representa en general con una doble flauta; Talía (la que hermosea, en el sentido de dar alegría y vida), musa de la Comedia, se la representa con la máscara cómica, y en tiempos más recientes ha sido interpretada también como musa de la poesía bucólica, apareciendo como tal con un bastón de pastor; Melpómene (cantante), musa del canto en general y más tarde de la tragedia, se la representa con la máscara trágica; Terpsícore (la que se deleita con la danza), primero musa de la danza, representada con la larga túnica de los citaristas y con una cítara, y más tarde de la poesía lírica, sobre todo coral, siendo representada con una lira; Erato (amante), musa de la poesía erótica, se la representa con una lira, y más tarde con la cítara, siendo luego la musa de la mímica y de la Geometría; Polimnia (la de los muchos himnos), musa del canto, con más frecuencia de la lírica religiosa y, a veces, de la memoria (como tal se la confundía con su madre Mnemósine) y también de la pantomima, no tiene distintivos propios pero se la representa con aspecto serio y envuelta en una amplia túnica; Urania (celeste), musa de la poesía astronómica y didascálica en general y luego de la astronomía, se la representa con una esfera y un compás; Calíope (la de la bella voz), musa de la poesía en general y luego del canto épico y la alegría, se la representa con un rollo de papel y una pluma. El culto a las musas tuvo su origen en unos pueblos de pastores de época muy remota, los tracios y los tesalios, que vivían en Pieria, frondosa llanura cercana al Olimpo, de donde pronto pasó a Beocia, al monte Helicón, difundiéndose luego por toda Grecia. Cuando las Musas se relacionaron con Apolo se las veneró, a consecuencia de la religión apolínea, también en Delfos, en el Parnaso, que les estuvo consagrado junto con la fuente de Castalia, que allí brotaba; también les estaba consagrado el Helicón con sus grutas, entre ellas las de Libetra, sus bosques y sus fuentes Aganipe e Hipocrene, que brotaron, según se cuenta, de una coz del caballo alado Pegaso, el corcel de las Musas. Tuvieron santuarios dedicados en Atenas, Olimpia y Corinto. Los tespios celebraban en su honor fiestas solemnes en el Helicón, llamadas *Museae*. Los romanos, que más tarde incorporaron a su mitología las nueve Musas griegas de la *Teogonía*, habían tenido sus ninfas de las fuentes, que dominaban el arte del canto y de la adivinación, las Camenas. La palabra *camena* deriva del verbo *cano*, que significa 'cantantes' y, por extensión, también 'adivinas'. Egeria, la ninfa de la fuente de igual nombre de un bosque de las cercanías de Aricia, cerca de Roma, la famosa inspiradora del rey Numa, era precisamente una Camena.

Las Musas fueron representadas con mucha frecuencia en vasos, relieves, monedas y gemas. En las vasijas más antiguas las vemos llevando y tocando instrumentos musicales, de lo cual se puede deducir que, ya en épocas remotas, se las concebía, no sólo como cantantes, sino

MUSA

también como tañedoras. En los relieves forman un coro de nueve muchachas dirigidas, a veces por Apolo, por Mnemósine o por Atenea, y otras por uno o dos poetas. En las pinturas, en contraposición, su número varía, pero no aparecen nunca las nueve juntas. Como ya se ha dicho, sus signos distintivos no les son asignados con regularidad; por ejemplo, la doble flauta, que debería ser propia de Euterpe, se atribuye a veces a Terpsícore y a Urania. Se representa siempre a las Musas como jóvenes muy bellas, de rostro delicado y gentil.

MUSEO

Uno de los más célebres poetas de la época mitológica. Le corresponde el mérito de haber introducido el arte poético en Ática. Era discípulo o incluso hijo de Orfeo. Las poesías y cantos, que en épocas sucesivas se le atribuyeron, son de elaboración posterior.

NAIDA

Muchacha amada por el pastor Dafnis, a quien dejó ciego por haber faltado a su promesa de amarla eternamente.

NAPEAS

Nombre de las ninfas que vivían en los valles.

NARCISO

Hijo del río Céfeso. Era un bellísimo joven, de quien se enamoró perdidamente la ninfa Eco que, al verse rechazada, se consumió de dolor hasta quedar de ella tan sólo la voz. Narciso fue castigado por su frío corazón por Afrodita; esta le hizo enamorarse de sí mismo un día que se acercó para beber a la fuente Ramnusia y observó su propia imagen reflejada en la superficie del agua. Al intentar abrazarla, Narciso cayó al agua y se ahogó. Su nombre fue perpetuado en forma de flor, que es símbolo de la belleza carente de sentimientos.

NARCISO

NAUPLIO

Rey de Eubea, padre de Eaco y Palamedes. Vengó la muerte de Palamedes enviando a Eaco a visitar a las mujeres de los capitanes griegos para anunciarles que estos volverían de Troya con concubinas que las suplantarían. A consecuencia de esta infamia, muchos guerreros fueron asesinados a su regreso. Realizó, asimismo, otra venganza; como parte de la flota griega había sido empujada por la tempestad hacia las costas de Eubea, hizo arder hogueras entre los escollos para que las naves, al confundirlas con las linternas de los puertos, se dirigiesen hacia allí y, al chocar contra ellas, naufragasen. Así ocurrió y sólo la nave de Ulises, cuyo fin deseaba especialmente Nauplio, se salvó al ser empujada a alta mar. Nauplio, desesperado al saber que Ulises se había librado de la muerte, se suicidó; o tal vez los dioses lo mataron, como castigo por su perfidia con los navegantes.

NAUSICA

Delicada figura de muchacha que aparece en la *Odisea*. Hija de Alcínoo, rey de los feacios. Mientras se divertía con sus esclavas jugando a la pelota en la playa descubrieron al náufrago Ulises, que había llegado hasta allí. Llena de compasión por el extranjero, lo acompañó a la corte de su padre. Enamorada de Ulises, cuando este tuvo que partir le rogó humildemente que la recordase alguna vez.

NÁYADES

Hijas de Zeus y Cloris. Eran las ninfas de agua dulce. Según el lugar donde vivían, se dividían en ninfas de los ríos y de los arroyos (Potameidas); de las fuentes (Creniadas); y de los lagos y pantanos (Limnadas). A veces, se les ofrecían sacrificios de corderos y cabritos y libaciones de vino, leche y aceite. Sus altares se adornaban con frutas, flores y miel. Se las representaba con figuras de jovencitas muy bellas, de larga cabellera adornada con juncos, y piernas y brazos desnudos, llevando en la mano una concha, o también apoyadas en una fuente de la que manaba agua fresca. A veces, aparecía junto a ellas una serpiente, símbolo del sinuoso curso del río y del don de profecía del que estaban dotadas, al igual que las Nereidas. Entre las Náyades fue especialmente importante Albúnea.

NÉCTAR

Mítica bebida de los dioses que les hacía conservar la juventud y la inmortalidad. Hebe, la diosa de la edad juvenil, se encargaba de escanciar a los inmortales el precioso néctar.

NEERA

Ninfa que, de sus amores con Helios, concibió a Faetusa «la resplandeciente», y a Lampecia «la esplendente». A Neera le estaba confiada la custodia de los rebaños sagrados de Helios, que estaban en Trinacria.

NÉFELE

Diosa de las nubes, esposa de Atamante, rey de los minios de Orcómeno, en Beocia. De su matrimonio nacieron Frixo, la lluvia que cae, y Hele, la vívida luz. Atamante repudió a su esposa, que era de origen divino (*néfele* en griego significa 'nube') para casarse con una simple mortal, Ino, hija de Cadmo. Néfele se ofendió mucho por el repudio de Atamante y abandonó Beocia. Para vengarse, envió una tremenda sequía a aquella región. Ino pensó entonces en aprovechar la ocasión para deshacerse de los hijos del primer matrimonio de su marido e intentó convencerlo para que inmolase Frixo a Zeus, a fin de hacer cesar la sequía. Sin embargo, Néfele intervino en ayuda de sus hijos regalándoles un carnero con el vellón de oro, para que, montados en él, pudiesen huir a Cólquida. El vellón o vellocino de este carnero, algunos lustros más tarde, dio origen a la famosa expedición de los Argonautas.

NELEO

Hijo de Poseidón y Tiro y hermano gemelo de Pelias. Los dos hermanos fueron abandonados por su madre en un monte, donde los encontraron unos pastores. Tras una disputa entre ambos hermanos por la posesión de Yolco, Neleo tuvo que huir a Meselia, llegando a ser rey de Pilos. Ayudó a los Moliónidas, adversarios de Heracles; luchó con estos, y su familia, formada por los doce hijos nacidos de Cloris, entre los que figuraba el terrible Periclimenes, a quien Poseidón concedió el don de tomar la forma del animal que quisiese, fue destruida. Sólo se salvaron Néstor, que participó brillantemente en la guerra de Troya, y su hija Pero, esposa de Biante.

NEMEA

Estrecho y frondoso valle formado por un afluente del Asopo, en la Argólida (Peloponeso). Famoso por los juegos *Nemeos*, que se celebraban en un bosque consagrado a Zeus. Tales juegos se iniciaron en el 573 a. de C., aunque la leyenda atribuye dicha institución a los Siete héroes míticos de Tebas, en memoria del pequeño Ofeltes, o a Heracles en conmemoración de su victoria sobre el león de Nemea. Se celebraban cada dos años y consistían en concursos musicales, poéticos, gimnásticos y ecuestres. El premio era una corona de olivo.

NÉMESIS

Diosa del destino, distinta, sin embargo, de las Moiras. Mientras estas asignaban a cada hombre su destino antes de su nacimiento, es decir, sin tener en cuenta sus méritos o culpas, Némesis, como personificación de la justicia distributiva, premiaba o castigaba según las acciones realizadas. A este concepto originario de Némesis se añadió otro, el de que la diosa representaba la necesidad ineludible de que toda culpa tuviese su castigo. En su carácter prevaleció, pues, la parte negativa. Némesis fue, en efecto, la castigadora implacable de los poderosos, de los soberbios y de los jactanciosos. Su misión era la de restablecer el equilibrio en el mundo que estos habían alterado con sus actos. Todos los hombres demasiado felices o presuntuosos eran alcanzados por Némesis. Representaba también lo que los griegos llamaban *la envidia de los dioses*, es decir, el sentimiento de indignación que estos experimentaban contra cualquiera que tuviera el atrevimiento de creerse lo bastante fuerte para poder rivalizar con ellos. No se debe confundir a Némesis con Adraptea aunque esta haya sido concebida como «inevitable», lo mismo que Némesis. Era venerada en diversos lugares de Grecia, pero sobre todo en Ramnunte, pueblo de Ática, donde poseía un templo de donde derivó su apelativo de *Ramnusia*. Mientras que, según la *Teogonía*, Némesis era hija de la Noche, Ramnusia lo era del Océano y madre de Helena. Dicha maternidad tal vez tenga un valor simbólico, ya que el hado utilizó a Helena, causa de la guerra de Troya, como medio para batir la excesiva fuerza e insolencia de los troyanos.

Gracias a algunas noticias recogidas por los antiguos, sabemos que, en un principio, Némesis fue representada como una virgen, de aspecto parecido al de Afrodita; luego, con un aspecto muy severo, acompañada de diversos atributos simbólicos y alada. Sin embargo, todavía no ha sido posible identificar las estatuas y relieves que la representan.

NEOPTÓLEMO

Sobrenombre de Pirro, hijo de Aquiles, que significa «nuevo guerrero».

NEPTUNO

Nombre latino del dios griego Poseidón.

NEREIDAS

Divinidades marinas. En los mitos cosmogónicos y teogónicos no se consideraba todavía a Poseidón como dios del mar, sino que dicha función era desempeñada por Ponto, que fue el mar propiamente dicho, de cuya unión con Gea nacieron varias divinidades marinas. El primer hijo de Ponto fue Nereo, el *viejo marino* o el *anciano padre*, como lo llama Homero, que nunca menciona su nombre. Nereo habitaba en las profundidades del mar y, más concretamente en el Egeo, de donde era el dios por excelencia. Ya en la *Teogonía* se le celebra por su bondad y rectitud y por la sensatez de sus consejos. En otras palabras, personifica la belleza y las propiedades del mar. A semejanza de otras divinidades marinas, Nereo aparece dotado del don de la profecía, pero no siempre acepta de buena gana el papel de vaticinador, sino que, como se cuenta en la leyenda de Heracles, trata de sustraerse tomando formas diversas, facultad propia de los dioses de las aguas. La figura de Nereo, así como la de todas las divinidades griegas que no fueron acogidas en la mitología romana, fue dada a conocer a los romanos por sus poetas. Con Nereo habitaban en el fondo del mar sus hijas, las Nereidas, que, según la tradición más conocida, eran cincuenta, aunque se trata tan sólo de una cifra global, carente de exactitud. En otras tradiciones, las Nereidas son, en cambio, cien. Homero menciona treinta y cuatro, indicando que existen algunas más. No personifican tan sólo las olas marinas, sino precisamente el mar con sus riquezas y sus dones. Doris, una ninfa oceánica, cuyo nombre significa precisamente «la dispensadora», era su madre. Bellas y atractivas, amantes de la danza y de los juegos, las Nereidas alegraban con su grata presencia y su encanto a los navegantes, a quienes, en caso de necesidad, prestaban auxilio, según se cuenta en la leyenda de los Argonautas o de los aqueos durante su viaje al regreso de Troya. Los nombres propios de las Nereidas, veneradas como divinidades benéficas principalmente en los puertos, tienen algunos significado genérico como mar, ola, playa, arena, isla; otros expresan vagamente la idea de belleza y agrado en general, es decir, de la seducción del mar, como hermosa señora, amable, admirable, dulce como la miel; en cambio, otros indican belleza de las aguas cuando no son turbadas por el viento, como azul, calma, fulgor; algunos nombres compuestos aluden a la relación del caballo con el mar y otros expresan su fuerza; algunos aluden a sus dones, como el nombre de la madre de todas, Doris. Entre las Nereidas más conocidas figuran Anfítrite, la reina del mar, Tetis, la madre de Aquiles y Galatea, la de la láctea blancura, símbolo del mar refulgente, amada del cíclope Polifemo.

En las representaciones artísticas, Nereo aparece con figura de anciano canoso y, lo mismo que los otros dioses del mar, tiene los cabellos, los ojos, la barbilla y el pecho cubiertos de juncos y hojas de plantas marinas. Las Nereidas, que se ven a menudo en las pinturas de los vasos, tienen figura de vírgenes bellas y graciosas, a veces sin velos y generalmente montadas en delfines, caballos marinos u otros monstruos.

NEREO

Véase *Nereidas*.

NESO

Centauro, descendiente de Ixión, y Néfele. Su ocupación habitual era transportar a los viajeros de un lado a otro del río Eveno. Cuando Heracles llegó a dicha región, llevando consigo a Deyanira y dirigiéndose a Tarquinia por indicación de su amigo Ceite, Neso se enamoró locamente de la bella Deyanira e intentó raptarla. Una flecha de Heracles le hizo pagar su audacia con la muerte, pero halló el modo de vengarse. Dio a la compasiva Deyanira, que había acudido a su lado, un poco de sangre, diciéndole que le haría conservar el amor de su esposo. Algunos lustros más tarde, Heracles se enamoró de Yole, y Deyanira, loca de celos, para reconquistar al héroe le envió una túnica mojada en la sangre de Neso. El héroe se la puso sin la menor sospecha, pero el veneno contenido en la sangre del Centauro surtió un rápido efecto y Heracles sucumbió entre sufrimientos inauditos.

NÉSTOR

Hijo de Neleo y Cloris y nieto de Niobe, fue rey de Pilos. Heracles mató a sus once hermanos durante la guerra contra Augias. Él se salvó, porque en ese momento estaba ausente, y participó en la guerra de Troya. Era el más anciano y sabio de los jefes del ejército aqueo; había tomado parte en la guerra que los pilios sostuvieron contra los eleos, en el combate entre Lapitas y Centauros y en la caza del jabalí de Calidón, antes de guiar a sus guerreros hacia las murallas de Lion adonde llegó con noventa naves. Al terminar la guerra, volvió sin dificultad a su patria, donde vivió como un patriarca rodeado de su numerosa familia, con gran sencillez y dedicándose a los cuidados domésticos. Algunos sostuvieron que en su viaje de regreso se detuvo en Italia y fundó la ciudad de Metaponto.

Homero lo presenta en sus poemas como modelo de justicia y piedad, de gentileza, cortesía, elegancia, valor y sabiduría.

NICTEO

Rey de Tebas. Ocupó el trono cuando Cadmo abandonó Tebas. Era de origen real y procedía de la ciudad de Iria, en Beocia. Tuvo una hija, Antíope, mujer de extraordinaria belleza, que tuvo amores con Zeus, el cual se acercó a ella en figura de sátiro. Para escapar de la ira paterna, Antíope, cuando estuvo segura de que esperaba un hijo, se refugió en Sición, donde el rey Epopeo la acogió benignamente, haciéndola su esposa. Nicteo no se resignó y declaró la guerra al rey, pero no consiguió vengarse. Al morir, confió la dura misión a su hermano Lico.

NIKÉ

Niké era la diosa de la victoria. Representaba el poder invencible de Zeus. Según narra el mito en la *Teogonía*, su madre Estigia la envió para que la socorriese, junto con sus hermanos Zelo (la emulación) y Krato (la fuerza) y su hermana Bía (la violencia), durante la guerra victoriosa de Zeus contra los Titanes. Fueron las primeras divinidades que respondieron a la llamada del dios supremo y, por esta razón, habitaron siempre con él en el Olimpo. Niké es también compañera inseparable de Atenea, ya que a esta se la considerada la diosa siempre victoriosa. En el culto de Palas, ambas diosas formaban una sola, Atenea Niké, hasta que Niké pasó a ser considerada también hija de Zeus. Había un templo consagrado en la Acrópolis a Atenea Niké. Más tarde, Niké, tanto en la vida de los griegos como en las artes figurativas, se convirtió en símbolo y auténtica personificación de la victoria, no sólo en la guerra, sino también en las competiciones gimnásticas y musicales; también se convirtió más tarde en la divinidad de cualquier éxito, tanto de los dioses como de los hombres, terminando por ser una especie de genio auxiliador. La figura de la Niké griega fue recogida en la mitología romana por Victoria, que era una de las diosas más veneradas en Roma. Los romanos tenían una antigua divinidad nacional, símbolo de la victoria: Vica Pota, («la que vence y toma posesión», según la interpretación que da de su nombre Cicerón). Otra divinidad que puede ser identificada con la Victoria, Vacuna, era venerada en tiempos antiguos en Roma y era objeto de un culto muy popular entre los sabinos, con atributos pacíficos y guerreros. Era, al parecer, la diosa del reposo después de las fatigas del campo y de la guerra, transformándose en el siglo I d. de C. en diosa del triunfo. La Victoria tuvo en el Palatino un templo, erigido en el 249 a. de C.; además, varios generales victoriosos y reyes extranjeros en el Capitolio le dedicaron estatuas. La más famosa es, sin duda, la que Augusto le dedicó después de la batalla de Accio en la Curia Julia, sede del senado. En su honor se organizaban juegos en Roma; los más célebres fueron los instituidos por Julio César en recuerdo de la batalla de Farsalia.

En las representaciones, Niké aparece a menudo junto a otras divinidades que contribuyen a la victoria. Hay que recordar que el *Zeus olímpico* y la *Atenea* de Fidias llevaban en la mano una estatuilla suya. La diosa es representada como una hermosa mujer con grandes alas, al principio vendada y con una corona de lau-

NIKÉ

rel, luego con una palma y por último con armas y un trofeo completo. Estatuas originales de la diosa se conservan: la *Niké* de Peonio, que desciende del cielo con las alas desplegadas; y la de Samotracia (isla del Egeo, donde fue encontrada en la proa de una nave), que anuncia con una trompeta la victoria.

NILO

Divinidad fluvial, hijo de Océano y padre de Menfis. Los antiguos egipcios lo llamaron Hapi. Habitaba en una gruta a la altura de la primera catarata y se le representaba como un anciano sentado o tendido, grueso y sonriente, con el busto desnudo, un cuerno en la mano izquierda y un junco en la derecha y con la cabeza adornada de capullos de loto. Se le dedicaban solemnes fiestas en junio, en la época de la primera inundación, atribuida al llanto de Isis por la muerte de Osiris.

NINFAS

Las Ninfas eran divinidades intermedias entre los dioses de las aguas y los de la tierra, pertenecían al mismo tiempo a unos y a otros. Eran deidades secundarias, relacionadas con la naturaleza y las fuerzas naturales en todas sus manifestaciones, y personificaban el movimiento vital y procreativo. Habitaban en los bosques, en los montes, en los valles y grutas, en los prados, en los campos y ríos y en las fuentes y manantiales. Las primeras inventadas por la fantasía de los griegos parecen haber sido estas últimas. En la concepción de todas ellas existe un sentimiento de la naturaleza muy distinto del nuestro, nacido probablemente del alegre espectáculo de pequeñas escenas naturales en el silencio de recónditos valles, en los misteriosos escondrijos de los frescos bosquecillos, en las soledades de los campos a lo largo de las riberas esmaltadas de modestos arroyos de suave murmullo. Se las imaginaba como vírgenes bellísimas, que vivían libres e independientes; pasaban cazando su tiempo, solas o con Ártemis, danzando, bañándose, hilando, tejiendo, cultivando flores o plantando árboles. Además, se supuso que protegían la vegetación. Eran las potencias benéficas de los lugares en que habitaban, pero, en general, sin estar vinculadas a ninguno de ellos. En la obra de Homero, que las menciona con frecuencia, las Ninfas aparecen como hijas de Zeus y, teniendo en cuenta que Zeus es el dios supremo que regula y domina todos los fenómenos naturales, lo son. Como divinidades participaban en las asambleas de los dioses del Olimpo. El poeta no sabe, o por lo menos no lo dice, quién fue su madre; más tarde figura como tal Temis. Según tradiciones posteriores son hijas de los dioses de los ríos de las distintas regiones; en algunas leyendas regionales figuran a su vez como madres de héroes locales. En realidad, cuando se habla de Ninfas simplemente se entiende que se trata de las de las aguas y, concretamente, de las de agua dulce, a las cuales se las designaba con el nombre especial de Náyades. No eran tan sólo ninfas de los manantiales o fuentes, sino también de los ríos y de las aguas estancadas. Se las consideró alimentadoras de las plantas, de los rebaños y de los hombres. De ahí los mitos según los cuales fueron nodrizas de Zeus y Dioniso. Como diosas de la lozanía y de la vegetación, se las puso en relación con las Gracias y las Horas, con Deméter y, por velar por la prosperidad del ganado, con Hermes y Pan. Las aguas dulces y, sobre todo, las termo-minerales son fuente de salud, por lo que las Náyades fueron concebidas también como divinidades sanadoras. A la vez que curaban, podían ocasionar enfermedades; el que veía a una ninfa perdía el juicio y de los locos exaltados se decía que estaban «poseídos por las ninfas». Como algunas aguas, según la creencia griega, concedían la facultad de vaticinar a quien bebía de ellas o las utilizaba para ceremonias religiosas, las Náyades pasaron a ser también divinidades proféticas. Se las atribuyó el haber educado a Apolo, con quien, así como con las Musas, compartían el amor por la poesía y el canto. Eran también divinidades del matrimonio y protegían especialmente a las prometidas o *ninfas*, palabra que significaba en realidad 'veladas' ('del velo nupcial'), y a las muchachas casaderas. Al grupo de las Ninfas de las aguas pertenecían también las Oceánidas y Nereidas. Otro grupo de Ninfas eran las Oréades, Ninfas de la montaña, lo mismo que las Náyades. Originariamente, las Oréades fueron diosas de la humedad, es decir, de las aguas que brotan de los montes; luego se las concibió como divinidades de los propios montes, que estaban colocados bajo su protección. Las Oréades tomaban el nombre de los montes donde habitaban, llamándose Pelíadas las del Pelión, Citerónidas las del Citerón, etc. Afines a las Oréades eran las Napeas y las Alseidas, Ninfas respectivamente de los valles y de los bosques. Según algunos mitólogos, entre las Oréades figuran las Dríadas, que incluso pueden ser las mismas con distinto nombre, que otros, en cambio, agrupan con las Amadríadas. Eran Ninfas de las plantas, concretamente de las encinas bajo las cuales vivían y, por lo tanto, de los bosques. En la *Teogonía* se menciona una clase especial de Alseidas: las Melíades, Ninfas de los frenos, que, según algunas tradiciones, fueron consideradas nodrizas de Zeus. Entre las Oréades y Ninfas afines hay que distinguir a las Amadríadas, distinción que no siempre se ha hecho, ni siquiera entre los antiguos. Estas no tenían ninguna relación con el elemento acuático. Eran las almas de las plantas y con estas vivían y morían, no gozaban, por lo tanto, del privilegio de la inmortalidad, como las Ninfas propiamente dichas que, como diosas, eran inmortales. Se admitió también la existencia de Ninfas en lugares particulares y en estrecha relación con algunas divinidades, como las Ninfas de Dodona con Zeus y las de Nisa con Dioniso. Por último, conviene advertir que los griegos dieron el nombre de Ninfas algunas figuras míticas especiales, entre ellas a Calipso, hija de Atlante, y a Faetusa y Lampecia, hijas de Helios. El culto a las Ninfas era antiquísimo, anterior al de los dioses del Olimpo, y perduró durante mucho tiempo. Difundido por casi toda Grecia, floreció especialmente en las regiones de mayor belleza natural y más ricas en agua. A las Oréades rendían un culto especial los cazadores. Como divinidades de orden inferior, al principio, las Ninfas no tuvieron templos, sino simples altares, y se las veneró en los bosques, en las grutas, y en las cercanías de las fuentes y manantiales, es decir, todos estos lugares les estaban consagrados. Más tarde tuvieron templetes o «ninfeos», que se edificaron incluso dentro de la ciudad; graciosos edificios en los que se solían celebrar las bodas, costumbre que tiene su razón de ser en la protección concedida por las Ninfas a las novias. Se les sacrificaban cabritos y corderos, y se les ofrendaba leche y aceite; en algunos lugares estaban prohibidas las ofrendas de vino. El concepto de Ninfas fue extraño a los romanos; daban este nombre a las Ninfas griegas, introducidas en Roma, donde se alzaron también *ninfeos*. Sin embargo, se puede considerar como ninfa romana, en sentido griego, a Albúnea, diosa titular de las fuentes sulfúreas cercanas a Tívoli, en la orilla del Aniene. Albúnea, que fue la principal de dichas fuentes, personificada luego en forma de ninfa, tenía el don de profecía y se la consideró una Sibila.

En las artes figurativas las Náyades aparecen generalmente caracterizadas con signos distintivos referentes al agua, como conchas, ranas, etc., que sostenían en la mano. Las Ninfas fueron representadas generalmente tal como las habían concebido los griegos, es decir, como jovencitas bellísimas y esbeltas, de movimientos graciosos, cuyas lindas cabezas estaban adornadas con flores y vestían túnicas ligeras que no solían cubrir el cuerpo, a veces totalmente desnudo.

NÍOBE

Hija de Tántalo y hermana de Pélope. Se casó con Anfión, rey de Tebas, y dio a luz a catorce hijos, siete varones (Sipylos, Tántalo, Agenor, Fedino, Damasicto, Ismene y Ulunite) y siete hembras (Etosea, Cleodosia, Astioquea, Etia, Pelopia, Ogigia y Melibea). Los muchachos todos bellos y fuertes, y las muchachas lindas y graciosas. Llevada por su amor materno, Níobe acabó por sentirse mucho más digna de honores divinos que Leto (Latona), madre de Apolo y Ártemis. Recordando su estirpe divina, por ser Tántalo, su padre, hijo de Zeus, Níobe pretendía que las mujeres tebanas le llevasen a ella las ofrendas en vez de a Leto y que se le erigiesen templos y altares. Esta exagerada e impía pretensión impulsó a la diosa a la venganza y, para llevarla a cabo, recurrió a sus hijos divinos. Un día en que todos los hijos de Níobe se ejercitaban con el arco en una campiña cercana a Tebas, Apolo, sin ser visto, los derribó a todos con sus flechas invisibles. Las hermanas de los infortunados, que contemplaron la matanza desde las murallas de la ciudad, se reunieron para llorar, lanzando alaridos de dolor, y fueron, a su vez, alcanzadas por las flechas de Ártemis y murieron todas. Los padres, al saber el exterminio de su prole, no pudieron sobrevivir. Anfión se suicidó y Níobe, corriendo hacia los cuerpos de sus hijos, los inundó con sus lágrimas y, a causa del dolor, quedó petrificada perdiendo su condición humana. Transformada en roca, un torbellino de fuerza extraordinaria la transportó a la cima de un monte de Lidia, en Sípylo, donde continuó vertiendo lágrimas de inextinguible dolor que, en forma de gotas de agua, corrían por la piedra con un gemido doloroso. El número de sus hijos es incierto; según Homero, fueron doce, según Hesíodo, fueron veinte, y según Apolodoro, catorce. De la matanza se salvó, al parecer, la primogénita, llamada desde entonces Cloris («pálida»), por la palidez de su rostro al saber del exterminio. Su salvación se debió a que estaba ausente, pues, casada con Neleo, rey de Pilos, vivía en esa ciudad. Según otros, se salvó Melibea, la menor de las tres hijas, a la que la madre protegió de los dardos, sirviéndole de escudo con su cuerpo.

Precisamente este episodio fue inmortalizado por el escultor Scopas en el mármol de un grupo escultórico. También Fidias y Polignoto reprodujeron el episodio de los Nióbidas; muchas bellas estatuas, tal vez helenísticas, encontradas en el siglo XVI, se conservan en los Uffizi de Florencia. Otras esculturas sobre el mismo tema figuran en el Museo Nacional romano. La leyenda inspiró también a la literatura. Homero lo menciona en la *Ilíada*, y Hesíodo, en la *Teogonía*. Sófocles le dedicó una tragedia y, entre los latinos, Ovidio desarrolla extensamente el tema en el libro VI de las *Metamorfosis.*

NÍOBE CON LA MENOR DE SUS HIJAS

NISO

1. Murió en la guerra de los troyanos y los rótulos, al vengar a Euríalo, su amigo.

2. Hijo de Pandión y hermano de Egeo, rey de Megara. Llevaba en la cabeza un gorro de oro, del cual dependía su vida; al arrancárselo su hija Escila, Niso murió durante el asedio de Megara.

NOCHE

Hija del Caos, hermana del Erebo y del Hado y madre de las Moiras, de Thanatos y de otras divinidades funestas para el hombre. El único hijo de la Noche amigo de los mortales fue Hipnos («el sueño») portador de la paz y buen consejero.

NONA

Divinidad romana que protegía el embarazo y el parto. En época tardía se la identificó con una de las Parcas.

NORCIA

Divinidad etrusca que personificaba el Hado. Tenía un templo en Volsinio, en cuyos muros se clavaba cada año desde su contrucción un clavo, con los que se llevaba la cuenta de los años.

NOTO

Véase *Austro.*

NUMERA

Divinidad de la mitología romana primitiva, encargada de vigilar el crecimiento del niño. Le correspondía la misión de enseñarle a contar.

OCEÁNIDAS

Hijas de Océano y de Tetis. Eran las ninfas que representaban a todas las aguas en movimiento derivadas de los grandes mares. Según Hesíodo, eran unas tres mil, y de las mismas cita setenta y dos. También a estas ninfas se les sacrificaba y se les ofrecía hidromiel, miel, aceite y hogueras.

OCÉANO

Océano es la personificación del gran río que rodeaba la tierra y el mar, sin mezclar sus aguas con las de este. Desde Homero era ya considerado igual de digno que los demás dioses, con la sola excepción de Zeus; pero no formó parte del gobierno del mundo ni intervino en sus asambleas. Era titán, y el primogénito de Urano y Gea. Océano no se unió a sus hermanos en la rebelión contra el nuevo señor del universo y por ello no fue molestado y pudo continuar sosteniendo el cetro de su vasto imperio. Mientras que en la *Ilíada* se dice que del Océano «derivan todos los ríos, y todos los mares, y todas las fuentes, y los amplios pozos», es decir, todas las aguas menos las celestes, en la *Teogonía* se afirma que engendró de su mujer Tetis tres mil hijos, los dioses de los ríos, y tres mil hijas, las Oceánidas.

OCIPETE

Viento veloz, una de las Arpías.

OCNO

Fundador, según la leyenda, de la ciudad de Mantua, a la que dio el nombre de su madre Manto, famosa profetisa, esposa de Tiberino, rey de Albalonga.

ODISEA

Poema épico en doce mil hexámetros, cuyo tema es el retorno de Ulises —llamado también Odiseo, de donde deriva el nombre del poema— a la patria. Es una de las mejores fuentes que se poseen para reconstruir el conjunto de aquel mundo de leyendas. Ya desde los primeros versos se nos presenta el papel destacadísimo que los dioses sostienen en el desarrollo de las cosas de los hombres. El poema se inicia con un breve prólogo en el cielo, en el que las distintas divinidades se ponen de acuerdo en conceder la libertad a Ulises, prisionero desde hacía muchos años en la isla de la bella ninfa Calipso. La escena siguiente nos lleva a Ítaca, donde los vulgares y groseros pretendientes de Penélope, esposa de Ulises, merodean por el reino del héroe itaquense dilapidando sus riquezas. El joven hijo de Ulises, Telémaco, siente angustia ante tal situación, pero es todavía demasiado pequeño para echar a los Procios del reino paterno; por otra parte, no ha tenido noticias de la suerte que haya podido correr su padre. Atenea, descendiendo del cielo y presentándose con forma humana, le infunde valor hasta el punto de que él pide una nave a la asamblea de los isleños para ir en busca de su padre, o al menos tener noticias suyas a través de los otros caudillos de la guerra de Troya, y la obtiene. La misma diosa, en forma de viejo y sabio mentor, le acompaña en el viaje. Desembarca en Pilos y encuentra a Néstor, que no sabe nada respecto a su padre; acompañado por su hijo Pisístrato, llega a Esparta, donde hace unos días ha llegado Menelao. Su hermosa esposa, Helena, le explica que ha sabido por Proteo que Ulises vive en una isla perdida, y que no tiene posibilidades de regresar a la patria porque ha perdido toda su flota. Mientras tanto, en Ítaca, los Procios traman una trampa al hijo del héroe. La escena nos traslada a la isla de Ogigia, donde Ulises está prisionero. Hermes llega allí portando el deseo de Zeus de que el héroe sea puesto en libertad. Sin perder tiempo, Ulises cons-

truye una balsa sobre la que queda, una vez más, a merced del mar; y su antiguo enemigo Poseidón desencadena contra él una tempestad cerca de la isla de los Feacios. Le socorre Leucótea, una oceánide que le hace llegar sano y salvo a la playa. Su protectora Atenea le concede reposo y sueño; luego manda un sueño a Nausica, hija del rey de los Feacios, con la intención de que se dirija al río con sus compañeras. Así amanece el día siguiente. La aparición de Ulises asusta a la dulce joven, pero después le da comida y vestidos y le acompaña a la ciudad. Alcínoo, el rey, una vez conocida su identidad, ordena preparar en seguida una nave y organiza un fastuoso banquete para celebrar el acontecimiento. Cuando los ánimos están bien dispuestos por el canto de un aedo, Ulises narra sus aventuras. Primero estuvo en la tierra de los Ciconos, después entre los lotófagos, seguidamente en la tierra de los Cíclopes, donde mantuvo una lucha épica con el gigante Polifemo. Posteriormente anduvo por tierras del hospitalario Eolo, quien le dio los vientos contrarios encerrados en un odre y dejó en libertad a un benéfico Céfiro; Ulises hubiera conseguido su retorno al hogar de no interponerse la necia curiosidad de sus compañeros, quienes, abriendo los odres, liberaron a los vientos contrarios y desencadenaron una tempestad que los alejó de Ítaca. La aventura en la isla de la maga Circe retuvo a Ulises y a sus compañeros durante casi un año, presos de sutiles sortilegios que fueron rotos sólo con la ayuda de Hermes. Para conocer la propia suerte, llegó a las puertas del Hades, donde el viejo adivino Tiresias le predijo nuevos errores y un peligroso camino antes de volver a su patria. En el reino de los muertos, Ulises vio también a algunos de sus viejos compañeros de armas, como Aquiles, que murió en Troya, y Agamenón, que cayó a su regreso. Saliendo del Hades, los itacios quedaron encantados por el canto de las Sirenas, del cual se libraron tapándose las orejas con cera; sólo Ulises quiere sentir las mágicas melodías y se hace atar fuertemente a un palo de la nave. En la isla de Trinacria pierde a todos los compañeros, que infringen el precepto divino comiendo algunos animales sagrados. Por fin llega a la isla Ogigia, cuyo único habitante, la ninfa Calipso, enamorada de él, lo retiene en dulce cautiverio durante muchos años. El rey de los Feacios, conmovido por la larga y dolorosa peregrinación de Ulises, le ayuda a desembarcar en Ítaca; aquí su nave se transforma, por venganza divina del implacable Poseidón, en una roca. Conducido por Atenea a casa del porquerizo Eumeo, ocurre el encuentro con su hijo Telémaco, transformado ya en un apuesto joven de veinte años. Padre e hijo conciertan la derrota de los Procios para poner fin a la vergonzosa corte que está sufriendo Penélope. Cuando Ulises entra en la ciudad, nadie lo reconoce, a excepción del viejo Argos, que muere por la alegría de verlo. Introduciéndose en el palacio vestido de mendigo, es insultado y maltratado por los Procios; pero, llegada la noche, esconde las armas ayudado por su hijo para la gran venganza del día siguiente. El itacio es reconocido también por la fiel ama Euriclea, que, al lavarle los pies, reconoce una vieja cicatriz en su pierna. Penélope propone a los pretendientes a su mano una prueba: quien sea capaz de tensar el arco de Ulises y ensartar con una flecha los anillos de doce hachas clavadas en el suelo, se casará con ella. Los Procios lo intentan, pero inútilmente, ya que no consiguen siquiera doblar el arco. Ulises pide y obtiene ser admitido en la contienda. Entre las burlas de los nobles itacios supera la prueba, pero la segunda flecha se clava en el corazón del jefe de los Procios, Antínoo, y comienza la matanza. Ayudados por dos fieles esclavos, Ulises y Telémaco matan a los arrogantes nobles, respetando sólo la vida del heraldo Medonte y del aedo Femio. También son ahorcadas las criadas infieles y, así, se purifica la sala. Después tiene lugar el encuentro con Penélope, que no puede todavía creer que su querido esposo haya regresado; pero Ulises le describe minuciosamente el tálamo de su cámara nupcial, que él mismo ha construido y que nadie más conoce. La protectora del héroe, Atenea, alarga la noche para los dos esposos. Mientras tanto, los Procios llegan al Hades. Al día siguiente, Ulises va a visitar a su viejo padre Laertes, y aquí concluye la paz con los familiares de los pretendientes.

ODISEO

Otro nombre de Ulises.

OFELTES

Hijo de Licurgo, rey de Tracia. El mito presenta a este joven como una de las primeras víctimas de la guerra tebana o guerra de los Siete. Los héroes que movían la conquista de Tebas, cuando llegaron al valle de Nemea preguntaron a Hipsípila, nodriza del pequeño Ofeltes, dónde se podía encontrar agua. Hipsípila abandonó al pequeño un momento y una serpiente se acercó a él y lo estranguló. Los Siete instituyeron en su honor los juegos *Nemeos*.

OGIGIA

Pequeña isla del Mediterráneo, en la que ancló Ulises durante su largo peregrinaje. En ella vivía Calipso, que se enamoró del héroe griego.

OICEES

Héroe griego. Participó junto con Peleo, Telamón y otros guerreros, guiados por Heracles, en la expedición de castigo contra Laomedonte, rey de Troya.

OILEO

Rey de Lócrida. Participó en la expedición de los Argonautas y fue amigo de Heracles. Fue herido gravemente mientras colaboraba con Heracles en la caza de las aves Estinfálidas. Se casó con Heríope, con quien tuvo a Áyax, llamado *Oileo* para distinguirlo de Áyax *Telamón*, aunque ambos héroes participaron en la guerra de Troya, donde realizaron esforzadas proezas.

OLIMPIA

Celebérrimo territorio cerca de la ciudad de Pisa, en Élide, consagrado a Zeus. En el santuario dedicado al dios se conservaba la estatua del mismo hecha por Fidias. Cerca del templo se extendía el bosque sagrado llamado Altis, y se hallaba el estadio en el que cada cuatro años se celebraban los *Juegos Olímpicos* u *Olimpíadas*, en honor de Zeus.

OLIMPÍADAS

Es el periodo de cuatro años que dividía la celebración de los *Juegos Olímpicos*. Después, el término adquirió el significado de la verdadera manifestación. La primera Olimpíada se remonta al año 775 a. de C. El vencedor de los Juegos Olímpicos recibía una corona de olivo sagrado y se le erigía una estatua en el Altis.

OLIMPO

1. El grupo montañoso más alto de Grecia, que se eleva entre Tesalia y Macedonia, al oeste del mar Egeo y al norte del río Peneo, cuyo curso había excavado el pintoresco valle de Tempe. La cota más alta era considerada por los antiguos como sede de los dioses, y allí habitaban en palacios construidos por Éfeso. Una cortina de nubes los escondía a la vista de los mortales. El nombre simbolizó por extensión el cielo.

2. Sileno alumno de Marsias. A él y a su maestro la tradición atribuye la invención de la flauta.

ONFALE

Hija de Jordano, viuda de Tmolos y reina de Lidia. Según una leyenda de origen asiático, Heracles vivió durante tres años entre las mujeres de Onfale, como castigo por haber matado a Ífito, hilando lana como ellas; vestido de mujer llevó una vida afeminada que poco armonizaba con su dignidad y sus empresas precedentes. Onfale le tenía en esclavitud y, para poner más de manifiesto su escarnio, se vestía con la piel del león Nemeo, llevaba la porra del héroe y bromeando le golpeaba con una sandalia. Sin embargo, Heracles fue digno de su fama cuando trató de defender el reino de Lidia de las agresiones enemigas. De los amores de Heracles y de Onfale nació Agelao, antepasado de Creso y Giges.

OPIS

Esposa de Saturno. Era para los romanos la diosa de la abundancia. A menudo fue identificada con Rea. Era también llamada Consivia, diosa de las semillas. En su honor, además de las fiestas *Opalias*, se celebraban el veinticinco de agosto las *Opiconsivia*. En Roma, la diosa tuvo un templo dedicado en el Capitolio y otro en el Foro.

ORÁCULO

En la Antigüedad clásica, el arte de predecir el futuro interrogando de diversos modos a las divinidades representó para muchos pueblos un culto importante. En Egipto, en Mesopotamia, en Israel y más tarde en Roma, los jefes de Estado, los grandes caudillos y los hombres políticos más famosos, antes de emprender cualquier empresa, debían consultar al oráculo, bajo pena de ser acusados de despreciar la intervención de los dioses, y así se hacía aunque, como es natural, el adivino difícilmente tenía el valor de predecir una mala suerte. Cicerón escribió un tratado sobre el arte de los adivinos. Ensalza a Roma por haber sabido denominar tal arte como *divinatio*, es decir, haberle dado un nombre que deriva directamente de la palabra *dios*, mientras que el griego *mantiké* tenía el origen en *manía*; según Cicerón, ninguna nación civilizada puede excluir estas divinas capacidades. La *divinatio* no iba encaminada solamente al futuro; se interrogaban con frecuencia los oráculos para saber qué es lo que sucedía en aquel momento en un lugar determinado, y también para conocer el pasado. En *Edipo Rey*, de Sófocles, el protagonista envía a Creonte a consultar al oráculo de Delfos para saber qué es lo conveniente para liberar a Tebas del azote de la peste; el oráculo revela que es preciso vengar la muerte de Layo. Edipo interroga al famoso adivino Tiresias para saber quién fue el asesino de Layo. No es legítimo afirmar, pues, que la adivinación es simple conocimiento del futuro, sino una intuición sobrenatural de lo desconocido. El mismo hecho de llamarlo *divinatio* indica claramente que los antiguos tenían conocimiento de la relación estrecha existente entre esta y las cosas divinas. Vemos, pues, que cuanto más sentido religioso poseían los antiguos, mayor importancia otorgaban a los oráculos y menos intentaban mistificarlos; esta era precisamente la forma de religión que mejor entraba en la vida de cada día, con ella se podía verificar la continua e indispensable presencia divina en la vida del ciudadano. Cicerón distingue dos tipos de profecía siguiendo a Platón. La primera se funda en la observación de los fenómenos percibidos por el profeta y se refiere a determinados símbolos o signos hechos para sacar consecuencias; se trata de un verdadero arte, con sus reglas, no poseídas por todos y que requiere grandes facultades. La segunda, en cambio, consiste en una especie de locura temporal, la *manía* de los griegos y el *furor* de los romanos, durante la cual el sujeto se hallaba completamente presa del espíritu divino, sin mediación de ningún signo visible a los otros comunes mortales. Esta forma es siempre la más alta y meritoria de las dos. Veamos ahora la primera forma de profecía, a la que podemos llamar *inductiva*. Son muchos los hechos naturales que, observados por un ojo no científico o completamente ignorante de tantas y tantas leyes físicas, químicas, etc., pueden definirse sin duda como no naturales, y, por lo tanto, se prestan muy bien a ser interpretados como un auspicio. Todo cuanto exaltaba la imaginación y no era conocido científicamente se consideraba manifestación directa de la voluntad divina. La creencia en estos prodigios se explica sólo considerando una supervivencia de la mentalidad primitiva, anterior a la formación de las mitologías politeístas y antropomórficas, tal como es la griega tradicional, que se basa en la adoración de divinidades con semblanzas y caracteres humanos. Los hechos extraños de los animales, los fenómenos naturales desacostumbrados fueron durante muchos años objeto de veneración por parte de muchos pueblos de diversas civilizaciones; se atribuía una estrecha relación entre tales manifestaciones y la vida de los hombres. Así, el presagio no es sólo el signo de lo que sucederá, sino que es, sobre todo, la causa: existe una unión indivisible, de naturaleza desconocida para el hombre, es decir, divina, entre el presagio y el hecho. Los adivinos acostumbraron a escrutar el vasto mundo de la naturaleza con atenta visión de intérpretes. A medida que el hombre, lenta y penosamente, tomaba posesión del mundo físico y conocía mejor sus misterios, iban paralelamente desapareciendo los signos llamados milagrosos; el deslizamiento de un delfín, por ejemplo, habrá sido objeto de veneración y fuente de innumerables oráculos, pero tras el conocimiento de tal fenómeno ya no podía seguir causando asombro. Así, pues, los adivinos se dedicaron a escrutar los fenómenos naturales, formándose un código secreto de interpretación de cuanto sucedía en el mundo físico. El instinto de los animales pareció en seguida una fuerza divina; a este propósito, recordemos que la mayor parte de los animales eran adorados como dioses antes de la formación mitológica antropomórfica. Su culto, en cierto modo, proseguía, ya que eran adorados en calidad de acompañantes de diferentes dioses: el águila para Zeus, la lechuza para Atenea, el oso o el ciervo para Ártemis, etc. La misma tierra y el agua se consideraban manantiales primitivos de divinidades y por eso podían ser interrogadas sobre los destinos de los mortales. La diosa de la Tierra, Gea, presidía el oráculo de Delfos antes que Apolo. Entre los animales, la serpiente forma parte muchas veces de los oráculos; la famosa de Calcante sirvió de signo para poder predecir la duración de la guerra de Troya. Vio a una serpiente devorar a nueve gorrioncillos y a su madre, y dedujo que la guerra habría durado diez años, como en efecto ocurrió. La lagartija aparece a menudo al lado del dios protector de los oráculos, Apolo, llamado también Sauróctono, es decir, protector de las lagartijas. Según Plutarco, los peces, por ser mudos, carecen totalmente de capacidades adivinatorias y nunca eran utilizados en los oráculos, contrariamente a los países helenizados, asiáticos sobre todo, en donde los peces sí se empleaban. Los pájaros proporcionaron el mayor número de presagios a los antiguos profetas. Como dice Plutarco, estos «[...] gracias a su rapidez, a su

inteligencia, a la precisión de las maniobras con que se muestran reacios a todo lo que mueve su sensibilidad, se ponen al servicio de la divinidad como si fueran sus instrumentos. Esta les imprime movimientos diferentes, les hace gritar y les mantiene en suspenso, tanto para interrumpir bruscamente ciertos actos y ciertas voluntades de los hombres, como para cooperar en su realización». Por idéntica razón, Eurípides los llama los mensajeros de Dios. El estudio del vuelo y el canto del pájaro, además de determinar la especie, constituía una rama importantísima de la ciencia adivinatoria. Existían pájaros que eran favorables por naturaleza, y otros que eran de mal agüero siempre. En algún caso, la calidad del augurio dependía del lugar en el que se encontraba la persona; por ejemplo, la lechuza era siempre un mal presagio para todos, excepto para los atenienses. En cuanto al vuelo, si el pájaro aparecía por oriente, era un signo favorable, y si aparecía por occidente la previsión era negativa o poco propicia. El vuelo alto y sin ondulación beneficiaba, el vuelo bajo y caprichoso era escasamente propicio. También el canto, su intensidad y su frecuencia, era motivo de atento estudio. Parte de la adivinación inductiva es especialmente interesante, sobre todo, por sus puntos de contacto con el psicoanálisis moderno. Los antiguos advirtieron que el hombre actúa a veces de una manera aparentemente incontrolable, involuntaria o inconsciente, y creyeron que en aquellos momentos el hombre se hallaba bajo la influencia de la voluntad divina, y que, por lo tanto, había que observarlo con mayor atención a fin de descubrir cualquier noticia del mundo de lo desconocido. Estos signos de la conducta humana fueron llamados *cledón*, y por *cledonomancia* se reconoció la ciencia de su interpretación. Tal creencia no se ha apagado del todo en la mente del hombre evolucionado.

Otro sujeto de interesante observación para los adivinos eran los niños, y ello, por razones obvias: se controlan menos, son más libres que el adulto y, por lo tanto, el espíritu divino puede con más facilidad penetrar en ellos. Una poesía de Calímaco relata que un hombre consultó a Pítao de Mitilene, uno de los Siete Sabios, para saber a quién tenía que escoger como mujer, si a una joven más rica y noble que él o a una de su condición. Pítaco le dijo que mirara a unos niños que jugaban por allí cerca; el hombre, acercándose, oyó reprender un niño a otro compañero de juego: «¡Estáte quieto en tu sitio!», y comprendió que a los dioses no les habría sido grato su matrimonio con la joven rica. Es evidente que todas las manifestaciones epilépticas o convulsivas y todos los diferentes movimientos del cuerpo eran motivo de oportunas interpretaciones: a los epilépticos se les consideraba, a veces, presos del furor divino y, por lo tanto, en cierto sentido sagrados. En resumen, todas aquella manifestaciones humanas que por un momento no dependían del peso de la voluntad del sujeto se interpretaban como medio de expresión divina. Una forma de *divinatio* completamente diferente, pero también una de las más difundidas y más características, fue la del examen de las entrañas de los animales, que, según parece, no tuvo su origen en Grecia sino en Etruria o Italia. El origen de tal usanza es más complejo y menos seguro que el de las precedentes: parece que se quisiera comprobar qué especie de pájaro el animal había tragado antes de morir, y de la raza del mismo, se sacaban, al menos en un principio, conclusiones adivinatorias. Asimismo, el sacrificio ha sido siempre, en casi todas las religiones, un culto importantísimo. Eran muchas las clases de bestias que se inmolaban, pero se preferían los corderos, las cabras y los carneros; entre las vísceras se daba preferencia al hígado. Si este órgano estaba atrofiado, la previsión era negativa. Todas las doctrinas de fisiología expuestas en estos tiempos se ven influenciadas por esta creencia, atribuyendo al hígado una importancia mayor de la que efectivamente posee en el equilibrio del cuerpo humano. Tal rama de la ciencia adivinatoria se denominaba *hieroscopia*. Muy importante era también la *empiromancia*, o estudio del fuego, estrechamente ligada a la doctrina precedente. Los sacerdotes acostumbraban a cortar el muslo de la víctima sacrificada, que quemaban después en el altar, y observaban el color de la llama, su intensidad, el aspecto del humo, etc. En el oráculo de época clásica, el estudio de las vísceras se hallaba ligado a la combustión de las mismas en el altar sagrado. Existía también una empiromancia vegetal, que se debía a la existencia de algún que otro oráculo contrario al derramamiento de sangre animal ante el dios; en tal caso, los sacerdotes observaban los humos del incienso, las llamas que salían del laurel o de la harina de cebada. Diversos métodos de profecía recurrían a la interpretación de cosas inanimadas. Es sabido que para los griegos el agua adquirió a menudo características divinas: divinidades eran los manantiales, los ríos, los lagos; el mar se hallaba poblado de grandes o pequeños dioses. La *hidromancia* utiliza agua para obtener los auspicios. Es todavía famoso un oráculo asiático —famoso por la astucia de sus sacerdotes—, que seguía este procedimiento: quien deseaba conocer su suerte echaba en un estanque oro, joyas, piedras preciosas y telas de valor. Si dichos objetos se iban al fondo, la respuesta era favorable, si en cambio ascendían y flotaban, existían motivos de preocupación. Otros medios para interrogar a las divinidades eran los espejos y el follaje de los árboles. En muchos otros casos, el oráculo daba su respuesta simplemente basándose en el caso; evidentemente, no se pensaba que esto derivase de los caprichos de la suerte, sino que se trataba de una auténtica voluntad divina. Los fenómenos atmosféricos más extraños y menos frecuentes, como, por ejemplo, una caída de meteoritos, se consideraban signos de la voluntad sobrenatural, y especialmente los provenientes del cielo, atribuibles a Zeus, máximo señor de aquellos lugares. El trueno y el relámpago eran señales evidentes de la cólera divina; en la *Ilíada* los héroes troyanos o griegos eran disuadidos de la continuación de sus propósitos bélicos mediante tales señales. La *divinatio* que ha permanecido por más tiempo en la creencia popular y que ha llegado a nuestros días es la ciencia de los astros o astrología. Probablemente fue importada a Grecia desde oriente, porque sus leyes complicadas no armonizan bien con el espíritu griego. Sin embargo, fueron aceptadas sin reservas y relativamente pronto en el transcurso de los siglos. Homero achacaba a la estrella Sirio influencias negativas. Con las conquistas de Alejandro y con la formulación de algunas filosofías, la astrología entró con paso firme en el mundo de las creencias griegas. Se consideraba que el mundo formaba un organismo cuyas partes se hallaban todas en estrecha relación las unas con las otras. Al hombre, que formaba parte del universo, también le repercutía el camino del cosmos, cuya vía se halla marcada en el cielo de las constelaciones. De aquí la importancia en la determinación del punto del zodíaco que esté en el horizonte en el momento del nacimiento. Pasemos ahora a la segunda parte de la *divinatio*, aquella en que más directamente se manifiesta la influencia divina. Esta no necesita la meditación de ningún símbolo. Entonces, las posibilidades de una mala interpretación quedan reducidas a lo mínimo; además, es siempre difícil constatar la existencia de señales divinas, a excepción de los prodigios que son, naturalmente, raros. La presencia directa del dios y de la diosa en el alma del sacerdote es evidentemente más segura, y da menos posibilidad de trucos a los profetas maliciosos. Tal forma de vaticinio ya se conocía en tiempos de Homero. En el canto undécimo de la *Odisea*, el famoso adivino Tiresias profetiza sin la ayuda de ningún signo externo, y no hay nadie que se maraville de ello. Todavía más explícitas son las palabras que Helena pronuncia en el decimoquinto verso: «¡Escuchadme! He aquí la profecía que un dios me ha puesto en el corazón y que se cumplirá». Se verifica la *oniromancia*, o ciencia de los sueños. El carácter misterioso y voluble de las visiones que aparecen durante la noche fascina a los antiguos: ese es el momento en que la personalidad se presenta más libre frente a las influencias extrañas, sean divinas o subconscientes. Indudablemente, este se presenta como el método de vaticinio mejor conocido por nosotros, ya que las reglas para la interpretación de los sueños han sido recogidas por el literato Artemidoro de Éfeso. Las pesadillas, los sueños desagradables y atormentadores son obra de genios maléficos y no predican nada bueno para el día siguiente. Se aconsejaba dormirse con el ánimo tranquilo, y con una buena digestión, con la intención de no dar posibilidad a los espíritus malignos de encontrar pretextos a través de los cuales pudieran penetrar en nuestras almas. También Platón sostiene una teoría similar: siguiendo su conocida división tripartita del alma, afirma que es preciso calmar las partes que son sede del deseo y de la cólera, dando posibilidad a la sabiduría de trabajar tranquilamente; de este modo, los sueños se revelan verídicos. Para dar una idea de la importancia que los antiguos atribuían a los sueños, diremos que el mismo Aristóteles escribió un tratado titulado

La adivinación mediante los sueños, que contiene muchas observaciones utilizadas en nuestra época por los fundadores del psicoanálisis. La divinidad que con más frecuencia aparecía en los sueños era Asclepio, hijo de Apolo, cuyos famosos santuarios se hallaban en Pérgamo y Epidauro. También Anfiarao y Trofonio eran divinidades dotadas de poderes proféticos. Pero todos los mortales tenían facultades adivinadoras; recordemos el famoso episodio de Patroclo, que, a punto de morir, predijo a Héctor su fin inminente, y Héctor hizo lo mismo con Aquiles, antes de que este le traspasara con un golpe mortal. Se desarrolla así la *necromancia*, que consiste en interrogar las almas de los difuntos. Pero las formas más típicas del vaticinio que estamos ilustrando eran el entusiasmo, el delirio y los éxtasis de los mismos sacerdotes. Muy a menudo, los intérpretes de la voluntad divina eran las mujeres, cosa que se comprende fácilmente puesto que el alma femenina es más susceptible, receptiva y mejor dispuesta a abandonarse a las sugestiones. La figura de la sacerdotisa asume, pues, una importancia destacada. Para concluir, digamos que el oráculo era considerado por los antiguos con gran respeto; era el medio que se daba al común mortal, con todas las diversas formas que hemos explicado, para establecer contacto con la divinidad, haciéndola participar en la vida del hombre. Celebérrimo oráculo fue el de Delfos (Fócida) presidido por Apolo, el mayor entre todos los oráculos griegos. Cerca del templo del dios, en una gruta, se veía una vasta hendidura de la cual salía humo y vapores; la sacerdotisa, llamada Pitia, sentada en un trípode en el interior de la gruta, presa de la exaltación motivada por las exhalaciones provenientes de la grieta, interpretaba el oráculo, es decir, la respuesta a las preguntas que los fieles dirigían a la deidad.

Otro oráculo famoso fue el de Dodona, en Epiro, presidido por Zeus, cuyo templo se alzaba en medio de un bosque sagrado de encinas. Los sacerdotes, llamados Salios, interpretaban el murmullo de las hojas de las encinas movidas por el viento, obteniendo de este modo el vaticinio.

ORCAMO

Cruel rey de los Aquemenios, padre de la hermosa Leucótoe, a quien hizo enterrar viva por haber amado a Apolo.

ORCO

Divinidad de la muerte en la primitiva mitología romana. Poseía un lugar secreto en el que tenía a las almas de los muertos. Iba armado con una guadaña y era inexorable con quien intentaba huir de su alcance. Con el nombre de Orco los romanos designaron posteriormente el reino de los Infiernos.

ORÉADES

Nombre de las Ninfas que habitaban en los montes. Generalmente se las consideraba como hijas de Zeus. El cortejo de Ártemis lo formaban las Oréades, quien prefería los lugares montañosos para practicar la caza.

ORESTES

Hijo de Agamenón y de Clitemnestra. Asumió la misión de vengar a su padre, a quien su esposa, seducida y ayudada por Egisto, mató de regreso de la guerra de Troya. La misma suerte le habría tocado también a Orestes niño, si su hermana Electra no lo hubiera mandado en secreto a la corte de su tío Estrofio, rey de Fócida, donde se crió junto a su primo Pílades, del que se hizo amigo inseparable. Una vez adulto, Orestes regresó a Argos y llevó a cabo la venganza de su padre dando muerte a Egisto y a Clitemnestra. Pero con el asesinato de su madre fue víctima de la ira de las Erinias, que comenzaron a perseguirlo. Acosado y sin paz, Orestes acudió a Delfos y el oráculo le indicó que se trasladara a Táuride y se apoderara de la imagen de Atenea para llevarla a Ática. Junto con Pílades, Orestes emprendió la marcha, pero sin suerte. Capturado por el rey Toante, cuando iban a matarlo fue reconocido por la sacerdotisa del templo de Ártemis, que era su hermana Ifigenia. Según una leyenda, la joven no había muerto en Aulide (donde Agamenón la había destinado al sacrificio con el fin de que la flota contara con vientos favorables) ya que en el último momento intervino Ártemis, que en el altar del sacrificio sustituyó a Ifigenia por un ciervo blanco. Orestes encontró en ella una buena ayuda para robar la estatua, y todos juntos consiguieron salvarse huyendo del rey Toante. Implacablemente perseguido, Orentes se trasladó a Atenas para ser juzgado por el Areópago, que lo absolvió al votar por él Atenea y Apolo. Marchó después a Trecén, donde nadie se atrevía a darle alojamiento. Transcurrido algún tiempo, los habitantes, conmovidos, lo purificaron, tras lo cual le fueron restituidos sus estados por Demofonte, rey de Atenas. Se casó con Hermíone. Se dice que Orfeo murió en Arcadia como consecuencia de una mordedura de serpiente.

ORFEO

Hijo del rey de Tracia, Eagro, y de la musa Calíope. Fue un héroe, un poeta y un sabio. Tuvo por maestro de música a Lino, hijo de Ismenio y nieto de Apolo. En este arte, Orfeo alcanzó una gran perfección y se afirma que añadió dos cuerdas a las siete primitivas de la cítara. Los acordes que él tocaba en este instrumento y en la lira eran tan armoniosos que hasta los seres insensibles, como los árboles y las montañas, se animaban y quedaban fascinados al oírlos. Las bestias feroces iban a rendirse a sus pies, los pájaros se posaban a su alrededor para escucharlo, los vientos dirigían su soplo hacia donde él estaba, los ríos y los torrentes dejaban de discurrir y las piedras le seguían danzando. Cuenta la leyenda que durante la expedición de los Argonautas en la que tomó parte, consiguió con su música calmar al mar en tormenta y dormir al dragón que custodiaba el vellocino de oro. Según una tradición, vivió una temporada en Egipto, donde pudo estudiar el origen y la historia de los misterios de Dioniso y de Hécate, llevando su culto a Grecia. Simboliza, pues, al arte que refina las costumbres bárbaras de Tracia y las civiliza. El episodio más célebre de su leyenda muestra su descenso a los Infiernos, que Virgilio popularizó en la *Eneida*. Su prometida, la ninfa Eurídice, murió el día antes de su boda, porque una víbora le picó en el talón. El dolor de Orfeo por su muerte fue extremo, y toda Tracia escuchó el eco de sus suspiros y lamentos. En vano Orfeo pidió a los dioses del Olimpo que le restituyeran a la mujer amada; finalmente, cogiendo su lira decidió ir a buscarla él mismo. Bajó a través de la abertura del Ténaro hacia las orillas de la Estigia, consiguió fascinar con su música al terrible can Cerbero y consiguió que Plutón y Perséfone le devolvieran a Eurídice. Se le concedió que él caminase delante de Eurídice y no se volviera para mirarla hasta que estuviera fuera del Hades. De este modo Orfeo comenzó a ascender el áspero sendero que conducía a la tierra, yendo Eurídice tras él; pero cuando ya se estaba acercando a la salida, no pudo resistir el deseo de saber si ella le seguía. El infeliz amante, olvidando lo pactado, se volvió y vio entonces desaparecer la sombra de su amada a pesar de sus dolorosas y apasionadas llamadas, engullida por las tinieblas infernales, esta vez para siempre. Orfeo se quedó llorando siete noches y siete días en las puertas del Hades, tratando en vano de alcanzar la compasión de los dioses de los Infiernos; pero al final tuvo que regresar a Tracia. No se consoló, y fiel al recuerdo de Eurídice, rechazó todo consuelo y lloró su dolor ininterrumpidamente durante noches y días, y no quiso mirar a otras mujeres tracias. Estas se ofendieron y un día, durante la celebración de una orgía en honor de Baco, se echaron encima de él y cubriendo su voz melódica y fascinadora con sus gritos y chillidos, destrozaron al poeta y echaron su cabeza y su lira a las aguas del Hebro. Transportadas por la corriente del río llegaron hasta el mar, mientras los labios de Orfeo y su instrumento hacían todavía resonar dolorosamente el nombre de Eurídice. Al llegar cerca de la isla de Lesbos, surgió del mar un enorme dragón que iba a tragarse la cabeza del infeliz poeta cuando intervino Apolo, que petrificó al monstruo. Luego, el dios mandó una terrible peste a Tracia para castigar a los habitantes por el delito cometido. Consultado el oráculo por los Tracios, reveló que la peste cesaría cuando la cabeza de Orfeo hubiera encontrado digna sepultura. Un pescador la encontró, milagrosamente todavía inalterada, en las costas de Jonia, y con la ayuda de las Musas, le dio piadosa sepultura. La lira del poeta, recogida por el cielo, se transformó en una constelación.

Orfeo, inventor de la música y fundador de la civilización, iniciador de los misterios *órficos*, generalmente se representaba en el arte con la lira, revestido con una larga túnica blanca y rodeado de animales fascinados por su música.

ORFEO

ORFISMO

Religión mistérica atribuida a Orfeo que apareció en el siglo VI a. de C. en Grecia y Asia Menor. A diferencia de los misterios dionisíacos, carece de carácter orgiástico; sin embargo, está basada en una doctrina filosófica y cosmogónica de derivación dionisíaca, tendente a exaltar las fuerzas espirituales y el anhelo del hombre a identificarse con la divinidad. De esta unidad del mundo y del hombre en el dios, derivan los preceptos de los Órficos. En el hombre existe la naturaleza divina y el principio del mal; la primera se representa por el alma, la cual es inmortal, y la segunda por el cuerpo, considerado una prisión. El hombre debe pagar, una vez muerto, las culpas cometidas en vida, y tomará una nueva existencia después de nuestra vida. Orfeo obtuvo de Perséfone y Hades la gracia de salvar el alma del ciclo de las existencias y de dejarla libre de volver a aquellos dioses que la habían generado. Esta gracia podía obtenerla sólo quien estuviera iniciado en los misterios Órficos y llevara una vida intachable, según el concepto de la secta. En los misterios se practicaba la homofagia, quizá relacionada con el desastre de Dioniso por parte de los Titanes; si se repetía la misma escena sobre un toro (símbolo del dios) el alma se liberaba de sus culpas. Las ceremonias se desconocen por ser secretísimas. El Orfismo ejerció una influencia decisiva en la cultura griega, especialmente en el campo de la filosofía y en la tragedia.

ORGÍAS

Eran las fiestas religiosas, en especial en honor de Dioniso, Deméter y Cibeles, durante las cuales el rito, limitado primero a una simple procesión, asumía un aspecto desmedido, tumultuoso y orgiástico, donde el vino prevalecía a causa de las continuas libaciones en honor de los dioses, en especial de Dioniso y Baco. Eran estas las *Bacanales*, en las cuales las sacerdotisas o Bacantes se abandonaban durante la noche a una carrera loca, sobreexcitadas por el vino y los ruidos ensordecedores, estrechando contra su seno un cervatillo, al que después mataban para alimentarse con él. En este cortejo orgiástico participaban Silenos y Sátiros, muchos a lomos de asnos, entre cantos y danzas, mientras graciosas damas montadas en carros repletos de flores llevaban, escondidos en cestos, los misteriosos objetos del culto. Estos desenfrenos ocasionaron la supresión de las orgías en Roma en el año 186 a. de C.

ORIÓN

Según una leyenda, Orión había nacido milagrosamente de la piel de una ternera en casa de un campesino de Beocia, que había tenido el honor de alojar en su pequeña cabaña a Zeus, Poseidón y Hermes. Según Homero, en cambio, era hijo de Minos. Corpulento y apasionado por la caza, había aprendido de Atlante la astronomía y de Éfeso el arte de forjar las armas y de construir. Fue víctima de Ártemis, pero las leyendas que se refieren a su fin difieren entre sí en la versión.

Según algunos, Orión caminaba un día en el mar, y por su gigantesca estatura su cabeza sobresalía de las aguas; Ártemis, que no sabía muy bien lo que hacía, tomó la cabeza como blanco y empezó a lanzarle sus flechas desde la orilla, para dar a Apolo una prueba de su puntería infalible; así lo alcanzó y lo mató. Según otros, Afrodita se había enamorado del joven, suscitando los celos de Ártemis, que haciendo salir de la tierra un escorpión, hizo que le picara y así pereció como consecuencia de la herida mortal. Según otros, Orión, jugando un día con la diosa de la caza al lanzamiento del disco, le tocó el velo con mano impura, y la diosa, enfurecida por la afrenta, mandó al escorpión que le matara. Cualquiera que sea el modo en que Orión murió, Ártemis, afligida por haber sido la causante de su muerte prematura, pidió a Zeus que lo llevara al cielo, lugar en el que Orión formó la más brillante de las constelaciones. Pero Orión, incluso como astro celeste no renunció a los placeres de la caza: armado con una brillante espada, se le veía en las noches serenas recorriendo la inmensa extensión de los espacios etéreos, mientras Ártemis le seguía envolviéndole en su luz plateada; las demás estrellas y las constelaciones palidecían frente a él. El perro del cazador Orión es la reluciente estrella Sirio, que aparece anunciando la canícula. Antiguamente en Tanagra se acostumbraba a mostrar una tumba, que se creía pertenecer al cazador celeste. En astronomía, el nombre de Orión designa a una nebulosa ecuatorial, formada por siete estrellas visibles.

ORITÍA

Hija de Erecteo, rey de Ática. Fue raptada por el viento Bóreas mientras jugaba a la orilla del Iliso. De la unión con el dios del viento generó a Calais y Zetes, llamados los Boréadas. Oritía era venerada también como divinidad marina.

OROMASES

Los griegos honraban con este nombre al dios persa Ormuz, al que conocieron durante las guerras persas. Era la personificación del Bien, en continuo contraste con Arímane, el principio del Mal. El culto de Ormuz admitía la creación del universo en seis épocas sucesivas: primero la luz, después el agua, la tierra, las plantas, los animales y, por fin, el hombre.

ORTRO

Can bicéfalo que custodiaba, junto con el gigante Euritión, el rebaño de Gerión; lo mató Heracles.

OSA

Véase *Fama*.

OSA MAYOR Y OSA MENOR

Véase *Calisto*.

OSIRIS

Dios egipcio, hijo de Kheb, hermano y esposo de Isis y padre de Horus. Su hermano Seth lo mató y diseminó los trozos de su cuerpo, que Isis, tras una larga búsqueda, consiguió recomponer dándole la vida en ultratumba, donde se convirtió en juez de los muertos. Osiris simboliza el día luminoso que tiene principio y fin. Su culto fue identificado con el de Dioniso, y se difundió en Roma y en Grecia.

OTO

Hermano de Efialtes, hijo de Aloeo.

PAFO

Es hijo de Pigmalión y de Ebúrnea
(«ámbar»). Su madre había sido una
maravillosa estatua de ámbar, obra de su
padre, célebre escultor de la isla de Chipre. Con el soplo poderoso del amor,
Afrodita dio vida a la soberbia estatua,
de la cual se había enamorado Pigmalión, que se casó con ella cuando fue
transformada en mujer. Pafo, en recuerdo del milagro, fundó en Chipre una ciudad a la que dio su nombre, y en la que
levantó un espléndido templo a la diosa
Afrodita.

PALADIO

Antigua estatua de madera de Palas
Atenea, custodiada en Troya; se creía
que su presencia hacía intocable e inex-
pugnable a la ciudad. La leyenda dice
que la estatua cayó del cielo por voluntad de Zeus, que la había dado a Ilo
cuando este estaba construyendo la ciudad de Troya, para demostrarle su aprobación. Ulises y Diomedes consiguieron apoderarse de la estatua con una
estratagema. Según algunos, Diomedes
se llevó a *Paladio* a Argos, después del
final de Troya; según otros, fue Eneas
quien salvó a *Paladio* y se la llevó a Lacio. El mismo nombre se les dio también a otras rústicas imágenes custodiadas en diferentes templos griegos.
Particularmente famosa era la conservada en Erecteo, el templo dedicado a
Atenas Políade en la acrópolis de Atenas. También en Roma, en el templo de
las vestales, se guardaba una *Paladio*,
estimada porque Eneas la había llevado
a Italia.

PALAMEDES

Mítico héroe griego. Amigo de Ulises, le
fue confiado el delicado encargo de
convencer al Itaciense para que partici-
para en la guerra de Troya. Ulises, a pe-

sar de que por parte de su esposa estaba emparentado con los Átridas, no tenía ninguna intención de ello; acudiendo a su conocida sagacidad, fingió ser loco cuando supo la llegada de su amigo. Pero Palamedes supo desenmascararlo y lo obligó a partir con él. Durante el asedio de Troya, Palamedes se distinguió en muchas ocasiones por la cordura y el equilibrio de sus opiniones y por su valor. Pero Ulises, narra Higinio en sus *Fábulas*, pensaba continuamente la manera en que podría suprimir a Palamedes, cuya astucia le había desenmascarado. Finalmente tomó la resolución de enviar un soldado suyo a Agamenón para decirle que había soñado que era necesario levantar los campamentos durante un día. Agamenón, estimando acertado el sueño, ordenó retirar el campamento. Entonces Ulises, solo y a escondidas, enterró durante la noche una gran suma de dinero bajo la tienda de Palamedes, después entregó a un prisionero troyano una carta para que fuera llevada a Príamo. Pero antes había hecho colocar a uno de sus hombres no lejos del campo para que matara al troyano. Al día siguiente, cuando el ejército regresaba a los campamentos, cierto soldado encontró encima del cadáver del troyano la carta escrita por Ulises, y la llevó a Agamenón. Figuraba que la carta había sido mandada por Príamo a Palamedes. A este, Príamo le ofrecía tanto oro como el que Ulises había escondido bajo la tienda para que traicionara al ejército tal como había sido convenido. Palamedes fue conducido ante el rey, pero negó cuanto se le imputaba; entonces fueron a buscar en su tienda y desenterraron el oro: ante este hecho Agamenón creyó en la veracidad de la acusación. Y así, por el fraude de Ulises, Palamedes fue apedreado y matado por todo el ejército, a pesar de su inocencia. De este hecho derivan las venganzas de Nauplio, su padre.

PALANTE

1. Hijo de Evandro que reinaba en el Palatino en la época de la llegada de Eneas a Italia. Mandado por su padre acudió con un contingente de tropas en ayuda de Eneas. Joven valeroso y decidido, pero todavía inexperto, murió en la batalla por Turno, el cual se apropió de su cinturón. Grande fue el dolor de Evandro y del mismo Eneas; este, durante el duelo con el rey de los rútulos, dudó un momento antes de matarlo, pero decidió eliminarlo al descubrirle el cinturón de Palante, que le recordó al generoso joven y suscitó en él un ardoroso deseo de venganza.

2. Hijo de Pandión y hermano de Egeo, tuvo cincuenta hijos y una hija, Aricia. Sus hijos, llamados los Palántides, intentaron destronar a su tío Egeo, rey de Atenas, pero cayeron en manos del hijo de este, Teseo, que sólo respetó la vida de Aricia.

PALAS

Véase *Atenea*.

PALEMÓN

Con este nombre Melicertes fue tomado por dios marino.

PALES

Divinidad antiquísima y, según parece, de origen puramente itálico. Primero fue venerada como dios, después como diosa protectora de los pastores y de los rebaños. Su nombre se relacionaba con el monte Palatino, en el que residía una tribu de pastores latinos, que constituyeron el primer núcleo de la ciudad de Roma. A Pales se le erigió un templo en el año 267 a. de C. y en su honor se celebraba una fiesta todos los años el día veintiuno de abril denominada *Palilias* o *Parilia*. Este día se recordaba también como el de la fundación de Roma. Las Palilias eran fiestas de carácter campestre, que tenían por objeto purificar al ganado y obtener prosperidad y salud. (Ovidio, en el cuarto libro de los *Fastos* describió detalladamente estas celebraciones). Comenzaban en el crepúsculo con una purificación general, hecha con semillas de habas desecadas y sangre de caballo y de terneras sacrificadas. Se salpicaban las ovejas en los rediles con agua lustral y se hacían vapores de azufre. En el fuego se quemaban ramas de pino, de laurel y de romero y se hacían sacrificios incruentos, ofreciendo a la diosa leche y hogueras de grano negro, conjurándola tres veces para que alejara a los lobos de los rebaños y para que hiciera prosperar al ganado y a sus perros. Estas ceremonias iban acompañadas de grandes fuegos de paja sobre los que los pastores y los rebaños saltaban tres veces; tales hogueras servían para purificar a los hombres y a los animales. Julio César trató de dar un significado político a las celebraciones de las Palilias deseando que se recordara en tales circunstancias la batalla de Munda, librada por aquellas épocas. Bajo Adriano, el culto a Pales cobró mayor importancia y esplendor, hizo que las Palilias se celebraran con nueva magnificencia en el Gran Circo, instituyendo en aquella ocasión juegos renombrados. Los poetas latinos llamaron a Pales: grande, veneranda, canosa y longeva; pero parece que la diosa no fue representada por los escultores.

PALINURO

Piloto de la nave de Eneas que, durmiéndose cuando la flota ya avistaba Italia, se precipitó en el mar con el timón y después de tres días de lucha con las olas tomó tierra, cayendo a manos de los Lucanos. Su sombra errante, pues no había recibido sepultura su cuerpo, se apareció a Eneas en su descenso a ultratumba, y la Sibila predijo que finalmente él sería enterrado por los mismos que le habían matado. Así sucedió y su tumba encontró lugar en el promontorio de su nombre, cuya forma característica de un ganchillo limita al norte con un pequeño puerto.

PAN

Son varias las versiones legendarias acerca del nacimiento de esta divinidad antiquísima a la que se consagraban los bosques y los pastos. Para algunos era hijo de Zeus y de la ninfa Penélope, versión esta más común. Hubo quien le hacía proceder de Dríope, y esta era la descendencia que le atribuía Homero. Se contaba que el aspecto de Pan al nacer asustó tanto a su madre, que esta huyó. Era ciertamente extraño: mitad hombre y mitad animal, con pies y cuerpo de cabra, una abundante cabellera que se confundía con la floreciente barba del rostro, la nariz chata, el cuerpo velloso y cola. En cambio, Hermes no se impresionó en absoluto, y tomando al niño lo envolvió en pieles de liebre y lo llevó al Olimpo para presentarlo a todos los demás dioses. Estos le dieron el nombre de Pan, que en griego significa «todo», porque precisamente a la vista del extraño niño todos los dioses se habían alegrado. Pan se crió y vivió en Arcadia, el país de las montañas altas, cubiertas de espesos bosques y de las más inaccesibles del Peloponeso, donde se extendían grandes prados. Llevaba la vida de pastor y cazador, tenía un temperamento muy vivaz y petulante y se dedicaba de buena gana a perseguir a las Ninfas más que a los animales, acechándolas, escondido detrás de alguna roca o frondoso matorral. Le gustaba también el buen canto, y por la noche, cuando se retiraba a sus cavernas, entonaba junto con las ninfas Oréades himnos maravillosos, cuya armonía se difundía por los valles y riscos, para asombro y estupor de los hombres. Se consideraba a Pan el inventor del caramillo, y a este propósito se narraba una graciosa leyenda. Se decía que él se había enamorado de la ninfa Siringe, pero que esta no prestaba atención a sus asedios amorosos, prefiriendo ir en perfecta libertad por los bosques dedicándose a la caza. Pero un día Pan comenzó a perseguirla, y ya estaba a punto de cogerla cuando la ninfa le pidió ayuda a la Tierra, que la transformó inmediatamente en caña, por lo que Pan se encontró entre sus manos con esta planta palúdica. La caña emitía un lamento armonioso; entonces el dios pensó en recoger algunas cañas, y disponiéndolas en orden decreciente formó un instrumento musical. A Pan se le atribuyen muchos otros amores. Se decía que había disputado con el impetuoso Bóreas a la ninfa Pitis. La Tierra transformó a esta en pino cuando iba a ser alcanzada por Bóreas; desde entonces, cuando se agitaba hacía vibrar y gemir, mientras que a su sombra Pan descansaba y se refrescaba. Se daba como seguro también el amor de Ártemis por el dios de los bosques; se decía que la diosa para ir a su encuentro abandonaba incluso al bellísimo Endimión, que dormía un sueño eterno. Se le atribuían, además de los sonidos armoniosos de la naturaleza, los silencios profundos, capaces de provocar una sensación de inquietud y de vago temor. La tranquilidad de las bochornosas tardes estivales se hacía coincidir con el deseo de reposo y de soledad del rey de la naturaleza, que no le gustaba en aquellas horas ser molestado por ningún ruido. La expresión «temor pánico» expresaba el temor que invadía al viandante al pasar por lugares solitarios, cuando resonaba de improviso la terrible voz de Pan. Muy pronto el dios fue relacionado con Apolo por su amor por la buena música y por sus cualidades adivinatorias, que se decía que poseía como dios de los bosques. Se afirmaba que ambos dioses se enfrentaron en un concurso musical donde Pan aprendió de Apolo el arte adivinatorio. Se conocía también un oráculo del dios en Arcadia cuya profetisa era la ninfa Erato. Dada la debilidad de Pan por el jolgorio y las danzas, se le relacionó también con Dioniso, y se cree que formó parte, junto con los Sátiros, de su cortejo. Durante la expedición a la India se narraba que Pan había ayudado valiosamente a Dioniso, difundiendo el «temor pánico». Más tarde su culto se difundió por todo el mundo antiguo, y bajo la influencia de las ideas filosóficas que elaboraron el significado de su nombre llegó a representar al *Gran Todo*. El centro de su culto siguió en Arcadia, donde en el monte Liceo surgió el templo más bello erigido al dios. Las cimas de las montañas, las cavernas y los bosques se consideraban consagrados a Pan. Después, también Atenas acogió su culto. Por sus cualidades de cazador y de guerrero, tras la batalla de Maratón, Pan fue admitido entre los dioses públicos, siéndole otorgada una gruta septentrional en la Acrópolis, y se instituyó en su honor una fiesta anual, las *Liceas*, con un cortejo de antorchas. El culto de Pan a menudo tiene conexión con el de las Ninfas; se le ofrecía en sacrificio leche de cabra y miel. En Roma se le identificó con el dios Fauno.

PAN Y UN PASTOR

Durante la época helénica, Pan se convirtió en un sujeto que los artistas trataban con frecuencia. Se representaba con un aspecto muy feo y sus atributos eran una corona de pino o un ramo de pino en la mano, el cayado de pastor y el caramillo. A veces se le representaba como una alegoría de la naturaleza universal: sus cuernos eran los rayos del sol; su colorido luminoso el esplendor del cielo; la piel de cabra estrellada que acostumbraba a cubrirle el estómago, el firmamento con sus estrellas; sus piernas y sus pies, cubiertos de pelo, simbolizaban la tierra, los árboles, las plantas y la vida de la naturaleza.

PÁNDARO

Hijo de Licaón, jefe de los licios, acudió en ayuda de los troyanos contra los griegos. Durante la guerra consiguió herir a Menelao y murió a manos de Diomedes.

PANDIÓN

1. Hijo de Erictonio y Praxítea, fue un padre desgraciado. Progne, una de sus dos bellísimas hijas, se había casado con Tereo, rey de Tracia, pero habiéndose este enamorado de su hermana Filomela, la sedujo y le cortó la lengua para que no denunciara a nadie el adulterio. Progne, para vengar el honor de su hermana y el propio, mató a su hijo Itis y lo sirvió como comida a Tereo. Este, furioso, quería vengarse de las dos hermanas. Intervinieron los dioses y convirtieron a Progne en golondrina, a Filomela en ruiseñor y al mismo Tereo en abubilla, incapaz por siempre de alcanzar su presa.

2. Hijo de Cécrope, sucedió a su padre en el reino de Atenas, pero fue expulsado y debió refugiarse en Megara, donde se casó con la hija del rey. Sus hijos Egeo, Lico, Niso y Palante lograron regresar a Ática, recuperando el trono que les correspondía.

PANDORA

Según la mitología griega, fue la primera mujer mortal que dio Zeus a los hombres, frente a muchos males. El rey de los dioses había dado orden a Hefesto de que plasmara con arcilla húmeda una figura de mujer; cuando estuvo lista, el dios le dio vida con una chispa de fuego, cuidándose los otros dioses de colmarla de dones. De tal manera, Afrodita le concedió la belleza, Atenea la sabiduría y la habilidad en todos los terrenos, Hermes la palabra fácil y el ingenio rápido, las Horas y las Gracias el encanto de los vestidos y de los movimientos. Fue llamada Pandora («todos los dones»), y Zeus la destinó como esposa de Prometeo, que la rechazó, tocando pues en suerte a Epimeteo, su hermano. Antes de que Hermes la acompañara hasta él, Pandora recibió de Zeus un jarrón en el que iban encerrados todos los males, con la orden de que no lo destapara nunca. Pero la curiosidad de la mujer fue más fuerte que la prohibición, con gravísimas consecuencias para toda la humanidad. En efecto, cuando levantó la tapa de los males se escaparon y se difundieron entre los hombres, intentando en vano Pandora volver a cerrar en seguida el jarrón: no quedó en su interior más que la engañosa Esperanza. Al igual que en la tradición bíblica, en la tradición mitológica aparece la mujer

PANDORA ENTRE HEFESTO Y ATENEA

como el origen y la causa de los males que afligen a la humanidad, el primero de estos: la muerte.

PÁNDROSO

Hija de Cécrope y hermana de Herse y Aglauro. Atenea les había confiado a las tres hermanas la caja en que se hallaba encerrado Erictonio, y les prohibió abrirla. Cuando las hermanas desobedecieron, Pándroso fue la única que se abstuvo de mirar el contenido de la caja: por ello la respetó Atenea, que como castigo hizo enloquecer a Herse y Aglauro. Se le consideró como diosa del rocío (*drodos*) y, por su virtud, tuvo un templo en Atenas.

PARCAS

Nombre latino de las diosas griegas llamadas Moiras.

PARIS

Llamado también Alejandro, era hijo de Príamo y de Hécuba. Avisado Príamo, mediante un sueño de su mujer, de que aquel hijo sería la causa de la destrucción de Troya, cuando nació ordenó a un siervo hacerlo desaparecer. Pero Hécuba logró arrebatárselo y lo confió a unos pastores del monte Ida para que lo cuidaran. El joven creció dotado de extraordinaria belleza y fascinación, enamorándose de él la Oréade Enone, con quien se casó. Durante el banquete nupcial en que se celebraban los esponsales de Tetis y Peleo, la Discordia, ofendida por no haber sido invitada, echó sobre la mesa del festín una manzana de oro en la que había escritas las palabras: «a la más bella». Hera, Afrodita y Atenea se disputaron el regalo, afirmando cada una que iba destinado a ella, y el mismo Zeus no osó intervenir en el litigio como juez, sino que bajo la guía de Hermes envió a las tres diosas a Paris, que tenía fama de ser

PARIS

muy hábil. Tras ver a las tres diosas, Paris consideró la más bella a Afrodita, de modo que mientras se ganaba el favor de esta, desencadenaba el odio de las otras dos. Con ocasión de unos juegos fúnebres, en los que había dado prueba de destreza y de habilidad, Paris se hizo reconocer por su padre Príamo, que olvidando el antiguo oráculo, lo acogió con gozo. Enviado, posteriormente, a Grecia, con grande y fastuoso cortejo, para recoger la herencia dejada por Hesíone, esposa de Telamón y hermana de Príamo, durante el viaje fue huésped de Menelao, rey de Esparta. Allí conoció a la bellísima Helena, se prendó de ella y la raptó. En el viaje de regreso, Nereo les predijo todas las funestas consecuencias que su gesto había ocasionado. En efecto, poco después, se organizó la décima guerra de Troya. Como guerrero, Paris no sobresalió; durante un duelo con Menelao, fue raptado y puesto a salvo por Afrodita. Consiguió herir a Diomedes, Macaón, Antíloco y Palamedes y matar al gran Aquiles, no en el campo de batalla sino en una emboscada. Herido de gravedad por Filoctetes con uno de los dardos envenenados de Heracles, murió porque la ninfa Enone —con quien se casó cuando era pastor en Ida, abandonándola después— se negó a curarle.

PARNASO

Macizo montañoso de Grecia central, entre Fócida y Beocia. Estaba consagrado en la Antigüedad clásica a Dioniso, a las Ménades y a las ninfas Coricias. Los poetas lo llamaron el centro de la Hélade, el «ombligo de la tierra». El Parnaso, sin embargo, estaba consagrado principalmente a Apolo y a las Musas; a sus pies, en la vertiente de Fócida se encontraba el célebre oráculo de Delfos, consagrado a Apolo, y entre sus bosques discurrían las aguas de la fuente Castalia, preferida por las Musas. Sobre el Parnaso se detuvo la barca de Deucalión y Pirra, después del diluvio universal. En las laderas de la montaña se elevaban, hacia la mitad de su altura, las rocas Faidriades, conocidas porque desde las mismas se precipitaba a los ladrones, sacrílegos y blasfemos.

PARSÍFAE

Hija de Helios y de la ninfa Perseida, hermana de Circe y de Eetes, se casó con Minos, el rey de Creta, con quien tuvo tres hijos: Andrógeno, Ariadna y Fedra. Poseidón, que quería vengarse de Minos por el fallido sacrificio de un toro, inspiró a Parsífae un monstruoso amor por el mismo toro, que ella satisfizo entrando en una vaca de madera, construida por Dédalo. De este modo engendró al Minotauro, monstruo con cuerpo de hombre y la cabeza de toro. La leyenda simboliza probablemente un mito astral, siendo Parsífae originalmente una divinidad lunar.

PARTÉNOPE

Una de las tres Sirenas (las otras dos son Leucocia y Ligia). Según una leyenda fueron transformadas por el canto de Orfeo en rocas marinas; para otra fuente, se echaron al mar porque su embrujo no había atraído a Ulises. El cuerpo de Parténope, transportado por el mar a la desembocadura del Sebeto, recibió sepultura donde surgiría más tarde la ciudad que recibió su nombre, después llamada Neapolis (Nápoles).

PARTENOPEO

Hermano de Adrasto, participó con él en la primera guerra tebana y en ella murió. Su hijo Pramaco luchó en la guerra de los Epígonos.

PATROCLO

Hijo de Esténelo y de Meneceo, rey de Lócride, alcanzó la fama por la profunda y devota amistad que le ligaba a Aquiles. Se vio obligado a dejar su patria, tras haber matado en un arranque juvenil al hijo de Anfimadantes. En su exilio llegó a la corte de Peleo, que le confió a los cuidados del centauro Quirón, que en aquel tiempo criaba a Aquiles. Los dos crecieron juntos, y cuando el de Pelión partió hacia Troya, Patroclo le siguió. Al deponer Aquiles las armas por la ofensa recibida de Agamenón, Patroclo insistió para que las empuñara de nuevo, pero sólo consiguió que se revistiera con su armadura. Pensando los enemigos que se trataba de Aquiles, cundió el terror entre las filas enemigas, pero al final lo mató Héctor. Áyax y Menelao llevaron su cadáver ante Aquiles, que juró solemnemente vengarlo. Patroclo se le apareció en sueños, rogándole que celebrara pronto sus funerales a fin de que pudiera llegar en breve a los Campos Elíseos. Con una solemnidad grandiosa, entre la profunda congoja de Aquiles y de todos los griegos, Patroclo recibió sepultura. Aquiles mantuvo su juramento y mató a Héctor.

PAZ

Tanto los griegos como los romanos tenían una divinidad que simbolizaba la paz. Con el nombre de Irene, los griegos la adoraban como a una de las Horas, hijas de Zeus y de Temis, es decir, de la fuerza y de la justicia. Se le conferían los mismos atributos de abundancia que a la diosa Fortuna: la rama de olivo, el caduceo, el cuerno de la abundancia y, al igual que a la Victoria, la corona de laurel, la lanza y las alas. En Atenas se le erigió un altar al finalizar la guerra contra los Medos y se dedicaban a la diosa sacrificios incruentos. En Roma, Augusto le consagró en el Campo de Marte el gran altar de la Pax Augusta tras la batalla de Accio. Vespasiano, por su parte y hacia el 75 d. de C., hizo construir un magnífico templo en la parte nordeste del Foro con una gran explanada que recibió el nombre de Foro de la Paz; colocó allí mismo el riquísimo botín que se había conseguido en Jerusalén. Este templo fue destruido en tiempos de Corumodo.

Se acostumbraba a representar a la Paz, en los monumentos y en las monedas, de pie, con ancha y larga túnica, su mano derecha apoyada en un cetro, y la izquierda sosteniendo a Plutón, que le acaricia la barbilla.

PEANTE

Héroe griego, padre del arquero Filoctetes. Cuando Heracles se sintió desfallecer por la sangre venenosa de Neso, que empapaba su túnica, construyó una hoguera para poner fin a sus tormentos. Nadie quería prenderle fuego. Accedió Peante, a cambio de la recompensa de sus flechas y de su arco. Estas armas hicieron más tarde famoso a su hijo Filoctetes, que participó en la guerra de Troya, donde mató a Paris.

PEFREDO

Hija de Zeus y de Hera, es una de las tres Cárites, que los romanos designaron con el nombre de Gracias.

PEGASO

Caballo alado hijo de Poseidón y de Medusa, nacido de la sangre de esta cuando la decapitó Perseo. Pegaso voló hacia Zeus, a quien servía llevándole el rayo y el trueno. Posándose en cierta ocasión en la roca de Corinto, Belerofonte lo domó con la ayuda de Atenea; desde entonces, el héroe se sirvió de él para cumplir sus empresas. En el helenismo el mito de Pegaso cobró un auge inesperado. Se contaba que una vez, cayendo en picado sobre el Helicón, mientras el monte, por el canto de las Piérides, subía al cielo, detuvo su ascensión y, con una patada con la pezuña, hizo manar del suelo una fuente, llamada Hipocrene, «del caballo». A Pegaso se le consideraba también como el caballo de las Musas, porque acostumbraba a pacer en los montes a estas consagrados. Después de la muerte de Belerofonte, Pegaso voló al cielo, y allí se le puso entre las constelaciones.

PELEO

Hijo de Eaco, rey de Egina y de Endenis, hija de Quirón. Cuando mató por envidia, con su hermano Telamón, a su hermanastro Foco, su padre lo expulsó de Egina. Después de vagar por diferentes regiones encontró refugio en Ftía de Tesalia. Allí el rey Euritrión le purificó de su delito y le dio como esposa a su hija Antígona, y en dote, un tercio de su reino. Participó en la caza del jabalí de Calidón, pero desgraciadamente, por un accidente, mató a su suegro, por lo que debió abandonar Ftía y reemprender una nueva vida errante. Encontró refugio en Yolcos, donde reinaba Acasto, que le acogió en su corte. Astidamía, la mujer de Acasto, se enamoró perdidamente de Peleo, y al ser rechazada, para vengarse lo calumnió ante su esposo, y le acusó de haber intentado seducirla. Acasto decidió liberarse de Peleo, y aprovechando

PELEO RAPTA A TETIS

un momento en que él, cansado, estaba dormido, le quitó las armas, abandonándole solo e indefenso en el monte Pelión, fácil presa para los feroces Centauros y para los animales del lugar. Pero los dioses acudieron en su ayuda, y le enviaron, por medio de Hermes, una potentísima espada, con la que pudo defenderse con éxito de los ataques de los Centauros. De regreso a Yolco, con la ayuda de los Dioscuros Cástor y Pólus, conquistó la ciudad y se vengó de Acasto y de Astidamía, matándoles. Entretanto, su esposa Antígona, avisada por un falso informador de que Peleo iba a casarse con Estéropes, hija de Acasto, se suicidó. Peleo se casó, entonces, en segundas nupcias, con la más hermosa de las Nereidas, Tetis, y su ceremonia nupcial se desarrolló con particular esplendor por la presencia del cielo. De Poseidón, Peleo recibió como regalo los caballos Xanto y Balio, y de Quirón una gruesa asta muy eficaz en las batallas. De esta unión nació Aquiles, el más fuerte y el más valeroso de los héroes griegos. Demasiado anciano para participar en la guerra de Troya, Peleo mandó a su hijo y a su nieto Pirro, pero sufrió el dolor de conocer la muerte tanto del uno como del otro, pues les sobrevivió durante muchos años. Al final de sus días, habiéndose retirado por invitación de Tetis a una gruta de las islas Afortunadas, fue conducido por su esposa al palacio de Nereo, entre el cortejo de todas las Nereidas, y allí fue divinizado.

PELIAS

Hijo de Tiro y Poseidón y rey de los Minias. Derribó del trono a su hermanastro Isón y persiguió a su hijo Jasón. Cuando este hubo crecido, se dirigió a la capital, Yolco, dispuesto a reconquistar el trono. Pelias le declaró que le habría cedido la señoría con tal de que él fuera a Cólquida y le trajera el vellocino de oro. De ahí la expedición de los Argonautas. Pero cuando Jasón regresó con el precioso trofeo, Pelias no quiso mantener su promesa. Entonces Medea, esposa de Jasón, para vengar al marido, instigó a las hijas de Pelias a que cortaran a trozos a su padre, prometiéndoles que si cocían aquellos trozos con unos fármacos preparados a este propósito, el padre gozaría de una larguísima vida. De este modo Pelias cayó muerto, involuntariamente, por sus mismas hijas. Pero la estratagema no devolvió a Jasón el reino usurpado, y este y Medea, huyendo de Yolco, se refugiaron en Corinto.

PÉLOPE

Hijo de Tántalo y hermano de Níobe, se le atribuye la cadena de desgracias que la familia había sido condenada a soportar. Tántalo, queriendo probar la omnisapiencia de los dioses a quienes hospedaba, les había ofrecido como comida el cuerpo de su propio hijo Pélope. Deméter, más voraz que los otros, se había comido ya un hombro cuando Zeus advirtió el engaño y resucitó a Pélope sustituyéndole el hombro que le faltaba con otro de marfil. Tántalo fue precipitado en el Tártaro, en la parte más profunda, para expiar su horrible gesto. Pélope sucedió a su padre, pero se vio obligado a abandonar el reino, ya por causa de las

ÁRBOL GENEALÓGICO DE PÉLOPE

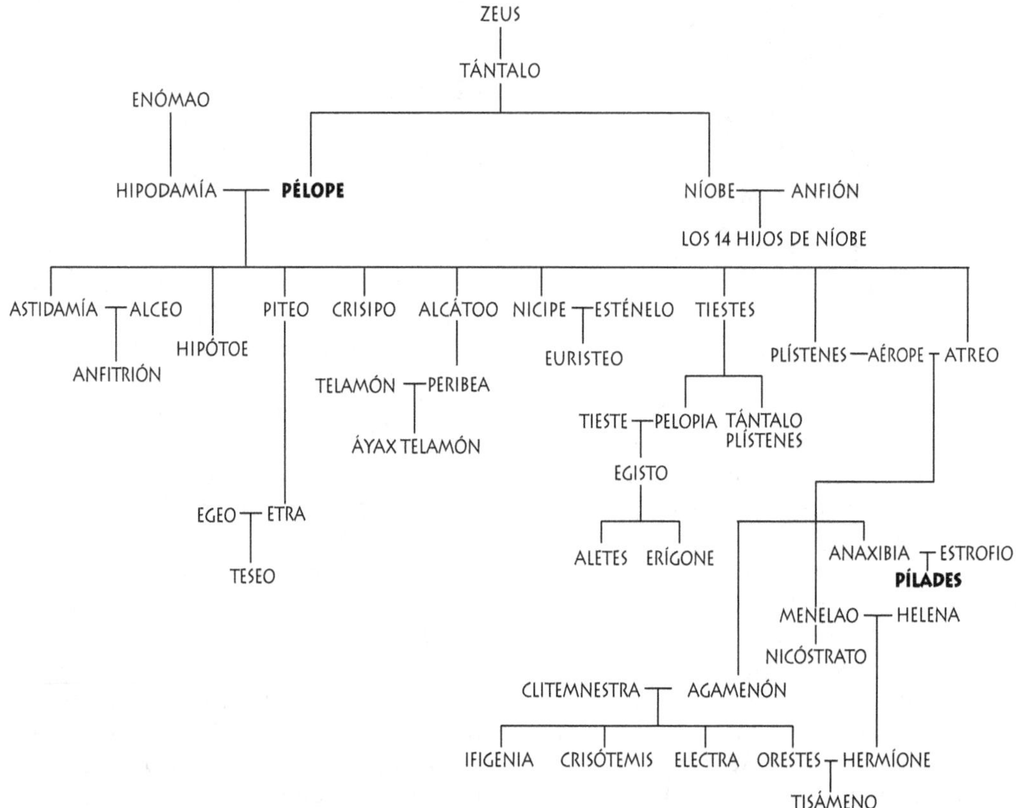

sacudidas de que era sujeto el terreno, ya porque Tros, rey de Frigia, le había declarado la guerra. Llegando a Élide, se detuvo en Pisa, en Olimpia, donde reinaba Enómao, y se enamoró de su bellísima hija Hipodamía. Un oráculo había predicho a Enómao que caería muerto por aquel que se casara con su hija, de modo que él acostumbraba a proponer a los pretendientes una carrera de cuadrigas antes de conceder la mano de la joven. Enómao poseía caballos alados más rápidos que el viento y un carro conducido por un auriga extraordinario, Mirtilo, por lo que estaba seguro de ser imbatible, y efectivamente ya había vencido y traspasado con su lanza a trece rivales, que corrían delante de él y a los que fácilmente alcanzó. Pero Pélope pidió y obtuvo de Poseidón una cuadriga de oro y caballos que en velocidad igualaban a los de Enómao. Consiguió, además, corromper a Mirtilo convenciéndole de que quitara los pernos de las ruedas de su amo, sustituyéndolos por otros de cera. Así, durante la carrera, las ruedas del carro de Enómao se desengancharon y el infeliz murió, precipitándose en el suelo o matándose por la vergüenza de haber sido vencido. Pélope, vencedor, se casó con la bella Hipodamía y obtuvo la corona de Pisa. Pero Pélope no recompensó a Mirtilo como había prometido, es decir, dándole la mitad de su reino, y cuando el auriga pretendió su parte, lo arrojó al mar. Mirtilo, cuando moría, le maldijo junto con toda su familia. Según otra versión, lo mató porque había intentado seducir a Hipodamía. Conquistada Olimpia y otros territorios cercanos a Pisa, Pélope extendió su dominio sobre toda la península, que por él fue llamada Peloponeso. De su unión con Hipodamía nacieron muchos hijos, los más célebres fueron Atreo y Tiestes. Honrado en todo el Peloponeso y en Lidia, Pélope fue uno de los héroes más famosos de Grecia. Pausanias narra que en la cima del monte Sípilo se podía admirar su trono excavado en la roca viva, y en Olimpia se mostraba su tumba, adornada de estatuas y de ofertas votivas, dentro de un recinto sagrado denominado Pelopión, donde cada año era degollado en honor de Pélope, y según ritos especiales, un toro negro. Se le atribuye la fundación de los *Juegos Olímpicos*.

PELORO

Uno de los Espartoi, los cinco guerreros sobrevivientes entre todos los nacidos de los dientes del dragón sembrados por Cadmo. Ayudó a Cadmo en la fundación de Tebas e instauró también una de las familias más nobles de la ciudad.

PENATES

Derivado de *penus*, 'el aprovisionamiento anual que hacían todas las familias', los Penates eran divinidades tutelares protectoras de la nutrición doméstica y de los suministros necesarios. Concebidos de este modo originariamente, se transformaron después en los dioses de la casa en general. Por sus atributos fueron asociados con Vesta, y tuvieron, como la diosa, el culto en el hogar doméstico. En cada comida, el padre de familia ofrecía a sus imágenes colocadas en la mesa las primicias de los alimentos. Primitivamente el altar de Vesta y de los Penates estaba en el mismo hogar doméstico,

considerado como el corazón de la casa y que no servía sólo para el uso práctico de la preparación de las comidas de la familia sino también para objetivos religiosos. Por ello, el hogar se hallaba situado en la habitación más importante de la casa, es decir, en el atrio, donde se comía y se recibía a los huéspedes. Durante los últimos tiempos de la república y bajo el imperio, los romanos comenzaron a recoger las estatuas de los Penates en un tabernáculo especial, el *lararium*, junto con las de los Lares, donde se conservaban todas las imágenes de los dioses tutelares de la casa. No estaban reservados al culto privado; los Penates se adoraban también públicamente, considerándose al Estado como a una gran familia. El hogar consagrado a los Penates del Estado era el templo de Vesta; allí se conservaban, en una capilla, después de haber sido trasladados por Lavinio, los Penates que se trajo consigo de Troya el mismo Eneas. A estos Penates, relacionados con la prosperidad del estado, les ofrecía sacrificios el Pontífice Máximo, con las mismas funciones que un jefe de familia.

Identificados, quizá, con Rómulo y Remo, o bien con Cástor y Pólux, los Penates de la ciudad fueron representados en algunas monedas con el aspecto de dos adolescentes que vestían el traje militar.

PENÉLOPE

Hija de Ícaro, se casó con Ulises y fue madre de Telémaco. Se transformó en el símbolo de la esposa casta y fiel; en efecto, esperó a Ulises durante los diez años de la guerra de Troya y durante los otros diez que él empleó para regresar a la patria, a pesar de que un grupo de pretendientes, llamados Procios, atraídos por su belleza y las riquezas de Ulises, se hubieran instalado en su reino, y allí, pasando los días entre divertimentos y banquetes, esperaran que ella escogiera a otro esposo. Para mantenerlos

PENÉLOPE

a raya, Penélope había recurrido a una estratagema: declaró que haría su elección y se casaría de nuevo cuando hubiera acabado de tejer una sábana mortuoria, destinada a envolver el cuerpo de Laertes después de su muerte. Pero para que la obra no se terminara y ella pudiera tomar tiempo en espera del regreso de Ulises, en quien siempre confió, ella deshacía durante la noche lo que tejía durante el día. Pero fue descubierta y los Procios obligaron a la astuta Penélope a acabar el lienzo. Tuvo que obedecer, y se había ya fijado el día en el que realizaría su elección cuando, con un disfraz, se presentó Ulises en el reino. Penélope había ideado el concurso del arco prometiendo que se casaría con aquel Procio que pudiera tensar el arco de Ulises. Tan sólo este en persona consiguió hacerlo, descubriendo al final su identidad y recuperando, tras matar a los Procios, el propio reino, junto a Penélope y a su hijo. Esta leyenda nos ha sido transmitida por Homero en su epopeya *La Odisea*.

PENTEO

Hijo de Equión y de Agave, sucedió a Cadmo, su abuelo, en el reino de Tebas.

Prohibió el culto a Dioniso en Beocia y expulsó a las Bacantes. Como castigo, Dioniso hizo que su madre Agave, hija de Harmonía, fiel al culto del dios, lo matara en un ímpetu de furor dionisíaco. Luego, en el delirio de la bacanal, acabó despedazado por su madre y sus hermanas.

PENTESILEA

Bellísima reina de las Amazonas, hija de Ares; era muy audaz y valerosa. Guió a

AQUILES Y PENTESILEA

sus compañeras en la guerra de Troya, en la que combatió al lado de los troyanos. Aquiles la mató y, admirado por su belleza, lloró amargamente su pérdida.

PEÓN

Médico de los dioses, curó a Hades cuando cayó herido por Heracles durante la guerra de Pilos, mediante una flor mágica. También Hipólito fue resucitado por Ártemis gracias a la virtud de la misma flor. Pronto recibió esa flor el nombre de *peonia*, en recuerdo del médico que la usó. Durante mucho tiempo fue considerada como una flor de poderes mágicos, capaz de alejar de manera especial a las enfermedades derivadas del influjo lunar negativo, por lo que se la consideró consagrada a Hécate.

PÉRGAMO

Con este nombre era llamada la ciudadela de Troya y, a menudo, incluso la misma ciudad. La construcción de la ciudadela era obra de Apolo y Poseidón.

PERIFETES

Véase *Corinetes*.

PERO

Hija de Neleo y de Cloris, superviviente junto con su hermano Néstor de la matanza hecha por Heracles a su familia. Se salvó porque era ya esposa de Biante, el cual, para obtenerla de Neleo tuvo que entregar a este los bueyes de Ificles, los cuales consiguió tener con la ayuda de su hermano Melampo.

PERSÉFONE (PROSERPINA)

Hija del padre de los dioses, Zeus, y de Deméter, diosa de la fecundidad de la tierra. En el culto de los antiguos, su figura tiene dos aspectos y dos significados. Por una parte, es una graciosa jovencita, llamada por los griegos Core, que representaba a la naturaleza, la cual renace todos los años en primavera, después de la desolación invernal; por otra, es la esposa del rey de los Infiernos y señora del Hades y, por tanto, una divinidad tenebrosa. Con tal aspecto simbolizaba para los antiguos la inmortalidad del alma. La figura de esta divinidad, una de las más claras figuras del día y una divinidad de las tinieblas, nos muestra un aspecto siempre presente en la concepción griega del mundo de la muerte, a pesar de existir una profundísima diferencia. La vida no puede concebirse si no es en su continua referencia con la muerte; las obras del día no son posibles si los hombres no están en gracia además de con los dioses del Olimpo, también con los dioses del orco. Este sentido mágico e intensamente dramático de la vida se halla presente sobre todo en las más arcaicas leyenda griegas y queda explícitamente simbolizado en la historia de Perséfone. Un día, mientras jugaba en compañía de las Oceánidas, habiéndose alejado de estas y de su madre para coger flores, se le apareció Hades, dios de las profundidades infernales, que se le presentó, improvisadamente, saliendo de un remolino de tierra en un carro tirado por caballos inmortales. Hades, viéndola, se enamoró de ella, la subió al carro y se la llevó a su reino. Deméter, su madre, después de haberla buscado afanosamente por todas partes, desesperada y acongojada, supo por Helios, el Sol, dios de la adivinación, que la muchacha había sido raptada por los dioses infernales, y se enteró de que Zeus había dado su consentimiento. Entonces Deméter, triste y airada contra el rey del Olimpo, se alejó de la tierra, y habitó en lugares soltarios, presa de dolor, dejando de ejercitar su protección sobre los frutos, dejando secar las fuentes y marchitar las mieses. Reinó en el mundo una gran carestía y los hombres se dirigieron a Zeus, que envió mensajeros a Deméter para inducirla a volver al Olimpo y a ocuparse de la fertilidad de la tierra. Pero la diosa respondió que lo haría si le restituían a su amada hija. Zeus entonces mandó al mensajero Hermes al Hades a pedir la restitución de Perséfone. Pero ella había probado ya la granada, símbolo del amor, y estaba enamorada de Plutón, por lo que no podía regresar. Se llegó entonces a una solución de compromiso: Perséfone habitaría en el Hades durante tres meses al año y volvería a la tierra para acompañar a su madre los nueve meses restantes. Deméter, la tierra, quedó triste e infecunda durante los tres meses invernales en los que estaba privada de la presencia de su hija; se alegra con su regreso en primavera, y por ello esparce a manos llenas sus dones en verano, entristeciéndose de nuevo en otoño por el regreso de su hija al Hades. Perséfone recibió culto, junto con su madre, en Sicilia, en Beocia y en Eleusis. Se

HADES Y PERSÉFONE

le dedicaban en Grecia las fiestas *Eleusinias* y, en Sicilia, las *Antesterias*.

Los romanos la identificaron con Proserpina y en su honor celebraban los juegos *Tarentinos*, juegos marcados por el exagerado desenfreno, de tres días de duración.

PERSEO

Hijo de Zeus y de Dánae, las circunstancias de su nacimiento fueron especialmente dramáticas y azarosas. Zeus se había enamorado de la joven, pero su padre, Acrisio, advertido por un oráculo de que su nieto sería la causa de su muerte, encerró a su hija en una caverna subterránea. Zeus consiguió igualmente llegar hasta su joven amada convirtiéndose en lluvia de oro, y así la hizo madre de Perseo. Cuando Acrisio tuvo conocimiento del nacimiento del niño, se enojó

en gran manera y encerró a la madre y al hijo en una caja que abandonó a merced de la corriente del mar. La caja fue arrastrada hacia la isla de Serifo, donde quedó apresada entre las redes del pescador Dictis, hermano del rey de la isla, Polidectes. Los dos infelices fueron libertados de su prisión y conducidos a la corte donde les acogió Polidectes, que se enamoró de Dánae, pero esta rehusó sus ofertas amorosas y la hizo su esclava. Polidectes, temiendo la venganza de Perseo, que se había convertido ya en un joven, pensó deshacerse de él confiándole una peligrosa y casi imposible empresa. Le ordenó que matara a Medusa, la Gorgona, y que le llevara la cabeza. Perseo podía contar con la ayuda de todos los dioses del Olimpo, en particular con la de Atenea y Hermes, que le enseñaron el modo de llegar hasta las Gorgonas que habitaban en los confines occidentales, y le hicieron, además, el regalo de una espada y de un espejo. Tenía que ir al encuentro de otras Ninfas que le habrían dado otros instrumentos para capturar a Medusa, pero el camino de las Ninfas tenía que serle revelado por las Greas, hermanas de las Gorgonas. Estas habitaban en el extremo oriental, y Perseo tuvo que conseguir las informaciones que necesitaba recurriendo a la violencia, es decir, arrancándoles el ojo y el diente que tenían en común. Las Ninfas entregaron gustosamente al héroe un casco que le hacía invisible, una alforja mágica y un par de sandalias aladas. Gracias a estas armas divinas y a su valor, Perseo consiguió triunfar en la empresa, en la que le fueron de gran ayuda los consejos recibidos de Atenea. Puesto que la mirada de Medusa tenía el poder de petrificar a quien la mirara, Perseo se acercó a ella caminando de espaldas, y sirviéndose del espejo mágico pudo coordinar sus movimientos y cortar de un golpe seco, con la espada recibida de Hermes, la cabeza de Medusa, y la introdujo en el saco mágico. De la sangre derramada del tronco de Medusa nacieron Pegaso, un caballo alado que pronto corrió hacia el Olimpo, y Crisaor, monstruo armado de una espada de oro, que se casó con Calírroe y tuvo dos hijos monstruosos: Equidna y Gerión. Montado sobre Pegaso, que Atenea le había puesto a su disposición, y armado con la cabeza de Medusa, que no había perdido el poder de petrificar, fue primero a Mauritania, donde reinaba Atlante, el cual, habiendo sido avisado de que se guardara de un hijo de Zeus, no quiso hospedar a Perseo. Blandiendo la monstruosa cabeza con serpientes por cabellos, el héroe le castigó petrificándole y transformándole en una maciza cadena montañosa que desde entonces recibió su nombre. Dejó Mauritania y prosiguió su vuelo. Perseo atravesó el desierto de Libia, y algunas gotas de la sangre envenenada de Medusa cayeron sobre la arena ardiente, donde se transformaron en áspides rojos, causando la muerte a quienes picaban, presas de una sed inextinguible. Perseo llegó a Etiopía, donde encontró un terrible espectáculo. Vio desde lo alto, cerca de la orilla del mar, a una hermosísima joven que, atada a una roca, iba a ser presa de un terrible monstruo salido de entre las aguas. Esta era Andrómeda, hija de Cefeo y Casiopea, que, cegada por el amor materno, había osado afirmar que su hija, dotada de extraordinaria belleza, era más hermosa que las Nereidas, las cuales, ofendidas, habían pedido venganza a Poseidón. El rey del mar mandó entonces el monstruo marino que comenzó a devastar el país sembrando lutos y destrucciones. El oráculo de Amón había revelado que el único modo de aplacar el flagelo era sacrificar a Andrómeda, que precisamente iba a ser inmolada. Pero Perseo, impresionado en seguida por la delicadeza y la gracia de la joven, de un golpe tajante de su espada mató a la infernal criatura, la cual con el

PERSEO

remolino de aguas rojas espumosas fue engullida por el mar. Cefeo se sintió satisfecho dando a Andrómeda como esposa al valeroso libertador y, tras ofrecer sacrificios en honor de Zeus, Hermes y Atenea, se celebraron los esponsales. El festín nupcial se vio turbado por Fineo, hermano del rey, celoso de Perseo porque le había quitado a Andrómeda. Él, con la ayuda de algunos amigos, intentó matar a su rival, pero Perseo, blandiendo la cabeza de Medusa, petrificó al instante a sus asaltantes. Acompañado de Andrómeda, el héroe regresó a Grecia donde, olvidando las malas intenciones que Acrisio había tenido para con él, le devolvió el trono de Argos. Pero como el oráculo tenía que cumplirse, él mismo causó la muerte de Acrisio con un disco que se le escapó de la mano. Le horrorizaba la señoría de Argos, y la cambió por la de Tirinto. Fundó una nueva capital a la que llamó Micenas. Perseo murió a manos de Megapentes, hijo de Preto. De la unión de Perseo y Andrómeda nacieron muchos hijos, que dieron lugar a una ilustre descendencia. Uno de estos, Electrión, fue padre de Alcmena, madre de Heracles, que era, por tanto, de la familia Perseida. Asimismo, se dijo que se diseminaron los descendientes del famo-

ÁRBOL GENEALÓGICO DE PERSEO

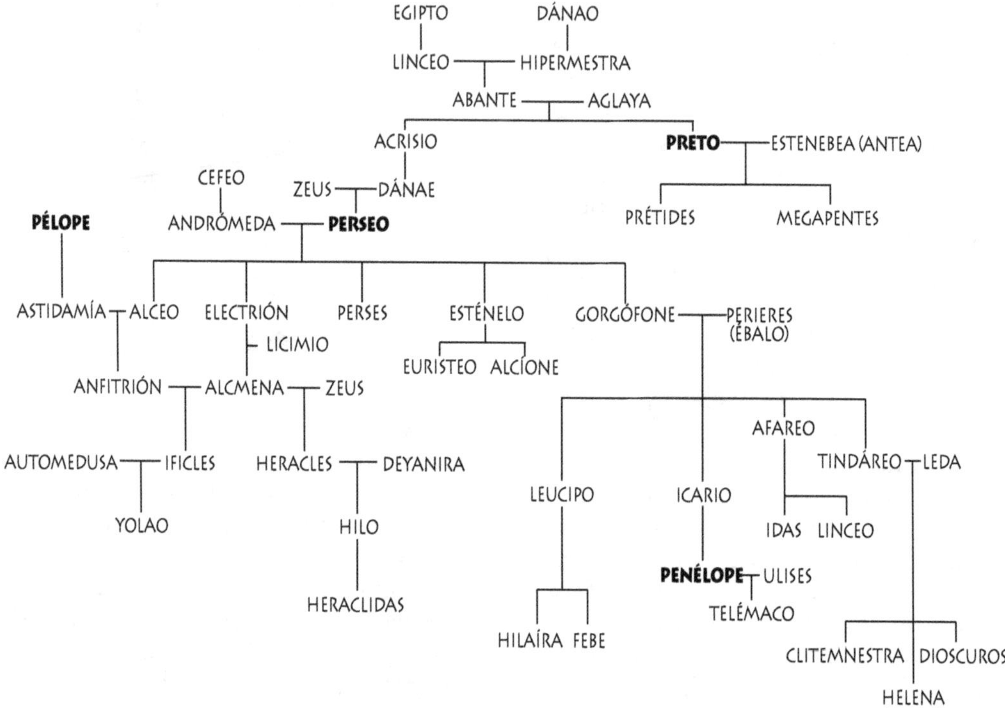

so héroe fuera de Grecia; entre estos encontramos a los reyes de Persia y de Ponto de Capadocia; por su origen egipcio, también en este país Heródoto encontró a nuevos descendientes. Según una leyenda, la caja que contenía a Dánae y Perseo había llegado a las orillas del Lacio; Pilumno se casó con la mujer, fundando la ciudad de Ardea. Turno, rey de los rutulios, decía ser descendiente de Acrisio. Así, pues, en todo el mundo antiguo se veneraba a Perseo; tenía santuarios en Serifo, Argos, Micenas, Tirinto, Atenas, en el Ponto y en Egipto, en Roma, Sicilia y Etruria. Se le concedió un lugar en el cielo, entre las constelaciones septentrionales, junto con Andrómeda, su esposa, y sus suegros, Cefeo y Casiopea. En la leyenda de Perseo y Medusa se simboliza un mito natural, en que se representa la lucha victoriosa del Sol contra el demonio de las nubes tempestuosas. Así, las bodas de Zeus, con forma de lluvia, y Dánae, simbolizan la unión fecunda del cielo y de la tierra. De la prisión de Dánae, fácilmente identificable con las tinieblas de la estación invernal, sale después el sol de la primavera, Perseo, que lucha contra las nubes, las Greas y las Gorgonas. Esto fue lo que vio en Pegaso, el caballo del trueno que con el pisoteo de sus pezuñas y el rumor de sus alas levantaba nubes de estruendo y terror en los espacios celestes.

La historia de la muerte de Medusa y la liberación de Andrómeda fue muchas veces argumento y tema de escritores y objeto de representación para los escultores. Entre los primeros hay que recordar a Sófocles, Esquilo, Ovidio y Simónides, y entre los segundos, al anónimo que esculpió las metopas del templo de Selinunte, en las que se narra la muerte de Medusa.

PIANEPSIE O PIANOPSIE

Véase *Pyanepsión*.

PICO

Según Virgilio y Ovidio, Pico era hijo de Saturno, esposo de la bella Canens y abuelo de Latino. Divinidad agreste, acusa un origen romano como dios de los latinos. Según una leyenda, quedó convertido en pájaro carpintero por Jano, ofendido al haberle ofrecido a su esposa Canens. Para otros era una encarnación del dios Marte, Marte Pico, originario del país de los Ecos, donde un pájaro carpintero, posado sobre una columna, daba respuestas proféticas. En las campiñas de Lacio se acostumbraba a ofrendar al dios Pico miel, leche e incienso; a veces se le sacrificaba un cordero o un cabrito.

PIÉRIDES

Nombre con que se conocía a las Musas, nacidas en la región macedonia de la Pieria.

PIGMALIÓN

1. Célebre escultor y rey de la isla de Chipre, se hallaba tan apasionado por su obra que desdeñaba a todas las mujeres de su patria, desvergonzadas y lascivas, prefiriendo las estatuas de mármol y marfil que esculpía. Había hecho incluso el voto de permanecer soltero. Cierto día, de su escarpa prodigiosa salió una estatua de marfil que representaba una joven de extraordinaria belleza, Pigmalión se enamoró de la esfinge, y pidió con tanta insistencia a Afrodita que le diera vida que, al final, conmovida la diosa, le complació. La llamó Ebúrnea, se casó con ella y tuvo un hijo, Pafo, de

quien se dice que fundó la ciudad homónima y en agradecimiento levantó un magnífico templo a la diosa del amor.

2. Hermano de Dido mató al esposo de esta, Sikes, para robarle sus grandes riquezas.

PÍLADES

Hijo de Estrofio, rey de Fócida y Anaxibia. Primo de Orestes, el hijo de Agamenón y Clitemnestra que en tiempos de la espantosa catástrofe de los Pelópidas había sido alejado de Micenas por Electra, y conducido junto a Estrofio. Los dos primos crecieron juntos y entre ellos se fue consolidando, con el paso de los años, una profundísima amistad, conocida en todo el mundo antiguo. Pílades acompañó al amigo en sus empresas: cuando volvió a Micenas para vengar a su padre matando a Egisto y cuando partió a Táuride a robar la imagen de Atenea, como le había sido sugerido por el oráculo de Delfos a fin de liberarse de las maldiciones de las Erinias. Se casó con Electra, hermana de Orestes, de quien tuvo dos hijos.

PILUMNO

Dios de la antigua mitología romana, protegía (ayudado por Picumno) los neonatos y los puerperios de las insidias del dios Silvano. Durante el parto se hallaba con las diosas Intercidonia y Devera de guardia en la entrada.

PÍRAMO

Véase *Tisbe*.

PIRÍTOO

Rey de los Lapitas, hijo de Ixión y de Día, gran amigo y fiel compañero del héroe Teseo. A su matrimonio con Hipodamía fueron invitados Teseo y los Cen-

PIRÍTOO

tauros. Uno de estos insultó a la esposa y con ello motivó la terrible lucha desencadenada entre los Lapitas y los Centauros. Mal les fue a los Centauros con la intervención de Teseo. En agradecimiento, Pirítoo ayudó a su amigo en el rapto de la bella Helena. El ateniense, para recompensarle, bajó con él a los infiernos, con la intención de raptar a Perséfone, la mujer de Hades, de la cual Pirítoo se hallaba prendado. Capturados, fueron encadenados por Hades. Pero Heracles, descendiendo al Averno para capturar al Cerbero, según Eurípides y Apolodoro, consiguió liberar a Teseo y Pirítoo con un terremoto. Virgilio afirma que ambos permanecieron en el Infierno; según otros, en por el contrario, los dos fueron libertados.

PIRRA
Mujer de Deucalión.

PIRRO (NEOPTÓLEMO)
Hijo de Aquiles y Deidamía, había sido criado en la corte del abuelo paterno Licomedes, rey de los dolopes, en la isla de Esciro, hasta la muerte del padre. Tras este acontecimiento, tan luctuoso para el ejército griego, el oráculo reveló a los aqueos que Troya no podía ser tomada si un descendiente de Eaco no combatía en sus filas. Se mandó en busca de Pirro (cuyo nombre significaba «el de los cabellos de oro») y se le condujo a Troya para que tomara el puesto del gran Aquiles. En esta ocasión, Pirro recibió el sobrenombre de Neoptólemo («el nuevo guerrero»). Con Ulises y Diomedes marchó a Lemnos por Filoctetes. La noche en que Troya fue destruida, Pirro, a la cabeza de sus soldados, se apoderó del palacio de Príamo, matando en presencia del viejo rey a su hijo Polites, luego hizo lo propio con el mismo Príamo. Uniéndose a Ulises, precipitó desde lo alto de la roca al pequeño Astianacte, hijo de Héctor y de Andrómaca. Después de pretender que le fuera entregada Políxena, a quien sacrificó sobre la tumba de Aquiles, Pirro se llevó como esclava a Andrómaca, viuda de Héctor, y tras llegar a su patria se casó con ella repudiando a su propia mujer, Hermíone. Esta, que le amaba con locura, solicitó venganza a Orestes; cuando Pirro fue a Delfos para implorar y rezar a Apolo, los habitantes de la isla, agitados por Orestes, le asaltaron y le asesinaron en el interior del templo. De Andrómaca, Pirro tuvo tres hijos: Moloso, que le sucedió, Pielo y Pérgamo. Homero describe sus hazañas en sus epopeyas.

PITIA
Sacerdotisa del oráculo de Delfos.

PITÓN
El dragón fabuloso de enormes dimensiones que guardaba el oráculo de Delfos. Para apoderarse de este oráculo, que pertenecía a la diosa Tierra, Apolo tuvo que sostener una feroz lucha con Pitón, a quien mató con la ayuda de

Zeus. Por este hecho recibió el epíteto de Pitio, y la sacerdotisa del oráculo, el de Pitia.

PLÉYADES

Hijas de Atlante y de la oceánide Pléyone, a quienes Orión, llevado por su ardor de caza persiguió. Zeus, para salvarlas de sus dardos, las transformó en estrellas, constituyendo de esta manera la constelación de las Pléyades. Eran siete, y se llamaban: Maya, Taigete, Mérope, Electra, Astérope, Alcíone y Celeno. Maya, amada por Zeus, le dio un hijo, Hermes, que vino al mundo en una gruta del monte Cileno. Le encomendó la educación a Arcade, hijo de la ninfa Calisto, que Hera había convertido en una osa. También Taigete fue amada por Zeus, con quien tuvo un hijo llamado Taigeto, y que más tarde se transformó en la áspera montaña que dominaba el valle de Esparta. Mérope fue amada por el héroe Sísifo, hijo de Eolo, y parió a Glauco, de quien debía nacer más tarde el famoso héroe Belerofonte. Avergonzada por haberse casado con un simple mortal, se decía que esta pléyade se mantenía escondida y su luz apenas se distinguía. Electra fue otra de las amantes de Zeus, madre de Dárdano; este, tras casarse con la hija del rey de Troya, Teucro, entró a formar parte de la dinastía reinante de la ciudad asiática. Astérope se casó con uno de los Titanes, pero de su unión no hubo descendencia. Alíone fue amada por el dios del mar, Poseidón, y dio a luz a Glauco, transformándose también este en un dios marino. Amante de Poseidón fue asimismo Celeno, madre de Lico; acogió en su reino de Mariandinia a los Argonautas y les dio como guía a su propio hijo, que los condujo a Termodonte, el río en cuya orilla vivían las Amazonas. Juntándose en el momento de la cosecha y en el de la siembra, las Pléyades aparecían en el cielo en mayo y desaparecían en otoño. Los latinos las conocieron por Vergiliae, del término latino *ver*, que significa precisamente 'primavera'.

PLUTO

Dios griego de la riqueza, nacido en la isla de Creta, hijo de Jasón y de Deméter, al que no hay que confundir con Plutón, rey de los Infiernos. Pluto era el dios de la riqueza existente en la tierra, dinero, piedras preciosas, obras de arte, etc., mientras que Plutón era el dispensador de las riquezas existentes en el subsuelo, en la tierra propiamente dicha, en cuanto señor del reino subterráneo. La leyenda afirmaba que Zeus había cegado a Pluto, de modo que este se veía obligado a repartir las riquezas sin ver a quién se las daba y sin poder valorar los méritos y deméritos de los escogidos.

PLUTÓN

Otro nombre de Hades, dios de los Infiernos. Le era atribuido porque se creía que concedía a los hombres las riquezas de la tierra. Los romanos adoptaron este nombre sólo para indicar al dios de ultratumba, al que consideraron hijo de Saturno y Ops.

PODARCES

1. Nombre de Príamo antes de la muerte de su padre Laomedonte.

2. Hijo de Ificlo y hermano menor de Protesilao, acompañado por este a Troya. Tras matar a la amazona Clonia, cayó en manos de Pentesilea.

PODARGE

En la *Ilíada*, es la diosa de la destrucción en forma de yegua. También se la señala como una de las Arpías. Madre de Céfiro, de los caballos Balio y Janto. Para Estesícoro, sin embargo, dio a luz los caballos que Hermes regaló a los Dioscuros Arpago y Flogeo.

POLIDECTES

Rey de Serifo, acogió y salvó a Dánae y a su hijo Perseo cuando fueron arrojados al mar por el rey Acrisio. Enamorado de Dánae, quiso casarse con ella, pero esta rehusó. Irritado y desilusionado, convirtió a la joven en esclava y mandó a Perseo a combatir contra Medusa, confiando en que hallaría la muerte. Cuando volvió vencedor, Perseo petrificó a Polidectes con la cabeza de Medusa, y liberó a su madre.

POLIDORO

1. Es el más joven de los hijos de Príamo y Hécuba. El padre lo mandó, al principio del asedio de Troya, junto a su cuñado Polimnéstor, rey de Tracia, con muchos tesoros, para que los custodiara. Pero Polimnéstor, presa de la codicia por todas aquellas riquezas, mató al joven para apoderarse de las mismas. Virgilio lo introduce, transformado en planta, en un célebre episodio de la *Eneida.* Eneas, habiendo desembarcado en las costas de Tracia, mientras recogía ramas para hacer un sacrificio arrancó también algunas hojas del árbol en el que se hallaba encerrado el cuerpo de Polidoro, y con gran asombro vio manar gotas de sangre y oyó la voz del infeliz que le narraba su triste fin.

2. El único hijo varón de Cadmo y Harmonía. También sobre él se dejó sentir la desventura unida fatalmente a su familia, motivada por el maléfico collar materno. De él tuvo origen la estirpe del desgraciadísimo Edipo.

POLIFEMO

Hijo de Poseidón y de la ninfa Toosa, era el mayor y el más famoso de los Cíclopes, monstruos dotados de un solo ojo. Pastor burdo y gigantesco, habitaba en una isla de la costa oriental de Sicilia, donde llevaba a pacer a sus rebaños. Se nutría también de carne humana y devoró a alguno de los compañeros de Ulises, perdido en la isla. El astuto héroe, encerrado con los supervivientes en la caverna del Cíclope, lo divirtió con su narración de la conquista de Troya, después lo emborrachó con vino y luego lo privó de su único ojo, que cegó sirviéndose de un grueso palo puntiagudo y candente. Polifemo, herido, lanzó un grito tremendo, que hizo acudir a los demás Cíclopes, a los cuales, cuando le preguntaron el nombre del temerario que había osado herirle, les contestó «Nadie». Así era como había dicho llamarse Ulises; los Cíclopes creyeron que Polifemo había perdido la razón. Mientras tanto, Ulises había atado a sus compañeros bajo el vientre de los corderos, de modo que cuando Polifemo hizo salir el rebaño como siempre, estos ganaron la salida sanos y salvos. Pero antes de abandonar aquella playa, Ulises explicó a Polifemo su artimaña. Este, en su insensatez de Cíclope, se dio cuenta de que le había cegado Ulises «habitante de Ítaca, hijo de Laertes, que destruye ciudadanos». El Cíclope recordó entonces que en una ocasión el adivino Telemón le había predicho cuanto había sucedido. Cegado de ira por ello, lanzó rocas enormes contra las naves de Ulises sin alcanzarlas, e imploró a Poseidón que no les concediera el regreso a la patria. Antes de la ceguera, el amor del Cíclope por la ninfa Galatea ocasionó la muerte de Acis.

POLIMNÉSTOR

Rey de Tracia, se había casado con una hija de Príamo. Acogió en la corte a su cuñado Polidoro, enviado por su padre con muchas riquezas para que las pusiera a salvo durante la guerra de Troya. Polimnéstor, ansioso, lo mató para apoderarse de estas.

Hécuba, madre de Polidoro, para vengar la muerte de su hijo, le cegó. Según otra versión, a Polimnéstor lo cegó y mató su mujer Ilíone.

POLÍNICE

Hermano de Eteocles.

POLÍXENA

Hija de Príamo y de Hécuba, esta hizo que Aquiles se enamorara de ella. Con la esperanza de casarse con Políxena, el héroe se dejó atrapar en una emboscada por Paris, que lo mató. Tras la toma de Troya fue sacrificada por Neoptólemo sobre la tumba del Pélida para vengar su muerte.

PÓLUX

Véase *Dioscuros*.

POMONA

Diosa romana de los frutos, esposa de Vertumno.

PORFIRIÓN

Uno de los gigantes que lucharon contra los dioses.

POSEIDÓN (NEPTUNO)

Dios del mar, hijo de Crono y Rea, hermano de Zeus y Hades. Su esposa era Anfítrite, una de las Nereidas, madre de Tritón. No parece, sin embargo, que Poseidón poseyera el atributo de dios del mar, del que derivan todas sus funciones, desde un principio. En su culto más antiguo, en Beocia, aparece como demonio en forma de toro o de caballo habitante de las profundidades de la tierra, a la que agita violentamente con los terremotos. En la mitología, Poseidón es, desde los tiempos de Homero, el supremo dios del mar, y como tal lo consideraban todos los pueblos marineros de costas e islas griegas, mientras que antes había sido el señor de todas las aguas. En los poemas homéricos, donde algunos epítetos le designan como el dominador de la inmensa extensión del mar, la figura de Poseidón se presenta ya casi en su integridad; pocos trazos añadió el desarrollo posterior del mito. En un pasaje de la *Ilíada*, muy importante para la genealogía de los sumos dioses del Olimpo, Poseidón declara ser igual a su hermano Zeus y no su inferior; pero acaba cediendo y cede también otras veces; lo cual no quita que en alguna ocasión se rebelase. Las relaciones entre los dos hermanos son muy significativas, ya que muestran en qué consideración se tenía desde los tiempos más remotos al dios del mar. En la *Ilíada* toma parte activa en los hechos. Aunque Poseidón salvase al héroe troyano Eneas de las manos de Aquiles, y en alguna ocasión se muestre adversario de los aqueos, en realidad es favorable a ellos y muy hostil a los troyanos por culpa de su rey Laomedonte, a quien había construido con Apolo las murallas de la ciudad, quedando después defraudado de la compensación convenida. En la *Odisea*, Poseidón es el implacable perseguidor de Ulises; no le perdona haber cegado a su hijo Polifemo, y querría castigar ejemplarmente a los Feacios, que desde su isla habían transportado al héroe en un escollo por medio del mar. En sus profundidades, en Aigiai (nombre que pertenece a la geografía mítica y tiene el significado de «olas»), Poseidón tiene su vivienda en un palacio de oro; allí están sus caballos velocísimos, de crines de oro y pezuñas de bronce, que él mismo unce a la cuadriga para recorrer la amplia extensión de las aguas; la carrera es tan rápida que ni siquiera se moja el eje de bronce de las ruedas. «Salidos de la profundidad en remolino saltan en torno al señor las ballenas, y el mar se encrespa de alegría.» En esta bella descripción homérica, Poseidón es el dios del mar en calma, y la bonanza proviene precisamente de él, al igual que todos los fenómenos marinos, del mismo modo que de Zeus provienen todos los fenómenos celestes. Así como Zeus manifiesta en ocasiones la propia potencia por medio de las tempestades atmosféricas, Poseidón lo hace mediante las borrascas marinas, que suscita con sus golpes de tridente, correspondiente al rayo de su hermano. Él es el dios de la negra cabellera, el color oscuro de las olas tempestuosas. Los temporales son signos de la cólera del dios, casi siempre airado, que la demuestra también de otro modo: sobre todo, golpeando siempre con el tridente, incluso la tierra. El atributo más o menos originario de golpeador de la tierra, es decir, de autor de los terremotos y de los maremotos, es uno de los principales; Homero designa a Poseidón con epítetos constantes que sustituyen con frecuencia a su nombre propio, Ennosigaios, Enosichthon y Gaieocos («sacudidor de la tierra»). Las sacudidas son tan fuertes que rompen hasta las peñas o, en el mito, el dios las destroza con el golpe de su arma formidable. El valle de Tempe, en Tesalia, había sido abierto por Poseidón con una gran hendidura en el monte Osa, hecha para crear una desembocadura al río Peneo, lo que indica que un terremoto había separado al uno del otro a aquellos que fueron después los montes Olimpo y Osa. También varios terremotos históricos, como el que en el 464 a. de C. destruyó Esparta, se atribuyeron a la obra del dios en un golpe de ira. También desahoga su cólera de otra manera: mandaba a los monstruos marinos a devastar las tierras y a matar a los hombres; así lo hizo contra Troya para vengarse del rey Lao-

medonte, y contra el país de Cefeo, rey de los etíopes. En ambos casos, para aplacar al dios se tuvo que ofrecer, como comida de los monstruos, símbolos de las trombas marinas, a las hijas de los dos príncipes. Pero Poseidón, igual que destruye, puede construir; obra suya fueron, como hemos visto, las murallas de Troya y de otras ciudades. Él hizo las puertas de bronce del Tártaro. Con tales narraciones, el mito alude siempre a los efectos de los cataclismos ocasionados por el dios; a él se atribuían las laceraciones a las Cícladas y a las Hespérides, las rocosas islas del Egeo que él con los golpes de su portentoso tridente había hecho aparecer de pronto, fijándolas sólidamente al fondo del mar. Aquí aparece el lado bueno del carácter de Poseidón, que se revela como dios benéfico en la protección que otorgaba a los navegantes que no se olvidaban de rendirle honor. Era también el patrón de los pescadores, que a él debían la navegación fácil y segura y la pesca abundante; quizá el tridente del dios fue en origen el arrejaque y el arpón con tres puntas que usan los pescadores de atún. Poseidón no era benéfico solamente como dios del mar. Otorgaba sus dones también en la tierra como dios de los manantiales, atributo que se relaciona con su concepción probablemente originaria de divinidad que habitaba en las profundas cavidades de la tierra, o al hecho de que en el periodo pelágico él había sido el dios de todas las aguas, tanto de las esparcidas alrededor de la tierra, es decir, el mar, como de las que están dentro de la tierra, de las cuales derivan las fuentes, ríos y lagos. De todos modos, Poseidón, dios de los manantiales, los hacía aparecer con un golpe de su tridente, tal como se narra en una versión del mito de Amímone («la insecable»), hija de Dánao, rey de Argos, por cuyo amor por él hizo precisamente manar de la desnuda piedra la fuente de Lerna en Argólida, país que antes se hallaba privado de agua. Los manantiales son alimentados por la lluvia. También de la lluvia, es decir, de las aguas celestes, ha sido considerado como dios a Poseidón; y no hay que despreciar la hipótesis de algunos mitólogos, de que en origen no fuera más que una hipóstasis o figuración secundaria de Zeus, supremo señor de los fenómenos atmosféricos, elevado luego a dignidad de dios individual. De todas formas, Poseidón, como representante del elemento húmedo que fecunda llanos y valles, era también un dios de la fertilidad de la tierra —en la Argólida se le reconocía como generador, nutritivo y fertilizador de las plantas—, con lo que se explica el porqué en Beocia pasaba como consorte de Deméter, la diosa de la tierra fértil. Hay que añadir que Poseidón, como señor de las aguas terrestres, era el rey de todas las divinidades que presidían a las citadas aguas, Ninfas y divinidades particulares de los diferentes ríos, al igual que era el rey de todas las divinidades del mar. En el mito de Poseidón, ocupan un lugar relevante los animales a él consagrados: el delfín, el toro, y especialmente el caballo. Ya se ha indicado que de toro y de caballo tuvo en tiempos prehoméricos la figura, y así fue concebido antropomórficamente. Las olas furiosas del mar en borrasca representaron la imagen de los ímpetus violentos y ruidosos del toro. Del mar el dios hace emerger improvisadamente a toros en las leyendas de Hipólito y Minos. Así las olas marinas encrespadas de espuma se presentan a la férvida imaginación de los griegos cual caballos caracoleantes, de largas crines onduladas; también las olas saltarinas suscitaron la idea de caballos en carrera; a veces nosotros mismos les llamamos caballitos y de las olas decimos que cabalgan. Del mismo modo, las aguas que manan de las fuentes recuerdan los saltos y rápidos movimientos del caballo. El mito de Poseidón le hizo un dios de los caballos que él crea y doma: a veces los crea

haciéndolos salir del suelo con un golpe de tridente, como en la contienda con Atenea por la posesión de Ática. Quizá se considera a Poseidón como creador de caballos porque estos encuentran su nutrición en las húmedas praderas, ricas de hierba, regalo del dios. Es el padre de Pegaso, el caballo de las Musas, que con una coz había hecho manar de la roca las fuentes Hipocrene y Agánipe. Con un golpe de tridente generó a otro famoso caballo mítico, Arión. Por la relación del caballo con Poseidón y porque la nave es como el caballo del mar, algunos mitólogos vieron en él a un antiguo dios del viento. Poseidón, creador y domador de caballos, era el divino presidente de las carreras ecuestres y se le relacionó con Atenea, inventora de las bridas. En cuanto al delfín, fue consagrado al dios como símbolo del mar navegable y, por lo tanto, compañero de Poseidón, favorable a la navegación. A Poseidón se le consagró el pino, porque se emplea en la construcción de los barcos y por su color verde oscuro, color mar. El culto de Poseidón se hallaba difundido por toda Grecia. En tiempos antiquísimos fue venerado como dios de la fertilidad del suelo en muchos lugares del interior alejados del mar, prueba evidente de que en un principio no debía ser un dios del mar. En cuanto lo fue, su culto comenzó a nacer en países litorales, y en los que antes se le honraba se le sustituyó por otras divinidades. De ahí, el mito de las luchas sostenidas, en las que a Poseidón le tocó la peor parte, para la posesión de algunos territorios: de Ática con Atenea, de la Argólida con Hera. En tiempos remotos había poseído Delfos en comunidad con Gea, diosa de la Tierra, y en calidad de dios de las profundidades del suelo; luego cedió su parte, obteniendo a cambio la isla de Calauria. Las regiones de Grecia que tenían mayor importancia en la veneración del dios eran Tesalia y principalmente el Peloponeso. A Tesalia había dado, como hemos dicho antes, el valle de Tempe, liberando al país de las inundaciones del Peneo, y en Tesalia, tomando la figura del río Enipeo, se unió con la ninfa Tiro, procreando a dos hijos, Neleo y Pelias, insignes caballeros y domadores de caballos. En el Peloponeso, el culto de Poseidón había sido introducido, según el mito, precisamente por Neleo, que había fundado allí un reino en Pilos. Homero sabe ya que en Hélice y en Aigiai, en el Acaya, el dios gozaba de un culto antiquísimo, que duró hasta que los jonios, que veneraban a Poseidón como a su dios nacional, emigraron de allí, llevándose consigo la religión a sus colonias de Asia Menor, donde Micales se transformó en un centro de expansión. En el Peloponeso la sede principal del culto a Poseidón fue Corinto; de ahí el mito de que él disputó la posesión a Helios; Briareo, hijo de Poseidón, fue llamado para que hiciera de juez en la contienda y asignó al dios del sol la acrópolis de Corinto, y al dios del mar, el istmo. Aquí se celebraban en su honor los juegos *Ístmicos*, cuya institución se atribuyó a Teseo, el héroe nacional de los jonios. En ellos se realizaban carreras de caballos, usuales en las fiestas del dios desde los tiempos más lejanos. Prueba de la antigüedad y de la amplia difusión del dios fue su rica descendencia; muchos héroes, fundadores de pueblos y ciudades en las regiones en que Poseidón era venerado, entre otros Pelasgo, Heleno, Eolo, Aquea, Doro, Minia, Teseo, habían sido engendrados por él. El dios del mar para los romanos era Neptuno, que en su origen no tuvo ninguna relación con el mar, sino tan sólo con el agua en general. El objeto de la *Neptunalia*, fiesta celebrada en su honor el veintitrés de julio, era, según parece, el de desconjurar la sequía. El mar se relacionó con Neptuno cuando este, sin duda antes del 398 a. de C., fue identificado con Poseidón. Del dios griego se apropió en primer lugar el atributo de divinidad de los caballos. Como protector de las carreras ecuestres tuvo un ara y un templo en el circo Flaminio. Sólo después se vio en Neptuno al verdadero dios del mar, como se demuestra por el hecho de que se le erigiera un templo en el campo de Marte, en recuerdo de las victorias de Nauloco, en el 36 a. de C., en Pompeyo Seto y en Accio.

La imagen que se muestra de Poseidón es la de un hombre poderoso, de fuerte musculatura, de tórax hercúleo, muy parecido a Zeus, de quien le falta la tranquila majestad, la frente surcada de arrugas, la barba y los cabellos encrespados. Señales distintivas casi constantes de él son el tridente y el delfín, incluso en las monedas y pinturas vasculares; en las últimas se representaba encima de un toro o caballo, o en un carro tirado por sus caballos impetuosos y rodeado de divinidades y animales marinos.

POTINA

Divinidad de la primitiva religión romana, cuya misión era vigilar el feliz crecimiento de los niños.

PRETO

Hijo de Abante, hermano gemelo de Acrisio. Según la tradición, los dos hermanos eran tan enemigos que ya peleaban en el seno materno. A Preto, en la división de la tierra efectuada por el padre, le había tocado la ciudad de Tirinto, pero debió cederla a su hermano y huyó a Licia. Allí se casó con la hija del rey, Antea, y regresó a Tirinto, donde tomó de nuevo la ciudad e hizo construir por los obreros licios una ciudadela muy bien abastecida, extendiendo el dominio hasta Corinto. Acogió en su corte a Belerofonte, de quien se enamoró su esposa Antea. La calumnia de su esposa le instó a mandar al joven junto a su suegro Yóbates, para que este lo matara. Tuvo tres hijas, las

Prétides (Lisipe, Ifinoe, Ifianasa) que ya de jovencitas fueron muy soberbias, tanto por su belleza como por la potencia del padre, por lo que fueron aborrecidas por los dioses, que las volvieron dementes y las obligaron a deambular por los bosques. Preto, desesperado, consiguió que el adivino Melampo las curara, y le dio la mano de una de sus hijas, Ifianasa.

PRÍAMO

1. Sobrenombre, «el rescatado», dado a Podarces, hijo de Laomedonte, rey de Troya, sucesor del fundador de la ciudad, Ilo. Laomedonte, por no haber mantenido la palabra en muchas ocasiones, se hizo víctima de grandes desgracias y calamidades, y provocó una tremenda guerra contra Heracles. Este, el héroe por excelencia, junto con otros Epígonos griegos compañeros suyos, pensemos en Telamón y Peleo, hizo una expedición a Troya. La ciudad fue tomada y Heracles mató con sus propias manos a Laomedonte y a todos sus hijos varones a excepción de uno, Podarces. La hija de Laomedonte, Hesíone, dada por Heracles como premio a Telamón, pudo salvar a uno de los prisioneros cubriéndolo con su velo, al único hermano superviviente, Podarces, que desde entonces se llamó Príamo por ello. Príamo fue, pues, el fundador de los Dardánidas, hizo florecer de nuevo el reino de Troya y con su mujer Hécuba engendró una numerosa familia. Tuvo cincuenta hijos, de los cuales los más famosos son: Héctor, el gran guerrero, campeón de los troyanos, muerto por Aquiles, campeón de los griegos; Paris, causa de la larga guerra entre griegos y troyanos; Creúsa, esposa de Eneas; Políxena, sacrificada sobre la tumba de Aquiles; Casandra, la profetisa de desventuras, y Troilo, el más joven, muerto al igual que Héctor por Aquiles. También Príamo perdió la vida tras la caída de Troya a manos de Neoptólemo, hijo de Aquiles.

2. Dios de la generación, de la más rica fertilidad de la naturaleza. Hijo de Dioniso y de Afrodita (o de Gíone), Príapo, el dios de la prosperidad, de la riqueza, de la abundancia de bienes, era el protector de la pesca, los ganados, las abejas, las viñas y los jardines. Según sus atributos se representaba con diferentes actitudes. Como dios de los jardines, por ejemplo, se representa con una podadera en la mano contra los ladrones y un mazo de cañas en la cabeza, que se agitan con el viento para asustar a los pájaros. Como dios de las viñas, se transforma en un viejo barbudo, con un vestido largo, gorra en la cabeza, muchos racimos de uva y abundante fruta en el regazo. Su imagen se colocaba sobre las tumbas, como símbolo de la eterna fuerza regeneradora de la naturaleza terrestre. Se le sacrificaba el asno, que, según algunas versiones, era la bestia que más antipática le resultaba. En los sacrificios y en las fiestas se ofrecía también a Príapo fruta y bebidas de leche y miel. En su origen, el culto se limitaba solamente a las ciudades del Helesponto; después, se extendió a Lidia, a las islas del Egeo y a toda Grecia, desde donde pasó también a Italia y a Roma.

PROCRIS

Esposa de Céfalo y protagonista de una bonita leyenda de la mitología popular.

PROCRUSTES

Sobrenombre dado a un bandido de Ática, Damastre, uno de tantos que infestaban la tierra ática, constituyendo un serio peligro para los viandantes que tenían que pasar por aquellos parajes. Cada uno de estos bandidos tenía un suplicio propio especial al que sometía a los viandantes capturados. El suplicio de Procrustes era quizá el más cruel, igualado sólo al suplicio del descuartizamiento hecho con dos árboles a los que el infeliz era atado, ideado por Sinis o Pitiocamptes (o Cerción). Procrustes ponía a sus prisioneros sobre un lecho que había hecho construir con ese fin: si el prisionero era demasiado largo, se le cortaban los miembros que sobresalían de la cama; si era demasiado corto de estatura, a fin de ajustarlo a las medidas de la cama, se sometía al prisionero a tirones y martilleo de los miembros hasta que alcanzaba la largura deseada. Es inútil decir que todos se tendían para no levantarse nunca más. Hoy en día, la expresión «lecho de Procrustes» se usa para indicar una condición desgraciada y peligrosa. A Procrustes lo mató Teseo, que jovencito cumplió sus primeros actos heroicos liberando Ática de Procrustes y de los otros bandidos, haciéndoles padecer la misma suerte que ellos habían reservado en tantas ocasiones a los viandantes. Procrustes fallecería en su famosa cama.

PROGNE O PROCNE

Hija de Pandión y nieta de Erecteo, el legendario rey de Ática, mitad hombre y mitad serpiente. El nombre de Progne va ligado a una trágica leyenda tracia: la historia, plasmada también en la literatura reciente, de las dos hermanas Progne y Filomela. Progne había sido esposa de Tereo, el rey de Tracia, y vivía con él desde hacía muchos años en perfecta y feliz armonía. Pero le atormentaba un pensamiento: desde que se había casado no había visto más a su hermana Filomela. Pidió entonces a Tereo que fuera a Atenas para convencer a su hermana de que viviera una temporada en Tracia. Tereo quiso contentarla y se puso en camino de Atenas; partió al encuentro del viejo Pandión y después de mucho rogar consiguió que Filomela saliera hacia Tracia. Pero en cuanto el joven rey vio a su cuñada se enamoró perdidamente de ella. Los dos jóvenes partieron, pero Tereo, en lugar de llevarla a la corte, la condujo a un lugar solitario de su reino y la violó. Temiendo que pudiera contar todo cuanto había sucedido, Tereo le cortó la lengua cruelmente y la abandonó. Regresó después a la corte explicando que Pandión no había consentido en dejar marchar a la hija. Mientras tanto, la pobre Filomela deambulaba por aquel país extranjero sin poder hacerse entender; no sabía siquiera cómo hacer saber a su hermana la violencia que había sufrido. Decidió finalmente servirse de un bordado para narrar su triste aventura. Pacientemente tejió un largo lienzo explicando la historia mediante imágenes. Cuando lo terminó envió el bordado a Progne. Esta comprendió en seguida el significado del bordado y preparó con meticuloso cuidado su venganza. Aprovechando las fiestas en honor a Baco, que se desarrollaban por aquellos días, fingió ser presa de una desenfrenada furia orgiástica, consiguiendo así salir de la ciudad. Encontró a Filomela y la llevó consigo a la corte escondiéndola de Tereo. Durante la noche, las dos hermanas mataron al pequeño Itis, hijo de Progne y Tereo; lo despedazaron y lo cocinaron, haciendo una comida que presentaron al rey al día siguiente. Pero este, dándose cuenta de la presencia de Filomela en la corte, comprendió la terrible venganza de las dos hermanas ya presas de la locura. Quiso eliminarlas, pero en cuanto desenvainó la espada ambas se transformaron en dos pájaros: Progne en golondrina y Filomela en ruiseñor. El mismo Tereo se tornó abubilla. Los personajes de esta leyenda mitológica, así transformados, lloran su propio error cada uno con la tristeza de su canto.

PRÓMACO

Héroe tebano hijo de Partenopeo. El padre había participado, perdiendo la vida, en la infausta guerra de los Siete, o pri-

PROMETEO LIBERADO POR HERACLES

mera guerra tebana. Prómaco tomó parte con más suerte en la segunda, en la que participaron todos los descendientes de los caídos en la primera, y que por ello fue llamada guerra de los Epígonos. Prómaco y sus compañeros, Egialeo, Diomedes, Tersandro, Esténelo, Alcmeón y Euríale, tuvieron más suerte y consiguieron conquistar la ciudad.

PROMETEO

Semidiós, hijo del titán Jápeto y de Clímene. Su nombre significa «el que va antes, el previsor». Su representación evoca el hombre juicioso y previsor que sabe valorar las consecuencias de sus actos y de los de los demás. Sabe prever y descubrir, no en virtud de una abstracta cualidad adivinatoria, sino por el buen uso de la inteligencia, los acontecimientos y sus implícitas consecuencias. En torno a su persona se creó una complejidad de mitos, de los más significativos e importantes para comprender la concepción griega del mundo y del hombre. Muchísimos autores antiguos nos legan la leyenda del mito de Prometeo; nosotros nos ceñiremos a la versión clásica: la de Esquilo y Platón. Después de la gran lucha entre Zeus y los dioses contra los Gigantes, hijos de la Tierra, la tierra quedó desierta de seres mortales. Los dioses dieron el encargo de repoblarla de animales a los dos hermanos, hijos de Jápeto, Prometeo y Epitemeo. Estos modelaron con el barro a los animales y al hombre. Después, Epitemeo, cuyo nombre significa «el previsor, el que va después», pidió a su hermano que le dejara a él distribuir los dones de los animales. Prometeo, aunque algo perplejo, consintió en ello. Epitemeo se puso a trabajar. Concedió a algunos animales armas para atacar y a otros armas para defenderse; discurrió atentamente para que todas las estirpes pudieran sobrevivir; les destinó a todas las especies la comida adecuada; revistió a estas con pelo para que se defendieran del frío; a unas les dio la fuerza pero las compensó con la mansedumbre; a otras, fuerza pero no la velocidad; a otras velocidad sin fuerza; hizo a algunas pequeñísimas, pero les otorgó seguros refugios subterráneos; a otras menos fuertes les dio una prole numerosísima. Sólo al final advirtió que había pensado en todos los animales pero había dejado al hombre desarmado e indefenso. Le tocó ocuparse de ello a Prometeo. Prometeo robó entonces al Olimpo el fuego de Hefesto y la sabiduría de Atenea, y concedió ambas cosas al hombre. Pero estos eran dones divinos y Zeus quiso castigar a Prometeo por su amor hacia los hombres. Lo hizo encadenar a una roca de los montes de Escitia, ordenando que cada día un águila le royera el hígado, que crecía continuamente durante la noche. Además, para hacer inútiles los dones de Prometeo e impedir que el hombre se hiciera demasiado fuerte y sabio, Zeus ordenó a Hefesto que creara la mujer. Así hizo una mujer bellísima a la cual los dioses le pusieron por nombre Pandora. Recibió ella de Zeus un jarro en el que iban encerrados los sufrimientos y los males para el hombre; marchó en busca de Epitemeo que, sin escuchar los consejos de Prometeo, se casó con ella y aceptó el jarro; en cuanto lo abrió los males fueron a envenenar y entristecer la vida del hombre. Mientras tanto, Prometeo, encadenado en la peña, soportaba con orgullo su sufrimiento; sabía que, tarde o temprano, otro dios más fuerte desposeería a Zeus tal como este había hecho con Crono. Zeus juró a Prometeo liberarle si le revelaba ese nombre de su futuro adversario, pero el orgulloso Prometeo no quiso hacerlo, prefiriendo soportar todavía durante muchos años una injusta condena por haber ayudado a un tirano. Finalmente Prometeo fue libertado por Heracles, el hombre que por sus empresas se había ganado un puesto entre los inmortales. Heracles mató con una flecha al águila devoradora del hígado de Prometeo, y le sacó de las cadenas. Pero Zeus, todavía no satisfecho, quería a una víctima en el puesto de Prometeo: el centauro Quirón aceptó morir en el lugar de Prometeo, que al fin quedó libre de la maldición de Zeus.

PROSERPINA

Nombre latino de la diosa Perséfone.

PROTEO

Antiguo dios marino, hijo de Poseidón, dotado de virtudes proféticas y capaz de cambiar de forma rápidamente y de asumir cualquier aspecto. Vivía en un islote cercano a las costas de Egipto. Su misión particular era cuidar las focas sagradas en Anfítrite.

PROTESILAO

Héroe griego que participó en la guerra de Troya. Su nombre significa literalmente «el que salta primero»; en efecto, según una leyenda poshomérica, fue el primero que puso el pie en tierra troyana cuando las naves griegas arribaron frente a la ciudad asiática. Héctor le hirió de muerte con un dardo en el pecho. El alma de Protesilao, privada tan precozmente de su cuerpo, bajó, como era el destino de los antiguos griegos, al reino de los Infiernos. Sabiendo que su amada esposa Laodamía lloraba desesperada su muerte, se presentó a Plutón, rey del Hades, y le pidió la extrema gracia: volver a la tierra durante unas horas para poder despedirse definitivamente de su esposa. Plutón accedió y Protesilao pudo ir al encuentro de Laodamía durante tres horas; después, regresó al Hades llevándose consigo a su esposa, que prefirió morir con él antes que quedarse sola.

PSIQUE

Hermosísima doncella, amada por Eros. Según la tradición mitológica, la belleza extraordinaria de esta joven había suscitado la envidia de Afrodita.

La diosa había pedido entonces a Eros, su hijo, que encendiera en el ánimo de la muchacha un violento amor por algún hombre feo y vulgar que profanara su belleza. Sin embargo, Eros, viendo a Psique, se enamoró de ella y quiso llevarla a un palacio encantado. Psique, doncella mortal, no debía mirar al dios cara a cara con todo su fulgor divino. Pero la curiosidad y el amor de la joven vencieron toda prudencia y ella desobedeció la orden recibida. En aquel instante Eros desapareció dejándola sola y soportando las crueles venganzas y humillaciones que la envidiosa Afrodita le mandaba. La joven pidió a los dioses que le restituyeran a su amor, pero estos nada podían hacer contra el desdén de Afrodita, que perseguía a la doncella obligándola a realizar duros servicios; al final, le ordenó ir al Hades para que le entregaran una cajita que ella, movida por la curiosidad, abrió. De la caja salieron emanaciones de humo pestilentes: el vapor del Estigia, río infernal. Hubiera muerto sofocada, si Eros, que no podía permanecer por más tiempo indiferente ante sus sufrimientos, no hubiera intervenido en su favor. Viendo a su amado, Psique olvidó los sufrimientos padecidos. Él, conmovido por tanto amor, pidió y obtuvo de Zeus que la joven fuera acogida entre los inmortales y simbolizara a la voluptuosidad, que es alegría pero también sufrimiento de amor.

Este mito estimuló la fantasía de poetas y artistas. Apuleyo lo describe en su *Metamorfosis*; Canova esculpió el célebre grupo marmóreo *Amor y Psique*, y Gérard lo eternizó en su pintura, del mismo título, que se encuentra en el Louvre de París.

PTERELAO

Señor de Tafos y nieto de Poseidón, había obtenido de este último el don de la inmortalidad con tal de que conservara con cuidado un cabello de oro escondido entre los naturales, y del cual dependía su vida. Cuando Anfitrión declaró la guerra a Tafos, la hija de Pterelao, enamorada de aquel, cortó a su padre el cabello de oro para facilitar al héroe su empresa. Así murió Pterelao, y Anfitrión pasó a ser rey de Tafos.

PYANEPSIÓN

Mes griego correspondiente más o menos a nuestro octubre. En su séptimo día se celebraban las famosas *Pyanepsias* (o *Pyanopsias*), fiestas en honor a Apolo durante las cuales se ofrecían al dios hogueras de habas en recuerdo del alimento ingerido por los niños que habían sido salvados en Creta por Teseo.

QUERES

Espantosas personificaciones de la muerte en la mitología griega tradicional. Las Queres representaban en particular la muerte violenta en la batalla. Eran divinidades de aspecto terrible que se paseaban complacidas por el campo de la lucha, envueltas en un manto ensangrentado. Hijas de la Noche y hermanas de Thanatos (la Muerte) y de Hipnos (el Sueño), más tarde se las confundió con las Erinias y las Moiras.

QUIETUD

Antigua divinidad romana que protegía el sueño y la tranquilidad. Tuvo un templo cerca de la puerta Colina.

QUIMERA

Monstruo triforme, hijo de Tifón y Equidna. Tenía pecho y cabeza de león, vientre de cabra, cola de dragón y vomitaba llamas. Según Hesíodo tenía tres cabezas, una de león, otra de dragón y otra de cabra y era capaz de correr a gran velocidad mientras su aliento incandescente sembraba en torno a él muerte y desolación. Otras leyendas lo consideran símbolo de un volcán de Licia que arrojaba fuego por su cima, infestado de serpientes y leones en una de sus vertientes y la otra recubierta de rebaños y pastos. Lo mató Belerofonte, que siguió los consejos de Atenea.

QUIMERA

QUIRINALES

Véase *Rómulo y Remo*.

QUIRINO

Antigua divinidad de origen sabino. Tomó el nombre de Quirilum, localidad en la colina Quirinal donde vivía una tribu sabina. Posteriormente se le identificó con Rómulo.

QUIRÓN

1. Centauro de Megara. Obligaba a los viandantes a que le lavaran los pies, y mientras estos estaban agachados realizando tan humillante designio, él les dirigía una potente patada que les hacía caer en el mar. Quirón tuvo justo castigo de manos de Teseo, que lo mató.

2. Hijo de Crono y de la oceánide Filira, fue el más célebre de los Centauros. Habitaba en una caverna del Pelión, pero después de la expulsión de sus compañeros, según se dice, se estableció en el promontorio de Malea. Se distinguía de todos los demás por su mansedumbre, justicia y bondad. Tenía un conocimiento profundo de la medicina, que enseñó a Asclepio. Fue, sobre todo, un famoso maestro, siendo numerosísimos los héroes educados por él, entre ellos Heracles, Aquiles, Jasón, los Dioscuros, Teseo, Meleagro, etc. Una flecha de Heracles envenenada con la sangre de la Hidra lo hirió inadvertidamente, por lo cual perdió el don de la inmortalidad, que cedió a Prometeo, y murió. Zeus lo colocó entre las constelaciones, donde formó la de Sagitario, simbolizada precisamente por un Centauro que dispara una de las flechas de su arco.

RACIO

Habitante de Creta. Se casó con la bella Manto, hija del adivino Tiresias, dotada también ella del don de profecía. De su unión nació Mopso, que fundó el oráculo de Malos en Cilicia.

RADAMANTIS

Hijo de Zeus y de una joven mortal, Europa. Se representa en la antigua leyenda como uno de los tres jueces del Hades que asignaban el destino a los muertos. De los tres jueces infernales, el más famoso era Minos, hermano de Radamantis. La leyenda del nacimiento de los dos hermanos es una de las más conocidas y trágicas historias que nos hablan de las relaciones entre los hombres y los dioses. Del amor de la joven Europa con Zeus nacieron los dos hijos, Minos y Radamantis. Pero los celos de Hera, esposa de Zeus, llevaron la desgracia a la infeliz doncella y la discordia entre los hermanos. Radamantis, para alejarse de la persecución de Minos, tuvo que huir a Beocia, donde se quedó a vivir. Zeus, a pesar de su potencia y de su amor hacia Europa, no podía contradecir a la diosa en defensa de los mortales. Tan sólo consiguió darle la paz. Minos y Radamantis, que se habían disputado el trono de Creta, fueron puestos junto con Eaco en el Hades decidiendo la suerte que tocaría a los muertos.

REA CIBELES

Hija de Urano y de Gea, esposa de Crono y madre de Zeus. Rea Cibeles era la Gran Madre de los dioses. Por haber criado a su hijo Zeus en una caverna del monte Ida, primero fue la diosa representante de la naturaleza montañosa. El culto a Rea Cibeles se difundió especialmente en Asia Menor y, sobre todo, en la ciudad de Pesinunte, que se convirtió en su verdadera patria. Aquí sus fieles contaban que ella acostumbraba a ir por los montes en un carro tirado por leones o panteras, seguida por sus sacerdotes, que, provistos de timbales y discos metálicos, tocaban una música desenfrenada y orgiástica. Todo su culto tiene algo salvajemente fantástico, lo mismo que los mitos que a ella se refieren. Narraremos sólo uno, el más famoso. Había un joven frigio, Atis, tan bello que la Gran Madre se enamoró de él y lo quiso por esposo. Al principio, también Atis amaba a Rea Cibeles y le era fiel; pero después, por ser muy joven, se enamoró de la hija del rey de Pesinunte y quería casarse con ella. La diosa, despechada, quiso vengarse. Mientras los esposos y los invitados se hallaban en el banquete nupcial, Rea Cibeles penetró en la sala y los llenó a todos de «temor pánico». Los invitados y la esposa huyeron asustados. También Atis huyó y se refugió en un monte donde, desesperado, se suicidó. La diosa, afligida por la muerte de su amado, ordenó en su honor una singular ceremonia fúnebre, a celebrar todos los años en los equinoccios de primavera. Durante esta ceremonia, sus sacerdotes, con gritos salvajes y haciendo estrépito con los tambores y los discos, iban por la montaña como si buscaran a Atis. Llegando a cierto punto de la ceremonia, fingían haberlo encontrado y entonces todos se abandonaban a una alegría desenfrenada, danzaban y bebían, y con las armas se herían hasta sangrar. El culto a Rea Cibeles fue introducido también en Roma, durante la segunda guerra púnica. Por consejo de los libros sibilinos, los romanos enviaron al rey de Frigia, Atalo, una embajada para pedirle la cesión de la diosa; es decir, de una piedra negra (quizá se trataba de un meteorito), considerada como el ídolo de Cibeles y conservada durante siglos en el templo de Pesinunte. Atalo entregó la piedra negra a los romanos con mucho gusto, estos la acogieron en Roma con solemnes procesiones y la tuvieron siempre en gran veneración. Siendo Rea Cibeles la Gran Madre de los dioses, los romanos la llamaron Magna Mater. Se construyó en su honor un templo y se decretó una fiesta para recordar su llegada a Roma, acaecida en el año 198 a. de C. También en Roma sus sacerdotes se abandonaban a danzas desenfrenadas y orgiásticas y organizaban procesiones con cantos por su fiesta.

REA SILVIA

Virgen vestal, hija de Numitor, rey de Albalonga, a quien su hermano Amulio había usurpado el trono, siendo obligada a hacerse vestal, temiendo que futuros hijos de ella pudieran reivindicar sus derechos y echarle del trono. Pero el dios Marte se enamoró de la hermosa Silvia y le dio dos gemelos, Rómulo y Remo. En cuanto lo supo su tío Amulio, condenó a su sobrina bajo la acusación de haber desobedecido las leyes de la castidad a las que estaban obligadas las sacerdotisas de la diosa Vesta. Rea Silvia fue sepultada viva. Según otra versión, fue arrojada al Tíber, donde el dios del río, Tiberino, la acogió benignamente y la hizo su esposa. Por relacionar a Troya con los orígenes de Roma, se le consideró hija de Eneas y se la llamó también Ilia («la mujer troyana»).

TIBERINO

RESO

Rey de Tracia, aliado de los troyanos durante la fatal guerra. Un oráculo había dicho que si los caballos blancos de Reso, soberbios ejemplares de los que el rey se sentía justamente muy orgulloso, bebían las aguas del río Janto, la ciudad nunca caería. Para impedir la realización de la profecía, la misma noche de la llegada a Troya de Reso y sus famosos animales, Ulises y Diomedes penetraron en el campo troyano y mataron a Reso y a sus caballos.

RODOPIS

Esposa de Hemo, rey de Tracia. Se sentía tan orgullosa de su propia belleza que se comparaba con Hera, y a menudo se hacía pasar por la misma diosa. Esta, ofendida, pidió a Zeus un castigo para la insolente, y la mujer fue transformada por el dios en un monte, que todavía hoy lleva su nombre.

RÓMULO Y REMO

Rómulo y Remo nacieron en Albalonga. Se les consideró hijos de Rea Silvia, hija de Numitor, rey de Albalonga, y de Marte. El nacimiento de los dos gemelos fue fatal para su madre. Rea Silvia expió su culpa, pero Amulio no tuvo la menor piedad con los dos recién nacidos. Encerró a los dos niños en un cesto y lo arrojó a la deriva por las aguas del Tíber. El cesto flotó sobre aquellas aguas del río y se detuvo en una de las riberas. Una loba vio a los dos gemelos y los amamantó durante un tiempo con su propia leche. Fáustulo, pastor del lugar, siguiendo las huellas de la loba, llegó junto al río, donde vio a los dos niños, y conmovido los cogió y los llevó a su mujer Aca Larentia —por este gesto el pastor Fáustulo quedó en la memoria de los romanos con una estatua a él dedicada en el templo de Rómulo—. Al hacerse adultos, los dos jóvenes supieron el secreto de su nacimiento, y con la ayuda de los pastores, entre quienes habían vivido hasta entonces, se dirigieron a Albalonga, destronaron y mataron al asesino de su madre, Amulio, y restituyeron el reino al viejo Numinor, al que sacaron de la oscura prisión en que había sido encerrado. Seguidamente decidieron fundar una nueva ciudad en la orilla izquierda del río Tíber, en el monte Palatino (año 753 a. de C.). Para decidir cuál de los dos hermanos sería el rey de la nueva ciudad interrogaron a los dioses, los cuales se pronunciaron de modo poco claro. Surgió una discusión entre ambos hermanos. Remo, en señal de desafío a su hermano, saltó la zanja de las murallas de la naciente ciudad. Rómulo le mató. Quedando como el único señor de la ciudad, Rómulo le dio nombre: Roma. Para poblarla acogió a todos sus antiguos fieles y concedió inmunidad a todos los perseguidos y delincuentes que se refugiaran en ella. Para procurarse mujeres recurrió al famoso rapto de las Sabinas, de cuyo episodio nació una guerra cruenta que él guió con gran habilidad y acabó con la pacificación entre los pueblos. Rómulo reinó en la ciudad con el rey sabino Tito Tacio. Rómulo fue, pues, el fundador de Roma; asignó a la ciudad todas sus leyes y sus mandatos; dividió la ciudad en curias y tribus; creó las órdenes de patricios, de caballeros, plebeyos y senadores; estableció las ceremonias y distintas instituciones. Tras un largo reinado de treinta y siete años, Rómulo murió a manos de los senadores, que no soportaban su despotismo, o, según la tradición común, raptado al cielo por su padre Marte durante un furioso temporal entre el fragor de truenos y acogido en el cielo entre los inmortales. Como dios fue honrado por los romanos después de su muerte y llamado Rómulo y Quirino o simplemente Quirino. Formó con Jano y Marte un triángulo de dioses masculinos que protegían la ciudad y el Estado romano. Se instituyeron fiestas especiales en honor de Rómulo; a él se dedicó un templo en el Quirinal y le fue consagrado el día diecisiete de febrero, en el que tenían lugar fiestas especiales llamadas *Quirinales*. De él, los romanos tomaron el nombre de *Quírites*.

RUMIA
Véase *Rumina*.

RUMINA
Divinidad romana, protectora del amamantamiento de los niños y también del ganado. Era representada como una mujer en acción de amamantar a un niño. Las matronas romanas invocaban a la diosa para que les mantuviera próspero el seno.

RUMINAL
Llamado también *Ficus ruminalis*, era la higuera bajo la cual, según el mito romano, habían sido amamantados por la loba Rómulo y Remo, y por esto estaba consagrado a la diosa Rumina.

RUMINO
Esposo de Rumina, protegía también al ganado lactante. Las dos divinidades tenían en Roma un templo cercano al Ruminal.

RURINA
Divinidad romana que protegía el cultivo de los campos (*rus*) y de la economía rural.

SABINOS

Pueblo antiquísimo de Lacio. Vivía de la caza y de la agricultura y era esencialmente pacífico. Las mujeres excedían en número a los hombres. Cuando los romanos se hubieron instalado en Lacio y se encontraron con graves dificultades puesto que entre ellos había poquísimas mujeres, Rómulo, rey de los romanos, organizó un plan para procurar esposas a sus hombres. Dio una gran fiesta para celebrar la fundación de la ciudad e invitó a todos los pueblos vecinos; naturalmente, intervinieron también los Sabinos con sus numerosas mujeres. Durante la fiesta, mientras todos estaban alegres y felices por el trato tan hospitalario de los romanos, de repente Rómulo hizo una señal: inmediatamente, cada romano cogió a una mujer y se la llevó. Los Sabinos, estupefactos e indefensos, no pudieron reaccionar. Jurando venganza regresaron a sus pueblos y prepararon la guerra contra Roma, a cuyas puertas llegaron dispuestos a la venganza. Los romanos se defendieron durante muchos días, y el resultado era todavía incierto cuando al final las mujeres pidieron a los romanos que las dejaran hablar con sus padres y hermanos. Las mujeres salieron de las murallas de Roma y los Sabinos pensaron que los romanos se habían rendido y que las mujeres regresaban a casa. Ellas, en cambio, se negaron a hacerlo, dijeron que habían aprendido a conocer a los romanos, leales, valientes y honestos dispuestos a vivir en paz con sus vecinos. El motivo de la guerra desapareció: los dos pueblos se pacificaron y formaron un único pueblo. El rey sabino, Tito Tacio, reinó con Rómulo.

SALACIA

Diosa de la mitología romana. Su nombre deriva de *salum*, 'mar'. Era una divinidad marina y, para unas tradiciones, esposa de Neptuno.

SALIOS

El dios griego Ares, Marte para los itálicos. De dios de la primavera que lucha contra el invierno pasó a ser dios de la guerra. Como tal, representó para los romanos el dios más considerable, después de Júpiter. El segundo rey de Roma, Numa Pompilio, en su honor instituyó el sacerdocio de los Salios. Y he aquí cómo advino la inspiración del mismo cielo. Se narra que un día, mientras Numa rogaba por la salvación de su patria, Júpiter, para darle una señal en su favor, hizo caer del cielo, a los pies del rey, un gran escudo de bronce, advirtiendo a Numa que durante todo el tiempo que se conservara el escudo el imperio de Roma permanecería próspero y victorioso. Numa reconoció en aquel escudo el de Marte, y para conservarlo mejor, para que no fuera robado, hizo fabricar once iguales al primero, tan iguales que no era posible diferenciar al uno de los otros. Los doce escudos fueron más tarde confiados por Numa a los sacerdotes, llamados Salios, que pertenecían a las más ilustres familias romanas. Cada año, en el mes de marzo, consagrado al dios Marte, los Salios desfilaban por la ciudad en procesión llevando los doce escudos llamados *ancilli* y cantando himnos al dios de la guerra.

SALMACIS

Desgraciada ninfa que se enamoró de Hermafrodito y no fue correspondida por el joven. Para lograr vivir con él eternamente, pidió a los dioses que le dejaran abrazarlo tan fuertemente que no pudiera separarse de él nunca más. Los dioses la escucharon y de este modo Hermafrodito tuvo en sí dos sexos, pues se habían fundido los dos cuerpos en uno sólo.

SALMONEO

Hijo de Eolo, hermano de Atamante y Sísifo. Lleno de soberbia por ser padre de la bella Tiro, quiso hacerse pasar por un dios y, para corroborarlo, acostumbraba a pasar con su cuadriga sobre un largo puente de cobre, que resonaba haciendo el ruido del trueno. Zeus no permitió que un mortal le imitara y, desdeñado, lo fulminó.

SALUS

Antigua divinidad itálica. De origen probablemente sabino, pasó pronto a ser una divinidad oficial, venerada como *Salus Publica Populi Romani* y como *Salus Augusti*. Su culto quedó suplantado al introducirse en Roma el dios Asclepio.

SARPEDÓN

Según una tradición antigua, era hijo de Europa y de Zeus, hermano por lo tanto de Minos y Radamantis. Peleándose con este por la posesión de Creta, se retiró a Caria, donde fundó Mileto.

SÁTIROS

Al igual que las Ninfas representaban en la Antigüedad clásica la vida de la naturaleza en sus diversas formas, los Sátiros eran los representantes masculinos de la misma vida de la naturaleza. Eran los genios de las aguas, de los montes, de los bosques y, junto con las Ninfas y las Bacantes, formaban el cortejo de Dioniso. La imaginación popular les atribuyó un carácter sensual, malicioso, y a su figura, algo de bestial. En efecto, se les figuraba con los cabellos encrespados, orejas de cabra, cola de caballo o de cabra, y el resto del cuerpo muy velludo. Los Sátiros vivían en los bosques y los montes, cazando, danzando, tocando instrumentos como el caramillo, la flauta, el tamboril y las castañuelas. Perseguían a las Ninfas y bebían alegremente en compañía de Dioniso. El pueblo les consideraba hostiles a los hombres por el hecho de que los Sátiros se divertían haciendo bromas pesadas: asaltaban al ganado, mataban a los animales, perseguían a las mujeres y, con forma de espíritus enanos, asustaban a las gentes.

SATURNO

Fue una de las más antiguas divinidades itálicas. Se deduce por el hecho de que su nombre figuraba ya en los cantos de los Salios, y las fiestas en su honor se remontan a épocas remotísimas. Era el dios de las siembras y de la agricultura en general, como indica su mismo nombre. En Italia era considerado como fundador de la agricultura en las tierras itálicas y por ello se le confiaba a él la prosperidad de los frutales y las vides. Tan gran renombre alcanzó que pronto nacieron numerosísimas leyendas. Entre las más famosas destaca la que lo identifica como Crono, desplazado por Zeus, su hijo. La figura de Saturno asume, por tanto, un aspecto divino y real. La leyenda narra cómo, expulsado por su hijo, Saturno se refugió en Lacio, donde fue acogido benévolamente por Jano, en el Janículo. Saturno se estableció después en la otra orilla del Tíber, en la falda de la colina Capitolina, donde fundó una ciudad llamada Saturnia. Su largo reinado se distinguió por su prosperidad, y se le reputó como la Edad de Oro. El nombre de Saturno evoca la idea de la prosperidad del campo, pero también de la unión, de la hermandad, de la familia, del trabajo honrado. Su templo principal, en el Foro, a los pies del monte Capitolino, era uno de los más antiguos. Fue siempre el más importante. Su interior guardaba el tesoro del Estado. De este templo se conservan todavía en pie, en Roma, ocho columnas. En su honor se celebraba la famosa y antiquísima fiesta de *Saturnalia* (las Saturnales), que tenía lugar del diecisiete al veintitrés de diciembre. En aquellos días toda Roma era invadida por una desenfrenada alegría, en recuerdo de una feliz edad de oro que los hombres antiguos habían vivido bajo el reinado directo de Saturno. Durante las *Saturnalia* no existía ninguna diferencia social entre los romanos: eran todos iguales y hermanos. Se cerraban los tribunales, las escuelas, las tiendas. La gente se abandonaba a toda clase de bromas, todo estaba permitido en aquel periodo. El día más bello de la fiesta era el diecinueve, porque se dedicaba de manera especial a Opis, diosa de la abundancia y esposa de Saturno. En aquel día, incluso los esclavos estaban en fiesta, gozaban de completa libertad, se vestían con los trajes de sus amos y eran servidos en la mesa por los mismos amos; comían y bebían cuanto querían y podían. Los romanos ricos acostumbraban a tener la mesa continuamente llena para quienquiera que se presentara en su casa. Tenían lugar, además, los juegos en el Circo, a los que asistía todo el pueblo. Era una fiesta de gran alegría para toda la ciudad y en especial para las clases más pobres.

SELENE

Es el correspondiente griego de la itálica Luna. La luna, con su nocturna peregrinación por el cielo, con sus diversas fases, con su pálida luz que reviste de un aspecto fantástico a las cosas, debía ciertamente, no menos que el sol, parecer divina a los antiguos. Y, en efecto, la imaginaron como a una divinidad. Hija del titán Hiperión y de Tea, era hermana de Helios, el Sol, y de Eos, la Aurora. Los griegos gustaban figurarla como una bellísima mujer, de blancos brazos, largos cabellos y con la cabeza rodeada por una luminosísima diadema de rayos. La llamaban *el ojo de la noche* y decían que hacia el atardecer salía de la marea del mar para recorrer la bóveda celeste sobre un carro tirado por dos bueyes

SELENE

blancos. Entre las leyendas que rodean a Selene, todas relacionadas con sus numerosos amores con los dioses y con Zeus, hay una que es la más popular: vivía en una oscura gruta del monte Latmos un joven pastor muy gallardo de nombre Endimión. Dormía castigado en aquella gruta, inmerso en un sueño eterno. Cada noche Selene iba a visitarlo, y mientras Endimión dormía ella lo contemplaba y lo besaba. Quizá Endimión representaba para los antiguos al genio del sueño profundo favorecido por el pálido resplandor de la luna.

SÉMELE

Hija de Cadmo, fundador de Tebas, y de Harmonía. De rara belleza, Zeus se enamoró y se unió a ella. Sémele se quedó embarazada. La celosa Hera, esposa de Zeus, la convenció para que pidiera a su amante que se le mostrara con todo el fulgor divino. Después de insistir mucho, Zeus consintió. Se presentó ante ella con su verdadero aspecto: armado por el rayo sagrado, todo rodeado de llamas. Al acercarse a Sémele las llamas que se desprendían de su persona envolvieron también a la mujer, que, mortal, se quemó viva. Antes de morir, entre las llamas, dio a luz a Dioniso, el hijo que llevaba en sus entrañas. Pero el pequeño todavía no estaba maduro para la vida; entonces Zeus lo tomó y, salvándolo de las llamas, se lo hizo coser a un muslo,

donde lo guardó hasta que el niño estuvo desarrollado para nacer. Se narra que el niño, nacido dos veces, parido por el padre y por la madre, no se olvidó nunca de su desgraciada madre. Un día descendió al Infierno, luchó contra las fuerzas avernales que se le oponían, las venció a todas, tomó a su madre, y se la llevó consigo al Olimpo, entre los dioses inmortales.

SEMIDIOSES

Héroes, hijos de un dios o de una diosa y de un mortal, elevados por sus especiales poderes a nivel divino. Tales fueron Heracles, Perseo, Teseo, Aquiles, Eneas, los Dioscuros.

SEMIPLÉGADAS

Escollos del Helesponto. Según una antigua leyenda, no dejaban que ninguna nave pasara por el Ponto Euxino (hoy Mar Negro), puesto que se abrían y cerraban a tal velocidad que las naves se destrozaban. Esta creencia reflejaba la dificultad que suponía pasar por aquel estrecho canal con las endebles naves griegas de aquel tiempo. La expedición de los Argonautas debía pasar precisamente por aquel pasadizo y fue avisada del peligro por el adivino Fineo, consiguiendo triunfar en la empresa. Desde aquel día las Semiplégadas estuvieron quietas y consintieron el paso de todas las naves.

SEMNAS

Epíteto de las Erinias. Eran consideradas generalmente como divinidades maléficas. Infestaron la región de Ática y Atenas durante largo tiempo, pero al final la diosa protectora de estos lugares, Atenea, consiguió aplacarlas prometiéndoles que los atenienses les construirían en su honor un templo en el Areópago.

Así se hizo y las Erinias desde entonces se llamaron Semnas («venerables»). Se las consideraron terribles castigadoras de los culpables, pero benignas con los honestos e inocentes.

SERAPIS

Importante divinidad egipcia, señor del mundo subterráneo, al cual se le consagró el toro Apis. El culto a Serapis tuvo gran difusión en Grecia y Roma.

SIBILAS

Las Sibilas eran consideradas en la Antigüedad clásica como vírgenes dotadas de una especial facultad adivinatoria. Las inspiraba Apolo, y cuando estaban en trance, podían revelar el futuro a los hombres. Existían numerosas Sibilas. Se puede decir que casi cada ciudad poseía la propia. Hasta nosotros han llegado leyendas en que tienen parte importante la Sibila Pérsica, la Sibila Délfica, la Sibila Libia, la Sibila Frigia y otras. La más famosa fue, sin duda alguna, la Sibila Cumana, llamada también Sibila Eritrea, que habitaba en Cumas, y que, interrogada por Eneas, le desveló su futuro destino. La primera mujer considerada como una Sibila fue Libisa, que se decía hija de Júpiter y de Lamia y que vaticinaba en Delfos. El mito de las Sibilas tiene un significado popular. Todos los pueblos han reconocido siempre a las mujeres una mayor sensibilidad que a los hombres, es decir, mayor receptibilidad, que las hacía capaces de acoger en sí y revelar a los demás la voz de un ser sobrenatural.

SIETE, GUERRA DE LOS

La primera celebérrima guerra librada contra la ciudad de Tebas, ocasionada por la rivalidad de los hermanos Eteocles y Polinice, hijos de Edipo. Habiendo Eteocles faltado a su promesa, Polinice pidió ayuda a siete aguerridos héroes para hacer valer sus derechos en contra de su hermano. Al mando de la expedición de castigo se pusieron, además de Polinice, Adrasto, Tideo, Capaneo, Hipomedonte, Partenopeo y Anfiarao. A excepción de Adrasto, todos los héroes cayeron de manera trágica, incluso los dos hermanos se mataron el uno al otro. El único superviviente, Adrasto, organizó diez años después la segunda guerra contra Tebas, no menos célebre que la primera.

SILENO

Viejo sátiro de carácter bonachón y alegre, al que se le confió los cuidados de Dioniso niño. Le tomó tanto afecto que no sólo lo educó, defendió y ayudó mientras fue pequeño, sino que cuando Dioniso, ya mayor, emprendió su camino por la vida, el viejo Sileno no supo separarse de su hijo adoptivo y le siguió. Desde entonces, no ya Sileno sino también sus compañeros, que tomaron el nombre de Silenos, se transformaron en Sátiros del cortejo de Dioniso. Se acentuó su característica alegre y despreocupada, amante del vino, las fiestas, los juegos. Acabaron por parecerse a los Sátiros. Sileno, viejo calvo y muy gordo, casi siempre borracho, seguía a Dioniso montado en un asno, ayudado por los jóvenes de

SILENO

su cortejo. Era representado por algunos antiguos como un viejo capaz de pensar sólo en sus placeres, feo y embrutecido por el vino. Otros, en cambio, sobre todo los Órficos, vieron en él al símbolo de la agudeza. Según estos, desdeñaba todo placer y bien terrenal y pasajero y encontraba satisfacción sólo en la propia astucia. Dotado de grandes virtudes y de la adivinación, parece ser que revelaba el destino a los otros cuando estaba obligado a ello. De lo contrario, y en esto demostraba su fina inteligencia, prefería abstenerse, juzgando mejor que los hombres desconocieran su destino.

SILEO

Malvado habitante de Lidia que obligaba por la fuerza a los viandantes a trabajar en su viña. Cuando Heracles estuvo en Lidia no realizó grandes empresas; al contrario, tuvo por mágico sortilegio una vida afeminada y cómoda en la corte de la reina Onfale. Encontró algunos destellos de su antigua energía en raros momentos, por ejemplo, cuando mató a Sileo.

SILVANO

Originariamente Silvanus era un simple epíteto de una divinidad de las selvas (*silvae* en latín), probablemente de Fauno, o del dios griego Pan. Después, el epíteto se personificó en un dios auténtico, de nombre Silvanus o Silvano. Dios de las selvas, puestas directamente bajo su protección. Era amigo de los hombres y en su favor se cuidaba de que crecieran bien las plantas. Tutelaba los árboles de los bosques y de los campos; protegía de peligros a todas las tierras cultivadas y a las casas de campo. Dios, asimismo, de los ganados y, por tanto, protector de campesinos, así como de los pastores y de los cazadores, Silvano era, además, el dios de los confines, es decir, de los límites de la propiedad de cada individuo. Por ello, los antiguos romanos guardaban tres imágenes del dios: una en la casa, otra en medio de la finca y una tercera en los límites de la propiedad. Un tanto bribón, a la manera de los Faunos, como habitante de las selvas salvajes y abandonadas, se divertía suscitando apariciones y ruidos que aterrorizaban a los viandantes. De él provenían los rumores misteriosos de los bosques, y se decía que quizá en el silencio de la noche dejara sentir desde las densas y tupidas arboledas su terrible voz. Silvano no tuvo nunca un culto ni un templo específicos, ni sacerdotes. Su templo eran los campos. Para tal culto bastaba un bosque, un simple árbol, o un pequeño y rústico altar de piedra construido por los mismos campesinos, cazadores o pastores. Lo tenía también en las casas, pero las oraciones, ofertas y devociones tenían siempre un carácter personal y privado. Se le ofrecía leche o cualquier animal del ganado. Es digno de mención el hecho de que en el culto a Silvano no se admitía a las mujeres. Esto recuerda un paralelo existente con el culto a Bona Dea, en cuyo culto solamente eran admitidas las mujeres, quedando excluidos los hombres.

Silvano ha llegado hasta nosotros en las leyendas y en sus representaciones como un viejo con una corona de pino en la cabeza, una rama de pino en la mano izquierda, un cuchillo de jardinero en la derecha y con un perro como fiel compañero. A veces, en la mano izquierda, lleva una piel de animal llena de frutos.

SILVIO

Segundo rey de Albalonga, hijo de Lavinia y de Eneas, y hermanastro de Ascanio, que fundó la ciudad. Según otra versión, Silvio sería el hijo de Ascanio.

SIMOENTA

Río que bañaba Troya, afluente del Janto.

SINIS

Ladrón y gigante llamado también Cerción y Pitiocamptes («que dobla los pinos»). Acostumbraba a capturar a los viandantes que pasaban por el camino de Corinto, les ataba a dos pinos doblados el uno hacia el otro, soltaba luego de golpe los árboles y el desafortunado quedaba destrozado. Este gigante encontró justo castigo muriendo de igual modo que sus víctimas a manos de Teseo.

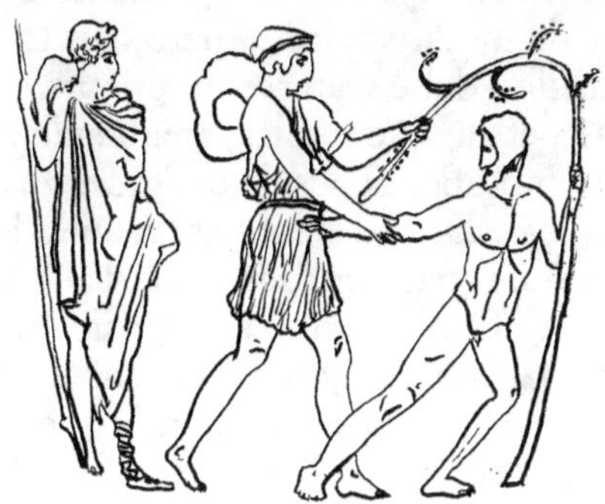
TESEO Y SINIS

SINÓN

Héroe griego, hijo de Sísifo, rey de Corinto. Participó en la guerra de Troya y asumió un papel importante en la última fase de esta. Poseía, como su padre, una pérfida astucia y capacidad de engañar; tal maña fue utilizada por los griegos cuando, tras diez años de guerra, decidieron tomar Troya con el engaño. Construido con la ayuda de Atenea un enorme caballo de madera, vacío en el interior, entraron en este los más famosos y fuertes héroes griegos; el resto del ejército simuló un abandono de la guerra, quemó las tiendas, levantó el campamento y embarcó fingiendo partir hacia Grecia. Permaneció en tierra sólo Sinón disfrazado y reducido a la miseria, con la misión de convencer a los troyanos para que introdujeran el gran caballo en la ciudad. Al alba de la mañana siguiente, los troyanos vieron el campamento griego quemado y abandonado, el gran caballo de madera en la playa y nadie a su alrededor, a excepción de un miserable mendigo, indigno de consideración. Los troyanos, asombrados y desconfiantes, decidieron interrogar al mísero griego que deambulaba alrededor de la ciudad. Sinón, con aire afligido, explicó que los griegos, cansados por la larga y sanguinaria guerra, habían regresado a su patria. Allí quedaba él abandonado, pobre hombre indefenso, en una playa asiática por culpa de Ulises, su enemigo, que quería su muerte a manos de los troyanos. Los troyanos victoriosos respetaron su vida y le hubieran abrazado por la noticia que les daba. Le preguntaron qué era aquel enorme caballo de madera y Sinón respondió que se trataba de una oferta griega a la diosa Atenea; añadió que si los troyanos se apoderaban del caballo habrían ganado para su ciudad la protección de la diosa. Sólo Laocoonte advirtió el peligro de un engaño, pero no fue creído, y mientras se dirigía al mar con sus hijitos para ofrecer un sacrificio a los dioses, fue asaltado por dos serpientes que le mataron junto con sus hijos. Los troyanos interpretaron, de acuerdo a los dobles consejos de Sinón, este hecho como una advertencia de los dioses contra los que dudaban. Introdujeron, pues, el caballo en la ciudad e hicieron grandes fiestas. Por la noche Sinón abrió la puerta del caballo e hizo salir a los héroes que se hallaban escondidos dentro. Las puertas de la ciudad fueron abiertas al grueso del ejército griego que con el favor de la oscuridad habían desembarcado nuevamente. De este modo, el pérfido engaño de Sinón pudo hacer caer la ciudad que había resistido heroicamente a los enemigos más audaces.

SIQUEO

Rey fenicio, esposo y tío de Dido. El hermano de su mujer, Pigmalión, lo mató para robarle las inmensas riquezas que él ambicionaba.

SIRENAS

Las Sirenas se consideran divinidades marinas, pero en realidad son potencias infernales que más tarde cambiaron de naturaleza. Una prueba de ello se tiene en la presencia de sus imágenes en las tumbas; lo que no quita que en la leyenda homérica de Ulises, la fábula más antigua que conocemos referente a las Sirenas, estas aparezcan precisamente como diosas del mar. La leyenda homérica narra que el héroe, pasando cerca de la isla de las Sirenas, para esquivar su peligro llenó con cera los oídos de sus compañeros y se ató al árbol de la nave, puesto que sus cánticos enloquecían a los navegantes, atrayéndolos a sí y llevándolos al desastre. Sentadas en un prado, las sirenas tenían a su alrededor un montón de huesos y pieles de humanos. No es dudoso que esta fábula tenga un significado naturalístico, es decir, que las Sirenas simbolicen al mar encantador con todas sus atracciones y sus peligros. También es probable que la concepción de las Sirenas, tal como figura en el mito homérico, se relacione con la idea, muy difundida entre los pueblos griegos desde las épocas más remotas, de que las almas de los muertos no sepultados andaban errantes de un lugar a otro incesantemente, atrayendo a sí a los jóvenes que pasaran junto a ellas, como si quisieran vengarse de haber sido privadas de las honras fúnebres. Hay que excluir del modo más absoluto otras explicaciones como: que se trata de simple leyenda marinera; que en las Sirenas se tenga que ver a potencias demoníacas personificadoras de la atmósfera y transformadas luego en demonios del canto y de la armonía; que al principio fueran la personificación del bochorno del aire contaminado... Como se desprende de

su tardía genealogía —en la tradición más antigua han nacido de Forcis y Ceto, los padres de los monstruos marinos— parecen ser hijas del río Aqueloo y de una musa, o de la madre de las Musas y, por consiguiente, hermanas de estas, imaginadas como Musas del mar. Su canto armonioso es la seducción del mar. Menos expertas que las Musas, en una competición con estas —narra una fábula de épocas posteriores— sucumbieron. Participan en la leyenda de Ulises y de los Argonautas, pero con toda seguridad debe tratarse de una invención poética, que recalca, añadiendo algunas modificaciones, la de la *Odisea*, y nada más. De todas formas, cuando los Argonautas pasaron junto a la isla de las Sirenas, Orfeo cantó en oposición a ellas, salvándose junto con sus compañeros de sus insidias; heridas de rabia, se precipitaron al mar transformándose en escollos. Invención poética posterior es, sin duda, la introducción de las Sirenas en el mito de Deméter, que les habría dado el cuerpo de pájaro como castigo por no haber ayudado a su hija, con la que estaban divirtiéndose cuando Hades apareció para raptarla. Antes del rapto, las Sirenas pasaban como amigas de la hija de Deméter, según las tradiciones de Etolia. En otra versión se dice que las Sirenas, no habiendo podido encontrar en la tierra a la joven raptada, pidieron a los dioses que les concediera alas para poderla buscar en el mar. Así pues, tuvieron cabeza de mujer y cuerpo de pájaro, mezcla de formas que encubría sin duda los atractivos femeninos y la armonía del canto. Esto parece ignorado por Homero, el cual, por su parte, habla de dos Sirenas, mientras que otros poetas posteriores mencionan a tres y casi siempre son tres las que aparecen en los monumentos, especialmente en relieves y pinturas vasculares que ilustran la aventura de Ulises. El lugar que habitaban en la *Odisea* pertenece enteramente a la geografía mítica; una isla del lejano mar occidental entre Circe y Escila. Más tarde, las Sirenas se situaron a lo largo de las playas occidentales de la Italia meridional, junto al promontorio Peloro en el estrecho de Mesina, en las pequeñas islas Sirenusas del golfo de Pesto (Salerno), en el golfo de Nápoles, entre Sorrento y Capri. Justamente en la Italia meridional las Sirenas fueron veneradas y poseían un templo del que permanecen todavía las ruinas en Masa Lubrense, cerca de Sorrento. En Nápoles estaba el sepulcro de una de ellas, Parténope, y en su honor se celebraban anualmente fiestas con una carrera de cuadrigas.

Los artistas representan a las Sirenas en la forma híbrida que hemos descrito antes. A veces, sus manos tocan instrumentos musicales o se disponen a hacerlo, sobre todo cuando están representadas, como en algunos bajorrelieves sepulcrales, con forma enteramente humana. Las Sirenas eran, o pasaron a ser, divinidades infernales y de la muerte, lo que explica que en las tumbas se encuentre no pocas veces su imagen.

SIRINGE

Bellísima ninfa a la que se halla ligada la leyenda del nacimiento de la caña lacustre o zampoña. Esta graciosa ninfa, que vivía en los bosques despreocupadamente con sus compañeras, había encendido el amor del dios Pan, que la asediaba y cortejaba insistentemente. La ninfa resistió a las invitaciones del dios y un día huyó. El dios la siguió. Mientras Pan estaba a punto de alcanzarla, la ninfa, aterrorizada, sintiendo que no podría escapar, pidió ayuda a Gea. En aquel instante Pan logró aferrar a la ninfa, pero ante su asombro encontró una caña entre sus manos. La diosa Gea había transformado a Siringe en una caña lacustre. El dios Pan, pasa-

do el primer instante de estupor, observó cómo la caña movida por el viento producía un dulcísimo sonido similar a un lamento. Recogió entonces muchas cañas, después las cortó, las unió entre sí poniéndolas por orden decreciente e hizo un instrumento de sonido dulce y melancólico: la zampoña.

SIRIO

Cerca de la constelación de Orión se encuentra la del Can o de la Canícula, es decir, «de la pequeña perra», cuya estrella más brillante se llama Sirio. Según la leyenda más conocida, esta estrella debe ser considerada como el ardiente y fiel perro cazador de Orión, que sigue a su amo en la caza por los espacios celestes e influye maléficamente en los mortales, llevándoles la irrespirable atmósfera de la Canícula. Se intentaba ablandar al dios con abundantes sacrificios.

SÍSIFO

Hijo de Eolo, rey de Corinto; su nombre significa «el astuto». Homero nos habla de él como del hombre más astuto que se conocía. Las leyendas que de él se narraban contribuyen todas a pintarlo como un héroe de la sagacidad. Representaba la astucia del hombre que intenta con las fuerzas de su inteligencia vencer a los dioses y al destino. Cuando Zeus raptó a Egina, hija del río Asopo, Sísifo descubrió al autor del rapto y fue a revelarlo al padre, que ya no sabía por dónde buscar a su hija perdida. A cambio del secreto desvelado, Sísifo pidió a Asopo que hiciera manar una fuente en Efira, ciudad identificada más tarde con Corinto, cuyo rey era él. Nació así la famosa fuente Pirene. Antes de este hecho, Sísifo había engañado a los dioses con su astucia en diversas ocasiones, desbaratándoles los planes y desvelando sus secretos. Pero este episodio de la revelación del rapto de Egina impacientó definitivamente a Zeus. La Muerte salió al encuentro de Sísifo y le dijo que era la hora de partir, según la voluntad de Zeus. Sísifo, tras algunas estratagemas con las que pudo retrasar el momento de la partida, consiguió con un último engaño encadenar y aprisionar a la Muerte. La Muerte, ahora prisionera de Sísifo, se hallaba imposibilitada de llegar hasta los mortales. Nadie moría ya. Zeus se vio obligado a enviar a Ares hasta Sísifo para que liberara a la Muerte. Antes de descender al Hades, el astutísimo Sísifo recomendó a su mujer, la pléyade Mérope, que no se celebrara en su honor ningún rito fúnebre ni ninguna fiesta después de su muerte. Luego, murió y descendió al Hades. Allí se presentó a los dioses infernales e insistentemente se lamentó del descuido de su esposa por no haberle rendido los honores fúnebres. Apiadados por la historia y aburridos con su insistencia, los dioses infernales le concedieron que volviera a la vida durante un breve periodo para castigar a la ingrata esposa. Sísifo regresó vivo a la tierra, satisfecho por haber engañado incluso a los dioses infernales, y continuó inventando estratagemas para evitar que la muerte consiguiera aprehenderlo. Vivió así muchísimos años, hasta que Zeus envió directamente a Hermes a recogerlo y a llevarlo de nuevo al Hades, donde los dioses infernales, recordando el engaño, le condenaron a la pena que se hizo famosa precisamente como *el suplicio de Sísifo*: es decir, aguantar por toda la eternidad una enorme roca en la cima de un monte; dicha roca, en cuanto llegaba a la cima se precipitaba nuevamente en el valle y Sísifo tenía que comenzar eternamente su inútil tarea. La condena de Sísifo simboliza la inutilidad final del trabajo del hombre en evitar el destino. El hombre puede intentar con su inteligencia hacer cambiar el propio sino, pero antes o des-

EL «TRABAJO» DE SÍSIFO

pués, el destino inexorable lo alcanza, y lo ata a su suerte, a la cual él, por más esfuerzos que haga, no puede huir; es esta la fatal, inevitable estratagema de la muerte. Se ha discutido mucho acerca de otros significados del mito de Sísifo. Se ha intentado relacionar la pena a la cual fue condenado con la posición geográfica de su ciudad, Corinto, situada entre dos mares que con su oleaje sin fin azotan continuamente los escollos. Se ha visto también en el castigo de Sísifo un símbolo alegórico del camino del Sol, que, al llegar al solsticio de verano, al punto más alto de su largo camino, empieza de nuevo invariablemente su carrera descendente. Sea como sea, en el mito de la pena de Sísifo se refleja un aspecto siempre presente de la vida, el continuo planteamiento de los mismos problemas que en vano el hombre una y otra vez se ilusiona en poder eludir.

SOL

Nombre latino del dios griego Helios.

SUEÑO

Divinidad mitológica, hijo de la Noche y hermano gemelo de la Muerte, llamado por los griegos Hipnos.

SUEÑOS

Divinidades menores, representados por tres genios llamados Morfeo, Fantasio y Fobetor. Eran hijos de la Noche y de Hipnos. Dotados de grandes alas negras, los sueños verídicos salían de una puerta de cuerno; los falsos, de una de marfil. Los griegos los llamaron *oneiroi*, y los romanos, *somnia*.

SUMANO

Primitiva divinidad itálica, de origen incierto, quizá etrusca o sabina, a la cual se le atribuían los fulgores nocturnos. Más tarde fue identificada con Zeus, el cual prefería lanzar sus rayos hacia la madrugada («submane») cuando todavía no se han disipado del todo las tinieblas de la noche.

TAGETE

Mítico adolescente, aparecido milagrosamente a un campesino de Etruria mientras estaba arando su campo. Surgiendo de pronto del surco trazado por el arado, dio sabios consejos a los habitantes sobre el arte adivinatorio y otras artes, así como sobre diferentes argumentos, demostrando una inteligencia superior a la normal en su joven edad. Finalizada su misión, Tagete desapareció para siempre.

TALÍA

Una de las tres Gracias. Una de las nueve Musas. Presidía a la poesía jocosa y a la comedia. Se representaba con la máscara cómica y una vara en la mano.

TALÍA

TALOS

1. Gigante guardián de la isla de Creta, tenía el cuerpo de bronce recorrido en su interior por una sola y gruesa vena, desde la cabeza a las extremidades, cerrada en el tobillo por una sutil membrana. Feroz guardián de la inviolabilidad de Creta, mataba bárbaramente a todos los extranjeros que tenían la desgracia de llegar hasta allí; en efecto, puesto el propio cuerpo en el fuego, Talos aferraba a la desventurada víctima en un abrazo mortal. Cuando desembarcaron en Creta los Argonautas, Medea consiguió dor-

mirlo mediante encantamientos y provocó su muerte cortando la sutil membrana; la sangre salió inmediatamente al exterior y el gigante cayó inerte al suelo. Según otra tradición, a causa de los encantamientos de Medea, el gigante había resbalado sobre las rocas haciéndose un esguince en el tobillo y recibiendo el daño mortal.

2. Hijo de la hermana de Dédalo, Perdice. A pesar de haber aprendido del mismo Dédalo todo cuanto se podía saber de la ciencia de las construcciones, nutrió en su interior un sentimiento de envidia tan fuerte hacia su maestro que llegó a matarle precipitándole por la acrópolis de Atenas. Según otra versión, era un autómata de bronce construido por Hefesto y regalado por este a Minos, rey de Creta.

TÁMIRIS

Famoso poeta y cantor tracio, hijo de Filamón y de la ninfa Argíope. Envanecido por sus méritos, pecó de soberbia; quiso cotejarse con las Musas y fue vencido. Le quitaron la vista y la capacidad de emitir voz.

TÁNTALO

Rey de Lidia o de Frigia, hijo de Zeus y de Taigete o de Photo. Fue padre de muchos hijos, entre los que son famosos Pélope y Níobe, y el precursor de la estirpe de los Átridas. Riquísimo, amado por sus súbditos y querido por los dioses. En vez de estar contento por su estado y agradecido a los dioses por la familiaridad con que lo trataban y por los dones con que lo colmaban, intentaba el modo de apoderarse de su potencia y llegar a ser inmortal; les robó la ambrosía y el néctar, el alimento y la bebida que les hacía inmortales. Observando y estudiando a los dioses comprendió muchas cosas de su modo de vivir y de su manera de ser; reveló a los mortales sus peleas y sus celos y muchas cosas que los dioses hubieran preferido que permanecieran secretas para los mortales. Además, les ponía pruebas para saber su potencia y sus límites. Un día quiso ponerles a prueba su omnisciencia, es decir, si ellos podían saberlo todo; invitó a los dioses a un banquete, tal como hacía a menudo. Esta vez, sin embargo, entre los alimentos cocinó los miembros de su hijo Pélope, presentándolos como trozos de un animal joven y tierno. ¿Serían capaces de descubrir su engaño? Quería procurarse un terrible secreto en la cuenta de los dioses, conocido sólo por él y que en cualquier momento hubiera podido echarles en cara, y amedrentarles para conseguir, bajo la amenaza de revelarlo a los mortales, importantes favores. Pero los dioses, cuando fue presentado en la mesa el terrible alimento, advirtieron el engaño de Tántalo, e indignados no osaron tocar aquella comida. Tan sólo Deméter en los primeros instantes había tenido tiempo de probar un trozo de hombro. Los dioses entonces decidieron que Tántalo había colmado el límite de su benevolencia y que merecía ser castigado. Thanatos, la Muerte, arrastró a Tántalo a los Infiernos. Mientras tanto, los dioses recompusieron los miembros de Pélope y le devolvieron la vida; faltaba, sin embargo, un trozo de hombro, el que Deméter se había comido, que fue sustituido por un trozo de marfil. La leyenda tuvo gran aceptación en la Antigüedad clásica; se decía incluso que todos los Pelópidas, a los cuales pertenecía el mismo Agamenón, tenían una mancha blanca en el hombro. En cuanto a Tántalo, al llegar al Hades, fue condenado al suplicio de un hambre eterna y de una eterna sed. Las Erinias, diosas de la venganza, le ataron a un árbol que estaba en medio de un lago con fresquísimas y limpias aguas; y las ramas del árbol llenas de fruta se alejaban en cuanto Tántalo extendía los brazos para cogerlas, y las aguas del lago se retiraban en cuanto él se agachaba para beber.

TARENTE

Hijo de Poseidón, se considera que es el fundador de Tarento, ciudad cuya paternidad Virgilio atribuye a Heracles.

TÁRTARO

Uno de los nombres con que se designaba genéricamente al reino de Hades, es decir, al mundo de los muertos. Con más propiedad, el nombre indica el lugar en que Zeus había relegado a los Titanes vencidos o, según otra tradición, aquel en que Urano había confinado a los Cíclopes. En la *Ilíada*, el Tártaro se diferencia claramente del Hades. En el poema homérico, Tártaro, hijo de la Tierra y del Éter, se fija en la cárcel de los Titanes, donde es colocado entre las profundas vísceras de la Tierra; las sacudidas de esta se notaron estrepitosamente como demuestra el curioso episodio de la *Ilíada* (canto XX) en el que Poseidón interviene con el tridente en la batalla entre los dioses que ocurre cerca de Troya. Los golpes propinados por el dios del mar son tan potentes que Hades, asustadísimo, salta del trono por miedo a que la Tierra se resquebraje y deje ver el reino del más allá. En el Tártaro las almas de los muertos malvados juzgados por Minos, Eaco y Rodamantis, eran confiadas a los cuidados de crueles monstruos que las atormentaban en medio de las tinieblas más espesas.

Son numerosos en la literatura clásica los mitos de descensos de mortales a los Infiernos y las narraciones de lo que ocurre allí abajo. Baste recordar a las sombras de los muertos evocadas por Ulises en el país de los Cimerios. Pero todavía más hermosa es la descripción de Virgilio en la *Eneida*. Y también Ovidio en sus *Metamorfosis* habla del descenso de Hera al reino de las sombras para sacar a Tisífone con el fin de que la vengara contra su rival Ino.

TAUMANTE

Dios marino hijo de Gea y de Ponto. Simbolizaba la majestuosidad del mar. Era padre de Iris («arco iris») y de las Arpías, nacidas de la oceánide Electra.

TEA

Una de las Titanes, hija de Gea y Urano. Simbolizaba la luz, y uniéndose al Titán Hiperión engendró a Helios (el Sol), Selene (la Luna) y Eos (la Aurora).

TEBAS

La celebérrima capital de Beocia, que participaba en los mitos más prestigiosos de la mitología griega. Tebas de las siete puertas, la ciudad fundada por Cadmo, rodeada de murallas por Anfión, libertada por Edipo de la funesta Esfinge, disputada por Eteocles y Polinice, causa de las dos trágicas guerras tebanas, la ciudad que fue sede de numerosos reyes y héroes, y cuya posesión era considerada como símbolo de potencia y de gloria.

TELAMÓN

Hijo de Eaco, rey de Egina. Se casó con Glauca, hija de Cicreo, rey de Salamina, del cual heredó el trono. Se casó después con Peribea, de la que tuvo a Áyax. Participó en la caza del jabalí de Calidón, en la expedición de los Argonautas, en la guerra contra las Amazonas y contra Laomedonte. Heracles, como premio, le concedió como esposa a Hesíone, hija de Laomedonte, salvada de la matanza junto con su hermano Podarces; de la joven le nació Teucro.

TÉLEFO

Hijo de Heracles y de Auge. Rey de Misia, intervino en la guerra de Troya combatiendo valerosamente contra los griegos. Fue herido por la lanza de Aquiles, pero curado después mediante el óxido de la misma lanza.

TELÉGONO

Hijo de la maga Circe y de Ulises. Criado por su madre en la isla encantada, en cuanto fue mayor Telégono anduvo por el mundo en busca del propio padre, al que no conocía. Llegó así hasta Ítaca donde, no teniendo qué comer ni conociendo a nadie que pudiera darle, se puso a saquear sembrando en pocos días el terror entre la pacífica población. Ulises, informado de que un bandido se hallaba en la isla, partió con algunos de sus hombres para descubrirlo y matarlo. En un enfrentamiento con Telégono (ninguno de los dos sabía quién era el otro) este mató a Ulises. Cuando supo la verdad, su dolor no tuvo consuelo. Cogió el cadáver de su padre y lo transportó a Eea, donde le dio honrosa sepultura. Luego llevó consigo a Telémaco y Penélope, a los cuales se había dado a conocer, y los condujo hasta su madre Circe, que les hizo inmortales. Telégono se casó con Penélope y Telémaco con Circe. De Telégono y Penélope nació Italo, que fundó Túsculo y Preneste, y del cual tomó nombre Italia.

TELÉMACO

Hijo de Ulises y de Penélope. De niño vio partir a su padre a la guerra de Troya, y creció en la corte de Ítaca entre los insultos y pretensiones de los Procios, los nobles isleños que se disputaban la mano de Penélope, confiando en que Ulises hubiera muerto. Telémaco alimentó durante mucho tiempo un gran rencor hacia aquellos groseros y arrogantes pre-

TELÉMACO

tendientes, y pensaba siempre en el padre lejano que habría podido llevar de nuevo la paz y el orden a la pequeña isla. Homero narra que un día se presentó ante él Atenea, protectora del mismo Ulises, tomando el aspecto de Mentor, caudillo de los Tafos, y sugirió al joven que se embarcara para ir al encuentro de alguno de los compañeros de guerra de su padre, para tener, a través de ellos, noticias sobre la suerte que había corrido. Telémaco se armó de valor, osó presentarse ante la asamblea de los isleños y pedir públicamente una nave para seguir el consejo de la diosa. Naturalmente no fue tomado en serio y su petición no pudo ser cumplida. Pero Atenea acudió otra vez en su ayuda procurándole la nave; partió, y dio a conocer su proyecto solamente a la vieja y estimada ama Euriclea. La diosa benéfica quiso acompañarle disfrazada con el aspecto del viejo y sabio Mentor. Tras algunos días de navegación, Telémaco llegó a Pilos, donde pudo hablar con Néstor y obtener noticias de muchos de los compañeros de armas de su padre, pero no del mismo Ulises: el sabio viejo ignoraba su suerte. Acompañado de Pisístrato, hijo de Néstor, Telémaco corrió en cuadriga hasta Esparta, donde acababa de llegar de un accidentado viaje de regreso el rey Menelao. Su bella esposa Helena le explicó entonces las empresas de Ulises en Troya, y el mismo Menelao le comunicó que su padre vivía. Había tenido noticias suyas a través de un semidiós del mar, Proteo, que siempre estaba informado de todo:

Yo mismo le he visto deshacerse en llanto en el palacio de Calipso, que bien a pesar suyo le retenía privándolo de todos los medios de volver a su patria pues carece de naves y remeros que pudieran conducirle a través del anchuroso mar.

Telémaco, confortado por aquella buena noticia, regresa a su patria, y con la ayuda de la diosa protectora consigue escapar de una trampa tendida por los malvados Procios. Cuando su padre desembarca en Ítaca es de nuevo Atenea quien provoca el encuentro con su hijo en la casa del viejo y fiel porquerizo Eumeo. Grande fue la alegría de Telémaco, y todavía mayor fue su satisfacción cuando el padre le propuso vengarse y matar a los Procios. Aquella misma noche, padre e hijo escondieron las armas en la gran sala del palacio; ayudados por dos fieles servidores, cumplieron al día siguiente su venganza matando a todos los Procios.

TELLUS

Nombre latino de la diosa griega Gea.

TEMIS

Antiquísima diosa del ciclo titánico, hija de Urano y de Gea, fue en orden cronológico la segunda esposa de Zeus. Su nombre expresa el concepto del derecho natural, el cual está consagrado por los usos y costumbres, y pasó después a designar la ley y el orden establecidos por Zeus en el mundo, tanto en la naturaleza como en la vida humana. Por ello mismo, Temis es una divinidad de carácter esencialmente moral y, al principio, una simple abstracción. Conocida por Homero, tiene la misión de convocar las asambleas de los dioses, pero todavía no se habla de sus esponsales con Zeus. Puede también convocar y disolver las asambleas de los hombres; preside, asimismo, los banquetes de los inmortales. Posteriormente, Temis, como personificación del orden legal, se sentaba junto con Némesis y con Niké al lado de Zeus, y se hizo de ella incluso una diosa adivinadora, que había poseído antes que Apolo el oráculo de Delfos. Según la *Teogonía*, de la unión de Temis con Zeus nacieron las Horas, las Moiras y Astrea.

TEMISTO

Esposa de Atamante, casada cuando este creía muerta a su segunda esposa Ino, perdida en los bosques del Parnaso durante las fiestas dionisíacas. Sabiéndola con vida, el rey hizo que la buscaran y la condujeran de nuevo a la corte a escondidas. Temisto fue informada del hecho y en venganza trató de matar a los dos hijitos de Ino; pero puesto que estos, jugando, habían cambiado sus vestidos con los hijos de Temisto, la madre durante la noche mató a sus propios hijos por error. Dándose cuenta a la mañana siguiente de su equivocación, desesperada, se suicidó.

TEOCLÍMENO

Poeta e hijo de Polífides. Adquirió fama y honores como cantor ítaco y como amigo de Telémaco. Se había retirado a Ítaca porque se vio obligado a abandonar Argos, su patria, a causa de un homicidio cometido involuntariamente. A los Procios les había predicho que los mataría Ulises.

TEREO

Rey de Tracia. Se había casado con Progne, hija de Pandión, rey de Ática, y con ella vivía felizmente. Progne tenía una hermana, Filomela, por la que sentía gran afecto, y deseando verla de nuevo mandó a Tereo a Atenas para que la conociera y viviera durante un tiempo junto a ella. Cuando Tereo vio a Filomela se enamoró perdidamente, la raptó y la violó. Después, para que mantuviera el secreto, le cortó la lengua y la abandonó. Pero Filomela consiguió, por medio de un bordado, que su hermana supiera cuanto había sucedido. La venganza de Progne fue terrible. Durante una fiesta báquica, fingiendo ser presa del éxtasis divino, salió de la ciudad y partió a liberar a su hermana; luego regresó con ella, mató al pequeño Itis, que había tenido de Tereo, cortó sus miembros y se los dio a comer al mismo Tereo. La intervención divina puso fin a la cruenta historia. Progne quedó transformada en golondrina, Filomela en ruiseñor y Tereo en abubilla.

TÉRMINO

Divinidad de la mitología latina. Representaba el concepto de los límites de las posesiones; como tal era el patrón de la propiedad privada y protector contra los ladrones y vagabundos malintencionados. A él se le consagró la piedra que marcaba los confines entre diversas propiedades, y que precisamente se llamaba *término*. Se le dedicaba una fiesta anual, el veintitrés de febrero, llamada *Terminalia*, durante la cual se sacrificaban corderos y cabritos; pero su culto tenía gran difusión durante todo el año, pues cualquier cambio de límite o mutación de propietario debía verificarse bajo su protección.

TERPSÍCORE

Musa del canto coral y de la danza. Se representaba con una corona de laurel en la cabeza y una flauta en la mano; algunas veces también en posición de tocar la cítara.

TERSANDRO

Hijo de Polinice. Tomó parte en la segunda guerra tebana en la que él tuvo más suerte que su padre, que había participado en la precedente perdiendo la vida. Ganada la guerra, Tersandro tuvo como botín el reino de Tebas; más tarde, participó en la guerra de Troya, donde murió.

TERSITES

Aparece en la *Ilíada* de Homero. Es el personaje más hosco y despreciable de todo el poema. En su figura, el poeta simboliza a todo cuanto de bajo pueda haber en la naturaleza humana. Su físico significa la repugnancia moral que su carácter ocasiona, y la vileza de su conducta hace todavía más brillante la gloria de los magnánimos héroes griegos. El episodio de la *Ilíada* donde aparece Tersites es muy conocido. Agamenón, que había pensado saquear la ciudad de Troya, decidió primero poner a prueba el ánimo de los soldados griegos para saber si su espíritu y su voluntad de destruir Troya estaban, después de diez años de duro enfrentamiento, intactos. Convocó a todo el ejército de la patria. Ante el pensamiento y el recuerdo de la patria lejana y la esperanza de ver prontamente a los seres queridos dejados hacía tanto tiempo, los soldados se conmovieron profundamente y acogieron como ciertas las palabras de Agamenón. Todos corrieron hacia las naves y comenzaron los preparativos de la partida ante el estupor y la desilusión de los principales héroes, que intentaban convencerles de que se trataba sólo de una prueba, a la cual Agamenón había querido someterles. Por su parte, Ulises había sentido la nostalgia de su Ítaca, pero mediante engaños, amenazas y exhortaciones, disuadió a los soldados de sus preparativos y los condujo de nuevo a la asamblea. Sólo Tersites, un medio hombre jorobado, cojo y bizco, petulante, irreverente, se negó y se rebeló, cubriendo de insultos a Agamenón, a Ulises y a los demás héroes, llenos de indignación. Ulises lo afrontó y, en medio de la asamblea, lo cogió y, sacudiéndolo, le riñó ásperamente por ser el más vil y el más despreciable de todos los griegos, hasta que en medio de las risas de los soldados se sentó en su sitio y se calló. La leyenda griega habla una vez más de Tersites para narrar su muerte. Cuando Aquiles hubo matado a Héctor, los troyanos, a pesar de haber perdido a su mejor héroe y de sentir desfallecer sus ánimos, resistían valerosamente y demostraron tanto valor y tanto sentido del deber que llegaron a conmover a las Amazonas que vinieron en su ayuda, al mando de Pentesilea. Durante una violenta batalla entre los griegos y los troyanos, auxiliados por una parte por etíopes y por la otra por Amazonas, Pentesilea se encontró frente a Aquiles y entabló una dura lucha. La fuerza de Aquiles prevaleció. La había desarmado y se disponía a matarla, pero en ese preciso instante se detuvo, admiró su belleza, recordó el valor que había demostrado y se sintió profundamente conmovido; en el instante en que iba a traspasarla con la lanza se enamoró de ella. Tersites, insensible a todo sentimiento elevado, necio y cruel, al ver la escena se rió y se burló de Aquiles por este imprevisto amor. Aquiles, trastornado de rabia, no pudo soportar la ofensiva actitud del ignominioso Tersites y lo mató. De este modo este ser repugnante terminó sus días víctima de su misma bajeza moral.

TESEO

La leyenda de Teseo, el más famoso de los héroes de Ática, se recoge en las tradiciones atenienses. Considerado como el héroe por excelencia de la estirpe jónica, se le compara con Heracles, héroe de la estirpe dórica. Primo de Heracles, al que casi igualaba en fuerza, pero superaba en belleza, era hijo del sexto rey de Trecén, Picteo. En la corte de este, Teseo nació y se crió. Según algunos era hijo de Poseidón, ya que Picteo había hecho circular el rumor de que el dios del mar, cuyo centro cultural era Trecén, había presidido el nacimiento del niño. Pausanias narra a este propósito que habiendo ido Teseo a Creta, Minos puso en duda su ascendencia divina, y para tener una prueba de ella echó al mar su anillo. Teseo se arrojó al agua y regresó no ya con el anillo, sino que salió con una corona en la cabeza que Anfítrite, esposa de Poseidón, le había colocado. También era llamado Eréctida, porque por parte de su padre Egeo era descendiente de Erecteo, el ilustre rey de Atenas del que se decía que había instituido el culto de Deméter e introducido los misterios Eleusinios. Lo mismo que Heracles, también Teseo desde la infancia dio pruebas de su valor. Heracles acudió a Trecén para visitar a Picteo; durante el banquete se colocó la piel del león de Nemea, con la que acostumbraba a vestirse, aterrorizando con aquella vestimenta a todos los demás huéspedes del rey, que huyeron de la sala del banquete. El pequeño Teseo, que tenía apenas siete años, lejos de impresionarse, arrebató un hacha de las manos de un esclavo y se dispuso a enfrentarse a la presunta bestia. Se narraba asimismo que Egeo, antes de dejar Trecén y marchar a Atenas, puso debajo de una piedra sus sandalias y su espada, ordenando a su esposa Etra que le mandara al hijo sólo cuando fuera capaz de levantar la roca y recoger lo que él había colocado, que serviría como señal de reconocimiento. El robusto Teseo lo consiguió a la edad de dieciséis años y marchó a Atenas para reunirse con su padre. Durante el viaje realizó varias hazañas. Generalmente, se enumeran seis, que dieron origen a su ciclo legendario. En Epidauro, un bandido de estatura gigante acostumbraba a matar a los caminantes a mazazos; Teseo consiguió sustraerle el arma y matarlo. Este era Perifetes o Corinetes, hijo de Hefesto. Cerca de Corinto, Teseo se batió con otro bandido, Sinis, que asaltaba a los viajantes infligiéndoles una muerte cruel. En efecto, les ataba entre dos pinos que él había juntado con tremendo esfuerzo, y volviéndolos a su primera posición descuartizaba a los infelices. Teseo, vencido el bandido, le sometió al mismo suplicio. En los alrededores de Megara, a la orilla del mar, se encontró con otro delincuente, Esquirón, que obligaba a los pasantes a lavarle los pies, y en cuanto se agachaban ante él, con una patada les hacía acabar entre las olas. Teseo lo agarró y, lanzándolo desde lo alto, lo despeñó en los escollos. No lejos de Eleusis, el héroe combatió con el terrible Damastre, llamado también Procrustes, que obligaba a la gente a tumbarse en una cama, y les cortaba las piernas a golpe de hacha si salían del lecho, y se las alargaba si eran demasiado cortas, hasta descoyuntarlas; Teseo le sometió al mismo suplicio. Otro terrible bandido, Cerción, sembraba el terror en Ática y sofocaba con sus brazos poderosos a los infelices que antes provocaba para que lucharan con él cuerpo a cuerpo. Teseo, intrépido, lo provocó y lo venció. Se contaba que el valeroso héroe liberó a aquellas regiones de Sísifo, que estrellaba a la gente contra las rocas, y también la limpió de muchos animales feroces. Durante el camino mató a una cerda salvaje y peligrosa, que devastaba el bosque de Cromión, en Corinto. Si bien estos delitos estaban altamente justificados, Teseo, que se había manchado con ellos, se purificó según los ritos, las manos en el altar de Zeus, colocado en los lados del Cefiso, y finalmente pudo entrar en Atenas para ser reconocido por su padre. Este, a la sazón, se encontraba bajo el poder de la maga Medea, que lo había esclavizado mediante sus filtros de amor. Medea reconoció en seguida la identidad del joven y quiso desembarazarse de él ofreciéndole una copa de vino envenenado. Pero cuando Teseo iba a acercársela a los labios, Egeo lo reconoció por las sandalias que calzaba y por la espada, y abrazándolo arrojó a la pérfida Medea. Los Palántides, es decir, los hijos de Palante, hermano de Egeo, que aspiraban a la sucesión al trono del tío, conjuraron la muerte de Teseo, pero todos cayeron a sus manos. Como castigo, tuvo que ausentarse un año, y regresó después de haberse purificado en el templo de Apolo en Delfos. Los Palántides habían recibido ayuda de Minos, rey de Creta, cuyo hijo Andrógeno mataron los atenienses; para vengarlo, Minos asedió y tomó Atenas. Cruelmente, impuso a los vencidos insoportables condiciones de rendición: cada siete años, siete muchachos y siete muchachas tenían que ser mandados a Creta y allí servidos al Minotauro, el monstruoso engendro nacido de los amores de Parsífae con el toro de Poseidón. Ya se había ofrecido dos veces este terrible tributo. Teseo, un joven de treinta años, decidió liberar a sus conciudadanos del pesado yugo. Hizo sacrificios propiciatorios y consultó los oráculos, que le pronosticaron el éxito si lo guiaba Afrodita, diosa del amor. Teseo supo atraerse el favor de Ariadna, la bella hija de Minos, que lo introdujo secretamente en el laberinto en que vivía el monstruo. En una épica lucha, Teseo consiguió la victoria, y pudo salir del laberinto ya que antes había señalado el camino deshaciendo un ovillo de lana cuyo extremo era sostenido en la entrada por Ariadna. Pero el héroe no se mostró agradecido con su enamorada, sino que la raptó y la abandonó en la playa desierta de la isla de Naso, donde la encontró y consoló el dios del amor erótico Dioniso. Se había convenido que Te-

TESEO Y EL MINOTAURO

seo anunciaría su victoria de regreso a su patria sustituyendo las velas negras del navío por otras blancas; pero la mala suerte quiso que Teseo olvidara lo pactado. Su padre, Egeo, creyendo de este modo que el hijo había sido vencido, desesperado, se arrojó al mar que todavía hoy lleva su nombre. Teseo hizo grandes sacrificios para calmar a los dioses y hacerse perdonar su fatal distracción. Llegando a ser rey de Atenas, se quedó allí durante varios años, dando a su pueblo sabias leyes y administrando honestamente la justicia. Su espíritu aventurero lo llamó pronto a otras empresas. Partió con Jasón a la conquista del vellocino de oro; tuvo como compañero a Meleagro en la empresa de Calidón, y combatió con Heracles contra el pueblo de las mujeres guerreras, llamadas Amazonas. Durante esta última expedición, concluida victoriosamente, capturó y se casó con la bella reina Hipólita, de la que tuvo un hijo, Hipólito. De figura atractiva y robusta, a los cincuenta años se enamoró de la bella Helena, que entonces tenía tan sólo quince años, y se la llevó a la ciudad de Afidna. Pero Cástor y Pólux, en cuanto tuvieron conocimiento del rapto, se dispusieron a conquistar Afidna, que apenas resistió su potencia guerrera. Libertada la hermana, Helena, la dieron como esclava a Etra, madre de Teseo. Una de las últimas y gloriosas empresas de este héroe

fue su descenso a los Infiernos. Su fiel amigo Pirítoo, rey de los Lapitas, le había ayudado a raptar a Helena; para recompensarlo, Teseo le había prometido ayudarle a raptar a la reina de los Infiernos, Perséfone, esposa de Plutón. Pero los dos gloriosos héroes tenían demasiada confianza en sus fuerzas unidas. Cerbero, el can de tres cabezas puesto como guardián de los Infiernos, estranguló a Pirítoo; Teseo, cansado por el largo descenso y todavía más por la lucha sostenida, se sentó en una piedra de la que por encanto mágico no supo alejarse más hasta que Heracles, su viejo amigo, obtuvo la gracia de Plutón. Los últimos años de Teseo fueron bastante atormentados; los dioses estaban irritados con él porque había querido, en sus numerosas y heroicas empresas, igualarles en su grandeza superando el estado de común mortal. Ya viejo, se casó con Fedra, la hermana menor de Ariadna, en la que le parecía ver de nuevo los rasgos de su amada. Fedra se enamoró incestuosamente de Hipólito, y rechazando este tan pecaminosa pasión, se suicidó tras acusar a Hipólito frente a Teseo, provocando su muerte. Los súbditos se alzaron contra Teseo, que tuvo que huir con su familia, primero a la isla de Eubea y luego a Esciro, donde encontró la muerte a manos del infiel rey Licomedes, que hizo que se precipitara desde lo alto de una roca al mismo mar en que años antes había muerto su padre Egeo. Muchos siglos después los atenienses rindieron justicia a su gran ciudadano, transportando sus restos a la patria desde Esciro. Cimón hizo construir el *Theseión* decorado por Polignoto y Micón con pinturas representativas de las empresas del héroe. En la tradición popular, Teseo es considerado como héroe, semidiós y fundador o reorganizador de los juegos *Ístmicos* y de las fiestas *Delias*. Además, la victoria de Teseo sobre el pueblo asiático de las Amazonas precedería en algunos siglos a la de los griegos sobre los persas. Durante el mes de *Pyanepsión* y durante ocho días consecutivos se desarrollaban las fiestas en honor de Teseo, que celebraban las empresas más memorables del héroe y se concluían con banquetes, sacrificios, procesiones propiciatorias y juegos; el último acto de las fiestas, los *Epitaphia*, conmemoraban el traslado de los restos de Teseo a Atenas.

TESPROTO

Rey de Epiro. Dio hospitalidad a Tiestes cuando este huyó de Micenas después de que su hermano Atreo le hubiera matado a sus hijos Tántalo y Plístenes.

TETIS

1. Hija de Urano y de Gea. Era una de los doce Titanes. Representaba a la humedad que todo invade y nutre. Al igual que los demás Titanes se casó con un hermano, Océano, el más viejo de todos. Habitaban en el extremo Occidente, donde los griegos creían que estaba el origen de todas las cosas. De Océano y Tetis nacieron todos los ríos de la tierra y las Oceánidas, divinidades menores del mar. Los antiguos consideraban que todos los ríos provenían del gran río Océano, que formaba también todos los mares y que rodeaba toda la tierra. Las Oceánidas eran todas las fuentes, todas las aguas corrientes de la tierra. La leyenda atribuye a Tetis y a Océano también la paternidad del famoso río infernal, el Estigia. De la antigua divinidad Tetis, destacada figura en la mitología primitiva, deriva, por una progresiva pérdida de importancia de la misma, una divinidad más reciente que recoge sus características principales: Tetis (llamada también Tétide), madre de Aquiles.

2. Hija de Nereo y Dóride. Divinidad de las profundidades oceánicas. Bellísima diosa, por su nacimiento divino le correspondía un esposo entre los inmortales. Zeus, el padre de los dioses, y Poseidón, dios del mar, estaban fascinados por su belleza y deseaban unirse a ella. Temis, la celosa esposa de Zeus, temiendo la belleza de Tetis, había predicho que si la joven se unía a un inmortal daría a luz un dios fortísimo, un dios que poseería las armas más potentes jamás existidas y desconocidas hasta entonces. Zeus y Poseidón, asustados ante la posibilidad de que el hijo de Tetis pudiera derrocarlos de sus altos tronos, se alejaron de la muchacha y decidieron darla como esposa a un mortal: Peleo, héroe griego, rey de Ftía. Tetis, furiosa por tal afrenta, rehuía a Peleo, y no dejaba que la poseyera, transformándose continuamente entre sus brazos en agua, fuego o animales feroces. Como el mar, ella se mostraba inefable y mudable y cambiaba de forma y aspecto. Peleo consiguió al fin poseer a la diosa con la ayuda del centauro Quirón, que le dio un asta milagrosa. De la unión de Tetis y Peleo nació Aquiles, el fortísimo héroe griego, educado por el centauro Quirón. Tetis no se resignaba al hecho de que su hijo fuera mortal, probó de hacerlo inmortal, y para hacerlo entrar en el círculo de los dioses, intentó sumergirlo en el fuego purificador que debía prepararlo para la in-

TETIS CON SU HIJO AQUILES

mortalidad. Sólo una rápida intervención de Peleo le impidió realizar su proyecto. Tetis consiguió, en cambio, introducirlo en las aguas del Estigio, río infernal, haciéndole de este modo invulnerable. Lo sostuvo por un talón, de modo que el niño no fue mojado en aquel punto del cuerpo por el agua de la invulnerabilidad; por consiguiente, sólo podía ser herido en el talón. Aquiles había escogido ya su destino: sabiendo que era mortal, prefirió una vida breve y gloriosa antes que una vida larga y oscura. Cuando llegó el día en que tenía que partir hacia la guerra de Troya, su madre, sintiendo que se acercaba el momento en que su hijo iba a arriesgar su vida, intentó primero impedirle que partiera disfrazándolo de mujer y escondiéndolo entre las niñas. Pero una estratagema de Ulises descubrió a Aquiles y tuvo que partir. Tetis se tuvo que resignar a velarlo y le hizo construir una armadura especial y bellísima realizada por el mismo Hefesto, dios del fuego. La diosa protegió a su hijo en cada momento de la aventura troyana. Homero, en la *Ilíada*, narra cómo Aquiles, tras la lucha con Agamenón, se dirigió a ella para que le ayudara a perpetrar su venganza. Fue precisamente Tetis quien se dirigió al padre de los dioses, Zeus, para obtener el favor de que los griegos durante muchos días fueran vencidos en sus encuentros con los troyanos, a fin de que sintieran la gravedad de la pérdida de Aquiles, que se había retirado, ofendido, de la lucha. Tetis consiguió el apoyo de Zeus, que se encontraba en deuda con ella ya que le había ayudado en una ocasión en un grave encuentro entre él y Hera. A pesar de la atenta protección de la madre, el destino de Aquiles no podía ser diferente de lo que había sido decidido: un dardo lanzado por Paris y dirigido a Apolo hirió al fin a Aquiles en su único punto vulnerable y este murió. Tetis y las Nereidas lloraron al hijo durante diecisiete días y diecisiete noches.

TEUCRO

1. Primer rey de Tróade. A los troyanos, por haberlos fundado, se les llamaba también teucrios. En efecto, él concedió a su propia hija Batiea como esposa a Dárdano, que desde Samotracia había ido a Tróade para fundar allí una ciudad, llamada Dardania. Dárdano fue padre de Eritonio y abuelo de Tros.

2. Era hijo de Telamón y de Hesíone. Esta había sido concedida como esposa a Telamón después de su expedición (con Heracles y Peleo) contra Laomedonte. Telamón, de un precedente matrimonio con Peribea, había tenido a Áyax, el famosísimo héroe griego. Teucro vivió, pues, con Áyax; junto a él fue educado, templado a las fatigas, acostumbrado a combatir y a demostrar valor a toda prueba en toda ocasión. A pesar de no igualar a su famosísimo hermano, que era el más fuerte de los héroes griegos después de Aquiles, Teucro se manifestaba fuerte, valeroso y especialmente habilísimo en el tiro con arco, en el que pocos le igualaban en toda Grecia. Participó con su hermano Áyax en la guerra de Troya, donde se distinguió por sus dones. De regreso de Troya fue expulsado por su padre porque no había vengado la muerte de su hermano Áyax. Se refugió en Chipre, y allí se estableció.

THALO

Una de las Horas, simboliza el florecimiento primaveral.

THANATOS

Personificación de la Muerte, hijo de la Noche y hermano de Hipnos. Mientras su hermano Hipnos se representaba como un joven imberbe, dulce y melancólico, Thanatos tenía para los antiguos un aspecto miserable y cruel, y un alma cerrada a todo sentimiento de piedad. Los dos hermanos habitaban en el Hades, pero al caer la Noche, su madre, ascendían a la tierra. El primero era grato a los hombres y a los dioses, el segundo, temido y odiado. Con el tiempo, la diferencia entre ambos hermanos disminuyó en la fantasía popular, cediendo el puesto a la semejanza entre el estado de sueño y el estado de muerte; la muerte parecía un sueño eterno, y el sueño una muerte temporal. Thanatos perdió su aspecto hosco e imponente y cobró la misma fisonomía que su hermano Hipnos.

TÍADES

Las Bacantes así llamadas por Tía, amada por Apolo, a quien dio el hijo de Delos y divulgó las orgías de Dioniso.

TIBERINO

Dios del Tíber. Fue rey de Albalonga, esposo de la profetisa Manto. Murió ahogado en un río llamado Albula. Los dioses le transformaron en la divinidad fluvial que debía dejar al curso de agua, además del nombre, una celebridad inmortal. Una de tantas leyendas relacionadas con Rea Silvia dice que esta fue arrojada al Tíber, donde el dios tiberino la salvó haciéndola su esposa. Esta divinidad fluvial se llamaba también Volturnus, y en su honor el veintisiete de agosto se celebraban en Roma las fiestas *Volturnalia*.

TICIO

Gigante descomunal, nacido de la Tierra, es decir, de Gea y de Zeus. Un día encontró a Leto, madre de Apolo, y la abordó con morbosos deseos. En ayuda de Leto corrieron Apolo y Ártemis y lo mataron. Recibido en el Infierno, Ticio fue condenado a una de las más dolorosas penas: estirado en el suelo y atado, sobre él dos cuervos le roían el hígado, que se regeneraba y que los dos cuervos volvían a roer. Y así durante toda la eternidad.

TIDEO

Uno de los participantes en la expedición de los Argonautas. Nacido de Eneo, rey de los etolios, había huido de Calidón, su ciudad natal, por haber matado a un tío suyo. Acogido en Argos por el rey Adrasto, este le dio como esposa a su hija Deípile, de la que nació el valeroso Diomedes. En la primera guerra tebana fue herido gravemente por Menalipso. Al morir, cuando vio la cabeza de este se abalanzó sobre él para morderle. Horrorizada por esta escena, Atenea, que iba a concederle la inmortalidad, se arrepintió y le dejó morir.

TIERRA

La Tierra estaba personificada, en la mitología griega, por la diosa Gea, a la que los romanos dieron el nombre de Tellus. Era una divinidad antiquísima.

TIESTES

TIDEO

Héroe de la estirpe de los Pelópidas, descendiente de Tántalo. Hijo de Pélope y de Hipodamía, hermano del héroe Atreo. Fue una de las víctimas más infelices de la tremenda maldición que pesaba sobre la familia desde que su padre, Pélope, despeñó a Mirtilo, que le había ayudado a matar al suegro Enómao, padre de Hipodamía. Tieste y su hermano Atreo, todavía jóvenes, por instigación de la madre y por celos mataron a su hermanastro Crisipo; por eso su padre Pélope los expulsó del reino. Después de haberse refugiado cerca de Esténelo, rey de Micenas, obtuvieron como morada la ciudad de Midea, donde se reunió con ellos su madre Hipodamía. Muerto Pélope, Atreo se encontró como señor de Argos, y después de la desaparición de Esténelo y de su hijo Euristeo en una batalla contra Heracles, Atreo se convirtió en señor de Micenas, que le había sido confiada en custodia. Bien pronto comenzaron las desavenencias entre los dos hermanos, Tiestes y Atreo, que hasta entonces habían permanecido unidos. La rivalidad se transformó en violento odio. Tiestes, que no se resignaba a ser inferior a su hermano, sedujo a Erope, esposa de Atreo, y de acuerdo con ella trató de destronar a su hermano, robando el velo de oro, símbolo de la suprema potestad. Pero Atreo les descubrió e hizo precipitar al mar a Erope y mandó a Tiestes al exilio. Este, sin embargo, sediento de venganza, se llevó consigo, sin que nadie lo supiera, al hijo de Atreo, Plístenes, y lo crió como si fuera hijo suyo, teniendo para con él cuidados de padre. Cuando Plístenes fue adulto, Tiestes lo envió a Micenas con la misión de matar al rey Atreo, que él ignoraba que era su padre. Pero el joven falló en su intento. Atreo, más veloz, desenvainó la espada primero y lo mató. Cuando el rey supo después que el joven era su hijo, concibió un terrible plan de venganza. Se fingió decidido a reconciliarse con su hermano Tiestes, y mandó embajadores para que le invitaran a regresar a Argos con sus tres hijos para una definitiva reconciliación. Tiestes, algo estupefacto pero confiado, se puso en viaje y llegó a Micenas, donde fue acogido con gran-

des manifestaciones de afecto. Pero, mientras tanto, Atreo hizo raptar por sus soldados a dos hijos de Tiestes, les hizo matar y guisar sus miembros, que ofreció como alimento a Tiestes. Cuando Atreo descubrió a Tiestes qué era lo que estaba comiendo, este se horrorizó y lanzó sobre Atreo y sobre su descendencia una terrible maldición; luego huyó con el único hijo que le quedaba: Egisto. Tiestes vivió durante muchos años preparando y esperando la venganza, que en esta ocasión le salió propicia; Egisto, ya adulto, tras una larga serie de aventuras y de emboscadas consigue matar a Atreo, mientras estaba ofreciendo un sacrificio a la orilla del mar. Tiestes y Egisto se transformaban así en señores de Micenas. Pero la vida de Tiestes estaba demasiado jalonada de venganza y de violencia para que las consecuencias no recayeran sobre él. Los hijos de Atreo, Agamenón y Menelao, expulsados de Micenas, se refugian en Esparta, donde Tindáreo les acogió y les dio como esposas a sus dos bellísimas hijas: Clitemnestra y Helena. El rey espartano ayudó después a los dos yernos en la lucha contra los usurpadores del reino paterno. Ganada la guerra contra Tiestes, Agamenón lo mató y expulsó a Egisto. De este modo, Tiestes terminó su azarosa vida dejando a su hijo Egisto la herencia de la maldición de Mirtilo sobre la estirpe de los Pelópidas, maldición que tejerá en la vida de Egisto una terrible historia de sangre y de venganza, ya que Orestes vengó la muerte de su padre asesinándolo.

TIFEO

Uno de los Gigantes.

TIFÓN

Monstruo horrendo, descomunal, concebido por Gea y por Tártaro. De enorme corpulencia, tenía forma de dragón con cien cabezas, cada una de las cuales vomitaba continuamente fuego. Se casó con Equidna y fue padre de Cerbero, Ortro e Hidra. Cuando Tifón se lanzó contra Zeus para destruirle y hacerle abandonar el trono, conquistado a Crono, ocurrió una tremenda lucha entre Zeus y el monstruo. Cada uno apeló a sus propias y mortíferas armas. Tifón intentó con su enorme cuerpo remontar las laderas del Olimpo, para llegar hasta Zeus, aterrarlo y vencerlo. Pero Tifón se afanó inútilmente; Zeus, desde lo alto del Olimpo, consiguió dominar al monstruo. Un rayo suyo más potente que los precedentes, el mayor que jamás lanzase, eliminó a Tifón. Zeus, cansado por el enorme esfuerzo, arrojó el cuerpo del monstruo al fondo del Etna, donde todavía ruge. Sus furias se muestran a los mortales cada vez que del Etna salen fuego, llamas y lava incandescente.

TINDÁREO

Hijo de Perieres, era el rey de los lacede-

monios, junto con su hermano Icario. Su hermanastro Hipocoonte usurpó el trono. Los dos hermanos expulsados se refugiaron en Etolia, donde fueron benévolamente acogidos por el rey de aquella región, Testio, que les dio a sus dos hijas como esposas: Leda, bellísima joven, a Tindáreo, y Policaste a Icario. De los últimos, nació Penélope, futura esposa de Ulises; y de Tindáreo y Leda, Clitemnes-

tra y Helena. Los dos hermanos vivieron durante algún tiempo en la corte de Testio con sus esposas, tratados con deferencia y respeto, hasta que un día, Heracles llegó a aquella ciudad y decidió ayudarles a reconquistar su reino. Prepararon una verdadera expedición, mataron a Hipocoonte con sus hijos, y Tindáreo pudo regresar a su tierra, a su reino, junto con su esposa Leda. Muchos años después, Agamenón y Menelao, expulsados de su reino por Tiestes y Egisto, se refugiaron en la corte de Tindáreo quien, reviviendo en ellos su experiencia de tantos años antes, les acogió cálidamente y les dio como esposas a sus hijas: Helena a Menelao, y Clitemnestra a Agamenón. Más tarde, muerto Tindáreo, y puesto que los dos jóvenes habían sabido hacerse amar por el pueblo lacedemonio, Menelao sustituyó por breve tiempo a Tindáreo en el gobierno de los lacedemonios.

TIQUÉ

Diosa de la buena fortuna. Hija de Océano y de Tetis. Diosa portadora del bienestar a los hombres y a los Estados. Sólo en una segunda época asumió el significado ambiguo que la palabra *fortuna* tiene hoy en día: buena y mala suerte. Tiqué fue venerada sobre todo en Roma, donde recibió los nombres de Felícitas, para indicar la buena fortuna, y de Fortuna, para indicar la suerte incierta, la fortuna ciega dispensadora del bien y del mal. Fundador del culto de la Fortuna en Roma fue Servio Tulio, considerado como uno de los reyes con más éxito de Roma. Erigió a la diosa, que siempre le había protegido, un templo llamado *Fors Fortuna*. Instituyó también una solemne fiesta anual que se celebraba el día veinticuatro de junio. La Fortuna en Roma asumió varios nombres como los de Fortuna Publica, Fortuna Populi Romani, Fortuna Muliebris, Fortuna Equestris, y también epítetos que se referían a especiales familias: Fortuna Flavia, Fortuna Augusta, etc. El culto de la diosa traspasaba los límites romanos. Son célebres los templos de Ancio y de Preneste dedicados a ella. Lúculo erigió un templo a la Felicitas, primero de una serie, entre los que destacará el del Capitolio.

Tiqué, la Fortuna, es recordada frecuentemente por los poetas, y muy a menudo aparece en obras de arte estatutario. Sus símbolos son el timón, para designarla como timonel de los destinos humanos, una cornucopia llena de dones, o el joven Pluto, dios de la riqueza al que sostiene en brazos. Más tarde se puso de moda representarla sobre una rueda o una bola, indicando los inciertos y variables acontecimientos humanos, y con los ojos vendados. Sus cabellos se agitan hacia delante y así dificulta que la puedan prender sus perseguidores.

TIRESIAS

Rey de los vaticinadores, de los antiguos adivinos. A los siete años se quedó ciego, y para paliar la pérdida de la vista recibió de los dioses la facultad de predecir el futuro y una grandísima longevidad. Sabía interpretar el vuelo de los pájaros, conocía los más recónditos enigmas de la naturaleza y lo revelaba todo a los hombres. Vivía en Tebas, su patria de origen, donde se le tenía en gran estima. Era ya famoso en tiempos de la primera guerra tebana. Cuando parecía que ninguna esperanza existía para la ciudad asediada, Tiresias predijo que los tebanos vencerían si uno de ellos se consagraba voluntariamente a la muerte, ofreciéndose como sacrificio a los dioses. Se ofreció Meneceo, hijo de Creonte, que desde las murallas de la ciudad se precipitó de cabeza, encontrando la muerte en la gruta habitada por un famoso dragón. Realizado este sacrificio, los tebanos, con una facilidad prodigiosa, vencieron a los reyes enemigos, que murieron todos en la

batalla; todos, excepto Adrasto. Antiguamente tenían gran importancia los oráculos. Apolo, que era su dios, no se sentía celoso de esta prerrogativa y concedía amplias facultades adivinatorias a los mortales; aún más, él mismo les hacía de maestro. Los adivinos eran respetados y obedecidos; no se hacía nada sin consultarlos antes. Tiresias era uno de los más importantes y famosos. Fue él quien predijo la futura victoria del pequeño Heracles en Tebas, cuando este fue atacado en la cuna por dos serpientes que Hera le había mandado por celos y que él estranguló. Tiresias, llamado para que se interpretara este hecho prodigioso, dio la verdadera explicación y predijo las gestas futuras que harían muy glorioso al hijo de Zeus y de Alcmena. Diez años después de la guerra de Tebas ganada por los tebanos gracias a Meneceo y a los consejos de Tiresias, los hijos de los reyes muertos en batalla se unen y deciden marchar contra Tebas una vez más, para vengar a sus padres. Pero en esta ocasión Tebas no cuenta con la ayuda de los dioses, como en la vez anterior. En vano Tiresias interroga a los oráculos, busca un hilo de esperanza en el vuelo de los pájaros. Nada. Esta vez los dioses no protegerán a Tebas. Y en efecto, la ciudad es asaltada y destruida. A Tiresias no le queda más que aconsejar la fuga a sus conciudadanos. Y él mismo huye. Sin embargo, algunos no tienen tiempo de escapar y son cogidos como rehenes por sus enemigos. Entre estos se encuentra la hija de Tiresias, Manto, adivina ella como su padre, enviada a Delfos y consagrada a Apolo. En la fuga, Tiresias, viejísimo y acongojado por el fin de su amada ciudad, en la que había vivido tanto tiempo y a la que entregó todo su afán, muere. Recibido en el Hades por Perséfone, obtiene un favor especial: poder conservar, incluso muerto, el conocimiento desde el momento en que se le había permitido seguir prediciendo el futuro. Por esto, Ulises, en el país de los Cimerios, por consejo de la maga Circe, quiere interrogar el alma de Tiresias para conocer su destino futuro. En el interior del bosque, Ulises ofrece los sacrificios obligados, hace los debidos exorcismos y he aquí que se le aparecen, viniendo desde el profundo Infierno, el alma de Tiresias, la de otros héroes y la de su madre. Las sombras son mudas, sólo Tiresias puede hablar con Ulises y responder a sus preguntas. Las profecías de Tiresias se cumplirán punto por punto. Muchos otros mitos evocan la figura de Tiresias. Siempre que un héroe debía interrogar al destino y quería servirse de las almas de los muertos invocaba el alma de Tiresias, para que surgiera del negro Infierno y desvelara los misterios que desde allí abajo eran visibles. Tiresias se convirtió en el más famoso adivino tebano y en uno de los más característicos representantes del arte de la adivinación.

TIRO

Hija de Salmoneo y de Alcídice. Se enamoró del río-dios Enipeo. Pero Poseidón, prendado de ella, la sedujo con el rostro de Enipeo. Así nacieron Pelias y Neleo. Tiro se casó más tarde con Creteo, rey de Yolcos. Sometida a las vejaciones de su suegra Sidero, fue libertada por sus hijos Pelias y Neleo, que se la llevaron consigo y mataron a la pérfida Sidero.

TISBE

Noble y bellísima joven babilonia y prometida de Píramo, príncipe asirio. Los dos se enfrentaban a la oposición de las respectivas familias, de modo que ambos jóvenes estaban obligados a verse a escondidas. Por fin decidieron huir juntos y para ello quedaron en encontrarse junto a la tumba del rey Nino. Aquel día, mientras la muchacha, envuelta en un blanco velo, acudía llena de impaciente espera al lugar convenido, de pronto le interceptó el paso una enorme leona, cuyas fauces ensangrentadas evidenciaban un cruento botín. Tisbe, aterrorizada, huyó dejando caer el velo. La leona, satisfecha, se puso a jugar con el velo, que ensangrentó y despedazó. Cuando Píramo llegó y encontró el velo de su amada roto y ensangrentado y vio al animal perezoso y harto, aterrorizado, imaginando que la joven hubiera sido víctima de la fiera, loco de dolor y sin querer sobrevivir a la muchacha, desenvainó el puñal y se atravesó el pecho. Tisbe, entretanto, tornó al lugar de la cita por otro camino y, no viendo al joven, preocupada y perpleja volvió sobre sus pasos, deambuló por los alrededores, hasta que encontró a Píramo en el suelo, yacente. Se precipitó sobre él y este la confundió con una visión que la muerte piadosa le mandaba para confortarle. Pronto advirtió su identidad; era ella, viva y sana; la estrechó contra sí y ya no hubiera querido morir, pero poco después expiraba entre los brazos de su amada. La joven no soportó el dolor y quiso seguir a su amado en la muerte. Sacó el puñal de la herida y se lo clavó en el pecho, yendo a caer sin vida a los pies de Píramo. La sangre de Píramo, que manaba de la herida, había teñido de rojo las blancas bayas de una planta de moras que estaba cerca de allí. Así pudo ver, antes de morir, el nuevo color de la fruta. Pidió entonces a los dioses que dejaran para siempre el color rojo a las bayas, en recuerdo eterno de su desgraciado amor. Y los dioses, apiadados, cumplieron los deseos de la moribunda. Desde entonces, las bayas tuvieron color de sangre.

TISÍFONE

Una de las *Erinias*.

TITANES

Al principio de las cosas, Gea, la Tierra, y Urano, el Cielo, parieron a los Titanes; doce hijos, seis varones y seis hembras. Casi todos maridaron entre sí. Las parejas más conocidas son Océano, el gran río que rodea la tierra y es el padre de los demás ríos, y Tetis, la humedad que todo lo invade; Hiperión, dios de la luz, y Tea, irradiadora, que engendraron los tres seres dadores de luz —Helios, el Sol, Selene, la Luna, y Eos, la Aurora—; Ceos y Febe, padres de dos divinidades nocturnas; Asteria (noche estrellada) y Leto (la noche oscura), Crono y Rea, el tiempo y el movimiento. Además de estos se recuerdan también Jápeto, padre de Prometeo; Crío, la potencia moral; Temis, la ley; Mnemósine, la memoria. La pareja más famosa de Titanes es la de Crono-Rea. Urano, después de procrear con Gea a los Titanes, dio vida también a los Cíclopes y a los Hecatonquiros. Con el paso del tiempo, Urano se obsesionó cada vez más por el terror de ser destronado por sus hijos; temía, sobre todo, a los últimos, a los Cíclopes y los Hecatonquiros, confiando en los Titanes. Al fin, para salvaguardarse, Urano relega a todos los Cíclopes y Hecatonquiros a lo más profundo del Tártaro. Gea, dolida por la suerte de sus hijos, que juzgaba injusta, acude a los Titanes y les pide que hagan la guerra contra su padre, en defensa de sus hermanos. Pero ninguno osa levantar la mano contra su progenitor. Sólo Crono, el más joven de todos, se subleva. Sediento de poder, acepta el encargo de su madre. Ataca con violencia, lo doblega, lo hiere y lo obliga a renunciar al dominio del mundo en su favor. De la sangre del vencido Urano nacieron las Erinias, los Gigantes y las ninfas Melíades. Destronado el padre, Crono es el nuevo señor del mundo; pero no está tranquilo. En el momento de la derrota, su padre le había predicho que la misma suerte correría él. También él moriría a manos de un hijo. Para conjurar este peligro Crono decide comerse a todos sus hijos. En efecto, se come a Hestia, Deméter, Hera, Hades, Poseidón. Pero cuando nace Zeus, Rea, cansada de tantas muertes, en lugar del hijito recién nacido, presenta a Crono una piedra envuelta en pañales, que él devora sin darse cuenta de la sustitución. Así empieza la historia del ocaso de Crono. Zeus, criado por las Ninfas en una gruta escondida de la isla de Creta, creció fuerte y majestuoso. Al hacerse adulto se revela contra Crono, y le obliga a vomitar a todos los hijos que había engullido, los cuales eran inmortales por su origen divino. Comienza la lucha tremenda entre Zeus y Crono, en la que participan todos los inmortales y todas las fuerzas de la naturaleza. Es la Titanomaquia, porque los Titanes se dividieron en dos bandos. Océano, Hiperión, Temis y Mnemósine se pusieron de parte de Zeus, los otros Titanes permanecieron junto a su hermano Crono. La lucha arrecia. Zeus libera del Tártaro —donde todavía se encontraban desde que les había relegado su padre Urano— a los Cíclopes y a los Hecatonquiros para recabar su ayuda. La guerra duró más de diez años y fue cruenta. Zeus ocupaba el Olimpo y Crono el monte Ortriz, ambos en Tesalia. Desde los dos montes se arrojaban piedras. Zeus se sirvió de los rayos que le proporcionaban los Cíclopes. El cielo, la tierra y el mismo Tártaro eran sacudidos por la terrible batalla. Crono cayó vencido con sus Titanes. Los que le habían ayudado fueron precipitados al negro Tártaro y allí encadenados bajo la férrea custodia de los Hecatonquiros, fieles a Zeus. Crono perdió el reino de los muertos. Zeus, transformado en señor del universo, dividió su reino. Para sí retuvo el cielo, dejó a Poseidón el mar y a Hades el Tártaro. La tierra quedó, con esta partición, neutral. Pero Zeus no debía todavía gozar en paz de su reino. Gea, indignada por el modo con que habían sido tratados sus hijos, se unió con Tártaro y parió a un monstruo, Tifón, con cien cabezas que vomitaban fuego. Gea lo mandó contra Zeus a fin de derrocarlo del trono conquistado. Se originó una nueva y tremenda lucha, que, una vez más, sacudió toda la tierra. Pero Zeus, con sus poderosos rayos, consiguió abatir al monstruo y mandarlo a las vísceras del Etna, en Sicilia, donde todavía manifiesta su ira lanzando fuego y llamas. Desde aquel momento, el señorío de Zeus quedaba asegurado.

TITANOMAQUIA
Véase *Titanes*.

TITONO
Hijo de Laomedonte, rey de Troya y hermano de Príamo. Fue escogido como esposo de la diosa Eos, que se lo llevó consigo a los confines de la tierra, ya que moraba en las corrientes del Océano. Pidió a Zeus que concediera a Titono la inmortalidad. Zeus, enternecido por tanto amor, consintió en ello. Pero Eos se olvidó suplicar para su esposo junto con la inmortalidad la eterna juventud. Y poco a poco Titono envejeció, perdió su belleza y Eos lo abandonó. Es probable que el mito quiera ver en Eos a la eterna Aurora, siempre joven, enamorada del día en su adolescencia; pero, cuando este llega a la vejez, es decir, a la tarde, lo abandona. La inmortalidad de Titono significaría el día que siempre vuelve.

TMOLOS
Marido de Onfale, violó en el templo de Ártemis a la ninfa Arrife. Esta se suicidó a causa de la vergüenza e imploró venganza a los dioses. Tmolos fue lanzado como castigo por un toro furioso contra una empalizada puntiaguda, donde murió terriblemente destrozado.

TOANTE
1. Rey de Táuride. Cuando Orestes y Pílades llegaron a su reino para robar el simulacro de Atenea y llevárselo a Ática, los arrestó. Iban a ser ajusticiados, pero la sacerdotisa de Ártemis, Ifigenia, hermana de Orestes, reconoció a su hermano y le ayudó en el rapto de la estatua. La persecución de Toante fue inútil merced a la intervención de Atenea.

2. Rey de Lemnos. Salvado por su hija Hipsípila cuando las mujeres de la isla decidieron matar a todos los hombres porque las descuidaban. Se refugió en Quíos durante una temporada, pero cuando se descubrió su escondrijo, llegaron hasta él y allí lo mataron. Por haber intentado salvar a su padre, también Hipsípila fue obligada a huir.

TOXEO
Hijo de Testio y tío materno de Meleagro. Cuando terminó la famosa caza del jabalí Calidón, los restos tocaron, como era costumbre, a aquel que había pegado el golpe mortal, es decir, Meleagro;

EOS Y TITONO

pero este, seducido por las gracias de Atalanta, la valiente cazadora, se los regaló con el pretexto de que una primera flecha suya alcanzó al monstruo. Esto suscitó los celos de Toxeo y de su hermano Plexipo, que robaron a Atalanta los restos del jabalí. Indignado, Meleagro los mató; así se desencadenó la guerra entre los etolios y los curetas, y como cuenta la *Ilíada*, Meleagro murió a manos de Altea.

TRIPTÓLEMO

Hijo de Céleo, rey de Eleusis y de Metanira. Aprendió de Deméter, cuando era huésped de Céleo, los secretos de la agricultura y la preparación del pan. Combatió contra Linceo y Erisictón, que no habían aceptado sus enseñanzas. En compañía de Eumolpo y Diocles, Deméter le inició en los sagrados misterios. Esto sirvió para considerarle fundador de los ritos eleusinos.

Dueño de los campos, constructor del primer arado, maestro de los hombres en las artes agrícolas, se representa sobre un carro volador con espigas de trigo en la mano.

TRITÓN

Es el único hijo de Anfítrite y de Poseidón, dios del mar. Habita con sus padres en un gran palacio de oro, en las profundidades del mar. Es un ser gigantesco y poderoso. De forma humana en la parte superior y de pez en la parte inferior, tiene una cola bifurcada. Más tarde, la imaginación popular moldeó el pecho y las patas anteriores de caballo, formando un monstruo de triple naturaleza. Tritón posee un gran cuerno de conchas, que sopla por orden de su padre para levantar o aplanar las olas. Es tal la fuerza del cuerno que emite sones agudísimos y se le oye en todas las orillas del mar; en especial, si toca para levantar las olas o prepara las grandes tormentas marinas. Tritón ayudó a Zeus en la Gigantomaquia. Después del diluvio, acompañó a los mares a todas las aguas desbordadas. Heracles lo venció mientras peregrinaba en búsqueda de las manzanas de las Hespérides. Gozó también del don de la profecía. Engendró a otros dioses marinos, en todo similares a él, llamados precisamente Tritones, que representaban en el reino marino lo que Sátiros y Centauros en el reino terrestre.

CORE Y TRIPTÓLEMO

TRITÓN LUCHANDO CON HERACLES

TROFONIO

Hermano de Agamedes.

TROILO

El más joven de los hijos de Príamo y Hécuba. Apenas adolescente combatió con ímpetu en la guerra de Troya al lado de sus hermanos y de sus compañeros. Fue uno de los primeros en morir, a manos del mismo Aquiles y por él decapitado. Narra la leyenda que los oráculos habían dicho que Troya no caería mientras Troilo viviera y el *Paladio* estuviera en su sitio. Príamo no quería por lo mismo que su hijo combatiera, pero Troilo insistió y también él empuñó las armas. Murió sin que nadie pudiera prestarle ayuda.

TROS

Hijo de Erictonio, dio nombre de Troyanos a sus descendientes. Tuvo tres hijos de su mujer Calírroe: Ilo, Asáraco y Ganimedes; el primero de estos fundó Ilión, Troya.

TROYA

Antigua capital de Tróade, en Asia Menor. Se alzaba junto a la costa del Helesponto, cerca del monte Ida. Había sido fundada por Ilo, hijo de Tros, descendiente de Dárdano, hijo de Zeus. Hasta entonces, toda la estirpe de los Dardánidas había vivido en la cima del monte Ida, en la ciudad de Dardania, fundada por Dárdano. Ilo, dejando allí a su hermano Asáraco, bajó al valle y construyó una nueva ciudad a la que llamó Troya, denominada asimismo Ilión. Fundada la ciudad, Ilo pidió a Zeus que le enviara una señal visible de su gracia. En efecto, al día siguiente, saliendo de su tienda tras el reposo nocturno, encontró la célebre *Paladio*, una estatua de madera de Atenea Paladia. A esta estatua, advirtió Zeus, se hallaría ligado el futuro progreso, la prosperidad y la salvación de Troya. Ilo gobernó durante mucho tiempo la ciudad de Troya y custodió la estatua que le habían confiado los dioses, de modo que bajo su reinado la ciudad prosperó y su pueblo vivió feliz. Muerto Ilo, le sucedió en el trono su hijo Laomedonte. Apolo y Poseidón le construyeron la ciudadela de Pérgamo, que dominaba Troya, a fin de demostrar su favor para con la ciudad. Pero Laomedonte no cumplió las promesas hechas en la construcción de la ciudadela. Los dioses, enfurecidos, lo castigaron. Poseidón mandó hacia Troya un monstruo marino ferocísimo que hizo prisionera a la hija de Laomedonte, Hesíone. Llegó esto a oídos de Heracles y tras muchas fatigas llegó a Troya. Se presentó ante el rey Laomedonte, quien le conjuró para que libertara a su hija del monstruo, prometiéndole a cambio los caballos que Zeus le había dado en señal de protección. Heracles aceptó. Afrontó y mató al monstruo, liberó a la muchacha y la llevó de nuevo hasta su padre, pidiendo el don prometido. Pero Laomedonte, obtenida su hija, negó una vez más a Heracles los caballos prometidos. Este se marchó indignado, amenazando que volvería pronto para vengarse. Regresó pasado algún tiempo con Peleo, Telamón, Dicles. Lo que había organizado Heracles era una verdadera expedición contra Troya. Pronto la infortunada ciudad fue saqueada y Laomedonte castigado por mano del mismo Heracles, que mató también a todos sus hijos varones, a excepción de Podarces, pues Hesíone, prometida esposa de su amigo Telamón, supo salvarle cubriéndolo con un velo. Podarces, llamado Príamo después del rescate, fue el nuevo jefe de los Dardánidas o Troyanos. Cubrió de nuevo esplendor la ciudad destruida por la guerra contra Heracles y le dio paz y prosperidad, como ya había hecho su antepasado Ilo. Príamo se casó con Hécuba y engendraron una prole numerosísima, siendo Héctor el primogénito. Después, nació Paris; mientras le daba a luz su madre, Hécuba, tuvo un sueño de mal augurio; por ello sus padres, con gran pesar, decidieron abandonar al pequeño en la cima del monte Ida a merced de la muerte. Paris, gallardo y joven apuesto, había sido recogido casualmente por un pastor y creció sano y fuerte. Cuando surgió una discusión entre Hera, Afrodita y Atenea sobre quién recibiría la manzana por ser la más hermosa escogieron como juez a Paris. Acudieron al monte Ida, donde vivía como si fuera un pastor. Paris concedió la manzana a Afrodita. Conocida después —se lo había revelado el viejo pastor que lo criara— su verdadera procedencia, Paris bajó a Troya. Allí participó en concursos organizados por Príamo, venciendo a todos sus hermanos. Reconocido por sus padres, felices por hallarlo de nuevo, lo acogieron en el seno de la familia. El sueño de Hécuba no había sido errado. Paris sería la causa de la ruina de Troya. Afrodita, agradecida por el honor de la manzana, prometió a Paris la mujer más hermosa del mundo. Aceptado ya como hijo del rey, emprendió viaje a ultramar. Llegado a Esparta, fue acogido por el rey Menelao y allí encontró a la bella Helena, esposa del rey. Enamorado de ella, la raptó y se la llevó consigo a Troya. Menelao pidió la devolución de su esposa, pero su petición no fue aceptada. Organizó entonces una guerra contra Troya, y todos los dioses y los héroes griegos más famosos se le unieron. La guerra fue larga y cruenta. Por fin, Ulises robó la estatua de Palas Atenea que era el símbolo de la salvación de Troya. Y la muerte de la ciudad quedó marcada. En efecto, los griegos consiguieron entrar en Troya, por medio del famoso caballo de madera. Troya fue saqueada y destruida; Príamo y todos sus hijos, muertos. Hasta aquí la leyenda. Pero la leyenda conecta con la historia.

Troya ha existido efectivamente, y el mérito de haber identificado su ubicación se debe al arqueólogo alemán Enrique Schliemann. La ciudad se levantaba sobre la colina de Hissarlik, a unos treinta metros de altura, en el valle de Escamandro —cuyo alvéolo ahora se ha desplazado hacia el sudoeste—, en la confluencia con el Simoenta poco antes de desembocar en el Helesponto. Las excavaciones, iniciadas por Schliemann en el año 1879, han sacado a la luz restos que atestiguan una continua renovación de la vida en el mismo lugar a través de un largo sucederse de siglos y civilizaciones. Unos nueve estratos arqueológicos, desde el neolítico al romano, se sobreponen; pero es el sexto estrato el que corresponde a la ciudad homérica, la cual se manifiesta con los restos de la muralla de la ciudadela, la entrada principal (quizá la puerta Dardania de Homero) y las diferentes casas cuya forma es de cuadrilátero con vestíbulo entre la puerta y la habitación interior. Este sexto estrato, que revela una ciudad incendiada y destruida, pone fin a todo posible elemento autóctono.

La destrucción había sucedido, según antiguos cronistas, en el 1184 a. de C. Luego, en los siglos VIII-VII a. de C. el lugar se consagró a Atenea Ilia, pasó a Alejandro el Macedonio, a los Seléucidas, a los romanos, a César, a Augusto, a Claudio y a todos sus sucesores porque fue considerado como cuna de la Gens Iulia. Conviene recordar que Troya, ciudad riquísima y dominadora por mar del acceso al Helesponto, había provocado celos y temores a los griegos, marineros y mercaderes empujados siempre más hacia las playas del Ponto Euxino. Esta sed indomable de expansión empujó a los pueblos aqueos a unirse y declarar la guerra contra Troya. Verdadera razón de Estado, pues el rapto de Helena no es más que la causa ocasional de este conflicto funesto, que vio a una floreciente ciudad arrasada, y a los vencedores, agotados por el largo esfuerzo, emprender callados y desanimados el camino de regreso. La leyenda de Troya es una de las más famosas de la Antigüedad clásica en la que se mezclan la mitología y la realidad histórica.

TURNO

Hijo de Venilia, antigua diosa marina esposa de Neptuno. Rey de los rutulios. Estos descendían de Pilumno o de Acrisio. Se narraba, en efecto, que Acrisio, para deshacer el oráculo que había predicho que su nieto lo mataría, encerró a su hija Dánae en una torre de bronce. Zeus vino a buscar a la joven, que parió a Perseo. Cuando Acrisio se enteró, para liberarse del nieto, metió en una caja sellada con bronce a Dánae y al pequeño Perseo y los arrojó al mar. La caja, en vez de hundirse, flotó sobre el mar y llegó hasta las costas itálicas, donde el rey Pilumno se casó con Dánae. Pilumno fundó también la ciudad de Ardea, que se convirtió en la capital de los rutulios. He aquí por qué Turno se consideraba extranjero en Italia, dado el origen de su abuela Dánae. Como príncipe extranjero aspiraba a la mano de Lavinia, hija del rey Latino. Los oráculos del dios Fauno y las respuestas de los augures habían dicho, en efecto, que la muchacha estaba destinada a un príncipe extranjero. La madre de Lavinia, Amata, se valía del título de extranjero que tenía Turno para convencer al marido de que le diera la mano de su hija Lavinia. Las cosas estaban de este modo cuando Eneas llegó a Italia y, remontando el Tíber, desembarcó en Laurentum, donde el rey Latino lo acogió generosamente y le permitió construir en su territorio una ciudad, ofreciéndole, además, a su hija. Amata incitó a Turno a que se rebelara contra la decisión de Latino, esperando obtener también la alianza de su hija. Pero Lavinia se había enamorado de Eneas desde el momento en que lo vio, y no quería saber nada de Turno. Se desencadenó una sangrienta batalla entre Eneas y Turno. Este último recabó ayuda de los latinos y otros pueblos itálicos; tuvo como aliado a Mecencio, rey de Ceres, ciudad etrusca. Eneas, a su vez, había construido ya una ciudadela fortificada a las orillas del Tíber, había estrechado alianza con Evandro, hijo de Hermes y de la ninfa vaticinadora Carmenta, el cual se fue a establecer en Italia con sus secuaces antes de la destrucción de Troya, y había fundado en la colina que más tarde será llamada Palatino, en el lugar donde se alzará Roma, una ciudad llamada Palanteo. La guerra duró mucho tiempo; murió gran número de soldados de ambas partes. Todos estaban cansados de tanto derramamiento de sangre. Finalmente, Eneas y Turno se enfrentaron en un duelo; Turno cayó y Eneas pudo casarse con Lavinia; los pueblos itálicos recobraron la paz y, a la muerte de Latino, Eneas lo sucedió en el reino.

UDEO

Noble tebano. Cuando el famoso héroe Cadmo mató al dragón que había devorado a sus compañeros, aconsejado por Atenea sembró los dientes del monstruo en el suelo. Como por encanto surgió del suelo una multitud de guerreros, que comenzaron a combatir con gran energía. Sólo cinco —y entre estos Udeo— fueron los supervivientes de aquella feroz pugna. Estos ayudaron después a Cadmo en la fundación de la ciudad de Tebas y fueron los fundadores de otras tantas nobles familias.

ULISES

Legendario héroe griego, protagonista de la *Odisea* y uno de los principales personajes de la *Ilíada*. Natural de Ítaca, hijo de Leartes y de Anticlea, que descendía de Autólico, hijo de Hermes. Se casó con Penélope, hija del príncipe Icario y de Peribea. A pesar de su parentesco con los Átridas, no quería combatir en la guerra de Troya. Astuto e ingenioso, se fingió loco, pero su amigo Palamedes lo desenmascaró. Para vengarse, Ulises tramó el modo de hacerle sospechoso de traición y de secretos acuerdos con Príamo; Palamedes fue injustamente condenado a muerte y cayó a manos de Aquiles. Durante la guerra de Troya, Ulises se mostró audaz guerrero y estratega y consejero militar de primer orden. Su nombre aparece siempre en las crónicas de la guerra, pues asume poco a poco una posición destacada entre los numerosos caudillos del ejército griego. A la muerte de Aquiles, hubo una feroz controversia entre todos los héroes que aspiraban a sus envidiables armas forjadas por Hefesto. Áyax aspiraba a las mismas y las deseaba ardientemente, pero Agamenón, siguiendo el consejo de Atenea (cuya sabiduría era tenida en gran aprecio por Ulises) decidió en favor del ítaco, de cuya decisión Áyax se dolió hasta el punto de que enloqueció y se suicidó. Ulises sería pues el más fuerte de los caudillos griegos. Decidió resolver la guerra con la astucia, y no sólo con la fuerza. Enterado por el adivino troyano Heleno de que no podía conquistar la ciudad sin las flechas de Heracles, en aquel momento en poder de Filoctetes, Ulises, sin titubear, organizó una expedición con su fiel amigo Diomedes (según otras versiones con Neoptólemo, el joven y valeroso hijo de Aquiles). Condujo a Troya al reacio héroe, que con una de sus flechas mágicas asestó el golpe de gracia al hermoso Paris, causa principal de toda la guerra troyana. De nuevo Ulises conoció que no era posible conquistar la ciudad, porque esta poseía una estatua que la hacía invulnerable, el *Paladio*. Penetró atrevidamente durante la noche en la ciudad con su fiel Diomedes y sustrajo el simulacro de la diosa. Finalmente, viendo que sus esfuerzos y los de sus compañeros eran inútiles, tuvo la famosa idea de mandar construir a Epeo un caballo de madera. Treinta de los mejores guerreros griegos se escondieron en el vientre vacío del caballo, mientras el ejército quemaba el campamento y zarpaba, haciendo creer que era su intención desistir de la empresa. Este famoso engaño de Ulises costó a los troyanos la derrota y la pérdida de la ciudad. Hasta aquí la narración de la *Ilíada*. Ulises es el único gran protagonista del segundo poema épico de Homero, la *Odisea*, que narra precisamente las aventuras de su regreso a la patria. Había partido con sus doce naves cargadas de un rico botín de la Troya incendiada, pero la fortuna se le mostró adversa. Lanzado por una tempestad a las costas de Tracia, tuvo que luchar contra el pueblo de los Cicones; destruyó su ciudad pero estos se vengaron matando a setenta y dos de sus hombres en un inesperado ataque nocturno. Cuando pudo embarcarse de nuevo, encontró vientos contrarios que lo empuja-

ULISES OFRECIENDO VINO A POLIFEMO

ron hacia Libia, a la tierra de los lotofagios o comedores de loto, donde sus compañeros probaron el colorado fruto y sintieron tal placer que Ulises se sintió en la obligación de embarcarlos por la fuerza. La aventura siguiente le tocó en la tierra de los Cíclopes, el país de los gigantes que habitaban en una isla cuidando de sus enormes reses. Los Cíclopes tenían sólo un ojo en medio de la frente y eran caníbales. Ulises fue a dar con doce de sus compañeros a la caverna de Polifemo, hijo de Poseidón, que cuando vio a aquellos hombres se comió a dos de ellos. Ulises puso a trabajar su vivaz cerebro; consiguió emborrachar al Cíclope con el vino que llevaba, y cuando estuvo bien dormido cogió un enorme palo, afiló la punta y la puso al rojo vivo; después la metió en el único ojo del gigante, cegándolo. Polifemo decidió hacerle pagar la broma: se colocó en la entrada de la caverna bien decidido a capturar a los itacios, pero Ulises consiguió huir agarrándose a la lana de los corderos, escondido bajo su vientre. El Cíclope no pudo hacer más que invocar venganza a su padre Poseidón. Ulises llegó a Eolia, isla gobernada por Eolo, rey de los vientos: este los tenía encerrados en una caverna y los hizo salir según orden de los dioses. El buen rey quiso hacer un regalo a Ulises: un odre en el que se guardaban todos los vientos contrarios; si Ulises los mantenía cerrados podría llegar sano y salvo en poco tiempo a su Ítaca de origen. Pero un marinero curioso quiso abrir durante la noche el odre, provocando la fuga de los vientos y una furiosa tempestad, que lanzó de nuevo a todas las naves de Ulises lejos de su destino. Del país de los Lestrigones, gigantes antropófagos, Ulises consiguió escapar con una sola nave, ya que las demás se destrozaron entre los escollos. Llegó luego a la isla de Eea, donde habitaba la bellísima maga Circe. Esta acostumbraba a transformar en animales a todos los extranjeros que tenían la desgracia de llegar a aquella isla. Ulises, al desembarcar, mandó a la mitad de sus hombres en avanzadilla, pero estos bebieron del agua encantada y fueron transformados en cerdos. Tan sólo uno huyó, Euríloco, que corrió hacia Ulises para llevarle la mala noticia. Ayudado entonces por Hermes, que le dio un medicamento contra la magia, penetró en la habitación de Circe y la convenció de que devolviera la forma humana a sus compañeros. Luego, enamorado de ella, vivió durante todo un año en aquella isla, abandonándose a las fiestas y a las libaciones; y seguramente no se habría movido de allí a no ser por las inquietudes de sus compañeros que le recordaban la patria lejana. Circe le aconsejó que bajara al Hades, e interrogase al adivino Tiresias, a fin de conocer cuándo debía regresar a la patria. Llegado al país de los Cimerios, y realizados los sacrificios rituales, se le aparecieron las sombras de Tiresias y de muchos héroes griegos compañeros suyos de batalla en Troya. Tiresias le desveló la indignación de Poseidón contra él por haber cegado a su hijo Polifemo, y le aseguró la llegada a la patria si en Trinacria, Sicilia, se respetaban los rebaños de Helios. Reemprendido el viaje, Ulises tocó la isla de

ULISES EN COMBATE CONTRA ESCILA

las Sirenas, las encantadoras y engañosas diosas del mar que embelesaban con su dulcísimo canto a los navegantes y les inducían a desembarcar en su isla, de la cual no volverían a partir nunca más. Para huir de tal peligro, Ulises tapó las orejas de sus compañeros con cera, pero él sí quiso oír el dulcísimo canto y para ello se hizo atar al palo mayor de la nave. Poco más allá, al pasar por el estrecho de Mesina, entre los dos monstruos Escila y Caribdis, mientras intentaban huir de uno, seis remeros de la nave de Ulises fueron engullidos por el otro. Sus compañeros le indujeron entonces a desembarcar en Trinacria. Lo hizo de mala gana, casi como si presagiara algún peligro. En efecto, algunos de los itacios encontraron y comieron algunas bestias del ganado de Helios, pese a las advertencias de Tiresias. La cólera de los dioses ofendidos fue tremenda: apenas llegaron al mar, un rayo enviado por Zeus hundió la nave, y todos se ahogaron a excepción de Ulises, que agarrado a un palo de madera y a merced de las olas durante nueve días, llegó felizmente a la isla de Ogigia. El único habitante era la ninfa Calipso, hija de Atlante, que acogió al desamparado, se enamoró de él y le convenció para que se quedara a su lado. Era demasiado fuerte el espíritu de aventura y la nostalgia de la patria en Ulises para que pudiera permanecer en cualquier lugar; ni siquiera la promesa de la inmortalidad sirvió para disuadirlo de su propósito de partir lejos de la dulce Calipso. Durante siete años, a pesar de amar tiernamente a la ninfa, le atormentó el dolor pensando en su Ítaca, hasta que los dioses se conmovieron y ordenaron a Calipso que lo dejara partir. Se construyó una balsa y volvió al mar; en el decimoséptimo día de viaje avista la isla de Esqueria, pero Poseidón, cegado en su enojo, lo descubre y le destruye la almadía dejándolo solo a merced de los elementos. Una buena ninfa marina, Leucótea, lo envuelve en su velo y le permite alcanzar a nado la costa. Desfallecido, se duerme en humilde lecho de paja. Atenea le envía un sueño restaurador. La misma diosa revela en sueños a Nausica, la hija del rey de los Feacios, que acuda al día siguiente al río a lavar sus velos, pues se acerca su boda. Nausica con sus esclavas se dirige al río, juega y ríe. Ulises, recuperado, sale de su escondite:

Y al aparecérseles de aquella horrible guisa
y afeado por el sarro del mar, todas huyeron,
unas por un lado, otras por otro,
corriendo a esconderse entre las rocas de la escarpada
[ribera.
Tan sólo la hija de Alcínoo le esperó sin asustarse
pues Atenea infundióla animoso valor [...].

Esta es la descripción de Homero, que inicia uno de los episodios más líricos de todo el poema. Nausica proporciona al héroe comida y vestidos, y lo acompaña a las puertas de la ciudad. Allí es acogido generosamente y admitido a un banquete en su honor. Un poeta, Demódoco, canta las aventuras de la guerra de Troya:

Con las robustas manos asiendo el purpúreo manto
se lo sacó de la cabeza y escondió su bello rostro
pues sentía vergüenza de llorar ante los Feacios.
[...] Pero a todos pasó inadvertido su llanto, menos
a Alcínoo, que lo notó por estar sentado junto a él
así como oyó sus largos, frecuentes y profundos
[suspiros.

A las preguntas de Alcínoo, Ulises narra sus aventuras. Después, una nave de los generosos Feacios lo lleva a la playa de Ítaca en el vigésimo año de su partida a Troya. La ira de Poseidón, impotente ya contra Ulises, transforma la nave en una roca. Pero nuestro héroe ha llegado finalmente a su tierra natal. Allí, durante su ausencia, se había ido creando una situación difícil para Penélope. Laertes, su suegro, perdida toda esperanza de que su hijo Ulises regresara, vivía en la más profunda tristeza. La mujer era asediada por muchos pretendientes, los Procios, que en la corte de Ítaca se habían instalado dilapidando los bienes del héroe ausente. Con una estratagema digna de su esposo, Penélope había conseguido calmar a estos impertinentes diciéndoles que se casaría de nuevo después de acabar el sudario que estaba tejiendo para Laertes; pero acostumbraba a deshacer de noche el trabajo realizado durante el día, y de este modo confiaba en retrasar por tiempo indeterminado las temidas bodas. Los Procios desde hacía algún tiempo habían sido avisados del engaño y le obligaron a concluir su trabajo. Precisamente cuando la gravedad de la situación se había hecho ya insoportable para Penélope, desembarcó Ulises en las playas de Ítaca. Una vez más, la diosa tutelar Atenea se le apareció y le ayudó. En efecto, lo transformó en un viejo mendigo, imposible de reconocer para todos, y lo encaminó a casa de Eumeo, fiel porquerizo, para que allí pudiera entrevistarse con su hijo Telémaco, haciéndole huir de la trampa ideada por los Procios. En casa de Eumeo, padre e hijo se reconocen y abrazan, y preparan el plan para la matanza de los Procios. Al día siguiente, Eumeo condujo a su señor a la ciudad; en la misma puerta de su casa, el viejo perro Argo reconoce a su amo y muere de alegría por su presencia. Ulises, disfrazado de mendigo, entra en su propia casa, donde es insultado, burlado y maltratado durante la báquica crápula de los Procios. Por la noche, cuando ya todos se han retirado, padre e hijo esconden las armas para la lucha del amanecer. Ulises mantiene también un coloquio con Penélope, sin darse a conocer, durante el cual constata su fidelidad, y le promete que su esposo regresará pronto. Luego, su vieja nodriza Euriclea, lavándole los pies, le reconoce por una antigua cicatriz en la pierna.

De modo que al tocar la vieja con la palma de la mano
la cicatriz reconocióla y haciéndolo sonar,
la inclinó hacia atrás, vertiendo su contenido por el
[suelo,
mientras la alegría y el dolor invadían simultáneamente
[el corazón de Euriclea,
que llenos los ojos de lágrimas fue incapaz de articular
[palabra.

Pero Ulises, que persigue su venganza, le intimida para que no diga ni una palabra a nadie acerca de su identidad. Cuando se inicia el desenfreno del gran día, el falso mendigo y Telémaco reciben los acostumbrados insultos; pero han hablado ya con dos fieles servidores, han hecho cerrar todas las puertas y recogido a las mujeres en el piso superior. Penélope propone a los Procios una prueba: será su esposo aquel que consiga tensar el arma de Ulises y lanzar una flecha a través de las doce anillas de doce ejes fijados en el suelo. Todas las tentativas de los Procios son vanas. El arco de Ulises no lo dobla ninguno. Entonces, el héroe se adelanta y pide que le dejen participar en la prueba. Los Procios se ríen y se burlan, pero el fingido mendigo sí tensa el arco y del primer golpe atraviesa los doce anillos; después, dirige el arma hacia el jefe de los Procios y lo mata de un flechazo. Es la señal de venganza. Ayudado por su hijo Telémaco, por Eumeo y Filecio, el héroe siembra la muerte entre los Procios, a excepción de Femio, el adivino sagrado de los dioses, y de Medeonte, el heraldo. También las sirvientas infieles son ajusticiadas, y la casa se purifica con azufre y fuego. Ulises se manifiesta a Penélope, pero ella al principio no puede creer que sea su amado esposo; entonces él describe minuciosamente su tálamo, que ha construido con sus propias manos y que ningún otro hombre ha visto. Atenea prolonga para ellos la noche. Mientras los Procios son hundidos en el Hades, Ulises saluda a su viejo padre. Con la benéfica intervención de Atenea concluye la paz de toda la isla. Según una tradición posterior a Homero, Ulises no murió de pacífica vejez, sino a manos de Telógono, hijo suyo y de la maga Circe, que lo mandó en busca del padre, y aquel desembarcó casualmente en la playa de Ítaca.

URANIA
Una de las nueve Musas, protectora de la poesía didascálica y de la astronomía. Se la representaba con un globo en la mano y con un compás.

URANO
Primer dios del Olimpo. Engendrado por la Luz y el Caos. Simboliza las mismas fuerzas de la creación, que de la materia indiferenciada extrae las formas y el mundo. Seguidamente pasó a representar la bóveda celeste, el cielo estrellado. El mito de Urano evoca el recuerdo de las más antiguas formas de vida del hombre; las modernas interpretaciones ven en aquellos mitos el recuerdo de los tiempos en que el hombre salía del estado feroz y conquistaba el sentido de la propia individualidad, la voluntad de oponerse a la naturaleza y a los demás hombres. Los violentos celos de Urano con sus propios hijos y su voluntad de poder son claro símbolo del deseo del hombre de dominar a las fuerzas de la naturaleza. Urano se había unido a Gea

(la Tierra) para poblar el mundo y procrear la estirpe divina. De la unión de Urano y Gea nacieron primero los doce Titanes: seis varones (Océano, Ceos, Creos, Hiperión, Jápeto, Crono) y seis hembras (Tea, Rea, Temis, Mnemósine, Tetis y Febe). Despúes nacieron los Cíclopes, tres gigantes potentísimos, personificación del fuego, del relámpago y del trueno; tenían un solo ojo enorme en medio de la frente y vivían en los montes. Se llamaban: Brontes, Estéropes y Argos. De Gea, asimismo, Urano engendró a los Hecatonquiros o Centímanos, descomunales monstruos sin forma humana, con cincuenta cabezas y cien brazos cada uno, cuyo número también era tres: Cotos, Briareo y Giges. La potencia de sus hijos sobresalía de tal modo que Urano comenzó a temer por la propia incolumidad y por la solidez del trono. Temía sobre todo a sus hijos más jóvenes: los Hecatonquiros y los Cíclopes. Los Titanes le parecían menos peligrosos. Y así hizo precipitar a los Cíclopes y a los Centímanos en lo más profundo del Tártaro, los encadenó fuertemente a la roca y puso en su custodia a los demonios. Se indignó Gea por el trato reservado para con sus hijos. Explicó, pues, a los Titanes todo cuanto había hecho su padre y les incitó expresamente a la rebelión. Sólo Crono, el menor de los Titanes, ayudado y animado por su madre, osó hacerlo y se preparó para destronarlo. Crono recibió de su madre un hacha fabricada por ella misma, con la cual, mientras Urano, su padre, dormía, le cortó de un certero golpe los miembros, que arrojó al mar. De los miembros amputados a Urano manó sangre, que derramándose sobre la tierra, engendró a las Erinias, las diosas de la venganza, a los Gigantes y a las Ninfas Melíades. Crono sucedió a su padre en el gobierno del universo.

VACUNA

Divinidad sabina, muy afín a la diosa Niké. *Vacunalia* se llamaban las fiestas celebradas en su honor.

VELLOCINO DE ORO

Véase *Argonautas*.

VENUS

Véase *Afrodita*.

VERTUMNO

Dios típicamente itálico. Como es nota general en estos, se caracteriza por su protección a la naturaleza. Dios agreste. Su nombre deriva del verbo latino *vertere*, que quiere decir 'cambiar, mutar'. Vertumno era el dios de los cambios de las estaciones, el que aseguraba la continuidad y la regularidad de los ciclos de la naturaleza y de los hombres. Entre todas las estaciones había una preferida por él, una que le era consagrada: el otoño, con sus vides rebosantes de uva, con sus árboles cargados de fruta, con sus calmados calores. Tenía el poder ilimitado de transformarse, pudiendo asumir las más diversas formas, desde la de un joven a la de un feroz cazador, de anciano, o de hermosa mujer. Por esto se le consideró también el dios de la mutabilidad de los sentimientos humanos. Vertumno se enamoró de Pomona, diosa de los jardines y de los árboles frutales, de parejo poder que Vertumno. Pomona, cortejada por muchos dioses, nunca quiso escucharles. Tampoco Vertumno obtuvo mejor suerte. Pero no se desanimó en el primer intento. Se presentó a Pomona con todas las formas, como cazador y como pastor. Y puesto que la mayor pasión de Pomona era la de los frutos, que eran las cosas que más amaba en la tierra, Vertumno se transformó en podador, escardador, segador, sembrador; pero la diosa no se rendía. Al final, Vertumno decidió la última tentativa. Se transformó en una vieja y fue al encuentro de Pomona en su huerto. Allí fue recibido y escuchado. Tras haber alabado todos los hermosos frutos maduros y bien cuidados que se encontraban en el huerto, con suaves palabras de admiración por todas las atenciones procuradas por la diosa a sus plantas, y mientras Pomona escuchaba, complacida por esto, Vertumno le manifestó sus propios sentimientos. Regañó dulcemente a Pomona por su arrogancia, por ser demasiado esquiva, por no querer acercarse y consolar a cuantos la amaban. Y mientras Pomona, turbada, reflexionaba acerca de estas palabras, Vertumno abandonó su fingido aspecto y apareció como un hermoso muchacho, consiguiendo finalmente el amor de Pomona, casándose con ella. En Roma, el culto de Vertumno era uno de los más importantes; existía un templo dedicado a él, en la calle Tuscus, una de las más frecuentadas del casco antiguo. Una estatua lo representaba con la azada de jardinero en la mano y el regazo lleno de frutas. En su templo, en las pendientes del Aventino, el día doce de agosto de cada año, día dedicado a él, se celebraba una gran fiesta y se ofrecían a Vertumno las primicias en gran cantidad.

VESPER

Véase *Fósforo*.

VESTA

Nombre latino de la diosa griega Hestia.

VESTALES

Sacerdotisas de Vesta en Roma. Seis en número, seleccionadas por el Pontífice Máximo entre los seis y los diez años de edad, tenían que estar durante treinta años al servicio divino, manteniendo la más absoluta castidad (la vestal que faltara al voto de virginidad era, como castigo, enterrada viva). Transcurrido este periodo podían volver a la vida privada e incluso tomar esposo, pero, por lo general, permanecían durante toda la vida al servicio de Vesta. Su misión era tener siempre encendido el fuego que ardía en el templo de la diosa. Si se apagaba, las vestales eran azotadas en secreto por el Pontífice Máximo. Las sacerdotisas estaban organizadas en colegio, presidido por la más anciana, llamada Virgo Vestalis Maxima. El colegio fue eliminado durante el imperio.

VÍA LÁCTEA

Véase *Galaxia*.

VICTORIA

Divinidad romana, que correspondía a la diosa griega Niké. A su culto estaba dedicado un templo en el Palatino, y el doce de abril se celebraba una fiesta en su honor. Se conservan numerosas reproducciones de gran valor.

VIENTOS

También los vientos eran objeto de culto en la Antigüedad clásica. Se comprende muy bien si se piensa en la importancia que tenían para la navegación y para los navegantes. De ellos dependía el éxito de los viajes y que los navegantes regresaran a casa salvos. Los cuatro vientos principales eran llamados hijos de Eos y de Astreo. Se les imaginaba como dioses personificados, y se les dirigían plegarias, así como sacrificios para recabar su benevolencia. El más temido era Bóreas o Aquilón, viento del Norte, cuyo soplo hacía temblar la tierra y agitar espantosamente las olas del mar. Bóreas gozaba de merecida reputación como raptor de jóvenes. Su estupro más famoso es el que hizo a Oritia, hija de Erecteo, raptada por Bóreas mientras jugaba en las orillas del Iliso. Bóreas la hizo, después, su esposa y con ella engendró a los boreadas Calais y Zete, dos vientos menores. Pero Bóreas era, sobre todo, un dios destructor, y su exterminio es el de toda la flota de Jerjes, durante la guerra persa. Por este hecho recibió eternamente la gratitud de los atenienses, que lo honraron con un altar y un templete. Igualmente poderoso y benefactor era Noto, Austro, viento del Sur. Cuando Noto se levantaba, arreciaban lluvias torrenciales, verdaderas tempestades que hacían el mar innavegable durante días, sumergido en una mortal tiniebla para quien se encontrara embarcado, pues perdía el camino de regreso y moría envuelto en los flujos. Favorable, fresco, nuncio de la primavera, acariciador y agradable a los hombres era en cambio Céfiro, viento del Oeste. Los romanos lo llamaban Favonius, porque a su soplo favorable maduraban la tierra y las semillas. Así era venerado, además de como dios de la primavera, como bienhechor de los sembrados. El último de los cuatro vientos más importantes era Euro o Volturnus, procedente del Este (más exactamente del Sudeste); soplaba seco o húmedo en el solsticio de invierno. Una leyenda narra que todos los vientos se hallaban recogidos en la isla de Eolia, donde permanecían encerrados en una caverna. Su vigilancia había sido encomendada por los dioses a Eolo, que tenía la precisa misión de custodiarlos y de no permitirles salir sin que antes algún dios lo hubiera ordenado. Se quería evitar el desencadenamiento irracional de todos los vientos sobre la tierra, con grave peligro y daño para todas las cosas. Además de los vientos principales, que hemos dicho que eran cuatro, se hallan encerrados en la caverna otros vientos menores, los más importantes de los cuales son Aquilo, viento del Nordeste; Apeliotes, viento del Sudeste; Lips, o

Africus, viento del Sudoeste, y Esquirón, viento del Noroeste.

En la Antigüedad clásica se edificó un monumento en el que los ocho vientos se hallan representados. Es la famosa *Torre de los Vientos*, viejísima construcción ateniense, bastante bien conservada, trabajada a medio relieve, en que se simbolizan los ocho vientos en forma de dioses. En la cima del capitel existía un templo hoy desaparecido; en el centro del techo, un timón noble, que giraba movido por el viento e indicaba su dirección con una especie de bastón inclinado hacia la figura correspondiente al viento que en aquel momento soplaba. De este modo, todos, incluso los niños, acudían a la torre para saber con precisión cuál era la dirección del viento que soplaba y de qué viento se trataba. La torre, obra de Andrónico Cireste, se llamaba *Reloj*. Los ocho vientos tenían representación antropomórfica con alas en la cabeza y en los hombros; su boca estaba semiabierta y las mejillas hinchadas de tanto soplar. Una de las representaciones modernas más famosas de los vientos es la dada por Botticelli en el famoso cuadro del *Nacimiento de Venus*, en la Galería de los Uffizi, de Florencia. En este cuadro, los vientos son una pareja de adolescentes alados, estrechamente unidos uno al

CÉFIRO Y NOTO

otro, los cuales soplan sobre el mar y sobre la concha que sostiene a Venus, nacida del piélago.

VIRIPLACA

Divinidad romana que llevaba la reconciliación entre los cónyuges que se habían separado. Hacían las paces en su templo del Palatino.

VOLTUMNA

Divinidad etrusca que auspiciaba la benevolencia. En su templo, cerca de Volsinio, convenían los representantes de todas las ciudades etruscas para tratar los asuntos de Estado.

VOLTURNUS

Nombre latino del viento Euro. Era también el sobrenombre del dios Tiberino.

VOLUPTAS

Diosa del amor, hija de Eros y de Psique, según una leyenda itálica.

VULCANO

Véase *Hefesto*.

YÓBATES

Rey de Licia. Fue el suegro de Preto. Este, instigado por su pérfida esposa Antea, quiso condenar a muerte al héroe Belerofonte, que no accedió a sus requerimientos amorosos. Cabalgando en su caballo alado Pegaso, llegó a Licia con una tablilla en la que estaban escritos algunos signos misteriosos. Era un mensaje según el cual Tóbates debía matar al joven. Este fue enviado lejos a arriesgadas aventuras. Luchó contra la Quimera, la venció, sometió a los feroces Solimos y, por último, derrotó a las Amazonas. Al regresar de esta última empresa, el rey le tendió una emboscada, decidido a matarlo con sus propias manos, pero el joven eliminó uno tras otro a todos sus atacantes, hasta que por último, Yóbates, admirado por su valor y coraje, se reconcilió con él, dándole por esposa a su hija Filione y dejándole el reino al morir.

YOCASTA

Llamada por Homero también Epicasta, fue hija del tebano Meneceo, esposa de Layo, rey de Tebas, y hermana de Creonte. Dio a luz a Edipo que, de acuerdo con una terrible predicción, debía convertirse en su esposo. Así ocurrió, y la infeliz reina, al saberlo, se suicidó, ahorcándose de una viga de su palacio. Según algunos, de su unión con Edipo nacieron cuatro hijos: Eteocles, Polinice, Antígona e Ismene, pero esta fue una versión posterior. Originariamente se decía que ninguna descendencia derivó de la incestuosa unión.

YOLAO

Hijo de Ificles y sobrino de Heracles, a quien acompañó en sus empresas. Durante la lucha contra la Hidra de Lerna, ayudó al gran héroe entregándole los troncos encendidos que debían servir para quemar las cabezas del monstruo, de forma que no se reprodujesen. Después de sus doce trabajos, Heracles, para recompensarle, le cedió a su primera esposa Megara. Intervino también en la caza del jabalí de Calidón y en la expedición de los Argonautas.

YOLE

Hija de Éurito, rey de Ecalia. Este prometió la mano de su hija a quien le venciese a él y a sus hijos en el tiro al arco. Heracles, enamorado de Yole, aceptó el desafío y, como es natural, venció; pero el rey, con necios pretextos, se negó a concederle lo prometido y Heracles, furioso, abandonó la ciudad con propósito de venganza. Encontró casualmente a Ífito, hijo de Éurito, y lo mató, arrojándolo desde una roca. Antes de morir, Heracles, que mientras tanto se había casado con Deyanira, le ordenó a su hijo Hilo que tomase por esposa a Yole.

Z

ZAGREO

Epíteto de Dioniso. Le fue dado en la tradición mitológica oriental. Según un culto asiático, Dioniso era el primer dios, hijo de Perséfone y de Zeus. Destinado naturalmente al dominio del mundo, los Titanes, incitados por Hera, lo tomaron de niño, lo despedazaron y lo devoraron (*zagreus*, significa 'lacerado'). Atenea, conmovida, quiso salvar su corazón y lo llevó hasta Zeus. Este lo devoró y más tarde parió a otro Dioniso llamado Tebano, tras haber fulminado a los Titanes en venganza. Según otra versión, Dioniso nació de Sémele, una mortal, y de Zeus, el padre de los dioses, que se prendó de la belleza de Sémele.

ZETES

Hijo de Bóreas y de Oritia. Esta divinidad menor simboliza, al igual que su hermano gemelo Calais, a un viento. Zetes intervino en la expedición de los Argonautas, sacando y persiguiendo hasta la isla de los Estrofados a las Arpías, que molestaban a un viejo adivino ciego, Fineo, el cual facilitaba a los atrevidos héroes utilísimas informaciones.

ZETO

Hijo de Antíope y de Zeus y hermano gemelo de Anfión. Su historia se funde con la leyenda de la construcción de las murallas de Tebas. Su madre, seducida por Zeus, fue expulsada por su padre y se refugió en casa de Epopeo. Su tío Lico, para vengar el buen nombre de la familia, declaró la guerra a Epopeo, lo mató y llevó de nuevo a su sobrina a la patria. Durante el viaje, Antíope fue sorprendida por los dolores del parto y parió en el monte Citerón a los dos gemelos Zeto y Anfión, que, en aquella montaña salvaje, quedaron abandonados. Ya en Tebas, Antíope tuvo que soportar durante muchos años las humillaciones que Liceo y su esposa Dirce le imponían, hasta que consiguió liberarse y huyó al monte Citerón. Allí encontró a dos jóvenes gallardos y aguerridos; uno de ellos tocaba la lira y el otro cantaba. Pronto los reconoció como a sus hijos y abrazándolos les explicó su triste historia. Los dos jóvenes meditaron la venganza contra el feroz Lico. Acababan de esconder a su madre en su cabaña cuando vieron ascender al monte a una mujer que parecía enloquecida; era Dirce, enfurecida por la huida de Antíope. No conociendo a los dos muchachos, les pidió ayuda y les confió su proyecto de matar a Antíope entre los cuernos de un toro furioso. Los dos hermanos fingieron aceptar su petición. Al día siguiente, Dirce regresó llevando al toro y los dos hermanos llevaron hasta ella a Antíope; estos, sin embargo, se precipitaron sobre la reina de Tebas y la hicieron prisionera. Ataron a ella a los cuernos del toro y dejaron que se destrozara en la carrera furiosa del animal. No satisfechos del todo, los dos hermanos reunieron a los pastores amigos suyos, bajaron hasta Tebas, derrotaron al rey Lico y lo mataron. Luego, para asegurar la ciudad contra todo posible asedio enemigo, decidieron rodearla de murallas. Y la tradición quiere que de este modo fueran construidas las murallas de Tebas: Zeto, que era robustísimo, transportaba él solo las piedras, y estas, guiadas por el son de la lira de Anfión, se colocaban por sí solas en su sitio.

ZEUS (JÚPITER)

El más importante de los dioses, su padre y señor; hijo de Crono y de Rea Cibeles, llegó a la soberanía tras haber destronado a Crono y haber vencido a los Titanes y Gigantes. Restablecido el orden en el universo, se transformó en su dueño absoluto. Zeus fue en su origen la personificación del cielo luminoso, cuya visión parece que haya inspirado a todos

ZEUS EN SU TRONO

los pueblos el sentimiento de la divinidad. El nombre griego de Zeus se refiere al brillo luminoso de la bóveda celeste. Como dios supremo de la luz, Zeus es el rey del universo y su poder no sólo no tiene igual, sino que supera en mucho al de todos los demás dioses juntos. En la *Ilíada* Zeus dice a los dioses:

Intentad colgar del cielo una cuerda de oro, y cogeos a ella todos, dioses y diosas: no conseguiréis, aunando todas vuestras fuerzas, hacerme bajar del cielo a mí, Zeus, sapientísimo; pero en cambio yo, si quisiera arrojaros, os subiría a todos a la vez con la tierra y el mar, y ataría la cuerda dorada a la cima del Olimpo, y todo el universo pendería de esta aguantando desde lo alto: porque yo soy más fuerte que los dioses y que los hombres.

Aquí, aparentemente, Homero exalta sólo la fuerza física del dios, pero en rea-

ZEUS

ZEUS PERSIGUIENDO A UNA NINFA

lidad en esta se representa su poder, fuente de inspiración de muchos poetas griegos y, en particular, de Esquilo. Zeus, en la conciencia de los griegos, era ya la suprema divinidad de la naturaleza, antes que estos lo imaginaran, ordenadamente constituido, como se presenta en Homero, a todo el mundo divino. Como tal quedó Zeus, asumiendo diferentes nombres mientras tuvo vida el paganismo. Su verdadera sede fue el cielo y todo cuanto en este aparece se le atribuyó a él. En Grecia se usaba comúnmente la expresión «Zeus llueve», es decir, «hace llover», expresión que demuestra cómo en él se veía al señor de la lluvia, dueño absoluto de todos los demás fenómenos atmosféricos.

ZEUXIPE

Ninfa, esposa de Pandión. Parió a dos gemelos, Erecteo y Butes, y a las famosas Progne y Filomela.

ZODÍACO, SIGNOS DEL

El Zodíaco, palabra derivada del griego que significa 'pequeño animal', es aquella parte del cielo en la que se cree que se mueven los planetas y que el Sol recorre durante todo el periodo del año. Los antiguos lo habían dividido en doce partes y a cada una de estas le asignaron un signo o una constelación, de lo que derivaba el nombre. Se llamaron de este modo Aries, Tauro, Géminis, Cáncer, Leo, Virgo, Libra, Escorpión, Sagitario, Capricornio, Acuario y Piscis. El motivo de estos nombres hay que buscarlo en la disposición de los astros que evocan tales figuras, que a continuación encontraron una justificación en la mitología. Aries, el primero de los doce signos del Zodíaco, era según la leyenda el animal del vellocino de oro inmolado a Zeus, y su preciosa piel sirvió de motivo a la expedición de los Argonautas. Tauro recordaba a uno de los disfraces que con frecuencia usaba el rey de los dioses para sus conquistas amorosas, y precisamente el adoptado por este para seducir a la bellísima Europa. Géminis quedó identificado con los famosos gemelos Cástor y Pólux, llamados Dioscuros porque eran hijos de Leda y de Zeus. Cáncer era el grueso cangrejo que Heracles aplastó después de haber sido mordido por el mismo, durante su lucha contra la hidra de Lerna, y que Hera, su enemiga, había sacado de la tierra para que le atacara. Leo era el famoso león del bosque de Nemea que el mismo Heracles asfixió entre sus brazos. Virgo sería la transformación de Astrea o Justicia, hija de Zeus y de Temis, que bajó del Olimpo a la tierra en la época de la Edad de Oro, pero que se marchó asustada y disgustada cuando en la tierra se cumplió el primer delito. Libra representaba la balanza de Astrea, de la que se servía para pesar sus juicios. Escorpión era el mismo que, mandado por Ártemis contra Orión, había causado la muerte de este con su mordisco. Sagitario, Centauro y habilísimo arquero, era Croco, hijo de la nodriza de las Musas, que se había hecho famoso en el Parnaso por sus empresas de intrépido cazador. Capricornio era la famosa cabra Amaltea, que tuvo la gran misión de nutrir a Zeus. Acuario era

Aristeo, hijo de Apolo y de Cirene, quien causó la muerte de Eurídice. Piscis, que cierra los signos del Zodíaco, sirvieron de montura a Afrodita y a Eros, cuando la diosa tuvo que atravesar el Éufrates para huir de la persecución del gigante Tifón. Según otra versión, estos serían los peces que llevaron a Anfítrite y a Poseidón. De origen caldeo, la división en doce partes, una por mes, de la elipse formada por el Sol en su movimiento, es la base de la astrología. Esta se divide en dos partes esenciales: la astrología propiamente dicha y la astrolatría. La astrología deduce del movimiento de los astros el cálculo del destino de los hombres, desde el horóscopo, es decir, desde el punto del Zodíaco que se alza en el horizonte en el momento del nacimiento de un individuo. La astrolatría es el culto de los astros, que tenía su fundamento en la relación que cada signo poseía con una de las doce mayores divinidades del Olimpo; Aries correspondía a Atenea, Tauro a Afrodita, Géminis a Apolo, Cáncer a Hermes, Leo a Zeus, Virgo a Deméter, Libra a Hefesto, Escorpión a Ares, Sagitario a Ártemis, Capricornio a Hestia, Acuario a Hera, Piscis a Poseidón. Con los signos del zodíaco se representaban, generalmente, los emblemas que formaban los atributos de los dioses: la lechuza con Aries, la paloma con Tauro, el trípode símbolo de Apolo con Géminis, la tórtola con Cáncer, el águila con Leo, la espiga con Virgo, el gorro de Hefesto con Libra, la loba con Escorpión, el perro con Sagitario, la lámpara de Hestia con Capricornio, el pavo real con Acuario y el delfín con Piscis. Estos signos aparecían en monumentos y no era raro el caso de ciudades que se servían del signo del Zodíaco para indicar el mes de su fundación.

ACRÓPOLIS DE ATENAS (FOTOGRAFÍA DE © W. SHANKAR/ALPHA OMÉGA)

TEMPLO DE ZEUS, OLIMPIA (FOTOGRAFÍA DE © ANNE VANDER VAEREN/ALPHA OMÉGA)

INGRES, VENUS, CASTILLO DE CHANTILLY (FOTOGRAFÍA DE © JACQUES MARTELOT/ALPHA OMÉGA)

ACRÓPOLIS DE AFRODISIA, TURQUÍA (FOTOGRAFÍA DE © W. SHANKAR/ALPHA OMÉGA)

NEPTUNO, PLAZA DE LA SIGNORIA, FLORENCIA (FOTOGRAFÍA DE © ANTOINE LORGNIER/ALPHA OMÉGA)

ACHILLEION, CORFÚ
(FOTOGRAFÍA
DE © W. SHANKAR/ALPHA OMÉGA)

HÉRCULES, PLAZA DE LA SIGNORIA,
FLORENCIA (FOTOGRAFÍA
DE © ANTOINE LORGNIER/ALPHA
OMÉGA)

TEMPLO DE APOLO, CORINTO (FOTOGRAFÍA DE © W. SHANKAR/ALPHA OMÉGA)

CARRO DE APOLO, VERSALLES (FOTOGRAFÍA DE © W. SHANKAR/ALPHA OMÉGA)

NEPTUNO, FUENTE DE TREVI, ROMA (FOTOGRAFÍA DE © JOHN POLE/ALPHA OMÉGA)

TEMPLO DE MINERVA, ASÍS (FOTOGRAFÍA DE © JOHN POLE/ALPHA OMÉGA)

HERAION, OLIMPIA (FOTOGRAFÍA DE © W. SHANKAR/ALPHA OMÉGA)

TEMPLO DE AMOR, VERSALLES (FOTOGRAFÍA DE © W. SHANKAR/ALPHA OMÉGA)

BIBLIOTECA DE ÉFESO, TURQUÍA (FOTOGRAFÍA DE © W. SHANKAR/ALPHA OMÉGA)

TEMPLO DE ADRIANO, ÉFESO, TURQUÍA
(FOTOGRAFÍA DE © W. SHAKAR/ALPHA
OMÉGA)

SERPIENTE SÍMBOLO DE ASCLEPIO, TEMPLO
DE ASCLEPIO, ISRAEL (FOTOGRAFÍA
DE © JOHN POLE/ALPHA OMÉGA)

EXEDRA DE HERODES Y HERAION, ALEJANDRÍA (FOTOGRAFÍA DE © W. SHANKAR/ALPHA OMÉGA

POSEIDÓN, MUSEO NACIONAL DE ATENAS
(FOTOGRAFÍA DE © W. SHANKAR/ALPHA OMÉGA)

PÓRTICO DE LAS CARIÁTIDES, ACRÓPOLIS DE ATENAS
(FOTOGRAFÍA DE © W. SHANKAR/ALPHA OMÉGA)

TEMPLO DE HEFESTO, ATENAS (FOTOGRAFÍA DE © W. SHANKAR/ALPHA OMÉGA)

TEMPLO DE POSEIDÓN (FOTOGRAFÍA DE © ANNE VANDER VAEREN/ALPHA OMÉGA)

9 781683 258292